Mia Heyer-Linhart

Klaus D. Kubinger

Einführung in die Psychologische Diagnostik

Klaus D. Kubinger

Einführung in die Psychologische Diagnostik

BELTZ

PsychologieVerlagsUnion

Anschrift des Autors:

Prof. Dr. Klaus D. Kubinger
Universität Wien
Psychologisches Institut
Liebiggasse 5
A - 1010 Wien

Lektorat: Gerhard Tinger

Die Deutsche Bibliothek - CIP-Einheitsaufnahme

Kubinger, Klaus D.:
Einführung in die psychologische Diagnostik / Klaus D. Kubinger. - Weinheim : Psychologie-Verl.-Union, 1995
ISBN 3-621-27259-3

Umschlaggestaltung: Dieter Vollendorf, München
Druck und Bindung: Druckhaus Thomas Müntzer, Bad Langensalza
Printed in Germany
Gedruckt auf säurefreiem Papier

ISBN 3-621-27259-3

„Meinen Kindern *Annalena* und *Konstantin* gewidmet“

Vorwort

Die Publikation eines Lehrbuchs erfordert im Vorwort immer zweierlei: Einerseits die Legitimierung, d.h. die Abgrenzung zu anderen Lehrbüchern desselben Themas; andererseits die Danksagung, d.h. insbesondere die Offenlegung all derjenigen Personen, ohne welche das „Werk" gar nicht zustande gekommen wäre. Ersteres kann im gegebenen Fall äußerst kurz erfolgen: *Das Buch erhebt den Anspruch, kritisch mit alten Fehlern und Mißverständnissen aufzuräumen sowie mit fundierten Methoden und neuen Konzepten relevante, interventionsorientierte Diagnosen zu initieren.*

Den Danksagungen muß dagegen viel Platz geschenkt werden; ich sage:

Dank an Gustav A. Lienert sowohl für seine wegweisenden Beiträge zur *Psychologischen Diagnostik* überhaupt als auch für sein langjähriges Interesse an meinen Arbeiten und meinem wissenschaftlichen Werdegang - gerne hätte ich ihm als Nestor des Fachs dieses Buch gewidmet, würden mir meine Kinder nicht vorgehen.

Nicht nur liebevollen Dank an diese Kinder, sondern gebührende „Entschuldigung" dafür, daß sie ihren Vater für ein ganzes Jahr mehr seiner Arbeit nachgehen ließen als es entwicklungspsychologisch vertretbar ist.

Dank an Ralf Horn als dem ersten Lektor, mit dem ich bei meinen Test- und Buchpublikationen zu tun hatte; viele Projekte zum Thema entstammen unserem regen Gedankenaustausch - unser gemeinsames Bemühen um Fortschritte in der *Psychologischen Diagnostik* führte auch zur Freundschaft.

Dank an Peter Hoffmann, der vor mehr als 10 Jahren in seiner Eigenschaft als Studienrichtungsvertreter mich als „Frisch"-Habilitierten „bat", sich am Institut für Psychologie in Wien der „verwaisten" Lehre der *Psychologischen Diagnostik* anzunehmen, und damit meinen wissenschaftlichen Werdegang entscheidend beeinflußte.

Dank an nunmehr ca. 2500 Studenten, stellvertretend an Johannes Ebenhöh und Helmut Hörndler, als einem engagierten Hörerpublikum meiner Lehrveranstaltung zum Thema - sie wirkten innerhalb der letzten 10 Jahre als Regulativ für mein didaktisches Konzept, *Psychologische Diagnostik* zu vermitteln.

Dank aber auch an die mittlerweile ca. 300 Lehrgangsteilnehmer des Psychotherapeutischen Propädeutikums gemäß *Psychotherapiegesetz* (österreichisches BGBl.Nr. 361/1990), die ich in *Psychologischer Diagnostik* auszubilden hatte - ihre Rückmeldungen lehrten mich die Schwierigkeiten von Nicht-Psychologen beim Verständnis des Fachs inklusive seiner Methoden sowie ihr Interesse daran.

Dank an Gernot Schuhfried, der als Geschäftsführer der *Dr.G.Schuhfried GmbH* dem Institut seit 1987 sämtliche *Soft-* und *Hardware* des „Wiener Testsystems" für die Ausbildung in Computerdiagnostik kostenlos zur Verfügung stellt - so war eine besonders attraktive Lehre möglich, die auch Innovation für die Forschung gab.

Dank an Ruth Maslo, Gisela Reimoser und Julia Hahne, die das *„lay-outing"* des Buches übernahmen; den beiden ersteren auch dafür, daß sie im Rahmen ihrer (vom *Arbeitsmarktservice* subventionierten) Jungakademiker-Stelle zahlreiche Recherchen zum Buch mit derjenigen Geduld vorgenommen haben, die ihnen mein akribischer Arbeitsstil abverlangte - sie waren kurze, aber wichtige Weggefährten.

Dank an Stefan Menghin, der „im letzten Moment“ noch zahlreiche Druckfehler entdeckt hat.

Dank an Gerhard Tinger, verantwortlicher Lektor der *Psychologie Verlags Union (PVU)*, als einem, im besten Sinne des Wortes, „Partner“ des Autors; er war für alle Wünsche zugänglich und sein Name wurde auch nicht „zum auslösenden Stimulus für belastende Emotionen und aversive Kognitionen“ (Brief vom Februar 1995), obwohl ich den Erscheinungstermin des Buches mehrmals verzögerte.

Schließlich Dank an Alexander Horn für das „*scannen*“ der meisten Abbildungen des Buches sowie an Christian Maryschka, der wieder einmal eine technisch aufwendige Graphik erstellte.

Wien, im Mai 1995 **Klaus D. Kubinger**

Es ist dem Verfasser ein Bedürfnis, zu versuchen, einen bei Fertigstellung des Buches getroffenen redaktionellen Entschluß zu rechtfertigen: Das ursprünglich geplante Vorhaben, stets von dem/der PsychologIn, dem/der AutorIn, dem/der TestleiterIn u.ä. sowie im Plural von den Psychologen/innen u.s.w. zu schreiben, erschien am Ende doch äußerts unkomfortabel für das Lesen des Textes; die also doch (wieder) gewählte Diktion, nämlich „der Psychologe“ etc., soll daher in Anlehnung an den *Berufsverband Deutscher Psychologen* (1988, S.2) verstanden werden: „Der Begriff 'Diplom-Psychologe' wird hier als Gattungsbegriff verwendet. Er gilt für männliche und weibliche Kollegen. Diplom-Psychologe steht auch für Diplom-Psychologin.“

Inhaltverzeichnis

1. Einführung

Im *Psychologischen Wörterbuch* (Dorsch, 1994; S.615) heißt es:

☞ „*psychologische Diagnostik*, die in Abgrenzung zu anderen diagnostischen Verfahren (z.B. medizinische Diagnostik) gewählte Bez. für alle Methoden und deren Anwendung, welche zur Messung bzw. Beschreibung inter- und intraindividueller ps. (d.i. psychologischer bzw. psychischer; Anm. d. Verf.) Unterschiede verwendet werden."

Die Zitierung gerade dieser Definition ist deshalb wichtig, weil sich andernorts immer mehr der Begriff „Psychodiagnostik" durchzusetzen droht, was den bekannten sog. „Psycho-Tests" einschlägiger Illustrierter assoziativ nicht mehr fern ist - „psychologisch" auf „psycho" verkürzt birgt die Gefahr, den wissenschaftlichen Gehalt, den *Psychologie* hat, nicht mehr zu vermitteln ! Daß „Psycho-Tests" mit *Psychologischer Diagnostik* als einer der wichtigen Teildisziplinen der (wissenschaftlichen) Psychologie nicht vereinbar ist, soll als unterhaltsamer, aber lehrreicher Einstieg gleich unten gezeigt werden.

Wie vielen Definitionen, kann auch obiger kritisch begegnet werden: Die „Messung" des Menschen ist als ein psychologischer Anspruch stark negativ beladen; und dann geht es nicht immer um die Feststellung von *Unterschieden*. Ungeachtet konkreteren Definitionen, genügt es hier,

☞ *psychologisches Diagnostizieren* als einen *Prozeß* zu beschreiben, der unter Zuhilfenahme verschiedener Instrumente (Verfahren) zielgerichtete Informationen über psychologische (psychische) Eigenschaften des in Betracht stehenden Menschens gewinnen will; dieser, eben: *diagnostische*, Prozeß erstreckt sich dabei auf:

① Klärung der Fragestellung
② Auswahl der diagnostischen Verfahren
③ Anwendung und Auswertung der diagnostischen Verfahren
④ Interpretation und Gutachtenerstellung
⑤ Festsetzen der Intervention

– mit dem Bezug zur „Intervention" ist impliziert, daß keine Diagnose ohne einen (der Fragestellung entsprechenden) Maßnahmenvorschlag erfolgt.

Zur Illustration:

Jäger und Petermann (1995, S.11) definieren in gewisser Weise konkreter: „Psychologische Diagnostik ist das systematische Sammeln und Aufbereiten von Informationen mit dem Ziel, Entscheidungen und daraus resultierende Handlungen zu begründen, zu kontrollieren und zu optimieren. Solche Entscheidungen und Handlungen basieren auf einem komplexen Informationsverarbeitungsprozeß. In diesem Prozeß wird auf Regeln, Anleitungen, Algorithmen usw. zurückgegriffen. Man gewinnt damit psychologisch relevante Charakteristika von Merkmalsträgern und integriert gegebene Daten zu einem Urteil (Diagnose, Prognose). Als Merkmalsträger gelten Einzelpersonen, Personengruppen, Institutionen, Situationen, Gegenstände etc." Indem Jäger (1988, S.1) in der ersten Auflage „desselben" Buchs bei seiner Definition noch den Satz voranstellt: „*Psychologische Diagnostik* ist eine wissenschaftliche Disziplin", empfiehlt es sich zur Klärung dessen, was jeweils gemeint ist, *Psychologische Diagnostik* für das Fach bzw. die Lehre zu verwenden, *psychologisches Diagnostizieren* für die dem Fach abgeleitete Tätigkeit.

Unter diagnostische Verfahren fallen vor allem

➊ (*psychologische*) „Tests".

Sie nehmen in der *Psychologischen Diagnostik* - auch im vorliegenden Buch - den breitesten Raum ein. Lienert (in der neuesten Auflage: Lienert & Raatz, 1994; S.1) definiert:

☞ „Ein Test ist ein wissenschaftliches Routineverfahren zur Untersuchung eines oder mehrerer empirisch abgrenzbarer Persönlichkeitsmerkmale mit dem Ziel einer möglichst quantitativen Aussage über den relativen Grad der individuellen Merkmalsausprägung."

Erläuterung zum Begriff „Persönlichkeitsmerkmal":

„Merkmal" (statistisch: „Variable") meint hier einen Oberbegriff von Eigenschaften (englisch: „*trait*") und Verhaltensweisen; der Begriff Eigenschaft seinerseits beinhaltet zum Beispiel auch (spezifische) Leistungsfähigkeiten. Entgegen der oft praktizierten Differenzierung in Leistungs- und Persönlichkeitsdiagnostik, verwendet *Lienert* den Begriff „Persönlichkeit" für die Menge aller „Merkmale" eines Menschen.

Zur Illustration:

Ein Beispiel aus der Illustrierten *Brigitte* (1984/14, S.128-130) soll nicht nur dazu dienen, wegen ihrer offensichtlichen Unwissenschaftlichkeit „Psycho-Tests" gegenüber *psychologischen* Tests abzugrenzen, sondern auch dazu, einige Grundsatzprobleme von Tests anzusprechen. Gar als „Psycho-*Spiel*" angekündigt, wird die vorwiegend weibliche Leserschaft angehalten, mittels Fragebogen für sich selbst zu klären: „Wie emanzipiert sind Sie ?". Bei 23 Fragen, teilweise mit Bildern versehen, muß jeweils diejenige von zumeist drei vorgegebenen Antworten angekreuzt werden, die für die Beantworterin „am ehesten zutrifft". Je nach gewählter Antwort ist am Ende von ihr selbst der entsprechende Punktwert aufzusummieren; schließlich gelangt sie in Abhängigkeit von diesem Ergebnis zur Interpretation. Die Frage 2, 3 und 4 (in Präsentation 1) sowie die Fragen 11-13 (in Abb. 1) werden im folgenden wiedergegeben.

Präsentation 1: Die Fragen 2, 3 und 4 von „Wie emanzipiert sind Sie?" (*Brigitte*,1984/14; S.128).

Behalten/ Behielten Sie Ihren Namen auch im Falle der Eheschließung?

Auf jeden Fall	...0 ☐
Möglicherweise	...1 ☐
Nein, warum auch	...3 ☐

Fortsetzung bitte wenden

Glauben Sie, daß Sie in Ihrem Leben schon einiges erreicht haben und einige Erfolge verbuchen können?

Ja	...0 ☐
Im Grunde sehr wenige	...2 ☐
Eigentlich kaum	...3 ☐

Haben Sie schon einmal längere Zeit ohne eine feste Partnerschaft gelebt?

Ja	...0 ☐
Nur kurze Zeit	...2 ☐
Nein, nie	...3 ☐
Allein der Gedanke macht mir Angst	...4 ☐

Schauen Sie sich diese drei Titelbilder an, und beurteilen Sie sie. Finde ich...

witzig	1 ☐	0 ☐	1 ☐
dumm, aber hat nichts mit der Rolle der Frau zu tun	0 ☐	0 ☐	0 ☐
typisch für die althergebrachte Frauenrolle	3 ☐	3 ☐	1 ☐
frauenfeindlich	4 ☐	3 ☐	1 ☐

Abbildung 1: Die Fragen 11 bis 13 von : „Wie emanzipiert sind Sie?“ (aus *Brigitte,* 1984/14; S.128).

Abgesehen von der Unreflektiertheit, ob „Emanzipiertheit“ überhaupt eine (situationsüberdauernde) Eigenschaft ist, wie diese zu definieren wäre und welche Fragen bzw. Verhaltensweisen für ihre Erfassung repräsentativ sind; abgesehen von der Unreflektiertheit, wofür die Messung des individuellen Grads an „Emanzipiertheit“ relevant sein könnte bzw. welche Schlüsse und

Konsequenzen die Befragten aus dem Ergebnis ziehen werden; schließlich abgesehen von polemischen Antwortvorgaben („Allein der Gedanke macht mir Angst"), der mangelnden Ausschließlichkeit der Antwortvorgaben (z.B. bei Frage 4: „Ja" vs. „Nur kurze Zeit") und der Verwendung von Antwortvorgaben mit mehr als einem Informationsgehalt (z.B. „dumm - *aber* hat nichts mit der Rolle der Frau zu tun") - insbesondere ohne jeden Kommentar zum dritten Bild in Abbildung 1: Woher kommen die antwortspezifischen Punktwerte ? Wieso gibt es bei manchen Fragen keine 2 Punkte, wohl aber 1 und 3 Punkte, wieso bei manchen 0 und 2, 3 (4) Punkte und nicht auch 1 Punkt ? Warum sind einmal zwei verschiedene Antworten gleichwertig, also mit gleich vielen Punkten zu verrechnen, das andere Mal dieselben beiden Antworten mit unterschiedlich vielen Punkten (Fragen 11 bis 13) ? Wodurch ist begründet, daß zum Beispiel „witzig" bei Frage 11 im Vergleich zu „typisch" nur ein Drittel soviel zur Punktsumme in (die offensichtliche) Richtung Un-„Emanzipiertheit" beiträgt, im Vergleich zu „frauenfeindlich" exakt ein Viertel soviel ? Können zwei Frauen tatsächlich als gleich „emanzipiert" bezeichnet werden, wenn sie sich in ihren Antworten durch nichts unterscheiden als darin, daß die eine bei Frage 2 mit „Nein, warum auch" (3 Punkte) und bei Frage 3 mit „Ja" (0) antwortet, die andere bei Frage 2 mit „Auf jeden Fall" (0) und bei Frage 3 mit „Eigentlich kaum" (3) ? Hat sich der/die Autor(in) dazu „etwas gedacht", entstammt das seinen/ihren Vorurteilen oder ... ? - Möglich wäre es, daß alle diese Punktwerte und die Relationen zwischen ihnen *empirisch* abgeleitete sind - in Anbetracht des dabei nötigen testtheoretischen Aufwands (vgl. in Kap. 2.5. **Skalierung**) scheint dies für einen „Psycho-Test" unrealistisch.

Eine Übersicht von heute bedeutenden Tests erfolgt in Kapitel 1.2. **Themen, Verfahren und Populationen**.

Zu den übrigen diagnostischen Verfahren zählen regelmäßig:

❷ Anamneseerhebung
❸ Exploration
❹ Verhaltensbeobachtung.

Während „Exploration" vorläufig und ganz allgemein als das Erkunden bestimmter Sachverhalte und Stimmungen mittels qualifizierter Gesprächsführung bezeichnet werden kann, bezieht sich die Anamneseerhebung speziell auf das *Erfragen* der „Kranken-" bzw. Vorgeschichte. Wie für Exploration und Anamneseerhebung bedarf es auch für eine (systematische) Verhaltensbeobachtung besonderer „Behutsamkeit" und „Behändigkeit" seitens des Diagnostikers. Die vielen Grundsätze und Richtlinien sowie die Probleme aller dieser drei Verfahren werden in Kapitel 3.2. **Erhebungstechniken** eingehend behandelt.

Darüber hinaus stellen

❺ Biographisches Inventar
❻ Assessment-Center
❼ Soziogramm
❽ Arbeitsplatzanalyse

besondere, „neuere“ Verfahren dar; mit Ausnahme des Assessement-Center, das (im wesentlichen) als ein Verfahren besonderer Verhaltensbeobachtung zusammen mit dieser näher besprochen wird, widmet sich ihnen der Abschnitt 5.

1.1. Voraussetzungen

Psychologische Diagnostik baut auf vielen anderen Teildisziplinen der *Psychologie* auf: nämlich der

① *Allgemeinen Psychologie* bzw. *Experimentellen Psychologie*, der
② *Differentiellen Psychologie*, der
③ *Entwicklungspsychologie*, der
④ *Sozialpsychologie* und der
⑤ *Methodenlehre* (*Statistik* und *Testtheorie*) –

wiewohl sich alle genannten inhaltlichen Disziplinen bei ihren Forschungsarbeiten intensiv der Verfahren der Diagnostik bedienen.

Natürlich ist es bei der Vermittlung der *Psychologischen Diagnostik* möglich, an gegebener Stelle auf die anderen Teildisziplinen Bezug zu nehmen bzw. einschlägige Erkenntnisse von dort „*Zur Erinnerung*“ zu bringen; Grundlagenkenntnisse, insbesondere aus *Differentieller Psychologie*, *Statistik* und *Testtheorie*, sind aber alle Mal nötig. Sie sich anzueignen wird dem Nicht-Psychologen als Leser nicht erspart bleiben.

Jedem Leser seien als Ergänzung, zur Vertiefung bzw. zur Illustration folgende Bücher empfohlen:

🕮 als Generalübersicht zur *Differentiellen Psychologie*:
Amelang, M. & Bartussek, D.(1990). *Differentielle Psychologie und Persönlichkeitsforschung*. Stuttgart: Kohlhammer.

🕮 als Abhandlung der sog. „*Klassischen*“ *Testtheorie*:
Lienert, G.A. & Raatz, U. (1994). *Testaufbau und Testpraxis*. Weinheim: PVU.

🕮 als Überblick der Modelle der sog. „*Probabilistischen*“ *Testtheorie*:
Kubinger, K.D. (Hrsg.)(1989). *Moderne Testtheorie. Ein Abriß samt neuesten Beiträgen.* Weinheim: Beltz.

🕮 als Hinweis auf den möglichen Informationsstand von Testpersonen:
Horn, R. (1990). *Alle wichtigen Tests zur Auswahl von Bewerbern.* München: Heyne.

🕮 als Handanweisung zur Gutachtenerstellung:
Boerner, K. (1993). *Das Psychologische Gutachten.* Weinheim: PVU.

🕮 als Nachschlagwerk der *Psychologischen Diagnostik*:
Jäger, R.S. & Petermann, F. (Hrsg.)(1995). *Psychologische Diagnostik.* Weinheim: PVU.

1.2. Themen, Verfahren und Populationen

In Präsentation 2 findet sich eine Zusammenstellung der Anwendungsfelder (Themen) *Psychologischer Diagnostik* nach Wottawa und Hossiep (1987, S.5). Sie ist an die Verhältnisse der BRD zur damaligen Zeit orientiert; der Schwerpunkt im klinisch-*psychologischen Diagnostizieren* (beachte die „modernen" Begriffe: neuro-, geronto- und rehabilitationspsychologische Diagnostik) sowohl in den alten Bundesländern der BRD und in Österreich als auch in den fünf neuen Bundesländern sowie die in jüngster Zeit obligaten Testungen im Zuge der Personalauswahl für den öffentlichen Dienst in Österreich kommen darin allerdings (noch) nicht zum Ausdruck. Ebenso kann im Bereich der Psychotherapie infolge der (dzt. nur in Österreich) gesetzlich geregelten Ausbildungsordnung mit einem verbreiterten Anwendungsfeld gerechnet werden; dabei ist weniger zu erwarten, daß sich Nicht-Psychologen als Psychotherapeuten mehr als früher der *Psychologischen Diagnostik* selbst bedienen, sondern eher, daß sie aufgrund der nunmehr genossenen Einführung in dieses Fach vom Psychologen die diagnostische Abklärung bestimmter Fragen „erwünschen".

Präsentation 2: Wichtige Themen der Psychologischen Diagnostik (aus Wottawa & Hossiep, 1987; S.5).

Fahreignungsdiagnostik (TÜV)
Rehabilitations- und Behindertendiagnostik
Diagnostik in Psychiatrischen Kliniken
Berufswahl unterstützende Diagnostik (Arbeitsamt)
Auswahl von Führungskräften
Auswahl von Mitarbeitern
Auswahl von Auszubildenden
Flugeignungsuntersuchungen (z.B. Lufthansa, Bundeswehr)
Diagnostik im pädagogischen Bereich (z.B. Sonderschulzuweisung)
Hochschulzulassung (z.B. Medizinstudium)
Zuweisung militärischer Funktionen (Wehreignung)
Kriminalpsychologie/Forensische Psychologie (z.B. Glaubwürdigkeitsforschung)
Erziehungsberatung
Therapie-Vor- und Nachbereitung

Der obige Themenkatalog ist mit den gemachten Ergänzungen zwar typisch für die diagnostische „Szene", er ist aber doch (noch) stark in der „*Selektionsdiagnostik*" (vgl. Näheres in Kap. 1.3. **Gesellschaftspolitische Kritik**) verhaftet; und er differenziert auch zuwenig zwischen verschiedenen Populationen von „Diagnostizierten". Für die Praxis ist zumindest die Trennung in Kinder- und in Erwachsenen-Diagnostik wichtig. Entwicklungspsychologisch ist leicht erklärt, daß mit Kindern besonders einfühlsam gearbeitet bzw. je nach erreichter Sozialisation die Interaktion mit ihnen anders geführt werden muß - zum Beispiel fehlt es Vorschulkindern am „objektiven Aufgabenbewußtsein", d.h. im wesentlichen leisten sie etwas nur einer Bezugsperson zuliebe.

Zur Illustration:

Gerade bei Kindern greift der selektionsdiagnostische Ansatz seltener als vielleicht befürchtet; sieht man von Zuweisungsgründen zum Diagnostiker, wie „Lernschwierigkeit", „Verhaltensauffälligkeit" und „fragliche geistige Behinderung", ab, geht es kaum um die administrative Möglichkeit des (schulischen) Ausgrenzens. Wir finden nämlich Zuweisungsgründe wie:

① Erziehungsprobleme
② Verwahrlosungsgefährdung
③ Kindesmißhandlung
④ sexuelle Gefährdung
⑤ Drogen- und Suchtgefährdung
⑥ depressive Verstimmung
⑦ Suizidgefahr

Aber auch Alte sowie Jugendliche, insbesondere aber viele Patienten neurologischer bzw. psychiatrischer Institutionen liefern nicht nur andere Themen und erfordern besondere Verfahren, sondern bedürfen gegebenenfalls extra geschulter Interaktionsstrategien seitens des Diagnostikers. Personen mit einer anderen Muttersprache als Deutsch bedürfen erst recht einer spezifischen Diagnostik. Und Manager etwa nehmen auch bei Bewerbungen oft für sich in Anspruch, sich nicht (herkömmlich) *testen* zu lassen. Schließlich ist grundsätzlich zu unterscheiden, ob Personen infolge authoritärer Entscheidungen, oder auf Anraten, aber unter emotionalem Druck, oder (gar) auf eigene Initiative hin psychologisch diagnostiziert werden.

Abgesehen von der einleitend gegebenen Grobklassifizierung diagnostischer Verfahren, sind selbst Tests, im Sinne *Lienert*s Definition, zu gruppieren. Zwar wird es didaktisch erforderlich sein, in Abschnitt 2. „Test" wieder als einen Oberbegriff sehr allgemein zu halten - einfach um sich der langen Bezeichnung „psychologische Verfahren" zu entledigen; doch sind oft unterschiedliche Bezeichnungen üblich, die auf jeden Fall ihre psychologische Berechtigung haben.

Schon im Zusammenhang mit der gegebenen Definition wurde die übliche Einteilung in Leistungs- und Persönlichkeitstests angedeutet. Im eigentlichen Sinn des Wortes „Test" (Prüfung) gebührt letzteren allerdings nur ausnahmsweise diese Bezeichnung, sind doch die meisten dieser Verfahren: *Fragebogen* - und erfordern keine Leistung; die Ausnahme stellt ein besonderes Konzept sog. „Objektiver Persönlichkeits*tests*" dar, welches, (vorläufig) vereinfacht und unpräzise ausgedrückt, versucht, persönliche Stil-Merkmale aus dem *beobachtbaren* Verhalten bei bestimmten (Leistungs-) Anforderungen zu erschließen (Näheres s. vor allem in Kap. 4.5.3.). Herauszulösen aus dem undifferenzierten Begriff Test sind noch die sog. „Projektiven Verfahren", deren typischer und bereits zur Allgemeinbildung zählende Vertreter der *Rorschach*-Test ist (häufig nur „der" *Rorschach* genannt, besser aber: das *Rorschach*-Form-Deute-Verfahren) - und der in der öffentlichen Meinung oft mit *Psychologischer Diagnostik* gleichgesetzt wird; auch hier handelt es sich nicht um eine Leistungsprüfung.

Erläuterung zu „Projektiven Verfahren“:

„... sind eine Gruppe von psychol. Techniken und Vorgehensweisen, die für sich in Anspruch nehmen, die grundlegende (zugrunde liegende, verborgene) Persönlichkeitsstruktur und die Motive eines Individuums aufzudecken, indem sie das Individuum auffordern, sich mit Material oder Stimuli auseinanderzusetzen oder auf sie zu reagieren in einer freien, nicht festgelegten Weise ... Etwa um die Jahrhundertwende wurde mit dem Ausdruck Projektion die Tendenz eines Individuums bezeichnet, 'einer anderen Person eigene Gefühle, Gedanken oder Einstellungen zuzuschreiben oder in gewisser Weise die äußere Wirklichkeit als Repräsentanz solcher Gefühle zu betrachten'“. (*Lexikon der Psychologie* – Arnold, Eysenck & Meili, 1980; S.1690).

Tests werden oft auch „Skalen“ genannt, deutschsprachig allerdings regelmäßig nur die angesprochenen Persönlichkeitsfragebogen. Sind mehrere sog. „Untertests“ zusammengefaßt, spricht man von einer „Testbatterie“, wobei auch im Deutschen oft die Bezeichnung *Subtest* statt Untertest gewählt wird; die sinngemäße Bezeichnung „Fragebogenbatterie“ ist unüblich, wird aber trotzdem im folgenden verwendet. Für die einzelnen Aufgaben, Fragen bzw. *Statements* gibt es aus dem Englischen den Oberbegriff: *„Item“*!

Wichtig ist auch die Unterscheidung zwischen „Einzel- oder Individualtests“ und „Gruppentests“ (besser: -verfahren); während erstere aufgrund ihrer besonderen Gestaltung pro *Testperson* (Tp) einen eigenen *Testleiter* (Tl) erfordern, können letztere von einem einzigen Tl (eventuell unter Hinzuziehen von Hilfspersonal) mehreren Testpersonen (Tpn) gleichzeitig vorgegeben werden - natürlich ist bei einem Gruppenverfahren auch die Einzelvorgabe möglich ! An praktischer Bedeutung verlor bzw. verliert diese Unterscheidung allerdings durch das Aufkommen der Computerdiagnostik.

Wie in einem eigenen Kapitel, 5.1. **Computerdiagnostik**, gezeigt werden wird, ist die Einteilung in herkömmliche Tests (i.w.S.) – sog. „Papier-Bleistift-Tests“ (*paper-pencil tests*) – einerseits und Computertests andererseits nicht-trivial, sondern betrifft grundsätzliche Belange der *Psychologischen Diagnostik*; dabei sind die Computertests ihrerseits wesentlich zu unterteilen.

Zur Illustration:

Um einen Eindruck über die verwendeten Tests (i.w.S.) in der Praxis zu vermitteln, seien im folgenden die Ergebnisse von Schorr (1991) wiedergegeben, die einer 1988 erfolgten Umfrage an (1500 zufällig ausgewählten) Mitgliedern des deutschen Berufsverbands entstammen. Auf die Frage: „Nennen Sie die fünf handelsüblichen Testverfahren (auch Fragebogen), die Sie am häufigsten verwenden“ resultierten die in Abbildung 2 veranschaulichten Häufigkeiten; angeführt sind die 20 meistgenannten Tests (verwertbare Antworten von 613 Psychologen) - vorläufig ohne Erläuterung insbesondere der üblichen Abkürzungen für diverse Testnamen.

Zu bemerken ist allerdings, daß der Test FPI genannt wird, obwohl 1984 ein FPI-R erstellt wurde, der HAWIK (1956) fast genauso häufig Anwendung findet wie der HAWIK-R (1983), der IST, und nicht der IST 70 (1970) aufscheint sowie als CFT wohl CFT-1, 2 und 3 gemeint ist, und sicher nicht der 1987 publizierte CFT-20. Wenn man berücksichtigt, daß die Ergebnisse einer ähnlichen Umfrage aus 1977/78 von *Grubitzsch & Rexilius* (vgl. Grubitzsch, 1991a) fast ident sind (statt HAWIK-R, FPI-R, PFK 9-14 und AFS waren es dort: PFT, DRT, Baum-Test und CAT), muß die „Hitliste" aus Abbildung 2 auch noch für heute als weitgehend zutreffend angenommen werden – dabei gehen die Erscheinungsjahre der betreffenden Tests, abgesehen vom *Rorschach*-Form-Deute-Verfahren aus dem Jahre 1921, bis auf 1951 (*Sceno-Test*) zurück, und nur wenige Tests sind jünger als 20 Jahre !

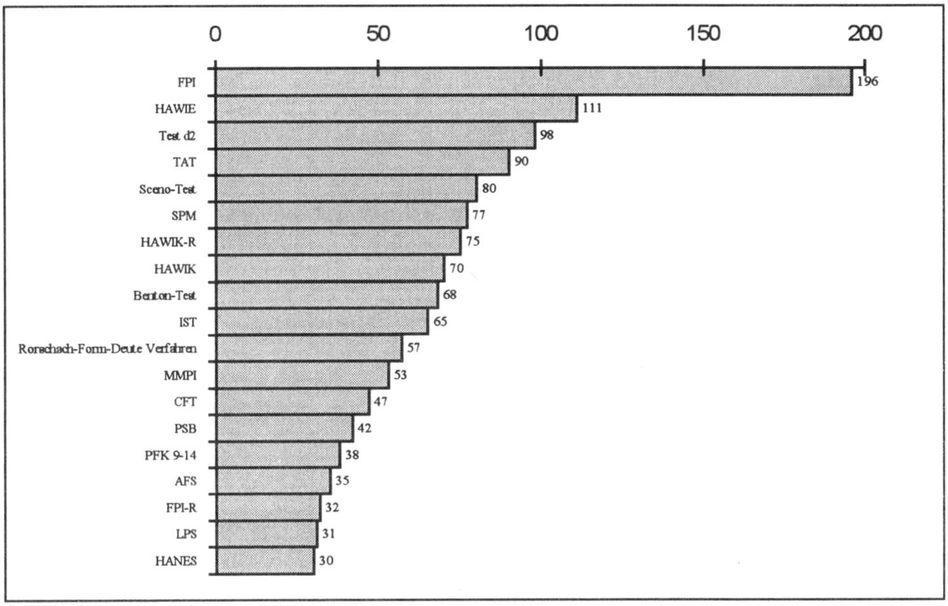

Abbildung 2: „Hitliste" der 20 meistverwendeten Tests nach Schorr (1991; mit freundlicher Genehmigung von Frau Angela Schorr nach ihren Vortragsunterlagen erstellt).

Soll ein Überblick verfügbarer Tests gegeben werden, so kann bei der großen Anzahl publizierter, verlagsmäßig vertriebener Verfahren nur eine Auswahl getroffen werden - das komplette (deutschsprachige) Angebot, wie es zum Beispiel die sog. „*Testzentrale*" in Göttingen liefert, beinhaltet laut Katalog 1994/95 allein zum Buchstaben „A" 41 Titel! Die in folgender Präsentation 3 gegebene Auswahl richtet sich nach heutiger Bedeutung, psychologischer Vertretbarkeit und Aktualität; sie scheinen dem Verfasser ein Ausbildungsminimum. Alle angeführtenVerfahren werden in einem eigenen *Anhang: Verfahrensbeschreibungen* referiert, insbesondere in bezug auf ihr theoretisches Konzept und ihre Einsatzmöglichkeiten.[1]

[1] Andere, (heute noch) gebräuchliche Tests, wie EPI, DIT, KLT, LPS, MMPI, PIT, PSB und PTV, werden dagegen aus Gründen, die dem Leser im Laufe des Buches einleuchten dürften, dort nicht besprochen.

Präsentation 3: Ausgewählte psychologische Tests (i.w.S.).

		Altersbereich	Erscheinungsjahr
Intelligenz-Testbatterien			
AID	Adaptives Intelligenz Diagnostikum	(6-15)	1985
HAWIE-R	Hamburg-Wechsler Intelligenztest für Erwachsene	(16-74)	1991
HAWIK-R	Hamburg-Wechsler Intelligenztest für Kinder	(6-74)	1983
IST 70	Intelligenz-Struktur-Test	(12-60)	1970
K-ABC	Kaufman Assessment Battery for Children (DeutscheVersion)	(2-12)	1991
KFT 4-13+	Kognitiver Fähigkeits-Test	(Schulstufe 4-13 u.älter)	1985
WIT	WILDE-Intelligenz-Test	(14-38)	1983
Spezielle Leistungstests			
APM	Advanced Progressive Matrices	(11-40)	1976
CFT 20	Grundintelligenztest Skala 2	(8;7-70)	1987
3DW	Dreidimensionaler Würfeltest	(ab 13)	1990
Test d2	(Aufmerksamkeits-Belastungs-Test)	(9-60)	1962
LGT-3	Lern- und Gedächtnistest	(ab 16)	1974
MTP	Mannheimer Test zur Erfassung physikalisch-technischen Problemlösens	(ab 16)	1980
Schlauchfiguren	(Test zur Prüfung des räumlichen Vorstellungsvermögens)	(15-20)	1983
SPM	Standard Progressive Matrices	(6-65)	1979
WMT	Wiener Matrizen-Test	(14-18 u.älter)	1979
WST	Wortschatztest	(ca.20-90)	1992
ZVT	Zahlen-Verbindungs-Test (zur Messung der kognitiven Leistungsgeschwindigkeit)	(8-60)	1978
Persönlichkeits-Fragebogenbatterien			
FPI-R	Freiburger Persönlichkeitsinventar	(ab 15)	1984
GT	Gießen-Test	(18-60)	1972
PRF	Deutsche Personality Research Form	(ab 17)	1985
Problemfragebogen für 11- bis 14jährige			1981
Problemfragebogen für Jugendliche		(14-19)	1967
16 PF	16-Persönlichkeits-Faktoren-Test	(ab 18)	1983
TPF	Trierer Persönlichkeitsfragebogen	(18-80)	1989
Spezielle Persönlichkeitsfragebogen			
AIST	Allgemeiner Interessen-Struktur-Test	(ab 14)	1992
AFS	Angstfragebogen für Schüler	(9-17)	1974
BIT II	Berufs-Interessen-Test II	(ab 14)	1984
Beschwerden-Liste		(20-64)	1976
Befindlichkeits-Skala		(20-64)	1976
EQS	Entscheidungs-Q-Sort	(18-55)	1982
FBS	Fragebogentest zur Beurteilung der Suizidgefahr	(ab 14)	1972

FAF	Fragebogen zur Erfassung von Aggressivitätsfaktoren	(ab 15)	1975
FKK	Fb. zu Kompetenz- und Kontrollüberzeugungen	(ohne Angabe)	1990
FKL	Fb. zur Kausalattribuierung in Leistungssituationen	(7.-9. Schulstufe)	1988
FSKN	Frankfurter Selbstkontrollskalen	(13-95)	1986
GIS	Generelle Interessen-Skalen	(13-18)	1990
IAF	Interaktions-Angstfragebogen	(ab 18)	1982
IPC	IPC-Fragebogen zu Kontrollüberzeugungen	(ab 18)	1981
LMT	Leistungsmotivationstest	(ab 15)	1978
LMT-J	Leistungsmotivationstest für Jugendliche	(12-16)	1976
STAI	State-Trait-Angstinventar	(ab 15)	1981
STAXI	State-Trait-Ärgerausdrucks-Inventar	(ab 14)	1992
SVF	Streßverarbeitungsfragebogen	(20-64)	1985
Projektive Verfahren			
PFT	*Rosenzweig* Picture Frustration Test	(ab 14)	1957
TAT	Thematischer Apperzeptionstest	(ab 14)	1943
Computertests			
ALS	Arbeitsleistungsserie	(Erwachsene)	1986
BBT	Begriffs-Bildungs-Test	(Erwachsene)	1993
Cognitrone	(Test zur Erfassung der Aufmerksamkeit)	(Erwachsene)	1986
Daueraufmerksamkeit		(20-70)	1986
Erkennen von Meta-Regeln		(Erwachsene)	1994
Gestaltwahrnehmungstest		(Kinder und Erwachsene)	1994
NLVT	Nonverbaler Lerntest	(20-66)	1994
Perseverationstest		(Erwachsene)	1993
Rechnen in Symbolen		(Erwachsene)	1994
Signal-Detection		(Erwachsene)	1986
Syllogismen		(Erwachsene)	1994
Topologischer Invarianztest		(Erwachsene)	1993
VLT	Verbaler Lerntest	(18-76)	1994
Vigilanz		(Erwachsene)	1986

Zur Illustration:

Als Einstieg, um die Möglichkeiten und Grenzen psychologischer Tests (i.e.S.) anzudeuten, diene der ZVT (*Zahlen-Verbindungs-Test*; Oswald & Roth, 1987): Er besteht aus vier Tafeln (Items) mit jeweils den Zahlen 1 bis 90 in unterschiedlicher Anordnung; gefordert wird, diese Zahlen schnellstmöglich (in aufsteigender Reihe) durch Striche zu verbinden (vgl. in Abb. 3 das erste von zwei Übungsitems - diese sind zum Eingewöhnen und ermöglichen dem Tl die Kontrolle, ob die Instruktion verstanden wurde). Wenn ein diagnostischer Laie der Testbearbeitung durch eine Tp folgt, könnte er folgende Beobachtungen machen und Schlüsse ziehen:

① Die Anforderung des Zahlenverbindens ist grundsätzlich leicht, nur der Zeitdruck macht den Test zum „Problem" !

② Die Tp arbeitet unerwartet schnell (oder langsam), jedenfalls ist es höchstwahrscheinlich, daß andere Tpn andere Testleistungen erbringen !

③ Beim zweiten Item erfolgt gegenüber dem ersten eine eindeutige Leistungsverbesserung, die Tp dürfte (bestimmte Bearbeitungsstrategien) gelernt haben, sich vielleicht auch nur (noch) mehr anstrengen !

④ Im Laufe des Tests, nach dem 2. und erst recht nach dem 3. Item, wirkt die Tp ermüdet, „gestreßt", demotiviert oder frustriert, zumindest unkonzentriert, eventuell selbstkritisch und aggressiv - und auch diesbezüglich ist zu vermuten, daß verschiedene Tpn völlig anders reagieren !

⑤ Für den Tl nicht vorhersehbar zeigt die Tp gelegentlich und plötzlich „*black-outs*", d.h. sie hält im Arbeitsprozeß inne und scheint die nächste gesuchte Zahl erst vergleichsweise spät wahrzunehmen !

⑥ Insgesamt betrachtet schwanken die Testleistungen der Tp bei den vier Items überraschend stark (oder überraschend wenig), so daß keine (oder eine sehr genaue) Prognose über das weitere Testverhalten gemacht werden könnte !

⑦ Nach einer insgesamt sehr kurzen Testzeit hat man relativ viel Information über die Tp in Erfahrung gebracht.

– Weitergehende Schlußfolgerungen sind dem Leser vorbehalten.

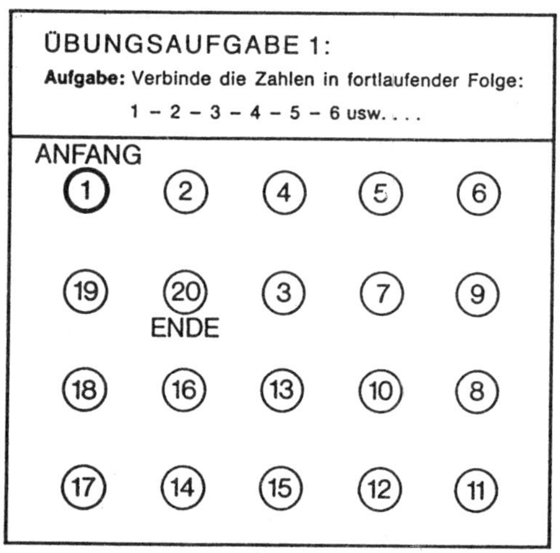

Abbildung 3: Das erste Übungsitem des ZVT; die Zahlen sind schnellstmöglich (in aufsteigender Reihe) durch Striche zu verbinden (mit freundlicher Genehmigung des *Hogrefe Verlags*).

Charakteristisch für Tests ist, daß sie nur eine Verhaltens*stichprobe* liefern: Sollen dennoch daraus verallgemeinernde Schlüsse gezogen werden, d.h. (situationsüberdauernde) Eigenschaften bzw. sog. „Verhaltensdispositionen" daraus abgeleitet (diagnostiziert) oder vielleicht gar künftiges Verhalten vorhergesagt (prognostiziert) werden, bedarf es der Repräsentativität dieser Stichprobe. Immer stellt sich die Frage, sind es gerade die gewählten Items, die eine bestimmte Eigenschaft repräsentieren, und würde die betreffende Tp auf diese Items auch zu allen Zeitpunkten gleich reagieren. U.a. deswegen müssen *psychologische* Tests bestimmten Gütekriterien genügen, denen sich der Abschnitt 2. auch ausführlich widmet.

1.3. Gesellschaftspolitische Kritik

Publikationen der 70er Jahre, wie zum Beispiel ein Buch, das schon im Titel fragt: „Ist Psychodiagnostik verantwortbar ?“ (Pulver, Lang & Schmid, 1978), sind Ausdruck genereller Verunsicherung über den Wert der *Psychologischen Diagnostik*. In „vielen Büchern und Zeitschriftenartikeln finden sich viele vereinzelte kritische Anmerkungen, Hinweise auf Unzulänglichkeiten, Äußerungen des Unmuts und der Unzufriedenheit bis hin zu Warnungen vor dem Einsatz von Tests überhaupt bzw. vor bestimmten Verfahren. Andere Autoren verzichten darauf, sich mit Einzelheiten lange herumzuärgern und abzuplagen, sie werfen den Tests gleich vor, zur Herrschaftsstabilisierung, Legitimation von Ausbeutungsverhältnissen usw. zu dienen und auch für diese Zwecke konstruiert worden zu sein.“ (Rexilius, 1978; S.115). Solche Publikationen machten fachspezifisch Bildungspolitik insofern, als sie Anlaß dafür waren, daß die Diplomstudienordnungen für Psychologie in manchen Ländern der BRD für etliche Jahre kein (eigenes) Prüfungsfach *Psychologische Diagnostik* mehr vorsahen.

Wie sehr sich auch das vorliegende Buch in seiner Gesamtkonzeption den zitierten „Unzulänglichkeiten“ widmet, die gesellschaftspolitische Kritik kann hier nur kurz abgehandelt werden. Das Buch ist durchaus kritisch in der Weise abgefaßt, daß, nach Meinung des Verfassers, in der Praxis oft unzulänglich sowie häufig unreflektiert (zu) viel getestet wird; es versucht aber gleichzeitig, die vielen Möglichkeiten zu vermitteln, die eine wissenschaftlich fundierte und inhaltlich reiflich überlegte Diagnostik bietet - und daß diese Möglichkeiten trotz gesellschaftspolitischer Skepsis *subjektbezogenen* Wert haben können, soll in Kapitel 1.4. **Rechtfertigung** punktuell gezeigt werden.

Ohne Anspruch auf Vollständigkeit werden im folgenden einige sozialpolitische bzw. sozioökonomische Argumentationen gegen die *Psychologische Diagnostik* referiert.

Zum einen gibt es Kritik hinsichtlich ihrer ursprünglichen Intentionen:

① *Francis Galton*, dem „die Ehre zuteil“ wurde, „als erster 'Testkonstrukteur' zu gelten“ (Grubitzsch, 1991b; S.73), wird vorgeworfen, seine Tests in die Dienste einer „sozialdarwinistischen Position“ zu stellen, wonach „die geistige Leistung erbbestimmt sei und sich sozialer Rang nach genetischem Potential einstelle“ - was in der kolonialen Expansionspolitik Englands (in der Mitte des 19. Jahrhunderts) half, „auf seiten der Herrschenden einen erhöhten Legitimationsbedarf“ abzudecken.

② Der akute Mangel an qualifizierten Arbeitskräften zur Zeit der Jahrhundertwende veranlaßte das französische Erziehungsministerium *Alfred Binet* mit der Entwicklung eines Testverfahrens zur Unterscheidung normaler und „schwachsinniger“ Kinder zu beauftragen; Ziel war die Optimierung und Intensivierung der schulischen Ausbildung, womit die Unterweisung Minderbegabter in speziellen, neu eingerichteten Sonderschulen verbunden war. Damit wird auch ihm eine Legitimierungsfunktion angelastet. „Die Frage der Zuordnung von Individuen zu Bildungsinstitutionen war ... nicht nur eine Frage der Anpassung individueller Ansprüche an institutionelle Angebote, sondern vielmehr eine Frage der Legitimierung und Legalisierung der *Tatsache*, daß eben *nicht* alle Individuen gleiche Zugangs*möglichkeit* zu allen Bildungsinstitutionen haben. Dieses wurde u.a. mittels der Behauptung der unterschiedlichen Abstufung von Bildungsfähigkeit, von Begabung, von Intelligenz ... erreicht.“ (Grubitzsch, 1991b; S.81). Dies, „... ohne daß zur Debatte stand, inwieweit das bestehende Bildungssystem die auszusondernden 'Schwachsinnigen' eventuell produzierte.“ (S.82).

③ Ähnlich seien die Bemühungen von *Hugo Münsterberg* zu sehen, die Eignung von Individuen für bestimmte Tätigkeiten in Schule und Beruf festzustellen; wenn er zuversichtlich ist, „daß mit Hilfe von experimentellen Testversuchen eine zuverlässige Angleichung von Mann und Werk ermöglicht wird“ (zit. nach Grubitzsch, 1991b; S.90), dann klingt darin die neue Ethik als Folge der zunehmenden Organisierung des Produktionsprozesses in den USA nach der Jahrhundertwende an, nämlich der „Pragmatismus, der die *Nützlichkeit* der menschlichen Tätigkeiten in Verbindung zu ihrem gewinnbringenden Beitrag zum gesellschaftlichen Leben hervorhob.“ (Grubitzsch, 1991b; S.91).

Zum anderen wird explizit die Nutzung zur Selektion ins Treffen geführt. Der Zweck *psychologischen Diagnostizierens* werde - auch in jüngerer Zeit - „nicht vom Getesteten, nicht vom Tester und vom Testkonstrukteur“, sondern von außen, von Auftraggebern bestimmt, oft von gesellschaftlichen Institutionen (Rexilius, 1978; S.113). „In diesem Sinn dienen Tests ... der *Stabilität 'der Gesellschaft'*, die sich mit Hilfe von Tests gegen Fehlentscheidungen und unerwünschte Entwicklungen abzusichern hofft.“ Der aktuelle Leistungs- und Wissensbegriff stehe in unmittelbarem Zusammenhang mit Normen und Regeln, deren „materielle Grundlage das produktive Eigentum ist“ und „an denen sich entscheidet, ob jemand auffällig ist, abweicht und einem diagnostischen Ausgrenzungs- und Heilungsprozeß unterworfen werden muß. Stört er das herrschende Leistungs- und Wissenssystem, wird er für dieses 'gefährlich' und 'angsterregend', weil er es durch sein Herausfallen wie durch sein Beispiel bedroht ..., und er muß stabilisiert werden, damit das System stabil bleibt.“

Schließlich geht es um die Beschränkung der Autonomie einer Person. *Psychologische Diagnostik* im Auftrag Dritter impliziere ein ethisch bedenkliches Autonomieproblem, weil es nicht der Betroffene selbst ist, der die Schlußfolgerungen aus den diagnostischen Ergebnissen zieht. „Jede Einschränkung der Autonomie in einem angeblich überindividuellen Interesse bedarf der Rechtfertigung durch einen interindividuellen Konsens“ (Lang, 1978; S.29), wobei sich im gegebenen Zusammenhang die Frage stellt, „ob letzten Endes das Individuum für die Gemeinschaft oder die Gemeinschaft für das Individuum da sein soll.“

Unabhängig vom sozialpolitischen bzw. sozioökonomischen Aspekt dieser Betrachtungen: Es steht der Vorwurf, ***Psychologische Diagnostik*** sei „*Selektionsdiagnostik*“.

1.4. Rechtfertigung

In diesem Zusammenhang besonders kritisch bewertet wird die Personalauslese. Auch im pädagogischen Bereich steht manchmal (noch heute) die Selektion im Mittelpunkt *psychologischen Diagnostizierens*; erst recht ist der *Psychologischen Diagnostik* im Umfeld der Psychiatrie herkömmlicher Weise ein „Klassifizieren“ anzulasten.

Demgegenüber setzen sich diagnostische Konzepte durch, die das Interesse der Testperson in den Mittelpunkt der Diagnostik stellen. Im Personalwesen gibt es erste Ansätze, die im Zuge sog. „Personalentwicklung“ nicht nur dem Betrieb dienen, sondern Mitarbeitern durch eine gezielte Diagnose die Chance zur Weiterbildung („Persönlichkeitsentwicklung“) geben. Bereits etabliert ist in der Pädagogischen Psychologie die sog. „*förderungsorientierte Diagnostik*“ als Alternative zur *Selektionsdiagnostik*, die so angelegt ist, daß mit der Diagnose mögliche Fördermaßnahmen unmittelbar gefunden werden - im engeren Sinn fällt darunter eine „*therapiegeleitete Diagnostik*“, wie sie innerhalb der Klinischen Psychologie alltäglich sein sollte.

Es geht eigentlich „nur“ darum, die Autonomie der zu diagnostizierenden Person in den Vordergrund zu stellen und die Diagnostik ins subjektbezogene Interesse zu setzen. Zwar werden dieser „Maxime“ gelegentlich gesetzliche Bedingungen zuwiderlaufen; doch ist es *psychologisch* mehr als fraglich, ob ihr auch wirtschaftliche Interessen diverser Auftraggeber zuwiderlaufen dürfen ?

Sicher wird oft, ohne die Fragestellung zu spezifizieren, „fürs erste einmal“ getestet, zum Beispiel die „Intelligenz“ eines Kindes - vergleichbar mit dem Fiebermessen des medizinischen Diagnostikers. Solange aber Testungen bloß routinemäßig (im schlechtesten Sinn des Wortes) erfolgen, mutet der *Psychologischen Diagnostik* tatsächlich das Flair von Klassifizieren, Selektieren und „Urteilen“ an. Abgesehen davon, daß immer (auch) nicht-intellektuelle, vor allem emotionale Bedingungen berücksichtigt werden müssen, sind auch die diagnostischen Verfahren problemspezifisch zu wählen. So bedarf es, im Beispiel, allenfalls eines solchen Intelligenztests, der (über die Bestimmung einer Kenngröße, dem „*Intelligenzquotienten*“ hinaus) auch bestimmte Hilfen anzeigt - denkbar wäre in diesem Zusammenhang der Hinweis auf eine Teilleistungsstörung (vgl. bei Graichen, 1979, sowie hier in Kap. 5.4.2.), was die nötigen Maßnahmen eindeutig festsetzen würde: Entsprechende Förderung.

Freilich besteht die Gefahr, daß etwa in Fragen der Schuladministration dem *psychologischen Diagnostizieren* die Funktion der Legitimierung zukommt. In diesem Zusammenhang kann nur an die Verantwortlichkeit des Diagnostikers appelliert werden; sie ist im Beispiel besonders groß, wenn nicht dem Ausgliedern aus der Regelschule die *praktizierte* Wiedereingliederung gegenübersteht - so wie eine permanente Überforderung für ein Kind problematisch ist, wird ihm auch dann ein schlechter Dienst erwiesen, wenn es einen Schultyp besucht, der es auf lange Sicht unterfordert. *„Sequentielle Diagnostik“* scheint hier die Strategie der Wahl, verstanden auch als sequentielle Hilfestellung. Wo diese nicht möglich ist, bedarf es hochentwickelter diagnostischer Verfahren, die nicht (nur) den gegenwärtigen, situativen und vielleicht spezifischen Leistungsgrad feststellen, sondern die Entwicklungsmöglichkeiten des Kindes (unter optimaler Förderung). U.a. die sog. „Lerntests“ (vgl. in Kap. 5.3.2.) gehen in diese Richtung; aber auch die Diagnose des Ausmaßes bisher zuteil gewordener Förderung oder die schichtspezifische Relativierung eines Testergebnisses zählt hierher.

Nun finden sich sicher Stimmen, die allein den Anspruch ablehnen, psychische Phänomene zu (ver-) *„messen“*: Dem spezifischen, individuellen, *qualitativen* Charakter einer Person könne man durch den Versuch, ihn zu *quantifizieren*, nicht Rechnung tragen. In der psychologischen Betreuung (auch in der Psychotherapie) müsse man sich von der qualitativen „Erfassung“ der Persönlichkeit eines Menschen sowie seiner Umgebung leiten lassen. Dem ist allerdings entgegenzuhalten, daß dieser Ansatz keiner wissenschaftlichen Absicherung zugänglich ist. Um *schlüssige* Interpretationen, Rückschlüsse und Prognosen anstellen zu können, bedarf es nämlich des Nachweises immer wieder zutreffender Zusammenhänge von Beobachtungen des Diagnostikers einerseits und interessierenden Konsequenzen andererseits. Solche Gesetzmäßigkeiten lassen sich aber nur unter entsprechender Abstraktion des erfaßbaren Informationsgehalts ableiten; d.h., zugunsten definitorischer Festlegungen muß auf die Nutzung bestimmter Informationen verzichtet werden. Daß bei den verschiedenen psychologisch-diagnostischen Versuchen des Quantifizierens vieles problematisch, aber manches lösbar ist, soll im vorliegenden Buch gezeigt werden.

Allen neueren Konzepten zum Trotz wird es immer psychologische Fragen zur Selektion, insbesondere innerhalb der Arbeitswelt geben. Um trotz aller Vorbehalte dementsprechendes *psychologisches Diagnostizieren* respektieren zu können, seien abschließend in Präsentation 4 die *Voraussetzungen bei Eignungsentscheidungen* nach Althoff (1984, S.145) kommentarlos wiedergegeben.

Präsentation 4: Voraussetzungen bei Eignungsentscheidungen (nach Althoff, 1984; - S.145 gekürzt und mit Korrektur einer mißverständlichen Formulierung).

① Zwischen Menschen bestehen inter- und intraindividuelle Unterschiede in der Kompetenz zur Bewältigung bestimmter Berufs- und Arbeitsaufgaben.

② Einschätzungen dieser Kompetenzunterschiede sind meist ausschlaggebend für personelle Wahlentscheidungen institutioneller oder individueller Art.

③ Solche institutionellen oder individuellen Wahlentscheidungen sind unausweichlich; d.h. Eignungsdiagnostik und Personalauslese sind „natürliche" Vorgänge, die mit oder ohne Tests, mit oder ohne Psychologen ablaufen müssen.

④ Personelle Entscheidungen implizieren stets Prognosen über die Bewährung der Betroffenen bei der Bewältigung bestimmter Aufgaben. Die Vorhersage künftiger beruflicher Leistungen und Verhaltensweisen ist das Ziel jeder Eignungsdiagnostik. Da weder die innerern „Dispositionen" noch die künftigen inneren und äußeren Verhaltensdeterminanten vollständig meßbar bzw. voraussagbar sind, beinhalten Prognosen nur mehr oder weniger hohe Bewährungswahrscheinlichkeiten.

⑤ Selbst- und Fremdattributionen von Kompetenzgraden und -unterschieden sind ein „naturwüchsiges" Geschehen. Keine Gesellschaft hat sich jedoch bisher bei bedeutsamen personellen Entscheidungen auf die Validität „naturwüchsiger" Entscheidungsprozeduren verlassen, sondern jeweils formelle Qualifikationseinschätzungen institutionalisiert. Der Zweck des Einsatzes von Psychologen und ihrer eignungsdiagnostischen Methoden im Rahmen einer solchen Institutionalisierung ist es unter anderem, die ohnehin notwendigen Entscheidungen sachgerechter vorzunehmen sowie Subjektivität und Willkür zu reduzieren.

⑥ Durch Verzicht auf die Mitwirkung von Psychologen und den Einsatz von Tests wird kein einziger zusätzlicher Ausbildungs- oder Arbeitsplatz geschaffen, die notwendigen Auswahlentscheidungen würden dadurch aber undurchsichtiger, manipulierbarer und wahrscheinlich invalider.

1.5. Grundsätze

Analog dem hippokratischen Eid des Arztes könnte für den (psychologischen) Diagnostiker einfach die bereits angeklungene Maxime gelten, dem subjektbezogenen Interesse zu dienen - stünden dem nicht, zumindest gelegentlich gut argumentierbare Ausnahmen entgegen. Und zumal *psychologisches Diagnostizieren*, anders als medizinisches, nicht unbesehen einer (einzigen) Berufsgruppe vorbehalten wird, welche allein kraft ihrer Ausbildungs- bzw. Berufsordnung zur seriösen und ethisch vertretbaren Ausübung dieser Tätigkeit verpflichtet wäre, bedarf es gewisser Reglementierungen zum Konsumentenschutz.

Bei diesen ist zu unterscheiden zwischen:

❶ grundgesetzlich verankerte Rechte, die „Würde des Menschen"[2] betreffend
❷ gesetzliche Einzelregelungen (thematischer oder „hoheitsgebietlicher" Art)
❸ berufsordnungsmäßig festgelegte ethische Verpflichtungen im Rang von Vereinssatzungen
❹ fachautorisierte „Appelle" -

[2] Sinngemäß in der *Europäischen Konvention zum Schutz der Menschenrechte und Grundfreiheiten*, konkret genannt im *Grundgesetz* der BRD.

zu letzteren sei als Beispiel Haubl (1984, S.73) zitiert: „Du darfst psychologisches Wissen dann und nur dann zur Entscheidung lebenspraktischer Fragen heranziehen und an deinen Klienten und/oder Auftraggeber 'fortgeben', wenn du erwartest, daß eine mit diesem Wissen begründete und durchgeführte Intervention im Lebenslauf des Klienten wenigstens in absehbarer Zeit zu einer Erweiterung seiner Selbsthilfefähigkeiten zu führen verspricht *und* dein Klient, nachdem er von dir über das Begutachtungsverfahren, dessen rechtliche und fachliche Grenzen, sowie über antizipierbare Konsequenzen verschiedener Begutachtungsausgänge informiert wurde, von seiner Chance überzeugt ist."

Eine für die *Psychologische Diagnostik* problematische Situation ersteht dadurch, daß je konkreter und strenger die Anforderungen an den Diagnostiker seitens der vier genannten Quellen gestellt werden, umso weniger verbindlich sind sie. Zum Beispiel müssen sich nur diejenigen, nämlich Psychologen, an die Berufsordnung des BDP (*Berufsverband Deutscher Psychologen e.V.*) halten, welche dort auch (freiwillig) Mitglied sind; andere Psychologen oder Personen anderer Profession sind daran nicht gebunden. Und nur wenige Gesetze oder Verordnungen regeln explizit, wem *psychologisches Diagnostizieren* zusteht und wem nicht.

Zur Illustration:

Im *Amtsblatt des Hessischen Kultusministers* (1985/38; zit. nach Tent & Stelzl, 1993; S.237) heißt es: „Die Durchführung von Verfahren, deren Anwendung ein abgeschlossenes Studium der Psychologie voraussetzen, sind Lehrern in der Schule nicht gestattet"; in der Liste entsprechender Verfahren werden insbesondere Intelligenztests, Persönlichkeitstests und Projektive Verfahren genannt.

Somit bleibt in vielen Anwendungsbereichen eine „Grauzone", in der für den Konsumenten keine Garantie auf fachgemäße Begutachtung besteht.

Es sei dem Leser dieses Buches vorbehalten, sich ein Urteil zu bilden, wie *psychologisches Diagnostizieren* anders als mit den hier vermittelten Grundlagenkenntnissen (selbstverständlich gepaart mit routinierten Fertigkeiten) fruchten sollte - die genannte „Grauzone" ermöglicht jedoch vieles an psychologisch nicht vertretbarer („diagnostischer") Praxis. In Ermangelung verbindlicher Gesetze genügen allerdings, um den Konsumentenschutz zu wahren, Reglementierungen der Art ❸, sobald nur den Konsumenten transparent wird, daß ihr zu fordernder Garantieanspruch zumindest beim betroffenen Personenkreis erfüllt ist.

Zur Illustration:

In Österreich gibt es, anders als in der BRD, ein *Psychologengesetz* (österreichisches BGBl.Nr. 360/1990); dieses regelt die Ausübung des psychologischen Berufs im Bereich des Gesundheitswesens. Mit ihm ist die Situation vordergründig klarer, weil es sinngemäß so auszulegen ist, daß lediglich die dem Gesetz entsprechenden sog. *„Klinischen Psycholog(inn)en"* und *„Gesundheitspsycholog(inn)en"* zum *psychologischen Diagnostizieren* (im Bereich des Gesundheitswesen) berechtigt sind; formalrechtlich definiert das Gesetz jedoch nur deren Qualifikation sowie deren Tätigkeiten. Immerhin legt es neben dem Recht auf selbständige Ausübung der definierten Tätigkeiten auch Berufspflichten fest (vgl. Präsentation 5). Sofern also der Konsument darüber informiert ist, kann er sich auf die Einhaltung dieser Berufspflichten bei den Betreffenden verlassen - bei anderen, selbst diplomierten Psychologen ohne entsprechender Berufsbezeichnung, steht dies eben nicht von vornherein fest. Sinngemäß dasselbe gilt in bezug auf die Mitglieder von Berufsverbänden, insbesondere dem deutschen - wobei sogar eines zu bedenken ist: „... können berufsethische Grundsätze, die in der Berufsordnung enthalten sind, Ausdruck einer einheitlichen und gefestigten Standesüberzeugung sein, die auch von der Allgemeinheit geteilt wird, und deren Verletzung allgemein als Verstoß gegen das Anstandsgefühl angesehen wird“ (Fehnemann, 1995; S.133).

Präsentation 5: Berufspflichten der *Klinischen Psychologen* und Gesundheits-*psychologen* (aus dem *Psychologengesetz*, österreichisches BGBl.Nr. 360/1990 - gekürzt).

§ 13.(1) Klinische Psychologen und Gesundheitspsychologen haben ihren Beruf nach bestem Wissen und Gewissen und unter Beachtung der Entwicklung der Erkenntnisse der Wissenschaft auszuüben. Diesem Erfordernis ist insbesondere durch den regelmäßigen Besuch von in- oder ausländischen Fortbildungsveranstaltungen zu entsprechen.

(3) Klinische Psychologen und Gesundheitspsychologen dürfen psychologische Tätigkeiten nur mit der Zustimmung des Behandelten oder seines gesetzlichen Vertreters anwenden.

(4) Klinische Psychologen und Gesundheitspsychologen sind verpflichtet, dem Behandelten oder seinem gesetzlichen Vertreter alle Auskünfte über die Behandlung, insbesondere über Art, Umfang und Entgelt, zu erteilen.

(5) Klinische Psychologen und Gesundheitspsychologen haben sich bei der Ausübung ihres Berufes auf jene psychologischen Arbeitsgebiete und Behandlungsmethoden zu beschränken, auf denen sie nachweislich ausreichende Kenntnisse und Erfahrungen erworben haben.

§ 10.(4) Zur Ausübung des psychologischen Berufs berechtigte Personen dürfen psychologische Gutachten nur nach genauer Erhebung der im Gutachten zu beurteilenden Tatsachen nach bestem Wissen und Gewissen ausstellen.

In Präsentation 6 sind daher die Grundsätze der Berufsordnung des BDP, soweit sie die *Psychologsche Diagnostik* betreffen, wiedergegeben. Und weil das „Verfassen von psychologischen Gutachten ... zu den zentralen psychologischen Tätigkeiten“ gehört, hat der BDP (gemeinsam mit der *Deutschen Gesellschaft für Psychologie*) auch gleich *Richtlinien für die Erstellung Psychologischer Gutachten* erarbeitet (Berufsverband Deutscher Psychologen, 1988; im Vorwort): „Psychologische Gutachten müssen sich in Zukunft an diesen Maßstäben messen lassen“ - die bereits an dieser Stelle relevanten, weil dem Konsumentenschutz dienenden Reglementierungen sind in Präsentation 7 angeführt.

Präsentation 6: Einige Grundsätze der Berufsordnung des BDP (in der Fassung von 1986; als Schriftenreihe ohne Jahresangabe erschienen im *Deutschen Psychologen Verlag* - wörtlich zitiert mit Kürzungen).

- Der Psychologe hat seinen Klienten/Patienten über alle wesentlichen Maßnahmen und Behandlungsabläufe zu unterrichten.

- Der heilkundlich tätige Psychologe darf keine persönliche Bindung zu seinen Patienten eingehen, z.B. sind sexuelle Beziehungen zu Patienten unzulässig.

- Klienten/Patienten haben das Recht, ohne Gegenwart eines Dritten von einem Psychologen beraten oder behandelt zu werden.

- Der Psychologe ist in der Zusammenarbeit mit Angehörigen anderer Berufe loyal, tolerant und hilfsbereit. Er kennt keine standespolitischen Grenzen und arbeitet mit anderen Berufen zusammen.

- Angestellte oder beamtete Psychologen haben bei Begründung eines Dienstverhältnisses auf ihre eigenverantwortliche Berufsausübung hinzuweisen, insbesondere auf die ihnen kraft Gesetzes obliegende Schweigepflicht. Sie haben anzuzeigen, daß eine fachliche Aufsicht lediglich durch Psychologen gegeben sein kann. Im heilkundlichen Bereich kann die Fachaufsicht in besonders zu begründenden Fällen zeitweilig durch einen entsprechend ausgebildeten Arzt wahrgenommen werden. Sie haben ferner anzuzeigen, daß berufsethisch zuwiderlaufende und nicht fachgerecht zu erfüllende Aufgaben nicht abverlangt werden können. Dem Arbeitgeber ist bei Einstellung eine Ausfertigung der Berufsordnung auszuhändigen.

- Der Psychologe ist verpflichtet, über alle ihm in Ausübung seiner Berufstätigkeit anvertrauten und bekannt gewordenen Tatsachen zu schweigen (§ 203 StGB), soweit nicht das Gesetz Ausnahmen vorsieht oder ein bedrohtes Rechtsgut überwiegt. Die Schweigepflicht des Psychologen besteht auch gegenüber Familienangehörigen des Klienten/Patienten und gegenüber Vorgesetzten.

- Der Psychologe ist verpflichtet, über Beratungen und Behandlungen aussagefähige Aufzeichnungen zu erstellen.

- Allgemein gilt, daß die Erstellung und Verwendung von Gutachten vom Psychologen größtmögliche Sachlichkeit, Sorgfalt und Gewissenhaftigkeit erfordert.

- Gutachten müssen für den Adressaten inhaltlich nachvollziehbar sein.

- Der Psychologe ist gehalten, darauf hinzuwirken, daß der Begutachtete das Gutachten auf Wunsch einsehen kann, sofern für ihn kein ernster Schaden zu befürchten ist. Falls der Auftrag eine Einsichtnahme von vornherein ausschließt, muß der Klient/Patient vorab davon in Kenntnis gesetzt werden.

Präsentation 7: Ausgewählte Passagen der *Richtlinien für die Erstellung Psychologischer Gutachten* (Berufsverband Deutscher Psychologen, 1988).

„Ein ... Psychologisches Gutachten ist eine wissenschaftliche Leistung, die darin besteht, aufgrund wissenschaftlich anerkannter Methoden und Kriterien nach feststehenden Regeln der Gewinnung und Interpretation von Daten zu konkreten Fragestellungen Aussagen zu machen. Es handelt sich um die Antwort eines Experten, des Diplom-Psychologen, auf Fragen, zu denen er aufgrund seines Fachwissens, des aktuellen Forschungsstandes und seiner Erfahrung Stellung nimmt." (S.3).

„Es liegt ... in der Verantwortung des jeweiligen Gutachters, welche Verfahren er aufgrund des aktuellen Forschungsstandes in der wissenschaftlichen Psychologie auswählt, welchen Umfang der Datenerhebung er für angemessen hält, was aus der Sicht der Fragestellung als mitteilensnotwendig gilt und was zum Schutz der Persönlichkeit des Begutachteten nicht mitzuteilen ist." (S.3).

„Seine Arbeit muß gekennzeichnet sein durch Bemühen um Objektivität. Er muß die Freiwilligkeit einer Teilnahme an psychologischer Begutachtung respektieren, soweit dem nicht ein Gesetz oder eine andere förmliche Norm entgegensteht, und er muß Sorge tragen für hinreichenden Datenschutz der von ihm gewonnenen Informationen." (S.2).

Bemerkung am Rand:

Was also die (weitere) Eingrenzung der angesprochenen „Grauzone" zum Ziel des Konsumentenschutzes betrifft, braucht *psychologisches Diagnostizieren* im Sinn der obigen Reglementierungen nur als solches transparent gemacht zu werden; so gesehen stellt sich die Frage, ob eher die gesetzlich geregelte Beschränkung des *psychologischen Diagnostizierens* auf (eine) bestimmte Berufsgruppe(n) sachlich gerechtfertigt und anzustreben ist, oder ob die Garantie fachgemäßer Begutachtung besser auf Zertifikaten u.ä. fußen sollte, die eine entsprechende Fachausbildung bestätigen - daß im letzten Fall Nicht-Psychologen infolge mangelnden psychologischen Wissens (vgl. in Kap. 1.1. **Voraussetzungen**) dabei größte Anstrengungen zu machen hätten, steht außer Frage.

Zur Illustration:

In Großbritanien liefern seit 1988 alle Test-Verlage laut Anweisung der *British Psychological Society* ihre Produkte nur an Personen aus, die über ein Zertifikat verfügen, das sie als einschlägig Ausgebildete legitimiert.

Und in der BRD dürfen regelmäßig Sonderschullehrer solche Tests einsetzen, deren Anwendung sie *nachweislich* während ihrer Ausbildung gelernt haben (vgl. z.B. wieder im *Amtsblatt des Hessischen Kultusministers*, 1985/38).

Dem Konsumentenschutz darf eigentlich auch nicht der sachlich absolut gerechtfertigte Schutz psychologischer Tests entgegenstehen - es pervertiert selbstverständlich den diagnostischen Zweck, wenn zum Beispiel *Original*-Testaufgaben öffentlich verbreitet oder gar zur Testvorbereitung geübt werden; doch eine den genannten Reglementierungen zuwiderlaufende bzw. nicht zu rechtfertigende Geheimhaltung sollte *passé* sein: „In der Vergangenheit war ein weitgehender *Konsens* ... gegeben: Tests werden geheimgehalten und nur an Diplom-Psychologen (mit einigen Ausnahmeregelungen) abgegeben. ... Diese Verhältnisse haben sich radikal geändert. ... das Verlangen nach Offenlegung von Entscheidungsgründen bzw. dazu herangezogenen Informationen ist weitgehender politischer Konsens." (Wottawa, 1990; S.159). So informiert zum Beispiel Horn (1990) in seinem Buch den Laien, insbesondere einen Stellenbewerber, über die häufigsten im Einsatz befindlichen Test*konzepte*, d.h. über die *Art* der Aufgabenstellung, u.zw. an Hand der betreffenden Übungsaufgaben, wie sie jeweils in der Instruktion der Tests vorgesehen sind, ohne allerdings die Original-Testaufgaben zu „verraten" ! Noch systematischer betreibt dies das *Institut für Test- und Begabungsforschung* (im Auftrag der Kultusminister der Länder - der BRD) hinsichtlich des von ihr erstellten „Tests für Medizinische Studiengänge": Künftige Bewerber werden nicht nur durch ein eigenes „Test-Info" samt Beispielaufgaben instruiert, sondern diesen wird auch die Möglichkeit geboten, die jeweils nicht mehr aktuelle Testversion über den Buchhandel zu beziehen (z.B. Institut für Test- und Begabungsforschung, 1990). „Transparenz" lautet demnach die Devise !

1.6. Rahmenbedingungen

Was rechtliche Rahmenbedingungen betrifft, wurden die wesentlichen soeben im Zusammenhang mit den Grundsätzen *Psychologischer Diagnostik* besprochen. Einige problematische Situationen, die in Widerspruch zu diesen Grundsätzen geraten können, sind dennoch exemplarisch im folgenden zu skizzieren:

① „Für die schulpsychologischen Dienste besteht insofern grundsätzliche Weisungsabhängigkeit, als ihnen untersagt oder auferlegt werden kann, bestimmte diagnostische Maßnahmen zu treffen oder bestimmte Methoden anzuwenden. Für die Wirksamkeit der Weisung ist dabei rechtlich unerheblich, ob der Weisungsbefugte über Fachkompetenz verfügt und die Weisung fachlichen Kriterien standhält. In einigen Bundesländern sind die Schulpsychologen jedoch im Hinblick auf die Datengewinnung und die Erstellung von Gutachten ausdrücklich weisungsfrei gestellt" (Tent & Stelzl, 1993; S.239).

② Die Regelungen betreffs Bezahlung *psychologischen Diagnostizierens* durch die Krankenkassen beinhalten *kontingentierte* Listen psychologischer Tests, aus denen der Psychologe zu wählen hat.

③ „Ein rechtlicher Konfliktfall liegt bei Strafprozessen vor, da der § 53 StPO (für die BRD; Anm.d.Verf.) ein Zeugnisverweigerungsrecht aufgrund von Berufsgeheimnissen für Psychologen nicht vorsieht ... Es wird in der juristischen Literatur die meinung vertreten, daß sich ein solches Verweigerungsrecht aus § 203 StGB (für die BRD; Anm.d.Verf.) ableiten läßt, zum jetzigen Zeitpunkt kann sich aber der Psychologe nicht mit Sicherheit auf eine solche Auslegung durch den zuständigen Richter verlassen und muß im Falle einer Verweigerung der Aussage gegebenenfalls mit Beugehaft rechnen." (Wottawa & Hossiep, 1987).

Eine wichtige praktische Rahmenbedingung ergibt sich aus folgendem: „Insgesamt zeigt sich, daß mit zunehmender Lebens- und Berufserfahrung als Diagnostiker und mit weitergehender Ausbildung in psychologischen Grundkenntnissen, theoretischen Kenntnissen in psychologischer Diagnostik sowie speziellem Training in psychologischer Diagnostik Psychologische Diagnostiker besser in der Lage sind, (1) sich über ihre Ziele bei der Planung diagnostischen Handelns klar zu werden, (2) sachlich gerechtfertigte Anliegen von persönlichen Interessen zu trennen, (3) die zu beachtenden rechtlichen und ethischen Rahmenbedingungen ihres diagnostischen Handelns zu beachten und (4) die von ihrem diagnostischen Handeln betroffenen 'Objekte' zu unterscheiden." (Westhoff & Kluck, 1991; S.128). „Nach unseren Erfahrungen in der Ausbildung von Studentinnen und Studenten der Psychologie und in der Weiterbildung von Psychologinnen und Psychologen in Psychologischer Diagnostik sind ein gutes Grundlagenwissen und rein theoretische Unterweisungen in Psychologischer Diagnostik zwar notwendige, aber noch keine hinreichende Voraussetzungen für erfolgreiches Diagnostizieren. Es muß hinzukommen, daß angehende Diagnostiker lernen, (1) wie sie das in der Psychologie und bei sich selbst vorhandene Wissen auf eine vorliegende Fragestellung umsetzen können, (2) wie sie ihre Werkzeuge wie z.B. Tests, Fragebogen, Gespräche theorie- und methodenkritisch einsetzen können und (3) wie sie allgemeine und persönliche Urteilsfehler und -tendenzen minimieren." (S.126).

Schließlich sei auf eine organisatorische Rahmenbedingung eingegangen, nämlich auf das Verlagswesen psychologischer Tests - in Anbetracht der gegebenen Transparenz des Testkonzepts sowie der Nachvollziehbarkeit der Testkonstruktion interessieren prinzipiell nur/erst publizierte und verlagsmäßig vertriebene diagnostische Verfahren: Die bekannteste Bezugsquelle ist wohl die bereits erwähnte *Testzentrale*; insbesondere fremdsprachige Tests dürften am besten über *Swets-Test-Services* in Lisse und Frankfurt/M. beziehbar sein. Und ein besonders umfangreiches Inventar an computerisierten psychologischen Tests bietet die *Dr.G.Schuhfried GmbH* in Mödling/Wien an.

2. Testtheoretische Grundlagen

Lienert (in der neuesten Auflage: Lienert & Raatz, 1994) unterscheidet zwischen Haupt- und Nebengütekriterien von Tests; unter erstere subsumiert er *Objektivität*, *Reliabilität* und *Validität*, unter letztere u.a. *Normierung*, *Ökonomie* und *Nützlichkeit*. Auf diese Gütekriterien wird im folgenden eingegangen, teilweise allerdings mit bestimmten Modifikationen in der Definition bzw. mit einer Ausdifferenzierung der zu allgemein und unspezifisch gefaßten Begriffe. Auch das *Testkuratorium der Föderation deutscher Psychologenverbände*[3] legt Gütekriterien fest (Testkuratorium, 1986a); von den dort genannten werden im folgenden die *Zumutbarkeit*, *(Un-) Verfälschbarkeit* und *Fairneß* berücksichtigt - hier erfolgt ebenfalls eine entsprechende Ausdifferenzierung der Begriffe. Schließlich gilt es, die Güte von Tests aus dem Blickpunkt der *Skalierung* zu bewerten, wie er sich aus den Erkenntnissen der sog. *„Probabilistischen Testtheorie“* ergibt (vgl. z.B. Kubinger, 1989).

Entsprechend dem Testkuratorium (1986b) wird bis auf weiteres die Bezeichnung „Test“ für alle psychologisch-diagnostischen Verfahren verwendet. Dementsprechend allgemein gefaßt sind daher auch die Bezeichnungen „Testperson“, „Testleiter“, „Testtheorie“ sowie

① „Testkennwert“, für diejenige vorschriftsmäßig zu verrechnende Größe, welche die mit dem Test zu messen beabsichtigende Eigenschaft operationalisiert (im statistischen Sinn also: eine Variable);

② „Testwert“, für ein ganz bestimmtes numerisches Ergebnis dieses Testkennwerts (im statistischen Sinn also: die konkrete Realisation einer Variable);

③ „(Test-) Handbuch“ (synonym: „Manual“, „Handanweisung“) für die Testleiteranweisung samt Darstellung der (test-)theoretischen Fundierung des Tests.

Erläuterung zu „Testkennwert“ und „Testwert“:

Der wohl berühmteste Testkennwert ist der sog. „Intelligenzquotient“ (IQ; Genaueres s. in Kap. 2.4. **Normierung**); er ist, wie alle Testkennwerte, theoretisch für unendlich viele Tpn bestimmbar, u.zw. gemäß besonderen (je nach Test verschiedenen) Verrechnungsvorschriften. Bei jeder Anwendung des Tests lassen sich zwar gewisse Testleistungen bzw. Testreaktionen (auch von einem Laien) direkt beobachten (und intuitiv bis spekulativ sogar interpretieren); doch kommt es vor allem, durch vorschriftsmäßige Auswertung, zu einem Test*ergebnis*, d.i. der für die betreffende Tp berechnete Testwert - bezogen auf den Testkennwert *IQ* kann das zum Beispiel einmal sein: $IQ = 110$.

Statt von Testwert wird oft von „(Roh-) *Score*“ (auch: „Rohwert“) gesprochen; weil „Testwert“ ganz allgemein zutreffend ist, u.zw. insbesondere unabhängig davon, ob es sich um normierte oder (noch) nicht normierte Testergebnisse handelt (vgl. wieder in Kap. 2.4. **Normierung**), ist

[3] Das ist ein 1985 gegründetes Gremium zum Schutz der Öffentlichkeit vor unzureichenden *diagnostischen* Verfahren und deren unqualifizierter Anwendung.

allerdings die Gleichsetzung von Testwert und *Score* nur dann angebracht, wenn es sich beim gegebenen Testergebnis um die *Anzahl gelöster Items* (vgl.: *„to score a hit"*) handelt. Demgegenüber ist der Begriff „Rohwert" etwas allgemeiner zu fassen, jedoch in jedem Fall auf nicht normierte Testergebnisse beschränkt.

2.1. Objektivität

☞ „Unter *Objektivität* eines Tests verstehen wir den Grad, in dem die Ergebnisse eines Tests unabhängig vom Untersucher sind." (Lienert; s. wieder Lienert & Raatz, S.7).

Gemeint ist offensichtlich, daß ein Test dann als objektiv gilt, wenn verschiedene Untersucher (besser: Testleiter) bei der selben Tp zum selben Ergebnis gelangen. Diese Überlegung ist jedoch rein theoretischer Natur, weil Testwiederholungen im Regelfall nicht unter denselben Bedingungen erfolgen können - man bedenke allein den möglichen Übungseffekt !

Da es natürlich nicht nur um die „Objektivität" der Ergebnisse, sondern auch um die der Auswertung und der Interpretation geht, unterscheidet Lienert genauer zwischen *Durchführungs-*, *Auswertungs-*, und *Interpretations*objektivität - zu beachten ist in diesem Zusammenhang, daß Testung, Auswertung und Interpretation von jeweils anderen Personen geleistet werden können.

2.1.1. Testleiterunabhängigkeit

Anstatt des Begriffs *Durchführungsobjektivität* ist es besser, von „Testleiterunabhängigkeit" zu sprechen. Es geht nämlich darum, inwieweit das Testverhalten der Tp und damit ihr Testergebnis unabhängig von zufälligen oder systematischen Verhaltensvariationen des Tl während der Testdurchführung ist: „Soll die Durchführungsobjektivität maximal hoch werden, dann muß die Instruktion an den Untersucher (schriftlich) so genau wie möglich festgelegt und die Untersuchungssituation so weit wie möglich standardisiert werden. Das läuft in aller Regel darauf hinaus, die soziale Interaktion zwischen Untersucher und Pb (Proband, besser: Tp; Anm. d. Verf.) auf ein unumgängliches Minimum zu reduzieren" (Lienert; s. wieder Lienert & Raatz, S. 8).

Bemerkung am Rand:

Streng genommen ist der Begriff der „Durchführungsobjektivität" weiter gefaßt als der der „Testleiterunabhängigkeit": Erstere zielt nämlich *auch* auf die Untersuchungssituation ab, also auf die räumlichen, zeitlichen, im weitesten Sinn auf die ergonomischen Bedingungen, unter denen die Testung erfolgt.

Zieht man die umfangreiche und bekannte Literatur zu Versuchsleitereffekten (z.B. Gniech, 1976) heran, so verwundert der Anspruch nicht, die soziale Interaktion zwischen Tl und Tp möglichst gering zu halten: Grundsätzlich ist davon auszugehen, daß jeder Experimentator (hier Tl) bestimmte Erwartungen über die Versuchsperson (hier Tp) ausbildet - allein schon wegen des sog. „*Halo*-Effekts". Aufgrund dieses „Experimentator"-Erwartungs-Effekts kommt es zu unwissentlichen Verstärkungen des Verhaltens der Tp, zumeist vermittels non-verbaler Kommunikation.

Erläuterung zum „*Halo*-Effekt":

„Der Beurteiler (z.B. Lehrer) hat die Tendenz, bei der Beurteilung einer Persönlichkeitseigenschaft sich von einem Gesamteindruck oder einer hervorstechenden Eigenschaft leiten zu lassen." (Arnold, Eysenck & Meili, 1980; S.841).

Erläuterung zur non-verbalen Kommunikation:

Darunter fallen:

① Körperbewegungen bzw. kinästhetisches Verhalten (Gestik, Körperhaltung, Gesichtsausdruck, Augenbewegung und Kopfhaltung)
② Paralinguistische Qualitäten (Töne und Laute des Sprech- und Stimmapparates)
③ „Proxemics", das ist der soziale bzw. persönliche Abstand gegenüber anderen.

Zur Erinnerung:

Wie weit (nicht bewußte) non-verbale Verstärkungen gehen und wirken können, zeigen zwei klassische Erkenntnisse der Psychologie (vgl. beide z.B. wieder bei Gniech): Einerseits die Entdeckung von *Pfungst*, daß ein Pferd durch unbemerkte Spannungs- und Entspannungszustände des Beobachters zu richtigem „Rechnen" gebracht werden konnte; andererseits die Experimente von *Rosenthal*, in denen infolge manipulierter Einstellungen der „Lehrer" zwei grundsätzlich gleiche Gruppen von Versuchsobjekten (Ratten, Schüler) zu unterschiedlichen Leistungen gelangten (sog. „*Rosenthal*- Effekt").

Zur Illustration:

Zum Beweis des *Halo*-Effekts in Testsituationen sei das Beispiel geschlechtsspezifischer Tl-Effekte gegeben: Hawel (1979) stellte in seiner Untersuchung fest, daß Mädchen, mit dem HAWIK (*Hamburg-Wechsler Intelligenztest für Kinder;* Hardesty & Priester, 1956) von Männern getestet, in den Untertests des Verbalteils im Durchschnitt signifikant besser abschnitten als Mädchen, die von einem weiblichen Tl getestet wurden. Der entsprechende heterosexuelle Effekt bei Buben ist zwar tendentiell, nicht aber signifikant gegeben. – Anzumerken ist allerdings, daß es sich beim HAWIK um einen Individualtest handelt !

Zur Illustration:

Nur als ergänzende Spekulation über die Tragweite (nicht bewußter) Tl-Erwartungen diene die Abbildung 4: Wurst und Schubert (1975) konnten für das Patientengut der Heilpädagogischen Station der Universitäts-Kinderklinik Wien zeigen, daß der durchschnittliche IQ im HAWIK zwischen 1962 und 1974 fast monoton anstieg; dies wurde von den Autoren, die gleichzeitig als Tl fungierten, als Normverschiebung infolge gesellschaftspolitischer Veränderungen interpretiert. Ab diesem Zeitpunkt, also unter Kenntnis dieses Phänomens, beobachteten dann Schubert und Berlach (1982) für dieselbe Station zunächst einen (kontinuierlichen) Abfall - als Folge einer „normkorrigierenden Reaktion" der Tl ? Am Ende ihres Beobachtungsverlaufs (d.i. das Berichtsjahr 1979) stellten sie wieder einen stark angestiegenen durchschnittlichen IQ fest. Ohne besondere Publikation wurden vom Verfasser extra für diese Abbildung die Daten der nachfolgenden Jahre bis 1985 ausgewertet (danach ist für Routinetestungen der HAWIK stationsintern von einer anderen Intelligenz-Testbatterie abgelöst worden): Beginnend mit einem abrupten, signifikanten Abfall nach dem Berichtsjahr 1979 - (wieder) als Folge einer „normkorrigierenden Reaktion“ der (hauptsächlich) noch immer gleichen Tl (?) - pendelt sich das Niveau des durchschnittlichen IQ letztendlich auf einen vergleichsweise niedrigen Wert ein. (Die Daten beziehen sich auf 2318 Kinder zwischen 1962 und 1979, d.s. ca. 129/Kalenderjahr, und auf 289 Kinder zwischen 1980 und 1985, d.s. ca. 48/Kalenderjahr).

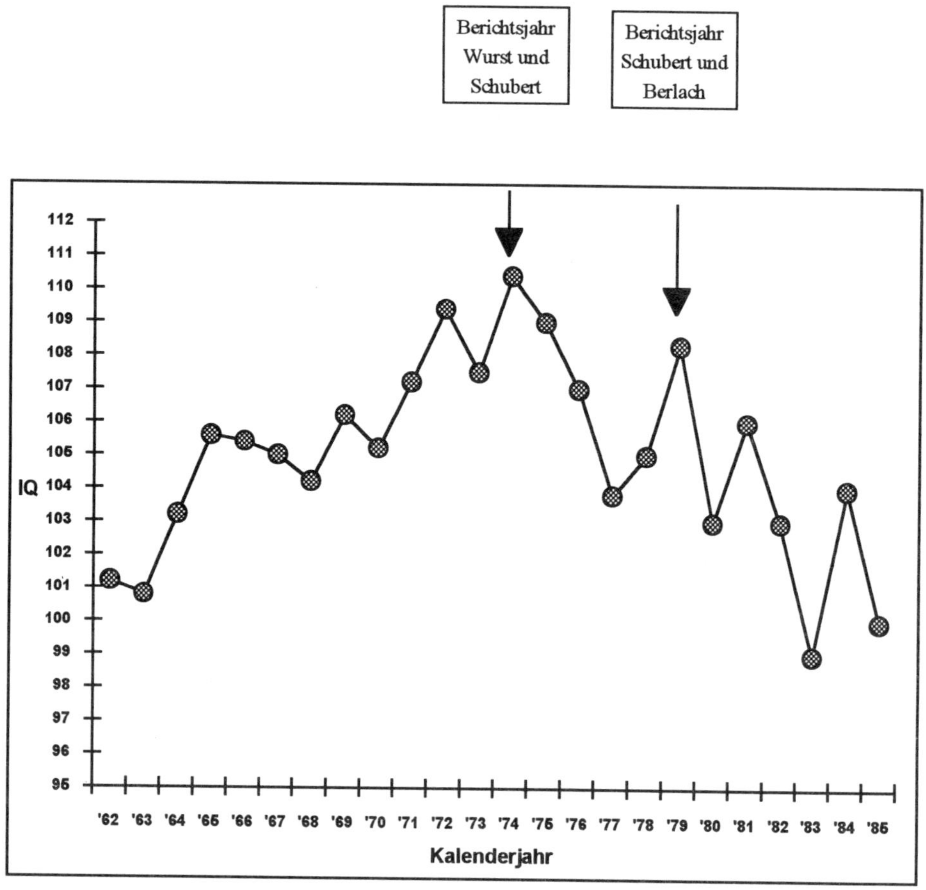

Abbildung 4: Der Verlauf des durchschnittlichen IQ von Patienten der Heilpädagogischen Station der Universitäts-Kinderklinik Wien (insgesamt 2607 Kinder) zwischen 1962 und 1985 (rekonstruiert nach Schubert & Berlach, 1982, sowie eigene Ergebnisse); die Berichtsjahre zweier Publikationen zu diesem Verlauf sind besonders angezeichnet.

Bemerkung am Rand:

Aus diesen Betrachtungen ist verständlich, daß in pharmakologischen Experimenten sog. „Doppel-Blind“-Studien durchgeführt werden, bei denen weder der Experimentator (der untersuchende bzw. behandelnde Arzt) noch die Versuchsperson die Zugehörigkeit zu einer von mehreren Versuchs- bzw. Kontrollgruppen Bescheid weiß - daß sowohl der Tl als auch die Tp über den Grund und Zweck einer Testung nicht Bescheid weiß, ist für die diagnostische Situation freilich unrealistisch.

Insbesondere während der Instruktionsgebung, aber auch als Reaktion auf (verbales) Verhalten der Tp ist also mit Tl-Effekten zu rechnen - besonders bei Klein- und Vorschulkindern, weil bei diesen ein objektives Itemsbewußtsein noch nicht voll ausgebildet ist, und sie daher in ihren Leistungen von emotionalen Bezügen stark abhängen. So bleibt es fraglich, inwieweit selbst eine Testanweisung an den Tl nützt, die sein Vorgehen ganz genau festlegt und alle situativen Möglichkeiten anspricht.

In bezug auf die Testleiterunabhängigkeit sind Individualverfahren von vornherein gehandicapt. Einerseits ist ein situationsabhängiges Eingehen auf die Tp (sozialisationsbedingt) unumgänglich, andererseits vom Testautor oft (theoriegeleitet) gerade beabsichtigt; zum Beispiel im Manual zum AID (*Adaptives Intelligenz Diagnostikum*; Kubinger & Wurst, 1991, S.91) heißt es: „Für die Vorgabe des Tests ist eine Testsituation Voraussetzung, die - vielleicht im Gegensatz zur Situation in der Schule - dem Kind Zeit, Zuwendung und optimale Entfaltungsmöglichkeit bietet. Ohne Prüfungsdruck zu provozieren, sollte das Kind zu einem angemessenen Leistungsstreben motiviert werden." Natürlich ist dabei zu befürchten, daß bestimmte Tl systematisch (leistungs-) motivierender wirken als andere bzw. die jeweilige Kombination von Tl und Tp spezifische motivationale Reaktionen hervorruft.

Gruppenverfahren erlauben dagegen weit weniger Interaktion.

Zur Illustration:

Obwohl grundsätzlich für beide Varianten (Individual- oder Gruppenverfahren) wichtig, sei im folgenden nur ein Beispiel für ein Individualverfahren gegeben, das zeigt, wie erstens die Testleiterunabhängigkeit empirisch erfaßt werden kann, und wie groß sie zweitens ist: In einer balancierten Versuchsanordnung wurden Paare von Testleitern eingesetzt, um insgesamt 154 Kinder zweimal mit dem AID zu testen; weil ungefähr die Hälfte der Kinder zweimal den selben Tl hatte, die andere Hälfte jeweils einen anderen, konnte der Übungseffekt vom Testleitereffekt rechnerisch getrennt werden. Tabelle 1 zeigt für die 13 Testkennwerte der 11 Untertests des AID (u.a.) die Tl-Effektparameter von 5 Tl-Paaren, wie sie mittels des „Multiplikativen Poisson-Modells von *Fischer*" (Fischer, 1977) geschätzt wurden: Im Idealfall müßten alle Parameterschätzungen den Wert 1 annehmen; der extremste Wert (d.i. der größte) deutet mit 1.36 an, daß der Testwert im Fall des zweiten Tl durchschnittlich um 1/3 besser ist als im Fall des ersten Tl. In T-Werte (vgl. Kap. 2.4. **Normierung**) umgerechnet, bedeutet das eine mögliche Abweichung von 4 T-Werten (in Einheiten des IQ entspricht das Abweichungen von 6 IQ-Punkten). Allerdings ist der Tabelle zu entnehmen, daß von 13 x 5 Werten insgesamt nur 7 signifikant sind, und genauer, daß lediglich in den Untertests 6 und 9 mehrmals signifikante Tl-Effekte beobachtet werden mußten. Obwohl damit nicht alle möglichen Tl-Paare, also Tl-Effekte, untersucht worden sind, sprechen diese Ergebnisse zumindest in bezug auf die übrigen Testkennwerte für eine „leidlich" hohe Objektivität - mit dem AID vertrauten Psychologen wird einsichtig, daß der beobachtete Mangel an Objektivität der Untertests 6 und 9 auch dem Problem der Auswertungsobjektivität (vgl. in Kap. 2.1.2.) zugeschrieben werden kann bzw. muß. Um die Tragweite solcher Befunde abschätzen zu können, seien entsprechende Ergebnisse bezüglich des HAWIK genannt, welcher der Entwicklung des AID als grobe Vorlage diente. Während im HAWIK-Manual keine Kommentare zur Objektivität gegeben werden, konnte Schwarz (1986) mittels einer analog durchgeführten Studie feststellen, daß die Testwerte der mit den AID-Untertests 3, 9, 10 und 11 korrespondierenden Untertests *Rechnerisches Denken*, *Gemeinsamkeitenfinden*, *Mosaik-Test* und *Allgemeines Verständnis* (mehrmals) signifikante Tl-Effekte aufweisen - dabei wurde dort der zum Untertest 6 korrespondierende Untertest *Wortschatz-Test* nicht einmal vorgeben.

Tabelle 1: Die Schätzungen der Effektparameter im „Multiplikativen Poisson-Modell von *Fischer*" (Fischer, 1977) zur Quantifizierung von Testleiter- und Übungseffekten in 13 Testkennwerten des AID. Signifikante Parameter sind fett gekennzeichnet (α =.05; aus Kubinger & Wurst, 1991; S.21)

	Testkennwerte der 11 Untertests	Testleiter					Übungs-effekt
		1-2	3-4	5-6	7-8	5-9	
1	*Alltagswissen*	. 96	.96	1.04	1.00	.98	**1.08**
2	*Realitätssicherheit*	.97	1.05	1.02	1.07	.96	**1.11**
3	*Angewandtes Rechnen*	.92	.94	1.05	1.06	.95	1.03
4	*Soziale und Sachliche Folgerichtigkeit*	.99	.95	1.03	1.09	.90	**1.12**
5	*Unmittelbares Produzieren* - numerisch						
	„vorwärts"	.93	.97	1.17	.84	1.08	1.03
	„rückwärts"	.99	1.00	.84	.96	.97	1.03
6	*Synonyme Finden*	.98	**.85**	**1.18**	**1.36**	.93	1.05
7	*Kodieren und Assoziieren*						
	Kodiermenge	**1.14**	1.00	1.06	1.11	.89	**1.21**
	Assoziationen	1.01	1.02	.99	.98	.99	**1.13**
8	*Antizipieren und Kombinieren* - figural	.97	.98	1.11	1.10	.96	**1.19**
9	*Funktionen Abstrahieren*	.92	.96	1.04	**1.22**	**.88**	1.04
10	*Analysieren und Synthetisieren* - abstrakt	1.21	.94	1.13	1.19	**.80**	**1.18**
11	*Soziales Erfassen und Sachliches Reflektieren*	1.03	1.02	1.10	.95	.97	1.03

Will man tatsächlich jede Interaktion zwischen Tp und Tl ausschalten, bleibt nur die Computerdiagnostik - und hier entsteht möglicherweise ein Testleitereffekt in Abhängigkeit davon, mit welchen Worten und welchem Verhalten die einweisende Hilfskraft die Tp an den Computer setzt (Genaueres zu diesem Thema s. in Kap. 5.1. **Computerdiagnostik**).

Bemerkung am Rand:

Attestieren wir der Computerdiagnostik dennoch Testleiterunabhängigkeit, so muß die Testung keinesfalls „objektiv" i.S. von „fair" sein: Manche Tpn mögen vom Medium Computer mehr (positiv oder negativ) „beeindruckt" sein als andere (s. zum Begriff „fair" in Kap. 2.10. **Fairneß**).

Bemerkung am Rand:

Ein in bezug auf die Durchführungsobjektivität besonders problematisches Beispiel ist das sogenannte „Assessment-Center", das „ist eine Seminarveranstaltung, in der eine Teilnehmergruppe hinsichtlich einer Vielzahl von Dimensionen von mehreren trainierten Beobachtern gleichzeitig beurteilt wird. Dabei durchlaufen die Teilnehmer unterschiedliche Übungen, die Arbeits- und Entscheidungssituationen aus der beruflichen Realität simulieren. Abschließend werden die Einschätzungen des Beobachtergremiums mit dem Ziel gebündelt, Eignungsvoraussetzungen für bestimmte Items zu diagnostizieren und persönlichen Entwicklungsbedarf der Teilnehmer zu erkennen." (Hossiep, 1994; S.89 - vgl. Genaueres zum Assessement-Center im Kap. 3.2. Erhebungstechniken).

2.1.2. Verrechnungssicherheit

Mit *Auswertungsobjektivität* ist gemeint, daß die Reglementierung im Manual eines Tests, wie die einzelnen Testleistungen bzw. -reaktionen auf Items zu numerischen (oder kategorialen) Testwerten zu verrechnen sind, derart exakt festgelegt ist, daß jeder Auswerter zu denselben Ergebnissen kommt - insofern ist präziser von „Verrechnungssicherheit" zu sprechen.

Abbildung 5 gibt ein Beispiel des Testverhaltens eines Kindes im Test *Familie in Tieren* (Brem-Gräser, 1992), einem Projektiven Verfahren. Die Testanforderung an die Tp lautet, die eigene Familie in Gestalt von beliebigen Tieren zu zeichnen. Es fällt hier sehr viel diagnostische Information an, die abhängig vom Tl verschieden beobachtet (ausgewertet) wird.

Am ehesten ist die Verrechnungssicherheit gegeben, wenn die Testleistung nur nach richtig oder falsch zu bewerten ist - vergleiche z.B. die Frage „Wie viele Beine hat ein Hund" (aus dem AID). Doch auch hier gibt es Probleme: Nicht immer sind die möglichen Antworten *eindeutig* richtig oder falsch, insbesondere dann nicht, wenn, wie bei den meisten Individualtests, eine freie Beantwortung (sog. „freies Antwortformat") vorgesehen ist - vergleiche z.B. die Frage „Was ist das Gemeinsame an Kaktus und Igel?" (aus dem AID); immer wieder geben Kinder hier Antworten, die (nur) teilrichtig sind, trotzdem muß sie der Tl als richtig oder falsch kategorisieren.

Zur Illustration:

Im letzten Fall bedarf es also einer ganz genauen Anweisung an den Tl/Auswerter: „Zu achten ist darauf, daß bei zu weit gefaßten Oberbegriffen oder Funktionen nachgefragt wird ('sag mir das genauer'); z.B. Kaktus - Igel, 'beides sind Lebewesen' ist zu allgemein; als richtig gilt nur die spezielle Funktion 'Stachel'". (Kubinger & Wurst, 1991; S.139).

Sehen dagegen die Items eines Tests neben der Verrechnung vollständig richtiger Antworten auch die (adäquate) Verrechnung teilrichtiger Antworten vor, so erhöht sich, bei freiem Antwortformat, oft noch die Unsicherheit beim Auswerter bezüglich der zu vergebenden Testwerte - vergleiche z.B. die Frage „Warum muß man Steuern zahlen ?" (aus dem HAWIE-R, *Hamburg-Wechsler Intelligenztest für Erwachsene - Revision*

1991; Tewes, 1991); trotz der Antwortbeispiele, die in der Testanweisung für die Vergabe von 2 Punkten bzw. 1 Punkt angeführt sind, kann es beim Tl zu Entscheidungsschwierigkeiten kommen.

Abbildung 5: Beispiel zum Test *Familie in Tieren*; Zeichnung eines 7jährigen.

Bemerkung am Rand:

Weniger an der mangelhaften Testanweisung als an der sprachlichen Inkompetenz des Testautors liegt es, wenn bestimmte Antworten auf bestimmte Items für den Tl/Auswerter problematisch zu verrechnen sind: „Im sechsbändigen 'Großen Wörterbuch der deutschen Sprache' findet man das Wort WARUM erläutert durch 'Aus welchem Grund?', das Wort WOZU durch 'Zu welchem Zweck?' - und an den meisten Stellen des Tests (HAWIE-R; Anm. d. Verf.), an denen eine Warum-Frage gestellt ist, wird auch mit einer Darlegung von Gründen gerechnet ... Nicht so bei ...: 'Warum muß man Steuern zahlen?" Wer hier den Grund nennt, nach dem eindeutig gefragt ist, also die zweifelsohne richtige Antwort: 'Weil es Gesetz ist', erhält null Punkte. Die richtige Beantwortung der gar nicht gestellten Frage, wozu Steuereinnahmen denn gebraucht würden, erbringt dagegen die volle Punktzahl, zwei Punkte. ... Auch wenn wir umgangssprachlich Warum-Fragen stellen, um den Zweck einer Handlung zu erfahren, wir können und dürfen nicht den 'bestrafen', der in der Lage ist, die sprachlich sinnvolle Unterscheidung zu vollziehen." (Fay, 1993; S.276f.).

Demgegenüber ist bei Items, die nach dem Prinzip der „Mehrfachwahlantwort“ (sog. „*multiple-choice*“-Format) konstruiert sind, die Verrechnungssicherheit gegeben - weil es für den Auswerter keinerlei Ermessensfreiheit gibt, würden verschiedene Auswerter nur infolge von Auswertungs*fehlern* zu unterschiedlichen Ergebnissen kommen.

Erläuterung zum „*multiple-choice*“-Format:

Pro Item werden der Tp mehrere verschiedene Antwortmöglichkeiten angeboten, aus denen die Tp die passende auswählen soll; im Gegensatz zu Leistungstests gibt es bei Persönlichkeitsfragebogen keine „richtigen“ und keine „falschen“ Antworten, sondern nur solche, die der Tp am „ehesten“ entsprechen. – Grundsätzliche Probleme des *multiple-choice*-Formats werden in einem eigenen Kapitel, 3.1.1., diskutiert.

Wieder gibt es grundsätzliche Unterschiede zwischen Individual- und Gruppenverfahren: Während Gruppenverfahren zumeist und fast notwendigerweise nach dem *multiple-choice*-Format gestaltet sind und insofern als verrechnungssicher gelten, werden Individualverfahren regelmäßig das viel aufschlußreichere freie Antwortformat benützen und folglich weniger verrechnungssicher sein.

Zur Illustration:

Wie schon weiter oben angedeutet, könnten die in Tabelle 1 als TI-Effekte interpretierten Parameter auch (nur) Ausdruck nicht eindeutig festgelegter Verrechnungsregeln sein - erfahrungsgeleitet ist letzteres gerade für die Testkennwerte mit mehr als einem signifikanten Parameter plausibel.

Im übrigen sind Computertests logischerweise immer verrechnungssicher (im oben definierten Sinn), selbst dann, wenn freie Antworteingaben vorgesehen wären.

2.1.3. Interpretationseindeutigkeit

Die *Interpretationsobjektivität* ist gegeben, wenn aus denselben Auswertungsergebnissen verschiedene „Interpreten“ zum selben Schluß gelangen - dazu ist der Begriff „Interpretationseindeutigkeit“ allerdings vorzuziehen.

Sie ist bei *normierten* Tests über die sog. „Prozentränge“ jedesmal gegeben: Zum Beispiel ist ein als Testwert erreichter Prozentrang von 95% in einem Leistungstest eindeutig dahingehend zu interpretieren, daß nur 5% der Referenzpopulation bessere Leistungen erzielen (Genaueres zum Prozentrang s. in Kap. 2.4. **Normierung**).

Zur Illustration:

Ein problematisches Vorbild betreffs Interpretationseindeutigkeit gibt die WHO im ICD-10[4] hinsichtlich der Klassifikation von Intelligenzminderung (vgl. die kurzgefaßte Zusammenstellung in Präsentation 8).

4 WHO: „World-Health-Organization“; ICD: „International Classification of Deseases“ – ICD-10, herausgegeben von Dilling, Mombour & Schmidt (1993).

Präsentation 8: Klassifikation für Intelligenzminderung laut WHO (ICD-10; Dilling, Mombour & Schmidt, 1993) - kurzgefaßte Zusammenstellung mit wörtlichen Zitaten.

F70 leichte Intelligenzminderung

„Wenn ausreichend standardisierte Intelligenztests angewendet werden, ist der IQ-Bereich von 50-69 ein Hinweis auf eine leichte Intelligenzminderung." (S.256).

„Dazugehörige Begriffe:
- leichte geistige Behinderung
- leichte Oligophrenie
- Debilität
- Schwachsinn" (S.257).

F71 mittelgradige Intelligenzminderung

IQ-Bereich von 35-49

„Dazugehörige Begriffe:
- Imbezibilität
- mittelgradige geistige Behinderung
- mittelgradige Oligophrenie" (S.258).

F72 schwere Intelligenzminderung

IQ-Bereich von 20-34

„Dazugehörige Begriffe:
- schwere geistige Behinderung
- schwere Oligophrenie" (S.258).

F73 schwerste Intelligenzminderung

IQ-Bereich < 20

„Dazugehörige Begriffe:
- Idiotie
- schwerste geistige Behinderung
- schwerste Oligophrenie" (S.259).

Dagegen sind Projektive Verfahren (fast definitionsgemäß) nicht interpretationseindeutig; da sie regelmäßig an tiefenpsychologische Theorien orientiert sind, obliegt es der (theoriegeleiteten, dennoch subjektiven) Deutung und Bewertung der Testreaktionen in bezug auf den gesamten Kontext der Tp-Umwelt, zu welcher Interpretation der Tl schließlich gelangt.

Eine gegebene Interpretationseindeutigkeit gewährleistet übrigens nicht zwingend die Objektivität der diagnostischen Konsequenzen - im folgenden als „Konsequenzverbindlichkeit" bezeichnet; dies wäre *psychologisch* auch selten verantwortbar.

Zur Illustration:

Gelegentlich findet man vielleicht noch die strikte Handhabung, Kinder mit einem IQ unter 85 in jedem Fall der Sonderschule (für Lernbehinderte) zu überstellen, verbreitete heutige Ansicht ist es jedoch, diese Entscheidung von den besonderen Umständen abhängig zu machen.

Immerhin ist es *technisch* realistisch, Konsequenzverbindlichkeit mit Hilfe computerisierter diagnostischer „Expertensysteme" zu erreichen: Die Begutachtung wird durch die Testergebnisse determiniert, sie erfolgt quasi automatisiert.

Zur Illustration:

Bestimmte Anbieter von Computerdiagnostik-*Software* setzen mit ihren Produkten den Trend in eine solche Praxis; Präsentation 9 gibt als Beispiel das Computer-Gutachten einer Tp wieder, die sich einer Testung mit dem Testsystem der *Gesellschaft für Wirtschaftspsychologie und Organisationsdynamik* (Wien)[5] für die Funktionsgruppe „Verkauf“ unterzog - ohne Kommentar zu Inhalt und Gestaltung der Testbatterie sei nur angemerkt, daß die betreffende Tp *sämtliche* Antworten willkürlich, d.i. quasi-*zufällig* gab !

Präsentation 9: Beispiel eines Computer-Gutachtens des Testsystems der *Gesellschaft für Wirtschaftspsychologie und Organisationsdynamik* (Wien).

VERKÄUFERISCHE FÄHIGKEITEN

Die Testperson arbeitet gern systematisch und nach Plan. Sie schätzt eine gute Vorplanung und begrüßt klare Direktiven für die Verhandlungen.

Die Testperson sieht sowohl die Reisetätigkeit, als auch die Büroarbeiten als Tätigkeit eines Verkäufers an.

Die Testperson arbeitet gerne im Team und schätzt einen engen Kontakt mit Kollegen.
Sie sieht ihre Verkaufstätigkeit nicht nur darin, bestehende Kunden zu sichern, sondern auch neue zu gewinnen.

Sie sieht sich als Kundenberater und weniger als „Keiler“.

Die Testperson legt vor allem auf die Verkaufstechnik wert und vernachlässigt eher die Produktkenntnis.

Die Testperson analysiert zuerst die Problemsituation des Kunden und erarbeitet im Anschluß die Lösung.

Die Testperson versucht, in erster Linie mit den obersten Entscheidungsträgern zu verhandeln.

Bemerkung am Rand:

Sog. „kriteriumsorientierte“ Tests, wie sie vorrangig die Pädagogische Diagnostik kennt, sind nicht nur interpretationseindeutig, sondern auch konsequenzverbindlich: Wer zum Beispiel einen bestimmten Lehrstoff bis zu einem gewissen Grad beherrscht, wird in wohl definierter Weise als qualifiziert bezeichnet (Genaueres zur kriteriumsorientierten Diagnostik s. in Kap. 1.4.3.).

[5] Es handelt sich hier um eine *nicht*-publizierte und hinsichtlich seiner Eigenschaften nur unzureichend dokumentierte Computer-Testbatterie, die ausschließlich von der genannten Gesellschaft vertrieben wird; in welchem Umfang sie zum Einsatz kommt, ist nicht bekannt.

2.2. Reliabilität

☞ „Unter der *Reliabilität* ... eines Tests versteht man den Grad der Genauigkeit, mit dem er ein bestimmtes Persönlichkeits- ... merkmal mißt, gleichgültig, ob er dieses Merkmal auch zu messen beansprucht" (Lienert; s. wieder Lienert & Raatz, S.9).

Es geht also um die *formale Exaktheit* der Merkmalserfassung, um die „Zuverlässigkeit" mit der das Ergebnis richtig, im Sinne von exakt ist. Unabhängig davon, *was* gemessen wird, sollten die unter gleichen Bedingungen gewonnenen Testwerte ein und derselben Tp übereinstimmen. Der aus der Experimentellen Psychologie damit anklingende Anspruch der *theoretischen Reproduzierbarkeit* ist allerdings für die *Psychologische Diagnostik* allein wegen des Phänomens von Übungs- bzw. Erinnerungs-Effekten schwer haltbar. Während bei physikalischen Messungen die Wiederholung unproblematisch ist (vgl. z.B. das mehrmalige unmittelbar aufeinanderfolgende Messen des Gewichtes mittels einer Badezimmerwaage - was im allgemeinen nicht zu völlig identen Ergebnissen führt), ist eine (kurzfristige) Testwiederholung psychologisch zumeist nicht vertretbar.

Die in der Zwischenzeit als „*Klassische Testtheorie*" bezeichnete ursprüngliche Testkonstruktions-Lehre (vgl. z.B. Gulliksen, 1950) hat daher verschiedene methodische Auswege gesucht, um die Zuverlässigkeit (Exaktheit) der Messung eines psychologischen Tests zu bestimmen.

2.2.1. Paralleltest-Reliabilität

Die hier zugrundeliegende Idee geht davon aus, daß zwar nicht eine Testwiederholung mit dem ursprünglichen Test möglich ist, jedoch eine mit einer völlig gleichwertigen Nachahmung des Tests (sog. „Paralleltest"). Die Korrelation zwischen Test und Paralleltest, ermittelt anhand einer Stichprobe von Tpn, beschreibt dann das Ausmaß, in dem die Relationen der Testwerte (Messungen) der einzelnen Tpn zueinander konstant bleiben (*konstante* Übungs- bzw. Erinnerungs-Effekte gehen in die Korrelation nicht ein): Im besten Fall wird dabei die Konstanz der Ergebnis-Relationen eines Meßinstruments (Tests) über die Zeit geprüft, nicht aber die Konstanz der Messung an sich, wie im Beispiel der Badezimmerwaage.

Der Haupteinwand gegen diese Methode besteht darin, daß die *Klassische Testtheorie* größte Probleme hat, überhaupt Paralleltests zu erstellen. Eigentlich ist die Korrelation zwischen Test und Paralleltest nur ein Kriterium dafür, wie gut die Konstruktion des Paralleltests gelungen ist, und weniger ein Kriterium für die Zuverlässigkeit der Messungen. Soll daher die Paralleltest-Reliabilität als Gütekriterium herangezogen werden, dann muß an die Brauchbarkeit des Paralleltests schlicht „geglaubt" werden, es sei denn, die einzelnen Items werden nur hinsichtlich lösungsirrelevanter Gestaltungsmöglichkeiten variiert (z.B. ist das bei sog. „Matrizentest-Items" leicht möglich) -

und da ist es sehr wahrscheinlich, daß *individuell verschiedene* Übungs- bzw. Erinnerungs-Effekte Platz greifen.

Erläuterung **zu „Matrizentest-Items":**

Dabei handelt es sich um einen typischen Repräsentanten (eine sog. „Markiervariable") des Faktors *reasoning* **(„Schlußfolgerndes Denken") nach** *Thurstone*; **die Tp muß innerhalb einer zumeist 3x3-Matrix die eine fehlende, aus den übrigen (acht) geometrischen Figuren logisch ableitbare Figur bestimmen - Abbildung 6 gibt als Beispiel ein Item des WMT (***Wiener Matrizen-Test***; Formann & Piswanger, 1979).**

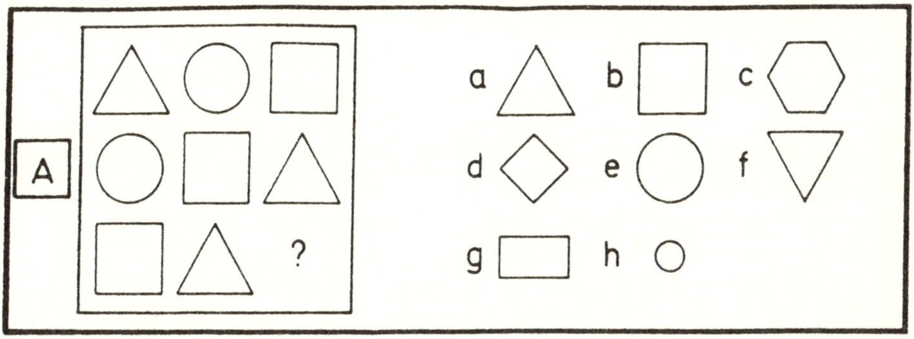

Abbildung 6: Item A des WMT (mit freundlicher Genehmigung der *Beltz Test Gesellschaft*).

Bermerkung am Rand:

Demgegenüber ist die Konstruktion von Paralleltests mit Hilfe der *Probabilistischen Testtheorie* **wesentlich einfacher und methodisch eindeutig kontrollierbar; da aber in deren Rahmen das Problem der Zuverlässigkeit einer Messung völlig anders als korrelationsstatistisch gelöst werden kann (vgl. in Kap. 2.5. Skalierung), ist dieser Umstand für die gegenwärtigen Betrachtungen belanglos.**

2.2.2. Retest-Reliabilität

Die Idee der *kurzfristigen* Wiederholung ein und desselben Tests wurde bereits als unrealistisch bezeichnet; trotzdem wird sie regelmäßig als Methode der Reliabilitätsbestimmung angeführt.

Über einen *längeren Zeitraum* hinweg, liefert die Korrelation zwischen Test und sog. „*Re*test" jedoch sehr wohl relevante Information über den Test bzw. die mit ihm gemessene Eigenschaft: In diesem Zusammenhang wird besser die Bezeichung „Stabilität" verwendet.

Zur Erinnerung:

Der Grundsatzdiskussion, inwieweit es überhaupt situationsüberdauernde Merkmale gibt (vgl. Mischel, 1973), stehen Messungen der so definierten Stabilität gegenüber; und diese zeigen laut einschlägiger Forschungen der Differentiellen Psychologie bedeutende Unterschiede zwischen Intelligenz, Persönlichkeit, Interessen und Einstellungen auf (vgl. z.B. bei Hofstätter, 1971: Abb. 21).

Zur Illustration:

Um zu zeigen, welche Bedeutung dieses (zusätzliche) Gütekriterium für die *Psychologische Diagnostik* hat, sei hier angeführt, daß die Stabilität des (am wenigsten objektiven) Untertests 6 aus dem AID mit .85 nach ungefähr einem Monat zwar relativ hoch ist, jede am Testergebnis orientierte Schlußfolgerung, die ferne Zukunft betreffend, aber mit Vorsicht gezogen werden muß.

2.2.3. Innere Konsistenz

Trivial ist schließlich die Idee, die Zuverlässigkeit eines Tests danach zu beurteilen, wie sehr seine einzelnen Teile (Items) „dasselbe" messen - natürlich müssen die Items eines Tests immer „innere Konsistenz" zeigen, sollen sie alle zur Messung ein und derselben Eigenschaft dienen (die innere Konsistenz kann als „Homogenität" im Sinne der *Klassischen Testtheorie* bezeichnet werden): Passen die Items nicht zueinander, d.h. fehlt es ihnen an Einheitlichkeit, dann wird das Testergebnis (insbesondere bei Parallel- bzw. *Re*testung) von Zufälligkeiten besonders stark abhängen, was die Exaktheit der Messung reduziert.

Die bekannteste Methode zur Bestimmung der inneren Konsistenz ist die sog. *„split-half"* -Methode („Testhalbierungsmethode"). Hier werden die Items eines Tests in zwei Teile geteilt, zumeist in solche mit gerader und ungerader Itemnummer (*„odd-even-*Methode"), und die resultierenden Testwerte beider Testteile korreliert. Da dieses Ergebnis (r) einer Paralleltest-Reliabilität für einen Test mit nur halber Testlänge entspricht, muß es nach *Spearman & Brown* aufgewertet werden (vgl. z.B. bei Lienert & Raatz, 1994; dort finden sich auch andere, selten angewendete Formeln)[6]:

$$r_{tt} = \frac{2 \cdot r}{1 + r}$$

Zur Erinnerung:

Die Richtigkeit dieser Formel setzt allerdings voraus, daß die Varianzen der beiden Testteile, s_1^2, s_2^2, (in der Population) gleich groß sind.

[6] Die übliche Indizierung *„tt"* soll anzeigen, daß die Korrelation zwischen *„test"* und *„test"* bestimmt wurde.

Bemerkung am Rand:

Als Testanwender kann man davon ausgehen, daß immer dann, wenn in einem Manual von *split-half*-Reliabilität gesprochen wird, entsprechend *Spearman & Brown* korrigiert wurde.

Bloß eine Abschätzung, nämlich eine untere Grenze der Reliabilität gibt das *Cronbach-alpha* (u.zw. ohne wesentliche Voraussetzungen – s^2 für die Varianz des Gesamttests):

$$alpha = 2 \cdot \left(1 - \frac{s_1^2 + s_2^2}{s^2}\right)$$

Eine andere Methode zur Bestimmung der inneren Konsistenz stellt die sog. „Konsistenzanalyse" dar: Anstatt einen Test in nur zwei Teile zu teilen, wird er hier in soviele Teile zerlegt wie er Items besitzt. Die bekannteste Formel dazu ist die *Kuder-Richardson*-Formel 20 (s. wieder Lienert & Raatz - p_i für die geschätzte Lösungswahrscheinlichkeit von Item *i*, *i*=1,2,...*k*):

$$KR20 = \frac{k}{k-1} \cdot \left[1 - \frac{\sum_i^k p_i(1-p_i)}{s^2}\right]$$

Zur Erinnerung:

Die *Kuder-Richardson*-Formel 20 gilt nur für dichotom zu verrechnende Items (z.B. richtig/falsch) und setzt (*unrealistischerweise !*) voraus, daß sämtliche Interkorrelationen gleich sind; ist diese letzte Voraussetzung nicht erfüllt, liegt wieder bloß eine Abschätzung der Reliabilität vor.

Abgesehen davon, daß sich in den vielen Jahren der an der *Klassischen Testtheorie* orientierten *Psychologischen Diagnostik* die Reliabilitäts-Maße als Gütekriterien *per se* etabliert haben – „Ein für die Praxis geeignetes Verfahren weist Werte um 0.9 oder darüber auf. Falls die angegebenen Werte niedriger sind oder ganz fehlen, sollte auf den Einsatz dieses Verfahrens verzichtet werden" (Horn, 1990; S.19) – ist es mit ihnen wesentlich anschaulicher auch möglich, den sog. „Standardmeßfehler" (*SMF*) zu bestimmen. Mit ihm kann pro Tp v mit Testwert x_v das Konfidenzintervall berechnet werden, innerhalb dessen ihr wahrer, d.i. meßfehlerbereinigter Testwert T_v liegen wird (u.zw. bei festgelegter Irrtumswahrscheinlichkeit α).

Zur Erinnerung:

Aus den Axiomen der *Klassischen Testtheorie* läßt sich der Standardmeßfehler wie folgt ableiten (vgl. z.B. Fischer, 1974):

$$SMF = \sqrt{s^2 \cdot (1 - r_{tt})}$$

Das angesprochene Konfidenzintervall ergibt sich dann wie folgt (z_α laut Tabelle der Standardnormalverteilung; z.B. bei Bortz, 1993):

$$T_v^{1,2} = x_v \pm z_\alpha \cdot SMF$$

Zur Illustration:

Für r_{tt}=.80 (und α=.05) folgt bei einem Intelligenztest (also mit IQ_v statt x_v): $T_v^{1,2} = IQ_v \pm 1.96 \cdot 15 \cdot \sqrt{20} = IQ_v \pm 13.1$; für r_{tt}=.95: $T_v^{1,2} = IQ_v \pm 1.96 \cdot 15 \cdot \sqrt{0.5} = IQ_v \pm 6.6$! D.h. selbst bei hoch reliablen Tests muß mit einer im Vergleich zu physikalischen Messungen (Badezimmerwaage) relativ großen Meß*ungenauigkeit* gerechnet werden.

Zur Illustration:

Als inhaltliches Beispiel dient wieder der Untertest 6 aus dem AID: Die für ihn beobachtete *split-half*-Reliabilität von .94 führt bei α=.05 zu einer Meßungenauigkeit von ± 4.8 T-Werten (das entspricht 7.2 IQ-Punkten; zu den T-Werten und ihrem Zusammenhang mit IQ-Punkten s. in Kap. 2.4. **Normierung**)..

Bemerkung am Rand:

Zu beachten ist, daß - falls dieser Standardmeßfehler in einem Manual überhaupt publiziert wird - er „naive" Tl dazu verleitet, ihn *unmittelbar* als (halbe) Meßungenauigkeit zu interpretieren: Wie statistisch leicht nachzuvollziehen ist, bedeutet dieses Vorgehen, weil z_α dabei gleich 1 gesetzt wird, eine Irrtumswahrscheinlichkeit α von ca. .33!

2.3. Validität

☞ „Die *Validität* ... eines Tests gibt den Grad der Genauigkeit an, mit dem dieser Test dasjenige Persönlichkeitsmerkmal ..., das ... er messen ... soll, tatsächlich mißt" (Lienert; s. wieder Lienert & Raatz, S.10).

Während eine ansprechende Reliabilität *notwendige*, nicht aber *hinreichende* Bedingung für einen brauchbaren Test ist, stellt die Validität („Gültigkeit") ohne Frage das wichtigste Gütekriterium dar - gleichzeitig ist es dasjenige, welches auch heute noch am schwierigsten zu prüfen ist.

Zu unterscheiden sind verschiedene Konzepte bzw. Begriffe der Validität.

2.3.1. Inhaltliche Gültigkeit

Von „inhaltlicher Gültigkeit“[7] eines Tests ist zu sprechen, wenn dieser selbst, quasi *definitionsgemäß*, das optimale Kriterium des interessierenden Merkmals darstellt. Zum Beispiel kann man einem Schulleistungstest „logische Validität“ attestieren; einer Maschinschreibprobe „triviale Validität“ !

Verwirrenderweise werden die Begriffe *logische*, *triviale* und *inhaltliche Validität* oft synonym verwendet; logische und triviale Validität sind jedoch exakterweise nur Spezialfälle der inhaltlichen Gültigkeit.

Zur Illustration:

Inhaltliche Gültigkeit im Sinne von logischer Validität ist im Rahmen psychologischer Tests zum Beispiel dadurch zu erreichen, daß bei der Konstruktion der einzelnen Items eines Tests ganz bestimmte, definitorisch festgelegte Regeln Anwendung finden. Etwa beim WMT wurden die Items so erstellt, daß (nur) die richtige Anwendung dieser Regeln zur Lösung führt (vgl. das in Abb. 7 wiedergegebene und in deren Legende kommentierte Item 6). Von denjenigen Tpn, welche viele Items lösen, ist - bis auf gegenteilige empirische Befunde - anzunehmen, daß sie die fraglichen Regeln beherrschen.

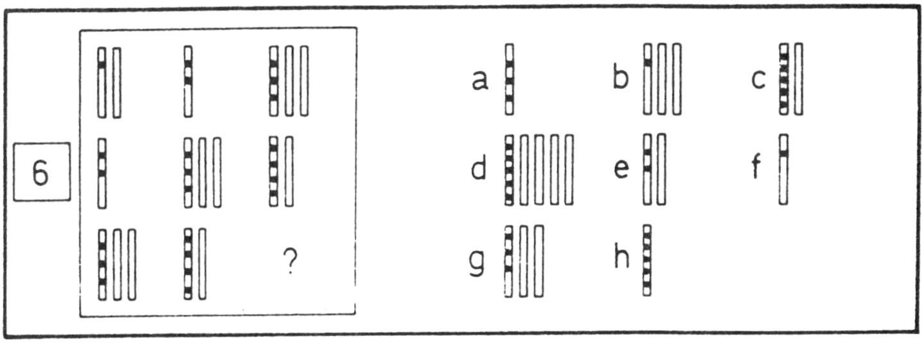

Abbildung 7: Item 6 des WMT (mit freundlicher Genehmigung der *Beltz Test Gesellschaft*). Zur Lösung (h) dieses Items kommt man laut Formann (1973) durch Anwenden folgender Regeln: „waagrecht und senkrecht“, „Anzahl - Fortsetzen“, „Anzahl - Variieren“.

Am leichtesten erreicht man inhaltliche Gültigkeit durch ein „Experten-*Rating*“: Jedes einzelne Item wird dahingehend geprüft, ob es in bezug auf die gegebene operationale Definition dessen, was der Test messen soll, paßt. Hier stellt sich allerdings immer das Problem, wie die Qualifikation zum „Experten“ erfolgt bzw. wie repräsentativ die Aus-

[7] Selten, aber doch, findet sich auch die Bezeichnung: „Kontentvalidität“, als unmittelbare Übersetzung aus dem Englischen.

wahl der Experten ist; die Gefahr der Tradierung bisheriger Gepflogenheiten und Auffassungen besteht in jedem Fall.

Zur Illustration:

Für den Untertest *Alltagswissen* des AID wurden zum *Rating* Psychologen, die in der Schulpsychologie bzw. Berufs- und Bildungsberatung tätig sind, herangezogen, um die vorgeschlagenen Items hinsichtlich ihrer Relevanz und Repräsentativität bezüglich „Alltagswissen“ abzuklären („Der Untertest 1 *Alltagswissen* soll die Fähigkeit eines Kindes prüfen, sich Sachkenntnisse über Inhalte anzueignen, die in der heutigen Gesellschaft alltäglich sind.“ – Kubinger & Wurst, 1991; S.16).

Befremdlicherweise wird oft der Begriff der inhaltlichen Gültigkeit mit dem der „Augenscheinvalidität“ (*face-validity*) verwechselt - auch von manchen Testautoren. Augenscheinvalidität meint jedoch nicht, daß ein Test *augenscheinlich* valide ist, sondern (nur), daß es der Tp augenscheinlich klar ist, was mit dem Test zu erfassen beabsichtigt ist.

Bemerkung am Rand:

Hohe Augenscheinvalidität kann von Vorteil sein. Bringt nämlich eine Tp dem *psychologischen Diagnostizieren* Skepsis entgegen, ließe ein in bezug auf die diagnostische Fragestellung augenscheinvalider Test noch am ehesten eine hohe Bereitschaft zur Testung erwarten; beispielsweise lassen sich Bewerber um „Manager“-Posten nur ungern testen, es sei denn mittels Computer-Simulationen, in denen von der Tp u.a. „Geschicklichkeit“ im Organisieren verlangt wird (vgl. in Kap. 5.1. **Computerdiagnostik**). Hohe Augenscheinvalidität kann aber auch von Nachteil sein. Gerade in der Personalauswahl kommt die Verfälschbarkeit herkömmlicher Persönlichkeitsfragebogen stark zum Tragen; hier werden Fragen gestellt, wie: „Ich wache morgens meist frisch und ausgeruht auf“ (Item 135 des *Deutschen* CPI, *California Psychological Inventory*; Weinert, 1982), die vom Bewerber regelmäßig in Richtung (*sozialer*) *Erwünschtheit* beantwortet werden. Daher finden sich seit längerem Bestrebungen, „Persönlichkeit“ anders als mittels Fragebogen zu erfassen, nämlich mittels der bereits erwähnten Objektiven Persönlichkeits*tests*, bei denen die Augenscheinvalidität reduziert bzw. verhindert wird (Näheres dazu s. in Kap. 2.9. **Unverfälschbarkeit**).

Bemerkung am Rand:

Neuerdings findet sich in der *Psychologischen Diagnostik* der Begriff „ökologische Validität“; das ist allerdings ein „mehrdeutig verwendeter, noch nicht befriedigend geklärter Begriff, oft nicht klar unterschieden von 'ökologische Repräsentativität'.“ (Dorsch, 1994; S. 527). „Gefragt wird dabei nach der Entsprechung zum 'Biotop'..., zu den Bedingungen in den 'natürlichen' Lebensumständen“. So gibt es die Kritik, daß die übliche diagnostische Datenerhebung (bloß) labormäßige Ergebnisse liefert, die für die psychosoziale Umwelt der Tp nicht repräsentativ sind. Daher solle man sich mehr um die Beschreibung und Funktionsanalyse des Menschen unter Alltagsbedingungen bemühen (vgl. z.B. Kaminski, 1988). Indem das gelänge, hätte das eingesetzte diagnostische Verfahren wohl auch inhaltliche Gültigkeit ! Bestes Beispiel scheint die (systematische) Verhaltensbeobachtung (im Feld) zu sein, die eben *reales* Verhalten erfaßt und nicht anstatt dessen nur ein *verbal* berichtetes, wie das in Fragebogen der Fall ist (vgl. dazu Genaueres später, in Kap. 3.2.3.).

2.3.2. Konstruktvalidität

Erfüllt ein Test (nicht nur einen pragmatischen Anspruch, sondern) gewisse theoretische bzw. theoriegeleitete Vorstellungen, dann ist ihm „Konstruktvalidität" zuzusprechen.

Zur Erinnerung:

Unter (hypothetischen) Konstrukten versteht man „Merkmale, Zustände oder Instanzen, die nicht direkt beobachtbar sind, sondern aufgrund von (Verhaltens-) Beobachtungen erschlossen werden" (Tewes & Wildgrube, 1992; S.188). Konstrukte sind also allgemein anerkannte, aber eben nicht direkt beobachtbare „Phänomene", wie z.B. *Intelligenz*, *Angst* oder *Streß*.

Zur Konstruktvalidierung eines Tests gibt es mehrere Ansätze, die im folgenden illustriert werden: Der klassische Ansatz über die Faktorenanalyse, der Ansatz von *Campbell & Fiske* sowie die nicht-korrelativen Ansätze.

Zur Erinnerung:

Die Faktorenanalyse ist eine Methode der *Multivariaten Statistik* zur Identifizierung derjenigen Anzahl und Art *unabhängiger* „Dimensionen" (Eigenschaften), sog. „Faktoren" (d.s. Supra-Variablen), die zur Erklärung (im statistischen Sinn) einer größeren Anzahl korrelierender Variablen ausreichen. Jede ursprünglich beobachtete Variable wird als Linearkombination dieser Faktoren modellhaft angesetzt - insofern ist die Faktorenanalyse ein *Modell*, deren Grundanahme, d.i. die genannte Linearkombination, allerdings nicht prüfbar ist. Die Faktoren sind weder beobachtbar noch inhaltlich eindeutig, sondern ergeben sich indirekt aus den Koeffizienten sämtlicher Linearkombinationen, d.s. die Lösungen (sog. „Ladungen"; zu interpretieren wie Korrelationen zwischen allen Faktoren und allen ursprünglichen Variablen) des dem Modell insgesamt entsprechenden homogenen Gleichungssystems. Mit Hilfe der (derzeit immer noch fast exklusiv eingesetzten) „Hauptkomponentenmethode" gelangt man zu diesen Lösungen (iterativ) über die Auflösung eines sog. „Eigenwertproblems", d.i. eine komplexe „Extremwertaufgabe".

Die Bestimmung der Anzahl der Faktoren ist der eine Problembereich der Faktorenanalyse. Zumeist orientiert man sich als Anwender an der Zahl der Eigenwerte, die größer als 1 sind („Eigenwert" ist die Summe der quadrierten Ladungen pro „extrahiertem" Faktor - d.i. gleichzeitig, weil eingangs sämtliche Variablenvarianzen auf 1 standardisiert werden, die durch diesen Faktor erklärte Varianz der Daten); nur dann erklärt ein Faktor mehr an Varianz als jede einzelne Variable. Eine anschauliche Ergänzung wäre die (deskriptive) Prüfung, inwieweit mit den extrahierten Faktoren und deren Ladungen die ursprüngliche Korrelationsmatrix sämtlicher Variablen reproduziert werden kann.

Die (inhaltliche) Beschreibung der Faktoren, also deren „Art", ist der andere Problembereich. Rechenbedingt werden die Faktoren nach der Größe der durch sie erklärten Varianz bestimmt; dementsprechend „laden" fast alle Variablen in den ersten Faktoren relativ hoch, in den letzten extrahierten relativ niedrig. Um die Faktoren leichter interpretieren zu können, müssen sie (genauer: das ihnen in einem mehrdimensionalen Raum entsprechende rechtwinklige Koordinatensystem) daher „rotiert" werden, u.zw. am besten gemäß dem „*simple-structure*" Prinzip nach *Thurstone* - die Punkte im mehrdimensionalen Raum, d.s. die Variablen mit ihren Ladungen pro Faktor als Koordinaten, bleiben unverändert, nur das Achsensystem der Koordinaten wird gedreht. Im wesentlichen geht es dabei darum, daß jeder Faktor sowohl sehr hohe als auch (viele) sehr niedrige Ladungen aufweist. Formalisiert kommt diesem Prinzip das sog. „Varimax-Kriterium" von *Kaiser* sehr nahe: Die Varianz der Ladungen innerhalb jedes Faktors soll möglichst groß sein. Während bis jetzt rechtwinklige (sog. „orthogonale“) Rotationen gemeint waren, gibt es auch Techniken der schiefwinkligen (sog. „*oblique*“) Rotation; natürlich erfüllen sie das *simple-structure* Prinzip leichter, allerdings auf Kosten andersgelagerter Interpretationsprobleme, nämlich dem korrelierender Faktoren, d.h. eben nicht rechtwinkliger Koordinatensysteme !

Erfolgt in der wissenschaftlichen Praxis je eine schiefwinklige Rotationen, so findet sich regelmäßig eine zweite Faktorenanalyse, u.zw. angewendet auf die auch als „Primärfaktoren“ bezeichneten Faktoren „erster Ordnung“; das Ergebnis sind „Sekundärfaktoren“.

Da Faktoren innerhalb der Differentiellen Psychologie als Eigenschaften zu interpretieren sind, liegt es nahe, zum Zweck des *psychologischen Diagnostizierens* die beobachteten Personen auch diesen (neuen) Eigenschaften nach zu beschreiben. Dies gelingt mit den ebenfalls bei einer Faktorenanalyse resultierenden sog. „Faktor-*Scores*“; sie geben den Ausprägungsgrad jeder Person pro Faktor an. Insofern ist die häufig geübte Praxis (vgl. z.B. in Kap. 4.2.1.) schlicht falsch, wonach Testkennwerte für faktorenanalytisch identifizierte Eigenschaften festgelegt werden, die die *gleichwertige* Verrechnung *sämtlicher* hoch (?) ladenden Variablen eines Faktors vorsehen !

Genaueres zur Faktorenanalyse siehe bei Bortz (1993).

Der klassische Ansatz über die Faktorenanalyse:

Als typisches Beispiel des faktorenanalytischen Ansatzes einer Konstruktvalidierung soll die Intelligenztheorie, besser: das theoretische Intelligenz*testkonzept* von ***Wechsler*** dienen. Obwohl seine Ausführungen in mehrfacher Hinsicht widersprüchlich sind, ist doch verbindlich abzuleiten, daß er mit seinen Testbatterien zwei voneinander unabhängige Intelligenzaspekte erfassen will, nämlich die „verbale Intelligenz“ einerseits und die „praktische (Handlungs-) Intelligenz“ andererseits (s. nur die deutschsprachigen Versionen HAWIE-R sowie HAWIK-R – ***Hamburg-Wechsler Intelligenztest für Kinder Revision 1983***; Tewes, 1983).

Erläuterung zu den *Wechsler*-Testbatterien:

Wechslers Überlegungen zielen von vornherein nur auf die Messung (!) der Intelligenz: Gerade für seinen pragmatischen Standpunkt, mehr am Produkt der Intelligenz als am Konstrukt selbst interessiert zu sein, haben auch Einflüsse große Bedeutung, die zwar nicht unmittelbar intellektueller Natur sind, jedoch mittelbar zum Zustandekommen intellektueller Leistungen beitragen. Explizit nennt er Trieb und Anreiz, in gewisser Weise ist aber auch das Gedächtnis und die Fähigkeit zur sozialen Anpassung zu subsumieren - „*Intelligenz ist die zusammengesetzte oder globale Fähigkeit des Individuums, zweckvoll zu handeln, vernünftig zu denken und sich mit seiner Umgebung wirkungsvoll auseinander zu setzen*“ (Wechsler, 1956; S.13). Die Berücksichtigung nicht-intellektueller Faktoren kommt dabei nicht von ungefähr; Alexander (1935, zit. nach Wechsler) gab mit seinen Versuchen, *Spearmans* Zweifaktorentheorie zu prüfen, den Anlaß. Er bestätigte zwar mittels Faktorenanalyse, daß alle Leistungstests durch einen gemeinsamen Faktor bestimmt werden, dieser reichte jedoch nicht aus, um die Korrelationsmatrix aller verwendeten Tests vollständig zu erklären. Alexander zieht daraus den Schluß, daß neben einem allgemeinen Faktor der „Intelligenz“ je ein Faktor „abstrakter“ und „praktischer“ Fähigkeiten für alles intellektuelle Verhalten verantwortlich zeichnen - und selbst damit konnte die Korrelationsmatrix nicht hinreichend erklärt werden, so daß ihm ergänzende Faktoren, wie Temperaments- und Persönlichkeitsfaktoren, mitverantwortlich schienen. Bezugnehmend auf diese Argumentation geht Wechsler sogar soweit, daß er sagt: „Bisher haben Verfasser von Intelligenzskalen ... diese Faktoren als störende Elemente angesehen und so weit wie möglich zu beseitigen versucht. Die Erfahrung hat jedoch gezeigt, daß die Tests um so wirkungsloser in der Messung der allgemeinen Intelligenz sind, je erfolgreicher man bei der Beseitigung dieser Faktoren ist. Es werden keine Tests benötigt, bei denen die nicht-intellektuellen Faktoren ausgeschaltet sind (selbst wenn dieses möglich wäre), sondern im Gegenteil Tests, bei denen diese Faktoren deutlich vorhanden und objektiv abschätzbar sind. Die Handlungstests ... sind ein Versuch in dieser Richtung." (S.22). Er versucht also Testbatterien zusammenzustellen, die aus zwei gleichwertigen Testteilen, dem *Verbalteil* und dem *Handlungsteil*, bestehen, wobei letzterer vor allem die nicht-intellektuellen Determinanten intelligenten Verhaltens erfassen soll. Allerdings war es *Wechslers* Absicht sicher auch, zwischen den abstrakten bzw. verbalen Fähigkeiten, also der Gewandtheit im Benutzen von Symbolen, und den praktischen Fähigkeiten, also der Geschicklichkeit im Handhaben von Objekten, zu differenzieren. Daß jeder der beiden Testteile seinerseits aus einer Reihe von Untertests besteht, soll dem Bestreben Rechnung tragen, auch möglichst viele spezifische Fähigkeiten im Sinne *Spearmans* zu erfassen. Dabei erhebt Wechsler keinesfalls den Anspruch, alles zu messen, was „Intelligenz" ausmache, „denn kein Test würde dazu gegenwärtig in der Lage sein. Wir können lediglich von einer Intelligenzskala verlangen, hinreichende Teile der Intelligenz zu messen, damit wir sie als einigermaßen zuverlässigen Index der globalen Leistungsfähigkeit des Prüflings benützen können." (S.22). Er stellt sich daher erst gar nicht dem Problem, die Untertests in Hinblick auf ihre Repräsentativität auszuwählen; vielmehr wurden diejenigen Tests bzw. Items in die Testbatterien aufgenommen, welche sich in entsprechenden Voruntersuchungen als einigermaßen zuverlässig, gültig und trennscharf erwiesen haben. Das führte zu den berühmten elf Untertests: *Allgemeines Wissen*, *Zahlennachsprechen*, *Wortschatz-Test*, *Rechnerisches Denken*, *Allgemeines Verständnis*, *Gemeinsamkeitenfinden* - d.i. der *Verbalteil*; *Bilderergänzen*, *Bilderordnen*, *Mosaik-Test*, *Figurenlegen*, *Zahlen-Symbol-Test* - d.i. der *Handlungsteil*. Die Durchschnittsleistung aller elf Untertests entspricht dem Intelligenzquotienten (Gesamt-IQ), die Durchschnittsleistung aller Untertests je Teil dem Verbal- bzw. Handlungs-IQ.

Sofern faktorenanalytische Ergebnisse überhaupt Hypothesen stützen können (vgl. zum Problem der „Stichproben*abhängigkeit*" in Kap. 2.5. **Skalierung**), tun dies diejenigen von Tewes (1991) bezüglich des HAWIE-R: Es resultieren genau zwei Faktoren mit einem Eigenwert größer als 1 (die zusammen knapp 57% der Varianz erklären) und dabei ladungsmäßig die Untertests des Verbalteils von denen des Handlungsteils separieren (vgl. dazu Abb. 8). Anders ist die Situation beim HAWIK-R, für den sich aus den Interkorrelationen des Manuals (Tewes, 1983) (nur) eine General-Faktorlösung ausrechnen läßt - interessanter Weise zeigte die Analyse von Berlach (1983) bezüglich seines Vorläufers HAWIK (an Hand einer der größten in diesem Zusammenhang je untersuchten Stichprobe) ein frappant ähnliches Bild zum HAWIE-R.

Selten wird versucht, bei einer Konstruktvalidierung zusätzlich zu konstrukt*nahen* Tests („konvergente Validität" i.S. von Campbell & Fiske, 1959) auch noch konstrukt-*ferne* Tests („diskriminate Validität") in die Faktorenanalyse miteinzubeziehen: Wenn der zu validierende Test im selben Faktor wie die ihm konstruktnahen Tests lädt und er gleichzeitig in denjenigen Faktoren gerade nicht lädt, welche durch die ihm konstruktfernen Tests bestimmt sind, ist die Konstruktvalidierung gelungen. Annähernd der Fall zu sein, scheint dies zum Beispiel beim NEO-FFI (*NEO-Fünf-Faktoren Inventar;* Borkenau & Ostendorf, 1993) - nur annähernd deshalb, weil die Auswahl konstruktferner Tests wenig theoriegeleitet ist.

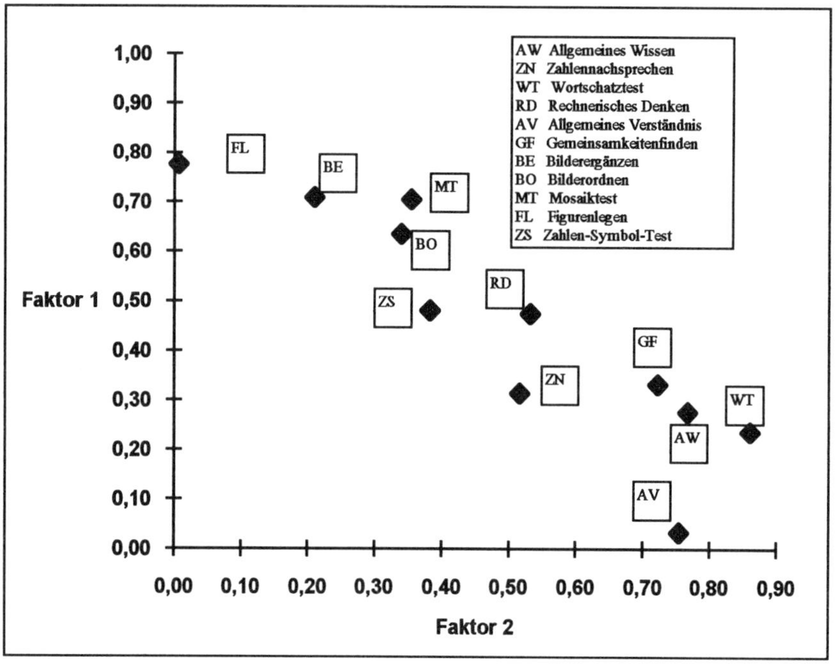

Abbildung 8: Graphische Darstellung der Ladungen der elf Untertests des HAWIE-R in der Varimax-rotierten 2-Faktorenlösung für die Gesamtstichprobe (nach Tab. 10 bei Tewes, 1991).

Der Ansatz von Campbell & Fiske:

An sich sehen Campbell und Fiske (1959) vor, daß nicht nur konstruktnahe und konstruktferne Tests zusätzlich zum eigentlich interessierenden Test untersucht werden, sondern alle Tests auch unter verschiedenen Methoden/Bedingungen. Die daraus bestimmbaren Korrelationen bilden dann die sog. „*multi-trait-multi-method* Matrix" (MTMM). In ihr ist zwischen hetero- und mono*methodischen* Korrelationen einerseits sowie zwischen hetero- und mono*trait* Korrelationen andererseits zu unterscheiden.

Zur Illustration:

Der BBT (*Begriffs-Bildungs-Test*; Kubinger, Fischer & Schuhfried, 1993) soll die Fähigkeit erfassen, „ 'Redundanz zu erkennen', also eine Fülle von Information auf die wesentliche zu reduzieren" (S.4); für seine Validierung wäre es denkbar, als konstruktnahen Test „R" einen Repräsentanten von *reasoning* (Schlußfolgerndes Denken) zu verwenden und als konstruktfernen einen Lern- (Fähigkeits-) Test „L". Wie der BBT könnten sich dabei die beiden anderen Tests auf drei verschiedene Materialien (Methoden/ Bedingungen) beziehen, zum Beispiel: i) figurales Material, ii) verbales Material und iii) numerisches Material.[8] Die resultierende MTMM-Matrix ist

[8] Zur Simplifizierung sowie in Anlehnung an herkömmliche Ansätze (z.B. im „Berliner-Intelligenz-Strukturmodell" von Jäger, 1984) wurde hier als drittes Material „numerisch" genannt; zwar wäre es

in Abbildung 9 schematisiert. Alle mono*methodischen*-mono*trait*-Korrelationen drücken die (Parallel- bzw. Retest-) Reliabilität des betreffenden Tests (in bezug auf ein bestimmtes Material) aus; die hetero*methodischen*-mono*trait*- Korrelationen sind als innere Konsistenz (bezogen auf die verschiedenen Materialien) aufzufassen; und die mono*methodischen*-hetero*trait*-Korrelationen zwischen den konstruktnahen Tests entsprechen der konvergenten Validität, diejenigen zwischen den konstruktfernen Tests der diskriminanten Validität.

Nach Campbell und Fiske muß nun ein valider Test folgende Bedingungen erfüllen:

① Die hetero*methodischen*-mono*trait*-Korrelationen müssen bedeutend größer als null sein; sind sie es nicht, messen die Methoden/Bedingungen verschiedene Konstrukte - nur multimethodisch meßbare Konstrukte sind, definitionsgemäß, *allgemein* gültig, also für eine „Persönlichkeits"-Diagnostik interessant.

② Die hetero*methodischen*-mono*trait*-Korrelationen sollten größer sein als die mono*methodischen*-hetero*trait*-Korrelationen zwischen konstruktfernen Tests - im anderen Fall würden eher die Methoden/Bedingungen ein Konstrukt ausmachen als die intendierten „Konstrukte" selbst.

③ Die hetero*methodischen*-mono*trait*-Korrelationen sollten größer sein als sämtliche hetero*methodischen*-hetero*trait*-Korrelationen zwischen konstruktfernen Tests - ansonsten ist die diskriminante Validität nicht gegeben.

④ Die obigen drei Punkte müssen sinngemäß gelten, sofern der Begriff „hetero*methodische*-mono*trait*-Korrelationen" durch den Begriff „mono- bzw. hetero*methodische*-hetero*trait*-Korrelationen zwischen konstruktnahen Tests" ersetzt wird - dann ist die konvergente Validität erfüllt.

Dieser Ansatz findet sich erst recht selten realisiert; und dort, wo er versucht wird, befriedigen die Ergebnisse allein wegen der Auswahl der Methoden/Bedingungen nicht voll (vgl. Ostendorf, Angleitner & Ruch, 1986).

Die nicht-korrelativen Ansätze:

Demgegenüber sind auch nicht-korrelative Konstruktvalidierungen möglich:

❶ Erstens kommt die Analyse *inter*individueller Unterschiede in Frage, u.zw. zwischen Gruppen, deren Gegenüberstellung direkt aus dem (vermeintlichen) Konstrukt abge-

---

vom Testkonzept her theoretisch denkbar, beim BBT numerisches Itemmaterial einzusetzen, tatsächlich beinhaltet er aber (nur) zweifach zweigestufte Materialien, nämlich: abstrakt vs. anschaulich *mal* figural vs. verbal; d.i. abstrakte Figuren, anschauliche Figuren, sinnfreie Silben und sinnvolle Sätze.

Materialien (Methoden/Bedingungen)

Materialien (Methoden/ Bedingungen)	Test	i) *figural* BBT	i) *figural* R	i) *figural* L	ii) *verbal* BBT	ii) *verbal* R	ii) *verbal* L	iii) *numerisch* BBT	iii) *numerisch* R	iii) *numerisch* L
i) *figural*	BBT	$r_{BBTf,BBTf}$								
	R	$r_{BBTf,Rf}$	$r_{Rf,Rf}$							
	L	$r_{BBTf,Lf}$	$r_{Rf,Lf}$	$r_{Lf,Lf}$						
ii) *verbal*	BBT	$r_{BBTf,BBTv}$	$r_{Rf,BBTv}$	$r_{Lf,BBTv}$	↖	**Monomethod**				
	R	$r_{BBTf,Rv}$	$r_{Rf,Rv}$	$r_{Lf,Rv}$		**Blocks**	↘			
	L	$r_{BBTf,Lv}$	$r_{Rf,Lv}$	$r_{Lf,Lv}$						
iii) *numerisch*	BBT	↑			$r_{BBTv,BBTn}$	$r_{Rv,BBTn}$	$r_{Lv,BBTn}$	$r_{BBTn,BBTn}$		
	R	Heteromethod		→	$r_{BBTv,Rn}$	$r_{Rv,Rn}$	$r_{Lv,Rn}$	$r_{BBTn,Rn}$	$r_{Rn,Rn}$	
	L	Blocks			$r_{BBTv,Ln}$	$r_{Rv,Ln}$	$r_{Lv,Ln}$	$r_{BBTn,Ln}$	$r_{Rn,Ln}$	$r_{Ln,Ln}$

Abbildung 9: Ein theoretisches Beispiel einer MTMM-Matrix.

leitet wurde; interessant sind dabei vor allem Extremgruppen („Extremgruppenvalidierung")

Zur Illustration:

Beim AID erfolgte die Extremgruppenvalidierung in bezug auf das Konstrukt „Intelligenz" dadurch, daß 40 Kinder einer Sonderschule (für Lernbehinderte) 22 Kindern von MENSA[9]-Mitgliedern gegenübergestellt wurden: Die Gruppe der Sonderschüler erreichte „kaum in einem Untertest T-Werte über 50 ..., wohingegen die Gruppe der Kinder von MENSA-Eltern kaum auf T-Werte unter 45 kommt." (Kubinger & Wurst, 1991; S.22)[10]. Die Auswertung mittels Diskriminanz- und anschließender Klassifikationsanalyse (an Hand sämtlicher Untertests) zeigte allerdings eine (einzige) Fehlklassifikation; eines der Kinder von MENSA-Mitgliedern wurde irrtümlich den Sonderschülern zugeordnet. Dieser Befund ist nicht eindeutig und läßt Zweifel aufkommen: Entweder am Konstrukt der „Intelligenz" überhaupt oder nur an der betroffenen Testbatterie oder aber an der Repräsentanz der gewählten Extremgruppe(n).

❷ Zweitens kommt die Analyse *intra*individueller Unterschiede in Frage: Wird ein Test mehrmals (mit und ohne systematischer Variation der Durchführungsbedingungen) vorgegeben, so sollten bei ***habituellen*** Persönlichkeitsmerkmalen keinerlei Veränderungen stattfinden; bei *situations*abhängigen Verhaltensweisen, etwa der Stimmungslage, müßten jedoch entsprechend deutliche Unterschiede auftreten.

❸ Drittens kann durch Selbst- bzw. Fremdbeobachtung während der Bearbeitung des Tests, insbesondere durch Beobachtung des Entscheidungs- bzw. Lösungsprozesses untersucht werden, inwieweit das intendierte Konstrukt erfaßt wird.

Zur Illustration:

So könnten etwa die von Formann (1973) definitorisch festgelegten Regeln zum WMT durch die Methode des „lauten Denkens" daraufhin geprüft werden, ob tatsächlich *ausschließlich* die (richtige) Anwendung dieser Regeln zur Lösung führt (vgl. nochmals Abb. 7 in Kap. 2.3.1.).

---

[9] Der internationale Verein MENSA besteht aus Mitgliedern, die innerhalb der Bevölkerung nachweislich einen Prozentrang der „Intelligenz" von mindestens 98% einnehmen, d.h. höchstens 2% der Bevölkerung sind „intelligenter" (Genaueres zum Prozentrang s. in Kap. 2.4. **Normierung**).

[10] T-Werte sind auf Mittelwert 50, bei einer Standardabweichung von 10 normiert (Genaueres zu den T-Werten s. in Kap. 2.4. **Normierung**).

2.3.3. Kriteriumsvalidität

Alle bisher genannten Validierungsansätze tragen das Handicap, daß sie keine statistische Kennzahl liefern, die den in der Definition angesprochenen Grad der Genauigkeit absolut zu bestimmen erlaubten. Insofern wäre der Nachweis einer „Kriteriumsvalidität" der lediglich „argumentierten" inhaltlichen Gültigkeit bzw. Konstruktvalidität überlegen: Eine bestimmte als relevant angesehene Variable (sog. „Außenkriterium") wird mit dem interessierenden Test korreliert. Das Problem liegt hier jedoch darin, ein geeignetes Außenkriterium überhaupt zu finden, sowie darin, daß dieses seinerseits nicht 100%-reliabel sein wird.

Die möglichen Außenkriterien können nach zwei Gesichtspunkten gruppiert werden:

① Die sog. „Übereinstimmungsvalidität"[11] bezieht sich auf die Korrelation mit einem anderen Test, der (angeblich) dasselbe Konstrukt erfaßt.

Bemerkung am Rand:

Dabei stellt sich allerdings das Problem, daß entweder der (alte) Test, der als Außenkriterium fungiert, in bezug auf die üblichen Gütekriterien mangelhaft ist - dann taugt er auch nicht als Außenkriterium; oder er entspricht ihnen - dann besteht für den zu validierenden (neuen) Test kein Bedarf (vgl. in Kap. 2.7. **Nützlichkeit**).

② Die sog. „Vorhersagegültigkeit" oder „prognostische Validität" bestimmt sich aus der Korrelation des fraglichen Tests mit einem Außenkriterium, das in der (fernen) Zukunft liegt (z.B. Prüfungserfolg); ein bestimmtes später beobachtbares Kriterium soll also vorhergesagt werden.

Bemerkung am Rand:

In Anbetracht der relativ geringen Stabilität mancher Merkmale (vgl. nochmals die Unterschiede zwischen Intelligenz, Persönlichkeit, Interessen und Einstellungen z.B. bei Hofstätter, 1971: Abb. 21), stellt sich allerdings die Frage, wie fern die Zukunft sein darf, um überhaupt eine Chance zum erfolgreichen Prognostizieren zu haben: Wenn schon das Testergebnis im selben Test nicht langfristig vorhersagbar ist, welchen Sinn macht es dann, andere „Ergebnisse" genauso langfristig vorhersagen zu wollen ?

Andererseits sind Nutznießer bzw. Auftraggeber *psychologischen Diagnostizierens* oft gerade an einer *langfristigen* Vorhersage interessiert, und da vor allem an „punktuellen" Ereignissen. Zum Beispiel würde ein Personalleiter gerne sicher gehen, daß ein heute als geeignet diagnostizierter Buchhalter auch in 30 Jahren verläßlich ist und nicht zum Defraudanten wird. Die Vorstellung, diese Sicherheit je zu erhalten, ist jedoch laienhaft bis naiv: Eine valide Prognose in bezug auf ein einmaliges Verhalten, welches zwar schwerwiegend aber allgemein selten ist, ist mit Hilfe psychologischer Tests völlig unrealistisch.

Bemerkung am Rand:

[11] Selten, aber doch, findet sich auch die Bezeichnung: „Konkurrente Validität", als unmittelbare Übersetzung aus dem Englischen.

Es ist nicht verwunderlich, daß Tests zur Personalauswahl selten prognostisch validiert werden können: Kaum ein Unternehmen wird Bewerber nur deswegen testen und ohne Beachtung des Testergebnisses (und sonstiger Qualifikationen) anstellen, um nach einiger Zeit die für die statistische Auswertung notwendige Information zu beschaffen, welche sich davon bewährt haben und welche nicht ! Und nutzt deshalb das Unternehmen die Testergebnisse doch sofort, also noch ohne Validitätsnachweis, dann wird es erst recht nicht diejenigen Bewerber anstellen, welche auf Grund des Testergebnisses ungeeignet scheinen - was wiederum nötig wäre, um am Ende den Prozentsatz der fälschlich als ungeeignet prognostizierten Bewerber in die Validitätsbestimmung miteinfließen lassen zu können.

Tatsache ist, daß die Validierungsversuche vieler einschlägiger Tests ziemlich unbefriedigend sind, zumindest was ihre prognostische Validität betrifft. Der Grund, warum dennoch auch wenig-valide Tests für praktische Zwecke eingesetzt, ja sogar tatsächlich geeignet sind, läßt sich aus den berühmten *Taylor-Russel*-Tafeln ableiten. Aus Abbildung 10 ist zum Beispiel ersichtlich, daß Entscheidungen, basierend auf einem Test mit (realistischer) Validität von .35, gegen nicht-validen, zufälligen Entscheidungen dann eindeutig überlegen ist, wenn die „Selektionsquote" niedrig ist; u.zw. gilt das vor allem für mittel hohe „Grundraten" (unter „Grundrate" versteht man den Anteil der potentiell Geeigenten in der unausgelesenen Bewerberpopulation; unter „Selektionsquote" versteht man den Anteil der aufzunehmenden Bewerber im Verhältnis zur Bewerberzahl insgesamt).

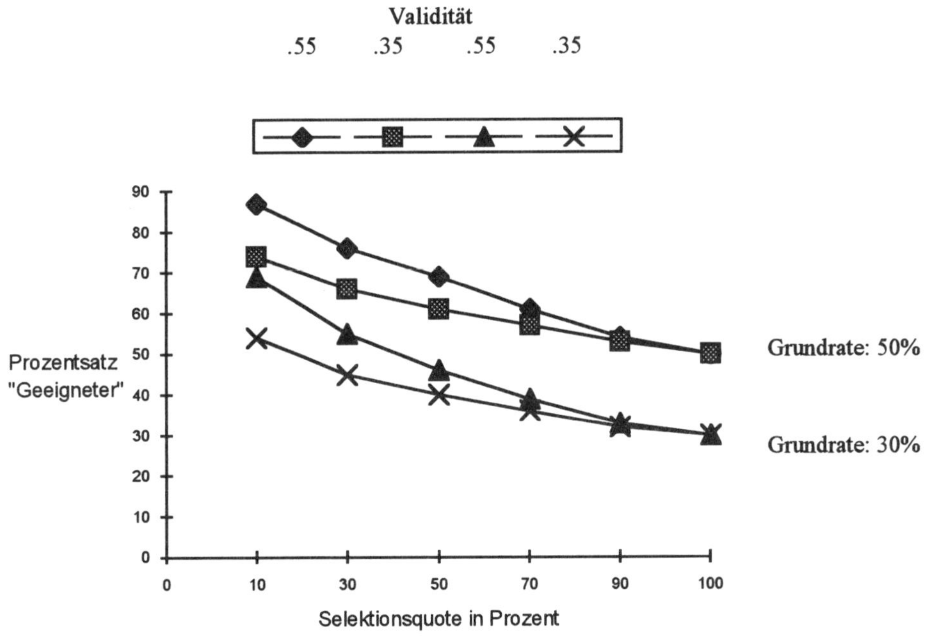

Abbildung 10: Prozentsatz geeigneter Bewerber unter den selektierten in Abhängigkeit von der Validität des Tests (.55 bzw. .35) sowie der Selektionsquote und der Grundrate (nach den *Taylor-Russel*-Tafeln, z.B. bei Lienert & Raatz, 1994; S.421).

Erläuterung zu den *Taylor-Russel*-Tafeln:

Diese sind hergeleitet aus der Verteilungsfunktion einer bivariaten Normalverteilung, wobei die eine Variable den interessierenden Testkennwert darstellt, die andere die „Eignung" als einer (angenommener Weise) ursprünglich normalverteilten Variable - die jeweilige Validität ist dabei der Korrelationsparameter der bivariaten Normalverteilung. Je nach Selektionsquote und Grundrate wird nun zur Bestimmung des Prozentsatzes der (zu erwartenden) selektierten Geeigneten sowohl die Randverteilung des Testkennwerts als auch die Randverteilung der „Eignung" mit einem *cutting point* versehen, um letztlich die resultierende bivariate „Fläche" zu integrieren.

2.3.4. Ein neues Validierungskonzept

Als „neues Validierungskonzept" stehe folgende *Idee*: Wenn ein Test valide sein soll, dann muß er mit seiner Diagnose zumindest zwischen zwei Gruppen differenzieren; in der modernen Differentialdiagnostik werden es sogar mehr als zwei Gruppen sein, die auch je nachdem unterschiedlich zu therapieren (zu fördern) sind. Verfügen wir nun über bewährte differentielle Therapie- (Förderungs-) Programme, so sollten diese, diagnosespezifisch eingesetzt, auch nur bei denjenigen Gruppen (besonderen) Erfolg zeigen, wofür sie gedacht sind. Gelingt dieser Nachweis nicht, so muß die (differentielle) Diagnose rückwirkend als nicht valide bezeichnet werden.

Zur Illustration:

Pitschmann (in Vorb.) versuchte dieses Konzept in bezug auf die differentialdiagnostische Validität des AID; u.zw. behauptet diese Testbatterie, u.a. zum *„Screening"* bestimmter Teilleistungsstörungen zu taugen. Lernbehinderte Kinder wurden aufgrund der Testergebnisse im AID verschiedenen (sechsmonatigen) Förderprogrammen (z.B. optische Differenzierungsfähigkeit, Raumlage-Orientierung, akustische Differenzierungsfähigkeit) unterzogen und im Anschluß daran neuerlich mittels AID getestet: Einige mit dem AID behaupteten Differentialdiagnosen konnten validiert werden, einige andere nicht.

Erläuterung zum Begriff *„Screening":*

„Verfahren zur Selektion von Personen ... zwecks weiterer Analyse. Insbesondere wird bei einem sequentiellen Vorgehen die erste Phase einer Grobauslese als S. oder ‘Siebtestmethode’ bezeichnet." (Arnold, Eysenck & Meili, 1980; S. 2015).

2.4. Normierung[12]

☞ Ein Test erfüllt das Gütekriterium *Normierung*, wenn für sein Bezugsystem zur Relativierung des individuellen Testergebnisses (die sog. „Normen") folgende Bedingungen gegeben sind:

[12] Synonym: „Standardisierung", „Eichung".

– Die Normen sind gültig, d.h. nicht veraltet.
– Die Population, für die die Normen gelten, ist definiert.
– Die für die Erstellung der Normen herangezogene Stichprobe ist repräsentativ.

Bemerkung am Rand:

Lienert (s. wieder Lienert & Raatz, S.11) beschrieb Normierung als Gütekriterium noch wie folgt: „Unter den Güte-Kriterien der *Normierung* versteht man, daß über einen Test Angaben vorliegen sollen, die als Bezugssystem für die Einordnung des individuellen Testergebnisses dienen können." Entgegen dieser Definition hängt die Güte eines Tests heutzutage selbstverständlich nicht nur davon ab, *ob* er bzw. *daß* er, sondern *wie* er normiert ist

Eine Qualifizierung der Normierung als ein „Nebengütekriterium", wie es *Lienert* tat (vgl. weiter oben), mag dabei durchaus Berechtigung haben. Erstens weil die Brauchbarkeit der Normierung erst dann zur Diskussion steht, wenn die Hauptgütekriterien und insbesondere auch das Gütekriterium Skalierung entsprechen. Und zweitens weil gelegentlich eine *norm*orientierte Diagnostik gar nicht zur Diskussion steht: In mancher Hinsicht praktikabler ist nämlich die sog. „*kriteriums*orientierte" Diagnostik (vgl. in Kap. 2.4.3.).

Wenn zunächst die normorientierte Diagnostik außer Frage stehen soll, dann geht es primär um statistische „Techniken", mit denen Testwerte traditioneller Weise in bezug auf die fragliche Population relativiert werden; es geht aber auch um die Klärung und Abgrenzung der Begriffe „Norm" und „normal" vs. „Normen", „Normwerte" und „Normtabellen" sowie um „Normieren" im Sinn von „Relativieren" vs. „Normierung" im Sinn von „Repräsentativerhebung".

2.4.1. Normieren im Sinn von Relativieren

In die statistischen Techniken des Normierens kann am besten an Hand eines Beispiels eingeführt werden. Dazu diene der Untertest *Allgemeines Wissen* aus dem HAWIE-R.

Er besteht aus 24 Items, die alle nur hinsichtlich „richtig" oder „falsch bzw. nicht beantwortet" zu bewerten sind. Als Testkennwert X wird die *Anzahl richtig beantworteter Items* bestimmt. D.h., alle Testwerte x_v, v=1,2,..., liegen zwischen 0 und 24. Da sich die Testwerte in der der Normierung zugrundeliegenden Stichprobe (Mittelwert $\overline{x}$ und Standardabweichung s; N=2000) als nahezu normalverteilt herausstellten, ist jede lineare Transformation statistisch „erlaubt". Aus der Lehre der Statistik würde sich aufdrängen:

$$z = \frac{X - \overline{x}}{s}$$

Die standardnormalverteilte Variable z könnte die relative Position einer Tp bzw. ihrer Testleistung hinsichtlich der entsprechenden „Referenzpopulation" adäquat beschreiben. Positive z-Werte bedeuteten überdurchschnittliche, negative z-Werte unterdurchschnittliche Testleistungen (die Transformation hat zur Folge, daß der Populationsmittelwert μ – eigentlich: der Mittelwert der Normierungsstichprobe – arbiträr auf 0 gesetzt wird, die Standardabweichung der Population, σ, arbiträr auf 1); z-Werte (absolut) größer als 1 bedeuteten eine Abweichung vom Populationsmittelwert um mehr als eine Standardabweichung !

Für alle seine Testbatterien legte Wechsler (1944) jedoch eine andere Transformation fest, nämlich die in sog. „Wertpunkte" (*W*):

$$W = \frac{X - \bar{x}}{s} \cdot 3 + 10$$

Die Transformation „mal 3" und „plus 10" ist willkürlich und entspricht dem Festlegen („Normieren" im Sinn von Relativieren) des Maßstabs samt Null- bzw. Bezugspunkt: Die derart definierten Wertpunkte bedingen einen Mittelwert in der Population von μ = 10 und eine Standardabweichung von $\sigma = 3$.

Zur Erinnerung:

Wird eine Variable X derart linear transformiert: $X^* = aX+b$, so folgt für den Mittelwert von X^* dieselbe Beziehung wie für X^* selbst; für die Varianz von X^* folgt: $s^2(X^*) = a^2 \cdot s^2(X)$ (vgl. z.B. bei Bortz, 1993).

Viel bedeutender als die Einführung der Wertpunkte - die ohnehin nur in den *Wechsler*-Testbatterien Anwendung finden - ist *Wechslers* Definition des IQ (Intelligenz-„Quotienten"). Die Summe der Wertpunkte in sämtlichen Untertests pro Person begründet eine neue Variable, d.i. $Y \div \sum W_j$ (j=1,2,...; mit Mittelwert $\bar{y}$ und Standardabweichung $s(Y)$); sie wird wie folgt transformiert:

$$IQ = \frac{Y - \bar{y}}{s(Y)} \cdot 15 + 100$$

Zur Erinnerung:

Die Bezeichnung „Intelligenzquotient" geht auf *Stern* zurück und war ursprünglich tatsächlich als Quotient definiert: „Intelligenzalter" gebrochen durch Lebensalter („Intelligenzalter" ist nach *Binet* das Alter derjenigen Referenzpopulation, welche durchschnittlich denselben Testwert erreicht wie die betreffende Tp). Seit *Wechsler* ist der „IQ" jedoch als Abweichungsmaß, eben in oben dargestellter Weise definiert; von „Quotient" im mathematischen Sinn ist daher nicht mehr die Rede ! Bemühungen, das „Q" in „IQ" alternativ zu nutzen, um den umgangssprachlich geläufigen Begriff für „Intelligenz" zwar beizubehalten, die Bedeutung der Abkürzung aber gleichzeitig psychologisch überzeugender zu machen, fruchteten bislang nicht: Die „(untere Grenze der) Intelligenz*quantität*", definiert im AID, wird zwar dort obligat interpretiert, Vorbild für andere Intelligenz-Testbatterien war sie jedoch noch nicht (vgl. dazu auch in Kap. 4.1.1.).

Unter der Voraussetzung, daß alle Testkennwerte X_j schon normalverteilt waren, gilt, daß auch der Testkennwert *IQ* normalverteilt ist, u.zw. mit $\mu = 100$ und $\sigma = 15$ – das stimmt wegen der sog. „Flächentransformation" (vgl. unten) allerdings im Regelfall auch dann, wenn diese Voraussetzung nicht erfüllt ist !

Natürlich hätte auch für die Summe der Wertpunkte wieder die Transformation genügt: $z = (Y - \bar{y}) / s(Y)$. Weil diese standardnormalverteilte Variable Element des Testkennwerts *IQ* ist und sich laut Tabelle der Standardnormalverteilung (s. z.B. Bortz, 1993) für p=.01 (bzw. p=.05; p=.16) der Tabellenwert $z_0 = 2.33$ (bzw. $z_0 = 1.645$; $z_0 = 1.00$) ergibt, folgt für $z = z_0$ gesetzt: $IQ = (2.33) \cdot (15) + 100 = 135$ (bzw. $IQ = 125$; $IQ = 115$). D.h. zum Beispiel, daß nur 1% der Referenzpopulation einen $IQ > 135$ erreichen.

Auf einen $IQ = 110$ kommt man über $z_0 = 0.67$; da diesem Tabellenwert $p = .25$ entspricht, fallen in das Intervall $90 \leq IQ \leq 110$ die mittleren 50% der Referenzpopulation (vgl. auch weiter unten sowie die Abb. 11). Leistungen innerhalb dieses Intervalls werden üblicherweise als „durchschnittlich" bzw. „normal" bezeichnet (oder: Sie stellen die „Norm" dar).

Erläuterung zum Begriff „normal":

„In der Umgangssprache bezeichnet man psychisch kranke Menschen als nicht normal. Normal sind demnach diejenigen, die gesund sind. Da tatsächlich auch die meisten Menschen gesund sind, ist es auch sehr oft nicht ausgesprochen falsch zu behaupten, eine Geisteskrankheit sei anormal, und zwar anormal im statistischen Sinne." (Dieterich, 1977; S.196). Demgegenüber sind zum Beispiel „Psychopathen keine kranken Menschen, sondern solche, die bestimmte Eigenschaften in einer Ausprägung haben, die eben statistisch nicht mehr normal ist." So kann sich natürlich der Normalitätsbegriff *nicht* am Gesundheitsbegriff orientieren: „Ebensowenig wie alle Erscheinungen, die selten genug vorkommen, als krankhaft angesehen werden können, gibt es auch Grund, alles das als gesund und normal zu betrachten, was sehr häufig vorkommt. Wenn *Thalmann* ... bei etwa 50% der Grundschulkinder der Stadt Reutlingen ernstzunehmende Verhaltensstörungen diagnostiziert, mag dies ruhig statistisch normal sein - gesund oder gut ist es gewiß nicht. Es mag statistisch normal sein, daß der Mensch einige Zähne hat, die von Karies befallen sind, dennoch sind diese Zähne nicht gesund. Es mag anormal sein, wenn ein Mensch im Laufe seines Lebens keinen einzigen Zahn plombieren lassen muß, trotzdem ist er gesund." (Dieterich; S.197).

Abgesehen von den bereits erwähnten Transformationen haben sich in den zahlreichen Testpublikationen der letzten Jahrzehnte auch noch einige andere Transformationen etabliert - allerdings ohne, daß die damit resultierenden „Normwerte" eine andere oder gar höhere praktische Rechtfertigung hätten. Mit einer Ausnahme beruhen sie alle ebenfalls auf den z-Werten. Da, wieder laut Standardnormalverteilungstabelle, z-Werte außerhalb des Bereichs $-3 \leq z \leq +3$ äußerst unwahrscheinlich sind (exakt beträgt die Wahrscheinlichkeit 2.7 Promill !), kann auch der ***praktisch*** realisierbare Wertebereich dieser Normwerte jedesmal leicht berechnet und angegeben werden. Und für die bereits diskutierten sei dies jetzt nachgeholt:

❶ z-Werte; praktisch gilt: $-3 \leq z \leq +3$

❷ Wertpunkte: $W = z \cdot 3 + 10$; praktisch gilt: $1 \leq W \leq 19$

❸ IQ: $IQ = z \cdot 15 + 100$; praktisch gilt: $55 \leq IQ \leq 145$

Ergänzend gibt es also:

❹ Z-Werte (öfter „Standardwerte", *SW*, genannt): $Z = z \cdot 10 + 100$; praktisch gilt: $70 \leq Z \leq 130$

❺ Centil-Werte: $C = z \cdot 2 + 5$; praktisch gilt: $-1 \leq C \leq 11$

❻ Stanine-Werte („*standard-nine*"): $S = C$, mit $S = 1$ für $C \leq 1$ und $S = 9$ für $C \geq 9$

❼ Sten-Werte („*standard-ten*"): $St = z \cdot 2 + 5.5$; in 98.8% aller Fälle: $1 \leq St \leq 10$

❽ T-Werte[13]: $T = z \cdot 10 + 50$; praktisch gilt: $20 \leq T \leq 80$

Schon aus den obigen Ausführungen zum IQ ist ersichtlich geworden, daß die Relativierung des Testwerts in bezug auf die Referenzpopulation am anschaulichsten gelingt, wenn lediglich der Prozentsatz derjenigen Personen bestimmt wird, welche (noch) besser bzw. schlechter abschneiden. Aus diesem Grund werden als Normwerte auch sog. „Prozentränge" (PR) verwendet: Sie entsprechen der Verteilungsfunktion der Standardnormalverteilung an der Stelle z_0, d.i. die Wahrscheinlichkeit, irgendeinen Wert $z \leq z_0$ zu erhalten. Für das Beispiel $IQ = 110$ folgte $z_0 = .67$, was einem Prozentrang von 75% entspricht; und dieser ist dahingehend zu interpretieren, daß nur 25% der Referenzpopulation bessere Leistungen erzielen. Die Prozentränge erlauben insofern also eine inhaltlich unmittelbar einsichtige Beschreibung des Testergebnisses. Allgemein gibt der jeweilige PR an: den relativen Anteil von Personen in der Referenzpopulation, die den selben oder noch größeren Testwert erreichen.

Abbildung 11 stellt nun alle genannten Transformationen graphisch gegenüber, sodaß ein Ineinanderüberführen ganz leicht möglich ist. Zusätzlich werden die aus der (Standard-) Normalverteilung ableitbaren Prozentränge dargestellt - die im übrigen als einzige Normwerte nicht einer *linearen* Transformation entstammen. Die Prozentränge sind freilich unmittelbar auch bei nicht-normalverteilten Testwerten anwendbar, indem sie eben aus der Häufigkeitsfunktion der Normierungsstichprobe empirisch bestimmt werden. Und die T-Werte waren ursprünglich sogar dafür gedacht, nicht-normalverteilte Testwerte in normalverteilte zu transformieren: Zum Beispiel kann für einen bestimmten Testwert, dem ein Prozentrang von 5% leicht über die Standardnormalverteilungstabelle

[13] Zu Ehren von *L.M. Terman*, Autor der *Stanford-Binet-Simon* Intelligence Scale.

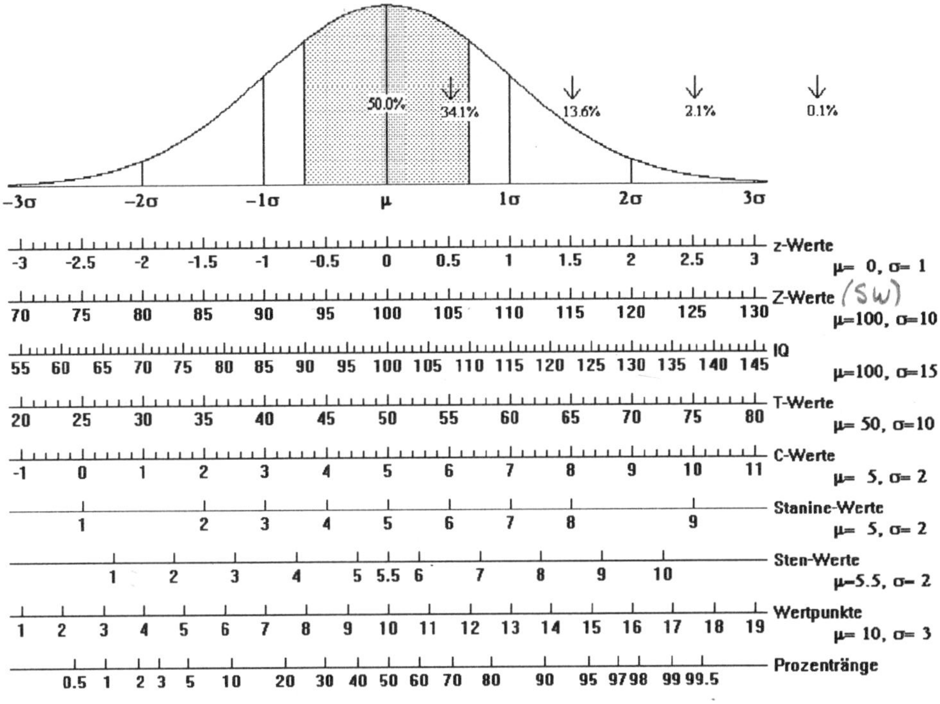

Abbildung 11: Die verschiedenen Arten heute üblicher Normwerte.

der zugehörige (normalverteilte) T-Wert $T=(1.645)\cdot 10+50=66.5$ errechnet werden. Dieses Vorgehen wird als „Flächentransformation“ bezeichnet; sie könnte, natürlich, auch unter Verwendung aller übrigen Normwerte erfolgen.

Diagnostisch wäre wohl mit den Prozenträngen das Auslangen zu finden; für statistische Zwecke, d.h. wissenschaftliche Evaluationen aller Art, haben dagegen alle anderen, eben normalverteilten Normwerte begründete Bedeutung.

Der für eine bestimmte Tp gesuchte Normwert (i.e.S; besser: „normierte“ Testwert) ist üblicherweise mit Hilfe des Manuals aus Umrechnungstabellen, sog. „Normtabellen“, zu gewinnen: Jedem möglichen Testergebnis (Rohwert) ist der entsprechende Normwert zugeordnet, so daß letzterer lediglich nachgeschlagen werden muß - u.U. je nach Alter und/oder Geschlecht in einer anderen Tabelle. Das entsprechende Tabellenwerk von Normtabellen macht die eigentlichen „Normen“ aus.

Bemerkung am Rand:

Gelegentlich findet man statt Normtabellen sog. „Nomogramme“; z.B. im WMT wird diese Form verwendet (vgl. Abb. 12). Mit ihnen erspart man sich ein umfangreiches Tabellenwerk, weil etwa verschiedene Altersgruppen (Altersnormen) simultan in ein und derselben Graphik dargestellt werden können. Abgesehen davon ist auf diese Weise ein unmittelbarer, anschau-

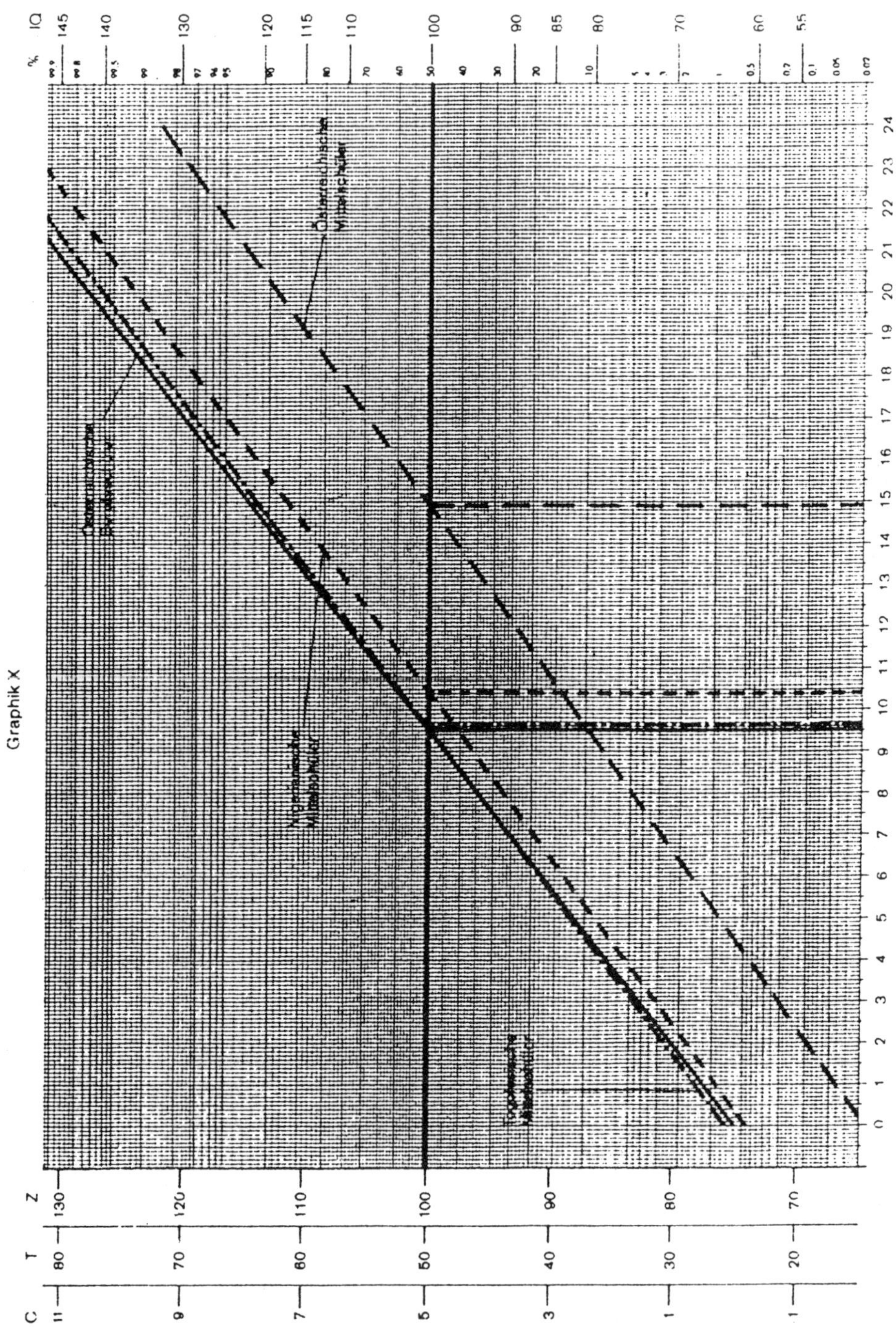

Abbildung 12: Aus dem WMT ein Beispiel eines Nomogramms (mit freundlicher Genehmigung der *Beltz Test Gesellschaft*).

licher Vergleich zwischen verschiedenen Gruppennormen möglich. Wesentlich für diese Nomogramme ist, daß sie in einem sog. „Wahrscheinlichkeitspapier" eingetragen sind und daß sich die Testwerte tatsächlich normalverteilen. Das Wahrscheinlichkeitspapier[14] stellt eine logarithmische Transformation derart dar, daß die Verteilungsfunktion der Normalverteilung einer Geraden entspricht. Im Fall nicht-normalverteilter Testwerte würden im Wahrscheinlichkeitspapier kurvilineare Verläufe entstehen.

Bemerkung am Rand:

In der Praxis kommt es gelegentlich zu voreiligen Schlußfolgerungen, was die Unterschiede zweier Testwerte betrifft. Wenn es zum Beispiel inhaltlich gerechtfertigt sein soll, bezüglich *IQ* = 100 und *IQ* = 101 von bedeutenden, d.h. statistisch signifikanten Unterschieden zu sprechen, dann dürfte sich das (einseitige) Konfidenzintervall für die Person mit *IQ* = 100 höchstens (nicht ganz) bis 100.5 erstrecken; zusätzlich dürfte das (in die andere Richtung bestimmte einseitige) Konfindenzintervall für die Person mit *IQ* = 101 den Minimalwert 100.5 nicht erreichen/unterschreiten. Mit Hilfe der Formel des *SMF* läßt sich aus diesen Bedingungen die dabei not wendige Reliabilität von r_{tt} = .9996 (!) leicht ausrechnen - ein garantiert unrealistisches Ergebnis !

2.4.2. Normierung im Sinn von Repräsentativerhebung

Repräsentativität der Normierungsstichprobe zu erreichen, ist stets ein kritischer Punkt der Testentwicklung. Auch besonders große Stichproben sind keine Garantie für Repräsentativität; und natürlich kann erst recht nicht durch besonders große Stichproben mangelnde Repräsentativität kompensiert werden - vereinzelt gewinnt jedoch der sorgfältige Leser von Testhandbüchern den Eindruck, als tendiere der Testautor zu einer solchen Kompensations-„Idee". Letzteres zumeist bei sog. „Anfallstichproben", bei denen also eine Repräsentativerhebung gar nicht versucht wurde.

Anerkennen muß man allerdings die Schwierigkeit der Aufgabe von Testautoren: Ausreichend große *und* repräsentative Stichproben zu erhalten, ist heute sowohl stimmungsmäßig als auch rechtlich, in Schulen wie in Betrieben, erschwert oder gar - infolge reduzierter Forschungsmittel für Normierungen - unmöglich.

Verschärft wird diese Situation durch die fragliche Aktualität der Normen. Schon Abbildung 4 legte die Befürchtung nahe, daß Normen einen steten Wandel durchmachen; tatsächlich bestätigt wird dies durch zahlreiche internationale Studien, nach denen der durchschnittliche IQ - gemessen jeweils an ein und demselben Test - innerhalb von ca. 20 Jahren bis zu 25 Punkte angestiegen ist (vgl. Flynn, 1987).

[14] Im Handel erhältlich !

Bemerkung am Rand:

Das Problem der „Überalterung" von Normen scheint fast nur eines für den Testanwender zu sein: Verlagsseits werden Tests auch 25 bis 30 Jahre lang nach der Erstauflage ohne Neunormierung vertrieben - sie seien hier nicht einmal „beispielhaft" zitiert !

Wie auch immer: Es mutet grundsätzlich unverantwortlich an, Tests einzusetzen, die (wesentlich) älter als 10 Jahre sind und nicht zwischenzeitlich überarbeitet, auf ihre Testgüte kontrolliert sowie neunormiert wurden; zu sehr ist innerhalb dieses Zeitraums mit neuen testtheoretischen Entwicklungen, differentialdiagnostischen Erkenntnissen und gesellschaftlichen Veränderungen zu rechnen.

Zur Illustration:

Die Normierung des WIT (*WILDE-Intelligenz-Test*; Jäger & Althoff, 1983) bezieht sich auf eine sehr große Stichprobe von 3236 Tpn; allerdings geht das Bemühen um eine BRD-repräsentative Stichprobe bis auf das Jahr 1962 (!) zurück.

Ein besonderes Problem stellt sich immer schon für Österreich und die Schweiz, neuerdings auch für die neuen fünf Bundesländer der BRD: Inwieweit sind die gegebenen Normierungsstichproben aus den Alt-Bundesländern der BRD für andere deutschsprachige Länder repräsentativ ? Dazu gibt es allerdings nur wenige Studien; zwei Fakten können dennoch genannt werden:

❶ Laut AID gibt es hinsichtlich der „Intelligenz" keinerlei Niveauunterschiede zwischen Österreich und der BRD - u.zw. sowohl was die alten als auch was die neuen Bundesländer betrifft.

❷ Laut Stratemann (1991) gibt es jedoch Unterschiede in bezug auf einzelne Persönlichkeitseigenschaften zwischen ehemaligen DDR-Bürgern und BRD-„Alt"-Bürgern, nämlich u.a. in der „Fähigkeit zum Erfolg" (gemessen mittels CPI); erstere haben diese Eigenschaft weniger stark ausgeprägt als letztere !

Während die Gewinnung einer repräsentativen Stichprobe Erwachsener regelmäßig besonders schwierig ist, sollte die Normierung für Schulkinder leichter gelingen. Die verfügbaren Schulverzeichnisse bzw. Schülerstatistiken helfen dabei; trotzdem ist auch hier die Erhebung einer Zufallsstichprobe - von der bekanntlich mit hoher Wahrscheinlichkeit Repräsentativität erwartet werden darf - organisatorisch aufwendig. Und zu beachten ist, daß die Population der Schulkinder nicht ident ist mit der Population *aller* Kinder im schulpflichtigen Alter !

Anstatt eine Zufallsstichprobe im klassischen Sinn zu erheben, genügt aber auch eine sog. „Klumpenerhebung"; das ist (mehr oder weniger) eine Vollerhebung einzelner „Klumpen" von „Datenträgern" - hier die einzelnen Schulen und deren Schulkinder. Wichtig ist nur, daß wenigstens die Klumpen zufällig gewählt werden, am besten nach regional festgelegten Quoten. Der Aspekt der „Quotenstichprobe" sollte zusätzlich in bezug auf wesentliche Variablen Berücksichtigung finden, d.h. zum Beispiel die verschiedenen Schultypen, aber auch beide Geschlechter und die einzelnen Altersstufen sollten in der Stichprobe entsprechend ihren relativen Anteilen in der Population repräsentiert sein.

Zur Illustration:

Für den AID so vorgegangen, ergab sich bezüglich der explizit nicht in der Stichprobenerhebung kontrollierten Variable „Sozialschicht" eine Verteilung auf die verschiedenen Merkmalsausprägungen, wie sie derjenigen in der Population weitgehend entspricht (vgl. in Tab. 2). Dieser Umstand ist wesentlich, weil sich für eben diese Testbatterie herausstellte, daß die durchschnittlichen Testwerte pro Sozialschicht stark voneinander abweichen. Demgegenüber stören Mängel in der Repräsentativität dann nicht, wenn sich keine entsprechenden Unterschiede in den Testwerten herausstellen. Im AID ergab sich eine deutliche Überrepräsentativität von Stadtkindern gegenüber Landkindern; günstigerweise unterscheiden sich diese beiden Gruppen jedoch nicht in ihren Testwerten. Wie bereits erwähnt, gilt dasselbe in bezug auf die Nationalität, d.i. die Unterscheidung zwischen der österreichischen und der deutschen Teilstichprobe der Normierung.

Tabelle 2: Verteilung der Sozialschichtzugehörigkeit in der Normierungsstichprobe des AID - insgesamt und nach der Nationalität getrennt (absolute Häufigkeiten und Prozentsätze; aus Kubinger & Wurst, 1991; S. 73).

Soziale Schicht	Obere Schichten	Mittlere Mittel-schicht	Untere Mittel-schicht	Obere Unter-schicht	Untere Schichten	(allein-stehende Mutter in Haushalt	
Österreich	148 *(8.4%)*	181 *(10.3%)*	538 *(30.9%)*	685 *(38.9%)*	175 *(9.9%)*	(33) *(1.9%)*	1760
BRD	18 *(8.6%)*	18 *(8.6%)*	69 *(33.0%)*	77 *(36,8%)*	22 *(10.5%)*	(5) *(2.4%)*	209
insgesamt	116 *(8.4%)*	119 *(10.1%)*	607 *(30.8%)*	762 *(38.7%)*	197 *(10.0%)*	(38) *(1.9%)*	1969
Grundgesamtheit*	7.9%	11.3%	40.3%	27.6%	12.9%		

* nach *Kleining* für die BRD 1974.

2.4.3. *Kriteriumsorientierte Diagnostik*

Abgesehen davon, daß der Normalitätsbegriff an sich problematisch ist (nicht alles, was „normal", d.h. üblich, gewöhnlich oder durchschnittlich ist, ist positiv - vgl. auch die Kontrastierung zu „gesund" weiter oben), ist in vielen Fällen eine normorientierte Diagnostik nicht zweckmäßig. Die Alternative ist die sog. „kriteriumsorientierte Diagnostik":

☞ *Kriteriumsorientierte Diagnostik* bedeutet, daß andere Vergleichsmaßstäbe zur Interpretation eines Testwerts herangezogen werden als die Testwertverteilung in der Referenzpopulation. Als möglicher Vergleichsmaßstab kommt entweder ein absolut festgelegter oder ein individuumsbezogener, relativ gewählter Ziel-Testwert in Frage.

Insbesondere in der Pädagogischen Diagnostik hat dieser Ansatz Beachtung erlangt (s. z.B. Herbig, 1976). In der Klinisch-psychologischen Diagnostik, etwa im Zuge einer psychotherapiebegleitenden Diagnostik, überzeugt er ebenfalls. Aber zum Beispiel auch in der Eignungsdiagnostik nützt ein hoher Prozentrang wenig, wenn damit trotzdem ein bestimmtes Kriterium nicht erfüllt wird: Eine Sekretärin mit PR = 98%, die bei einem kurzen Diktat viele Rechtschreibfehler begeht, ist trotz des hohen Normwertes ungeeignet.

Vor allem die förderungsorientierte Diagnostik wird oft ohne Normen auskommen.

Zur Illustration:

Umgekehrt sind etwa Teilleistungsstörungen nur über die differentialdiagnostische Betrachtung unter Verwendung einer normorientierten Testbatterie zu entdecken: Erkennen wir für ein bestimmtes Kind, daß es in bezug auf die Referenzpopulation in einem bestimmten (Unter-) Test ein „Tief" hat, in allen anderen (Unter-) Tests jedoch „Hochs" (oder zumindest durchschnittliche Leistungen erbringt), so ist damit - aber eben: *erst* damit - eine unmittelbar verwertbare Diagnose gewonnen. Ohne Normbezug wäre das (relative) Tief nicht identifizierbar ! Als Beispiel veranschaulicht Abbildung 13 das „Leistungs*profil*" eines Kindes im AID – das sind die T-Werte in sämtlichen Untertests; laut Manual weist dieses auf eine Teilleistungsstörung in der akustischen Speicherfähigkeit hin: Gute Ergebnisse beim manuell-visuellen Zuordnen von abstrakten zu konkreten Symbolen (Untertest 7) gepaart mit schlechten Testergebnissen beim Zahlennachsprechen (Untertest 5) – es besteht also keine generelle, sondern nur eine besondere Schwäche der Speicherfähigkeit.

Bemerkung am Rand:

In gewisser Weise kann erst eine normorientierte Diagnostik zur kriteriumsorientierten - im übertragenen Sinn - führen; nämlich über die Entscheidung, welche Normen die *relevanten* sind: Was zum Beispiel die Entwicklungsmöglichkeiten eines Kindes der unteren Sozialschicht betrifft, nützt die Orientierung an den Gesamtnormen wenig, die Orientierung an schichtspezifischen Normen unter Umständen viel. Wenn dieses Kind zwar allgemein Unterdurchschnittliches leistet, schichtspezifisch jedoch Überdurchschnittliches, ist die Prognose sicher gut.

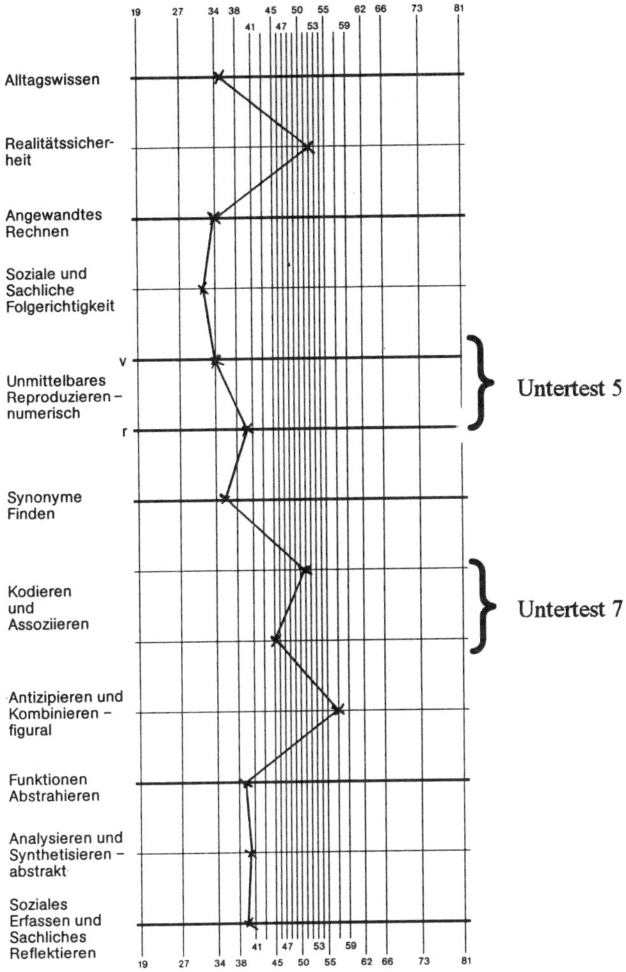

Abbildung 13: Das Leistungsprofil im AID eines Kindes mit Diagnose „Teilleistungsstörung in der akustischen Speicherungsfähigkeit“ (die Verwendung des Protokollbogens mit freundlicher Genehmigung der *Beltz Test Gesellschaft*).

2.5. Skalierung

☞ Ein Test erfüllt das Gütekriterium *Skalierung*, wenn die laut Verrechnungsvorschriften resultierenden Testwerte die empirischen Verhaltensrelationen adäquat abbilden.

Gemeint ist also eine für die *Psychologische Diagnostik* spezifizierte Bedingung des Messens in der Psychologie.

Zur Erinnerung:

„Messen ist die Bestimmung der Ausprägung einer Eigenschaft eines (Meß-) Objekts (Gegenstand, Ereignis, Person, Situation, Beurteilungssachverhalt) und erfolgt durch eine Zuordnung von Zahlen zu Meßobjekten“ (Orth, 1995; S.286) - mit der Ergänzung, daß eine „Zuordnung von Zahlen zu Meßobjekten ... nur dann eine Messung“ ist, „wenn die Zahlen ('Meßwerte') empirische Sachverhalte ausdrücken, d.h. wenn die (numerischen) Beziehungen zwischen Meßwerten empirische Beziehungen zwischen den Meßobjekten ausdrücken.“ (S.287).

2.5.1. Methoden der Skalierung

In letzter Konsequenz sind die Methoden der *Klassischen Testtheorie* ungeeignet, einen Test hinsichtlich des Gütekriteriums der Skalierung zu prüfen (zur Beweisführung dieser Behauptung s. gleich unten). Das ist schließlich auch der Grund, warum es innerhalb ihres Ansatzes dieses Gütekriterium gar nicht gibt (z.B. eben nicht bei *Lienert*). Versuche, die entsprechende Güte eines Tests zu garantieren, gibt es dennoch, u.zw. auf dreierlei Art:

① Innere Konsistenz
② Faktorenanalyse
③ Interkorrelationen

Trivialerweise soll die innere Konsistenz eines Tests möglichst groß sein; trivialerweise sollen die Items ein und desselben Tests gemeinsam auf einem einzigen Faktor laden bzw. sollen, trivialerweise, die Interkorrelationen aller Items nahezu 1 betragen.

Bemerkung am Rand:

Die (herkömmliche, weil auf Intervallskalen aufbauende) Faktorenanalyse funktioniert im beabsichtigten Zusammenhang allerdings höchstens bei nicht-dichotom zu verrechnenden Items. Tests mit dichotom zu verrechnenden Items, die auf ihr beruhen und insofern Eindimensionalität gewährleisten, tun dies nur vermeintlich: Bereits Guttman (1955) hat gezeigt, daß die Anwendung der Faktorenanalyse auf dichotome Variablen stets zu artifiziellen Faktoren führt. Immerhin gäbe es, theoretisch, neuere Methoden, die als Faktorenanalyse für dichotome Daten gelten können (vgl. z.B. Muthén & Christoffersson, 1981).

Daneben fordert die *Klassische Testtheorie* bei der Itemzusammenstellung eines Tests auch,

❶ daß sich die „Schwierigkeiten“ der Items (d.s. bei dichotomen Items eines Leistungstests: die relativen Lösungshäufigkeiten, mit denen sie in der Normierungsstichprobe gelöst wurden) gleichmäßig innerhalb des Intervalls .05 bis .95 verteilen;

❷ daß die sog. „Trennschärfeindizes“ der Items (d.s. die Korrelationen des Testwerts pro Item mit dem Testwert aus allen übrigen Items) sehr (?) hohe Werte annehmen.

Zur Illustration:

Zum Beispiel für das *Allgemeine Wissen* des (weitverbreiteten) HAWIK-R ergab die Untersuchung von Steuer (1988) zwar eine *split-half-* Reliabilität von .93 und Schwierigkeiten, die zumindest im unteren Leistungsbereich die gestellte Forderung erfüllen; die Trennschärfeindizes sind jedoch alle niedrig, maximal .64 (s. Tab. 3). Betrachtet man allerdings die Schwierigkeiten genauer, so fällt auf, daß in den „mittel“-schwierigen Bereich (zwischen .30 und .70 !) lediglich 8 der 33 Items fallen - den Ergebnissen liegen die Daten von 396 deutschen und 215 österreichischen Kinder aus verschiedenen Institutionen zugrunde.

Tabelle 3: Die relativen Lösungshäufigkeiten (Schwierigkeiten) und Trennschärfeindizes der Items im *Allgemeinen Wissen* des HAWIK-R (aus Steuer, 1988; S. 116).

Item -Nr.	Itemkurzbezeichnung	Lösungs-häufig-keit	Trenn-schärfe-indizies
1	Beine	.99	.12
2	Woche	.89	.47
3	Thermometer	.94	.36
4	Jahreszeiten	.90	.41
5	Monat	.82	.53
6	Volljährig	.70	.60
7	Farbe	.68	.48
8	Kilometer	.68	.62
9	Karl der Große	.67	.51
10	Himmelsrichtung	.69	.64
11	Öl	.57	.57
12	Schaltjahr	.47	.52
13	Wochen	.33	.48
14	Islam	.27	.53
15	Klavier	.38	.61
16	Orient	.25	.58
17	Entfernung München-Hamburg/Wien-Salzburg*	.18	.47

Item -Nr.	Itemkurzbezeichnung	Lösungs-häufig-keit	Trenn-schärfe-indizes
18	Metall	.18	.56
19	Gewerkschaften	.13	.51
20	grüne Blätter	.15	.55
21	Schallge-schwindigkeit	.12	.41
22	Rost	.07	.44
23	Weltbevölkerung	.09	.46
24	Erdumfang	.04	.35
25	Radioaktivität	.08	.46
26	Nadelbäume	.06	.42
27	Bundeskanzler	.05	.38
28	Regenbogen	.06	.46
29	Choral	.03	.34
30	Weimarer Republik	.02	.32
31	absoluter Nullpunkt	.02	.31
32	Gewitter	.03	.35
33	Sonnenlicht	.01	.19

* „Wien-Salzburg“ für die österreichischen Kinder.

Die Methoden der *Klassischen Testtheorie* sind allerdings grundsätzlich zu kritisieren. Sie sind alle extrem stichprobenabhängig. Abbildung 14 demonstriert, daß die Korrelation der Testwerte zweier Items (im Beispiel zwei dichotom zu verrechnende Items, d.h.

der ϕ-Koeffizient) für zwei Teilstichproben einen völlig anderen Wert annehmen kann als für die Gesamtstichprobe. Auch die relativen Lösungshäufigkeiten p_i können ihren Wert drastisch in Abhängigkeit von der Zusammensetzung der Stichprobe ändern. Somit wäre für die skizzierten Ansätze der ***Klassischen Testtheorie*** durch geeignete Stichprobenauswahl praktisch jeder (gewünschte) Wert erreichbar (manipulierbar) - somit sind diese Ansätze völlig wertlos.

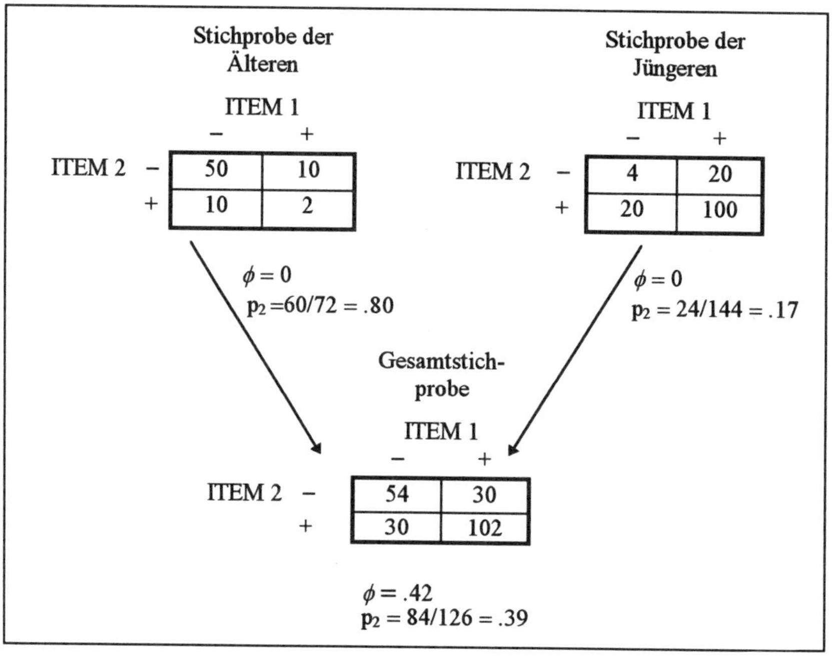

Abbildung 14: Ein konstruiertes Demonstrationsbeispiel zur Stichprobenabhängigkeit der *Klassischen Testtheorie*.

Bemerkung am Rand:

Abgesehen davon ist es nicht einsichtig, daß die über eine Korrelation bestimmte Reliabilität eines Tests und der daraus ableitbare Standardmeßfehler, wie er (vielleicht sogar an einer repräsentativen) Stichprobe gewonnen wurde, für jede beliebige, zum Beispiel auch geistig behinderte Tp gelten soll; man denke nur daran, daß vermutlich auch die Badezimmerwaage je nach Gewicht unterschiedlich genau mißt.

Demgegenüber kann die ***Probabilistische Testtheorie*** durchaus prüfen, ob die gegebenen Verrechnungsvorschriften eines Tests zu Testwerten führen, die verhaltensadäquate Relationen wiedergeben. Mit ihr geht es also um die „Verrechnungsfairneß" eines Tests.

Der einfachste Verrechnungsmodus sieht als Testkennwert die Anzahl gelöster Items vor - zum Beispiel wieder das *Allgemeine Wissen* des HAWIK-R. D.h., ungeachtet dessen, welche Items von einer Tp gelöst und welche nicht gelöst wurden, zählen nur die „Treffer". Fischer (1974) gibt nun einen Beweis, wonach das (dichotome) logistische Testmodell von *Rasch* (im folgenden: *Rasch*-Modell) *notwendigerweise* gelten muß, damit dieser Verrechnungsmodus fair ist.

Erläuterung zum „Notwendigkeits-Beweis" des *Rasch*-Modells:

Zunächst muß die Formulierung exakt heißen: ... das *Rasch*-Modell – oder eine monotone Transformation davon – *notwendigerweise* gelten muß; was allerdings keine Einschränkung für das Folgende bedeutet. Sodann ist logisch vorauszusetzen, daß es um eine einzige Eigenschaftsdimension geht, die mit dem Test erfaßt werden soll, demzufolge diese auch pro Person durch eine einzige Zahl (Parameter) repräsentiert werden kann; letzteres gilt sinngemäß für jedes Item. Schließlich stellt die sog. „lokale stochastische Unabhängigkeit" eine bedeutende Voraussetzung für die Gültigkeit des genannten Beweises dar - allerdings eine, die inhaltlich durchaus zu rechtfertigen ist: Ob eine Tp ein Item löst oder nicht löst, hängt nur von ihrer Fähigkeit und von der Schwierigkeit des Items ab, nicht aber davon, welche anderen Items sie schon gelöst hat oder noch lösen wird. Es sind zwar auch Tests denkbar, bei denen die lokale stochastische Unabhängigkeit verletzt ist, weil sie entweder erfolgsabhängige Lernprozesse bedingen oder weil ihre Items derart aufeinander aufbauen, daß für die Lösung das Resultat eines vorangegangenen Items nötig ist; solche Tests stehen aber jetzt nicht zur Diskussion.

Die Tragweite des Beweises liegt im Attribut „notwendigerweise". Mit ihm ist nämlich der Umkehrschluß zwingend, daß Tests, für die das *Rasch*-Modell (in noch näher zu definierender Weise) nicht gilt, auch nicht verrechnungsfair sind. Möglich wäre es zwar, daß schlicht ein anderer Verrechnungsmodus verhaltensadäquat ist, zum Beispiel wenn die einzelnen Antworten itemspezifisch gewichtet würden - bezüglich des festgelegten Verrechnungsmodus sind sie es *jedenfalls* dann nicht !

Das *Rasch*-Modell beschreibt die Wahrscheinlichkeit, daß Tp v Item i löst („+"), in Abhängigkeit des *Personen*parameters ξ_v, d.i. die (wahre) Fähigkeit von v, und des *Item*parameters σ_i, d.i. die (wahre) Schwierigkeit von i:

$$P(+|\xi_v,\sigma_i) = \frac{e^{\xi_v - \sigma_i}}{1 + e^{\xi_v - \sigma_i}}$$

Weil sich dieses Modell als im statistischen Sinn *stichprobenunabhängig* herausstellt, kann auch ein besonderer Modelltest abgeleitet werden - somit muß es nie ungeprüft vorausgesetzt werden !

Erläuterung zum Modelltest des *Rasch*-Modell:

Im Gegensatz zu anderen testtheoretischen Modellen erfüllt das *Rasch*-Modell einen besonderen wissenschaftstheoretischen Ansatz, nämlich den, sog. *„spezifisch objektive"* Vergleiche zu ermöglichen: Der Unterschied in den Fähigkeiten ξ_v und ξ_w zwischen je zwei Personen v und w kann unabhängig davon bestimmt werden, welche Items des Tests dafür herangezogen werden; bzw. umgekehrt und wichtiger, der Vergleich je zweier Items i und j bezüglich σ_i und σ_j ist unabhängig davon, welche Stichprobe dafür verwendet wird. D.h. die Schätzungen der Parameter sind insofern stichprobenunabhängig, als die Wahl der Stichprobe aus einer bestimmten Population für die statistische Inferenz dieser Parameter keine Rolle spielt.

Diese Tatsache kann für den Spezialfall eines Tests mit nur zwei Items leicht bewiesen werden, u.zw. ausgehend vom zitierten Beweis, wonach bei Geltung des *Rasch*-Modells die Anzahl gelöster Items (S) ein fairer Testkennwert ist. Dazu seien die Betrachtungen auf Tpn beschränkt, die exakt ein Item gelöst haben ($S = 1$) - für die anderen Personen (mit $S = 2$ oder $S = 0$) ist der Test entweder zu leicht oder zu schwierig. Die Wahrscheinlichkeit für die unter Betracht stehenden Personen, daß sie Item i, nicht aber Item j lösen, beträgt dann jeweils:

$$P\left(+,- \mid S=1;\xi_v,\sigma_i,\sigma_j\right) = \frac{P\left(+,- \mid \xi_v,\sigma_i,\sigma_j\right)}{P\left(+,- \mid \xi_v,\sigma_i,\sigma_j\right) + P\left(-,+ \mid \xi_v,\sigma_i,\sigma_j\right)} =$$

$$\frac{P\left(+ \mid \xi_v,\sigma_i\right)\cdot P\left(- \mid \xi_v,\sigma_j\right)}{P\left(+ \mid \xi_v,\sigma_i\right)\cdot P\left(- \mid \xi_v,\sigma_j\right) + P\left(- \mid \xi_v,\sigma_i\right)\cdot P\left(+ \mid \xi_v,\sigma_j\right)} =$$

$$\frac{1}{1+\dfrac{P\left(- \mid \xi_v,\sigma_i\right)\cdot P\left(+ \mid \xi_v,\sigma_j\right)}{P\left(+ \mid \xi_v,\sigma_i\right)\cdot P\left(- \mid \xi_v,\sigma_j\right)}} =$$

$$\frac{1}{1+\left(1-\dfrac{e^{\xi_v-\sigma_i}}{1+e^{\xi_v-\sigma_i}}\right)\cdot\dfrac{1+e^{\xi_v-\sigma_i}}{e^{\xi_v-\sigma_i}}\cdot\dfrac{e^{\xi_v-\sigma_j}}{1+e^{\xi_v-\sigma_j}}\cdot\left(1-\dfrac{e^{\xi_v-\sigma_j}}{1+e^{\xi_v-\sigma_j}}\right)^{-1}} =$$

$$\frac{1}{1+\dfrac{e^{\xi_v-\sigma_j}}{e^{\xi_v-\sigma_i}}} = \frac{1}{1+e^{\sigma_i-\sigma_j}}$$

Es zeigt sich also an Hand dieser Wahrscheinlichkeit tatsächlich, daß eine Berechnung der Itemparameter (bzw. ihrer Relation zueinander) unabhängig von jedem Personenparameter möglich ist: d.i. ein *spezifisch objektiver* Vergleich. Zum Beispiel für die Daten in Abbildung 14 folgt als Schätzung von $P(+,-|S=1)$: 10/20 = ½ für die Stichprobe der Älteren, 20/40 = ½ für die Stichprobe der Jüngeren und 30/60 = ½ für die Gesamtstichprobe; somit ergibt sich auch für die Schätzung von $1/\left(1+e^{\sigma_i-\sigma_j}\right)$ jedesmal ½ (und deshalb $\hat{\sigma}_i - \hat{\sigma}_j = ln 1 = 0$) – völlig im Kontrast zur *Klassischen Testtheorie* !

Stellt sich dementsprechend einmal empirisch heraus, daß (abgesehen von zufallsbedingten Variationen) die Parameterdifferenz $\sigma_i - \sigma_j$ von Stichprobe zu Stichprobe verschieden ist, so stünde das im eindeutigen Widerspruch zu der eben abgeleiteten Konsequenz des *Rasch*-Modells; was heißt: Das *Rasch*-Modell kann nicht gelten - folglich wäre die zur Diskussion stehende Verrechnung nicht fair.

Der wissenschaftstheoretische Vorteil des *Rasch*-Modells besteht nicht nur darin, daß *spezifisch objektive* Vergleiche an sich erstrebenswert sind, sondern auch im Umstand, daß es sich im Gegensatz zu anderen testtheoretischen Modellen um ein *prüfbares* handelt. Wie bereits ausgeführt (vgl. in Kap. 2.3.2.) ist die Faktorenanalyse mit dem Ansatz einer *Linear*kombination ein komplett *un*prüfbares Modell, so daß mit ihr gewonnene Ergebnisse stets unverbindlich bleiben. Zwar ebenfalls der *Probabilistischen Testtheorie* zuzuzählen sind die *Birnbaum*-Modelle (vgl. z.B. bei Kubinger, 1989), doch beinhalten auch sie keine Modellimplikationen – wie eben Stichprobenunabhängigkeit –, die mittels Modelltests prüfbar wären.

Soll nun ein Test tatsächlich auf Geltung des *Rasch*-Modells geprüft werden, dann können dazu pro Item *i* die zweifach, an Hand von zwei Personen-Teilstichproben, modellgemäß geschätzten Itemparameter miteinander verglichen werden (indem eigentlich nur Parameterdifferenzen zu schätzen sind, muß zuvor ein Maßstab willkürlich festgelegt werden, z.B. $\sum \hat{\sigma}_i = 0$). Am einfachsten geschieht dies mittels Graphik, in der die Parameterschätzungen pro Item in einem rechtwinkligen Koordinatensystem gegeneinander aufgetragen werden. Im theoretischen Idealfall ergibt sich dabei das Bild einer durch den Ursprung gehenden 45°-Geraden: Weil die Parameter dann pro Item ident wären, entstünden nur Punkte, die auf dieser Geraden liegen. Weichen einzelne oder alle Punkte von der 45°-Geraden deutlich ab, so gilt für diese die Stichpro benunabhängigkeit nicht, also ist die gegebene Verrechnung auch nicht fair. – Inferenzstatistisch erfolgt der Modelltest des *Rasch*-Modells sinngemäß über einen *Likelihood*-Quotienten-Test (vgl. z.B. wieder bei Kubinger, 1989; dort finden sich auch noch andere Modelltests zum *Rasch*-Modell skizziert).

Zur Illustration:

Um einen Eindruck zu vermitteln, welches Bild Tests zeigen, die in der Forschungspraxis als modellkonform qualifiziert werden, sei in Abbildung 15 der graphische Modelltest für den Untertest *Alltagswissen* aus dem AID gezeigt. Wiedergegeben sind ausschließlich Items der endgültigen, publizierten Version; bereits ausgeschieden sind diejenigen, welche sich in vorausgehenden Analysen als eben nicht modellkonform herausstellten (vgl. Beispiele dazu weiter unten). – Über die Modellkonformität entschieden hat allerdings in allen Fällen der genannte *Likelihood*-Quotienten-Test (d.i. für die Items in Abb. 15: $\chi^2 = 74.18$, $df = 50$).

Obwohl, streng genommen, die Umkehrung nicht gilt, also im Fall, daß ein Test den Modelltests standhält, die Geltung des *Rasch*-Modell nicht (zwingend) *bewiesen* ist - auf Grund des „Falsifikationsprinzips" in der Erkenntnislogik wäre dies auch gar nicht möglich -, wird sie üblicherweise dann als gegeben erachtet: Der „Grad der Bewährung" *sensu Popper* (vgl. z.B. Popper, 1976) ist für das Modell ausreichend !

An publizierten Tests, die den zur Diskussion stehenden Verrechnungsmodus beinhalten *und* dem Modell laut Modelltests entsprechen, existieren nur folgende, chronologisch gereihte (soweit noch nicht bereits zitiert, s. alle sowohl in der Präsentation 3 des

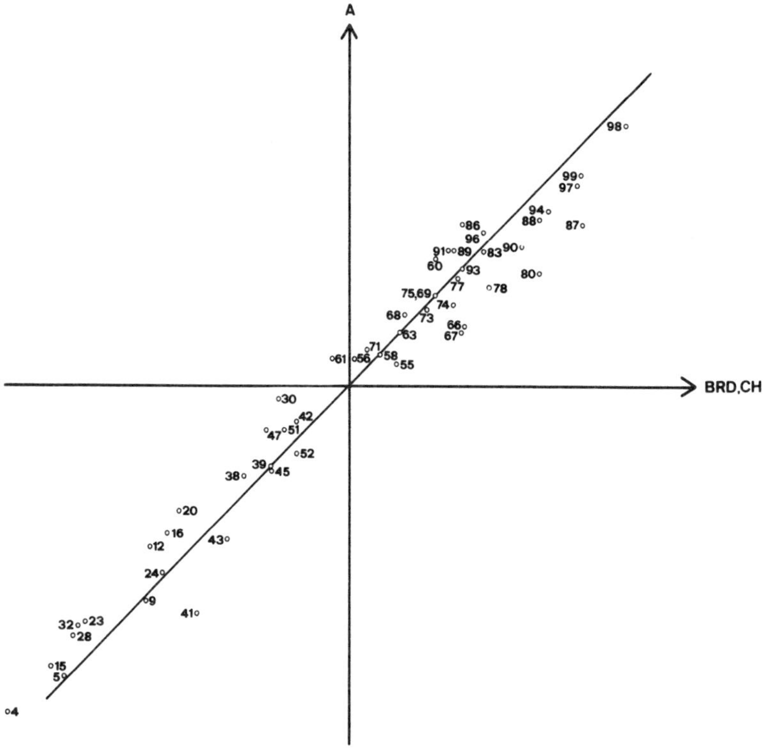

Abbildung 15: Die nach dem *Rasch*-Modell geschätzten Itemparameter des Untertests *Alltagswissen* aus dem AID für zwei Stichproben gegenübergestellt, u.zw. für Kinder aus der BRD (und der Schweiz) einerseits und für Kinder aus Österreich andererseits - die Items sind ungefähr ihren Schwierigkeiten nach numeriert (aus Kubinger & Wurst, 1991; S. 56 – mit freundlicher Genehmigung der *Beltz Test Gesellschaft*).

Kap. 1.2. **Themen, Verfahren und Populationen** als auch im *Anhang: Verfahrensbeschreibungen* - ausgenommen den PST von Grössenbrunner, 1994):

- WMT
- MTP (*Mannheimer Test zur Erfassung des physikalisch-technischen Problemlösens*)
- AID
- 3DW (*Dreidimensionaler Würfeltest*)
- WST (*Wortschatztest*)
- BBT
- PST (*Pilot's Spatial Test*)
- *Gestaltwahrnehmungstest*
- *Erkennen von Meta-Regeln*
- *Rechnen in Symbolen*

– *Syllogismen*[15]

Bemerkung am Rand:

Obige Liste enthält ausschließlich Leistungstests. Würde man davon absehen, müßte sie der AVT (*Anstrengungsvermeidungstest*, Rollett & Bartram; 1977) anführen; weil jedoch bei Persönlichkeitsfragebogen selbst eine Konstruktion nach dem *Rasch*-Modell das Skalierungsproblem nicht löst, wurde dies unterlassen: Die eigentlich interessierende Eigenschaft wird stets von einer zweiten, nämlich der, „wahr zu antworten", überlagert, so daß alle eindimensional messenden Modelle scheitern müssen (s. zur Verfälschbarkeit von Fragebogen das Kap. 2.9. **Unverfälschbarkeit**).

Bemerkung am Rand:

„Der wohl eklatanteste Fall unter den Neuentwicklungen (innerhalb der *Psychologischen Diagnostik*; Anm. d. Verf.) der letzten Jahrzehnte, der kaum in der Praxis ankam, stellt die probabilistische Testtheorie dar. Im Vergleich zu ihren Anfängen etwa bei *Rasch* (1960) oder *Birnbaum* (1968) hat die Item-Response-Theorie in internationaler Arbeitsteilung einen außerordentlich hohen Grad an Differenzierung erreicht, so daß es schon wieder eine Angelegenheit der Spezialisten wird, den Überblick zu behalten. Allerdings steht auch hinreichend Einführungsliteratur zur Verfügung (z.B. Kubinger, 1988, Langeheine & Rost, 1988, Tent & Stelzl, 1993). Darüber hinaus werden Studierende der Psychologie schon seit vielen Jahren in die Grundlagen eingeführt, so daß die geringe Resonanz von daher nicht verständlich zu machen ist." (Klauer, 1994; S.244).

Als Beispiel, in welchem Ausmaß andere Tests, die bei ihrer Entwicklung nicht entsprechend geprüft wurden, unfair messen, diene wieder der HAWIK-R. Abbildung 16 zeigt für das *Allgemeine Wissen*, daß einige Items in Abhängigkeit vom Geschlecht unterschiedliche (relative) Schwierigkeiten besitzen - der *Likelihood*-Quotienten-Test ist signifikant (χ^2=174.70, *df*=26): Zum Beispiel Item 7 („Welche Farbe erhält man, wenn man die Farben Blau und Gelb miteinander vermischt?") fällt Mädchen relativ leichter als Buben, bei Item 23 („Wie viele Menschen gibt es auf der Welt?") zum Beispiel, ist es genau umgekehrt. Das zeigt, daß der Test mit diesen Items nicht eindimensional mißt, vielmehr einzelne Items etwas ganz anderes als die intendierte Fähigkeit erfassen. Überspitzt formuliert: messen sie (bloß) das Geschlecht.

[15] Der aufmerksame Leser des Interpretationshandbuchs zur Testbatterie K-ABC (*Kaufman Assessment-Battery for Children;* Melchers & Preuß, 1991) findet auch dort eine Andeutung, wonach die Untertests auf Analysen nach dem *Rasch*-Modell beruhen; bei genauem Studium der Angaben zur Testkonstuktion ist dem Sachkundigen allerdings ersichtlich, daß sich das nur auf die amerikanische Originalversion bezieht! Obwohl auch im Original (Kaufman & Kaufman, 1983) keine Angaben zu finden sind, an Hand derer die Konstruktion kritisch nachvollzogen werden könnte, ist dieser Umstand beachtenswert: Außerhalb des deutschen Sprachraums sind publizierte Tests, die dem *Rasch*-Modell entsprechen, erst recht rar – dem Verfasser ist noch die Testbatterie *British Ability Scales* (Elliott, Murray & Pearson, 1983) bekannt.

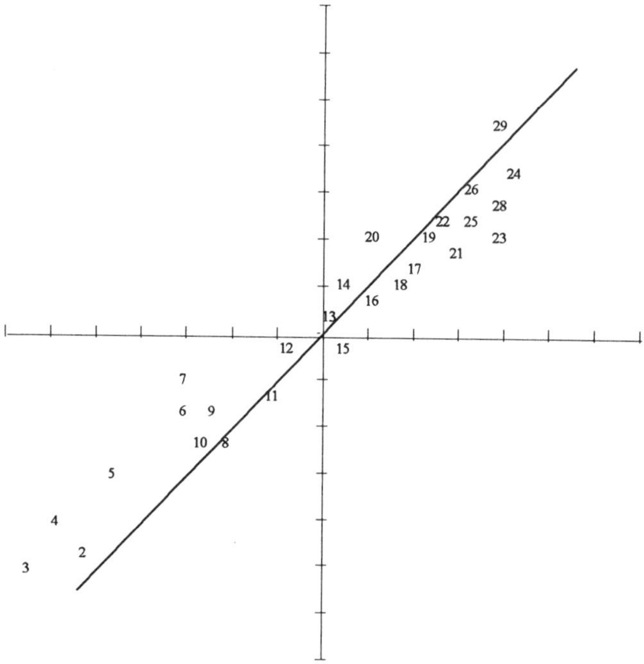

Abbildung 16: Die nach dem *Rasch*-Modell geschätzten Itemparameter des Untertests *Allgemeines Wissen* aus dem HAWIK-R für zwei Stichproben gegenübergestellt, u.zw. für Mädchen einerseits und für Buben andererseits (wegen der relativen Lösungshäufigkeit von .00 bzw. 1.00 wurden einige Items des Tests von der Analyse ausgeschlossen; nach Steuer, 1988).

Zur Illustration:

Das gewählte Beispiel mag vordergründig wenig beeindruckend sein: Trotz signifikanten *Likelihood*-Quotienten-Tests vermittelt *erstens* der graphische Modelltest bei oberflächlicher Betrachtung nicht den Eindruck, als unterschiede er sich wesentlich von dem aus Abbildung 15; *zweitens* könnte man leichtfertig argumentieren, die Benachteiligung einmal der Mädchen könne durch die angeführte Benachteilung der Buben das andere Mal kompensiert werden. Daher muß ergänzt werden, daß im Fall des *Alltagswissens* des AID drei weitere Stichprobengegenüberstellungen (Modelltests) durchgeführt wurden, die ebenfalls zu einem nicht-signifikanten Ergebnis führten; *detto* erfolgten beim *Allgemeinen Wissen* des HAWIK-R drei weitere Stichprobengegenüberstellungen (Modelltests), die allesamt signifikante Ergebnisse zeitigten.

Um inhaltlich eindrucksvoller die grundsätzliche Problematik veranschaulichen zu können, soll ein zweites, heute für die Praxis wohl nicht mehr relevantes Beispiel gegeben werden: Für den Vorläufer, dem *Allgemeinen Wissen* aus dem HAWIK, stellten Kubinger, Rop, Wurst und

Knoll (1983) u.a. fest, daß das Item 6 („Was mußt du tun, damit das Wasser kocht?") Kindern mit niedrigem Testwert, also leistungsschwachen Kindern, relativ leichter fällt als Kindern mit hohem Testwert, also leistungsstarken Kindern. Abgesehen davon, daß dieser Umstand (einseitig) die leistungsstarken Kinder benachteiligt, zeigt das wieder, daß die Items nicht eindimensional messen: Weil sogar die recht anspruchslose Antwort „auf den Herd stellen" als richtig gilt, mißt dieses Item in hohem Ausmaß (auch) das „Anspruchsniveau" des getesteten Kindes – leistungsstarke Kinder werden sich mit dieser anspruchslosen nicht zufriedengeben; eine physikalisch fundierte fällt jedoch auch ihnen schwer !

Für bestimmte andere Verrechnungsmodi existieren innerhalb der *Probabilistischen Testtheorie* andere Modelle bzw. Verallgemeinerungen des *Rasch*-Modells, die teilweise

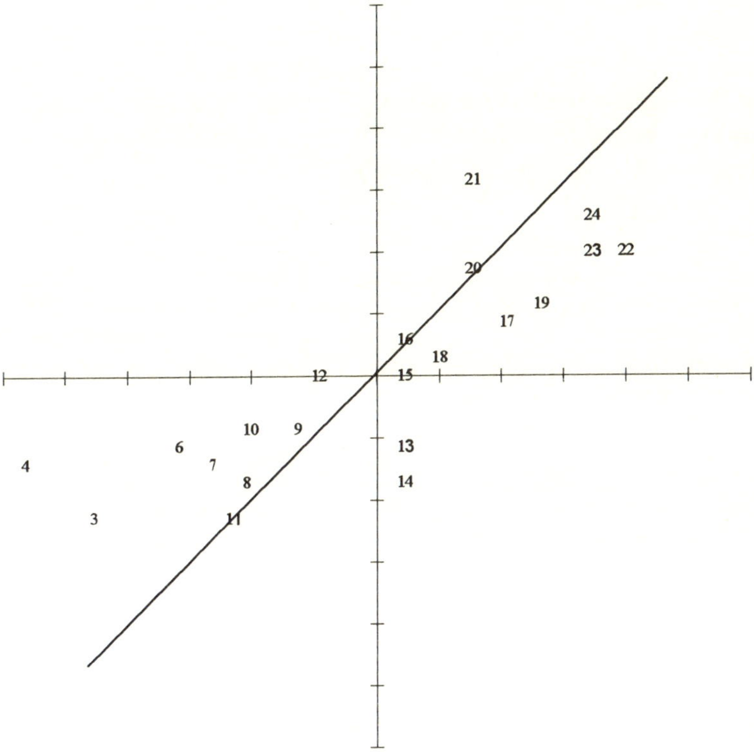

Abbildung 17: Die nach dem mehrkategoriellen mehrdimensionalen *Rasch*-Modell geschätzten Itemparameter des Untertests *Gemeinsamkeitenfinden* aus dem HAWIK-R für teilrichtige Antworten und vollständig richtige Antworten gegenübergestellt; die optimal angepaßte Gerade weist einen Anstieg von 0.52 auf (wegen der relativen Antworthäufigkeiten vom .00 bzw. 1.00 wurden einige Items aus der Analyse ausgeschlossen; nach Steuer, 1988).

analoge Bedeutung haben (vgl. z.B. wieder bei Kubinger, 1989). Wenn etwa zusätzlich zur Bewertung in richtig/falsch teilrichtige Antworten berücksichtigt werden (wie z.B. beim *Gemeinsamkeitenfinden* des HAWIK-R: 1 Punkt für die teilrichtige Antwort im Vergleich zur vollständig richtigen Antwort mit 2 und zur falschen Antwort mit 0 Punkten), dann müßten sich die mit dem mehrkategoriellen mehrdimensionalen *Rasch*-Modell gewonnenen Itemparameter für die teilrichtige Antwort zu denjenigen für die vollständig richtige Antwort bei sämtlichen Items gemäß den vorgegebenen Punkten (im Beispiel 1:2) verhalten. Dementsprechende Modelltests bei diagnostischen Verfahren angewandt, die bei ihrer Entwicklung nicht daraufhin geprüft wurden, offenbaren regelmäßig, daß dies eben nicht der Fall ist (vgl. für das Beispiel den graphischen Modelltest in Abb. 17; nach Steuer, 1988).

Es ist einsichtig, daß umso strengere Voraussetzungen bzw. Modellansprüche an die Items zu stellen sind, je komplizierter der vorgesehene Verrechnungsmodus ist. Die beiden angeführten Beispiele zum HAWIK-R lassen es äußerst unwahrscheinlich erscheinen, daß die Items eines *nicht* entsprechend konstruierten, lediglich „intuitiv“ zusammengestellten Tests die implizierten Voraussetzungen erfüllen. Vielmehr ist es höchst wahrscheinlich, daß die resultierenden Testwerte die empirischen Verhaltensrelationen nicht adäquat wiedergeben, d.h.: der Test schlicht unfair ist.

Zur Illustration:

Einen besonderen Verrechnungsmodus stellt regelmäßig die Bestimmung des IQ dar. Herkömmlich definiert, entspricht ihm der *durchschnittliche* Testwert in den Untertests einer Intelligenz-Testbatterie (z.B. bei sämtlichen Testbatterien von *Wechsler*). Dabei ist es analog zu vorher unerheblich, in welchem Untertest besonders gute und in welchem Untertest besonders schlechte Testleistungen erzielt werden.

Damit diese Verrechnung als fair gelten kann, muß wieder ein entsprechendes Modell der *Probabilistischen Testtheorie* gelten - wenn man einmal davon absieht, daß die dabei vorausgesetzte kompensatorische Wirkung inhaltlich überhaupt äußerst unrealistisch ist: Rein rechnerisch kann das „Tief“ im einen Untertest durch ein entsprechendes „Hoch“ in einem anderen Untertest zwar ausgeglichen werden; jeder Praktiker würde aber, so gefragt, entschieden bestreiten, daß zum Beispiel ein Leistungshoch beim Puzzle-Legen (Untertest *Antizipieren und Kombinieren*-figural aus dem AID) ein beobachtetes Leistungstief beim abstrakten Denken (Untertest *Funktionen Abstrahieren* aus dem AID) hinsichtlich „lebens-“ oder gar schulrelevanter Leistungsanforderungen kompensieren kann.

Das dafür in Frage kommende *Poisson*-Modell von *Rasch* (s. wieder Kubinger, 1989) spricht nun tatsächlich ganz und gar nicht dafür, daß zum Beispiel der IQ des AID fair messen würde: Abbildung 18 zeigt den graphischen Modelltest einer Auswertung von Kubinger und Goethals (1988), für die Daten der Normierungsstichprobe; der *Likelihood*-Quotienten-Test ist signifikant ($\chi^2 = 659.76$, $df = 12$). – In Anbetracht dieses Ergebnisses verwundert das Festhalten am Konzept des IQ, zumindest was die Testbatterie AID selbst betrifft; verantwortlich dafür scheint allerdings eher das Zugeständnis an diejenigen Praktiker zu sein, welche von diesem Konzept nicht ablassen wollen, als sachliche Gründe: Es wurde bereits in Kapitel 2.4.1. eine Alternative angeführt, die sich jedoch gegenüber dem IQ (noch) nicht durchsetzen konnte.

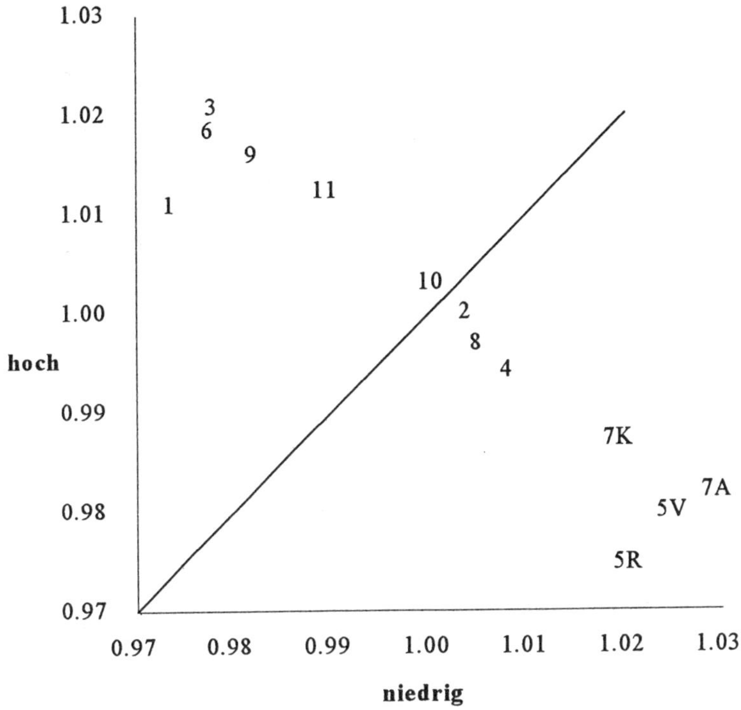

Abbildung 18: Die nach dem *Poisson*-Modell von *Rasch* geschätzten Parameter der Untertests im AID für zwei Stichproben gegenübergestellt, u.zw. für Kinder mit hohem IQ einerseits und Kinder mit niedrigem IQ andererseits.

2.5.2. Skalierung und Reliabilität

Innerhalb der *Probabilistischen Testtheorie* ist es auch möglich, die Meßgnauigkeit eines Tests mit anderen Maßen als korrelativen zu bestimmen.

Da bei allen Modellen die Schätzung der Parameter nach der Maximum-*Likelihood*-Methode erfolgt, sind Erkenntnisse der Mathematischen Statistik anwendbar: Wenn aus unendlich vielen Stichproben einer bestimmten Population immer wieder derselbe Parameter geschätzt werden soll, so sind diese Schätzungen trivialerweise nicht alle ident, sondern unterliegen einer gewissen Streuung. Die Varianz dieser Schätzungen, zum Beispiel die des Personenparameters einer bestimmten Person v, ist dann gleich dem Kehrwert der sog. „Informationsfunktion" (vgl. z.B. Fischer, 1974); im Fall des *Rasch*-Modells ist dies

$$I_v = \sum_{i=1}^{k} P(+ \mid \xi_v, \sigma_i) \cdot \left[1 - P(+ \mid \xi_v, \sigma_i)\right] = \sum_{i=1}^{k} \frac{e^{\xi_v - \sigma_i}}{1 + e^{\xi_v - \sigma_i}} \cdot \frac{1}{1 + e^{\xi_v - \sigma_i}} = \sum_{i=1}^{k} \frac{e^{\xi_v - \sigma_i}}{\left(1 + e^{\xi_v - \sigma_i}\right)^2}$$

D.h. insbesondere, daß unabhängig von den je sonst noch getesteten Personen die Genauigkeit eines Testergebnisses pro Person bestimmt werden kann - sofern in die obige Formel die Parameter*schätzungen* anstatt der Parameter selbst eingesetzt werden. Im Vergleich zum Standardmeßfehler der *Klassischen Testtheorie* spricht man (bei der Wurzel des Reziprokwerts der Informationsfunktion) besser von „Standardschätzfehler" (*standard error of estimation*). Für das mehrfach bereits bemühte Beispiel des Untertests 6 aus dem AID (vgl. in den Kap. 2.1.1. und 2.2.3.) läßt sich daraus, bei einer Irrtumswahrscheinlichkeit von 5%, ein Schätzfehler zwischen 3.85 und 7.84 T-Werten je nach ξ_v berechnen.

Bemerkung am Rand:

Die *Probabilistische Testtheorie* kommt also grundsätzlich ohne das Konzept der Reliabilität aus - obgleich sie den Begriff „*reliability*" verwendet, allerdings für die Korrelation zwischen den Parametern ξ_v und deren Schätzungen, wie sie mit dem zur Diskussion stehenden Test resultieren. Insbesondere bedarf es keiner Bestimmung der inneren Konsistenz: Indem sich die Items auf Grund des entsprechenden Modelltests als modellkonform erweisen, sind sie als „homogen" zu qualifizieren, d. h. messen alle dasselbe, u.zw. eindimensional.

Aus diesem Grund entfallen bei dementsprechend konstruierten Tests oft auch Angaben bis auf die, daß die Reliabilität im Sinn von innerer Konsistenz infolge der Modellkonformität gegeben ist.

Einer allfälligen Bestimmung der Stabilität tut dies jedoch keinen Abbruch.

Was schließlich Paralleltests betrifft, benötigt sie die *Probabilistische Testtheorie* weder zur Bestimmung der Genauigkeit eines Testergebnisse noch macht ihre Erstellung besondere Schwierigkeiten: Weil es nur darauf ankommt, über einen *Pool* von (homogenen) Items zu verfügen, kann jede Teilmenge daraus zu einem „Parallel"-Test, u.zw. unabhängig von den Itemparametern zusammengefaßt werden; selbst bei extrem abweichenden Itemparametern kann jedesmal der gesuchte Personenparameter geschätzt werden - lediglich der Schätzfehler variiert dann.

2.5.3. Skalierung und Normierung

Bereits in Kapitel 2.4.2. wurde das Problem der Übertragung eines Tests in andere Kulturen - und sei es nur innerhalb des deutschsprachigen Raums - angesprochen. Für die Testbatterie AID, zum Beispiel, wurde auch ausgeführt, daß es zwischen der deutschen und der österreichischen Population keine Niveauunterschiede gibt.

Allerdings kann das Fehlen signifikanter Mittelwertsunterschiede (bzw. allgemeiner: Verteilungsunterschiede) nicht die Frage klären, ob ein Test innerhalb verschiedener Kulturen *dasselbe mißt*. Immerhin könnte es ja sein, daß sich kulturelle Unterschiede nicht global, auf die (Gesamt-) Testleistung auswirken, sondern nur auf die bei einzelnen Items; dann spricht zwar nicht das Gütekriterium Normierung gegen die Anwendung des

Tests in einem anderen als der Normierungsstichprobe zugrundeliegenden Kulturbereich, aber, und das ganz grundsätzlich, das Gütekriterium Skalierung.

Zur Illustration:

Im *Allgemeinen Wissen* des HAWIE-R lautet das Item 13: „Wer wählt bei uns den Bundeskanzler"; weil diesbezüglich zwischen der BRD und Österreich (sowie der Schweiz) verfassungsbedingte Unterschiede bestehen, ist selbst dann mit Auswirkungen auf den Testwert zu rechnen, wenn der (österreichische) Tl die Antwort der Tp instruktionswidrig, aber inhaltlich richtig bewertet – leider liegen dazu keine statistischen Befunde vor.

Bei der Konstruktion des AID wurde diesem Problem nachgegangen. Im Zuge der Analysen nach dem *Rasch*-Modell wurde auch ein Modelltest bezüglich der Teilstichproben aus Österreich einerseits und der BRD (und der Schweiz) andererseits durchgeführt. Laut graphischem Modelltest (s. Abb. 19) differenzieren u.a. die beiden folgenden für

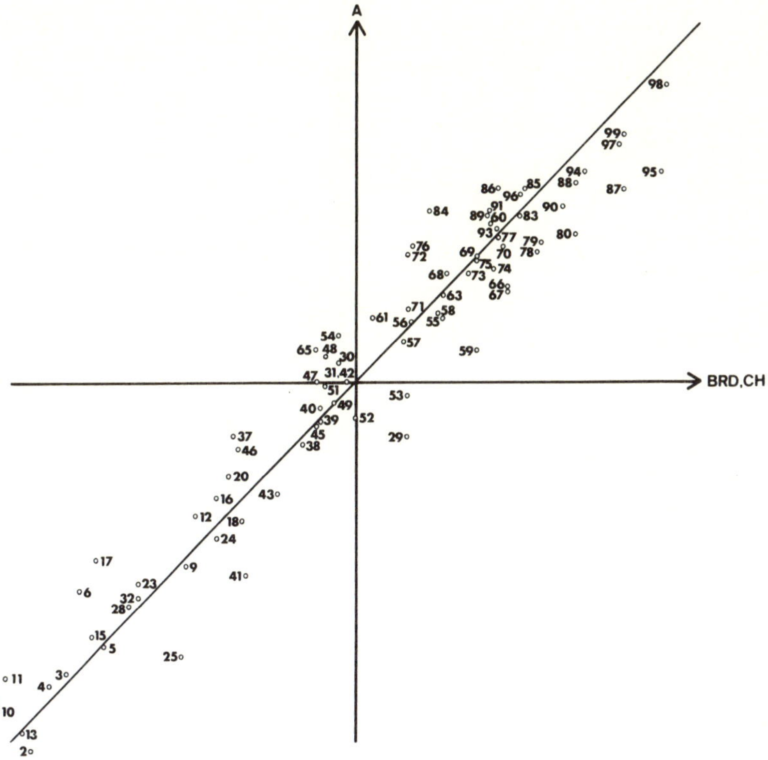

Abbildung 19: Die nach dem *Rasch*-Modell geschätzten Itemparameter der Vorform des *Alltagswissens* aus dem AID für zwei Stichproben gegenübergestellt, u.zw. für Kinder aus der BRD (und der Schweiz) einerseits und für Kinder aus Österreich andererseits (aus Kubinger & Wurst, 1991; S. 56 – mit freundlicher Genehmigung der *Beltz Test Gesellschaft*).

das *Alltagswissen* vorgesehene Items „kulturmäßig“: Während Item 59 („Nenne eine der vier alliierten Mächte im zweiten Weltkrieg“) österreichischen Kindern im Vergleich zu deutschen (und schweizer) relativ leicht fällt, ist es bei Item 76 („Nenne einen Staat, der an der Gründung der NATO beteiligt war“) genau umgekehrt[16] - weil der *Likelihood*-Quotienten-Test signifikant war (χ^2 =264.68, *df*=79), wurden für die endgültige Form des AID diese und andere Items ausgeschieden (s. dazu nochmals Abb. 15, in Kap. 2.5.1.).

Demgegenüber zeigte der Versuch von Goethals (1989), eine niederländische Fassung des AID zu verfassen, daß die Übertragung eines Tests in einen anderen Sprach- und Kulturkreis nicht immer gelingt: Wohl entsprechen innerhalb der belgischen Stichprobe alle Untertests dem *Rasch*-Modell, zwischen der belgischen und der österreichischen (Normierungs-) Stichprobe bestehen aber etliche Unterschiede in den Itemparametern (s. den graphischen Modelltest in Abb. 20).

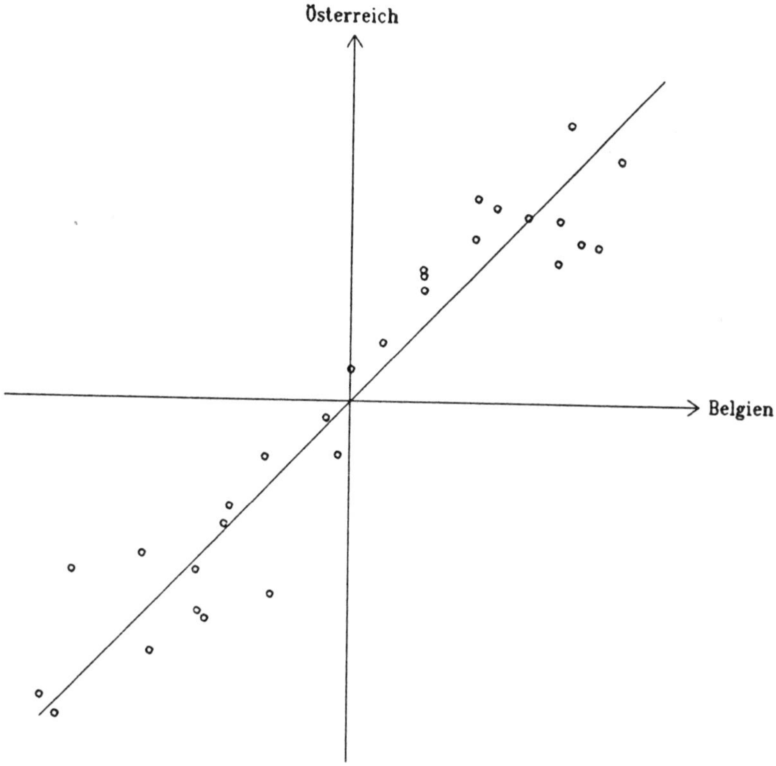

Abbildung 20: Die nach dem *Rasch*-Modell geschätzten Itemparameter des Untertests *Alltagswissen* aus dem AID für zwei Stichproben gegenübergestellt, u.zw. für Kinder aus Österreich einerseits und für Kinder aus Belgien andererseits (nach Goethals, 1989).

[16] Was dem in beide Staaten, BRD und Österreich, politisch Vertrauten durchaus verständlich ist !

2.6. Ökonomie

☞ Ein Test erfüllt das Gütekriterium *Ökonomie*, wenn er, gemessen am diagnostischen Informationsgewinn, relativ wenig *Ressourcen* (Zeit und Geld) beansprucht.

Bemerkung am Rand:

Lienert (s. wieder Lienert & Raatz, S.12) beschrieb Ökonomie als Gütekriterium noch wie folgt: „Ein Test ist dann *ökonomisch*, wenn er:

- eine kurze Durchführungszeit beansprucht,
- wenig Material verbraucht,
- einfach zu handhaben,
- als Gruppentest durchführbar,
- schnell und bequem auszuwerten ist."

Diese ursprüngliche Auffassung von Testökonomie ist infolge der technischen Entwicklung einerseits und der fachlichen Erkenntniserweiterung andererseits nicht mehr haltbar.

Was die technische Entwicklung betrifft, wird das Kapitel 5.1. **Computerdiagnostik** Näheres zum Bedeutungswandel der „Ökonomie" in der *Psychologischen Diagnostik* bringen; was die fachliche Erkenntniserweiterung betrifft, folgen wesentliche Ausführungen sofort.

Die hier gegebene Definition wäre trivial bzw. pleonastisch, würde nicht die *Probabilistische Testtheorie* einen besonderen Akzent setzen: Sie ermöglicht nämlich mit Hilfe des sog. „adaptiven Testens", daß ein Test trotz geringer Testlänge genau mißt.

Zur Erinnerung:

Innerhalb der *Klassischen Testtheorie* ist eine höhere Meßgenauigkeit, d.i. dort: ein kleinerer Standardmeßfehler, immer nur dadurch zu erzielen, daß der Test (mit „homogenen" Items) verlängert wird. Man erkennt das unmittelbar an Hand der allgemeinen bzw. ursprünglichen Formel von *Spearman & Brown* zur Testverlängerung (vgl. in Kap. 2.2.3.); für $k \cdot t$ statt nur t Items verändert sich danach die Reliabilität zu

$$r_{+} = \frac{k \cdot r_{tt}}{1+(k-1) \cdot r_{tt}}$$

2.6.1. Adaptives Testen

Das Prinzip des adaptiven Testens ist am besten als Kontradiktion zur Kritik am „konventionellen" Testen zu verstehen. Die Nachteile letzterens, insbesondere auf Leistungstests bezogen, sind folgende:

❶ Üblicherweise will man mit einem Test einen großen Alters- (bzw. Leistungs-)Bereich erfassen. Das erfordert viele Items, u.zw. von (sehr) leichten bis (sehr) schwierigen (z.B. im *Allgemeinen Wissen* des HAWIE-R: „Wieviele Monate hat ein Jahr?" und „Wie weit ist es von der Erde bis zum Mond?"). Obwohl es sich dann um einen recht langen Test handelt (dessen Bearbeitung eine hohe Leistungsbereitschaft erfordert), sind pro Tp nicht genug Items informativ - „informativ“ ist dabei durchaus informationstheoretisch zu verstehen: Der Tl weiß oft im vorhinein ziemlich sicher Bescheid, ob die Tp das betreffende Item lösen wird oder nicht, somit ist er über die Antwort wenig „überrascht“ und hat kaum einen Informations*gewinn*. Nur wenige Items sind dagegen insofern interessant, als es dem Tl ungefähr gleich wahrscheinlich erscheint, daß sie die Tp löst oder nicht löst. So gesehen ist es schlicht unökonomisch, einer Tp die für sie wesentlich zu leichten bzw. zu schwierigen Items überhaupt vorzugeben !

Bemerkung am Rand:

Erste Bemühungen, diese unökonomische Vorgangsweise zu umgehen, gab es schon bei *Binet* und teilweise bei *Wechsler*: Bei *Binet* (s. z.B. *Stanford-Binet-Intelligenztest*, SIT; Lückert, 1965) wird mit altersspezifischen Items begonnen und - sofern diese gelöst wurden - alle leichteren Items als ebenfalls gelöst bewertet; im anderen Fall wird solange auf leichtere Itemgruppen zurückgegriffen, bis (fast) alle gelöst werden können. Bei *Wechsler* gibt es „neuerdings“ (in seiner letzten amerikanischen Kinderform; s. dazu die deutsche Fassung, den HAWIK-R) ebenfalls altersspezifische Einstiege für die nach aufsteigender Schwierigkeit geordneten Items - und bei allen seinen Testbatterien wird die weitere (Unter-)Testvorgabe abgebrochen, wenn eine bestimmte Anzahl unmittelbar aufeinander folgender Items nicht gelöst wurde. Grundsätzlich kritisch ist am Vorgehen von *Binet* und *Wechsler* jedoch, daß niemals *Sicherheit* darüber besteht, ob eine Tp ein bestimmtes Item löst bzw. nicht löst, sondern eines von beiden bestenfalls hohe *Wahrscheinlichkeit* hat (laut *Rasch*-Modell beträgt die Lösungswahrscheinlichkeit genau dann eins, wenn $\xi_v = \infty$, , d.h. die Tp v unendlich fähig ist, oder $\sigma_i = -\infty$, d.h. das Item i unendlich leicht ist).

❷ Will man - was in der Praxis eher die Regel als die Ausnahme ist - in den extremen Leistungsbereichen messen und zwischen (zwei) Tpn genau differenzieren, die ähnlich leistungsstark sind, dann stehen dafür, trotz großer Testlänge, nur sehr wenige Items zur Verfügung (z.B. im *Allgemeinen Wissen* des HAWIK-R werden im unteren Leistungsbereich, zwischen allen 6jährigen, nur vier bis fünf Items differenzieren; alle anderen sind für diese Altersgruppe generell zu schwierig). D.h. es ist nur zwischen ganz wenigen Leistungskategorien zu unterscheiden, wobei Zufallseinflüße drastische Standardmeßfehler zeitigen.

❸ Die Darbietung der Items in der Reihenfolge ihrer Schwierigkeiten kann motivationsbeeinträchtigend sein. Gibt es keine leistungsentsprechenden Testeinstiege, so werden die wesentlich zu leichten Items am Anfang demotivierend wirken und, ob es ein bestimmtes Abbruchkriterium gibt oder nicht: Praktisch jede Tp wird durch die am Ende zu schwierigen Items frustriert.

Bemerkung am Rand:

Für die *Wechsler*-Testbatterien muß in diesem Zusammenhang provokant die Frage gestellt werden: Wie motiviert wird eine Tp mit jedem neuen Untertest beginnen, wenn sie jedesmal den vorangehenden mit einem Leistungsversagen beendet ?

❹ Wegen der großen Standardmeßfehler von Untertests mit wenig informativen Items ist bei Testbatterien die Interpretation des Leistungsprofils, d.h. das Identifiziern von „Hochs“ und „Tiefs“ (vgl. nochmals Abb. 13, in Kap. 2.4.3.), kaum möglich.

❺ Aus der Einsicht, daß jeweils nur wenige Items für eine bestimmte Tp informativ sind, ziehen manche Testautoren die Konsequenz, statt nach bloß richtig/falsch zu bewerten, mehr- als zweikategoriell zu verrechnen: Sei es durch die Berücksichtigung teilrichtiger Antworten, sei es durch die Vergabe von Zeit-Gutpunkten bei besonders schnell erfolgten Lösungen. Und aus Kapitel 2.5. **Skalierung** ist um eine entsprechend große Problematik solcher Verrechnungen zu fürchten (zu den Zeit-Gutpunkten s. Genaueres in Kap. 3.1.2.).

Dieser Kritik und Skepsis gemäß geht es um eine zum konventionellen Testen alternative Strategie der Testvorgabe: Die Idee muß sein, eben nicht allen Tpn dieselben Items vorzugeben, sondern nur die der individuellen Fähigkeit adäquaten; die Itemauswahl muß also dem jeweiligen Leistungsvermögen angepaßt, „adaptiert“ sein. Obwohl erste Ansätze zum adaptiven Testen (sachlich unrichtig) versuchen, ohne die *Probabilistische Testtheorie* auszukommen, ist adaptives Testen unverzichtbar auf deren Erkenntnise angewiesen - wie zu zeigen sein wird, ist anders die faire Bestimmung eines Testwerts nicht möglich.

Bemerkung am Rand:

In gewisser Weise könnte man auch bei *Binet* und *Wechsler* vom „adaptiven“ Testen sprechen; gemäß den heutigen internationalen Gepflogenheiten sind ihre Testbatterien aber wegen des fehlenden Bezugs zur *Probabilitischen Testtheorie* nicht unter diesem Begriff zu subsumieren. Leider findet sich im deutschen Sprachraum sogar in jüngster Zeit das Attribut „adaptiv“ für Tests verwendet, bei denen der fragliche Testkennwert genauso wenig durch die *Probabilistische Testtheorie* begründet ist: Die individuell verzweigenden Lerntests der Arbeitsgruppe um *Guthke* (s. in Kap. 5.3.2.).

Grundsätzlich ist zwischen zwei Strategien beim adaptiven Testen zu unterscheiden: Das sog. „*tailored-testing*“ und das sog. „*branched-testing*“; beide sind (zunächst nur) für Leistungstests gedacht, die nach richtig/falsch bewertet werden.

Tailored-testing:

Hier wird pro Person mit einem durchschnittlich schwierigen Item begonnen - dies und alles folgende setzt voraus, daß die Schwierigkeiten bzw. Itemparameter sämtlicher Items (eines sehr großen Item*pools*) bereits aus „Kalibrierungs“-Studien bekannt sind. Je nachdem, ob die Tp dieses Item löst oder nicht, bekommt sie als nächstes das schwierigste bzw. leichteste Item geboten. In Abhängigkeit von der Leistungsgüte bei diesem Item wird für die Tp dasjenige Item als nächstes ausgewählt, von welchem ein Ergebnis zu erwarten ist, das (endlich) eine vorläufige Schätzung des fraglichen Personenparameters ermöglicht; d.i. der Fall, wenn die Tp zumindest je ein Item gelöst und nicht gelöst hat. Sobald eine solche Schätzung gelungen ist, werden in der Folge genau diejenigen

Items gewählt, welche in bezug auf ihre Schwierigkeit mit dem Leistungsniveau der Tp korrespondieren, d.s. diejenigen pro Person bzw. aktueller Schätzung des Personenparameters, welche zur Informationsfunktion (vgl. in Kap. 2.5.2.) den maximalen Beitrag leisten.

Zur Illustration:

Laut Informationsfunktion des *Rasch*-Modells bestimmt sich das jeweils als nächstes vorzugebende Item dadurch, daß es mit seinem Itemparameter σ_i folgende Bedingung erfüllt:

$$\frac{e^{\hat{\xi}_v - \sigma_i}}{1+e^{\hat{\xi}_v - \sigma_i}} \cdot \frac{1}{1+e^{\hat{\xi}_v - \sigma_i}} = Max!$$

- mit $\hat{\xi}_v$ für die aktuelle Schätzung des Personenparameters ξ_v der Person *v*. Theoretisch beträgt dieses Maximum .25, u. zw. dann, wenn $\sigma_i = \hat{\xi}_v$ und folglich $P\left(+ \mid \hat{\xi}_v, \sigma_i\right) = 1 - P\left(+ \mid \hat{\xi}_v, \sigma_i\right) = .50$. Die Wahl jedes anderen Items bedeutet, daß die folgende Parameterschätzung weniger als theoretisch möglich verbessert wird und der Schätzfehler größer als theoretisch möglich bleibt.

Diese für die Person „maßgeschneiderte“ (daher: tailored) Itemauswahl-Strategie bringt es mit sich, daß relativ bald eine ungefähre Schätzung des Personenparameters gegeben ist, die mit jedem weiteren Item verbessert, d.h. genauer wird. Anders ausgedrückt: Die Schätzung $\hat{\xi}_v$ weicht vom wahren Parameter ξ_v mit Fortdauer des Tests immer weniger ab.

Einige „technische“ Fragen stellen sich dazu:

① Wann ist die Testvorgabe zu beenden ?
② Wie groß muß der Item*pool* sein ?
③ Wie sind die Testleitungen von Tpn, die völlig andere Items vorgegeben erhielten, vergleichbar ?

Zu antworten ist wie folgt:

① Ein praktikables Kriterium besteht darin, die Vorgabe des Tests dann zu beenden, wenn die Differenz der Schätzungen ein und desselben Personenparameters bei zwei aufeinanderfolgenden Items nicht (mehr) größer ist als ein gewisser geringer, vorher festgelegter Betrag.

② Bei einem zu kleinen Item*pool* ist es wahrscheinlich, daß dieses Kriterium nie erfüllt wird, weil die dafür benötigten informativen Items nicht (mehr) existieren; immerhin läßt sich aus vorwiegend theoretischen Erfahrungen (sog. „Simulationsstudien") ableiten, daß mit 60 - 70 Items ziemlich sicher das Auslangen zu finden ist, wobei regelmäßig nach ca. 15 Items hinreichende Genauigkeit der geschätzten Personenparameter erreicht wird (den besten Überblick dazu gibt Wild, 1986).

③ Offensichtlich ist die Anzahl gelöster Items als Testwert ungeeignet: Ein und dieselbe Anzahl, zum Beispiel einmal bei leichten Items, das andere Mal bei schwierigen Items erzielt, würde die empirischen Verhaltensrelationen (die faktischen Testleistungen) nicht adäquat abbilden. Innerhalb der ***Probabilistischen Testtheorie*** ist es jedoch möglich, den unbekannten Personenparameter ξ_v aus der jeweiligen Modellgleichung, also unter Berücksichtigung der getroffenen Itemauswahl, zu schätzen, sofern - wie oben gefordert - die Itemparameter bekannt sind: Angenommen Person v hätte die Items 1, 5 und 9 vorgegeben erhalten und davon Item 1 sowie Item 9 gelöst, nicht aber Item 5; dann beträgt zum Beispiel für das *Rasch*-Modell die Wahrscheinlichkeit genau dieses Testverhaltens

$$P\left(1^+, 5^-, 9^+ \mid \xi_v, \sigma_1, \sigma_5, \sigma_9\right) = \frac{e^{\xi_v - \sigma_1}}{1 + e^{\xi_v - \sigma_1}} \cdot \frac{1}{1 + e^{\xi_v - \sigma_5}} \cdot \frac{e^{\xi_v - \sigma_9}}{1 + e^{\xi_v - \sigma_9}},$$

woraus mit Hilfe der Maximum-*Likelihood*-Methode eine Schätzung $\hat{\xi}_v$ relativ leicht bestimmt werden könnte. Diese wäre unmittelbar mit der analog gewonnenen Schätzung $\hat{\xi}_w$ von Person w zu vergleichen, welche etwa die Items 2 und 3 gelöst haben mag, nicht aber Item 4.

Die Vorteile des adaptiven Testens liegen auf der Hand:

❶ Bei gleicher Testlänge ist gegenüber einem konventionellen Test eine wesentlich größere Meßgenauigkeit zu erreichen - bzw. ist dieselbe Meßgenauigkeit zu erzielen, trotz stark gekürzter Testlänge: Die (theoretische) Erfahrung zeigt, daß ein halb so langer adaptiver Test ausreicht, um ebenso genau wie mit einem konventionellen Test zu messen (vgl. z.B. wieder bei Wild, 1986).

❷ Insbesondere wird beim adaptiven Testen in allen Leistungsbereichen gleich genau gemessen - man bedenke, daß (konventionelle) Tests regelmäßig viele mittelschwierige Items beinhalten und also in diesem Bereich recht genau messen können, wohingegen sie in den extremen Leitungsbereichen über jeweils zuwenige informative Items verfügen.

❸ Motivationale Beeinträchtigungen sind beim adaptiven Testen keine zu erwarten: Weil für jede Tp die Auswahl der Items so erfolgt, daß sie diese (theoretisch) abwechselnd löst und nicht löst, sollte es anfänglich nicht zur Demotivation, am Ende nicht zur Frustration kommen.

❹ Mit der höheren Meßgenauigkeit pro Untertest löst sich auch das Problem der Interpretation des Leistungsprofils.

❺ Und weil beim adaptiven Testen (höchst) informative Items verwendet werden, bedarf es auch keiner mehrkategoriellen Verrechnung.

Jedoch birgt das adaptive Testen auch einige Nachteile:

① Es bedarf erstens einer größeren Anzahl von Items als konventionelle Tests, d.h. die Testkonstruktion ist aufwendiger. Es bedarf zweitens testtheoretischer Analysen im Sinne der *Probabilistischen Testtheorie* - allerdings, wie das Kapitel 2.5. **Skalierung** zeigt, nicht wirklich im Gegensatz zum konventionellen Testen.

② Die Realisierung des *tailored-testing* ist notwendigerweise an die Computerdiagnostik gebunden: Die beschriebene Schätzung der Personenparameter ist numerisch nur mittels Computer möglich, wobei zu beachten ist, daß eine solche Schätzung nach der Bearbeitung jedes Items erfolgen muß, um dementsprechend das nächste, geeignete Item auszuwählen.

Beides zusammen erklärt, warum das (weltweite ?) Angebot an verlagsmäßig vertriebenen *tailored*-Tests derzeit auf die *Syllogismen* von Srp (1994) beschränkt ist - die Literatur kennt zwar seit langem die Entwicklungsarbeiten der Arbeitsgruppe um *Hornke* (s. z.B. Hornke & Rettig, 1989), ihre Tests, bei der Deutschen Bundeswehr im Probeeinsatz, sind jedoch nicht für die Allgemeinheit zugänglich.

Entgegen dem bisher angesprochenen *Rasch*-Modell sind theoretische Betrachtungen zum adaptiven Testen in der amerikanischen Literatur regelmäßig auf die *Birnbaum*-Modelle bezogen (in großen Testinsitutionen der USA, wie z. B. dem *Educational Testing Service (ETS)*, erfolgten sogar entsprechende Testentwicklungen, die allerdings das Schicksal derjenigen aus der Arbeitsgruppe um *Hornke* teilen: Sie werden innerhalb verschiedenster Institutionen eingesetzt, ohne öffentlich verfügbar zu sein). Insbesondere wegen der bekannt großen Probleme bei der Parameterschätzung (s. z.B. Puchhammer, 1989), scheint jedoch das *Rasch*-Modell den *Birnbaum*-Modellen grundsätzlich vorzuziehen.

Erläuterung zu den *Birnbaum*-Modellen:

In Verallgemeinerung des *Rasch*-Modells lautet die Modellgleichung:

$$P\left(+ \left|\xi_v ; \sigma_i, \alpha_i, \beta_i\right.\right) = \frac{\beta_i + e^{\alpha_i(\xi_v - \sigma_i)}}{1 + e^{\alpha_i(\xi_v - \sigma_i)}}$$

mit α_i als dem sog. Item-*Diskriminations*parameter des Items *i*, das entspricht der unterschiedlichen Gewichtung richtiger Antworten bei der Bestimmung des Testwerts, und β_i als dem sog. Item-*Rate*parameter, das entspricht dem Effekt der beim *multiple-choice*-Format gegebenen Möglichkeit, die richtigte Antwort zu *erraten* - die bisher als Itemparameter bezeichneten σ_i müßten exakter Weise (jetzt) Item-*Schwierigkeits*parameter heißen.

Sind alle $\beta_i = 0$ und alle $\alpha_i = 1$, so ergibt sich als Spezialfall das 1-PL Modell (ein-parametrig-logistisches-Modell), d.i. das *Rasch*-Modell. Sind alle $\beta_i = 0$, nicht aber alle $\alpha_i = 1$, so folgt das 2-PL Modell. Die oben angeführte Formel bezeichnet man als das 3-PL Modell. Einen bisher wenig beachteten, aber denkbaren Fall stellt das sog. „*Rasch*-Modell mit Rateparameter" dar: D.i. $\alpha_i = 1$ für alle *i*, β_i beliebig (Genaueres zu diesem Modell sowie zu den *Birnbaum*-Modellen s. bei Kubinger, 1989).

Natürlich ist mit diesen, im Vergleich zum *Rasch*-Modell verallgemeinerten Modellvarianten ein *tailored-testing*, wie oben beschrieben, sinngemäß möglich - lediglich die theoretisch maximale Information ist nicht (immer) bei $\xi_i = \sigma_i$ bzw. $P(+) = P(-)$ gegeben.

Bemerkung am Rand:

Theoretisch wie praktisch kann zwar durch die Verwendung (ausschließlich) informativer Items ökononomisch insofern getestet werden, als mit wenigen Items das Auslangen zu finden ist und trotzdem genau gemessen werden kann; Wild (1989a) entdeckte jedoch, daß, zumindest angewendet auf Matrizentest-Items, das *tailored-testing* die Itembearbeitungszeiten bis auf das Doppelte erhöht - ökonomisches Testen *sensu tailored-testing* bedeutet also nicht zwingend, daß mit der Verkürzung der Testlänge auch die Durchführungsdauer entsprechend verkürzt wird.

Bemerkung am Rand:

Eine mögliche Erklärung für das Phänomen längerer Bearbeitungszeiten beim adaptiven Testen mag folgende sein: Tpn benötigen (bei manchen Materialien) zum „Aufwärmen" auch leichtere Items bzw. erwarten sie die Items der Schwierigkeit nach geordnet; werden ihnen sehr bald recht schwierige Items vorgegeben oder kommen zwischendurch immer wieder auch leichte vor, so sind sie im ersten Fall noch nicht genug „eingestimmt", im zweiten Fall irritiert - in beiden Fällen verlängert sich die Zeit bis eine Reaktion gesetzt wird, u.U. auch deren Qualität: Falsch statt richtig ? Formal hieße das, daß die Schwierigkeit eines Items jeweils von der Position innerhalb des Tests abhängt, an der es vorgegeben wird; zu problematisieren wäre dann, ob es sich lediglich um „Lerneffekte" während der Testbearbeitung handelt oder ob noch eine andere als die zu messen intendierte Eigenschaft, etwa „Skeptizismus", die Lösungswahrscheinlichkeit beeinflußt. Ist letzteres aus Sicht der Skalierung schlicht fatal, indem der Test nicht (mehr) eindimensional mißt (vgl. in Kap. 2.5.1.), so ist ersteres jedenfalls beim adaptiven Testen folgenschwer: Die oben skizzierte Parameterschätzung von ξ_i muß artifiziell, sprich: un*fair* sein, setzt diese doch positions*un*abhängige Itemparameter σ_i voraus ! Für das konventionelle Testen wäre ersteres wenigstens solange unproblematisch, bis nicht individuell verschiedene Lerneffekte vorliegen - obwohl der resultierende Testwert selbst dann *inhaltlich* uneindeutig ist, weil für ihn doch keine situationsüberdauernde Eigenschaft verantwortlich zeichnet; umgekehrt wäre gerade die Feststellung *individuell verschiedener* Lerneffekte diagnostisch interessant (s. Näheres in Kap. 5.3.2.).

Branched-testing:

Hier handelt es sich gegenüber dem *tailored-testing* um eine suboptimale Strategie, bei der nicht nach der Bearbeitung jedes einzelnen Items das aktuell informativste Item als nächstes vorgegeben wird, sondern die Items in Gruppen zusammengefaßt werden und zwischen ihnen je nach Leistungsgüte in „*festverzweigter*" Wiese verwiesen wird. So kann die Testvorgabe auch ohne Computer auszukommen.

Als Beispiel eines derartig festverzweigten Vorgabeschemas diene jenes des Untertests *Alltagswissen* aus dem AID; es ist in Abbildung 21 wiedergegeben. Danach wird je nach Alter des Kindes mit einer anderen ersten Itemgruppe, bestehend aus 5 Items, begonnen. Löst das Kind höchstens ein Item davon, so ist zu vermuten, daß diese Itemgruppe zu schwierig war, und das Kind wird zu einer leichteren Itemgruppe verwiesen; löst das Kind mindestens 4 Items, dann dürfte die Itemgruppe zu leicht gewesen sein und das Kind wird zu einer schwierigeren Itemgruppe verwiesen - nur im Fall, daß das Kind 2 oder 3, also ungefähr die Hälfte der Items gelöst hat, scheint diese erste Itemgruppe dem Leistungsniveau des Kindes entsprechend, so daß eine ähnlich schwierige nächste Itemgruppe vorgegeben werden kann. Vorgesehen ist in diesem Schema, daß jedes Kind 3 Itemgruppen erhält, d.s. insgesamt 15 Items.

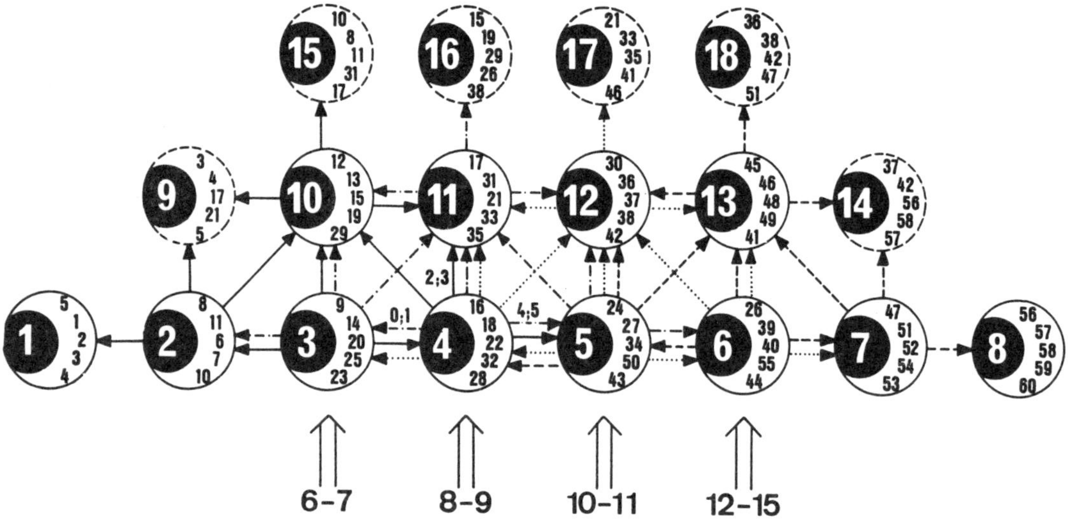

Abbildung 21: Das Vorgabeschema nach dem *branched-testing* für das *Alltagswissen* im AID. Bei der Altersgruppe 8-9 ist genauer als bei den übrigen Altersgruppen eingetragen, welche Varianten in der Abfolge der Itemgruppen je nach erbrachter Leistungsgüte eines Kindes es gibt. Die 5 innerhalb jeder Itemgruppe angeführten Zahlen repräsentieren die Rangplätze der Items hinsichtlich ihrer Schwierigkeit. (Aus Kubinger & Wurst, 1991; S.44 - mit freundlicher Genehmigung der *Beltz Test Gesellschaft*).

Die u.a. wieder zur Vergleichbarkeit der Testleistungen von Tpn mit jeweils anderen bearbeiteten Items erforderliche Bedingung, daß der Test einem Modell der *Probabilistischen Testtheorie*, am besten dem *Rasch*-Modell entspricht, erfüllt das *Alltagswissen* (vgl. in Kap. 2.6.1., insbesondere Abb. 15).

Erläuterung zum Vorgabeschema des *Alltagswissens* im AID:

Weil jedes Kind standardmäßig (nur) 3 Itemgruppen vorgegeben erhält, können einige Itemgruppen (d.s. in Abb. 21 die strichliert gekennzeichneten) jeweils auch Items enthalten, die in bestimmten anderen ebenfalls vorkommen; somit genügen für dieses Vorgabeschema 60 Items. Diese reichen von der leichtesten: „Wie alt bist du ?" bis zur schwierigsten: „Wer schrieb den Roman 'Der Prozeß' ?".

Dabei muß der Tl die Testvorgabe nicht „selbständig" entlang dieses Vorgabeschemas vollziehen, sondern wird durch dieses Schema, ähnlich einem „Programmierten Unterricht", fremdgeleitet (vgl. die genaue Gestaltung beispielsweise für die Entscheidung nach der Itemgruppe ❹ in Abb. 22).

8-9 Jahre

1 Nenne einen ...

2 In welchem Monat ...

4

3 Welches Nagetier

4 Wer war

5 Wie schwer ist ...

Block-RW	Alter in Jahren 6-7	8-9	10-11	12-15
0;1	10	3	3	–
2;3	11	11	11	–
4;5	5	5	12	–

Abbildung 22: Ausschnitt aus dem Manual zum *Alltagswissen* des AID samt Verzweigungsregeln für die Itemgruppe ❹; zur Vermeidung übermäßiger Verbreitung wurden die Items hier aufs unkenntliche gekürzt sowie ihre Lösungen entfernt (aus Kubinger & Wurst, 1991; S.98 - mit freundlicher Genehmigung der *Beltz Test Gesellschaft*).

Wie die Autoren des AID ausführen, ist zum Beispiel zur Verringerung der Testdauer auch an eine Kürzung der Testlänge zu denken (Kubinger & Wurst, 1991; S.45): „So könnten etwa 10 anstatt 15 Aufgaben, also zwei statt drei Aufgabengruppen pro Kind auslangen, wenn der Test bloß als 'screening'-Verfahren für eine grob klassifizierende Diagnose eingesetzt wird. Für bestimmte Fragestellungen, zum Beispiel wenn es nur darum geht, festzustellen, ob ein Kind über bestimmte Mindestfähigkeiten verfügt, kann auf die Vorgabe der dritten Aufgabengruppe verzichtet werden; oder in dem Fall, daß für ein Kind sowohl die Start- als auch die nächste Aufgabengruppe insofern optimal ist, als ... das Kind jeweils zwei oder drei Lösungen erzielt."

Und weiter schreiben sie: „Wenn damit nicht-standardmäßige Testvorgaben angesprochen sind, dann ist von solchen personen*spezifischen* Kurztests abgesehen auf personen*unspezifische* hinzuweisen. ... können zwei Aufgabengruppen vom Testleiter nach eigenem Gutdünken zusammengestellt und konventionell vorgegeben werden, wobei lediglich die Genauigkeit der geschätzten Fähigkeitsparameter darunter leiden wird. Das gleiche gilt auch, zwar abgeschwächt, aber trotzdem, für drei Aufgabengruppen, die der Testleiter selbst auswählt und konventionell vorgibt. Schließlich ist für den in der Testpraxis häufigen Fall der Testwiederholung auch die Zusammenstellung eines personen*spezifischen* (eventuell auch eines personen*unspezifischen*) Paralleltests ... möglich. Für viele dieser Möglichkeiten sind ... entsprechende Normtabellen angeführt."

Zur Illustration:

Um die Meßgenauigkeit des *branched-testing* zu veranschaulichen, diene Abbildung 23. Wieder für das *Alltagswissen* des AID wurde dazu pro ξ $(-10 \leq \xi \leq 10)$ der zu erwartende Standardschätzfehler berechnet - dieser resultiert aus der Summe aller je nach Startgruppe möglichen Standardschätzfehler (lt. Informationsfunktion), wobei letztere jeweils mit der modellbedingten Wahrscheinlichkeit gewichtet sind, daß eine Person v mit $\xi_v = \xi$ gerade die fraglichen Testleistungen zeigt. Dementsprechend ergibt sich für jede Startgruppe in Abhängigkeit von ξ ein eigener Verlauf des (zu erwartenden) Standardschätzfehlers; werden dem ξ (absichtlich oder grob „fahrlässig") extrem zuwiderlaufend gewählte Testeinstiege außer Betracht gelassen, ist nur die unten „Umhüllende" dieser vier Kurven zu interpretieren. Und sie kann gegenübergestellt werden dem entsprechenden Verlauf bei der denkbaren (konventionellen) Vorgabe sämtlicher 60 Items des *Alltagswissens*, bei der denkbaren (konventionellen) Vorgabe von 30 mehrheitlich mittelschwierigen Items des *Alltagswissens* sowie bei 60 bzw. 15 optimal informativen Items des theoretischen Idealfalls.

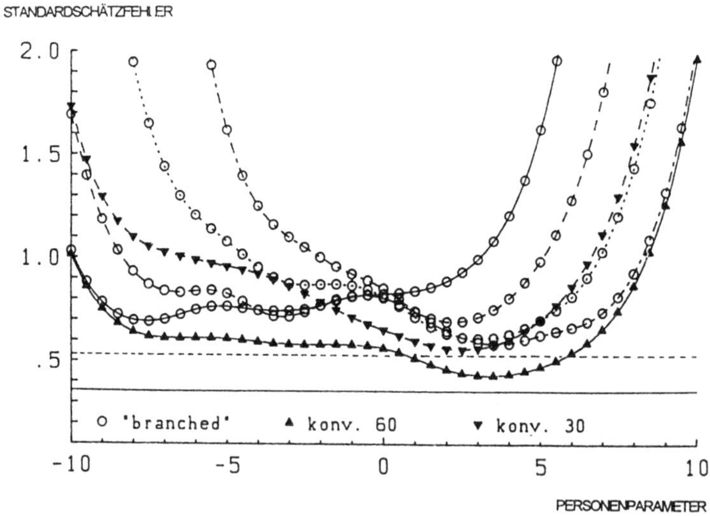

Abbildung 23: Der zu erwartende Standardschätzfehler beim *branched-testing* im *Alltagswissen* des AID in Abhängigkeit vom Personenparameter (und der Startgruppe); im Vergleich dazu zwei konventionelle Vorgaben unter Verwendung aller 60 bzw. 30 mehrheitlich mittelschwierigen Items sowie zwei adaptive Vorgaben unter Verwendung von 60 (durchgezogene Gerade) bzw. 15 (strichlierte Gerade) optimal informativen Items (aus Kubinger & Wurst, 1991; S.98 - mit freundlicher Genehmigung der *Beltz Test Gesellschaft*).

> „Lediglich in einem engbegrenzten Mittelbereich, der für die diagnostische Praxis - was einen besonderen Anspruch an Meßgenauigkeit betrifft - vielleicht weniger relevant erscheint, wird der Schätzfehler gegenüber der Vorgabe aller Aufgaben in Einheiten des Fähigkeitsparameters um .2 größer, das entspricht maximal 2 T-Werten (bei einer Irrtumswahrscheinlichkeit von 5%). In den relevanten, extremen Bereichen sogar überlegen ist das 'branched-testing' der realistischeren konventionellen Vorgabe von nur 30 Aufgaben: Ein Verlust an Genauigkeit von umgerechnet mindestens 3 T-Werten beim konventionellen Testen passiert relativ oft." (Kubinger & Wurst, 1991; S.45f.).

Die Strategie des *branched-testing* wirft einige besondere „technische" Fragen auf:

❶ Wieviele Startgruppen,
❷ wieviele Verzweigungsschritte,
❸ wieviele Verzweigungsmöglichkeiten und
❹ wieviele Items pro Itemgruppe sind zu wählen ?

Die Antworten - durch systematisches Variieren von Kubinger und Wild (1989) abgeleitet, u.zw. wieder beispielhaft an Hand des Item*pool*s zum *Alltagswissen* des AID - lauten:

❶ Dem Zuwachs an Meßgenauigkeit bei Verwendung einer immer größeren Anzahl von Startgruppen ist sehr bald eine Grenze gesetzt - für das gewählte Beispiel würden auch nur 3 Startgruppen ausreichen !

❷ und ❸ Im Vergleich zu einer größeren Anzahl von Verzweigungs*schritten* ist (in bezug auf die Meßgenauigkeit) die größere Anzahl von Verzweigungs*möglichkeiten* gewichtiger; so ist der Dreifachverzweigung, auf Kosten einer geringeren Schrittanzahl, gegenüber der Zweifachverzweigung der Vorzug zu geben.

❷ und ❹ Im Vergleich zu mehr Items pro Schritt ist eine größere Anzahl von Verzweigungsschritten gewichtiger: Der Ausgleich einer geringeren Anzahl von Verzweigungsschritten durch eine größere Anzahl von Items pro Itemgruppe gelingt (in bezug auf die Meßgenauigkeit) nicht.

Zu problematisieren ist noch der Fall einer inadäquat gewählten Startgruppe bzw. die Frage, inwieweit für eine Tp die „Kompensationsmöglichkeit" in bezug auf die Schätzung ihres Personenparameters besteht, wenn sie infolge *zufällig* erbrachter Testleistungen zu einer der wahren Fähigkeit widersprechenden nächsten Itemgruppe gelangt: Die inadäquat gewählte Startgruppe wirkt sich grundsätzlich, jedoch in weiten Bereichen nicht einmal, auf die Meßgenauigkeit aus (vgl. nochmals Abb. 23); kritisch wird bloß der Extremfall, daß der Personenparameter infolge ausschließlich gelöster oder ausschließlich nicht gelöster Items gar nicht zu schätzen ist - und auch hier gibt es rechnerische Approximationsmöglichkeiten, nämlich die kurvilineare Extrapolation. Zu einer schwerwiegenden Fehlzuweisungen kann es - beim Vorgabeschema des *Alltagswissen*s im AID - nur kommen, wenn die Tp zumindest *zweimal* innerhalb einer Itemgruppe (zufällig) *versagt*, d.h. Items weit unter ihrem Niveau nicht löst; im anderen Fall, daß die Fehlzuweisung lediglich auf Grund einer einzigen *a-priori* recht unwahrscheinlichen „Nichtlösung" beruht, divergieren Schwierigkeitsniveau der Itemgruppe und Fähigkeit der Tp dementsprechend wenige(r), so daß die Kompensationsmöglichkeit im weiteren Verlauf des Tests durchaus besteht - analoges gilt in der umgekehrten Richtung, wenn die Fehlzuweisung auf Grund extrem unwahrscheinlicher Lösungen erfolgt.

Zur Illustration:

Im Beispiel des AID beträgt immerhin „die Wahrscheinlichkeit, daß eine Testperson mit einem Niveau der Einstiegsgruppe 4 entsprechenden Fähigkeitsparameter auf Grund bestimmter Zuweisungsregeln bei Testeinstieg 2 beginnt und in der Folge auf Grund zufällig zu geringem Score zur Itemgruppe des Testeinstiegs 1 verwiesen wird, gerundet 0. Promill." (Kubinger & Wild, 1989; S.216).

Bemerkung am Rand:

Die Autoren des AID argumentierten ursprünglich mit den weiter oben angeführten Vorteilen, daß sich das adaptive Testen positiv auf die Leistungsmotivation der Tp auswirken müsse; Roßmann (1992) stellte jedoch bei der Gegenüberstellung des Originals und einer aus dem Testmaterial des AID eigens zusammengestellten konventionellen Testform fest, daß diesbezüglich weder die Testwerte pro Untertest noch die erfaßten Motivationsvariablen in systematischer Weise signifikante Unterschiede zeigen. Wenigstens erweist sich damit die Skepsis mancher Praktiker unbegründet, die vor allem für jüngere Kinder ins Treffen führen, daß diese zur Leistungsmotivation anfänglich besonders leichter Items bedürfen, wohingegen beim adaptiven Testen schon sehr bald relativ schwierige Items gestellt werden: Auch bei 6- bis 7jährigen ist das leistungsmotivierende Moment der adaptiven Testvorgabe jedenfalls nicht geringer als das der konventionellen !

										31										
									26		37									
								21		32		42								
							17		27		38		47							
						13		22		33		43		51						
					10		18		28		39		48		55					
				7		14		23		34		44		52		58				
			5		11		19		29		40		49		56		61			
		3		8		15		24		35		45		53		59		63		
	2		6		12		20		30		41		50		57		62		65	
1		4		9		16		25		36		46		54		60		64		66

Abbildung 24: Das im BBT realisierte Vorgabeschema. Die Zahlen stehen für die Rangplätze der nach ihrer Schwierigkeit geordneten Items; beginnend mit dem mittelschwierigen Item 31 wird der Tp, je nachdem, ob sie dieses löst oder nicht löst, als nächstes Item 37 oder Item 26 vorgegeben usw. (Nach Kubinger, Fischer & Schuhfried, 1993).

Bemerkung am Rand:

Ein besonderes Vorgabeschema beim *branched-testing* stellt dasjenige des BBT dar - es findet sich, als „pyramidales" Testen bezeichnet, bereits in den *theoretischen* Anfägen des adaptiven Testens (vgl. z.B. Hornke, 1982). Anstatt erst nach einer Gruppe von Items wird hier, wie beim *tailored-testing*, nach jedem einzelnen Item je Leistungsgüte das nächste ausgewählt, allerdings, entgegen dem *tailored-testing*, in festverzweigter, vorbestimmter Weise; Abbildung 24 illustriert dies.

2.6.2. Ökonomie und Aufwandsminimierung

Wenn im Zusammenhang mit der eingangs gegebenen Definition, was unter Ökonomie eines Tests als ein weiteres Gütekriterium zu verstehen ist, von „trivial bzw. pleonastisch" gesprochen wurde, dann läuft diese Zuschreibung doch auch Gefahr, einer unreflektierten Priorisierung der *Wirtschaftlichkeit* Vorschub zu leisten. Dem soll hier entgegengehalten werden, daß *psychologisches Diagnostizieren* seinen Zweck verfehlt, wenn:

❶ eine nicht ausreichend in die *Psychologische Diagnostik* ausgebildete Person als Tl fungiert

❷ dort auf den Einsatz von Tests (i.e.S.) verzichtet wird, wo diese wertvolle diagnostische Information liefern würden

❸ Tests (i.e.S.) verwendet werden, anstatt daß eine systematische Verhaltensbeobachtung (vgl. in Kap. 3.2.3.) erfolgt, die erst die relevante diagnostische Information erbringen würde

❹ lediglich Tests zum Einsatz kommen, mit denen der Tl seit Jahren vetraut ist, die aber weniger diagnostische Information liefern als andere

❺ ausschließlich Tests eingesetzt werden, die nach dem geltenden (Kranken-) Kassenvertrag abzurechnen sind, obwohl andere den diagnostischen Informationsgewinn steigern könnten

❻ die Testauswahl primär danach erfolgt, daß die Testvorgabe oder wenigstens die –auswertung über Computer möglich ist.

2.7. Nützlichkeit

☞ „Ein Test ist dann *nützlich*, wenn er ein Persönlichkeitsmerkmal ... mißt ..., für dessen Untersuchung ein praktisches Bedürfnis besteht." (Lienert; s. wieder Lienert & Raatz, S.13).

Wir können demnach einen Test dann als nützlich bezeichnen, wenn er durch keinen anderen ersetzt werden kann.

Im Zusammenhang mit Nützlichkeit steht auch der Begriff des *Nutzens*, d.h., inwieweit es für eine Diagnostik innerhalb einer bestimmten Fragestellung von Nutzen ist, einen bestimmten Test anzuwenden. So gibt es bereits Verfahren, mit denen es möglich ist, etwa im Zusammenhang mit der Selektionsdiagnostik denjenigen optimalen Trenn-*score* aller möglichen Testwerte zu bestimmen, bis zu dem Kandidaten als nicht geeignet, und ab dem Kandidaten als geeignet zu bezeichnen sind - vorausgesetzt, richtige und falsche Entscheidungen stehen zueinander in einer bestimmten (bekannten) *Nutzenfunktion* (vgl. z.B. Mellenbergh & van der Linden, 1981). Im einfachsten Fall kann zwischen vier Fällen unterschieden werden: Einer richtigen und einer falschen *positiven* Diagnose (z.B. Cerebralschädigung) bzw. einer richtigen und einer falschen *negativen* Diagnose („o.B.“; z.B. Nicht-Cerebralschädigung).

Wie Kubinger (1984a) zeigte, setzen verschiedene Diagnostiker innerhalb ein und derselben psychologischen Fragestellung den Nutzen und Schaden der genannten vier Möglichkeiten oft extrem unterschiedlich an; dementsprechend kann je nach Nutzenfunktion des Psychologen ein und derselbe Test für ein und dieselben Fragestellung „nützlich“ sein oder auch nicht. Dabei scheinen vor allem zwei Nutzenfunktionen relevant:

❶ Den Test als „*Screening*“-Verfahren einzusetzen, also zur grobklassifizierenden Vorauswahl mit dem Ziel, auch beim nur geringsten Verdacht den (befürchteten) Befund positiv zu diagnostizieren.

❷ Mit dem Test keinesfalls voreilig einen positiven Befund zu diagnostizieren, um eine „Etikettierung auf Dauer“ zu vermeiden.

Zur Illustration:

Im Beispiel von Kubinger (1984a), mit den in Abbildung 25 wiedergegebenen relativen Häufigkeiten der genannten vier Fälle, ergibt sich für die aus einem Skalierungsexperiment an Psychologen stammenden Nutzenfunktionen

❶ 1.00; −0.15; 0.11; −1.83
❷ 1.00; −5.21; 0.26; −1.52

folgender Gesamtnutzen des betreffenden Tests: $1.00(.13)-0.15(.29)+0.11(.51)-1.83(.07)=0.01$ bzw. $1.00(.13)-5.21(.29)+0.26(.51)-1.52(.07)=-1.35$ - dabei wurde die richtige positive Diagnose jeweils mit einem inhaltlich beliebig zu interpretierenden „Einheitsnutzen“ festgesetzt; willkürlich etwa als „Energie eines Lernjahres“ gewertet, hieße das für „Anhänger“ der ersten Nutzenfunktion, daß bei Anwendung des Tests im Zusammenhang mit der gegebenen psychologischen Fragestellung den betreffenden Kindern durchschnittlich das Aufbringen von Energie für 3 bis 4 Lerntage erspart bliebe, für „Anhänger“ der zweiten Nutzenfunktion, daß diese Kinder durchschnittlich die (zusätzliche) Energie von fast 1½ Lernjahren leisten müßten.

		Testdiagnose	
		positiv	*negativ*
Tatsächlicher Zustand	cerebral-geschädigt	.13	.07
	nicht cere-bralgeschädigt	.29	.51

Abbildung 25: Ein Beispiel relativer Häufigkeiten von richtigen und falschen positiven sowie negativen Diagnosen unter Anwendung eines Tests (aus Kubinger, 1984a; S.251).

Bemerkung am Rand:

Der relative Anteil, mit dem bei gegebenem *positiven* Zustand die Diagnose richtig ist, wird in der Medizin „Sensitivität" genannt, der relative Anteil, mit dem bei *negativem* Zustand die Diagnose richtig ist, „Spezifität". Im Beispiel der Abbildung 25 beträgt die Sensitivität .13/.42=.31, die Spezifität .51/.58=.88.

2.8. Zumutbarkeit

Das Testkuratorium (1986a; S.359) definiert „Zumutbarkeit" wie folgt:

☞ „Das Ausmaß, in dem ein Test (absolut und relativ zu dem aus der Anwendung des Verfahrens resultierenden Nutzen) die getestete Person in zeitlicher, psychischer (insbesondere 'energetisch'-motivational und emotional) sowie körperlicher Hinsicht beansprucht" –

als positiv formuliertes Gütekriterium empfiehlt es sich jedoch, das Wort „beansprucht" durch das Wort „*schont*" zu ersetzen !

Es mag auf ihre Geschichte ein bezeichnendes Bild werfen, daß sich die *Psychologische Diagnostik* erst seit relativ wenigen Jahren „offiziell" diesem Thema widmet - scheint doch tatsächlich viel von dem, was „traditioneller Standard" ist, den Tpn nur fraglich zumutbar:

❶ Tests mit einer *Testdauer* von 4 oder mehr Stunden innerhalb einer einzigen Sitzung (z.B. WIT; vgl. im *Anhang: Verfahrensbeschreibungen*)

❷ Persönlichkeitsfragebogen mit Fragen zum persönlichen Intimbereich (z.B. MMPI; s. Genaueres in Kap. 4.2.2.)

❸ Persönlichkeitsfragebogen mit dichotomen Antwortformat (sog. „*forced-choice*“-Format, d.i. quasi: zweikategorielles „*multiple*“-*choice*-Format), also ohne Möglichkeit einer „neutralen“ Antwort oder gar des Nuancierens (z.B. MBTI; s. Genaueres in Kap. 3.1.1.)

❹ Projektive Verfahren ohne jede Augenscheinvalidität (z.B. *Rorschach*-Form-Deute-Verfahren; s. Genaueres in Kap. 4.2.5.)

Besonders zu beachten sind verschiedene Aspekte der Zumutbarkeit, die (erst) mit dem Aufkommen der Computerdiagnostik spruchreif wurden; auf sie wird an entsprechender Stelle, in Kapitel 5.1.3., eingegangen.

2.9. Unverfälschbarkeit

Das Testkuratorium (1986a; S.359) definiert den Begriff „Verfälschbarkeit“:

☞ „Das Ausmaß, in dem ein Test die individuelle Kontrolle über Art und Inhalt der verlangten bzw. gelieferten Informationen ermöglicht.“

Wieder mit der Zielsetzung, Tests nach ihren positiven Testeigenschaften zu beschreiben, scheint es allerdings empfehlenswert, *das Gegenteil dieser Definition* als Gütekriterium festzulegen.

Während die bei Leistungstests regelmäßig hohe Augenscheinvalidität nicht schadet, wird sie bei herkömmlichen Persönlichkeitsfragebogen zum psychologischen Problem: Es ist zwar möglich, aber kaum realistisch, daß eine Tp *absichtlich* schlechte Leistungen erbringt; wie in Kapitel 2.3.1. bereits ausgeführt, ist es dagegen nur allzu wahrscheinlich, daß eine Tp in bezug auf ihre Persönlichkeit (sozial) *erwünscht* antwortet.

Zur Illustration:

Eine mögliche Ausnahme von der Behauptung, Leistungstests würden nicht verfälscht werden, stellen einerseits Testungen im Rahmen militärischer Untersuchungen, andererseits Testungen im Auftrag von Versicherungsgesellschaften dar; in beiden Fällen könnten (manche) Tpn für den Fall eines schlechten Abschneidens Vorteile (bzw. die Verhinderung negativer Konsequenzen) erwarten. Eine Ausnahme von der grundsätzlichen Befürchtung um die verfälschte Beantwortung von Persönlichkeitsfragebogen stellt vielleicht ihre Anwendung im klinischen Bereich dar; ist der Leidensdruck der Tpn nur genügend groß und erwartet sie sich gerade durch die psychologische Diagnostik Erkenntnisse, die ihr (direkt oder indirekt) zu Hilfe kommen, so ist eine authentische Beantwortung plausibel.

Dementsprechend ist für eine Diagnostik von „Persönlichkeit“ die „Undurchschaubarkeit des Meßprinzips“ seitens der Tpn anzustreben: „Es geht im Prinzip um die Registrierung von Verhaltensweisen - dabei auch um verbales Verhalten -, deren diagnostische Bedeutung für den Probanden nicht unmittelbar einsichtig ist. Wer z.B. dazu aufgefordert wird, zwischen einer Reihe von jeweils paarweise dargebotenen Alternativen Entscheidungen zu treffen, dürfte sich von inhaltlichen Erwägungen leiten lassen, wenn er diese oder jene Vorliebe bekundet, aber das Merkmal, das eigentlich gemessen wird, mag der Zeitbedarf bzw. die Geschwindigkeit seines Entscheidens sein. Man kann aus dieser Eigentümlichkeit des Verhaltens auf Selbstsicherheit ... schließen“ (Hofstätter, 1971; S.386f.). Versuche in diese Richtung gibt es; sie gehen primär auf *R.B. Cattell* zurück. In der deutschen Fassung seiner zahlreichen Objektiven Persönlichkeits*tests*, der OA-TB 75 (*Objektive Testbatterie*; Häcker, Schmidt, Schwenkmezger & Utz, 1975; OA-TB für: „Objective Analytic Test-Battery“), sind 50 (!) Untertests enthalten. Allerdings ist zwar grundsätzlich ihre Unverfälschbarkeit bewiesen, doch mangelt es ihnen (noch) an hinreichender Validierung.

Zur Illustration:

Als Beispiel diene der Untertest *T 19* der OA-TB 75. Hier soll von der Tp u.a. an Hand von 10 beschriebenen Tätigkeiten nach 4 Kategorien beurteilt werden, wieviel Zeit sie dazu benötige (etwa Item 3: „Wie lange würden *Sie* brauchen, um 5 Seiten in einem Abenteuerroman zu lesen?“ - mit den Antwortmöglichkeiten 2, 5, 10 und 20 Minuten). Abgesehen von dem vermutlich doch häufig verfälschten Testkennwert: (Miß-/)*Vertrauen in die eigene Leistungsfähigkeit* (d.i. die Summe der je nach Kategorie mit 1 bis 4 zu verrechnenden Antworten über alle Items), bietet dieser Untertest noch einen zweiten Testkennwert an: (Un-)*Genauigkeit der Zeitschätzung*; dieser beruht auf der Annahme, daß die wahre Zeit in der Mitte liegt, so daß die Tp danach beurteilt werden kann, wie sehr sie zu *extremen* Zeitschätzungen neigt (Anzahl der insgesamt gegebenen Antworten der 1. oder 4. Kategorie). Laut faktorenanalytischer Befunde von *Cattell* lädt dieser Testkennwert u.a. im Faktor „Unabhängigkeit“ hoch (vgl. bei Häcker et al., 1975) - aber dies allein überzeugt als Validierung sicher nicht.

Ein weiteres Beispiel, der Untertest *T 3*, bezieht sich auf das berühmte Phänomen der sog. „Wechselbilder“, u.zw. konkret auf die weithin bekannte „Reizvorlage von RUBIN (1921), die je nach Betrachtungsweise der Figur bzw. des Grundes als Vase oder als zwei gegeneinander blickende Gesichtsprofile gesehen werden kann. Den Versuchspersonen werden die beiden Wahrnehmungsalternativen beschrieben; im Anschluß daran wird dazu aufgefordert, das Bild eine Minute lang zu fixieren und bei jedem Wechsel anzuzeigen, welcher Gegenstand augenblicklich gesehen wird“ (Häcker et al., S.11; vgl. Abb. 26). Gemäß *Cattell* lädt die *Häufigkeit des Kippens* u.a. im Faktor „Kortikale Wachheit“. Wie die praktische Erfahrung des Verfassers zeigt, differenziert dieser Test besonders gut zwischen Tpn, wenn die instruktionswidrige Aufforderung gegeben wird, „sich *gezielt* um ein möglichst häufiges Wechseln zu *bemühen*“ - vielleicht kann dadurch die physiologische „Aktivierbarkeit“ gemessen werden, was seinerseits psychologisch-diagnostisch interessant wäre. Jedenfalls liegen keinerlei Validierungsstudien dazu vor.

Abbildung 26: Die „Kippfigur *Rubin*scher Becher“ als Grundlage des Untertests *T 3* der OA-TB 75 - *Rubins* Wechselbild findet sich derart häufig abgedruckt, zum Beispiel als Umschlagabbildung des *Lexikons der Psychologie* (Arnold, Eysenck & Meili, 1980), so daß es auch hier ohne besondere Genehmigung wiedergegeben werden kann.

Weitere Beispiele Objektiver Persönlichkeits*tests* werden in einem eigenen Kapitel 4.2.3., gegeben. Diese zeigen, im Bestreben, bewußte Antwortverfälschungen zu vermeiden, mehr als die hier gegebenen ein ethisches Problem auf, nämlich die Frage, inwieweit Tpn über das gemessene Merkmal getäuscht werden dürfen !

Zur Illustration:

Was die Unverfälschbarkeit betrifft, gibt es eine frühe Studie von Häcker, Schwenkmezger & Utz (1979): Anhand einer Vorform der OA-TB 75 stellten die Autoren fest, daß (nur) 14 der untersuchten 75 Testkennwerte zwischen Strafgefangenen, die in einer Realsituation (Auslese), und solchen, die im Rahmen eines Forschungsprojekts getestet wurden, signifikant unterscheiden; in bezug auf Psychologiestudenten, die entweder standardmäßig oder mit der Instruktion getestet wurden, „in Richtung sozialer Erwünschtheit“ zu antworten, wiesen (immerhin) 22 der 75 Testkennwerte signifikante Mittelwertsunterschiede auf. Um dieses Ergebnis bewerten zu können, muß ergänzt werden, daß die OA-TB 75 (leider) auch einige Einstellungsfragebogen beinhaltet; zum Beispiel will *T 18* durch Zustimmung oder Ablehnung auf einzelne Statements (Item 2: „Was gut für den einen ist, ist nicht immer gut für den anderen“) das Ausmaß konventionellen Verhaltens erfassen - was wieder leicht durchschaubar ist. Und tatsächlich finden sich unter den nun doch als verfälschbar zu bezeichnenden „Tests“ (Testkennwerten) etliche solche *Fragebogen*(!). Im Vergleich zu herkömmlichen Persönlichkeitsfragebogen schneidet die OA-TB 75 jedenfalls besser ab: 7 der 12 Skalen des bekannten FPI bzw. 5 der 16 des noch berühmteren 16 PF liefern signifikante Ergebnisse (zum FPI und 16 PF s. in Kapitel 4.2.1.).

Eine zweite Arbeit zu diesem Thema wurde jüngst von Kubinger (1995) unternommen: Ausgehend von einem nicht-publizierten, herkömmlichen Fragebogen zur Messung der „Service-Orientierung“ wurde versucht, jede seiner 8 Subskalen hauptsächlich mittels Untertests der OA-TB 75 konstruktspezifisch zu ersetzen. In einem Experiment wurde sodann sowohl der Fragebogen als auch die neu zusammengestellte objektive Persönlichkeits*test*-Batterie (Arbeitstitel: OTB) zweimal 30 (quasi-zufällig aufgeteilten) Psychologiestudenten vorgegeben, u.zw. der Kontrollgruppe standardmäßig, der Versuchsgruppe jedoch mit der Instruktion, „sich ganz genau in die Situation eines Bewerbers zu versetzen: ... *Sie werden sich daher sehr bemühen, gut abzuschneiden*" - zusätzlich wurde die Versuchsgruppe darüber informiert, welche Eigenschaften im konkreten Fall von einem Bewerber erwartet werden. Während bezüglich aller objektiven Tests keinerlei signifikanten Unterschiede zwischen Versuchs- und Kontrollgruppe festgestellt werden mußten, waren für 6 der 8 Subskalen des Fragebogens die Vergleiche signifikant, u.zw. in zu erwartender Richtung !

Zur Illustration:

Bezogen auf ausgewählte psychiatrische Patientengruppen haben unlängst Schmidt & Schwenkmezger (1994) eine differentialdiagnostische Validierung vieler (31!) Testkennwerte der OA-TB 75 versucht. Da ihre Studie „nur" wenig theoriegeleitet ist, überraschen die teilweise unbefriedigenden Ergebnisse nicht; immerhin differenziert die OA-TB 75 gut zwischen der nichtklinischen „Kontroll"-Gruppe (n=109) und der klinischen Gruppe insgesamt (n=424). Am ehesten gelingt die fragliche Differentialdiagnose in bezug auf die Konstrukte Angst und Ärger (vgl. die gesonderte Publikation Schwenkmezger, Schmidt & Stephan-Hembach, 1994 - diese bezieht sich auf dieselben Daten, jetzt aber theoriegeleiteter ausgewertet).

Kubinger (1995) legte für die OTB auch eine Validierungsstudie an, allerdings mit einer sehr kleinen Stichprobe: Die Mitarbeiter zweier Kleinbetriebe des Dienstleistungsgewerbes wurden getestet und nach dem Urteil ihrer Chefs in „Erfolgreiche" (n=16) und „wenig(er) Erfolgreiche" (n=17) geteilt. Laut Diskriminanzanalyse kann mit Hilfe von 4 bestimmten der 8 Untertests signifikant zwischen diesen beiden Gruppen differenziert werden, u.zw. in inhaltlich plausibler Richtung. In der Nachfolgeuntersuchung bei Verwendung einer geringfügig modifizierten, weil computerisierten Version der OTB konnte Ebenhöh (1994) immerhin an 76 Versicherungsangestellten bzw. Bankbediensteten ebenfalls signifikante Unterschiede zwischen „Erfolgreichen" (n=41) und „wenig(er) Erfolgreichen" (35) feststellen; dabei stimmten 3 der wieder 4 gemeinsam diskriminierenden Untertests mit den ersten Ergebnissen überein !

Erläuterung zum Begriff „Objektive Persönlichkeits*test*":

Gelegentlich werden auch die herkömmlichen Persönlichkeits*fragebogen* als „objektive Persönlichkeitstests" bezeichnet; u.zw. würden sie deshalb als „'objektiv' klassifiziert, da sie, zum Unterschied von projektiven (in diesem Sinn: subjektiven) Verfahren, eine hohe, meist vollkommene Objektivität der Skorung besitzen" (Mittenecker, 1982; S.57) (?). Allerdings vereinheitlicht sich heute die Auffassung in Richtung hier gemeinter Bedeutung: „Objektive Tests ... zur Messung der Persönlichkeit ... sind Verfahren, die unmittelbar das Verhalten eines Individuums in einer standardisierten Situation erfassen, ohne daß dieses sich in der Regel selbst beurteilen muß. Die Verfahren sollen ... keine ... Augenscheinvalidität haben. Das kann durch die Aufgabenwahl oder bestimmte Auswertungsmethoden erreicht werden." (Schmidt, 1975; S.19).

Bemerkung am Rand:

In Anbetracht der hier gegebenen Kritik an herkömmlichen Persönlichkeitsfragebogen überrascht das Überangebot solcher diagnostischer Verfahren für die Praxis; in Anbetracht der hier als prinzipiell geeignet erscheinenden Alternative überrascht noch mehr, daß in der (sicher nicht repräsentativen) Umfrage bei den Mitgliedern der „Fachgruppe Differentielle Psychologie, Persönlichkeitspsychologie und Psychologische Diagnostik der Deutschen Gesellschaft für Psychologie" über *Tests in Entwicklung* (deutschsprachige Adaptionen und Neuentwicklungen psychologischer Tests) von den insgesamt 59 genannten diagnostischen Verfahren, die nicht dem Leistungsbereich zuzuzählen sind, 57 als herkömmliche Fragebogen konzipiert sind - nur je eines ist den Projektiven Verfahren und den Objektiven Persönlichkeits*tests sensu Cattell* zuzuzählen (vgl. in den *Mitteilungen* der Fachgruppe, Heft 1994/2).

2.10. Fairneß

Das Testkuratorium (1986a; S.360) definiert den Begriff „Fairneß":

☞ „Ausmaß einer ... systematischen Diskriminierung bestimmter Testpersonen, z.B. aufgrund ihrer ethischen, soziokulturellen oder geschlechtsspezifischen Gruppenzugehörigkeit ..."

Der abermalige Anspruch auf ein positiv formuliertes Gütekriterium läßt es allerdings angebrachter erscheinen, vom „Mangel jeder ..." statt vom „Ausmaß einer ..." (sytematischen Diskriminierung) zu sprechen.[17]

Schon die jahrzehntealten Bemühungen um sog. „*culture-fair*" Tests dokumentieren, wie wichtig es beim *psychologischen Diagnostizieren* ist, kulturbedingte Handicaps einzelner Personengruppen zu vermeiden; so sehr diese Ansätze auch in ihrer ursprünglichen Absicht scheiterten (vgl. Näheres in Kap. 4.1.2.), im gegebenen Zusammenhang haben sie doch eine große praktische Bedeutung: Indem die entsprechenden Testkonzepte von der Materialgestaltung her ohne Sprache auskommen, d.h. sowohl bei der Instruktion als auch bei der Itemlösung nicht, zumindest nicht unmittelbar der (deutschen oder irgendeiner bestimmten) Sprache bedürfen, kann man ihnen „Sprech-Fairneß" attestieren - sie sind also fair insofern, als insbesondere der Stil des Sprechens belanglos ist, sie sind aber nicht „sprachunabhängig", weil ihre Lösung in der Regel durch stilles Verbalisieren erfolgt.

Zur Illustration:

Als typisches Beispiel solcher Tests können wieder Matrizentests, zum Beispiel der WMT gelten (vgl. nochmals Abb. 6, in Kap. 2.2.1.); zwar ist dort, anders als im Test SPM (*Standard Progressive Matrices*; Kratzmeier & Horn, 1987), eine sprachfreie Instruktion nicht explizit vorgesehen oder gar eigens im Manual angeführt, jedoch prinzipiell leicht möglich.

Sind damit ethnisch bedingte Probleme der Fairneß eines Tests angesprochen bzw. wurden Unterschiede zwischen Tpn verschiedener Nationalität bereits unter dem Gesichtspunkt der Normierung (in Kap. 2.4.2.) und der Skalierung (in Kap. 2.5.3.) problematisiert, so fehlen hier noch Betrachtungen zu etwaigen soziokulturellen oder geschlechtsspezifischen Diskriminierungen. Und diesbezüglich stellt sich die Frage, ob es, allein aus dem Güteanspruch der Fairneß heraus, beim *psychologischen Diagnostizieren* zweck-

---

[17] Es bleibe dahingestellt, ob es sich bei „ethisch" nicht um einen als solchen bereits häufig zitierten (z.B. mehrfach vom Verf. selbst, aber auch z.B. von Amelang & Zielinski, 1994) Druckfehler handelt und es eigentlich heißen sollte: „ethnisch" !

mäßig ist, nachweislich bestehende Niveauunterschiede durch entsprechende gruppenspezifische Normen zu berücksichtigen, d.h. zu nivellieren.

Zur Illustration:

Was milieubedingte Defizite betrifft, spricht einiges im folgenden Beispiel dafür, dies zu tun, was geschlechtsspezifische Unterschiede betrifft, spricht ein anderes Beispiel eher dagegen.

Im AID werden zwar nicht explizit schichtspezifische Normen angeführt, es wird jedoch im Manual aufgrund der signifikanten Mittelwertsunterschiede darauf hingewiesen, dementsprechend „die Testleistungen eines Kindes ... zu relativieren ... So mag zum Beispiel ein allgemein eher unterdurchschnittlich leistungsfähiges Kind schichtspezifisch Überdurchschnittliches leisten; was die Beurteilung des Leistungspotentials dieses Kindes betrifft, scheint diese Beobachtung besonders wichtig." (Kubinger & Wurst, 1991; S.79).

Den *Schlauchfiguren* (Stumpf & Fay, 1983) zur Messung des „Räumlichen Vorstellungsvermögens" wurden (erst) in einer Ergänzungspublikation (Stumpf & Fay, 1987) Normen für Frauen hinzugefügt, um deren gegenüber Männern generell schlechteres Abschneiden - das sich übrigens in bezug auf diese Fähigkeit in der Literatur der Differentiellen Psychologie immer wieder findet (vgl. z.B. McGee, 1982) - zu egalisieren; im Zuge einschlägiger berufseignungsdiagnostischer Selektionen wird es jedoch um die *absolute* Leistungsqualifikation einer Tp gehen, so daß die Benutzung dieser Normen die Entscheidung *ad absurdum* führen könnte.

Ein besonderer Aspekt der Fairneß bezieht sich auf den Einfluß der Testerfahrung einer Person: Manche Tests bevorteilen in hohem Grad sog. „Test*routinees*" bzw. viele Tests benachteiligen Tpn, die überhaupt noch keine Erfahrung mit psychologischen Tests gemacht haben. Dabei geht es weniger um spezifische Übungs- bzw. Erinnerungs-Effekte, wie sie bei mehrmaliger Testung ein und desselben Tests üblich sind, als vielmehr grundsätzlich um die Gewöhnung an und Vertrautheit mit psychologischen Testitems. Eigentlich sollten Tests daher auch hinsichtlich der „Erfahrungsunabhängigkeit" ihrer Testergebnisse geprüft werden.

Zur Illustration:

Fraberger (1986) stellte (an Hand des HAWIK) fest, daß Kinder, die bereits Testerfahrung mit einem anderen Intelligenztests (AID) haben, bessere Testwerte erzielen als Kinder ohne diese Erfahrung - allerdings ist dieses Phänomen nicht generalisierbar, weil sich für diese beiden Intelligenz-Testbatterien kein entsprechender Effekt in umgekehrter Richtung zeigte !

Bemerkung am Rand:

In letzter Zeit finden sich immer mehr Bemühungen, Testunerfahrenen grundlegende Informationen über psychologische Tests zukommen zu lassen - abgesehen von der großen Anzahl sog. „Testknacker" (vgl. beispielhafte Darstellungen daraus z.B. in Kap. 4.2.2.), die in psychologisch *nicht* vertretbarer Weise die Lösungen vieler Testitems verraten bzw. gezielte Antwortvorschläge geben: Einerseits kann an das bereits in Kapitel 1.5. **Grundsätze** genannte vorbildliche Informationsbuch für Stellenbewerber von Horn (1990) erinnert werden; andererseits gibt es öffentlich (in Österreich, über das *Arbeitsmarktservice*) institutionalisierte bzw. privatwirtschaftlich organisierte Seminare u.a. mit Test-Trainings zum Beispiel für Langzeit-Arbeitslose.

Schließlich ist, was die Erfahrungsunabhängigkeit betrifft, die Computerdiagnostik typischer Weise problematisch; darauf wird im gegebenen Zusammenhang (in Kap. 5.1.3.) noch näher eingegangen.

3. Formale Gesichtspunkte

Die in Abschnitt 2. ausführlich behandelten Gütekriterien sind entscheidend für die Beurteilung eines psychologischen Tests (i.w.S.); dennoch gibt es bei der Gestaltung bzw. Vorgabe eines diagnostischen Verfahrens typische Optionen, die darüber hinausgehend seine *grundsätzliche* Brauchbarkeit prägen. Der Abschnitt 3. widmet sich daher verschiedenen Gestaltungsweisen: „freies Antwortformat vs. *multiple-choice*-Format", „*power*- vs. *speed-and- power*-Test" und „Gruppen- vs. Individualverfahren". Außerdem gelten die Betrachtungen dieses Abschnitts den drei diagnostischen Erhebungstechniken: „Prüfen" („Testen" i.e.S.), „Fragen" und „Beobachten".

Erläuterung zu „*power*" und „*speed*":

„*power-test* ..., Tests der Leistungshöhe, ... haben entweder keine oder eine großzügig bemessene Zeitbegrenzung." (Dorsch, 1994; S.582). „*speed-test* ..., Tests, bei denen unter Wegfall einer Zeitbegrenzung sämtliche Aufgaben von allen Pbn (Probanden, besser: Tpn; Anm. d. Verf.) gelöst bzw. richtig beantwortet werden." (S.740). *Speed-and-power*-Tests beinhalten sowohl eine *power*- als auch eine *speed*-Komponente, stellen also anspruchsvolle Leistungsanforderungen unter Zeitdruck.

3.1. Gestaltungsweisen

Vorauszuschicken ist, daß sich die im folgenden zu diskutierenden Gestaltungsweisen nicht tatsächlich optional auf alle einführend im Abschnitt 1. aufgelisteten diagnostischen Verfahren anwenden lassen; die Entscheidung *power*- oder *speed-and-power*-Test, zum Beispiel, ist definitionsgemäß nur für Tests (i.e.S.) zu treffen - nicht für Fragebogen und Projektive Verfahren, und nicht für alle übrigen diagnostischen Verfahren. Aber auch die einzelnen Gestaltungsweisen untereinander sind nicht völlig unabhängig.

3.1.1. Freies Antwortformat vs. multiple-choice-Format

Im gegebenen Zusammenhang wurden bereits mehrmals Vor- bzw. Nachteile des *multiple-choice*-Formats angedeutet:

① Zum einen im Zusammenhang mit der Verrechnungssicherheit eines Tests (in Kap. 2.1.2.); dem Vorteil des *multiple-choice*-Formats, verrechnungssicher zu sein, steht der Nachteil gegenüber, diagnostisch weniger aufschlußreich als das freie Antwortformat zu sein.

② Zum anderen im Zusammenhang mit der Option Gruppen- vs. Individualverfahren (ebenfalls im Kap. 2.1.2.); zweifelsfrei ist es von Vorteil, wenn infolge des *multiple-choice*-Formats ein Test als Gruppenverfahren konzipiert werden kann.

③ Sodann im Zusammenhang mit dem 3-PL Modell von *Birnbaum* (in Kap. 2.6.1.); dem gravierenden Nachteil des *multiple-choice*-Formats, mehr oder weniger große Rateeffekte zu provozieren, könnte durch eine Skalierung eines Tests nach diesem Modell begegnet werden.

④ Schließlich im Zusammenhang mit der Zumutbarkeit von Tests (in Kap. 2.8. **Zumutbarkeit**); auch die Unmöglichkeit seitens der Tp, die Antworten nuanciert abzuwägen, gereicht dem (zweikategoriellen) *multiple-choice*-Format bei Persönlichkeitsfragebogen zum Nachteil.

Einiges davon bedarf eines ergänzenden Kommentars; und einige besondere Probleme des *multiple-choice*-Formats sind damit überhaupt noch nicht angesprochen.

Zu wiederholen ist, daß freilich auch Tests mit freiem Antwortformat verrechnungssicher sein *können;* wenn es hier zu Beeinträchtigungen kommt, dann liegt das oft an Mängel der Testkonstruktion und nur gelegentlich am Testkonzept als solchem ! Umgekehrt ist mit einem freien Antwortformat nicht jedesmal ein „aufschlußreicheres" Diagnostizieren verbunden.

Zur Illustration:

Beim ausschließlich mit freiem Antwortformat gestalteten AID gibt es zur qualitativen Beurteilung der „Arbeitshaltungen" ein eigenes Beiblatt im Protokollbogen: Dieses soll dem Tl helfen, seine Beobachtungen über das Testverhalten der Tp im Anschluß an die Testung an Hand vorgegebener Kategorien zu systematisieren, um so ihr Arbeits- und Kontaktverhalten bei Leistungsanforderung besser beschreiben zu können (s. das Beiblatt in Abb. 27). Bei der Auswahl dieser Kategorien wurde „Rücksicht auf Teilfunktionen genommen, deren differential-diagnostische Erfassung herkömmlich als ausschlaggebend für allfällige Therapien angesehen wird. ... Dabei ist vor allem an die Beobachtung geringer sensumotorischer Störungen zu denken, also an Beeinträchtigungen in der Koordination von Wahrnehmung und Bewegung. Aber auch die Beobachtung der Fein- und Grobmotorik ist besonders anzuführen. Unter Umständen können gewisse optische oder akustische Differenzierungsschwächen festgestellt werden. Das allgemeine Arbeitstempo kann vielleicht auf Hyper- oder Hypoaktivität hinweisen. Schließlich sind Beobachtungen zum Sprachverhalten zu machen, um auch leichte sprachliche Defizite zu entdecken, von denen allgemein behauptet wird, daß sie Lern- und Reifungsprozesse beeinträchtigen können" (Kubinger & Wurst, 1991; S.37). So heißt es in dem im Manual des AID gegebenen Fallbeispiel: „... fiel auf, daß seine Aufmerksamkeit fluktuierend ist, die Arbeitsgenauigkeit oberflächlich-flüchtig, das sprachliche Ausdrucksvermögen einfach ... Sein Arbeitstempo ist bemerkenswert schnell und seine Grundstimmung ausgeglichen; er ist gut kontaktfähig, aber sehr gesprächig." (S.80).

"Arbeitshaltungen"
(qualitative Beurteilung des Arbeits- und Kontaktverhaltens)

Leistungsmotivation	lustlos, desinteressiert	bemüht, leistungsfreudig	übertrieben leistungsorientiert
Arbeitseinstellung	sozialorientiert	(angemessen) sachorientiert, zielstrebig	extrem (spezifisch) sachorientiert, eifert
Aufmerksamkeit	fluktuierend, leicht ablenkbar	gut konzentriert	eingeengt, rigid
Ausdauer	gibt rasch auf, ermüdet schnell	gut ausdauernd	verbissen, findet kein Ende
Arbeitsgenauigkeit	oberflächlich, flüchtig	sorgfältig, genau	pedantisch, perfektionistisch
Arbeitstempo	langsam, schleppend	(angemessen) schnell, zügig	hektisch, hastig
Selbständigkeit	sucht Hilfe und Bestätigung	(altersentsprechend) eigenständig, lenkbar	lehnt Hilfen ab, eigenwillig
Selbsteinschätzung	unsicher, unterschätzt sich	sicher	überschätzt sich
Frustrationstoleranz	verzagt, regrediert	strengt sich verstärkt an akzeptiert Versagen	sublimiert, wird aggressiv, rationalisiert
Aufgabenkritik	überkritisch	problemangepaßt	unkritisch
Grundstimmung	traurig, gedrückt, ängstlich	ausgeglichen	gesteigert heiter, ausgelassen
Antrieb	antriebsschwach, träge	(angemessen) aktiv	überaktiv, getrieben
Kontaktverhalten	gehemmt, schüchtern	gut kontaktfähig	ungehemmt, distanzlos
Wahrnehmung	verwechselt, verdreht die Raumlage	sensumotorisch koordiniert	differenziert (optisch, akustisch) schlecht
Grobmotorik	bewegungsarm, schwerfällig	ruhig	unruhig, zappelig
Feinmotorik	undifferenziert, unkoordiniert, zittrig	geschickt	verkrampft, ungeschickt
Händigkeit	links dominant	rechts-links integriert	wechselhaft, beidhändig
Sprachverhalten	wortkarg, sprachscheu	kommuniziert angemessen	gesprächig, spricht übertrieben viel
Lautbildung	stottert, poltert	spricht deutlich	spricht undeutlich, stammelt, näselt
Sprachliches Ausdrucksvermögen	einfach, dysgrammatisch	differenziert	manieriert, gekünstelt

Abbildung 27: Das Beiblatt für Beobachtungen der „Arbeitshaltungen" aus dem AID (aus Kubinger & Wurst, 1991; S.38 - mit freundlicher Genehmigung der *Beltz Test Gesellschaft).*

Demonstriert das Beispiel des AID, wie weitreichend der Informationsgewinn bei Verwendung eines freien Antwortformats sein kann - offensichtlich aber nur in Verbindung mit der Gestaltung als Individualverfahren -, so dient das folgende Beispiel der Gegendarstellung, nämlich daß es auch Tests gibt, die verrechnungssicher sind und sich dabei eines freien Antwortformats bedienen, ohne allerdings diagnostische Aufschlüsse der eben gezeigten Art zu liefern: Im VKT (*Verbaler Kreativitätstest;* Schoppe, 1975) wird versucht, die verbale „Produktivität" u.a. dadurch zu erfassen, daß die Tpn innerhalb von 90 Sekunden soviele Worte mit der Vorsilbe „ver-" anschreiben sollen wie ihnen einfallen - über die Anzahl produzierter Worte hinaus kann, insbesondere weil es sich um ein Gruppenverfahren handelt, keine wesentliche Information gewonnen werden.

Der zeit-ökonomische Aspekt des *multiple-choice*-Formats (nämlich die Gestaltung eines Tests als Gruppenverfahren zu ermöglichen, eine vergleichsweise nur kurze Bearbeitungsdauer je Item zu erfordern und den Zeitaufwand der Verrechnung auf ein Minimum zu reduzieren) stößt u.U. an inhaltliche Grenzen. Fällt lediglich aus diesem Grund die Entscheidung zugunsten des *multiple-choice*-Formats und weniger aus inhaltlichen Gründen, so ist grundsätzlich zu hinterfragen, ob damit überhaupt (noch) die intendierte Eigenschaft erfaßt wird:

❶ Aus den Gedächtnisexperimenten der Allgemeinen Psychologie ist bekannt, daß bei der Prüfung gelernter Inhalte das „Wiedererkennen" leichter fällt als das „Reproduzieren", d.h. ersteres schon/noch bei Einprägungsgraden auftritt, die für letzteres nicht ausreichen (vgl. z.B. Zimbardo, 1992). Wenn es daher um Fähigkeiten geht, bestimmte (Wissens-) Anforderungen frei und selbständig zu leisten, dann ist das *multiple-choice*-Format verfehlt !

❷ Der Introspektion während der Itembearbeitung ist unschwer zu entnehmen, daß Tests, die nach dem *multiple-choice*-Format gestaltet sind, mehrere, qualitativ verschiedene Lösungsstrategien ermöglichen; das könnte dem Streben nach eindimensionalen Messungen zuwiderlaufen !

Zur Illustration:

Wieder für Matrizentest-Items gesprochen, gibt es typischer Weise die eine Strategie, nämlich die Lösung in Gedanken zu konstruieren, um anschließend das gedankliche Ergebnis unter den Antwortmöglichkeiten zu suchen („Produktions"-Strategie). Es gibt aber typischer Weise auch eine andere Strategie, nämlich alle Antwortmöglichkeiten sofort und der Reihe nach auf ihre Angemessenheit hin zu prüfen, bis die Lösung gefunden wird („Versuch-und-Irrtum"-Strategie). Sodann gibt es eine dritte Strategie, nämlich zunächst diejenigen, bereits bei oberflächlicher Betrachtung als nicht passend erkennbaren Antwortmöglichkeiten zu verwerfen, um daraufhin nur mehr die restlichen genauer zu prüfen („Falsifikations"-Strategie; vgl. zu allen Strategien abermals Abb. 7 in Kap. 2.3.1.) - noch weitere Strategien zu entwickeln, stehen dem Leser frei !

Wenn nun Tests, obwohl sie mehrere Lösungsstrategien zulassen, dem *Rasch*-Modell entsprechen (wie z.B. der WMT), dann heißt das, daß es zur Lösung eines Items letztlich doch derselben Fähigkeit bedarf; zwar überrascht ein solches Ergebnis den methodisch kritischen Betrachter, der Test mißt aber fair !

Immerhin gibt es auch inhaltliche Gründe, die für das *multiple-choice*-Format sprechen. So ist bei manchen Testkonzepten die Aufgabenstellung erst über die Antwortmöglichkeiten definiert: Der Untertest *N-Test 1* aus dem KFT 4-13+ (*Kognitiver Fähigkeits-Test;* Heller, Gaedike & Weinläder, 1985), zum Beispiel, verlangt von der Tp, pro Item eine gemeinsame Eigenschaft von 3 Figuren herauszufinden, wobei diese erst durch die beigegebenen 5 Antwortmöglichkeiten bestimmt ist (vgl. ein Beispiel in Abb. 28).

Abbildung 28: Item 3 des Untertests *N-Test 1* aus dem KFT 4-13+ (Form B); die Lösung ist „C“ (mit freundlicher Genehmigung der *Beltz Test Gesellschaft*).

Bemerkung am Rand:

Nicht wirklich ebenfalls Beispiele dazu sind etwa: Die Untertests *Sprichwörter* und *Gleiche Wortbedeutung* des WIT sowie der Untertest *Zahlensymbole* des MIT (*Mannheimer Intelligenztest;* Conrad, Büscher, Hornke, Jäger, Schweizer, von Stünzner & Wiencke, 1971). Die beiden erstgenannten deswegen nicht, weil die dabei grundsätzlich undefinierten Lösungen (es gibt weder Sprichwörter noch Synonyme mit exakt gleicher denotativer *und* konnotativer Bedeutung) zwar auch hier erst durch die beigegebenen 5 Antwortmöglichkeiten als relativ bestpassend festgelegt werden, ein freies Antwortformat jedoch genauso denkbar wäre (vgl. z.B. den Untertest *Synonyme Finden* im AID). Der dritte genannte Test deswegen nicht, weil die grundsätzliche Mehrdeutigkeit seiner Lösungen - welcher erst durch die Beschränkung auf 5 Antwortmöglichkeiten beizukommen ist - bloß aus einer problematischen Itemkonstruktion heraus resultiert (vgl. das in Abb. 29 wiedergegebene und in deren Legende kommentierte Item 4 der Form S); es wäre ein leichtes, ausschließlich eindeutig lösbare Aufgabenstellungen der gegebenen Art zu konstruieren .

Regelmäßig unterschätzt wird die diagnostische Tragweite des Rateeffekts beim *multiple-choice*-Format. Die *a-priori* Wahrscheinlichkeit, daß eine Lösung (bloß) zufällig zustandekommt, ist offensichtlich umso größer, je weniger Antwortmöglichkeiten geboten werden: Zumeist sind es 5; dann beträgt diese *a-priori* Ratewahrscheinlichkeit 1/5=20%, d.h., auch Tpn ohne entsprechende Fähigkeit würden durchschnittlich 1/5 aller Items „lösen“. Während manche Tests sogar nur 3 (!) Antwortmöglichkeiten vorse-

Abbildung 29: Item 4 des Untertests *Zahlensymbole* aus dem MIT (Form S; mit freundlicher Genehmigung der *Beltz Test Gesellschaft*). Die Aufgabenstellung, jedes Symbol durch eine Ziffer zu ersetzen, so daß die gegebene Rechenoperation stimmt, ist hier nur insofern eindeutig, als unter den 5 Antwortmöglichkeiten für das fragliche Symbol lediglich „6", nicht aber auch „5" aufscheint !

hen (z.B. der Untertest *Q-Test 2* des KFT 4-13+), gibt es selten welche mit mehr als 8 (exakt 8 hat z.B. der WMT). Verschärft wird das Problem des Rateeffekts dadurch, daß zumeist nicht alle falschen Antwortmöglichkeiten (die sog. „Distraktoren") gleich „attraktiv" sind; Tpn mit wenigstens minderen Fähigkeiten werden immerhin in der Lage sein, extrem unangemessene Antwortmöglichkeiten als solche zu erkennen - die (individuelle) Ratewahrscheinlichkeit erhöht sich dadurch oft bis auf 50% !

Aber natürlich läßt sich die Anzahl der Antwortmöglichkeiten nicht beliebig erhöhen, um die *a-priori* Ratewahrscheinlichkeit gering zu halten. Dabei würden nämlich bald andere unerwünschte Phänomene zum Tragen kommen, wie Einflüsse der Merkfähigkeit, der Konzentration und u.U. der Leistungsmotivation.

Testtheoretisch am besten bekäme man den Rateeffekt tatsächlich mit Hilfe des 3-PL Modells von *Birnbaum* bzw. des *Rasch*-Modells mit Rateparameter in den Griff. Weil mit ihnen der gesuchte Personenparameter unter Berücksichtigung der itemspezifischen Rateparameter geschätzt wird, kommt es zu einer fairen Verrechnung der Testleistungen - vorausgesetzt für alle Tpn gelten dieselben Rateparameter, und es kommt nicht, wie zum Beispiel nach Zimmer (1984) zu vermuten, zu einem *persönlichkeits*-spezifischen Rate- bzw. Risikoverhalten.

Bemerkung am Rand:

Zwei bereits in den Kapiteln 2.5.1. und 2.6.1. genannten Fakten zu den *Birnbaum*-Modellen ist abzuleiten, daß diese ihrerseits im gegebenen Zusammenhang nicht unproblematisch sind: Erstens ist ihre Geltung gar nicht analog zum *Rasch*-Modell prüfbar; zweitens sind die ihnen zugrundeliegenden Parameterschätzungen im allgemeinen zu ungenau. Letztendlich würde es sich bei ihrer Anwendung um einen testtheoretischen „Rückschritt" handeln: Das 3-PL Modell von *Birnbaum* und das *Rasch*-Modell mit Rateparameter sind zwar *hinreichend*, nicht aber *notwen-*

dig für ein faires Messen; d.h., wie schlecht auch ein „*goodness-of-fit*"-Test ausfällt, irgendein anderer, bestimmter Verrechnungsmodus könnte, rein theoretisch gesprochen, fair sein (vgl. z.B. wieder bei Kubinger, 1989).

Bemerkung am Rand:

Man könnte argumentieren, die Möglichkeit zu raten, hätte jede Tp, so daß die Angemessenheit der Verrechnung bei Verwendung des *multiple-choice*-Formats nicht mehr als sonst zur Diskussion stehen müsse. Tatsächlich spricht die Geltung des *Rasch*-Modells auch in diesem Fall dafür, daß die Anzahl gelöster Items einen fairen Testwert darstellt; die befürchteten Rateeffekte pro Item hätten sich damit indirekt als (nahezu) null herausgestellt - genau das kann übrigens für alle in Kapitel 2.5.1. aufgelisteten, dem *Rasch*-Modell entsprechenden Tests mit *multiple-choice*-Format geschlossen werden. Empirisch wahrscheinlicher ist es allerdings, daß die Rateparameter (laut 3-PL Modell von *Birnbaum* bzw. *Rasch*-Modell mit Rateparameter) zumindest für einzelne Items wesentlich größer als null sind; dann besteht der angeführten Argumentation zuwiderlaufend durchaus die Möglichkeit, daß von zwei Tpn mit unterschiedlichen Fähigkeiten die leistungsschwächere zu einer höheren Anzahl „gelöster" Items gelangt als die leistungsstärkere: U.zw. indem sie viele Lösungen derjenigen Items errät, bei welchen die leistungsstärkere Tp die Lösung (noch) fähigkeitsbedingt findet, und sie häufiger als die andere bei den für beide zu schwierigen Items zufällig die richtige Antwortmöglichkeit wählt!

Bestehen damit Zweifel, daß dem Problem des Rateeffekts beim *multiple-choice*-Format testtheoretisch voll befriedigend begegnet werden kann, dann bleiben zur Lösung des Problems nur diagnostische, nämlich (neue) inhaltliche oder formal-gestalterische Mittel.

Dazu gibt es erstens die Idee, unter den Antwortmöglichkeiten nicht nur eine, sondern *zwei* richtige vorzusehen, wobei ein Item nur dann als gelöst zu werten ist, wenn auch *beide* gewählt werden; für insgesamt 5 Antwortmöglichkeiten beträgt dann *die a-priori* Ratewahrscheinlichkeit immerhin nur mehr $\binom{5}{2}$=1/10 (z.B. beim Untertest *Sprichwörter* des WIT wurde diese Variante realisiert).

Zweitens gibt es die Idee, durch die besondere Gestaltung einer oder mehrerer Antwortmöglichkeiten die Tpn vom Raten abzuhalten; zum Beispiel im 3DW (*Dreidimensionaler Würfeltest;* Gittler, 1990) lauten 2 der insgesamt 8: „Ich weiß die Lösung nicht" und „Kein Würfel richtig" (d.i. keine der übrigen Antwortmöglichkeiten stimmt). Abgesehen davon, daß sich die *a-priori* Ratewahrscheinlichkeit damit (gegenüber herkömmlichen 8 Antwortmöglichkeiten) wieder erhöht - nur mehr 7 stehen für ein zufälliges Erraten zur Auswahl -, ergeben sich auch hier eine Reihe offener Fragen:

- Hängt der Erfolg des Einsatzes solcher Antwortmöglichkeiten nicht von der Persönlichkeit der Tp ab ? Läßt diese sich nämlich tatsächlich dadurch „beeindrucken" und vertraut sie dem Tl (dem Testautor), daß Items ohne richtige Antwortmöglichkeit überhaupt vorkommen bzw. daß die Verrechnung es auch honoriert, wenn, anstatt eine falsche Antwort durch Raten zu riskieren, die Unfähigkeit zur Lösung zugegeben wird?

- Welche Auswirkungen auf das Testverhalten hat es im Fall, daß, wie beim 3DW, doch immer eine der Antwortmöglichkeiten die Lösung darstellt und die Tp dies durchschaut? Ist dies ethisch vertretbar ?

Bemerkung am Rand:

Absurd scheint das Konzept des PTV (*Test zur Untersuchung des praktisch-technischen Verständnisses;* Amthauer, 1972); als Testwert wird hier - einem Test mit ebenfalls nur 3 Antwortmöglichkeiten - von der Anzahl „gelöster" Items ein Drittel der Anzahl falsch beantworteter Items abgezogen (?) !

Neu ist der Ansatz der ***sequentiellen*** statt der üblichen simultanen Vorgabe der Antwortmöglichkeiten. Im (Computer-) Test *Syllogismen* werden pro Item die jeweils vier formal möglichen Schlüsse (aus zwei Prämissen) soweit nacheinander vorgegeben, bis die Tp entscheidet, daß die gebotene Anwortmöglichkeit richtig ist, oder bis auch die vierte Antwortmöglichkeit für falsch befunden wird - das Korrigieren bzw. Zurückgreifen auf bereits als falsch beurteilte Antwortmöglichkeiten ist nicht möglich. Damit kann die Wahrscheinlichkeit einer bloß zufälligen, nicht fähigkeitsbedingten Lösung drastisch reduziert werden: Zwar ist die *a-priori* Ratewahrscheinlichkeit .50 in dem Fall, daß bereits die erste Antwortmöglichkeit stimmt, und kommt die richtige Antwortmöglichkeit an zweiter Stelle, beträgt die fragliche Wahrscheinlichkeit noch immer 1/4; an dritter bzw. gar an vierter Stelle jedoch beläuft sie sich nur mehr auf 1/8 bzw. 1/16 - zum Beispiel 1/16 deshalb, weil dann viermal, u.zw. unabhängig voneinander, zufällig die richtige Entscheidung getroffen werden müßte! Die *Syllogismen* tragen dem so Rechnung, daß bei den 75 Items die richtige Antwortmöglichkeit an erster Stelle nur 7 Mal positioniert wurde, an zweiter Stelle ebefalls relativ selten, nämlich 17 Mal, und an dritter und vierter Stelle 26 bzw. 25 Mal.

Bemerkung am Rand:

Goethals (1994) hat die sequentielle Vorgabe für den Untertest *Gleiche Wortbedeutung* des WIT versucht, scheiterte aber: Das *Rasch*-Modell gilt nicht ! Eine Erklärung mag sein, daß hier, anders als bei Tests mit logisch eindeutigen Lösungen *à la Syllogismen*, die Persönlichkeit der Tp eine Rolle spielt - wie bereits in Kapitel 2.5.1. angeführt, entsprechen die *Syllogismen* dem *Rasch*-Modell; die grundsätzlich undefinierten Lösungen von Synonyme-Tests (vgl. oben) provozieren vielleicht manche Tpn länger als andere, auf ein (noch) besser passendes Wort bei der sequentiellen Vorgabe zu „hoffen" bzw. zu warten, so daß sie die vom Testautor gemeinte Lösung versäumen.

Die Problematik des *multiple-choice*-Formats ist für Persönlichkeitsfragebogen kaum eine andere als für Tests (i.e.S.) - im Zusammenhang mit ihnen ist es zwar nicht sinnvoll, von „Rateeffekt" zu sprechen; immerhin können auch hier die Antworten *zufällig* zustandekommen. Insbesondere leistet das *multiple-choice*-Format bestimmten Antworttendenzen (sog. *„response sets"*) Vorschub, wie der Akquieszenz-Tendenz (Ja-Sage-Tendenz) oder der Tendenz zur Mitte. Sprechen solche Tendenzen zwar an sich bereits für bestimmte Persönlichkeitseigenschaften, so sind es in der Regel nicht diese, die (zumindest nicht auf diese Art und Weise) vom Testautor zu erfassen versucht werden (vgl. aber dazu das bereits mehrfach angesprochene Konzept der Objektiven Persönlichkeits*tests*, vor allem in Kap. 4.2.3.).

***Erläuterung** zu „response set“:*

„... ist die Bezeichnung für alle jene Einflüsse, die sich durch bestimmte Antwortstereotypien der Testperson verfälschend auf die intendierte Dimension eines Tests auswirken. Es werden dabei zwei grundlegende Formen unterschieden: 1. *Formale* R.s umfassen alle jene Tendenzen, die durch die spezielle Form der Antwortvorgabe bedingt sind. Einige der wichtigsten sind: Acquiescence oder Ja-Sage-Tendenz, Raten, zufällige Beantwortung, Positionseffekte, Extreminitätseffekte, Neutralitätseffekte (zentrale Tendenz). 2. *Inhaltliche* R.s sind jene Tendenzen, die eine verfälschende Antwort aufgrund des spezifischen Inhalts eines Items oder eines Tests hervorrufen. ... Die wichtigsten Tendenzen dieser Art sind: Simulation und Dissimulation, defensive Einstellung, soziale Erwünschtheit, Abweichungsreaktionen, Lügen."[18] (Arnold, Eysenck & Meili, 1980; S.1903). Mit „Dissimulation“ ist gemeint: "...die Verheimlichung, Leugnung, Bagatellisierung des Vorhandenseins körperlicher oder seelischer Erkrankungen bzw. sonstiger Symptome" (S.382).

Was die fehlende oder auch nur begrenzte Möglichkeit des Nuancierens der Antworten bei Persönlichkeitsfragebogen betrifft, ist folgendes zu reflektieren:

❶ Zwar ist offensichtlich jede Entscheidung einer Tp für die allenfalls gegebene neutrale (mittlere) Antwortmöglichkeit diagnostisch weniger informativ als eine Entscheidung zwischen zwei Alternativen; doch lohnt die Aussicht auf den diagnostischen Gehalt bei Items mit *forced-choice*-Format unter dem Risiko einer (subjektiven) Überforderung der Tp mit allen denkbaren Konsequenzen ?

Zur Illustration:

Karner (1993) hat an Hand des MBTI (*Myers-Briggs Typenindikator;* Bents & Blank, 1991) eine testtheoretisch außergewöhnliche Entdeckung gemacht: Trotz inhaltlicher Bedenken (vgl. die kritische Anmerkung im Zusammenhang mit dem AVT in Kap. 2.5.1.) versuchte er für diesen Persönlichkeitsfragebogen (!) eine Skalierung nach dem *Rasch*-Modell; dabei stellte sich heraus, daß die Items (pro Untertest) dem Modell *dann* entsprechen, *wenn*

- die Testung wissenschaftlichen Zwecken dient, also ohne jede individuelle Konsequenz für die Tp abläuft, *und*
- die Items mit einem kontinuierlichen Antwortformat (sog. „Analogskala“) versehen sind, also die Tp jeden beliebigen Punkt zur graduellen Abstimmung zwischen zwei Extremwerten wählen kann –

ist eine der beiden Bedingungen nicht erfüllt (sind insbesondere die Items mit dem original-dichotomen Antwortformat ausgestattet), gilt auch das *Rasch*-Modell und damit die Eindimensionalität der einzelnen Untertests nicht.

---

[18] Mit „zufällige Beantwortung“ als Gegensatz zu „Raten“ ist richtig: „*willkürliche* Beantwortung“ gemeint.

Zu spezifizieren ist, daß bei der Auswertung der Daten zur Analogskala sowohl eine Verallgemeinerung des *Rasch*-Modells, das sog. „Modell für kontinuierliche Antwortskalen von *Müller*“ (vgl. wieder Kubinger, 1989) angewendet wurde als auch das *Rasch*-Modell selbst, u.zw. auf die im nachhinein dichotomierten Antworten: In beiden Fällen war Modellgeltung geben; d.h., daß es, abgesehen von der Genauigkeit der Schätzung des gesuchten Personenparameters, *testtheoretisch* egal ist, ob das Antwortformat dichotom oder kontinuierlich ist. Nur für die Tpn ist es eben nicht egal.

Die Suche nach einer psychologischen Erklärung dieser Ergebnisse führt zum sog. „Reaktanz“-Phänomen (s. z.B. Gniech & Grabitz, 1978), wonach (manche) Tpn auf die mit dem dichotomen Antwortformat verbundene „Freiheitsbeschränkung“ (früher oder später) untypisch bzw. willkürlich und u.U. ihren wahren Eigenschaften zuwiderlaufend reagieren.

❷ Auch wenn am Verzicht auf eine neutrale (mittlere) Antwortmöglichkeit aus guten Gründen festgehalten wird, könnten immerhin mehrfach abstufende Antwortmöglichkeiten, zum Beispiel insgesamt vier statt nur zwei, eingesetzt werden; doch gibt es, abhängig von der Persönlichkeit, nicht genauso Tpn, die sich umgekehrt, bei zuvielen Antwortmöglichkeiten, vor das Problem „Qual der Wahl“ gestellt sehen ?

3.1.2. Power- vs. speed-and-power-Test

Wie das *multiple-choice*-Format für die Gestaltung eines Tests als Gruppenverfahren von Vorteil ist, so ist auch die Begrenzung der Bearbeitungszeit dafür günstig; d.h. Gruppenverfahren bedingen praktisch die Gestaltung eines Tests als *speed-and-power*-Test. Insbesondere der Einsatz mehrerer Tests bzw. einer Testbatterie innerhalb einer einzigen Sitzung macht es bei der Vorgabe in der Gruppe fast unmöglich, jeder Tp jeweils ein individuelles Zeitbudget einzuräumen - eine für alle Tpn ungestörte, psychologisch-diagnostisch vertretbare Testsituation wäre in diesem Fall nämlich nur schwer zu gewährleisten.

Bemerkung am Rand:

Die Beurteilung, daß ein individuelles Zeitbudget störend auf die Testsituation wirken würde, findet sich bei der Vorgabe eines Persönlichkeitsfragebogens in der Gruppe regelmäßig bestätigt: Weil hier jeder Zeitdruck verfehlt wäre, kommt es für manche Tpn (und auch für den Tl) zu „unerträglichen“ Wartezeiten - so gesehen gelangen Persönlichkeitsfragebogen, in der Gruppe vorgegeben, erst recht an die Grenzen der Zumutbarkeit (vgl. nochmals in Kap. 2.8. **Zumutbarkeit**).

Bemerkung am Rand:

Zusammen mit anderen Tests vorgegeben, macht das insofern auch *power*-Tests Probleme: Zum Beispiel im 3DW wird u.a. deswegen die Möglichkeit einer Kurzform angeboten, wobei, um nicht doch eine *speed*-Komponente miteinzubringen, größtes testtheoretisches *„Know-how“* eingesetzt werden muß; und, so heißt es im Manual (Gittler, 1990; S.49): „Der frühestmögliche Abbruchszeitpunkt ist dann gegeben, wenn die am langsamsten arbeitende Testperson k=8 Aufgaben bearbeitet hat. ... Voraussetzung ist allerdings, daß die Testteilnehmer über den geplanten Testabbruch nicht informiert sind; sie erhalten dieselbe Power-Instruktion wie in der Langform des 3DW. Damit ergibt sich für den Testleiter das Problem, eine geeignete Formulierung zu finden, die es den Testpersonen halbwegs verständlich macht, daß der Test nun - im Gegensatz zu der eingangs gegebenen Instruktion - vorzeitig abgebrochen werden muß".

Ebenfalls wie beim *multiple-choice*-Format stoßen *speed-and-power*-Tests dann an inhaltliche Grenzen, wenn allein der ökonomische Aspekt, nämlich die Gestaltungsmöglichkeit als Gruppenverfahren, verantwortlich für die Begrenzung der Bearbeitungszeit ist. Wieder ist zu fragen, ob damit überhaupt (noch) die intendierte Eigenschaft erfaßt wird:

❶ Offensichtlich schneiden Tpn nur dann in einem *speed-and-power*-Test gut ab, wenn sie sowohl leistungsstark als auch schnell arbeiten. Geht es daher, wie oft, (nur) darum, daß hochwertige bis herausragende Leistungen überhaupt vollbracht werden, so ist die Gestaltung als *speed-and-power*-Test verfehlt - es könnte nämlich sein, daß die schnellere von zwei Tpn, mit geringerer Fähigkeit, zwar viele Items nicht löst, aber, weil sie mehr bearbeitet, immer noch mehr als die langsamere, fähigere Tp.

❷ Umgekehrt sind natürlich die Ursachen für schlechte Testleistungen in einem *speed-and-power*-Test nicht eindeutig identifizierbar; liegt es am Mangel an Fähigkeit oder am Mangel an Schnelligkeit (oder an beiden !) ? Abgesehen davon, daß damit keine förderungsorientierte Diagnostik möglich ist, läuft diese „Kontaminierung" *zweier* Eigenschaftsdimensionen, wie immer, dem Streben nach Eindimensionalität zuwider !

Und analog überrascht es den methodisch kritischen Betrachter, wenn ein *speed-and-power*-Test dem *Rasch*-Modell entspricht, wie das für den WMT und den MTP (*Mannheimer Test zur Erfassung des physikalisch-technischen Problemlösens;* Conrad, Baumann & Mohr, 1980) der Fall ist.

Bemerkung am Rand:

Versuche, mit Hilfe neuer Modelle im Rahmen der *Probabilistischen Testtheorie* die Separierung der *speed*- von der *power*-Komponente zu bewerkstelligen, um pro Person zwei Testwerte zu erhalten, fanden entweder (noch) keine Resonanz oder scheiterten schlicht an ihrer Komplexität (vgl. Kubinger, 1989).

Es mag tatsächlich manchmal nicht am ökonomischen Aspekt liegen, sondern inhaltlich begründet sein, daß *speed*- und *power*-Komponente kontaminiert werden; nämlich dann, wenn hochwertige Leistungen allein den gestellten Anforderungen nicht genügen, diese vielmehr auch schnell zu erbringen sind. Bei Raumvorstellungsaufgaben, etwa, schiene dies im Zuge einer Piloten-Selektion angebracht; allerdings: gerade der PST (vgl. in der Liste der Tests, die dem *Rasch*-Modell entsprechen, in Kap. 2.5.1.) wurde als *power*-Test konzipiert !

Eigentlich ist genauer zu differenzieren zwischen *speed-and-power*-Tests, bei denen die insgesamte Bearbeitungszeit beschränkt ist, so daß nicht alle Tpn wirklich alle

Items bearbeiten, und solchen, bei denen jedes einzelne Item mit einer *speed*-Komponente versehen ist, d.h. jede Tp bearbeitet jedes Item zeitlich befristet, ohne es notwendigerweise auch (richtig oder falsch) zu beantworten. Erstere Variante findet sich hauptsächlich bei Gruppenverfahren, letztere ausschließlich bei Individualverfahren; dort hat die *speed*-Komponente regelmäßig den Zweck, die (vielen) wenig-informativen Items eines Tests informativer zu machen, indem besonders schnell erfolgte Lösungen mit Zeit-Gutpunkten belohnt werden. Die Tragweite der testtheoretischen Probleme ist jedoch in beiden Fällen gleich.

Zur Illustration:

Wie differenziert die Vergabe von Zeit-Gutpunkten konzipiert sein kann, soll der Untertest *Mosaik-Test* des HAWIK-R verdeutlichen. Die Aufgabenstellung ist, unter Verwendung von (4 oder 9) Würfeln, deren Seiten unterschiedlich gestaltet und gefärbt sind (rot oder weiß; einfärbig oder diagonal zweifärbig), ein Muster laut Vorlage nachzubauen. Die Tp erhält (mit Ausnahmen) pro Item 0 Punkte, wenn keine Lösung erfolgt, oder 4 bis 7 Punkte je nachdem, wie schnell sie zur Lösung kommt. Diese völlig willkürlich anmutende Verrechnung sollte natürlich Anlaß zu Analysen gemäß *Probabilistischer Testtheorie* geben; nur leider ist deren Methodeninventar damit „überfordert": Die Annahme, daß *speed-* und *power*-Komponente in fairer Weise eindimensional verrechenbar sind, ist im Fall des gegebenen, komplizierten Verrechnungsmodus gar nicht prüfbar (s. Genaueres bei Kubinger, 1989) - der Zweifel an ihrer Plausibilität muß bleiben!

Als Beispiel eines *(speed-and-power-)* Tests, bei dem die testtheoretischen Analysen die Vergabe von Zeit-Gutpunkten empirisch rechtfertigen (u.zw. gemäß mehrkategoriellem mehrdimensionalen *Rasch*-Modell; vgl. die Ausführungen in Kap. 2.5.1.), kann nur der Untertest *Antizipieren und Kombinieren*-figural aus dem AID genannt werden.

Was übrigens *speed*-Tests betrifft, so wird die Entscheidung für sie ausschließlich inhaltlich bestimmt. Der ZVT ist ein Beispiel dazu (s. nochmals in Abschnitt 1.).

3.1.3. Gruppen- vs. Individualverfahren

Über das aufschlußreichere Diagnostizieren hinaus, wie es weiter oben ausführlich diskutiert wurde, wird seitens der Psychologen an Argumenten für Individualverfahren immer eines ins Treffen geführt, nämlich: die Einsatzmöglichkeit ganz besonderer Testmaterialien, wie zum Beispiel Puzzles.

Zur Illustration:

„Die Vorliebe vieler 'Praktiker' für die Wechsler-Tests ist bekannt: Das Vorhandensein des Handlungsteils macht sie für den Diagnostiker so attraktiv; sie bieten nicht nur die Möglichkeit, die Fertigkeit eines Kindes im Umgang mit Worten und Symbolen direkt mit derjenigen zu vergleichen, Gegenstände zu handhaben und visuelle Gestalten zu erfassen, sondern auch - was gerade im klinischen Bereich als bedeutend angesehen wird - die Möglichkeit, 'Intelligenz' im interaktiven Prozeß zu erfassen." (Kubinger & Wurst, 1991; S.15).

Wenn es auch Tpn geben mag, die die Testsituation innerhalb einer Gruppe aus Gründen der „Anonymität" einer Einzeltestung vorziehen (wissenschaftliche Studien, wie sich diese Einstellung auf die Testergebnisse auswirkt, fehlen allerdings), so liegt doch der Vorteil eines Gruppenverfahrens hauptsächlich in den oben genannten ökonomischen Aspekten sowie der mutmaßlichen Testleiterunabhängigkeit (vgl. in Kap. 2.1.1.).

Amelang und Zielinski (1994) führen, sinngemäß, drei Nachteile von Gruppenverfahren an:

❶ Benachteiligung von Tpn mit reduzierter Lesefertigkeit (wegen der obligaten schriftlichen Fassung des Tests)

Bemerkung am Rand:

Die zitierten Autoren nennen auch die reduzierte Rechtschreibfähigkeit der Tpn als mögliches Handicap bei Gruppenverfahren. Das von ihnen gegebene Beispiel zeigt allerdings weniger ein Problem von Gruppenverfahren auf, als, wieder einmal, das Problem mangelnder Eindimensionalität infolge konzeptioneller Fehler: „Die Probanden sollen ... ihre Wortschatzkenntnisse dadurch dokumentieren, daß sie bei dem erkannten Wort den eingebauten Rechtschreibfehler markieren. Ist jemandem nun zwar ein seltener Begriff bekannt, nicht aber seine Schreibweise, so nützen ihm seine Kenntnisse wenig." (Amelang & Zielinski, 1994; S.249). Offensichtlich werden auch hier gleich zwei Eigenschaften erfaßt bzw. wird die eigentlich interessierende durch eine andere überlagert !

❷ Gefahr des Abschreibens der Tpn untereinander

❸ Störung der Tpn durch die anderen

Auf die Erweiterung der Option Gruppen- vs. Einzelverfahren um die Computerdiagnostik wurde bereits in Kapitel 2.1. **Objektivität** mehrfach hingewiesen; deren ganz besonderen Möglichkeiten und Grenzen, auch in der Gegenüberstellung mit Gruppenverfahren, werden in dem eigenen Kapitel dazu, 5.1. **Computerdiagnostik**, behandelt.

3.2. Erhebungstechniken

Tatsächlich lassen sich die einleitend genannten acht diagnostischen Verfahren (Test, Anamneseerhebung, Exploration, Verhaltensbeobachtung, Biographisches Inventar, Assessment-Center, Soziogramm, Arbeitsplatzanalyse) in die genannten drei Erhebungstechniken gruppieren - die dort allerdings noch vage gewählte Bezeichnung *(psychologische)* „Tests" wurde mittlerweile ihrerseits differenziert in Tests (i.e.S.), Fragebogen und Projektive Verfahren. Sind einige dieser Verfahren fraglos einer einzigen Erhebungstechnik zuzuordnen (z.B. definitionsgemäß: Tests, i.e.S., dem „Prüfen", Fragebogen dem „Fragen", Verhaltensbeobachtung dem „Beobachten"), so sind dies andere entweder grundsätzlich nicht (z.B. Assessment-Center) oder erst nach genauer Beschreibung ihrer Methodik (z.B. Soziogramm) - vor allem letzterem dienen die folgenden Ausführungen.

3.2.1. Prüfen

Die Möglichkeit, zwischen allen drei Erhebungstechniken zu wählen, bietet sich nur innerhalb der Persönlichkeitsdiagnostik an. In der Leistungsdiagnostik dominiert dagegen das Prüfen. Immerhin wird dort nicht ausschließlich *geprüft:* So können bestimmte Fähigkeiten auch mittels (standardisierter) Fragebogen *erfragt* werden, nämlich innerhalb eines Biographischen Inventars.

Bemerkung am Rand:

Ansätze, die „Intelligenz“ sogar mit Hilfe Projektiver Verfahren zu „messen“, können demgegenüber nur als absurd bezeichnet werden, obwohl: „Daß Niveau und Arbeitsweise der Intelligenz durch die FDV (Form-Deute-Verfahren, insbesondere das *Rorschach*-Form-Deute-Verfahren; Anm.d.Verf.) erfaßt werden können, sind seit Anbeginn mit diesen Techniken verbundene Erwartungen.“ (Spitznagel, 1982; S.231).

Also ist die Alternative: Prüfen einerseits oder Fragen bzw. Beobachten andererseits nicht identisch mit der Alternative Leistungs- oder Persönlichkeitsdiagnostik !

Als grenzwertig zwischen Prüfen und Beobachten sind Objektive Persönlichkeits*tests* zu werten: In bisher vereinfachter Weise wurden sie ja im Kapitel 1.2. **Themen, Verfahren und Populationen** als der Versuch definiert, „persönliche Stil-Merkmale aus dem *beobachtbaren* Verhalten bei bestimmten (Leistungs-) Anforderungen zu erschließen“ ! Und so wie sie im ersten Beispiel bis jetzt demonstriert wurden (vgl. in Kap. 2.9. **Unverfälschbarkeit**), ist ihre Erhebungstechnik grenzwertig zwischen Fragen und Beobachten: Gefragt wird nach einer graduell abgestuften Einschätzung eigentlich irrelevanter Inhalte, beobachtet wird, in welchem Ausmaß diese Schätzungen extrem ausfallen.

Bemerkung am Rand:

Wenn auch solche Abgrenzungsfragen zunächst nur von akademischem Interesse scheinen, fördern sie doch ein besseres Begreifen der verfahrensspezifischen Testsituation. Diese wird nämlich von der Erhebungstechnik maßgebend beeinflußt: Tpn akzeptieren in der Regel durchaus, *geprüft* zu werden; sie wissen darum, sich bewähren zu müssen. Werden sie *gefragt,* haben sie wenigstens noch die Kontrolle darüber, welche Informationen sie dem Tl liefern. Wird jedoch ihr Verhalten *beobachtet,* ist für die meisten Tpn nicht transparent, welche Informationen der Tl sammelt und vor allem *wie er sie interpretiert* !

Die oben angesprochene Grenzwertigkeit ist in diesem Sinn zwar wenig problematisch, weil dabei die besondere Beobachtungssituation nicht offenbar wird; sie führt uns dennoch, wie oft bei Objektiven Persönlichkeits*tests*, zur Frage der ethischen Verantwortbarkeit.

Jedenfalls wird in diesem Zusammenhang der Vorteil des Prüfens klar: Allfälligen Argumenten gegen die Test-Diagnostik ist derart zu begegnen, daß das beschriebene Unbehagen in bezug auf die mangelhafte Transparenz in der nicht-testmäßigen (i.e.S.) Diagnostik begründet ist !

Außer bei Tests (i.e.S.) kommt es nur innerhalb von Assessment-Centers zum Prüfen: So bei der wohl bekanntesten Übung daraus, dem zwar obligaten, aber nirgends verbindlich reglementierten „Postkorb" (*In-basket*, *Mail-box*), bei dem an Hand des Abarbeitens eines Stapels an Post die Fähigkeit einer Tp zur Arbeitskoordination bzw. -organisation erfaßt werden soll.

Erläuterung **zum „Postkorb":**

„Charakteristisch für das Postkorbverfahren ist, daß der Bewerber mit dem Inhalt eines Postkorbes konfrontiert wird, der Aufgaben enthält, die in einer vorgegebenen Zeit zu bearbeiten sind. Typische Aufgaben sind Aktenvermerke, Notizen von Vorgesetzten und Kollegen, Briefe, Notizen über Telefongespräche oder Besprechungen, Terminvereinbarungen, etc. Er wird instruiert, welche Position innerhalb eines Unternehmens oder auch einer sozialen Institution er einzunehmen hat. Ein beigefügtes Organigramm vermittelt ihm die Organisationsstruktur des Unternehmens, manchmal ergänzt durch eine kurze Beschreibung der Entwicklungsgeschichte des Unternehmens. Er wird gebeten, sämtliche Entscheidungen und Vorhaben zu notieren. Diese schriftlichen Aufzeichnungen werden dann zur Beurteilung der Leistung des Bewerbers herangezogen." (Roest, Scherzer, Urban, Gangl & Brandstätter, 1989; S.8).

Abbildung 30: Foto des Testmaterials beim *Analysieren und Synthetisieren*-abstrakt des AID (die Aufnahme des Testmaterials mit freundlicher Genehmigung der *Beltz Test Gesellschaft*).

Bis jetzt schon demonstrierte Prüfmodalitäten von Tests (i.e.S.) waren:

- „Verbinde die Zahlen" (ZVT; s. Abb. 3, in Abschnitt 1.)
- Items der Art „Wie viele Beine hat ein Hund?" (*Alltagswissen* des AID)
- Items der Art „Was ist das Gemeinsame an Kaktus und Igel?" (*Funktionen Abstrahieren* des AID)
- Matrizentest-Items (WMT; s. Abb. 6, in Kap. 2.2.1.)
- „Suche Worte mit 'ver-'" (VKT)
- „Suche das Gemeinsame in den Figuren" (*N-Test 1* des KFT 4-13+; s. Abb. 28, in Kap. 3.1.1.)
- „Suche sinngleiche Sprichwörter" (*Sprichwörter* des WIT; s. jetzt ein konkretes Item in Präsentation 10)

- „Suche ein sinngleiches Wort“ (*Gleiche Wortbedeutung* des WIT; s. jetzt ein Item in Präsentation 10)
- „Ersetze in Rechnung die Symbole durch Zahlen“ (*Zahlensymbole* des MIT; s. Abb. 29, in Kap. 3.1.1.)
- „Lege Mosaik nach Vorlage“ (*Mosaik-Test* des HAWIK-R; s. jetzt ein Foto des Testmaterials, allerdings zum ähnlich konzipierten *Analysieren und Synthetisieren*-abstrakt des AID, in Abb. 30)

Bis jetzt noch nicht demonstrierte, typische Prüfmodalitäten sind:

- Items der Art „Ein Schimmel ist ein __ Pferd.“ (*Satzergänzung* des WIT)
- Items der Art „Warum sollte man Obst vor dem Essen waschen?“ (*Soziales Erfassen und Sachliches Reflektieren* des AID)
- „Erkenne die zusammengehörigen Begriffe“ (z.B. *Gemeinsamkeiten* des IST 70 - *Intelligenz-Struktur-Test;* Amthauer, 1970; s. in Präsentation 10)
- „Bilde eine Analogie“ (z.B. *Wortverhältnisse* des MIT; s. in Präsentation 10)
- Items der Art „...wiederhole... 8-1-5“ (*Unmittelbares Reproduzieren*- numerisch des AID)
- „Lerne alle Einzelheiten (Zahlen, Namen, Figuren) auswendig“ (z.B. *Gedächtnis* des WIT; s. Abb. 31)
- „Bemerke fortlaufend bestimmte Signale/Symbole“ (z.B. *Test d2;* Brickenkamp, 1994; s. in Präsentation 10)
- „Kodiere Symbole/Buchstaben/Zahlen zu Figuren/Zeichen nach Vorlage“ (z.B. *Kodieren und Assoziiern* des AID; s. Abb. 32)
- „Addiere fortlaufend die Zahlen“ (z.B. *Arbeitskurve - Mainzer Revision;* Christiansen, 1983; s. in Präsentation 10)
- Items der Art „Auf einem Leuchter brennen 4 Kerzen. Ich blase 3 aus. Wie viele brennen noch?“ (*Angewandtes Rechnen* des AID)
- „Setze die Zahlen-/Buchstaben-/Figurenfolge fort“ (z.B. *Zahlenreihen* des WIT; s. in Präsentation 10)
- „Suche den fehlenden Teil“ (z.B. *Realitätssicherheit* des AID; s. Abb. 33)
- „Ordne die Bilder zu einer logischen Bildgeschichte“ (z.B. *Soziale und Sachliche Folgerichtigkeit* des AID; s. Abb. 34)
- „Lege Puzzle ohne Vorlage“ (z.B. *Antizipieren und Kombinieren*-figural des AID; s. Abb. 35)
- „Entdecke gegebene Teilfiguren in der Figur“ (z.B. *Figurenauswahl* des IST 70; s. Abb. 36)
- „Erkenne den Fehler/falschen Teil“ (z.B. *Spiegelbilder* des WIT; s. Abb. 37)
- „Erkenne den zur Vorlage passenden Würfel“ (z.B. 3DW; s. Abb. 38)
- „Suche den aus einer Faltvorlage erzeugbaren geometrischen Körper“ (z.B. *Abwicklungen* des WIT; s. Abb. 39)

Präsentation 10: Einige noch nicht exemplifizierte typische Prüfmodalitäten (mit verbalen Materialien); andere siehe im Text bisher.

Sprichwörter des WIT, Beispiel-Item 106 (gesucht sind unter a) bis e) *zwei* sinngleiche Sprichwörter zu folgendem):

Gesundheit ist der größte Reichtum:

a) Jeder ist seines Glückes Schmied
b) Nichts ist so wertvoll wie die Gesundheit
c) Der eine stirbt, der andere erbt
d) Schmiede das Eisen, solange es heiß ist
e) Gesundheit ist wie Gold

Lösung : b) + e)

Gleiche Wortbedeutung des WIT, Beispiel-Item 34 (gesucht ist unter a) bis e) ein sinngleiches Wort zu folgendem):

Kopf

a) Haar b) Haupt c) Körper d) Mensch e) Hut

Lösung: b)

Gemeinsamkeiten des IST 70, erstes Beispiel-Item (gesucht sind unter a) bis f) diejenigen beiden Worte, welche begrifflich am nächsten stehen):

a) *Messer* b) *Butter* c) *Zeitung* d) *Brot* e) *Zigarre* f) *Armband*

Lösung: b + d

Wortverhältnisse des MIT, Beispiel-Item 1 (gesucht ist unter 1 bis 3 bzw. A bis C dasjenige Wortpaar, welches den folgenden Satzteil zum richtigen Analogieschluß ergänzt):

verhält sich zu groß wie Maus zu

1	Radio	A	schön
2	Elefant	B	klein
3	Abend	C	leer

Lösung: 2 + B

Test d2, die ersten Items (durchzustreichen sind alle d mit insgesamt 2 Strichen):

```
   " " "   '
d d p d d d p p ...
" '  '  " " '
```

Arbeitskurve - Mainzer Revision, die ersten Items (gefragt ist die Summe je zweier aufeinanderfolgender Zahlen):

9 1 6 2 7 ...

Lösung: 10, 7, 8, 9, ...

Zahlenreihen des WIT, Beispiel-Item 128 (gesucht ist die logisch ableitbare nächste Zahl):

2 5 8 11 14 17 ?

Lösung: 20

Erste Lebensgeschichte

Eva Kol ... wurde am ... in... geboren

Wohnort: ...

Telefon-Nr.: ...

Eva Kol ...mußte ...schon früh... . In ihrer Freizeit ... .
Sie heiratete... . Nach ... Jahren ... in der Nachbarstadt... .

Eva Kol ...

Jugendbild des Vaters von ...

Jugendbild der Mutter von ...

Herr R...

W... Kol...

Abbildung 31: Die Prüfmodalität des Untertests *Gedächtnis* aus dem WIT; zur Vermeidung übermäßiger Verbreitung wurden hier sowohl die Angaben zum Lernteil (s. oben) als auch die Items im Reproduktionsteil (s. nächste Seite) aufs unkenntliche gekürzt (nach Jäger & Althoff, 1983).

Welche der folgenden Einzelheiten kommen ... vor ?

Telefonnummern:	a) 323...	b) 712...	c) ...	d) ...	e)...
Geburtsdaten:	a) 18.12.19...	b)...	c) ...	d) ...	e)...

a b c d e

Items der Art „Welchen Beruf hatte der Vater von ....“

Fortsetzung Abbildung 31: Der Reproduktionsteil.

Abbildung 32: Ausschnitt der Vorlage zum Untertest *Kodieren und Assoziieren* aus dem AID; zur Vermeidung übermäßiger Verbreitung wurden nur vier der zwölf Figuren samt Symbol ausgewählt (mit freundlicher Genehmigung der *Beltz Test Gesellschaft*).

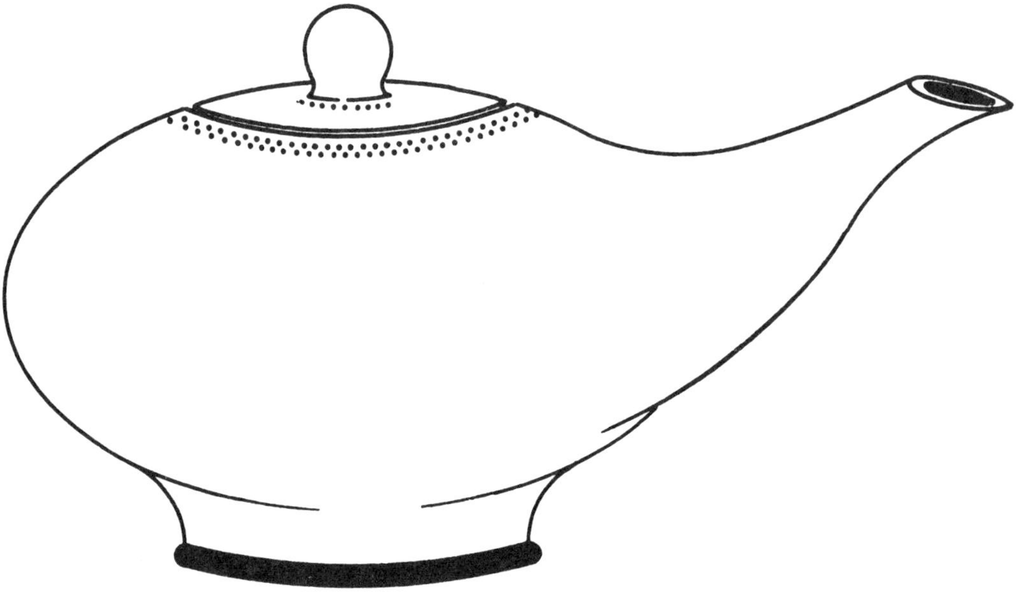

Abbildung 33: Item „Teekanne" des Untertests *Realitätssicherheit* aus dem AID; die Lösung ist: „Henkel" (mit freundlicher Genehmigung der *Beltz Test Gesellschaft*).

Abbildung 34: Item „Bausteine" des Untertests *Soziale und Sachliche Folgerichtigkeit* aus dem AID; die Lösung ist: rechtes–linkes–mittleres Bild (mit freundlicher Genehmigung der *Beltz Test Gesellschaft*).

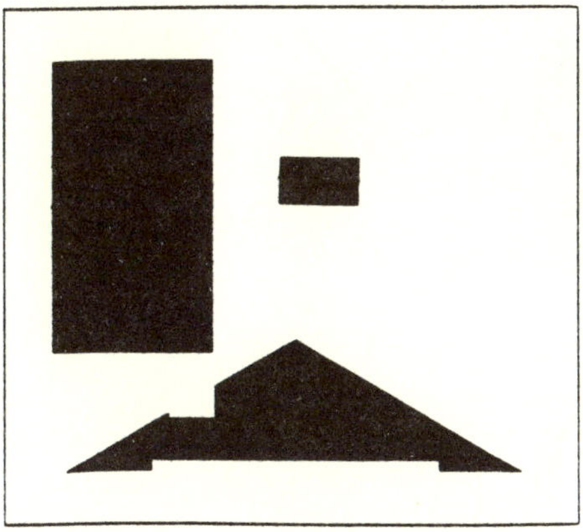

Abbildung 35: Vorlage zum Item „Haus“ des Untertests *Antizipieren und Kombinieren*-figural aus dem AID (mit freundlicher Genehmigung der *Beltz Test Gesellschaft*).

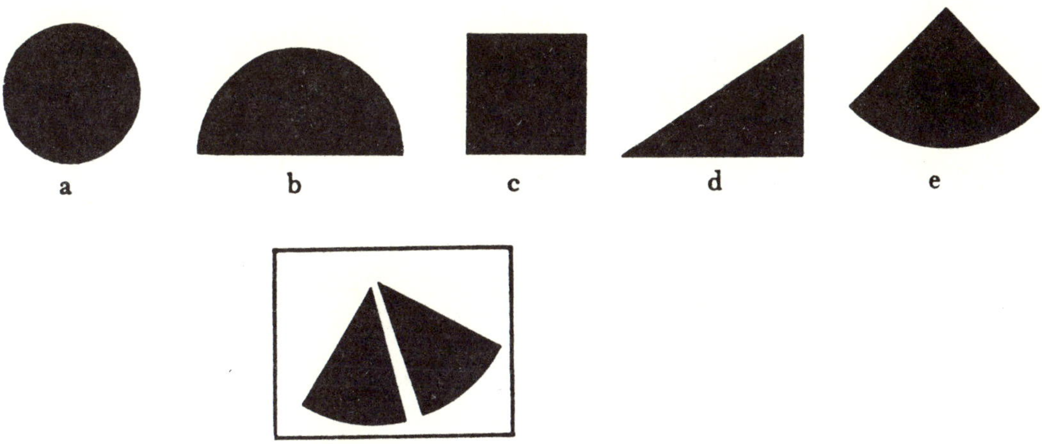

Abbildung 36: Zweites Beispiel-Item des Untertests *Figurenauswahl* aus dem IST 70; die Lösung ist „e“ (mit freundlicher Genehmigung des *Hogrefe-Verlags*).

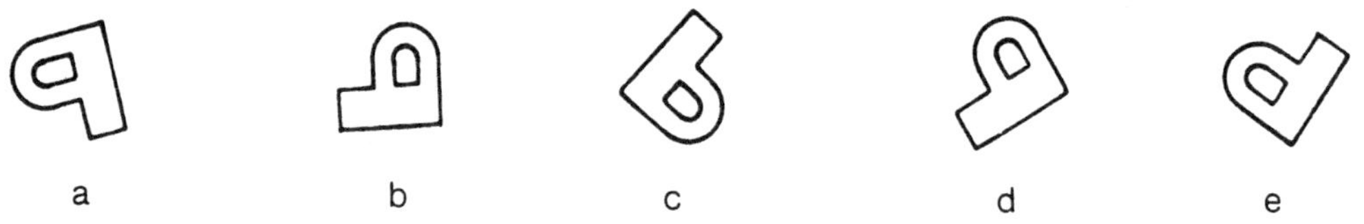

Abbildung 37: Beispiel-Item 145 des Untertests *Spiegelbilder* aus dem WIT; die Lösung ist „e" (mit freundlicher Genehmigung des *Hogrefe-Verlags*).

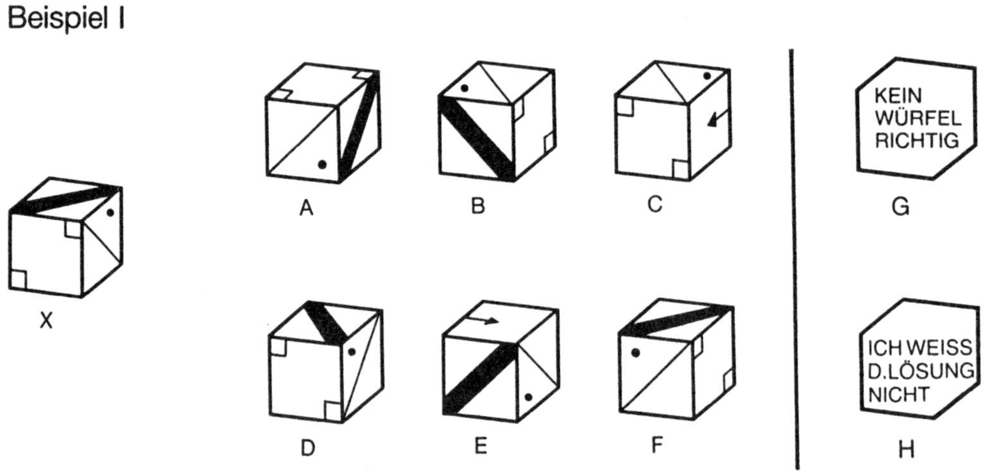

Abbildung 38: Beispiel-Item I des 3DW; die Lösung ist: „B" (mit freundlicher Genehmigung der *Beltz Test Gesellschaft*).

Welchen Körper a. b. c. d oder e kann man aus der Faltvorlage herstellen?

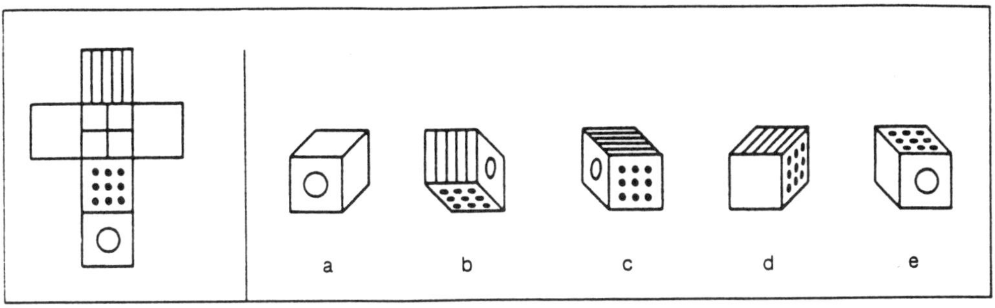

Abbildung 39: Beispiel-Item 270 des Untertests *Abwicklungen* aus dem WIT; die Lösung ist „e" (mit freundlicher Genehmigung des *Hogrefe-Verlags*).

Besondere Prüfmodalitäten gibt es vor allem innerhalb der Computerdiagnostik (diese werden in derem Zusammenhang erläutert, d.i. in Kap. 5.1. **Computerdiagnostik**).

3.2.2. Fragen

Die Erhebungstechnik des Fragens ist facettenreich:

① Fragen in Persönlichkeitsfragebogen (inklusive Interessensfragebogen) zielen auf die (reflektierte) Selbsteinschätzung einer Tp bezüglich ihrer Eigenschaften und typischen Erlebens- und Verhaltensweisen ab.

② Fragen in Projektiven Verfahren provozieren (bestimmte wie unbestimmte) Stimmungslagen, aus denen heraus die Tp agieren muß.

> ***Bemerkung am Rand:***
>
> Indem von „agieren" gesprochen wird, es also nicht exklusiv um verbale Reaktionen geht, liegen Projektive Verfahren erhebungstechnisch grenzwertig zwischen Fragen und Beobachten.

③ Fragen in Biographischen Inventaren betreffen historische Fakten über bestimmte Lebensereignisse der Tp (d.h. sie verlangen nach *keiner* Selbsteinschätzung, wiewohl sie erinnerungsabhängig sind).

Bemerkung am Rand:

Biographische Inventare haben formal große Ähnlichkeit mit Persönlichkeitsfragebogen. Ein Unterschied liegt jedenfalls in ihrer (vermutlich) geringeren Verfälschbarkeit, die darin begründet ist, daß die Information über viele der gefragten Fakten grundsätzlich auch anderweitig eingeholt bzw. kontrolliert werden könnte !

④ Fragen im Zuge der Anamneseerhebung beziehen sich auf (kranken-) entwicklungsgeschichtliche Ereignisse der Tp und sind insofern ebenfalls „biographischer" Natur, zielen jedoch in besonderem Maß auf eine im Zusammenhang erlebte subjektive Sicht der Dinge ab.

⑤ Fragen im Zuge der Exploration dienen der Klärung der (subjektiv gegebenen, aktuellen) Sachlage mit dem Ziel der Entscheidungsorientierung bzw. -vorbereitung (innerhalb des diagnostischen Prozesses).

⑥ Fragen im Assessment-Center, soweit sie über die bisher behandelten Fragen hinausgehen, beziehen sich auf theoretische Überlegungen und grundsätzliche Problemlösestrategien der Tp zu vorgegebenen Konfliktsituationen.

⑦ Fragen zur Erstellung eines Soziogramms erfordern von der Tp sozial- bzw. emotionsbezogene oder leistungsbezogene „Wahlen" sowie „Ablehnungen" von Personen ihres Umfelds.

⑧ Fragen im Zuge einer Arbeitsplatzanalyse zielen auf Faktisches der Arbeitsroutinen einer konkreten beruflichen Position ab, wobei es in bezug auf deren Häufigkeit und Bedeutung durchaus zu subjektiven Einschätzung kommt.

Im folgenden seien typische oder prägnante Fragemodalitäten demonstriert; diese beziehen sich zunächst hauptsächlich auf Persönlichkeitsfragebogen, weil die einleitend als „neuere" bezeichneten Verfahren erst gemeinsam mit anderen neuen Ansätzen der *Psychologischen Diagnostik* besprochen werden - auf Grund ihres relativ seltenen Einsatzes ist das didaktisch zweckmäßig: Das Biographische Inventar in Kapitel 5.3.1., das Soziogramm in Kapitel 5.2.1. und die Arbeitsplatzanalyse in Kapitel 5.2.2; das Assessment-Center - hier zugehörig - wird als eine Ausnahme doch vorweg, u.zw. in Kapitel 3.2.3. behandelt, als Erhebungstechnik Beobachten.

Sodann geht es um einige Fragemodalitäten bei Projektiven Verfahren; schließlich werden die Prinzipien von Anamneseerhebung und Exploration in aller Ausführlichkeit abgehandelt.

Fragemodalitäten der Persönlichkeitsfragebogen:

Typische Fragen aus Persönlichkeitsfragebogen werden weiter unten genug wiedergegeben, so daß hier eine einzige genügt: „Wenn Sie einem genauen Plan folgen müssen, sagt Ihnen das zu oder schränkt Sie das ein ?" (aus dem MBTI).

An prägnanten Fragemodalitäten brauchen hier nur zwei genannt zu werden: BIT II (*Berufs-Interessen-Test II;* Irle & Allehoff, 1984) und EQS (*Entscheidungs-Q-Sort;* Wolfram, 1982). Im BIT II (Formen AA und AB) ist pro Item zwischen vier Tätigkeiten zu wählen, u.zw. einerseits in bezug darauf, welche die Tp am liebsten tun würde, und zweitens in bezug darauf, welche ihr am wenigsten gefällt; dabei werden die insgesamt 100 Tätigkeiten in 81 verschiedenen Vierkombinationen der Entscheidung ausgesetzt (s. in Abb. 40 die Illustrations-Graphik des Protokollbogens). Im EQS muß die Tp entsprechend der sog. „Q-Sort"-Methode Kärtchen mit persönlichkeitsbeschreibenden Inhalten (z.B. „Ich fasse Entschlüsse, ohne lange zu überlegen") auf 9 vorgegebene Kategorien (ebenfalls Kärtchen, mit den Aufschriften „Aussagen, die überhaupt nicht zutreffen" bis „Aussagen, die besonders typisch sind und genau zutreffen") aufteilen, u.zw. so, daß jede Kategorie am Ende mindestens 2 der insgesamt 54 Kärtchen enthält.

Erläuterung zur „Q-Sort"-Methode:

Der Name rührt von frühen Studien innerhalb der Differentiellen Psychologie, die mit dieser Methode - in Verbindung mit der sog. „Q-Technik" der Faktorenanalyse - eine Typisierung der Menschen versuchten (vgl. zur Q-Technik z.B. wieder bei Bortz, 1993). Der Vorteil dieser Methode gegenüber Fragebogen ist u.a. der, daß bestimmte Antworttendenzen, wie Ja-Sage-Tendenz und Vermeidung von Extremantworten, ausgeschlossen werden und daß die einzelnen Eigenschaften differenziert zueinander in Beziehung gesetzt werden müssen - wobei dafür insbesondere die Möglichkeit des Korrigierens hilfreich ist.

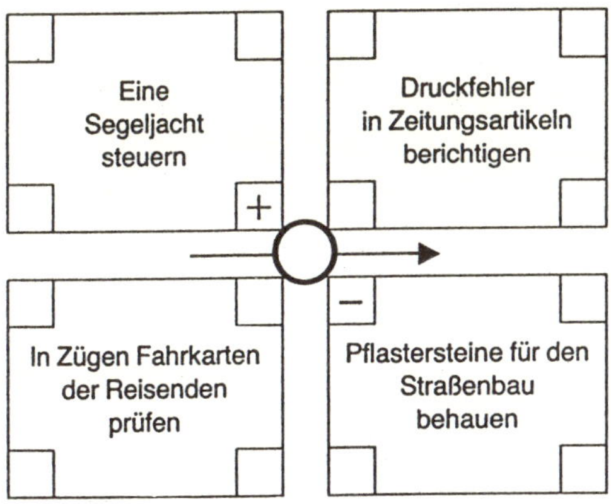

Abbildung 40: Die Graphik zur Illustration der Aufgabenstellung beim BIT II (aus dem Protokollbogen; mit freundlicher Genehmigung des *Hogrefe-Verlags*).

Fragemodalitäten der Projektiven Verfahren:

Das *Rorschach*-Form-Deute-Verfahren (Rorschach, 1992) fragt lapidar bezüglich aller seiner Items vom Inhalt symmetrischer Tintenkleckse: „Was könnte das sein ?".

Bei dem bereits in Abbildung 5 illustrierten Projektiven Verfahren *Familie in Tieren* wird die Tp sinngemäß gefragt, wie deren Familie aussähe, wenn sie eine Tierfamilie wäre.

Im TAT (*Thematischer Apperzeptionstest;* Revers & Taeuber, 1968) stellt der Tl bei allen Items, d.s. Bilder von Menschen (-gruppen) in vieldeutigen Situationen, sinngemäß die Frage, welche Geschichte damit verbunden sein könnte (s. dazu die Bildtafel 1 in Abb. 41).

Abbildung 41: Bildtafel 1 des TAT[19].

Der PFT (*Rosenzweig Picture-Frustration Test;* Hörmann & Moog, 1957, s. aber insbesonders Rauchfleisch, 1993) fragt die Tp pro Item nach der Antwort, welche die eine gezeichnete Person zu der anderen gezeichneten Person in der entsprechenden Konfliktsituation geben könnte (s. Item 2 in Abb. 42).

[19] Laut Auskunft beim *Verlag Hans Huber,* der die Vertriebsrechte am TAT hat, genügt für den Abdruck dieser Tafel die exakte Literaturangabe: Murray, H.A. (1943). *Thematic Apperception Test Manual.* Cambridge, Mass.: Havard University Press.

Abbildung 42: Item 2 des PFT (mit freundlicher Genehmigung des *Hogrefe-Verlags*).

Anamneseerhebung und Exploration:

Einleitend, in Abschnitt 1., wurde der Begriff „Exploration" allgemeiner gefaßt als der Begriff „Anamnese"[20]; im Gegensatz dazu scheint es zum Beispiel Deegener (1984; S.36) „bei der herrschenden Willkür der definitorischen Eingrenzungen sinnvoll, die Anamnese sehr breit zu verstehen und ihr Begriffe wie Exploration, Biographie und Interview unterzuordnen bzw. gleichzusetzen." Dessen ungeachtet findet sich bei Dorsch (1994) eine verbindliche Differenzierung beider Begriffe:

- „*Exploration*, ein aus der medizinischen Fachsprache stammender Begriff für das Eruieren psychopathologischer Erscheinungen mittels Befragung des Patienten. In die Psychologie wurde dieser Begriff für die Ermittlung normaler psychischer Vorgänge ... übertragen. ... Je nachdem, für welche Zwecke die E. verwendet wird, unterscheidet man zwischen ... der E., bei der Unklarheiten, Widersprüche und Lücken einer diagnostischen Untersuchung beseitigt werden sollen, um weitere Hinweise zur Interpretation von Testergebnissen zu erhalten, und der E. als diagnostischer Methode zur Untersuchung von Persönlichkeitseigenschaften, Interessen, Werthaltungen, Einstellungen, Problemen und Denkweisen des Pb. Wird die E. als diagnostische Methode verwendet, so läßt sich die allgemeine oder informierende E., welche Tatsachenmaterial, Daten etc.

[20] Griechisch: *anamnesis*, die Erinnerung.

liefern soll und eventuell Hinweise für die Gestaltung der Untersuchung, der Auswahl der Tests ergibt, von der gezielten E. zur Aufhellung bestimmter Probleme und Zusammenhänge unterscheiden. Für diesen Anwendungsbereich der E. stellen sich dann die Fragen nach den Testgütekriterien der E." (S.226).

- „*Anamnese* ... Vorgeschichte eines Tatbestandes, insbes. einer Erkrankung, einer Störung. ... kann man zwischen somatischer A., welche ... die biologische Entwicklung sowie die der Familie mit einschließt, biographischer A. und sozioökonomischer A. unterscheiden." (S.33).

Zur besseren Veranschaulichung etwas frei ausgelegt, können wir, anstatt von „Anamnese" zu sprechen, die „Sammlung der typischerweise mit dem gegebenen Sachverhalt in Verbindung stehenden Informationen" meinen; sodann empfiehlt sich, statt des Begriffs „Exploration" den Begriff „entscheidungsorientiertes Gespräch" nach Westhoff und Kluck (1991, S.95) zu verwenden:

☞ „Ein entscheidungsorientiertes Gespräch ist ein Gespräch, das zur Vorbereitung von möglichst zufriedenstellenden Entscheidungen nach Kriterien der psychologischen Wissenschaft geplant, durchgeführt und ausgewertet wird."

Insbesondere unterstützt durch diverse publizierte *Anamnesefragebogen* (z.B. DEF, *Diagnostischer Elternfragebogen;* Dehmelt, Kuhnert & Zinn, 1993) ist - derart festgelegt - die Anamneseerhebung weitgehend unproblematisch: Es geht (nur) um ein Abfragen von Fakten. Demgegenüber zielt das entscheidungsorientierte Gespräch auch auf Erwartungen und Vorstellungen ab, und birgt damit (für den unroutinierten Diagnostiker) die Gefahr, die diagnostische Situation zur Intervention zu mißbrauchen ! Aus diesem Grund bedarf es eines der Fragestellung sorgfältig angemessenen Gesprächs*leitfadens*.

Erläuterung zum entscheidungsorientierten Gespräch:

Zwar ohne Zitat, aber glaubwürdig versichern Westhoff und Kluck (1991, S.95): „Es gibt seit Jahrzehnten zahlreiche Untersuchungen in der Psychologie, die alle belegen, daß ungeplante und nicht oder schlecht vorbereitete Gespräche fehlerhaft und verzerrte Informationen zur Folge haben. Solche Gespräche sind, auch wenn sogenannte Experten sie durchführen, nicht auf dem Stand der psychologischen Wissenschaft."

Zu beachten sind auch ihre in Präsentation 11 aufgelisteten Betrachtungen.

Präsentation 11: Was ein entscheidungsorientiertes Gespräch *nicht* ist oder nicht anstrebt (aus Westhoff & Kluck, 1991; S. 97).

Probanden äußern zwar immer wieder spontan in oder nach entscheidungsorientierten Gesprächen, daß sie nun bestimmte Sachverhalte besser verstünden. Dies ist jedoch nur ein willkommener, aber unbeabsichtigter Nebeneffekt. In der entscheidungsorientierten Gesprächsführung ist es kein Ziel, die Probanden zu belehren. Zwar bekommen sie alle notwendigen Informationen, die sie brauchen, um alles bei der Begutachtung richtig verstehen zu können, doch werden sie in nichts ausgebildet.

In entscheidungsorientierten Gesprächen geht es nicht darum, Standpunkte zu klären oder einander von irgendetwas zu überzeugen wie in Diskussionen, Debatten oder beim Zank. Merken Psychologen, daß sie in solche Arten der Gesprächsführung verfallen, so können sie daran sicher erkennen, daß sie nicht mehr entscheidungsorientiert arbeiten.

Diagnostische Gespräche können daran kranken, daß nicht nur in der Aufwärmphase, sondern auch im weiteren Verlauf sich sehr viel „unterhalten" wird. Damit meinen wir den Austausch von Informationen, die mit der eigentlichen Zielsetzung, wie sie in der Fragestellung vorgegeben ist, nichts mehr oder nur noch sehr am Rande zu tun haben. Solche Unterhaltungen wie an der Theke, am Stammtisch oder in Pausen haben dort ihren Wert, wo sie hingehören. In diagnostischen Gesprächen ermüden sie nur und lenken vom Thema ab.

Entscheidungsorientierte Gespräche können therapeutische Effekte haben oder führen durch das systematische Vorgehen zu Einsichten, die auch in Beratungen angestrebt werden. Diese Nebeneffekte sind willkommen, werden aber nicht angestrebt. In Therapien und Beratungen soll Menschen geholfen werden, Verhaltensprobleme zu lösen. Dies setzt immer voraus, daß zunächst diagnostiziert wurde, worin diese Probleme bestehen und welche Bedingungen sie bewirken. Jede verantwortungsbewußte Therapie und Beratung bedarf einer zutreffenden Diagnose als Grundlage. Dafür sind in jeder Diagnostik entscheidungsorientierte Gespräche unverzichtbar.

Wenn auch die genaue Ausformulierung eines Leitfadens manchmal übertrieben erscheint, garantiert doch erst sie, auch dem Experten, die vollständige Informationssammlung - dabei geht es keinesfalls um ein starres Abfragen *à la* Fragebogen, bei dem die Tp etwa nicht ihren Bedürfnissen nach berichten könnte !

Bemerkung am Rand:

„Die meisten Anfänger in Gesprächsführung halten die Ausformulierung eines Leitfadens zunächst für überflüssig. Doch die Erfahrung, daß sie sich nach kurzer Zeit im ungeplanten und nicht vorbereiteten Gespräch sehr hilflos fühlen, belehrt sie eines besseren." (Westhoff & Kluck, 1991; S.98). Insbesondere die konkrete schriftliche Ausformulierung nicht nur aller Fragen, sondern auch der Ein- und Überleitungen „wird von Anfängern oft für überflüssig erachtet. In Übungen merken sie dann aber sehr schnell, daß sie unter Gesprächsbedingungen schlechter formulieren können als bei der Planung."

Als Prinzipien der (entscheidungsorientierten) Gesprächsführung nennen Westhoff und Kluck (1991) u.a.:

- Atmosphäre der Offenheit und des Vertrauens
- kurze, verständliche Erklärungen
- einfaches, klares, genaues Deutsch
- Vermeidung von Fremdwörtern und Fachausdrücken
- Fragen nach konkretem individuellen Verhalten - Vermeidung von Suggestivfragen

Zur Illustration:

In vager Anlehnung an Deegener (1984) sei folgender „Lasterkatalog“ des Gesprächsverhaltens gegeben:

- Debattieren
- Monologisieren (ausschweifend Reden)
- Dirigieren (Ratschläge Erteilen)
- Umfunktionieren (vom Thema ablenken)
- Fixieren (unangemessenes Beharren am Thema)
- Abschalten (nicht Zuhören)
- Involvieren (sich selbst Miteinbringen)
- Identifizieren
- Bagatellisieren (Problemschwere Mißachten)
- Intellektualisieren (Emotionen Ignorieren)
- Bewerten
- Moralisieren
- Dogmatisieren (Lehrsätze Vermitteln)
- Distanzieren (Fachsprache Benutzen)
- Etikettieren (Eigenschaften Zuschreiben)
- Generalisieren (unzulässig Verallgemeinern)

Bemerkung am Rand:

„*Das Mitschreiben* während des Gesprächs wird von einer Reihe psychologischer Autoren ... und bereits früher von FREUD als untunlich und die Äusserungsbereitschaft des Pt. (Patient, besser: Tp; Anm. d. Verf.) hemmend angesehen. FREUD hat seine, doch wohl noch heute klassische Analysenprotokolle, jeweils am Abend eines Arbeitstages angefertigt, und vielfach wird heute der Gesprächsinhalt nach einem Gespräch in den Pausen zwischen zwei Interviews niedergelegt. Dem widersprechen nun experimentelle Untersuchungen ... über den Informationsverlust bei nachträglicher Aufzeichnung. Dieser entspricht etwa den Ergebnissen der EBBINGHAUSschen Gedächtniskurve und beträgt bereits nach dem beendeten Gespräch 30% und nach 2 Tagen 39%. Allerdings werden wesentliche und gesprächsstrukturelle Daten relativ sicher festgehalten. Ohne Störung des Gesprächskontaktes können sicher innerhalb einer Anamnese relativ äusserliche, dabei aber meist dokumentationstechnisch harte Daten schriftlich fixiert werden.“ (Schraml, 1975; S.287).

Die Gefahren, insbesondere allzu *intuitiv* geführter Gespräche - wie sie gelegentlich, vor allem früher zur Erstellung eines „ganzheitlichen Persönlichkeitsbildes“ (z.B. bei Wellek, 1959) propagiert wurden - liegen in den psychoanalytischen Phänomenen „Projektion“ und „Gegenübertragung“; aber auch ohne Bezug auf diese Phänomene werden Gefahren offenbar: „Häufig nehmen Interviewer von sich an, sie seien ihren Gesprächspartnern gegenüber 'neutral' eingestellt. Wie jedoch die umfangreiche Literatur zur Personenwahrnehmung, zu Vorurteilen und Stereotypien oder impliziten Persönlichkeitstheorien zeigt, gibt es keine globale neutrale Voreinstellung.“ (Westhoff & Kluck, 1991; S.111). Demgegenüber biete, laut Westhoff und Kluck, ein nach einem genau ausformulierten Leitfaden geführtes (entscheidungsorientiertes) Gespräch „die Chance, sich Gesprächspartnern gegenüber möglichst fair einzustellen.“

Erläuterung zur „Projektion":

„... die unbewußte Verlagerung von Triebimpulsen, eigenen Fehlern, Wünschen, Schuld- und ähnlichen Gefühlen auf andere Personen und Situationen oder Gegenstände. Diese (fälschliche) Wahrnehmung hilft in der Regel, die implizit erlebte Angst zu verringern." (Dorsch, 1994; S.592).

Erläuterung zur „Gegenübertragung":

„*Übertragung* ist das allg. Phänomen der Wahrnehmung oder Interpretation gegenwärtiger Situationen im Lichte vergangener Situationen. ... In der psychoanalytischen Terminologie ... wurde zuerst das Phänomen der gefühlsmäßigen Einstellung des Patienten zum Psychotherapeuten in Analogie zur gefühlsmäßigen Einstellung des Patienten zu seinen frühen und frühesten (intrafamiliären) Bezugspersonen darunter verstanden. ... im Zustand der *Gegenübertragung* ... verkennt der Psychotherapeut seine Beziehung zum Patienten im Lichte eigener ungelöster Konflikte." (Arnold, Eysenck & Meili, 1980; S.2384f.).

Zur Illustration:

„Nicht nur Anfänger ... versuchen bereits im anamnestischen Erstgespräch 'mit der Brechstange die Türen der Patienten zu öffnen', welche diese dann aus verschiedensten psychodynamischen Gründen noch mehr verbarrikadieren müssen, wodurch sie dann wiederum ... zum 'schwierigen' Patienten werden." (Deegener, 1984; S.17). „Anamneseerhebung und Exploration werden leider noch zu häufig als Gespräche angesehen, deren Beherrschung als selbstverständlich für einen Erwachsenen vorausgesetzt werden: es muß jedoch betont werden, daß z.B. Anamneseerhebung und Erstinterview oft genug ausschlaggebend den weiteren Therapieverlauf beeinflussen, sie sind als Methoden anzusehen, die analog spezifischer Therapietechniken des Lernens und Trainings bedürfen: Kontaktaufnahme, Fragetechnik, Selbst- und Fremdbeobachtung, Gesprächsführung u.a.m. im Verlauf der Anamnese und Exploration sind mit so vielen möglichen Fehlerquellen und Schwierigkeiten behaftet, daß hier mehr Lernprozesse, d.h. Wissensvermittlung wie auch Selbsterfahrung und Supervisison, notwendig sind ..." (S.17f.).

Was die „Sammlung der typischerweise mit dem gegebenen Sachverhalt in Verbindung stehenden Informationen" (Anamnese; vgl. oben) betrifft, gliedert sie zum Beispiel Deegener (1984) ziemlich allgemein in folgende Themen:

❶ Augenblicklicher Vorstellungsgrund bzw. Entwicklung des Problemverhaltens
❷ (Weitere) Beschwerden, Störungen und Erkrankungen
❸ Familiäre Situation und sozioökonomisches Umfeld
❹ Schwangerschaft, Geburt und frühkindliche Entwicklung
❺ Erziehungsstil der Eltern
❻ Kontakt- und Freizeitbereich
❼ Leistungs- und Schulbereich (Kindergarten, Beruf)
❽ Psychosexueller Bereich

An besonderen (Anwendungs-) Beispielen von Anamnese und Exploration seien aber noch drei genannt - wobei sich diese nicht notwendigerweise wechselseitig ausschließen.

Ein erstes Beispiel bezieht sich auf neuropsychologische Betrachtungen: „Im Rahmen der Anamneseerhebung geht es vor allen Dingen um die Auswirkungen von Schädigungen des Zentralnervensystems auf die Entwicklung von Störungen des Erlebens, Verhaltens und Lernens, wobei immer auch an die überlagernden psychischen, milieureaktiven Einflüsse gedacht werden muß" (Deegener, S.65). Deegener gibt dazu auch eine illustrative Zusammenstellung der wichtigsten Schädigungsmöglichkeiten, die anamnestisch erfaßbar sind - so sollten etwa Fragen zu Schwangerschaft und Geburt routinemäßig gestellt werden (vgl. z.B. im DEF die Fragen nach entsprechenden Komplikationen bzw. Auffälligkeiten !). Was allerdings die Verwertung der anamnestisch gewonnenen Informationen schwierig macht, ist der Umstand, daß nicht das einzelne Risiko, sondern die Risikokumulation bzw. Risikokombination für Entwicklungsbeeinträchtigungen ausschlaggebend ist - wobei sich übrigens ein biologisch/„psychosozial" kombiniertes Risiko laut Teichmann und Meyer-Probst (1991) am ungünstigsten auf die Entwicklung auswirkt.

Ein zweites Beispiel ist förderungsorientiert: Nach Bundschuh (1980) hat sich in der Praxis für Gespräche mit Eltern geistigbehinderter Kinder ein eigener „Impulskatalog" bewährt, der u.a. die Themen *Einstellung und Maßnahmen der Familie zur Behinderung, Soziale Situation und Kontakte, Spielsituation, Tagesablauf* sowie *Zukunftsvorstellungen* enthält.

Ein drittes Beispiel bezieht sich auf die sog. „funktionale Verhaltensanalyse" bei auffälliger Verhaltenssymptomatik: „Ein zentraler Bestandteil ... ist dabei die Erhebung der situativen, biologischen, kognitiven, affektiven, verhaltensbezogenen Bedingungen, die für die Aufrechterhaltung des Problemverhaltens verantwortlich sind. Am Ende der Analyse soll ein hypothetisches Bedingungsmodell des Problemverhaltens ... erstellt werden." (Wittchen, Unland & Knäuper, 1994; S.112).

Bemerkung am Rand:

Im Regelfall nicht mit *psychologischem Diagnostizieren* zu verwechseln ist das sog. „Vorstellungsgespräch" im Zuge der Personalauswahl. Zum Beispiel Hesse und Schrader (1988) stellen die typischen Themen samt Fragen dazu zusammen; diese lauten im wesentlichen: *Gründe für die Bewerbung* („Was reizt Sie an der neuen Aufgabe ?"), *Berufliche Vorbildung* („Warum sollten wir gerade Sie nehmen ?"), *Persönlicher, familiärer und sozialer Hintergrund* („Wie steht Ihre Frau/ Ihr Mann zu Ihren beruflichen Plänen" bzw. „Haben Sie eine Freundin/ Freund, wollen Sie heiraten ?"), *Gesundheit, Fachliche Kompetenz, Gehaltsvorstellungen* sowie *Informationswunsch des Bewerbers* („Was wollen Sie über unseren Betrieb wissen ?"). - Hinsichtlich des persönlichen, familiären und sozialen Hintergrunds bemerken Hesse und Schrader (S.260): „In dieser Fragerubrik werden die meisten aus arbeitsrechtlicher Sicht unzulässigen Fragen gestellt. Das Bundesarbeitsgericht (der BRD; Anm.d.Verf.) gesteht dem Bewerber hier in Anerkennung einer Notwehrsituation das Recht auf Lüge zu."

3.2.3. Beobachten

Grundsätzlich ist zwischen Gelegenheitsbeobachtungen und der sog. „systematischen Verhaltensbeobachtung“ zu unterscheiden.

Erstere werden im Zuge *psychologischen Diagnostizierens* immer eine begleitende Rolle spielen. Ihnen kommt keine andere Funktion zu als die der Gewinnung eines *(qualitativen)* „Eindrucks“ - u.U. zum Hypothesenbilden über bestimmte Bedingungszusammenhänge; oft spiegeln sie nur die Erwartungsenttäuschungen des Beobachters wider. Zum Zweck der Systematisierung solcher Gelegenheitsbeobachtungen kann nochmals das in Kapitel 3.1.1. erwähnte Beiblatt (zum AID) für Beobachtungen der „Arbeitshaltungen“ als Beispiel genannt werden (vgl. Abb. 27, in Kap. 3.1.2.).

Letztere, also die systematische Verhaltensbeobachtung, erhebt dagegen einen an der Experimentellen Psychologie orientierten, wissenschaftlichen Anspruch:

☞ „*Verhaltensbeobachtung,* ... die auf das Verhalten eines oder mehrerer Menschen gerichtete, nicht dem Zufall überlassene, methodisch kontrollierte Wahrnehmung ... mit der Absicht, dadurch etwas für die Persönlichkeit Charakteristisches zu erfahren“ (Arnold, Eysenck & Meili, 1980; S.2454).

Ihr widmet sich dieses Kapitel hauptsächlich. Außerdem wird auf ein besonderes Beobachtungsverfahren eingegangen, auf das Assessment-Center, obwohl es in mancher Hinsicht der systematischen Verhaltensbeobachtung zuzuzählen ist.

Systematische Verhaltensbeobachtung:

Sie wird in der Regel nur durch einen nichtbeteiligten Beobachter zu bewerkstelligen sein. Dem am Geschehen, insbesondere am Testen beteiligten „Beobachter“ werden nämlich, infolge Überforderung, zumeist nur Gelegenheitsbeobachtungen gelingen. Weil er involviert ist, wären seine Versuche systematischer Verhaltensbeobachtungen jedenfalls wesentlich (mehr) von *Beobachtungs*fehlern bedroht; ganz abgesehen davon, daß ihm das sofortige Aufzeichnen erschwert ist, was in der Folge wieder (mehr) *Protokoll*fehler provozieren würde.

Erläuterung zu Beobachtungs- und Protokollfehler:

Das grundsätzliche Problem der Verhaltensbeobachtung liegt im Umstand begründet, daß kein Geschehen vollständig erfaßbar ist; so wird jeder Beobachter je nach seinen (unwillkürlichen) Wertungen bestimmte (andere) Verhaltensweisen selektieren, d.h. wahrnehmen bzw. zur „Beobachtung“ bringen. Und folglich kann es passieren, daß irgendetwas relevantes übersehen wird. Schließlich gibt es noch zwei weitere, typische Fehlermöglichkeiten beim Beobachten: Erstens, eine an sich richtig festgestellte Verhaltensweise wird nicht der richtigen, sondern einer anderen Person zugeordnet; zweitens, eine an sich richtig beobachtete Verhaltensweise wird im zeitlichen Ablauf falsch eingeordnet.

Abgesehen von solchen *Beobachtungs*fehlern sind aber auch noch Fehler beim *Protokollieren* des Beobachteten möglich; diese sind zwar bei sorgfältiger Einschulung und unter Verwendung technischer Hilfsmittel (Video-Aufzeichnung) weitgehend, nie aber völlig auszuschalten - wobei zu berücksichtigen ist, daß der Zeitaufwand der Protokollierung, wenn sie nicht simultan zum Geschehen, sondern erst hinterher, beim noch- bzw. mehrmaligen Betrachten allfälliger Video-Dokumentation erfolgt, ein Vielfaches der Beobachtungszeit ausmacht.

Nun muß sachlich eingewendet werden, daß jeder *anwesende* Beobachter, ob unbeteiligt oder gar beteiligt, das Verhalten der beobachteten Person beeinflussen wird (vgl. nur das in Kap. 2.1.1. diskutierte Problem der Testleiterunabhängigkeit). Dem wäre nur dadurch zu begegnen, daß die Beobachter eben nicht anwesend sind: Sie könnten *via* Videokamara oder sog. „Einwegspiegel“ beobachten und protokollieren. Allerdings wird das für viele Personen wenig daran ändern, daß sie sich "beobachtet fühlen" bzw. ihr typisches Verhalten dem Beobachter absichtlich oder unabsichtlich, bewußt oder unbewußt vorenthalten ! Damit steht der Wert der systematischen Verhaltensbeobachtung grundsätzlich in Frage.

Bemerkung am Rand:

Übrigens mag es Personen geben, denen der nicht anwesende Beobachter deswegen unangenehmer als der anwesende ist, weil sie bei ersterem jede Kontrolle über dessen Verhalten verlieren.

Und die Idee, eine Person von einem nicht anwesenden Beobachter beobachten zu lassen, ohne sie darüber zu informieren, besticht nur theoretisch: „Eine heimliche Aufzeichnung entspräche weder dem geltenden Recht noch der partnerschaftlichen Grundeinstellung zum Probanden.“ (Westhoff & Kluck, 1991; S.103).

Dem eben gehegten Zweifel am Wert der systematischen Verhaltensbeobachtung steht die regelmäßig zu machende Erfahrung gegenüber, daß beobachtete Personen sehr schnell die Anwesenheit des Beobachters „vergessen“, ignorieren bzw. sich durch ihn nicht mehr „beeindrucken“ lassen, insbesondere dann, wenn Situation und/oder Thema sie persönlich involvieren.

Offensichtlich liegt der Vorteil beim Beobachten, d.h. bei der systematischen Verhaltensbeobachtung, im Vergleich zum Fragen, d.h. im Vergleich zu (Persönlichkeits-) Fragebogen, darin, daß *reales* und nicht bloß *verbal* bekundetes Verhalten erfaßt wird: Dabei geht es nicht nur um die im Fragebogen vielleicht absichtlich falsch gegebene Darstellung des persönlichkeitsspezifischen Verhaltens, sondern auch um die (unbewußt) „verzerrte“ Wahrnehmung desselben infolge eines trügerischen Selbstkonzepts.

Zur Erinnerung:

„*Selbstkonzept.* Das Insgesamt von Einstellungen, Urteilen und Werthaltungen eines Individuums bezüglich seines Verhaltens, seiner Fähigkeiten und Eigenschaften. Das S. beinhaltet sowohl die Wahrnehmung dieser Variablen des Selbst als auch deren Bewertung.“ (Arnold, Eysenck & Meili, 1980; S.2030).

Bemerkung am Rand:

So gesehen kann das durch systematische Verhaltensbeobachtung erfaßte Verhalten stets als Außenkriterium dienen, um die Kriteriumsvalidität eines Persönlichkeitsfragebogens zu bestimmen.

Ist von daher die Relevanzfrage *psychologischen Diagnostizierens* unmittelbar zu beantworten und für die mittels Verhaltensbeobachtung gewonnenen Ergebnisse prinzipiell zu erwarten, daß sie gültig sind, so ist doch - genauso wie bei Tests (i.e.S.) - die Stabilität dieser Ergebnisse in Hinblick auf deren situationsüberdauernde Qualität abzuklären.

Systematische Verhaltensbeobachtung muß letztlich in irgend eine *Kategorisierung* münden, um die unüberschaubare Vielfalt gewonnener Informationen zu verdichten. Das in der Literatur bekannteste Kategoriensystem stammt von *Bales* (in der neuesten deutschsprachigen Darstellung: Bales & Cohen, 1982); seine sog. „Interaktionsanalyse" wurde zwar ursprünglich als „Test" des Sozialverhaltens vorgestellt, jedoch niemals als diagnostisches Verfahren verwertet - wie es überhaupt an Kategoriensystemen für die *Psychologische Diagnostik* nichts allgemein verbindliches gibt.

Bemerkung am Rand:

Die Kategorisierung bedeutet eine dritte Fehlerquelle im Zusammenhang mit systematischer Verhaltensbeobachtung. Sie gilt es, analog zu derjenigen des Protokollierens, durch gründliche Einschulung zu minimieren, d.h., die einzelnen Kategorien hinlänglich operational zu definieren, um weitgehende Übereinstimmung zwischen verschiedenen Beurteilern zu gewährleisten.

Innerhalb der Methodenlehre wurden verschiedene Maße entwickelt, die den Grad dieses besonderen Aspekts der Testleiterunabhängigkeit bestimmen (sog. „Interrater-*Reliabilität*"): Am bekanntesten ist dabei der *Kappa*-Koeffizient (vgl. z.B. Bortz, 1993).

Bemerkung am Rand:

Sogar das in der Literatur als modellhaftes Beispiel gehandelte Kategoriensystem von *Bales* trifft die Grundsatzproblematik der Verhaltensbeobachtung: Dem wissenschaftlich objektiven Erkenntnisstreben entsprechend ist wesentlich, daß im ersten Schritt ausschließlich *Fakten* beobachtet und keine Deutungen gegeben werden - ob diese auch theorie- bzw. erfahrungsgeleitet sind oder eben gar intuitiv-spekulativ (vgl. nochmals die psychoanalytischen Phänomene „Projektion" und „Gegenübertragung" bei der Darstellung von Anamnese und Exploration in Kap. 3.2.2.). Nun beinhaltet aber dieses Kategoriensystem Kategorien, wie: „zeigt Befriedigung", „zeigt passive Ablehnung" und „zeigt Spannung"; immerhin könnten den für die gegebenen Deutungen verantwortlichen Beobachtungen (z.B.: „lacht", „schüttelt den Kopf" und „zittert") auch andere Emotionen zugrundeliegen !

Zur Illustration:

In Ermangelung eines für die *Psychologische Diagnostik* allgemein verbindlichen Kategoriensystems sei dasjenige von Kubinger (1982) hier als Beispiel gegeben, weil es grundsätzlich zur Diagnose „sprachlichen Führungsverhaltens" eingesetzt werden könnte; entwickelt und erprobt wurde es allerdings im Zusammenhang mit dem Sprachverhalten von Kindergärtnerinnen während des Förderunterrichts. Insbesondere in bezug auf jede der vier Hauptdimensionen *Empfänger, Form, Bezogenheit* und *Inhalt* sieht es vor, daß jede einzelne Aussage der beobachteten Person jeweils einer bestimmten Kategorie zugeordnet wird. In Abbildung 43 ist es zusammen mit typischen Beispielen wiedergegeben - entgegen der Darstellung in dieser Abbildung sollte man beim praktischen Einsatz die Aussagen spaltenweise eintragen, um (nachträglich) das Zu- bzw. Nichtzutreffen pro Kategorie zu vermerken. Protokolliert und kategorisiert über einen längeren Zeitraum und u.U. an verschiedenen Tagen, dürfte den persönlichen Sprachverhaltensstil zu diagnostizieren erlauben. Und immerhin zeigte sich in der angedeuteten Studie, daß bestimmtes Sprachverhalten (z.B. mehr personen- als sachbezogene Aussagen) einen größeren Fördereffekt nach sich zieht als anderes.

Bitte		*„Frau Spiel, bitte erledigen Sie das für uns."*
Organisation		*„Werte Anwesende, wir beginnen in 5 Minuten."*
	Disziplin	*„Können wir jetzt zur Sache kommen !"*
	Aktivität	*„Ich lese Ihnen jetzt den Bericht vor."*
Inhalt	Hilfe	*„Ich bin auch Ihrer Meinung."*
	Information	*„Gruppe J hat ausgezeichnete Arbeit geleistet."*
	Wissen	*„Der Konkurs war '94, nicht '93 !"*
	Sach-	*„Hast Du mit Ungarn Kontakt aufnehmen können?"*
Bezogenheit	Personen-	*„Gruppe J hat ausgezeichnete Arbeit geleistet."*
	Gruppen-	*„Frau Spiel, bitte erledigen Sie das für uns."*
	Rüge	*„So geht das nicht weiter."*
	Richtigstellung	*„Der Konkurs war '94, nicht '93 !"*
	Zustimmung	*„Ich bin auch Ihrer Meinung."*
Form	Lob	*„Gruppe J hat ausgezeichnete Arbeit geleistet."*
	Befehl	*„Frau Spiel, bitte erledigen Sie das für uns."*
	Feststellung	*„Werte Anwesende, wir beginnen in 5 Minuten."*
	unechte Frage	*„Können wir jetzt zur Sache kommen !"*
	echte Frage	*„Hast Du mit Ungarn Kontakt aufnehmen können?"*
	Person namentlich	*„Frau Spiel, bitte erledigen Sie das für uns."*
	Person anonym	*„Hast Du mit Ungarn Kontakt aufnehmen können?"*
Empfänger	Teilgruppe	*„Gruppe J hat ausgezeichnete Arbeit geleistet."*
	Gruppe	*„Werte Anwesende, wir beginnen in 5 Minuten."*
	Restgruppe	*„Sie als Gäste muß ich bitten, noch zu warten."*
Aufgabenfremde Aktion		*„Sie gehen heute ins Theater ?"*

Abbildung 43: Beispiel eines Kategoriensystems zum Sprachverhalten; jede Kategorie ist durch eine Aussagen exemplifiziert. (Das Kategoriensystem in geringfügiger Abänderung nach Kubinger, 1982).

Zur Illustration:

Wallbott (1994) gibt eine Übersicht der Verhaltenssymptomatik verschiedener klinischer Störungsbilder; zum Beispiel lassen sich, was allein Stimme und Sprechweise betrifft, typische Unterschiede im Frequenzbereich nachweisen: „... liegen einige Befunde vor, die zeigen, daß agitiert (erregt, unruhig; Anm. d. Verf.) Depressive mit höherer Stimme ... sprechen, Patienten mit flachem Affekt dagegen mit eher niedriger Grundfrequenz" (S.103).

Bemerkung am Rand:

Einen besonderen Verhaltensbereich stellt die (Fein-) Motorik dar, insbesondere die Schreibbewegung, die sich in der „Handschrift" manifestiert. Wie hinlänglich, auch unter Laien bekannt ist, versucht die sog. „Graphologie" dieses spezifische *Ausdrucks*verhalten des Menschen diagnostisch auszunutzen, und zieht Rückschlüsse über die Persönlichkeit des jeweiligen Schreibers. Die (leider wenig bekannte) Arbeit von Grillmayr (1981) demonstriert allerdings eindrucksvoll, wie unbegründet derartige Schlüsse sind: Die beiden hinsichtlich ihres Bildungsniveaus parallelisierten Gruppen von Personen, die einerseits wegen schwerer Straftaten in einer Strafanstalt inhaftiert, andererseits „berufsbewährt" waren, konnten an Hand eines handschriftlich verfaßten *Standardtextes* (!) nur durch einen einzigen von 9 praktisch tätigen Graphologen überzufällig richtig zugeordnet werden, u.zw. obwohl ihnen das Verhältnis der Personenanzahl beider Gruppen bekannt war.

Bemerkung am Rand:

Eigentlich dem Fragen, und wenn schon dem Beobachten, dann mehr den Gelegenheitesbeobachtungen als der systematischen Verhaltensbeobachtung zuzuordnen sind verhaltensbezogene Einschätzskalen, wie zum Beispiel die MVL (*Marburger Verhaltensliste;* Ehlers, Ehlers & Makus, 1978). Hier sollen zwar ganz bestimmte Verhaltensweisen erhoben werden, dies allerdings nur retrospektiv - im Beispiel des genannten Elternfragebogens wird etwa gefragt, an wievielen Tagen innerhalb der letzten zwei Wochen das Verhalten „Wirft sich auf den Boden und schreit, wenn es etwas nicht bekommt oder tun darf" beim betreffenden Kind beobachtet wurde.

Assessment-Center:

Eine Definition wurde bereits in Kapitel 2.1.1. gegeben; im hier interessierenden Zusammenhang scheint es ergiebig, sie noch enger zu fassen:

☞ *Assessment-Center* ist ein diagnostisches Verfahren, das künftige (berufliche) Anforderungssituationen zu simulieren versucht, um die Eignung einer Person an deren Verhalten beobachtbar zu machen.

Typische Übungen sind dabei Vorträge, Präsentationen, führerlose Gruppendiskussionen, sog. „Rollenspiele" und das bereits in Kapitel 3.2.1. erwähnte Postkorbverfahren.

Bemerkung am Rand:

Manchmal wird Assessment-Center auch so definiert (z.B. Schuler, 1987), daß ihm die im Zuge des *psychologischen Diagnostizieren* begleitend eingesetzten (herkömmlichen) psychologischen Tests (i.w.S.) als eine eigene „Übung" einverleibt werden.

Erläuterung zum „Rollenspiel":

„Methode zur Vermittlung sozialer Kompetenzen. Der Übende erhält die Anweisung eine Rolle, deren Ausübung ihm Schwierigkeiten bereitet, unter vorgegebenen Bedingungen spielerisch darzustellen ... Das Rollenspiel ist gelegentlich Bestandteil gruppentherapeutischer Verfahren (... Psychodrama)." (Tewes & Wildgrube, 1992; S.292).

Üblicherweise wird jeder Teilnehmer am Assessment-Center gemeinsam mit anderen durch Führungskräfte des jeweiligen Unternehmens beobachtet; letztere werden dazu intensiv geschult. Die Idee, gerade sie als Beobachter einzusetzen, zielt auf eine höhere ökologische Validität ab.

Solange es innerhalb der mehr oder weniger standardisierten Übungen beim Beobachten konkreten Verhaltens nach vorgegebenen Richtlinien bleibt, ist das Assessment-Center tatsächlich der systematischen Verhaltensbeobachtung zuzuordnen. Sobald es aber an Systematik fehlt, vor allem wenn psychologische Laien im „Überschwang" ihrer Eindrücke pauschal ***beurteilen*** anstatt konzeptgeleitet zu beobachten, mutet das Assessment-Center doch bestenfalls als ein Verfahren für Gelegenheitsbeobachtungen an !

Zur Illustration:

Jeserich (1990, S.585) nennt als die beiden ersten Grundsätze des Assessment-Centers folgende:

„1. Trennung zwischen Beobachtung und Bewertung. Das ist notwendig, um Beurteilungsfehler zu vermeiden und den Beurteilungsprozeß zu versachlichen, d.h., es sollte während des Protokollierens nicht bewertet werden.

2. Bewertung nur auf der Basis von beobachtetem Verhalten. Ein wesentliches Merkmal eines AC (Assessment-Center; Anm. d. Verf.) ist die Konzentration auf das beobachtete Verhalten. Hypothesen und emotionale Begründungen sollen dadurch ausgeschaltet, Diskussionen auf der diffusen Eigenschaftsebene vermieden werden."

Dem allein widerspricht es zum Beispiel, wenn die vorgegebenen Kategorien lauten: „Einfühlungsvermögen", „Überzeugungskraft", „Emotionale Stabilität" und dergleichen - so entnommen einem Standardwerk zum Assessment-Center (s. den Beitrag dort von Stehle & Brunöhler, 1987).

Wieder stellt sich die kritische Frage, inwieweit die beobachteten Verhaltensweisen situationsüberdauernd sind; immerhin könnte die gegebene Gruppenzusammensetzung, zum Beispiel allein in bezug auf die Geschlechterverteilung, sowie die Individualität der (anwesenden !) Beobachter die beobachtete Person zu untypischen Aktionen und Reaktionen veranlassen. Und dabei geht es noch gar nicht um die Interpretationseindeutigkeit. „Das Kriterium der Objektivität der Durchführung ist beim AC nicht gegeben ... Interessanterweise wird der Punkt Objektivität auch in der neueren Literatur ... kaum berücksichtigt." (Hossiep, 1994; S.91).

Bemerkung am Rand:

Die Befunde zur Validität des Assessment-Centers sind skeptisch zu betrachten: „Der Einwand, einen Bewerber, dem im AC Potential zugeschrieben wurde, werde später im Unternehmen kaum jemand als unfähig beurteilen wollen (zumal, wenn man selbst unter den Beurteilern war) hat sicher seine Berechtigung." (Hossiep, 1994; S.96). „Die berichteten empirischen Untersuchungen lassen häufig Wünsche hinsichtlich Qualität, Quantität und Longitudinalität in erheblichem Ausmaß offen." (S.102).

4. Inhalte

Nach der Diskussion aller testtheoretischer Grundlagen sowie vieler formaler Gesichtspunkte können im vorliegenden Abschnitt 4. endlich auch die Inhalte exemplifiziert werden, denen sich die *Psychologische Diagnostik* widmet. Die bereits einleitend skizzierte Polarisierung in eine „Leistungs-" Diagnostik einerseits und eine „Persönlichkeits-" Diagnostik andererseits ist allerdings für das folgende nicht haltbar: Weil bestimmte Eigenschaften weder eindeutig dem Leistungsbereich noch eindeutig dem Persönlichkeitsbereich zuzuzählen sind, muß es auch eine Diagnostik „hybrider" Eigenschaften geben.

4.1. Leistungsdiagnostik

Nach wie vor ist die „Szene" psychologischer Tests zur Leistungsdiagnostik geprägt durch frühe, faktorenanalytische Ergebnisse zur Theorie der Intelligenz; nach wie vor sind zwei Namen bestimmend: *Thurstone* und *Wechsler*, letzterer *via Spearman*. Sogar Tests, die sich (bloß) speziellen Inhalten, d.h. Eigenschaften widmen, zeigen starken Bezug zu *Thurstone* - nur selten bzw. erst in letzter Zeit finden sich hier Ansätze, die ihren Ursprung in neurologisch-funktionalen Betrachtungen nehmen und für die sich als Teilgebiet der *Psychologischen Diagnostik* die Bezeichnung „neuropsychologische Diagnostik" langsam etabliert. So stellt die einzige wesentliche Ausnahme, in bezug auf die Arbeiten von *Thurstone* und *Wechsler*, die Intelligenztheorie von *R.B. Cattell* dar, u.zw. im Zusammenhang mit einem eigenen „Genre" psychologischer Tests, den *culture-fair* Tests. Ihnen gilt ein besonderes Interesse in den Betrachtungen zu speziellen Leistungstests. Zuvor werden jedoch typische Intelligenz-Testbatterien vorgestellt.

Zur Erinnerung:

Auf *Wechslers* Intelligenztheorie - oder, dort besser bezeichnet als: Intelligenz*testkonzept* - wurde bereits in Kapitel 2.3.2. näher eingegangen.

Aus den vielen faktorenanalystischen Arbeiten von *Thurstone* wurde eine am bekanntesten; sie führte zu den oft zitierten sieben *„primary mental abilities": verbal comprehension, word fluency, number, space, memory, perceptual speed* und *reasoning* (s. Genaueres z.B. bei Amelang & Bartussek, 1990).

4.1.1. Intelligenztests

In diesem Kapitel näher eingegangen werden soll auf je einen Vertreter der Intelligenz-Testbatterien mit Bezug zu entweder *Thurstone* oder *Wechsler:* WIT und AID.

Bemerkung am Rand:

Streng genommen, schon eine Ausnahme, also weder-noch zuzuordnen, weniger streng genommen, doch eine Testbatterie mit Bezug zu *Thurstone* ist der KFT 4-13+: Als deutsche Bearbeitung des *Cognitive Abilities Tests,* einer im wesentlichen auf *Thorndike* zurückgehenden Testbatterie, versuchen seine Autoren im Manual eine Beschreibung bzw. Kategorisierung der Untertests hinsichtlich mehrerer Intelligenztheorien, und dabei in erster Linie hinsichtlich *Thurstones primary abilities.* Trotz oder vielleicht wegen des Umstands, daß mit dem KFT 4-13+ eher im höheren Leistungsbereich differenziert werden soll - was eigentlich seine Nützlichkeit ausmachen könnte - findet er wenig praktische Anwendung. Wenigstens hinsichtlich seiner „technischen" Daten sowie Daten zu den Gütekriterien soll er aber im *Anhang: Verfahrensbeschreibungen* beschrieben werden.

WIT:

Aus deutschsprachiger Sicht historisch betrachtet sind LPS (*Leistungs-Prüf-System;* Horn, 1962) und IST 70 ältere Repräsentanten von Intelligenz-Testbatterien in Anlehnung an *Thurstone;* während sich der IST 70 bei manchen Anwendern bzw. Anwenderkreisen (z.B. im Zusammenhang mit Personalauswahl) trotz offensichtlicher Überalterung noch immer der Beliebtheit erfreut - so daß diese Intelligenz-Testbatterie im *Anhang: Verfahrensbeschreibungen* auch (noch) berücksichtigt wird -, dürfte der LPS keine Anwendung mehr finden.

Bemerkung am Rand:

Immerhin ist mit dem Erscheinen des LPS 50+ (Sturm, Willmes & Horn, 1993) für die ausgewählte Population der 50- bis 90jährigen ein generelles Reaktivieren des LPS denkbar, sprich: zumindest eine Neunormierung.[21]

Die Entwicklungsarbeiten des WIT (häufiger als andere Tests unabgekürzt ausgesprochen: WILDE-Intelligenz-Test), der erstmals 1983 publiziert wurde, reichen bis in das Jahr 1954 zurück; damals von *Wilde* im Auftrag der „Deutschen Gesellschaft für Personalwesen" konzipiert, wurde der Test 1963 der Fachwelt in einer ersten wissenschaftlichen Veröffentlichung durch den späteren Erstautor *A.O. Jäger* vorgestellt, um letztlich sehr spät, nämlich mehr als 20 Jahre nachdem manche Daten der Normierungsstichprobe erhoben wurden (vgl. in Kap. 2.4.2.), verlagsmäßig vertrieben zu werden.

Einzelne Untertests werden bei der Auswertung zusammengefaßt. Grundlage dieser Zusammenfassung ist das Ergebnis der versuchten Konstruktvalidierung; die Autoren resümieren dazu: „Die Funktionseinheiten des sprachgebundenen, zahlengebundenen und anschauungsgebundenen Denkens (d.s. *Thurstone*s *primary mental abilities: verbal comprehension, number* und *space;* Anm. d. Verf.) treten durchgängig klar hervor. Auch die Zusammenfassung ... zur Erfassung des formallogischen Denkens scheint empirisch begründbar zu sein, sie bedarf aber weiterer Prüfungen. ... Die Klärung ... der Konstruktvaliditäten von WG, BO, GDT und ZM (d.s. die im folgenden unter ②, ⑥ bis ⑧ genannten Untertests; Anm. d. Verf.), bedarf weiterer Strukturanalysen ..." (Jäger & Althoff, 1983; S.21f.). So ergibt sich:

[21] Nach persönlicher Mitteilung von Herrn G.-Jürgen Hogrefe steht für den IST 70 eine Neunormierung zur Diskussion.

① *Gleiche Wortbedeutung, Analogien* und *Sprichwörter* zum hier so genannten „Sprachlichen Denken“ *(verbal comprehension);*
② *Wortgewandtheit* als hier so genannter Faktor für sich *(word fluency);*
③ *Grundrechnen, Schätzen, Zahlenreihen* und *Eingekleidete Rechenaufgaben* zum hier so genannten „Rechnerischen Denken“ *(number);*
④ *Analogien, Zahlenreihen* und *Buchstabenreihen* zum „Logischen Denken“ *(reasoning);*
⑤ *Spiegelbilder* und *Abwicklungen* zum hier so genannten „Räumlichen Denken“ *(space);*
⑥ *Beobachtung* als hier so genannter Faktor „Beobachtungsfähigkeit“ für sich;
⑦ *Zahlen-Merken* als Faktor „Merkfähigkeit“ für sich;
⑧ *Gedächtnis* als Faktor für sich *(memory)*

- zu beachten die doppelte Berücksichtigung von *Analogien* und *Zahlenreihen* in verschiedenen Faktoren !

Als „Allgemeine Intelligenz“ wird der mittlere Standardwert in allen oder auch nur einigen, mindestens aber in 6 Untertests bestimmt; für diesen Mittelwert als solchen wurden keine Normen bestimmt.

Beipiele von Items zu den meisten Untertests finden sich in Kapitel 3.2.1.; sie wurden dort extra als typische Prüfmodalitäten aufgelistet. Darüber hinaus versteht sich *Grundrechnen* von selbst; *Analogien* und *Eingekleidete Rechenaufgaben* sind andere Namen für Tests, die in großer Ähnlichkeit dort, in Kapitel 3.2.1., prototypisch stehen. Beim *Schätzen* ist die Lösung zahlenmäßig komplexer Rechenaufgaben nicht rechenmechanisch zu bilden, sondern „taktisch“, an Hand der vorgegebenen Antwortmöglichkeiten zu identifizieren. Bei *Beobachtung* muß das jeweils nicht zu den beiden anderen passende dritte schematisierte Gesicht erkannt werden; bei *Wortgewandtheit* sollen in gegebener Zeit jeweils soviele Wörter wie möglich mit demselben Anfangs- und Endbuchstaben produziert werden. - *Satzergänzen,* ebenfalls in Kapitel 3.2.1. genannt, wird im WIT nur zum Eingewöhnen vorgegeben, nicht aber ausgewertet.

Genaue „technische“ Daten sowie Daten zu den Gütekriterien finden sich im *Anhang: Verfahrensbeschreibungen.*

Abgesehen von der mehr als zweifelhaften Aktualität der Normen sei an dieser Stelle zum WIT kritisch angemerkt:

❶ Befremdlich, wenn auch Tradition (vgl. LPS und IST 70), ist die Bestimmung des über die Untertests gemittelten Testwerts als Maß einer „allgemeinen“ Intelligenz; dies widerspricht offensichtlich sowohl der Theorie als auch den Ergebnissen von *Thurstone:* Wenn ein einziger Faktor, d.i. ein Generalfaktor, laut Faktorenanalyse eben nicht ausreicht, um die Korrelationen zwischen sämtlichen Untertests zu erklären, und folglich den Untertests mehrere (unabhängige) Faktoren zugrundeliegen, dann repräsentieren diese qualitativ verschiedene, nicht auf einer gemeinsamen Dimension skalierbare Eigenschaften. Im übrigen wurde schon einmal, in Kapitel 2.5.1., skeptisch in Frage gestellt, daß verschiedene Fähigkeiten untereinander kompensatorische Wirkung haben. - Und läge doch ein Generalfaktor zugrunde, dann steckte im Leistungsprofil, in den Unterschieden zwischen den Testwerten der einzelnen Untertests, keine interpretierenswerte Information.

❷ „Der explizite Hinweis darauf, daß die einzelnen Untertests nicht eindimensional messen, sondern jeweils auch Fähigkeiten erfassen, die verschiedenen komplexen Konstrukten zuzuordnen sind, ist zum gegenwärtigen Stand meßtheoretischer Erkenntnisse überraschend. Der vorgeschriebene Verrechnungsmodus, d.i. die Anweisung, die Anzahl der Lösungen als Maß der Testleistung zu verwenden, setzt Eindimensionalität voraus und macht die Geltung bestimmter probabilistischer Testmodelle zwingend nötig. Besonders problematisch ist die Kontaminierung von 'speed' und 'power'-Komponenten; es wird nämlich ausdrücklich angenommen, daß beide Komponenten dieselbe Fähigkeit ansprechen. Daß dem im allgemeinen nicht so ist, belegen zahlreiche Publikationen (...). Selbst wenn dies für die vorliegenden Untertests nachweisbar wäre, ist noch empirisch zu klären, ob sie überhaupt homogene Aufgaben beinhalten. Da außerdem infolge der 'multiple-choice' Vorgabe mit höchstens 5 Antwortalternativen die Ratewahrscheinlichkeit hoch ist, scheinen testtheoretische Analysen mit dem Ein-Parameter-Modell inklusive Rateparameter ... unbedingt notwendig, um die psychologische Brauchbarkeit dieser Rohwerte abschließend beurteilen zu können.“ (Kubinger, 1984b; S. 324f.)

AID:

Ebenfalls historisch betrachtet, u.zw. sowohl aus deutschsprachiger Sicht als auch generell, wäre bei der Betrachtung von Intelligenz-Testbatterien, die auf *Wechsler* fußen, mit der *Wechsler*-Testbatterie für Erwachsene zu beginnen, hier also mit dem HAWIE-R. Geht es jedoch im folgenden um die genauere Vorstellung typischer Intelligenz-Testbatterien, so ist, quasi als Kontrapunkt zum WIT als einer Testbatterie für Erwachsene (und Jugendliche), eine Testbatterie für Kinder (und Jugendliche) vorzuziehen. Dafür kämen neben AID auch HAWIK-R und K-ABC in Frage: Alle drei sind zueinander sowie zum HAWIE-R inhaltlich sehr ähnlich, zum Beispiel wesentlich ähnlicher als LPS, IST 70 und WIT untereinander. Obwohl unter den betreffenden Testbatterien der HAWIK-R sicher am häufigsten eingesetzt wird, trifft ihn hinsichtlich des Gütekriteriums Skalierung nicht nur dieselbe Kritik wie vorhin den WIT, sondern liegen gegen ihn negative Befunde bereits tatsächlich vor (vgl. in Kap. 2.5.1.). Und die Testbatterie K-ABC wird (bis jetzt) in der Praxis vergleichsweise selten verwendet. Dessen ungeachtet sind HAWIK-R und K-ABC als Verfahren jüngeren Erscheinungsdatums ebenso wie der HAWIE-R im *Anhang: Verfahrensbeschreibungen* mit genauen „technische“ Daten sowie Daten zu den Gütekriterien erfaßt.

Bemerkung am Rand:

Wenn es an dieser Stelle schon vorrangig um Intelligenz-Testbatterien für Kinder geht, muß eigentlich, chronologisch betrachtet, an diejenigen in der Folge von *Binet* gedacht werden. Zwar besteht diesbezüglich kein Bezug zu *Wechsler;* aber das Konzept einer „allgemeinen“ Intelligenz, durchaus im Sinne *Spearmans*, ist dort ebenfalls gegeben. Allerdings findet zum Beispiel der SIT kaum mehr Anwendung.

Die Testbatterie AID hat ihren ursprünglichen Ausgangspunkt in der Idee, den HAWIK zu revidieren (vgl. Kubinger, 1983). Das letztlich vorliegende Konzept, insbesondere wegen der standardmäßig vorgesehene Vorgabe nach dem *branched-testing* (vgl. in Kap. 2.6.1.), teilt allerdings mit der innovatorischen Urfassung nur mehr die inhaltliche Orientierung der Untertests (s. deren Definition samt Beschreibung der Prüfmodalität in Präsentation 12). Beipiele von Items zu fast allen Untertests finden sich in Kapitel 3.2.1.; sie wurden dort extra als typische Prüfmodalitäten aufgelistet.

An intelligenztheoretischem Standpunkt hat das Verfahren einen „pragmatischen“: „Bei der Erstellung von Intelligenztests muß es ... als legitim bezeichnet werden, all diejenigen Untertests zur Beurteilung der intellektuellen Fähigkeiten einer Person heranzuziehen, von denen mehr oder weniger allgemein angenommen wird, daß sie 'Intelligenz' messen. ... Je mehr in Frage kommende Fähigkeiten geprüft werden, umso umfassender wird der Test die 'Intelligenz' im pragmatischen Sinn beschreiben.“ (Kubinger & Wurst, 1991; S.26).

Präsentation 12: Definition und Beschreibung der Prüfmodalität für die Untertests des AID (aus Kubinger & Wurst, 1991; S.16ff. - gekürzt und um den Verweis zur entsprechenden Abbildung in Kap. 3.2.1. ergänzt).

Alltagswissen soll die Fähigkeit eines Kindes prüfen, sich Sachkenntnisse über Inhalte anzueignen, die in der heutigen Gesellschaft alltäglich sind.

Dem Kind werden (mündlich) Fragen gestellt, die es (mündlich) zu beantworten hat.

Realitätssicherheit soll prüfen, inwieweit die Wirklichkeit um Dinge des Alltags vom Kind verstanden wird bzw. kontrolliert werden kann.

Dem Kind werden auf Bildkarten Gegenstände mit fehlenden Details gezeigt, die es entdecken muß. (→ Abb. 33)

Angewandtes Rechnen soll weitgehend unabhängig von schulischen Rechenfertigkeiten prüfen, inwieweit das Kind bei der Problemlösung alltäglicher Aufgabenstellungen durch entsprechende Schlußfolgerungen die passenden Rechenoperationen anzuwenden imstande ist.

Das Kind muß Textrechnungen lösen.

Mit dem Untertest *Soziale und Sachliche Folgerichtigkeit* soll die Fähigkeit eines Kindes erfaßt werden, die Abfolge sozialen Geschehens bzw. alltäglicher Sachgegebenheiten zu verstehen und zu kontrollieren.

Das Kind erhält ungeordnete Bildfolgen von Geschichten, die es zu ordnen hat. (→ Abb. 34)

Unmittelbares Reproduzieren-numerisch soll den verbal-akustischen Aspekt der Konzentrationsfähigkeit eines Kindes prüfen.

Dem Kind werden Zahlenreihen vorgesagt, die es wiederholen muß.

Synonyme Finden soll den passiven Wortschatz prüfen. Als geeigneter Repräsentant wurde die Fähigkeit gewählt, für bestimmte Begriffe ein anderes Wort mit derselben Bedeutung zu finden.
Dem Kind werden Fragen gestellt, die es zu beantworten hat.

Mit dem Untertest *Kodieren und Assoziieren* sollen zwei voneinander partiell unabhängige Fähigkeiten erfaßt werden: Die Schnelligkeit bei der (symbolischen) Informationsverarbeitung im manuell-visuellen Bereich und die „latente Lernfähigkeit", das ist die Fähigkeit, in bestimmten Problemsituationen selbständig Lösungsstrategien oder Fertigkeiten (Assoziationen) zu entwickeln.
Das Kind hat nach einer Vorlage Symbole zu kodieren. (→ Abb. 32)

Antizipieren und Kombinieren-figural soll das Schlußfolgernde Denken in bezug auf die Fähigkeit prüfen, Teile eines (konkreten) Ganzen zu erkennen und dieses Ganze zu gestalten.
Dem Kind werden Teile einer Figur vorgelegt, die es zusammenzusetzen hat. (→ Abb. 35)

Mit dem Untertest *Funktionen Abstrahieren* soll die Fähigkeit erfaßt werden, durch Abstraktion zu einer Begriffsbildung zu gelangen.
Dem Kind werden Fragen gestellt, die es zu beantworten hat.

Analysieren und Synthetisieren-abstrakt soll die Fähigkeit prüfen, komplexe (abstrakte) Gestalten durch eine geeignete Strukturierung zu reproduzieren.
Dem Kind werden geometrische Muster vorgegeben, die es mit den verschiedenen Seiten von Würfeln nachlegen muß. (→ Abb. 30).

Mit dem Untertest *Soziales Erfassen und Sachliches Reflektieren* soll geprüft werden, inwieweit das Kind Sachzusammenhänge der „gesellschaftlichen" Umwelt begreift bzw. inwieweit es sozialisiert in dem Sinn ist, daß es über sozial angepaßte Verhaltensweisen und gesellschaftliche Bedingungen Bescheid weiß.
Dem Kind werden Fragen gestellt, die es zu beantworten hat.

Im Gegensatz zu den *Wechsler*-Testbatterien wird auf die Polarisierung der Untertests in solche, die (im AID so genannt:) „verbal-akustische" Fähigkeiten erfassen, und solche, die (im AID so genannt:) „manuell- visuelle" Fähigkeiten erfassen, weniger Wert gelegt; überhaupt geht die Ortientierung mehr in Richtung differentialdiagnostisches Verfahren, d.i. die Interpretation des Leistungsprofils (vgl. dazu ein Beispiel in Abb. 13, in Kap. 2.4.3.).

Entsprechend der hier bereits in Kapitel 2.5.1. geführten Argumentation gegen den IQ wird diesem im AID auch grundsätzlich eine Absage erteilt: „Wenn ... überhaupt ein globales Maß zur Beurteilung der intellektuellen Fähigkeiten zur Diskussion steht, dann sollte ... die minimale Testleistung als Kriterium, als (untere Grenze der) 'Intelligen*zquantität'* herangezogen werden; so verstanden, wird die 'Intelligenz' einer Testperson an ihrer intellektuellen Mindestfähigkeit gemessen." (Kubinger & Wurst, S.30). „Um abschätzen zu können, in welchem Ausmaß diese auch überschritten wird, dient" der sog. „*Range* der Intelligenz", d.i. die Differenz zwischen größtem und kleinstem Testwert in allen Untertests - diesem allein kann laut empirischer Befunde differentialdiagnostische Bedeutung beigemessen werden.

Genaue „technische" Daten sowie Daten zu den Gütekriterien finden sich im *Anhang: Verfahrensbeschreibungen.*

Kritisch sei an dieser Stelle angeführt:

❶ Daß trotz überzeugender Kritik am Konzept des IQ, dieser letztlich doch im AID verrechnet wird, ist schlicht inkonsequent; das Argument: „Für den traditionell denkenden Diagnostiker ist zu fürchten, daß er die Interpretation des Durchschnitts sämtlicher T-Werte der Interpretation der minimalen Testleistung als globales Maß der 'Intelligenz' vorzieht" (Kubinger & Wurst, S.31), greift nicht wirklich.

❷ Die zugrundeliegende (Intelligenz-) Theorie ist trotz, oder gerade wegen (?) des Bezugs zu den *Wechsler*-Testbatterien unbefriedigend; die, mit der Akzentuierung der Interpretation des Leistungsprofils offensichtlich werdende Verlagerung in Richtung förderungsorientierte Diagnostik schiene mit Verweis auf verschiedene Konzepte der Diagnostik von Teilleistungsstörungen wert, intensiviert zu werden.

❸ Streng genommen sind auch die Normen des AID der Aktualisierung bedürftig: Die Normierungsstichprobe wurde 1982/83 erhoben ![22]

4.1.2. Spezielle Leistungstests

In diesem Kapitel näher eingegangen werden soll auf spezielle Leistungstests mit Bezug zu *Thurstones primary abilities: verbal comprehension, space, memory, perceptual speed* und *reasoning;* sodann auf „andere" spezielle Leistungstests.

Verbal comprehension:

Es gibt nur wenige Tests, die *verbal comprehension* erfassen und dabei unabhängig von irgendwelchen Intelligenz-Testbatterien sind - egal, ob mit oder ohne Bezug zu *Thurstone,* in allen sind entsprechende Untertests enthalten; von den bereits zu illustrativen Zwecken genannten zählen dazu: *Sprichwörter* und *Gleiche Wortbedeutung* aus dem WIT, *Gemeinsamkeiten* aus dem IST 70 und *Wortverhältnisse* aus dem MIT (s. alle in Präsentation 10, in Kap. 3.2.1.), mit Abstrichen auch *Funktionen Abstrahieren* aus dem AID.

Einer dieser wenigen Tests sei hier genannt und hinsichtlich seiner „technischen" Daten bzw. Daten zu den Gütekriterien im *Anhang: Verfahrensbeschreibungen* genauer beschrieben: Der WST (*Wortschatztest;* Schmidt & Metzler, 1992).

Indem seine Aufgabenstellung (bloß) die ist, Worte wiederzuerkennen, also nicht, wie bei anderen entsprechenden Tests, eine (u.U. durch vorgegebene Antwortmöglichkeiten unterstützte) Wort-Reproduktion verlangt wird, kommt auch stark *memory* zum Tragen. Dies erfolgt mit Absicht, weil Gedächtnisinhalte geprüft werden sollen, die re-

[22] Tatsächlich ist gegenwärtig, 1995, eine Neunormierung des AID in Arbeit.

lativ früh in der Ontogenese gelernt und bis ins hohe Alter behalten werden; damit ist *auch* (!) eine Anwendung im neuropsychologischen Bereich möglich, u.zw. eine gerontopsycholgische Diagnostik zum Beispiel bei fraglicher „Demenz“: Die solcherart geprüften kognitiven Leistungen bleiben im Fall relativ lang erhalten, so daß die Abschätzung des prämorbiden Intelligenzniveaus bei leichter bis mittelschwerer Beeinträchtigung möglich ist.

Zur Illustration:

Pro Item des WST muß aus sechs vorgegebenen Wortkonstruktionen die einzige reale herausgefunden werden; für das Item 1 ist das: Rondie - Unidase - Orisal - Ironie - Nirol - Ikomie (die Lösung lautet „Ironie“).

Erläuterung zum Begriff „Demenz“:

„*Demenz, Dementia* (lat. *mens,* Verstand), erworbene, dauernde Intelligenzminderung, im Ggs. zum angeborenen Intelligenzmangel (Schwachsinn) und im Ggs. zu vorübergehenden Intelligenzstörungen. ... Je nach der intellektuellen Funktion, welche herabgesetzt wird, unterscheidet man: (1) Mnestische D.: Verfall der Merkfähigkeit und des Gedächtnisses. (2) Strukturelle D.: Verlust des logischen Aufbaus des Denkens. (3) Apperzeptive D.: Verlust der Fähigkeit zum Festhalten einer Zielvorstellung beim Denken und zur Trennung des Wesentlichen vom Unwesentlichen.“ (Dorsch, 1994; S.148).

Space:

Die Bedeutung *Thurstones* bzw. seiner *primary abilities* für die *Psychologische Diagnostik* in Hinblick auf „Raumvorstellungs“-Tests ist daran zu ermessen, wie solche Tests beispielsweise vorgestellt werden. Der Hinweis: „Im Rahmen der faktorenanalytischen Forschungstradition gilt das 'räumliche Vorstellungsvermögen' (oder synonym dazu Raumvorstellung, Vorstellung räumlicher Relationen, Spatial Ability usw.) als ein gut abgesicherter Primärfaktor der Intelligenz“ (Gittler, 1990; S.5, im Vorwort zum 3DW), scheint zu genügen, um schließen zu können: „Die diagnostische Relevanz von Raumvorstellungstests und deren prognostischer Wert wird im allgemeinen nicht in Frage gestellt.“

Der angesprochene 3DW (s. nochmals in Abb. 38, in Kap. 3.2.1.) kann als eine Weiterentwicklung eines Untertests des IST 70 gelten. Ein ganz neues Testmaterial stellen die *Schlauchfiguren* dar; pro Item müssen zwei fotografisch dargestellte Ansichten ein und desselben durchsichtigen Würfels mit dem Inhalt eines gewundenen Schlauches dahingehend verglichen werden, von welcher Position der einen Ansicht des Würfels aus die zweite entstehen würde: von rechts, von links, von unten, von oben oder von hinten. Beide Tests, 3DW und *Schlauchfiguren,* werden hinsichtlich ihrer genauen „technischen“ Daten sowie ihrer Daten zu den Gütekriterien im *Anhang: Verfahrensbeschreibungen* beschrieben.

Das problematische an Raumvorstellungstests ist ihre häufige, konstruktionsbedingte Affinität zu *reasoning*-Tests (vgl. weiter unten). Die aufwendigen Entwicklungsarbeiten von Gittler zum 3DW galten gerade dem Bemühen, Items auszusondern, die nicht nur raumvorstellungsmäßig, sondern auch schlicht logisch zu lösen sind.

Bemerkung am Rand:

Interessanter Weise zeigen trotzdem die Ergebnisse von Nepita (1991), beobachtet allerdings an einer verhältnismäßig kleinen Stichprobe, daß (10 Items des) 3DW zusammen mit WMT und MTP laut *Rasch*-Modell eine einzige, gemeinsame Fähigkeit prüfen.

Zur Illustration:

Naturgemäß sind auch in den Intelligenz-Testbatterien, die auf *Thurstone* aufbauen, Untertests zur Raumvorstellung enthalten; davon wurden bereits veranschaulicht: Die *Spiegelbilder* des WIT in Abbildung 37 (in Kap. 3.2.1.) und die *Abwicklungen* des WIT in Abbildung 39 (ebendort). Aber auch manche Untertests aus anderen Intelligenz-Testbatterien erfassen in gewisser Weise die Fähigkeit Raumvorstellung; von den als Beispiel veranschaulichten ist das *Analysieren und Synthetisieren*-abstrakt aus dem AID (s. nochmals Abb. 30, in Kap. 3.2.1.) sowie *Antizipieren und Kombinieren*-figural, ebenfalls aus dem AID (s. Abb. 35, ebendort) - beachte jedoch deren Definition in Präsentation 12. in Kap 4.1.1.)!

Memory:

Abgesehen von den jüngst erschienenen beiden Computertests NVLT und VLT (s. gleich unten) ist der LGT-3 (*Lern- und Gedächtnistest*; Bäumler, 1974) nach wie vor der einzige allgemein einsetzbare Gedächtnistest (eigentlich: -Testbatterie), der eigenständig, d.h. nicht als Teil einer Intelligenz-Testbatterie vertrieben wird - für besondere Fragestellungen, insbesondere wieder zur Demenz, gibt es eine große Anzahl einschlägiger Tests; um den Rahmen des Buches nicht zu überschreiten, sei einer davon lediglich genannt: BAT (*Berliner Amnesietest*; Metzler, Voshage & Rösler, 1992).

Indem statt von „Lernfähigkeit" auch von „rascher Auffassungsgabe und Einprägungsfähigkeit" (Bäumler, S.7) gesprochen werden könne, klingt an, daß im LGT-3 auf eine andere Fähigkeit abgezielt wird, als es mit den in Kapitel 5.3.2. ausführlich beschriebenen sog. „Lerntests" (im Sinne *Guthke*s) getan wird: Hier geht es um das (Auswendig-) Lernen neuartigen, aber simplen Lernstoffs, dort geht es um das initiierte oder eben nicht initiierte Ausbilden bestimmter Bearbeitungsstrategien in mehr oder weniger komplexen Problemlösesituationen.

Die Untertests beziehen sich auf figurales, verbales und numerisches Material: Entweder muß ein in einen *Stadplan* eingezeichneter Weg (innerhalb der Zeiteinheit) gelernt (und später aus dem Gedächtnis in eine neue Stadtplanvorlage eingezeichnet) werden oder es müssen *Türkisch*-Vokabel gelernt werden, zeichnerisch dargestellte *Gegenstände* (die letztlich verbal zu reproduzieren sind), *Telefonnummern* bestimmter Einrichtungen, Daten und Fakten zu einem Krankenhaus-*Bau* sowie die Umrandungen von Piktogrammen als *Firmenzeichen*. Die Prüfmodalität dieser Untertests entspricht entweder einer derjenigen, welche in Kapitel 3.2.1. als typisch angeführt wurden, oder beinhaltet ein freies Antwortformat oder versteht sich von selbst - so muß wohl auch der bewußte (schamatisch gehaltene) Stadtplan nicht explizit hier veranschaulicht werden. Genaue „technische" Daten sowie Daten zu den Gütekriterien finden sich im *Anhang: Verfahrensbeschreibungen*.

An dieser Stelle zu kritisieren ist zweierlei:

① In Anbetracht zumindest zweier Gedächtnisfaktoren, wie sie der Autor feststellt (u.zw. Verbal- und Figuralfaktor), ist die Bestimmung eines (allerdings untertestspezifisch gewichteten) Gesamttestwerts als „Lern- und Gedächtnisstandard" wieder widersprüchlich.

② Ungeachtet dessen, daß gar keine Ergebnisse zur Skalierung, d.h. zur Frage der Angemessenheit der Verrechnungsvorschriften pro Untertest vorliegen, sind die Ursachen geringer Testleistungen sowieso nicht differenzierbar als entweder Lern- oder als Gedächtnisschwäche - u.U. ist sogar beides gegeben.

Zur Illustration:

Von den bereits veranschaulichten Untertests aus Intelligenz-Testbatterien erfassen *memory: Gedächtnis* aus dem WIT (s. nochmals Abb. 31, in Kap. 3.2.1.) und *Unmittelbares Reproduzieren-numerisch* aus dem AID; letzterer allerdings, wie der Name ausdrückt, nur das Kurzzeitgedächtnis (und dabei beachte die in Präsentation 12, in Kap. 4.1.1., gegebene Definition).

Weder (Auswendig-) Lernen, wie etwa beim beim LGT-3, noch Lernfähigkeit im Sinne *Guthkes* messen NVLT (*Nonverbaler Lerntest*; Sturm & Willmes, 1994a) und VLT (*Verbaler Lerntest*; Sturm & Willmes, 1994b); sie erfassen vielmehr unmittelbar und ausschließlich: „Merken", im Sinn von „Einprägen" simpler Wahrnehmungsinhalte, ohne Möglichkeit irgend einer strategischen Hilfestellung. Die Aufgabenstellung lautet, entweder sinnfreie geometrische Figuren oder Neologismen (z.B.: „KANTUG"), die sich in einer sehr langen Folge zum Teil bis zu 7 Mal wiederholen, als „Wiederholung" oder „Erstdarbietung" zu erkennen - je eine Figur bzw. Neologismus wird drei Sekunden lang am Bildschirm geboten. Kritisch ist dabei die hohe *a-prori* Ratewahrscheinlichkeit. Genaue „technische" Daten und Daten zu den Gütekriterien sind im *Anhang-Verfahrensbeschreibungen* angeführt.

Perceptual speed:

In klassischer Weise *perceptual speed* mißt der ZVT (vgl. in Kap. 1.2. **Themen, Verfahren und Populationen**, insbesondere die Abb. 3); im Untertitel heißt er auch: Ein spezifischer Intelligenztest zur Messung der „kognitiven Leistungsgeschwindigkeit". Und im Zusammenhang mit ihrem heuristischen Intelligenzmodell repräsentiert er nach Meinung seiner Autoren den Faktor „Informations-Verarbeitungsgeschwindigkeit" (s. Roth, Oswald & Daumenlang, 1980). Im Gegensatz zu den meisten anderen Tests, die *perceptual speed* erfassen, dürfte der ZVT wegen seiner extremen Leichtigkeit des „Arbeitsauftrags", nämlich die Zahlen 1 bis 90 der Reihe nach zu verbinden, *exklusiv* die individuelle Schnelligkeit prüfen (genaue „technische" Daten sowie Daten zu den Gütekriterien finden sich im *Anhang: Verfahrensbeschreibungen*). Die übrigen prüfen regelmäßig doch auch noch eine zusätzliche Fähigkeit, obwohl ebenfalls in geringem Schwierigkeitsausmaß; deshalb sind sie besser als Tests zur Messung *von (Dauer-) Aufmerksamkeit* und/oder *Konzentration* zu bezeichnen: Bei unaufmerksamem bzw. unkonzentriertem Arbeiten passieren sogar Fehler.

Konzentrationstests kann man dem Arbeitsauftrag nach einteilen in „Durchstreichaufgaben“ und (einfache) Rechenaufgaben.

Der bekannteste Test in diesem Zusammenhang überhaupt ist der *Test d2* (s. nochmals in Präsentation 10, in Kap. 3.2.1.). An ziemlich anspruchslosen Fähigkeiten wird (mit-) geprüft: Die optische Differenzierungsfähigkeit von „d“ und „p“ und insbesondere die Mengenerfassung von 1 bis 3 Strichen. In seiner letzten Auflage wurde dieser Test um einen Testkennwert bereichert, den, wie der Autor ihn nennt, „hochreliablen“ *Konzentrationsleistungswert,* d.i. die Gesamtzahl der richtig durchgestrichenen Zeichen, abzüglich der fälschlich durchgestrichenen Zeichen), „der nicht nur wegen seiner Verfälschungsresistenz geeignet erscheint, den bisherigen Gesamtleistungswert ... (d.i. die Gesamtzahl der richtig durchgestrichenen Zeichen, abzüglich der Anzahl von Auslassungsfehlern; Anm. d. Verf.) zu ergänzen oder - wenn entsprechende Validitätsnachweise vorliegen - abzulösen.“ (Brickenkamp, 1994; S.6). Eine besondere Attraktivität besitzt der Test (schon immer) in der Möglichkeit, die „Arbeitskurve“ (d.i. der Verlauf der Bearbeitungsmengen in den Teilzeiten) bzw. die *Schwankungsbreite* (d.i. die Differenz zwischen größter und kleinster Bearbeitungsmenge aller Teilzeiten) zu bestimmen.

Wenig bekannt, aber ein relativ „junges“ Beispiel eines Konzentrationstests mit einfachen Rechenaufgaben ist die *Arbeitskurve - Mainzer Revision* (s. in Präsentation 10). Im Gegensatz zum *Test d2* wird dieser Test jedoch im *Anhang: Verfahrensbeschreibungen* nicht genauer in bezug auf „technische“ Daten und Daten zu den Gütekriterien beschrieben, u.zw. deswegen, weil dieser Typ Konzentrationstest erstens - was regelmäßig kritisiert wird - in beträchtlichem Ausmaß Rechenfähigkeit mißt, also bestimmte Personen benachteiligt; zweitens er heutzutage nur fraglich zumutbar und für den Tl sicher (zu) aufwendig ist, so daß zumindest die computer*unterstützte* Variante der ALS (*Arbeitsleistungsserie;* ohne Autor, 1986, *Dr.G.Schuhfried GmbH*) vorzuziehen wäre.

Auf mehrere bekannte ältere Konzentrationstests, zum Beispiel auch solche mit dem Arbeitsauftrag „Sortieren“, braucht hier nicht eingegangen zu werden. Erwähnenswert dagegen sind einige neuere Tests, die sich der technischen Hilfe der Computervorgabe bedienen: *Cognitrone, Daueraufmerksamkeit, Signal-Detection* und *Vigilanz* (alle ohne Autor, 1986, *Dr.G.Schuhfried GmbH*). Um sie zu charakterisieren muß der Begriff „Konzentration“ seinerseits spezifiziert werden.

Während Fay und Stumpf (1995, S.385) infolge der Unverbindlichkeit aller Definitionen zur „Konzentrationsfähigkeit“ für sich entscheiden, den „Begriff Aufmerksamkeit als Oberbegriff zu Konzepten wie denen der Konzentration und der Vigilanz“ anzusehen, entscheiden Schuri, Keller und Matthes-von Cramon (1994, S.139) noch differenzierter: „Aufmerksamkeit ist eine zusammenfassende Bezeichnung für mehrere kognitive Einzelleistungen. Aus theoretischen und klinisch-praktischen Überlegungen heraus ist eine Aufteilung in die folgenden Komponenten sinnvoll ...

1. Kognitive Verarbeitungsgeschwindigkeit
2. Selektive Aufmerksamkeit
3. Geteilte Aufmerksamkeit

4. Daueraufmerksamkeit."

Und bei Brickenkamp (1994) finden sich anstatt der Begriffe „selektive" und geteilte" Aufmerksamkeit die Begriffe „konzentrative (besser: fokussierende)" Aufmerksamkeit, d.i. die auf eine Handlung bzw. auf ein Objekt gerichtete Aufmerksamkeit, und „distributive", d.i. auf mehrere Handlungen bzw. Objekte *verteilte* Aufmerksamkeit.

So betrachtet fällt der ZVT unter 1., der *Test d2*, die *Arbeitskurve - Mainzer Revision* und die *ALS* sowie *Cognitrone, Signal-Detection* und (man beachte die unglückliche Namenswahl des Tests) *Daueraufmerksamkeit* unter 2; der Test *Vigilanz* fällt, definitionsgemäß, unter 4.: „Vigilanz" (Daueraufmerksamkeit), ist ein „Zustand der Bereitschaft, spezifische, geringfügige Veränderungen, die in Zufallsintervallen in der Umwelt auftreten, zu bemerken und auf sie zu reagieren" (Mackworth, 1957; zit. nach Fay & Stumpf, S.391) - womit allerdings der Bezug zu *perceptual speed* fast verlorengeht. Zu 3., geteilte Aufmerksamkeit, gibt es keine Standardverfahren.

Bemerkung am Rand:

„Manche Autoren unterscheiden zwischen V. (Vigilanz; Anm. d. Verf.) und Daueraufmerksamkeit. In diesem Fall wäre unter V. ein aufmerksames Beobachten zu verstehen, das selten ein Reagieren erfordert, unter Daueraufmerksamkeit eher ein aufmerksames Beobachten, wobei ein häufigeres Reagieren erforderlich ist." (Dorsch, 1994; S.857). „Daueraufmerksamkeit" so definiert läßt erst recht den Computertest *Daueraufmerksamkeit* der selektiven Aufmerksamkeit zuordnen !

Beim Test *Cognitrone* muß die Tp pro Item entscheiden, ob die gegebene Figur unter den zur Auswahl stehenden Figuren enthalten ist oder nicht; beim Test *Daueraufmerksamkeit* muß sie jeweils bei demjenigen Item eine Reaktionstaste drücken, welches eine bestimmte Anzahl von Dreiecken bietet, die auf der Spitze stehen; beim Test *Signal-Detection* muß jeweils dann eine Reaktionstaste gedrückt werden, wenn in der laufend wechselnden, komplexen Punktkonfiguration ein Quadrat bestimmter Größe auftaucht; und beim Test *Vigilanz* hat die Tp die Aufgabe, den kreisförmig sich bewegenden Punkt zu beobachten, um eine Reaktionstaste in den sehr seltenen Fällen zu drücken, daß der Punkt sich doppelt so schnell/weit bewegt wie üblich. - Für alle vier Tests finden sich die genauen „technischen" Daten sowie Daten zu den Gütekriterien im *Anhang: Verfahrensbeschreibungen.*

Ohne ihn allerdings im *Anhang: Verfahrensbeschreibungen* zu berücksichtigen, sei hier erwähnt, daß es mittlerweile auch einen dem *Test d2* konzeptionell ähnlichen Computertest gibt, den BKT (*Bonner Konzentrationstest;* Fay & Meyer, 1993) - eben der Ähnlichkeit zum *Test d2* wegen ist seine Nützlichkeit als gering einzuschätzen.

Zur Illustration:

Abgesehen davon, daß die Untertests des WIT durchwegs *speed-and- power*-Tests sind, wird *(perceptual) speed* in dieser auf *Thurstone* aufbauenden Intelligenz-Testbatterien nicht erfaßt (vgl. in Kap. 4.1.1.). So diene als zusätzliches, bereits veranschaulichte Beispiel der Untertest *Kodieren und Assoziiern* aus dem AID (Abb. 32, in Kap. 3.2.1.).

Bemerkung am Rand:

Die gemachten Ausführungen lassen sorgfältiges Unterscheiden angebracht erscheinen zwischen dem umgangssprachlich gebrauchten Wort und den in der *Psychologischen Diagnostik* relevanten Begriffen zu „Konzentration". Erstens fließt in die laienhafte Fremdbeurteilung der Konzentrationsfähigkeit einer bestimmten Person zumeist auch deren „Leistungsmotivation", deren „Interessen" und deren spezifischen Fähigkeiten ein; zweitens wird die Laiendiagnose vermutlich häufiger als gerechtfertigt gestellt: „Für den Schüler ist die Attribuierung von Minderleistungen auf Konzentration entlastend, weil dieses Konstrukt weniger sozialer Wertung unterliegt als zum Beispiel Intelligenz (dumm) und Anstrengungsbereitschaft (faul); für den Lehrer ist diese Zuschreibung entlastend, weil er für die 'Konzentrationsschwäche' nicht verantwortlich gemacht werden kann" (Kleber, 1978; S.396). Indirekt nimmt Bartenwerfer (1983) doch gerade darauf Bezug, indem er vor der voreilig oder leichtfertig diagnostizierten Konzentrationsschwäche warnt; die Monotonie des Arbeitsauftrags und seine intellektuelle Anspruchslosigkeit stellen die nötige Leistungsmotivation einer Tp mehr in Frage als alle anderen Leistungstests. Dementsprechend könne man mit Konzentrationstests nur Aussagen über die *mindest* mögliche Konzentrationsleistung machen.

Reasoning:

Als ein typischer Repräsentant des Faktors *reasoning* wurde schon in Kapitel 2.2.1. die „Gattung" der Matrizentests genannt, wovon WMT und SPM als publizierte Tests auch bereits angesprochen wurden. Andere, weiter oben unmittelbar als entsprechende Repräsentanten erwähnte Tests sind die Untertests *Analogien, Zahlenreihen* und *Buchstabenreihen* des WIT; und der BBT wurde zumindest als konstruktnahe zu *reasoning* bezeichnet (vgl. in Kap. 2.3.2.). Sodann ist der Untertest *Zahlensymbole* des MIT, der in Kapitel 3.2.1. zur Illustration verschiedener Prüfmodalitäten aufgelistet wurde, dem Faktor *reasoning* zuzurechnen, genauso wie die bereits mehrfach erwähnten, bis jetzt allerdings noch nicht inhaltlich präzisierten *Syllogismen* (vgl. insbesondere in Kap. 3.1.1.): Der formalen Logik entnommen, besteht ein „Syllogismus" bekanntlich aus drei „Aussagen", nämlich zwei „Prämissen" und einer „Konklusion"; Aufgabe ist, aus den beiden Prämissen zur richtigen Konklusion zu kommen (s. jetzt Item 3 der *Syllogismen* in Präsentation 13).

Präsentation 13: Item 3 der *Syllogismen;* unter den beiden Prämissen stehen vier Konklusionen zur Auswahl; die Lösung ist „B").

Einige Berufstätige sind Mütter
Alle Mütter sind Hausfrauen

A) Alle Hausfrauen sind Berufstätige
B) Einige Hausfrauen sind Berufstätige
C) Alle Hausfrauen sind keine Berufstätige
D) Einige Hausfrauen sind keine Berufstätige

So betrachtet scheint folgende Definition für diagnostische Zwecke dienlich:

☞ *Reasoning* ist die Fähigkeit, Gesetzmäßigkeiten oder logisch zwingende Zusammenhänge erkennen und zweckentsprechend *verwerten* zu können.

Von den im *Anhang: Verfahrenbeschreibungen* angeführten speziellen Leistungstests beziehen sich folgende ebenfalls auf den Faktor *reasoning*: APM (*Advanced Progressive Matrices;* Kratzmeier, 1980), *Erkennen von Meta-Regeln, Rechnen in Symbolen* und *Topologischer Invarianztest* - die letzten drei, als Computertests, werden auch noch kurz erwähnt in Kapitel 5.1. **Computerdiagnostik**.

Der Grund, warum *reasoning*-Tests häufig gleichgesetzt werden mit *culture-fair* Tests (deutsch, schlecht: „kulturfreie" Tests), liegt vermutlich darin, daß ein weiterer typischer Repräsentant, der CFT 20 (*Grundintelligenztest Skala 2;* Weiß, 1987), unmittelbar der Intelligenztheorie von *R.B. Cattell* entwachsen ist, welche bekanntlich die beiden Faktoren *„fluid"* und *„crystallized (general) intelligence"* polarisiert; und ersterer ist fest mit *Cattells culture-fair* Tests assoziiert.

Zur Erinnerung:

Cattell (s. z.B. Cattell, 1973) nimmt mit seinem weitgehend heuristischen Ansatz - eher einem Modell als einer Theorie zur „Intelligenz" - Gegenposition zu *Spearman* ein: Danach gibt es nicht die (eine) „allgemeine" Intelligenz, sondern zwei, weithin wirksame „Intelligenzen", wovon die erste sich in der Fähigkeit niederschlägt, neue Probleme zu meistern, ohne daß es dazu im hohen Ausmaß früherer Lernerfahrung bedürfte *(fluid);* während die zweite diejenige ist, welche sich durch vorausgehende Lernerfahrungen kristallisiert hat. Sie ist „die Sammlung gelernter Kenntnisse, die sich ein Mensch angeeignet hat, in dem er seine 'flüssige Intelligenz' beim Lernen in der Schule anwandte. Die 'kristallisierte Intelligenz' ist gewissermaßen das Endprodukt dessen, was 'flüssige Intelligenz' und Schulbesuch gemeinsam hervorgebracht haben." (S.268).

Der CFT 20 stellt *Cattells* ausgereiften seiner vielen Versuche dar, *fluid intelligence* zu messen. Der Test erhebt den Anspruch, insofern *culture-fair* zu sein, als er Prüfmodalitäten verwendet, die, der Absicht gemäß, vom kulturspezifischen Kontext (weitgehend) unabhängig sind; insbesondere sollten sie unabhängig von der soziokulturellen Lerngeschichte der Tpn sein. Diese Prüfmodalitäten sind mit folgenden Untertests realisiert: *Series, Classifications, Matrices* und *Topologies. Series* ist ähnlich den *Zahlenreihen* des WIT, allerdings mit Figuren statt Zahlen (s. nochmals in Präsentation 10, in Kap. 3.2.1.), *Classifications* ist einerseits ähnlich den *Spiegelbildern* des WIT (vgl. Abb. 37, ebendort), andererseits, mit Figuren statt Wörtern, den *Gemeinsamkeiten* des IST 70 (in Präsentation 10); *Matrices* versteht sich ohnehin von selbst und *Topologies* hat Ähnlichkeit mit dem *N- Test 1* des KFT 4-13+ (Abb. 28, in Kap. 3.1.1.), wobei die Aufgabenstellung, spezieller, die geometrische Anordnung von (Teil-) Figuren im Raum betrifft.

Durch die Beifügung eines *Wortschatztests* und eines *Zahlenfolgentests,* ist es mit dem CFT 20 tatsächlich erstmals möglich, die Relation von *fluid* und *crystallized intel-*

ligence für eine Tp mit Hilfe eines einzigen Tests, einer einzigen Testbatterie, zu diagnostizieren. Die entsprechende Konstruktvalidität vorausgesetzt, liegt die Bedeutung dieses Umstands für eine förderungsorientierte Diagnostik auf der Hand; allerdings wird der Begriff *„culture-fair"* noch zu relativieren sein.

Bemerkung am Rand:

Offensichtlich sind *reasoning*-Tests und *culture-fair* Tests nicht ident: Zum Beispiel der oben genannte Test *Analogien* ist wegen der Verwendung sprachlichen Materials definitionsgemäß nicht *culture-fair;* und auch die *Syllogismen* sind es vermutlich nicht, obwohl die sprachliche Einkleidung dort konzeptionell belanglos ist.

Daß „Kulturabhängigkeit" grundsätzlich nicht zu erreichen ist, läßt sich nicht nur daraus ableiten, daß manche Kulturen gar keine Erfahrung mit den rechtwinkelig gestalteten Figuren haben, wie sie in den betroffenen Tests obligat sind, sondern auch daraus, daß selbst der Autor der deutschen Fassung des CFT 20 (vgl. z.B. Weiß, 1971) dieses oder ähnliche Attribute ablehnt, und sich eben für die Bezeichnung „Grundintelligenztest" entschieden hat.

Zur Illustration:

Einer der Qualitäten des WMT liegt darin, daß dieser Matrizentest laut Analysen nach dem *Rasch*-Modell in Österreich und in Westafrika (Togo und Nigeria) eindimensional, u.zw. dieselbe Fähigkeit mißt. Das heißt aber nicht, daß der Test „kulturfrei" oder *culture-fair* mißt: Im Mittel schneiden die österreichischen Tpn (nicht nur signifikant, sondern auch deutlich) besser ab !

Kulturübergreifend *fair* werden Tests also niemals sein; innerhalb ein und desselben Kulturkreises angewendet, ist dies aber auch - vordergründig betrachtet - irrelevant. Wertet man allerdings Unterschiede im Sozialmilieu ebenfalls als „kulturelle" Unterschiede und ahnt insofern „kultur"-bedingte Handicaps bestimmter Personengruppen in deren „Kristallisation" der Intelligenz, so stellt sich die Frage, sind die zur Diskussion stehenden Tests (wenigstens) milieuunabhängig ? In gewisser Hinsicht ja, weil diese Handicaps bekannterweise vorrangig auf Defizite in der (Hoch-) Sprache zurückzuführen sind (vgl. z.B. Bernstein, 1959), und die Sprache bei diesen Tests nicht unmittelbar benötigt wird (beachte die Ausführungen zur Verwendung der Sprache bei *culture-fair* Tests in Kap. 2.10. **Fairneß** und vgl. die dort gewählte Bezeichnung: „Sprech-Fairneß"). Andererseits sind auch diese Tests nachweislich erfahrungsabhängig (s. z.B. Guthke, 1977), d.h. die Testergebnisse dort sind davon abhängig, wie vertraut die Tp mit entsprechenden Prüfmodalitäten bzw. mit entsprechend abstrakten Materialien ist; weil in diesem Zusammenhang zumindest die Spielwarenindustrie mit ihrem Förderspielangebot relevant wird, kommen erst recht wieder, wenn vermutlich auch weniger, Milieuunterschiede zum Tragen.

Damit ist auch die zentrale Kritik am CFT 20 angesprochen. Die Assoziation mit *culture-fair* ist in jedem Fall unangebracht. Immerhin verspricht die Gegenüberstellung der Testleistungen in den Untertests zu *fluid* und *crystallized intelligence* differentialdiagnostisch insofern interessant zu sein, als große Abweichungen in der einen Richtung prognostisch positiv, in der anderen Richtung prognostisch negativ zu werten sind: Überragen die Testleistungen in den weniger erfahrungsabhängigen Untertests diejenigen in den anderen, den Untertests zur *crystallized intelligence,* so ist noch ein weiteres Kristallisieren der Intelligenz möglich (und zu erwarten); im umgekehrten Fall dürften Umweltbedingungen und/oder Arbeitshaltungen bereits mehr an intelligentem Verhalten hervorgebracht haben als durch die „Grundintelligenz" zu erwarten gewesen wäre.

Und dann gewinnen die bis *dato* (unseligerweise) *„culture-fair"* genannten Tests, in ihrer Gesamtheit, der „Sprech-Fairneß" wegen immer mehr an Bedeutung, u.zw. für die zwischenzeitlich groß gewordene Population nicht-deutschsprechender Personen in deutschsprachigen Ländern.

Genaue „technische" Daten, insbesondere Daten, die die Gütekriterien betreffen, finden sich zum CFT 20 sowie zu WMT, SPM, BBT und den *Syllogismen* im *Anhang: Verfahrensbeschreibungen*.

Andere spezielle Leistungstests:

Der Vollständigkeit halber ist an dieser Stelle auf Tests einzugehen, die (machanisch-) technisches Verständnis prüfen. Sie finden sich nicht einmal ansatzweise unter *Thurstone*s *primary abilities* - es sei denn, ihre Items wären mittels *reasoning* zu lösen (vgl. das oben, im Zusammenhang mit dem 3DW zitierte Ergebnis von Nepita, 1991). Was nicht heißt, daß sie mit *Thurstone* nichts zu tun hätten, gibt es von ihm doch eine *Mechanical Aptitude-Battery* (zit. nach Arnold, 1972).

„*Technisches Verständnis* wird von verschiedenen Autoren als eine deskriptiv gut abgrenzbare Einzelfähigkeit angesehen, deren Komponenten und Bedingungen jedoch relativ ungeklärt sind. Nicht selten wird t.V. als ein spezieller Aspekt der praktischen Intelligenz angesehen. Die unterschiedliche Auffassung über ihre Komponenten findet ihren Niederschlag in der Bevorzugung bestimmter Aspekte in einschlägigen Tests. So wird sowohl die Kenntnis mechanisch-technischer Sachverhalte, die Fähigkeit, abgebildete Objekte in ihrem räumlichen Zusammenhang zu verstehen, technisch- konstruktives sowie technisch-praktisches Handeln akzentuiert. Hinzu kommt, daß die Tests entweder als konkrete Aufgabe (z.B. Manipulieren an Apparaten = Arbeitsproben) oder als Papier-Bleistift-Tests präsentiert werden." (Arnold, Eysenck & Meili, 1980; S.2280f.).

Von der Prüfmodalität her gesehen gleichen Tests zum technischen Verständnis denjenigen zur Raumvorstellung; inhaltlich typisch ist dabei die Aufgabenstellung, die Drehrichtung von Zahnrädern in komplizierten Übersetzungs- „Maschinen" zu erkennen. Sie werden, bei entsprechenden Fragestellungen, durchaus routinemäßig eingesetzt.

Der MTP als der zwischenzeitlich bedeutendste Vertreter von Tests dieser Art wird im *Anhang: Verfahrensbeschreibungen* hinsichtlich seiner „technischen" Daten sowie hinsichtlich seiner Daten zu den Gütekriterien genauer beschrieben.

4.2. Persönlichkeitsdiagnostik

Im Gegensatz zu den meisten Intelligenz-Testbatterien beziehen sich diagnostische Verfahren zur Erfassung von „Persönlichkeit", also von charakterlichen Eigenschaften, kaum auf Theorien. Wohl finden sich unter den herkömmlichen Persönlichkeitfragebogen solche, die faktorenanalytisch begründet sind; sie sind dabei aber selten (zu einer mehr oder weniger anerkannten Theorie) „konfirmatorisch" konzipiert, als vielmehr *per se* konstruktbildend.

Betrachten wir zunächst mehrdimensionale Meßkonzepte, also, vergleichbar zu den Intelligenz-Testbatterien, Persönlichkeits-Fragebogenbatterien, so ist der Gruppe der *faktorenanalytisch* begründeten Fragebogen eine andere Gruppe gegenüberzustellen, nämlich die der *a-priori* „dimensionalisierten" Fragebogen, d.s. solche, deren Dimensionen bzw. Skalen von vornherein, nicht-empirisch, sondern hypothetisch festgelegt wurden - sowohl faktorenanalytisch als auch *a-priori* konzipiert sein können die bereits im Kapitel 2.9. **Unverfälschbarkeit** erwähnten Objektiven Persönlichkeits*tests*, die als dritte Gruppe besprochen werden sollen.

Daneben interessieren Fragebogen zu speziellen, zumeist nicht-mehrdimensionalen Persönlichkeitskonstrukten sowie zu „neuen" Persönlichkeitskonstrukten. Schließlich zählen zur Persönlichkeitsdiagnostik die Projektiven Verfahren; auch sie werden in der Folge behandelt.

Daß im Persönlichkeitsbereich die *Psychologische Diagnostik* durch pragmatische Überlegungen bestimmt ist, zeigt schon *Hofstätter*s Zugang zur Differentiellen Psychologie (Hofstätter, 1971): Zunächst fragt er, wieviele (unabhängige) Dimensionen zur Darstellung der Unterschiede sämtlicher Individuen überhaupt nötig sind; ein Rechenbeispiel demonstriert uns, daß - wenn innerhalb jeder Dimension eine Abstufung in $k=7$ Kategorien als praktikabel angenommen wird - für eine Population der Größe $P = 100$ Millionen die Anzahl $d=10$ Dimensionen folgt.

> ***Erläuterung*** zu *Hofstätter*s Rechenbeispiel:
>
> „Soll in einem Beschreibungssystem mit d Dimensionen und jeweils k unterscheidbaren Stufen die Möglichkeit einer eigenen Kategorie für jeden einzelnen Angehörigen der Population P bestehen, dann haben wir die entsprechenden Werte von d und k aus der Gleichung $P=k^d$ zu bestimmen. Für verschiedene Werte von k erhalten wir d=log P/log k." (Hofstätter, 1971; 360).

Und dann fragt er nach der Komplexität individueller Beurteilungssysteme, also danach, wie differenziert „der Mensch" Personen beurteilt. Zur Beantwortung zieht er *Kelly*s in der Literatur sehr bekannten *Repertory-* „Test" (hier besser: -Prozedur) heran. Heute als der sog. „Grid-Technik" zuordenbar (vgl. z.B. Scheer, 1993), geht es dabei simpel darum, in einem ersten Schritt ziemlich viele Eigenschaften zu sammeln, um sie in einem zweiten Schritt alle „*grid*mäßig", also gittermäßig zur Beurteilung einer Gruppe von Personen zu verwenden; das Sammeln erfolgt dabei pro Person so, daß sie für jeweils drei bestimmte Personen dieser Gruppe diejenige Eigenschaft sucht, welche zwei davon besitzen, die dritte jedoch nicht - diese Eigenschaft stellt laut *Kelly* ein Konstrukt dar, mit dessen Hilfe sie ihre menschliche Umwelt erfaßt und ordnet. In der Regel korrelieren die gesammelten Eigenschaften jedoch; Hofstätter (S.366) schließt aus seiner Erfahrung: „Daß dabei im wesentlichen drei Dimensionen ausreichen, dürfte im Mittel zutreffen".

Zur Illustration:

Tabelle 4 gibt ein Demonstrationsbeispiel der mit *Kellys Repertory*-Prozedur zu gewinnenden Daten. Obwohl die betreffende Person an Hand von 13 Triadenvergleichen für 10 zu beurteilende „Tpn" 13 verschiedene Eigenschaften sammelte, sind laut Clusteranalyse die „Persönlichkeiten" dieser Tpn auf drei verschiedene Typen reduzierbar - und auch bei anderen, analog befragten Personen liegt die Anzahl der Typen nur selten über drei (aus einer noch nicht publizierten Studie d. Verf.).

Tabelle 4: Demonstrationsbeispiel zu *Kellys Repertory*-Prozedur (s. z.B. Hofstätter, 1971). Aus 13 Triadenvergleichen für 10 zu beurteilende Personen resultierten die in der Tabellenspalte angeführten Eigenschaften. Der jeweils zu einer bestimmten Eigenschaft führende Triadenvergleich ist aus den „+" bzw. „-" ersichtlich; die Eintragungen „1" bzw. „0" repräsentieren analog die anschließend, nämlich *grid*mäßig gewonnenen Beurteilungen für alle 10 Personen über sämtliche Eigenschaften.

	beurteilte Person									
	1	**2**	**3**	**4**	**5**	**6**	**7**	**8**	**9**	**10**
offen	+	+	-	1	0	1	1	1	1	1
tolerant	1	1	1	+	-	-	1	1	1	1
phantasievoll	1	0	0	1	0	1	-	-	+	0
mutig	+	1	0	1	0	1	1	1	-	+
verläßlich	1	+	1	-	1	1	1	1	1	+
liebevoll	1	1	1	1	+	1	-	1	1	+
fürsorglich	1	1	-	1	+	1	0	+	1	1
zielstrebig	-	1	1	1	1	+	1	1	+	1
spontan	1	-	0	1	0	+	0	+	0	0
introvertiert	-	0	1	0	+	0	1	0	1	-
fröhlich	1	0	-	1	0	+	-	1	1	0
geduldig	1	1	+	-	1	1	1	+	1	1
chaotisch	0	0	0	1	0	+	0	0	-	-

Bemerkung am Rand:

„Der Repertoire-Test scheint vor allem im Zusammenhang mit psychotherapeutischen Bemühungen aufschlußreich zu sein, da er eine Rekonstruktion der mit-menschlichen Umwelt des Klienten aus dessen Sicht gestattet. Je nach Lage des Falles wird der Therapeut daher auch ganz bestimmte Personen ... im Triadenvergleich ... konfrontieren." (Hofstätter, 1971; S. 366).

Bermerkung am Rand:

Vermißt man in der Persönlichkeitsdiagnostik oft den Theoriebezug, so klingt mit der *Repertory*-Prozedur doch einer an: „KELLY's Psychologie der Konstrukt-Systeme wird als ein besonders gut durchgebildetes Beispiel für eine 'kognitive' Persönlichkeitstheorie betrachtet; sie handelt von einem häufig vernachlässigten Aspekt der Persönlichkeit, d.h. von den Bildern, die verschiedene Individuen von der Welt ... entwerfen." (Hofstätter, S.367). Demgemäß wäre zu unterscheiden zwischen den *kognitiven Rekonstruktionen* einer Person bezüglich der Realität, ihren *emotionalen Eindrücken* auf die Realität und ihrem *verhaltensmäßigen Inventar* in der Realität.

Während, so betrachtet, also ungefähr zehn Dimensionen „scholastisch" und ungefähr drei Dimensionen „erlebnismäßig" ausreichen, stellt sich die Frage nach der Dimensionalität faktorenanalytisch begründeter bzw. *a-priori* erstellter Fragebogen - sie stehen immerhin im praktischen Einsatz der Persönlichkeitsdiagnostik, jedenfalls werden sie dem Praktiker dafür angeboten. Abgesehen davon interessiert aber, genauso wie für alle anderen (persönlichkeits-) diagnostischen Verfahren, ihre inhaltliche Orientierung und konkrete Ausformung.

4.2.1. Faktorenanalytisch begründete Fragebogen

In diesem Kapitel näher eingegangen werden soll auf: 16 PF, EPI, *Gießen-Test* und NEO-FFI.

16 PF:

Historisch betrachtet muß die Beschreibung faktorenanalytisch begründeter Fragebogen mit *R.B. Cattell* und seinem auf das Jahr 1949 zurückgehenden 16 PF *(Sixteen Personality Factors Questionaire)* beginnen; die weitläufig bekannte Prozedur, die, ausgehend von *Allport & Odbert* und nahezu 18000 persönlichkeitsrelevanten Begriffen des *„Webster's New International Dictionary"*, zu 35 faktorenanalysierten (bipolaren) Variablen führte, braucht allerdings hier nicht aus den Lehrbüchern zur Differentiellen Psychologie wiederholt zu werden. In der Literatur allerdings oft unklar, mißverständlich oder falsch dargestellt wird die schlußendliche Festlegung auf 16 Faktoren: *Cattell* setzte die erwähnten 35 Variablen zunächst zur Fremdbeurteilung ein und errechnete in verschiedenen Studien (immer ungefähr) 12 Faktoren; erst umformuliert zur Selbstbeurteilung resultierten analoge 12 und zusätzlich 4, als *„questionaire-specific"* bezeichnete Faktoren (s. Genaueres bei Bartussek, 1991).

In der erstmals 1983 deutsch-autorisierten Fassung des 16 PF (Schneewind, Schröder & Cattell, 1983)[23] heißen diese Faktoren:

---

[23] **Bis dahin waren nur verschiedenen Orts *übersetzte (!),* nicht im Handel erhältliche Versionen im regen Einsatz, vor allem innerhalb des Personalwesens, u.zw. unter Bezug auf die US-Normen - mit Sicherheit werden solche Versionen auch heute noch vereinzelt angewendet.**

Sach- vs. Kontaktorientierung
Konkretes vs. Abstraktes Denken
Emotionale Störbarkeit vs. Emotionale Widerstandsfähigkeit
Soziale Anpassung vs. Selbstbehauptung
Besonnenheit vs. Begeisterungsfähigkeit
Flexibilität vs. Pflichtbewußtsein
Zurückhaltung vs. Selbstsicherheit
Robustheit vs. Sensibilität
Vertrauensbereitschaft vs. Skeptische Haltung
Pragmatismus vs. Unkonventionalität
Unbefangenheit vs. Überlegenheit
Selbstvertrauen vs. Besorgtheit
Sicherheitsinteresse vs. Veränderungsbereitschaft
Gruppenverbundenheit vs. Eigenständigkeit
Spontaneität vs. Selbstkontrolle
Innere Ruhe vs. Innere Gespanntheit

Dabei sind die letztgenannten vier Faktoren die für die Selbstbeurteilung spezifischen. Beispielhaft ist in Präsentation 14 für die ersten vier Faktoren je eines der insgesamt 192 Items wiedergegeben, nämlich die Items 1 bis 4, samt vorgesehener Verrechnung.

Präsentation 14: Die Items 1 bis 4 des 16 PF (samt zu verrechnenden Punkten).

Bei gleicher Arbeitszeit und gleichem Gehalt wäre es interessanter

(a) Zimmermann oder Koch	0
(b) unsicher	1
(c) Kellner in einem guten Restaurant zu sein.	2

„Spaten" verhält sich zu „graben" wie „Messer" zu

(a) scharf	0
(b) schneiden	1
(c) Spitze	0

Die Ziele, die ich mir in meinem Privatleben setze, erreiche ich fast immer.

(a) stimmt	2
(b) unsicher	1
(c) stimmt nicht	0

Ich vermeide es, Leute und deren Ansichten zu kritisieren.

(a) ja	0
(b) manchmal	1
(c) nie	2

Weil sich bei der wortwörtlichen Übersetzung der vier Parallelformen des Originals skalenweise zu geringe Interkorrelationen ergaben, wurden die Itemzusammenstellungen der deutschen Version pro Skala auf der Basis der Trennschärfen vorgenommen, wobei auch berücksichtigt wurde, daß möglichst niedrige Korrelationen der Skalen untereinander enstehen. Die daran anschließende Faktorenanalyse bezog sich auf die derart gewonnenen (endgültigen) 16 x 12 Items, die zu jeweils 6 Items in entsprechende Halbskalen aufgeteilt wurden. „Zunächst wurde aufgrund des ... Eigenwertabfalldiagramms entsprechend dem Scree-Test ... die Entscheidung getroffen, die ersten 16 ... Faktoren ... beizubehalten." (Schneewind et al., S.14). „Anschließend erfolgte eine hypothesenorientierte Zielrotation. ... In einem weiteren Schritt wurden die 16 untereinander korrelierenden Primärdimensionen ... einer Faktorenanalyse mit anschließender orthogonaler Rotation unterzogen. Dabei ergaben sich ... 5 Sekundärfaktoren, die als globalere Persönlichkeitsdimensionen zu interpretieren sind." (Schneewind et al.; S.12).

Bemerkung am Rand:

In der Weise, daß bei der Erstellung der deutschen Version des 16 PF versucht wurde, exakt dieselben 16 (!) Faktoren wie im Original zu erfassen, handelt es sich dabei eigentlich eher um einen *a-priori* Fragebogen als einen faktorenanalytisch begründeten.

Genaue „technische" Daten sowie Daten zu den Gütekriterien finden sich im *Anhang: Verfahrensbeschreibungen*. Einerseits den 16 PF global resümierend, andererseits spezielle, gravierende methodische Probleme aufzeigend, sei an dieser Stelle folgende Kritik gegeben:

❶ „Diese vorliegende Form des 16 PF ist als ein begrüßenswerter Versuch anzusehen, die vorliegende Vielfalt von Forschungsinstrumentarien zum 16 PF zu vereinheitlichen, indem verbindliche Normen mitgeteilt werden. Da aber, entgegen den Erwartungen der potentiellen Anwender, diese erste deutsche Ausgabe des 16 PF keine umfassenden Reliabilitäts- und Validitätsuntersuchungen enthält, ist diese Version ... in die bisherige Tradition der ... verschiedensten ... Versionen des 16 PF einzuordnen. Der Test hält nicht, was von ihm erwartet wurde, daher sind weitere Untersuchungen notwendig, bis dieses Verfahren auch in der praktischen Anwendung eingesetzt werden kann." (Jäger, 1984; S.168). - Die geforderten „weiteren Untersuchungen" fehlen in der 1986 herausgegebenen 2. Auflage (sowie in der danach korrigierten 3. und letzten Auflage 1994) noch, sieht man von einigen ohne genaue Ergebnisse zitierten Arbeiten anderer Autoren ab.

❷ Schon durch die Art, wie die Itemzusammenstellungen in der deutschen Version vorgenommen wurden, dürfte man auf eine geglückte Konstruktvalidierung von 16 Faktoren hoffen; doch trotz der von den Autoren aus dem „*Scree*-Test" gezogenen Schlußfolgerung muß der aufmerksame Betrachter des Manuals an der Validierung zweifeln: Vor allem das bekannte „Eigenwert-Kriterium" läßt erkennen, daß die Interpretation von mehr als 5 Faktoren wenig sinnvoll ist - was sich letztendlich in

Form der 5 Sekundärfaktoren auch bei den Autoren manifestiert; bereits der sechste Eigenwert zeigt an, daß ein fakultativer 6. Faktor weniger Varianz erklären würde als jede einzelne der 32 Halbskalen ! Aber auch der *Scree*-Test (vgl. in Abb. 44, rekonstruiert aus dem Manual von Schneewind et al.; S.15) läßt erkennen, daß für 5 Faktoren zu entscheiden ist - und wenn schon für mehr, dann höchstens für 7; der Eigenwertabfall zwischen 16. und 17. Eigenwert ist inhaltlich irrelevant.

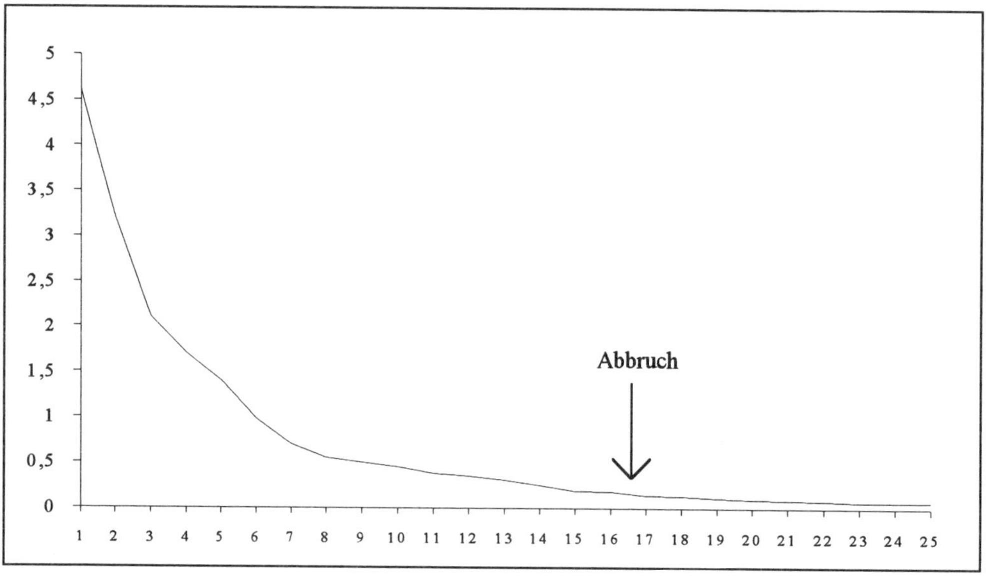

Abbildung 44: Der *Scree*-Test für den 16 PF (rekonstruiert nach Schneewind, Schröder & Cattell, 1983; auf der Abszisse die ersten 25 Faktoren für die 32 Halbskalen, auf der Ordinate der Eigenwert).

Erläuterung zum „*Scree*-Test“:

Beim *Scree*-Test handelt es sich um eine von Cattell (1966) vorgeschlagene Graphik, in der die Eigenwerte (der vollständigen Faktorenlösung) der Größe nach aufgetragen werden; mit der Betrachtung beim kleinsten beginnend, zeigt sich dann so lange ein annähernd kontinuierlicher Verlauf bis der entsprechende Faktor nicht mehr bloß zufällig mehr Varianz (d.i. der Eigenwert) erklärt als der vorhergehende: Es resultiert ein „Knick“ im Verlauf. Faktoren mit größeren Eigenwerten als der „Knick“-Faktor werden als inhaltlich bedeutsam interpretiert. Horn (1965) hat ergänzend dazu vorgeschlagen, den Eigenwertverlauf von (unabhängigen, zu simulierenden) *Zufalls*variablen einzuzeichnen; danach sind alle Faktoren mit solchen Eigenwerten bedeutend, die oberhalb des Eigenwertverlaufs der Zufallsvariablen liegen (vgl. Näherungsmethoden dazu z.B. bei Bortz, 1993) - diese Prüfung wurde vom Verfasser in bezug auf den 16 PF nicht vorgenommen, sie fiele aber augenscheinlich gegen die 16-Faktorenlösung aus.

❸ Bei schiefwinkligen Rotationen, wie sie offensichtlich im Anschluß an die Faktorenanalyse von Schneewind et al. durchgeführt wurde, muß stets nach dem psychologischen Erklärungswert gefragt werden. Im Streben nach wissenschaftlicher Ökonomie, im Sinn von Reduktion redundanter Datenstrukturen in informative, geht es doch in der ursprünglichen Zielsetzung der Faktorenanalyse um den „wenigstdimensionalen Raum", der mit seinen *rechtwinkligen* Koordinaten alle Datenpunkte hinreichend genau abbilden kann. Zweifellos gelingt ein solches Abbilden der Datenpunkte mit schiefwinkligen Koordinaten genauer, benötigt werden dafür aber (in der Regel wesentlich) mehr Dimensionen und die Interpretation korrelierender Faktoren fällt schwerer - auch beim 16 PF wird keine Anleitung gegeben, wie die Korrelationen zwischen den 16 Faktoren bei der Interpretation des „Persönlichkeits*profils*" zu berücksichtigen sind. Und wie zur Bestätigung dieser Kritik an schiefwinkligen Rotationen werden am Ende regelmäßig, so auch hier, *unabhängige* Supra-Faktoren bestimmt.

Bemerkung am Rand:

Aus psychologischer Sicht darf bezweifelt werden, daß Menschen überhaupt in der Lage sind, Testergebnisse korrelierender Faktoren adäquat, also entsprechend der genauen numerischen Größe der Korrelation, zueinander in Beziehung setzen und bewerten zu können; viel wahrscheinlicher ist es, daß mehrere Testwerte vom Psychologen immer wie unabhängige Größen interpretiert werden - denn: wie denkt man in nicht-rechtwinkligen Koordinatensystemen ?

EPI:

Entsprechend der historischen Bedeutung für die Differentielle Psychologie, durch die sich generell - sowohl was die Intelligenzforschung als auch die Forschung im Persönlichkeitsbereich betrifft - die Namen *R.B. Cattell, Guilford* und *H.J. Eysenck* durchziehen (vgl. z.B. wieder bei Amelang & Bartussek, 1990), seien an dieser Stelle, obwohl im deutschsprachigen Raum heute kaum mehr praktisch relevant, die Fragebogen von *Eysenck* kurz behandelt; sie beruhen zu einem beträchtlichen Ausmaß auf *Guilford,* dessen eigene Fragebogen nie in deutscher Fassung verlegt wurden.

Eysencks erster Fragebogen, der MMQ (*Maudsley Medical Questionaire* - „Maudsley", der Name eines Hospitals) wurde in seiner englischen Originalversion nie publiziert, sondern nur in der deutschen Fassung (Eysenck, 1953)[24]; indem er zur Bestimmung von „Neurotizismus", als einem eindimensionalen Konstrukt konzipiert worden war, ist er ein *a-priori* Fragebogen. 38 der 56 dichotom zu beantwortenden Items beziehen sich auf körperliche Symptome, da „Neurotiker eher bereit sind körperliche Schwierigkeiten anzugeben" (S.3); die übrigen 18 Items stammen aus der Lügenskala des MMPI (zum MMPI, insbesondere zu sog. „Lügenskalen", vgl. weiter unten). Erstmals zu einem faktorenanalytisch begründeten Fragebogen führt bei *Eysenck* seine Überarbeitung des MMQ unter Mitaufnahme von Items vieler anderer Verfahren, - eben vor allem solcher von *Guilford:* Der MPI *(Maudsley Personality Inventory)* aus dem Jahre 1956 mißt, wie intendiert, neben dem Faktor Neurotizismus den Faktor

[24] Bekanntlich ist *Eysenck* ein aus Deutschland emigrierter Brite.

„Extraversion/Introversion“, u.zw. mit jeweils 24 Items - er wurde (wieder) schnell ins Deutsche übertragen (Eysenck, 1959). Eine letzte Überarbeitung der Items, mit dem Ziel noch bestehende Mängel des MPI auszumerzen, führte schließlich zum EPI *(Eysenck Personality Inventory)* von *H.J. Eysenck & S.B.G. Eysenck* im Jahre 1964; abgesehen von den je 24 Items enthält der Fragebogen wieder (seit dem MMQ) eine Lügenskala mit 9 Items. Die deutsche Fassung mit eigener Normierung stammt von Eggert (1974). Beispielhaft sind im folgenden die ersten vier Items des EPI angeführt; Item 1 und 3 gehören zur Skala *Extraversion,* Item 2 und 4 zur Skala *Neurotizismus* (Form B):

„Haben Sie gern Trubel und Betrieb um sich herum ?“
„Geraten Sie oft in einen unruhigen Zustand, in dem Sie etwas tun wollen, aber nicht recht wissen was ?“
„Sind Sie so schlagfertig, daß Sie einfach immer eine passende Antwort finden ?“
„Fühlen Sie sich ohne ersichtlichen Grund manchmal glücklich und manchmal traurig ?“

Zur Erinnerung:

Eigentlich geht die faktorenanalytische Identifizierung von *Neurotizismus* („lack of personality integration“) und *Extraversion/Introversion* („Hysteria vs. Dysthymia“) bei *Eysenck* auf Fremdbeurteilungsdaten sowie Daten aus psychomotorischen Tests u.ä. zurück (vgl. Amelang & Bartussek, 1990); erst in der Folge entwickelte er seine Fragebogen, u.zw. durchaus hypothesengeleitet. Vor allem weil die zum MPI und EPI durchgeführten Faktorenanalysen aus den Manualen nicht befriedigend nachvollziehbar sind bzw. die Reanalyse zu widersprüchlichen Ergebnissen führte (s. Bartussek, 1991), könnten diese beiden Fragebogen genauso gut als *a-priori* Fragebogen bezeichnet werden. Immerhin leitet *Eysenck* seine letztendlich verbindlichen Definitionen für „Extraversion/Introversion“ und „Neurotizismus“ aus den jeweils extremen Testwerten in seinen Fragebogen ab, und legt insofern seine Persönlichkeitstheorie (erst) mit ihnen fest:

① „Der typische Extravertierte ist gesellig, mag Veranstaltungen gern, hat viele Freunde, braucht Menschen, mit denen er sprechen kann, und ist nur ungern allein. Er sehnt sich nach Anregung, nutzt günstige Gelegenheiten stets aus, agiert oft spontan, wagt viel und ist allgemein impulsiv. Er mag handfeste Späße, hat immer eine schnelle Antwort und liebt allgemein Veränderungen; er ist sorglos, leichtmütig, optimistisch, lacht gern und ist gern fröhlich. Er neigt dazu, sich andauernd zu bewegen und Dinge zu tun, neigt dazu, aggressiv zu sein und seine Geduld schnell zu verlieren; zusammengefaßt sind seine Gefühle nicht immer unter enger Kontrolle und er kann nicht immer als zuverlässige Person gekennzeichnet werden.“ (Übersetzt von Eggert, 1974; S.11).

② „Der typische Introvertierte ist ruhig, eine eher zurückhaltende Person, introspektiv, liebt Bücher mehr als Menschen; er ist reserviert und distanziert, außer bei sehr engen Freunden. Er neigt dazu, Pläne im voraus zu machen, ist behutsam und mißtraut den Impulsen des Moments. Er liebt die Erregung nicht, nimmt die Dinge des täglichen Lebens mit gewisser Ernsthaftigkeit auf und schätzt einen gut geordneten Lebensstil. Er hält seine Gefühle unter enger Kontrolle, verhält sich selten aggressiv und verliert seine Geduld nicht leicht. Er ist zuverlässig, eher pessimistisch und legt großen Wert auf ethische Normen“. (Übersetzt von Eggert, 1974; S.11).

③ „Hohe N-Werte (Testwerte in der Skala *Neurotizismus;* Anm. d. Verf.) sind ein Zeichen von emotionaler Labilität uns abnormer Reaktionsbereitschaft. Hochscorende Personen tendieren zu emotionaler Überempfindlichkeit und haben Schwierigkeiten, nach emotionalen Erfahrungen zur Normallage zurückzukehren. Solche Individuen beklagen häufiger diffuse somatische Beschwerden geringen Schweregrades wie Kopfschmerzen, Verdauungsstörungen, Schlaflosigkeit, Rückenschmerzen etc. Darüberhinaus berichten sie über viele Sorgen, Ängste und andere unangenehme Gefühle. Sie sind zur Entwicklung neurotischer Krankheiten unter Stress disponiert, doch dürfen solche Dispositionen nicht mit einer akuten neurotischen Störung verwechselt werden; jemand mag hohe Werte in N aufweisen und doch im Beruf, der Sexualität, der Familie und gesellschaftlichen Angelegenheiten angepaßtes Verhalten zeigen". (Übersetzt von Amelang & Bartussek, 1990; S.308).

Die Angabe genauer Daten, insbesondere zu den Gütekriterien des EPI kann hier wie auch im *Anhang: Verfahrensbeschreibungen* entfallen; die besonders geringe "Breite" der erfaßten Eigenschaften, d.i. die vergleichsweise geringe Dimensionalität des Fragebogens, macht ihn bei seiner letztlich doch fragwürdigen Konzeption für den praktischen Einsatz wenig attraktiv - so ist sogar „... nach Ansicht des deutschen Bearbeiters die theoretische Fundierung vor allem des Neurotizismuskonzeptes ... noch nicht voll befriedigend gelungen ..." (Eggert, 1974; S.13)[25].

Bemerkung am Rand:

In der Zwischenzeit ist es innerhalb der *Psychologischen Diagnostik* auch üblich geworden, statt von „Neurotizismus" von „Emotionalität" zu sprechen, wobei zwischen emotionaler „Labilität" und emotionaler „Stabilität" polarisiert wird.

Gießen-Test:

Der 1972 erstmals erschienene *Gießen-Test* von Beckmann, Brähler und Richter (1991) ist mittlerweile, in seiner inhaltlichen Gestaltung völlig unverändert, einer der häufigst eingesetzten Persönlichkeitsfragebogen im deutschsprachigen Raum; 1990 erfolgte eine Neunormierung.

Bei seiner Konstruktion „war der Gesichtspunkt maßgebend, ein objektives und praktisches Instrument mit mittlerer Bandbreite ... zu entwickeln." (Beckmann et al., S.9). Er unterscheidet sich „von anderen Persönlichkeitstests vor allem dadurch, daß er in bedeutendem Umfang soziale Einstellungen und Reaktionen einbezieht. Diese schwerpunktmäßige Akzentuierung psychosozialer Merkmale macht den GT (*Gießen-Test* - relativ selten verwendete Abkürzung des Fragebogens; Anm. d. Verf.) zugleich als Test für verschiedenartige gruppendiagnostische Fragestellungen geeignet." Das inhaltliche Konzept zielt auf Items ab, „die für die Binnenstruktur und die psychosozialen Beziehungen des Probanden psychoanalytisch aufschlußreich sind." (S.10). So besteht der „Wunsch, durch das Selbstbild des Probanden Wesentliches über seine libidinösen und aggressiven Impulse und deren Verarbeitung unter dem Einfluß von Ich und Über-Ich zu

[25] Dieser Passus findet sich übrigens auch noch in der 2., „überarbeiteten und ergänzten" Auflage aus dem Jahre 1983.

erfahren und im Zusammenhang damit seine psychosozialen Tendenzen bzw. Abwehrformen kennenzulernen" (S.10f.).

Die letztlich 40 Items des Fragebogens werden nicht alle in den laut Faktorenanalyse erstellten (Standard-) Skalen berücksichtigt; überhaupt resultieren in der Faktorenanalyse nur fünf Faktoren (genaue Angaben zur Faktorenanalyse, insbesondere die Eigenwerte fehlen; die Stichprobengröße ist in jedem Fall mit 235 Patienten einer Klinik für Psychosomatik klein), während der *Gießen-Test* sechs Skalen beinhaltet - ***Soziale Resonanz, Dominanz, Kontrolle, Grundstimmung, Durchlässigkeit*** und ***Soziale Potenz*** (s. im folgenden der Reihe nach je ein Item; die Tp muß jeweils 7kategoriell abgestuft zwischen den beiden Aussagen entscheiden):

„Ich schätze, es gelingt mir eher schwer	3 2 1 0 1 2 3	*eher leicht, mich beliebt zu machen."*
„Ich habe den Eindruck, ich bin eher ungeduldig	3 2 1 0 1 2 3	*eher geduldig."*
„Ich habe den Eindruck, ich bin eher sehr wenig ordentlich	3 2 1 0 1 2 3	*eher überordentlich."*
„Ich halte mich selten	3 2 1 0 1 2 3	*oft für sehr bedrückt."*
„Ich habe den Eindruck, ich gehe eher leicht	3 2 1 0 1 2 3	*eher schwer aus mir heraus."*
„Ich glaube, ich suche eher	3 2 1 0 1 2 3	*ich meide eher Gesellschaft."*

- „Die Items der Skala 6 wurden nach Korrelationen mit den Variablen Schulbildung und Höhe des Einkommens ausgelesen. Die Skala 6 des GT erfaßt nach diesem Kriterium Aspekte des Erfolgs in der sozialen Umwelt. ... Die 6. Skala ist durch dieses Konstruktionskriterium nicht unabhängig von den anderen Skalen" (Beckmann et al., S.18).

Neben dem Aspekt der Ökonomie ist das Attraktive am *Gießen-Test* die Möglichkeit seines Einsatzes zur Fremdeinschätzung, so daß „Selbst-" und „Fremdbild" diagnostisch zu vergleichen sind (vgl. auch dazu die Ausführungen zu seiner Anwendung in der Paardiagnostik, in Kap. 5.2.1.).

Genaue „technische" Daten sowie Daten zu den Gütekriterien finden sich im *Anhang: Verfahrensbeschreibungen*.

Die Kritik kann sich auf die Bemerkung beschränken, daß es in Anbetracht der stattgefundenen Skalenkonstruktion fast überzeugender gewesen wäre, den *Gießen-Test* als *a-priori* Fragebogen zu deklarieren !

Bemerkung am Rand:

In dieselbe Richtung muß übrigens die Kritik am FPI-R (*Freiburger Persönlichkeitsinventar;* Fahrenberg, Hampel & Selg, 1984) gehen, nur daß dort überhaupt kein allgemein bekanntes inhaltliches Konzept dahinter steht: Diese erstmals 1970 als FPI aufgelegte und seitdem sich übergroßer Beliebtheit erfreuende Fragebogenbatterie wird üblicherweise zu den faktorenanalytisch begründeten gezählt; im Manual heißt es allerdings: „Die Autoren gehen von bestimmten psychologischen Konstrukten aus, die ihnen aufgrund ihrer Erfahrungen und aufgrund der Literatur interessant und wichtig erscheinen. ... Die Faktorenanalyse dient hier zur Ordnung der Items und als Entscheidungshilfe hinsichtlich der Anzahl der genauer auszuarbeitenden Konstrukte. Der Scree-Test des Eigenwertverlaufs wird als ein Hinweis verstanden, doch sind die psychologische Interpretierbarkeit der Ladungsmuster und die verfügbare Anzahl markanter Items praktisch wichtiger. Nachdem die Anzahl der Faktoren festgelegt ist, werden in vielen Schritten Items ausgewählt, aber auch wieder ausgetauscht, um schließlich Skalen hinreichender Länge für jedes Konstrukt zu erreichen." (Fahrenberg et al., S.12f.). Und in bezug auf die inhaltliche Ausrichtung der in der revidierten Fassung („-R") neuen Skalen schreiben die Autoren: „Die Anregungen für die Entwicklung zusätzlicher Skalen stammen vor allem aus dem Arbeits- und Interessenbereich der Autoren: psychophysiologisch orientierte Persönlichkeitsforschung, Evaluation von Psychotherapie und Rehabilitationsmaßnahmen insbesondere bei psychovegetativen Syndromen und Herz-Kreislauf-Krankheiten, Untersuchungen über Belastungs-Beanspruchungsprozesse (Stress) und über den Bereich Aggressivität und Prosozialität. ... so scheinen die Aspekte Lebenszufriedenheit und Beanspruchung (Stress) auch in der gegenwärtigen Fachliteratur besonderes Interesse zu finden. Die Testautoren sehen in diesen Konstrukten, zusammen mit sozialer Orientierung (Prosozialität, Altruismus), Leistungsorientierung, Gesundheitssorgen, eine psychologisch sinnvolle und praxisbezogene Erweiterung des bisherigen 'FPI-Menschenbildes'. Auf die zeitweilig erwogene Entwicklung stärker psychopathologisch orientierter Skalen, u.a. für spezielle Angstformen, Zwanghaftigkeit, Psychotizismus, wurde verzichtet, ebenso auf sehr spezielle Persönlichkeitsmerkmale wie Kontrollüberzeugungen und sog. Coping-Dispositionen." (S.13f.).

Die Diskussion methodischer Mängel in der Konstruktion des FPI-R erübrigt sich wohl. Inhaltlich unterscheidet sich das Verfahren kaum zum Vorteil von manchen anderen. Seines häufigen praktischen Einsatzes wegen werden aber trotzdem im *Anhang: Verfahrensbeschreibungen* die genauen „technischen" Daten sowie Daten zu den Gütekriterien angeführt.

NEO-FFI:

Es ist ein leichtes, einander widersprechende faktorenanalytische Befunde als logische Folge der Stichprobenabhängigkeit der Methode zu erklären und daher jedes faktorenanalytische Ergebnis als artifiziell zu werten (vgl. zur Stichprobenabhängigkeit der Korrelation in Kap. 2.5.1.; zur Stichprobenabhängigkeit der Faktorenanalyse s. Genaueres z.B. bei Tent & Stelz, 1993); so „überrascht" es den methodisch Eingeweihten, wenn sich eine bestimmte Faktorenstruktur in mehreren voneinander unabhängigen Studien bestätigt findet - den weniger methodisch Eingeweihten „überzeugt" dies von deren Universalität: Goldberg (1981) gab den Namen „Big Five" für diejenigen fünf Faktoren, welche bei zahlreichen Reanalysen der Daten von *Cattell* sowie darauffolgend auch bei anderen Datensätzen immer wieder resultierten - eine Übersicht der Literatur dazu gibt Bartussek (1991). „Diese fünf Merkmalsbereiche haben sich als diejenigen Dimensionen individueller Unterschiede erwiesen, welche bei Faktorenanalysen vielfältiger Eigenschaftsurteile auf Adjektivskalen mit hoher Regelmäßigkeit aufscheinen. Sie gehen auf den sogenannten psycho-lexikalischen Ansatz zurück, welcher sich aus der Sedimentationshypothese von Ludwig Klages (1926) und Raymond B. Cattell (1943) herleitet." (Borkenau & Ostendorf, 1993; S.5).

Erläuterung zur „Sedimentationshypothese“:

„Die Sedimentationshypothese besagt, daß alle Aspekte individueller Differenzen, welche bedeutsam, interessant oder nützlich sind oder waren, in die Sprache Eingang gefunden haben; je bedeutender eine solche individuelle Differenz, desto größer die Wahrscheinlichkeit, daß sie ein gesondertes Wort hervorbrachte. Die Sedimentationshypothese impliziert, daß ... Lexika ... das Universum aller bedeutenden individuellen Unterschiede abdecken.“ (Borkenau & Ostendorf, S.5).

Zwar ursprünglich erst von einer 3-Cluster-Lösung ausgehend, letztlich aber der „fatorenanalytischen Befundlage Rechnung“ tragend, entwickelten *Costa & McCrae* einen Persönlichkeitsfragebogen; zunächst NEO (*Neurotizismus* und *Extraversion* sowie neu: *„open versus closed to experience“*, d.i. *Offenheit für Erfahrung* - 1980), dann NEO-FFI (mit den zusätzlichen Skalen *„agreeableness“*, d.i. *Verträglichkeit*, und *„conscientiousness“*, d.i. *Gewissenhaftigkeit* - FFI für *Five Factor Inventory*, 1989). Nunmehr gibt es eine deutsche Übersetzung des NEO-FFI *(NEO-Fünf-Faktoren Inventar)*, eben von Borkenau und Ostendorf (1993).

Bemerkung am Rand:

„Unter den Experten ist die Einmütigkeit bezüglich der Robustheit und Replizierbarkeit der Fünf-Faktoren-Struktur größer als die Einmütigkeit bezüglich der adäquaten Benennung der fünf Faktoren.“ (Borkenau & Ostendorf, S.8). So präferieren andere Autoren statt des Begriffs *„open versus closed to experience“: „intellect“* oder *„culture“*.

Beispielhaft sind im folgenden die ersten fünf Items des NEO-FFI angeführt, die der Reihe nach den fünf Skalen (Faktoren) entsprechen (insgesamt sind es 60 Items); die Tpn können fünffach abgestuft zwischen den beiden extremen Antworten „starke Ablehnung“ und „starke Zustimmung“ wählen:

„Ich bin nicht leicht beunruhigt“
„Ich habe gerne viele Leute um mich herum“
„Ich mag meine Zeit nicht mit Tagträumereien verschwenden“
„Ich versuche zu jedem, dem ich begegne, freundlich zu sein“
„Ich halte meine Sachen ordentlich und sauber“

Wiewohl methodisch sorgfältiger Aufwand betrieben wurde, um die Konstruktvalidität in bezug auf die „Big-Five“ zu belegen, erfolgte (bis jetzt) keine Normierung für die deutsche Fassung des NEO-FFI ! Zum routinemäßigen Einsatz in der Praxis ist diese Fragebogenbatterie deshalb (noch) nicht geeignet; aus diesem Grund findet sie sich auch nicht näher im *Anhang: Verfahrensbeschreibungen* beschrieben.

Bemerkung am Rand:

Immerhin zeugt es von Seriosität: „Die Autoren der deutschen Version des NEO-FFI haben sich ... der verbreiteten Praxis nicht angeschlossen, Normen zu veröffentlichen, welche auf den Daten großer aber nicht repräsentativer Stichproben beruhen.“ (Borkenau & Ostendorf, S.22).

4.2.2. A-priori Fragebogen

In diesem Kapitel näher eingegangen werden soll auf: MMPI, PRF, TPF und MBTI.

In Kapitel 4.1. **Leistungsdiagnostik** wurde versucht, beim Vorstellen von Inhalten auch die Population der Kinder und Jugendlichen zu berücksichtigen; ein analoges Vorhaben innerhalb der Persönlichkeitsdiagnostik ist allerdings, in bezug auf Fragebogen (-Batterien), prekär: Es gibt eigentlich keine. Um im Bedarfsfall über Verfahren verfügen zu können, die u.U. doch zu den gewünschten Informationen führen, seien wenigstens zwei altersspezifische *Problemfragebogen* im *Anhang: Verfahrensbeschreibungen* näher beschrieben.

MMPI:

Eine dem 16 PF vergleichbare „klassische" Rolle unter den *a-priori* Fragebogen hat der[26] MMPI *(Minnesota Multiphasic Personality Inventory)* von *Hathaway & McKinley* aus dem Jahre 1943 (deutsche *Übersetzung* samt Normierung von Spreen, 1963). Die ursprüngliche Zielsetzung lag in der psychiatrischen Kategorisierung bzw. in der Differenzierung zwischen „normal" und „abnormal"; immer wieder, wohl auch heute noch, findet der MMPI jedoch auch Anwendung in der „Normal"-Population - was zum Beispiel Guilford (1970, S.175) kommentiert als „recht ungeschickt, wenn nicht sogar - wegen der pathologischen Kategorisierungen - äußerst peinlich".

Seine Konstruktion orientiert sich am Konzept der inhaltlichen Gültigkeit, u.zw. aus der Sicht klinischer Syndrome: Bezogen auf die klassifizierbaren psychiatrischen Diagnosegruppen wurden jeweils diejenigen Items aus ursprünglich 1000 der entsprechenden Skala des MMPI zugeordnet, welche sich als typisch herausstellten; wenn zum Beispiel ein überwiegender Prozentsatz „*Depressiver*", dagegen nur ein geringer Prozentsatz „Normaler" der Aussage eines Items zustimmten, wurde dieses Item als ein für „Depression" sprechendes interpretiert. Letztendlich beinhaltet der MMPI 566 Items; etwa 350 davon werden nicht nur einer, sondern mehr als einer Skala zugerechnet, woraus sich hohe Skalen-Interkorrelationen ergeben. Die Skalen heißen bzw. versuchen zu messen: *Hypochondrie, Depression, Hysterie, Psychopathie, Maskulinität/Femininität, Paranoia, Psychasthenie, Schizophrenie, Hypomanie* und *Soziale Introversion-Extraversion*.

An Stelle einer detaillierten Diskussion der Gütekriterien des MMPI soll in Präsentation 15 wesentlich anschaulicher die Vorstellung dieses Fragebogens in einem „Testknacker" wiedergegeben werden, u.zw. wortwörtlich und ohne Kommentar; es

---

[26] Der wörtlichen Übersetzung nach handelt es sich bei diesem Fragebogen um ein „Inventar", bedürfte also des sächlichen Substantivs; in der deutschsprachigen Psychologenschaft ist es jedoch weit verbreitet, Tests bzw. Fragebögen generell mit einem männlichen Substantiv zu apostrophieren, unabhängig vom Namen des Verfahrens - wohl weil das Affix: „der" Test bzw. „der" Fragebogen zwar unausgesprochen bleibt, aber eigentlich stets „im semantischen Raum steht". Ein besonderes Kuriosum dazu findet sich im Vorwort zum AID (Kubinger & Wurst, 1991; S.5): „Und die Diskussion, ob es **das** AID, nämlich das Adaptive Intelligenz Diagnostikum, oder **der** AID, nämlich der Test AID, heißen soll, wird ... prolongiert: Beides ist möglich".

handelt sich dabei um eine journalistisch pointierte Beschreibung, gedacht als Information oder Hilfestellung bzw. eigentlich als Anleitung für Bewerber, „Wie man Karriere-Tests erfolgreich besteht" - so der Untertitel. Obwohl, laut Informationsstand des Verfassers, der MMPI heutzutage nicht mehr zur Personalauswahl herangezogen wird, die Autorin des „Testknackers" ihre (bereits 20 Jahre alte) Kritik aber darauf konzentriert, verliert diese nichts an Brisanz: Auch für klinische Fragestellungen gelten die Betrachtungen - und immerhin heißt es im Manual: „... wurde unter dem Gesichtspunkt eines im klinischen Bereich oder in der Personalauslese Arbeitenden bestimmt" (Spreen, 1963; S.11).

Präsentation 15: Kurzgefaßte Zusammenstellung von wörtlichen Zitaten zum MMPI aus einem „Testknacker".

„Schon der Anblick des Mammut-Inventars ist geeignet, Furcht und Schrecken zu erwecken, denn es enthält 560 Fragen (tatsächlich: 566; Anm. d. Verf.), die mit 'stimmt', 'stimmt nicht' oder 'zweifelhaft' (tatsächlich: 'richtig', 'falsch' oder 'weiß nicht'; Anm. d. Verf.) zu beantworten sind. Darunter finden sich so abenteuerliche Behauptungen wie: *'Ich bin ein besonderer Sendbote Gottes'*, *'Meine Seele verläßt manchmal meinen Körper'* oder *'Manchmal bin ich von bösen Geistern besessen*, die einen sensiblen Probanden sehr verschüchtern können: Will man ihn etwa zur Aufnahme ins Irrenhaus testen?" (von Paczensky, 1976; S.85). „Diese Vermutung ist gar nicht so abwegig, denn tatsächlich wurde der MMPI in der psychiatrischen Heilanstalt von Minnesota ersonnen, um die verschiedenen Geisteskranken besser voneinander trennen zu können. ... Jede halbwegs intelligente Testperson wird ... kaum in Versuchung kommen, den abartigsten Sätzen zuzustimmen.

'Ich glaube, ich bin ein verdammter Mensch.'
'Manchmal höre ich Stimmen.'
'Ich höre seltsame Dinge, wenn ich allein bin.'
'Man hat mir gesagt, daß ich schlafwandle.'
'Manchmal kommen mir seltsame Gerüche.'
'Alles schmeckt gleich.'

Diese Fragen sind schon recht befremdend, doch enthält der MMPI noch ganz andere Delikatessen. Sechs Fragen befassen sich mit Verdauungsvorgängen, die man im allgemeinen nicht mit seinem Arbeitgeber besprechen möchte, wie etwa:

'Einmal oder mehrmals im Monat habe ich Durchfall.'
'Ich habe keine Schwierigkeiten, Stuhl zu lassen oder Stuhl zu halten.'
'Ich muß öfter als andere Wasser lassen.'

Mit gleichem Feingefühl bohrt sich der Fragebogen auch ins Liebesleben des Probanden:

'Ich hatte niemals Unannehmlichkeiten wegen meines sexuellen Verhaltens.'
'Mein Sexualleben ist zufriedenstellend.'
'Ich fühle mich sehr stark von Personen meines eigenen Geschlechts angezogen.'
'Ich träume viel von sexuellen Dingen.'
'Mit meinen Geschlechtsorganen ist etwas nicht in Ordnung'.

Natürlich sind diese und ähnliche Fragen eine Unverschämtheit. Kein Vorgesetzter, kein Personalchef würde wagen, sie mündlich im Einstellungsgespräch zu stellen, und kein vernünftiger Bewerber würde sie beantworten." (S. 85f.).

„Die Seelenschnüffelei des MMPI macht selbst vor dem Jenseits nicht Halt und erwartet Auskünfte über das Maß an christlicher Frömmigkeit, die sonst nur der Beichtvater erfährt:

'Ich glaube an ein Leben nach dem Tode.'
'Ich glaube an die Wiederkunft Christi.'
'Ich bete mehrmals in der Woche.'" (S.86).

„Keine Angst: der MMPI ist keine uneinnehmbare Festung, wenn man sich nicht von der ... Drohung mit der Lügenskala ... schrecken läßt. Gerade die grobe Taktlosigkeit vieler Fragen macht es leicht, sie im sozial angepaßten Sinn zu beantworten. Wer sich die Grundregeln des gewitzten Bewerbers vor Augen hält, das Idealprofil eines erstrebenswerten Charakters deutlich im Sinn hat, der kann hier kaum zu schädlichen Punktwerten kommen.

Um Karriere zu machen, muß man innen und außen fit sein, also: kein Durchfall, auch kein Husten, keine Übelkeit, keine Schlafstörungen oder Schwierigkeiten beim Wasserlassen oder andere Gebrechen, die im Lauf des Inventars angeboten werden. Natürlich hat man auch keine sexuellen Probleme; alle Fragen in dieser Richtung werden verneint.

Allerdings: *'ab und zu lache ich über einen unanständigen Witz'* - das darf man zugeben, um nicht als weltfern ... zu gelten.

Im Umgang mit dem lieben Gott ist aufmerksame Unterscheidung nötig: Ein tüchtiger Stellenberwerber mag fromm sein, aber nicht zu sehr. Atheisten sind allgemein verdächtig. Da mag das puritanische Erbe Amerikas bei der Testkonstruktion mitgewirkt haben, doch auch die deutsche Form des MMPI ..., an der Universität Saarbrücken bearbeitet, läßt ein gutbürgerliches Mittelmaß an Gottesfurcht empfehlenswert erscheinen. Es ist ratsam, an Gott und die Unsterblichkeit zu glauben, nicht aber an Wunder, an Teufel und Hölle, sonst kommt man womöglich in den Verdacht einer psychischen Abirrung. Gelegentlicher Kirchenbesuch gilt als normal, doch häufiges Bibellesen wird nachteilig vermerkt. Wer sich etwa selbst für einen verdammten Menschen oder im Gegenteil für einen Sendboten Gottes hält, sollte dies unbedingt verschweigen. Die gröberen Geisteskrankheiten sind relativ leicht zu meiden; schwieriger wird es bei der Männlichkeitsskala des MMPI, auf der kontrolliert wird, ob man sich wie ein richtiger Mann oder eine richtige Frau verhält. Dieser Unterschied wird auf dem geduldigen Fragebogenpapier mit seltsamen Maßstäben gemessen, die sich nicht unbedingt aus dem gesunden Menschenverstand oder der Lebenserfahrung des Probanden ableiten lassen. Hier einige Hinweise, wie man antworten muß, um dem richtigen Geschlecht zugezählt zu werden:

	Maskulin	*Feminin*
Ich gehe gerne ins Theater	stimmt nicht	stimmt
Ich habe keine Angst vor Schlangen	stimmt	stimmt nicht
Ich würde gerne Bibliothekar werden	stimmt nicht	stimmt
Ich denke oft schneller als ich spreche	stimmt nicht	stimmt
Ich gehe gerne auf die Jagd	stimmt	stimmt nicht
Ich bin Mitglied in mehreren Vereinen	stimmt	stimmt nicht
Ich habe nie mit Puppen gespielt	stimmt	stimmt nicht
Ich liebe Gedichte	stimmt nicht	stimmt
Ich bin in der Liebe enttäuscht worden	stimmt nicht	stimmt
Ich liebe laute lustige Gesellschaften	stimmt	stimmt nicht
Ich bin voller Selbstvertrauen	stimmt	stimmt nicht

Ich empfinde stärker und tiefer alsdie meisten Mensche	stimmt nicht	stimmt
Ich wäre gern Soldat	stimmt	stimmt nicht
Oft habe ich Lust auf eine Schlägerei	stimmt	stimmt nicht

Es sind insgesamt 60 Fragen, an denen Männlein und Weiblein unterschieden werden. Sie sind an der Durchschnittsnorm ermittel worden, die vermutlich vor 15 Jahren im Saarland galt oder vor 20 Jahren in Minnesota (vgl. das Erscheinungsjahr dieses 'Testknackers': 1976; Anm. d. Verf.). Ein moderner junger Mann, der vielleicht Theater und Lyrik schätzt, Liebeskummer kennt und sich weder fürs Schießen noch fürs Prügeln erwärmen kann, sollte soche Neigungen lieber verbergen, denn er handelt sich sonst eine 'feminine Tendenz' ein, die auf Homosexualität oder zumindest 'ästhetische Interessen' schließen läßt. Personalchefs sehen das nicht gern.

Weibliche Berwerber hingegen sind nicht verpflichtet, sich unbedingt ans sexuelle Rollenschema zu halten. Sie können sich unbesorgt zu lustigen Gesellschaften, Vereinsmeierei und Jagdlust bekennen, ohne als Lesbierinnen verdächtigt zu werden. Bei Frauen bedeutet ein hoher Maskulinitätswert, daß sie selbstsicher, spontan und tüchtig sind, also für Führungspostionen wie geschaffen. Hier wird das alte Klischee am Leben gehalten, daß nur Mannweiber etwas leisten, daß Weiblichkeit mit Hilflosigkeit einhergeht. Wer aus der Rolle fällt, muß mit Strafpunkten rechnen, das gilt vor allem für Männer, die sich nicht mehr am Ideal der Kruppstahl-Härte orientieren mögen. Die Psychologen, die dem MMPI vertrauen, berufen sich auf die Statistik, die ein für allemal entschieden hat, daß etwa Schlangenfurcht und Theaterleidenschaft unmännlich sind, daß ein rechter Kerl gern zur Flinte greift usw. Wer nicht am bewährten Verhalten klebt, ist abnorm und muß die nachteiligen Folgen tragen - oder beim Fragebogenausfüllen ein bißchen schwindeln.“ (S. 88ff.).

Natürlich waren sich die Autoren der Verfälschbarkeit ihres Fragebogens bewußt. Daher muß vor der Interpretation der Testwerte einer Tp vermittels vierer sog. „Validitäts“-Werte geklärt werden, „ob die Antworten der Versuchsperson eine gültige Reihe von Skalenwerten erbracht haben“ (Spreen; S.42). Neben der Tendenz, „einen normalen Eindruck zu erwecken“ (S.26), und der Tendenz, eine im Vergleich zu anderen ungewöhnliche Reaktion zu geben, interessiert das Ausmaß, in dem zu den Statements nicht Stellung genommen wird („weiß nicht“), und vor allem der „Lügen“-Wert als Indikator dafür, sich ins günstige Licht zu setzen. Auch diesbezüglich sei ein kritischer Kommentar dem „Testknacker“, in Präsentation 16, überlassen.

Präsentation 16: Kurzgefaßte Zusammenstellung von wörtlichen Zitaten zum „Lügen“-Wert im MMPI aus einem „Testknacker“.

„Die meisten Fragebogen enthalten ... Trickfragen, deren Ergebnis auf einer gesonderten Lügenskala eingetragen wird. Man erkennt Sie manchmal an der unvorsichtigen Formulierung, wenn z.B. von 'niemals' oder 'immer' die Rede ist. 'Ich sage immer und unter allen Umständen die Wahrheit' - wer mag das schon von sich behaupten?“ (von Paczensky, 1976; S.93).

„Im MMPI, der als Muster für viele andere Fragebogen gelten kann, sind die Lügenfallen nicht ganz so offensichtlich. Sie lauern dort, wo man sich zu kleinen Schwächen bekennen soll, die außerordentlich häufig sind. Von den 560 Fragen des MMPI gehören 15 in diese Kategorie:

'Manchmal denke ich an Dinge, die zu schlecht sind, um darüber zu reden.'
'Ich sage nicht immer die Wahrheit.'
'Ich werde manchmal wütend.'
'Manchmal bin ich schlechter Laune, wenn ich mich nicht wohl fühle.'
'Wenn ich ohne Bezahlung in ein Kino hereinkönnte und sicher wäre, nicht gesehen zu werden, dann würde ich es wahrscheinlich tun.'
'Ich lerne gern bedeutende Leute kennen, weil ich mich dann selbst wichtig fühle.'
'Manchmal stimme ich bei Wahlen für Leute, von denen ich sehr wenig weiß.'
'Manchmal klatsche ich ein wenig.'
'Ab und zu lache ich über einen unanständigen Witz.'
'Ich mag nicht jeden Menschen leiden, den ich kenne.'
'Manchmal möchte ich am liebsten fluchen.'
'Ich lese nicht jeden Tag alle Leitartikel in der Zeitung.'
'Manchmal verschiebe ich etwas auf morgen, was ich heute tun müßte.'
'Mein Benehmen bei Tisch ist zu Hause nicht ganz so gut, wie wenn ich in Gesellschaft auswärts esse.'
'Ich würde beim Spiel lieber gewinnen als verlieren.'

Um als aufrichtiger Charakter abzuschneiden, sollte man mindestens die Hälfte dieser netten kleinen Fehler eingestehen. Einige darf man ruhig abstreiten, denn ein allzu niedriger Lügenwert ist auch nicht erstrebenswert. Wer alles zugibt, gilt als ängstlich.“ (S.93f.).

„Der MMPI hat einige besondere Tücken, die leicht zur Verängstigung ungewarnter Testpersonen beitragen. So sind 16 Behauptungen - darunter recht peinliche wie 'Ich habe als Kind gestohlen' - doppelt im Test enthalten, wodurch dem Testleiter eine zusätzliche Kontrolle der Wahrheitsliebe möglich wird. Wer sich gegen Ende der 560 Testfragen nicht mehr entsinnen kann, was er am Anfang beantwortet hat, sollte unbesorgt zurückblättern: Die meisten Wiederholungen stammen aus den Nummern zwischen 20 und 40.

Eine Verlegenheitslösung, die von schwachen Naturen manchmal ergriffen wird, ist die Flucht ins Ungewisse, nämlich auf schwierige Fragen mit 'weiß nicht' oder 'zweifelhaft' zu antworten. Diese Taktik kann für strebsame Aufstiegskandidaten keinesfalls empfohlen werden: Erstens macht eine hohe Anzahl von Fragezeichen, ebenso wie ein hoher Lügengrad, den ganzen Test ungültig, und außerdem macht es einen denkbar schlechten Eindruck. Von einer Führungskraft wird vor allem Entschiedenheit und Entscheidungsfähigkeit erwartet. Wer nicht einmal weiß, welche Sünden er zugeben soll, ist fürs Management unbrauchbar. Wenn auch die meisten Fragebogen eine solche Spalte für unentschiedene Probanden vorsehen, so sollte man doch ein für allemal auf ihre Benutzung verzichten.“ (S.94).

Auf eine genaue Diskussion des MMPI hinsichtlich seiner Gütekriterien soll hier sowie im *Anhang: Verfahrensbeschreibungen* verzichtet werden; um das stimmige, negative Bild abzurunden, sei vielleicht nur ein Hinweis auf seine *Normierung* gegeben: Gemessen daran, wie häufig der MMPI eingesetzt wurde/wird, und gemessen daran, daß er für eine Gruppenvorgabe geeignet ist, mutet die Normierungs-Stichproben (N=998) sehr klein an.

Immerhin, es wurde nicht bloß übersetzt, wie zum Beispiel beim „verwandten" CPI, wo bis heute keine Normierung für die deutschsprachige Fassung erfolgte[27], sondern die amerikanischen Normen verwendet werden - dieser Fragebogen wird konsequenter Weise im *Anhang: Verfahrensbeschreibungen* erst recht nicht behandelt.

Bemerkung am Rand:

Der CPI wurde (offensichtlich) auf der Grundlage des MMPI- Item*pools* erstellt; das Ziel seiner Konstruktion war ein Fragebogen, der besser auf den Bereich der psychiatrischen Unauffälligen zugeschnitten ist. Trotz dieses Ziels befremdet folgendes Zitat: „Der deutsche CPI ... ist besonders in dem Bereich des Management Assessment und zur Frühidentifikation von Führungseignung das zur Zeit attraktivste Verfahren" (Stratemann, 1991; S.201).

Bemerkung am Rand:

Befremdlich ist auch das Zustandekommen der MMPI-*Deutsche Kurzform* (Gehring & Blaser, 1982); in ihrem Vorwort kritisieren die Autoren den MMPI (noch) sowohl „qualitativ" als auch testtheoretisch, um dann doch ihre Kurzform an der Gesamtform zu „validieren" !

PRF:

Die *Deutsche Personality Research Form* (PRF; Stumpf, Angleitner, Wieck, Jackson & Beloch-Till, 1985) stellt eine gründliche Bearbeitung der amerikanischen Originalversion von *Jackson* aus dem Jahre 1967 dar. Und als solcher bezieht sich der Fragebogen auf *Murray*, dessen „Personologie" als eine besondere und bedeutende Persönlichkeitstheorie gilt. Seine „Theorie hat zudem den Vorzug, daß sie das alltägliche menschliche Verhalten weitgehend - wenngleich natürlich nicht vollständig - mit relativ einfachen, dem Allgemeinverständnis nahestehenden Konzepten abdeckt" (Stumpf et al., S.7); und dann heißt es im Manual: „Verhaltensauffälligkeiten und -störungen im klinischen Sinn sollen in der PRF nicht erfaßt werden." (S.8).

Zur Erinnerung:

Murray (1938) interpretiert den Menschen als einen *aktiven* Organismus, der nicht nur auf den Druck der Situation reagiert, sondern bestimmte Situationen auch aufsucht und gestaltet, „... in jedem Falle aber die Auswirkungsmöglichkeiten der jeweiligen Situation auf die eigenen Bedürfnisbelange auffaßt und entsprechend agiert." (Heckhausen, 1989; S.66). Das Individualtypische einer Person werde demnach gefunden, wenn man die Person „über Situationen und über die Zeit hinweg beobachtet." *Murray* definiert zwei zentrale Begriffe, „Motiv" (Bedürfnis), englisch: *need*, auf der Personenseite, und (besser nicht zu übersetzen): *press* auf der Situationenseite; *press* ist dabei derjenige Zielzustand, welchen die jeweilige Situation erhoffen bzw. als in Verlust zu geraten befürchten läßt. „*Need* und *press* entsprechen sich thematisch; ein *press* ruft das entsprechende *need* hervor, ein *need* sucht seinen ihm entsprechenden *press*." (Heckhausen, S.67). - Im Rahmen der Motivationspsychologie überwindet bzw. verbindet *Murray* damit übrigens die alternativen Motivationstheorien, wonach die „Motivation" zum Handeln entweder dispositionell (*trait*-mäßig) begründet sei oder durch situationsbezogenes Lernen.

---

[27] Nach persönlicher Mitteilung von Herrn Franz E. Weinert ist eine solche Normierung in Vorbereitung.

An möglichen Motiven unterscheidet er zwischen primären (Bedürfnissen) und sekundären, sog. „psychogenen". Darunter fallen (u.a. sowie hier schon in geringer Abänderung nach *Jackson*; vgl. bei Stumpf et al., 1985)[28]:

Selbsterniedrigung	*Leistungsstreben*
Geselligkeit	*Aggressivität*
Autonomiestreben	*Bedürfnis nach Abwechslung*
Sorgfalt	*Mißtrauen*
Dominanzstreben	*Ausdauer*
Bedürfnis nach Beachtung	*Risikomeidung*
Impulsivität	*Hilfsbereitschaft*
Ordnungstreben	*Spielfreude*
Empfindsamkeit	*Soziales Anerkennungsbedürfnis*
Anlehnungsbedürfnis	*Allgemeine Interessiertheit*

Die Modifizierungen, die *Jackson* an der Aufstellung der Motive von *Murray* vornahm, geschahen mit dem Ziel, möglichst unabhängige Konstrukte zu formen.

Die endgültige Auswahl der PRF-Items erfolgte aus einem anfänglichen Item*pool* von ca. 3000 primär nach dem Konzept der inhaltlichen Gültigkeit, u.zw. mittels „Experten"-Rating einerseits und der Fremdeinschätzung von fiktiven Personen mit extremer Ausprägung in ausgewählten Konstrukten andererseits. Sekundär erfolgte die Auswahl (klassisch) testtheoretisch, u.zw. hinsichtlich der inneren Konsistenz, der Item-„Schwierigkeit" sowie der konvergenten und diskriminanten Validität (insbesondere in bezug auf die soziale Erwünschtheit). Faktorenanalytische Auswertungen (auf Itemebene) dienten nur der nachträglichen Absicherung der Skalen !

Zur Illustration:

Im folgenden wird als ein Beispiel die Personenbeschreibung einer fiktiven Person mit wenig *Autonomiestreben* gegeben; im Zuge der Fragebogenentwicklung sollten nun unabhängige Beurteiler diese Person in bezug auf inhaltlich relevante Items des ursprünglichen Item*pools* fremdeinschätzen:

„Alex Reed arbeitet im Werbebüro einer großen Versicherungsgesellschaft. Obwohl er für die Werbeauslagen seiner Firma verantwortlich ist, sucht er stets den Rat seiner Mitarbeiter und Vorgesetzten, bevor er eine Entscheidung trifft. Normalerweise hält er eine Versammlung ab, in der sich jeder über die geplanten Werbemaßnahmen äußern kann, und man kommt dann zu einer Gruppenentscheidung, die er seinem Vorgesetzten zur Genehmigung vorlegt. Alex macht es besondere Freude, sein Büro als Team zu organisieren, in dem die einzelnen in allen Arbeitsabschnitten zusammenarbeiten.

Alex hat seiner Familie immer sehr nahe gestanden. Neulich kaufte er eine Wohnung in der Nähe seiner Eltern, um sie öfter besuchen zu können. Er hat auch einige Geschwister, mit denen er regelmäßig bei Familientreffen zusammenkommt. Alex, seine Frau und seine Kinder stehen einander sehr nahe. Gemeinsam planen sie Tätigkeiten, an denen die ganze Famlie teilnehmen

[28] Die wiederum vom Verfasser als *Spielfreude* und *Empfindsamkeit* bezeichneten Motive heißen bei Stumpf et al. „Spielerische Grundhaltung" und „Beachtung von Sinnesqualitäten".

kann. Alex' Freunde beschreiben ihn als kooperativ, konventionell und angenehm im Umgang." (Zit. aus Stumpf et al., S.9).

Zur Illustration:

Jackson (s. Jackson, 1970) erstellte innerhalb der PRF auch eine eigene Skala zur sozialen *Erwünschtheit*; die diesbezügliche diskriminante Validierung der Items der einzelnen Konstrukte konnte deshalb mit Hilfe des von Jackson und Messick (1963) vorgeschlagenen „Differentiellen Reliabilitätsindexes" bestimmt werden - es handelt sich dabei um die rechnerische Verminderung der Trennschärfe eines Items *i* (eigentlich: seiner durch den Gesamt-„Test" *t* erklärten Varianz) um jenen Varianzanteil, der durch die soziale *Erwünschtheit d* erklärt wird:

$$r_{it-corr} = r_{it}^2 - r_{id}^2$$

Bei der Übertragung auf deutsche Verhältnisse ging es den Autoren darum, „zunächst die psychologische Äquivalenz der Übersetzung in für die Praxis hinreichendem Maße zu gewährleisten und sodann zu prüfen, ob die deutsche Version innerhalb ihres Kulturkreises ähnliche Eigenschaften ... aufweist wie die Originalversion" (Stumpf et al., S.33). „Den Weg der Adaptierung markieren zwei Äquivalenzprüfungen (zwischen denen eine grundlegende Revision der Übersetzung erfolgte), zwei Validierungsstudien, auf die eine Kürzung der deutschen PRF-Version folgte, drei weitere Validierungs-Untersuchungen und eine Arbeit zur Verfälschbarkeit von PRF-Skalenwerten." Durch den schlußendlichen Wegfall der Skalen *Selbsterniedrigung*, *Autonomiestreben*, *Bedürfnis nach Abwechslung*, *Sorgfalt*, *Mißtrauen* und *Beachtung von Sinnesqualitäten* „sind die wesentlichen ... Mängel im ursprünglichen Konstruktionssystem in Form von Überschneidungen und Redundanzen in der deutschen PRF behoben" (S.44). Auch die Skala (soziale) *Erwünschtheit* entfällt.

Als Beispiele der 14 Mal 16 Items bzw. Statements der PRF seien wieder die ersten vier des Fragebogens angeführt, u.zw. sind das solche zu den Skalen *Leistungsstreben*, *Geselligkeit*, *Aggressivität* und *Dominanzstreben* (auf alle ist mit „richtig" oder „falsch" zu antworten - Form KA):

„Ich ärgere mich über mich selbst, wenn ich etwas nicht gründlich gelernt habe."
„Ich versuche, so oft wie möglich in der Gesellschaft von Freunden zu sein."
„Es macht mir nicht viel aus, wenn mich jemand in einer Diskussion aussticht."
„Ich versuche, andere unter meinen Einfluß zu bekommen, anstatt zuzulassen, daß sie mich kontrollieren."

Die zur Kontrolle von Antworttendenzen entwickelte Skala *Infrequenz* beinhaltet 10 Items wie „Ich kann mit beiden Händen gleich gut und schnell schreiben".

Genaue „technische" Daten sowie Daten zu den Gütekriterien finden sich im *Anhang: Verfahrensbeschreibungen*.

Kritisch sei an dieser Stelle angeführt:

❶ Zwar *nur* zur Absicherung der Skalen gedacht, sind die faktorenanalytischen Auswertungen auf Itemebene trotzdem zu bemängeln; bereits in Kapitel 2.5.1. wurde besprochen, daß die Anwendung der Faktorenanalyse auf dichotome Variablen stets zu artifiziellen Faktoren führt - moderne, explizit für dichotome Variablen entwickelte dimensionsanalytische Methoden standen 1970 jedenfalls noch nicht zur Verfügung.

❷ Sofern auf Schlußfolgerungen aus Faktorenanalysen überhaupt Wert gelegt wird, enttäuscht das im Manual berichtete empirische Ergebnis, wonach die 14 Skalen bloß 4 Faktoren begründen: „Leistungsorientiert-disziplinierte vs. impulsiv-spielerische Lebenseinstellung“, „Überlegenheitsstreben“, „Anlehnungsbedürfnis und Hilfsbereitschaft“, „Anerkennungs- und Hilfsbedürfnis“; danach wären die Bemühungen um möglichst unabhängige Konstrukte unbelohnt.

❸ Der vorbildhafte, weil sich endlich wieder auf *Campbell & Fiske* besinnende MMTM-Ansatz (vgl. in Kap. 2.3.2.) zeigt leider inhaltlich nicht voll befriedigende Ergebnisse.

❹ Und bei der Realisierung der als beispielhaft zu bezeichnenden Idee, zur Bestimmung der inhaltlichen Gültigkeit fiktive Personen fremdeinschätzen zu lassen, darf nicht übersehen werden, daß nur einige wenige Konstrukte untersucht wurden und die Beurteiler (nur 59) Offiziersanwärter waren.

TPF:

Eigentlich einen Kompromiß zwischen *a-priori* Fragebogen und faktorenanalytisch begründetem Fragebogen stellt der TPF (*Trierer Persönlichkeitsfragebogen*; Becker, 1989) dar: „Es sollte ... der Versuch unternommen werden, ... sieben Indikatorenbereiche der seelischen Gesundheit sowie seelische Gesundheit und Verhaltenskontrolle als Superkonstrukte der Persönlichkeit einer Messung zugänglich zu machen, wobei seelische Gesundheit als die Fähigkeit zur Bewältigung externer und interner Anforderungen verstanden wurde. In diesem Sinne erfolgte die TPF- Konstruktion theoriegeleitet. Allerdings sollte auf empirischem Wege - mittels Hauptkomponentenanalysen ... - überprüft werden, ob die Apriori Einteilung ... beibehalten werden kann oder ... modifiziert werden muß.“ (Becker, S.11f.). So „ergab sich in der Tat die Notwendigkeit zu einigen Modifikationen.“ (S.12).

Ausgangspunkt waren also gewisse inhaltliche Modellvorstellungen - postuliert wurden insbesondere bestimmte „Indikatoren“, an Hand derer man die „seelische Gesundheit als Zustand“ ermessen kann; Ergebnis ist ein allgemeiner Persönlichkeitsfragebogen mit den Skalen

Verhaltenskontrolle
Seelische Gesundheit
Sinnerfülltheit vs. Depressivität
Selbstvergessenheit vs. Selbstzentrierung
Beschwerdefreiheit vs. Nervosität
Expansivität
Autonomie
Selbstwertgefühl
Liebesfähigkeit;

sie beinhalten 118 Items wie zum Beispiel die im folgenden wiedergegebenen Items 1,2,3, und 8, die den ersten vier angeführten Skalen entstammen - die vorgegebenen Antwortmöglichkeiten lauten auf „immer“ oder „oft“, „manchmal“ bzw. „nie“:

> *„Ich gehe großem Trubel und Aufregungen ... aus dem Weg“*
> *„Wenn es etwas wichtiges zu entscheiden gibt, weiß ich ... genau, was ich will“*
> *„Ich fühle mich ... einsam“*
> *„Ich denke ... über mich und mein Leben nach“.*

Zu kritisieren ist am TPF gegenüber anderen Persönlichkeitsfragebogen nichts spezifisches - vielleicht mit Ausnahme seiner Begrifflichkeit: Der Autor selbst weist auf die Nähe seiner beiden ersten Skalen zu „Extraversion/Introversion“ und „Neurotizismus“ hin. Genaue „technische“ Daten sowie Daten zu den Gütekriterien finden sich jedenfalls im *Anhang: Verfahrensbeschreibungen.*

MBTI:

Eindeutig ein *a-priori* Fragebogen ist der MBTI (im englischsprachigen Original: *Myers-Briggs Type Indicator*), der 1962 erstmals veröffentlicht wurde und seit 1991 auch in einer deutschen Fassung vorliegt (vgl. in Kap. 3.1.1.). Das Verfahren beruht im wesentlichen auf *Jung* bzw. seiner Typenlehre.

> ***Zur Erinnerung:***
>
> „J.s (Jungs; Anm. d. Verf.) Typologie baut auf einer Unterscheidung von *Funktions-* und *Reaktionstypen* auf. Während sich die Einteilung nach Funktionstypen an J.s 4 *Grundfunktionen:* Denken, Intuieren, Fühlen und Empfinden ..., orientiert, charakterisiert der Reaktionstyp die Richtung der libidinösen Energie. Je nachdem, ob die Libido mehr nach innen oder nach außen gerichtet ist, unterscheidet J. zwischen *Introversion* und *Extraversion.*“ (Arnold, Eysenck & Meili, 1980; S.1046).

> ***Bermerkung am Rand:***
>
> „Unabhängig von Jung hatte Katherine Briggs zunächst eine eigene Klassifikation der Persönlichkeit entwickelt. Ihre Darstellung erschien 1926 und beschrieb vier Persönlichkeitstypen: den sozialen, den rationalen, den administrativen und den spontanen Typus. Ähnlich wie Jung hatte sie versucht, scheinbar zufälliges Verhalten in Kategorien zu beschreiben. ... Briggs stellte fest, daß ihre Theorie der Persönlichkeit weitgehend mit der von Jung übereinstimmte. ... Später konzentrierte sie sich gemeinsam mit ihrer Tochter Isabel (Myers; Anm. d. Verf.) auf die Erforschung von Persönlichkeitsunterschieden.“ (Bents & Blank, 1991; S.5f.).

Vier polarisierende sog. „Präferenzen“: *Extraversion/Introversion*, *Sinnliche/Intuitive Wahrnehmung*, *Analytische/Gefühlsmäßige Beurteilung* und *Beurteilung/Wahrnehmung*, geben in Kombination 16 mögliche Typen; vier entsprechende Skalen beinhalten insgesamt 90 dichotom zu beantwortenden Items, mit einer einzigen Ausnahme. Die ersten vier Items, der genannten Reihenfolge der Skalen gemäß umgeordnet, lauten:

„Wenn Sie mit mehreren Leuten zusammenkommen, was machen Sie gewöhnlich?
A *beteiligen Sie sich am allgemeinen Gespräch* *oder*
B *unterhalten Sie sich mit jemandem, den Sie gut kennen?"*

„Kommen Sie gewöhnlich mit Menschen besser aus,
A *die phantasievoll* *oder*
B *die realistisch sind?"*

„Achten Sie eher
A *auf die Gefühle anderer Menschen* *oder*
B *auf deren Rechte?"*

„Wenn Sie einem genauen Plan folgen müssen
A *sagt Ihnen das zu* *oder*
B *schränkt Sie das ein?"*

Obwohl es die Testautoren dem Konzept entsprechend, nämlich eine Typisierung der Tp (im Sinn einer Identifizierung bzw. „Erkennung" der Persönlichkeit) vorzunehmen, gar nicht um normorientierte Diagnostik geht, disqualifiziert sich dieser Fragebogen wohl selbst für den routinemäßigen Einsatz: Es gibt keine Normen ! Die Beschreibung des Typischen klärt natürlich nicht, wie häufig dieses in der Bevölkerung realisiert ist. Der MBTI wird daher auch nicht im *Anhang: Verfahrensbeschreibungen* näher behandelt.

4.2.3. Objektive Persönlichkeitstests

Bereits in Kapitel 2.9. **Unverfälschbarkeit** wurde eine Definition gegeben sowie die prinzipielle Zielsetzung Objektiver Persönlichkeits*tests* näher ausgeführt; es wurde auf den bestimmenden Einfluß *Cattell*s hingewiesen und einige Beispiele aus der deutschen Fassung, der OA-TB 75, seiner erstmals 1955 publizierten Testbatterie gegeben. Nur angedeutet wurde, daß er damit ein „Universal-Index"-Faktorensystem als (alternative) Intelligenztheorie ableitete; dieses beinhaltet 21 Faktoren, die allerdings in zahlreichen Arbeiten nicht befriedigend repliziert werden konnten (vgl. Häcker et al., 1975). Seinen Universal-Indexen ist daher auch viel weniger Beachtung zu schenken als vielen seiner innovatorischen Untertests.

Es wurde ebenfalls schon behandelt, daß sich in der OA-TB 75, trotz allem, einige Einstellungsfragebogen finden. Diese interessieren hier nicht weiter. Dasselbe gilt für einige andere Unter-„Tests", die im Stil von Umfragebogen freie Antwortformate vorsehen, sich aber in bezug auf den Grad der Verfälschbarkeit von den herkömmlichen Persönlichkeitsfragebogen kaum unterscheiden (z.B. *T 110*, wo verschiedene Lebensziele angeführt werden sollen, inklusive einer Zeitschätzung bis zum Erreichen derselben).

Davon abgesehen kann man die Untertests der OA-TB 75 in drei Gruppen einteilen:

❶ Die erste ähnelt den üblichen Leistungstests, sie sind also durch ihre *Aufgaben*stellung gekennzeichnet. Langfristig wird man vielleicht nur sie „Objektive Persönlichkeits*tests*“ bezeichnen; so verwendet z.B. Cronbach (1970) gleich den Begriff: „performance-tests of personality“. Bei ihnen ist die Verfälschbarkeit praktisch ausgeschlossen.

Zur Illustration:

Im Untertest *T 45* besteht die Aufgabe darin, (unter Zeitdruck) die Längen von 42 Linienpaaren zu vergleichen. Laut Autoren soll damit die „Schnelligkeit und Genauigkeit des Urteils“ erfaßt werden - wobei sie dies in generalisierter Form *sensu Cattell* meinen, dessen faktorenanalytische Ergebnisse für „Selbstbehauptung“ und „Überschwenglichkeit“ sprechen. Es muß allerdings die Test*leistung* in diesem Untertest nicht notwendigerweise im Sinne *Cattells* interpretiert werden, um zum Beispiel für das Personalwesen „*appeal*“ zu haben - bloß: es fehlt an Validierungsstudien.

❷ Die zweite Gruppe ähnelt zwar herkömmlichen Fragebogen, die Auswertung bezieht sich aber auf das formale und nicht auf das inhaltliche Antwortverhalten der Tp. Wie auch schon weiter oben beschrieben, soll also durch unkonventionelle und von der Tp nicht erwartete Auswertungsmethoden die Durchschaubarkeit des Meßprinzips reduziert/verhindert werden.

Zur Illustration:

Im Untertest *T 10(1)* wird der Grad der Übereinstimmung zu 20 Statements aus verschiedenen Themenbereichen abgefragt (fünfkategoriell: „stimme völlig -“ bis „stimme überhaupt nicht überein“); dabei sind die Statements jeweils ergänzt um eine *Begründung für* bzw. *gegen* die Zustimmung, quasi als Möglichkeit der Meinungsbildung. Zum Beispiel Item 3:

> *„Wenn jemand stiehlt, sollte er streng bestraft werden.*
> *(Stimme völlig überein, denn wenn einer nicht für sein Stehlen bestraft wird, wird er es immer wieder tun.)“*

Als Testkennwert wird eine Punktwertsumme berechnet, die die „Tendenz zur Übereinstimmung“ (mit vorgegebenen Urteilen) quantifiziert. Wie bei der OA- TB 75 üblich, mangelt es leider an einer Validierung.

❸ Die dritte Gruppe besteht aus einzelnen Protagonisten, die nicht in das Schema Leistungstest *vs.* Persönlichkeitsfragebogen zu pressen sind.

Zur Illustration

Im Untertest *T 17* ist, analog zu üblichen Kodiertests, eine lange Liste, bestehend aus wiederkehrenden 4 verschiedenen Symbolen, zu bearbeiten, indem entsprechende 4 Buchstaben so schnell wie möglich zugeordnet werden; die Liste wird in 5 gleichen Teilzeiten vorgegeben, wobei die Tp nach jeder eine Prognose zu treffen hat, wieviele Symbole sie in der nächsten Teilzeit zu bearbeiten glaubt. Als Testkennwerte bestimmt werden, neben der psychologisch-trivialen Gesamt-Kodierleistung, die (durchschnittliche) Differenz zwischen der erzielten Leistungsmenge und der Prognose für die nächste Teilzeit als „Anspruchsniveau“ und die (durchschnittliche) Abweichung zwischen prognostizierter und in der Folge tatsächlich erzielter Leistungsmenge als „Zieldiskrepanz“. Wieder mutet dem Test inhaltliche Gültigkeit an, doch darüber hinaus ist die

(Kriteriums-) Validität des Tests ungeklärt. Nur um die Vielfalt der aus diesem Konzept ableitbaren diagnostischen Informationen anzudeuten, sei hier eine Auswertung des *Verlaufs* der „Zieldiskrepanz" als psychologisch interessant scheinende Größe initiert.

Abgesehen davon, daß zur OA-TB 75 (noch immer) keine Normierung vorliegt, mangelt es fast allen Untertests an Untersuchungen zur Skalierung. Auch das mehrfach genannte Problem der Validierung steht im Raum. Schließlich ist die Testbatterie als Ganzes weder tatsächlich im Einsatz noch war sie je dafür gedacht, und schon gar nicht ist sie als Ganzes *zumutbar* ! Da die OA-TB 75 in diesem Sinn für die Praxis nicht empfohlen werden kann, braucht auf sie auch nicht „technisch" näher im *Anhang: Verfahrensbeschreibungen* eingegangen zu werden. Als schier unerschöpfliche Quelle für Ideen objektiver Testkonzepte dürfte sie noch allemal hilfreich sein.

Unabhängig von *Cattell*s Tests finden sich nur wenige erwähnenswerte Ansätze; vier können genannt werden:

① Im FWIT (*Farbe-Wort-Interferenztest nach J.R. Stroop*; Bäumler, 1985) soll (vor allem) die in der klinischen, d.h. neuropsychologischen Diagnostik „wiederentdeckte" Interferenzneigung *sensu Stroop* getestet werden. Das dafür gedachte Testmaterial besteht aus Farbwörtern (blau, grün, rot und gelb), die allerdings in einer anderen Farbe als die der Wortbedeutung gedruckt sind; Aufgabe ist es, die *Farbe* der Farbworte einer langen Liste zu *nennen* (nicht das Farbwort zu lesen !). Als Testkennwert dient die Zeit, die die Tp zum Durcharbeiten der Liste benötigt (u.U. um die unabhängig erfaßte Zeit des reinen Farbenbenennens partialisiert). Zum Beispiel erhofft man sich, mit dem Test hirnorganische Störungen, Psychosen oder Demenz diagnostizieren zu können. Für den nicht-klinischen Bereich wird behauptet, daß damit „Perseverationstendenzen" und die „willentliche Steuerung (Motivation)" gemessen werden kann. Allerdings sind die Validierungsstudien dürftig. Bis überzeugende solche vorliegen, muß dem Test noch eine gewisse Skepsis entgegengebracht werden; auf die Angabe genauer „technischer" Daten sowie Daten zu den Gütekriterien wurde deshalb im *Anhang: Verfahrensbeschreibungen* verzichtet.

② Der *Matching Familiar Figures Tests* von *Kagan* (oft zitiert, z. B. von Messer, 1967; verlagsmäßig nicht vertrieben – deutschsprachig sowieso nicht übertragen) verfolgt das Konzept, „Reflexivität vs. Impulsivität" durch 12 Items zu erfassen, bei denen dasjenige Bild aus einer Reihe von sehr ähnlichen Bildern gefunden werden muß, welches einem Vorlagebild in allen Einzelheiten gleicht (weitgehend in Analogie z.B. zum Untertest *Beobachtung* des WIT; vgl. in Kap. 4.1.1.). Gemessen wird die (durchschnittliche) Latenzzeit bis zur ersten Reaktion sowie die Fehleranzahl. Laut Autor kann damit zwischen den zwei kognitiven Stilen differenziert werden, nämlich in Problemsituationen entweder langsam und fehlerarm oder schnell und fehlerreich zu arbeiten. Bei Kindern erprobt, fehlt doch wieder ein überzeugender Validierungsbefund, insbesondere was die Generalisierbarkeit des mit dem Test gemessenen „kognitiven Stils" betrifft.

③ Auch schiene das bislang nur mit herkömmlichen Fragebogen angegangene Konstrukt *„repression* vs. *sensitization"* (vgl. in Kap. 5.4.1.) grundsätzlich dem Konzept Objektiver Persönlichkeits*tests* zugänglich, indem man sich der Wahrnehmungsexperimente von Bruner und Postman (1947) erinnert: Bei ihrer Untersuchung zum Phänomen *„perceptual defense"* beobachteten sie überraschender Weise, daß es nicht nur Personen gibt, die bei der tachistoskopischen Darbietung von emotional- bzw. angstbesetzten Wörtern gegenüber neutralen Wörtern verlängerte Erkennungszeiten haben, sondern auch solche mit verkürzten - und diese Gruppierung entspricht der Einteilung in „Repressoren" und „Sensitizer" gemäß den *Freud*schen Abwehrmechanismen (vgl. z.B. Amelang & Bartussek, 1990). Allerdings ist die Umsetzung eines Tachistoskopversuchs auf den Computer mit einem vertretbaren technischen Aufwand zur Zeit nicht möglich - was aber wohl nötig wäre, um über einen routinemäßig einsetzbaren Test verfügen zu können.

④ Ausgehend von *Luchins*' sog. „Umfüllaufgaben" sollte auch die „Rigidität im Denken" objektiv testbar sein - bekanntlich zeigt sich bei den zitierten Umfüllaufgaben das Phänomen, daß Menschen (mehr oder weniger) dazu neigen, einmal gefundene Lösungswege zu fixieren („rigide" beizubehalten), selbst wenn alternative, weniger komplizierte Lösungswege bei neuen Items existieren. Um diese allgemein- bzw. differentiell-psychologische Erkenntnis diagnostisch zu nutzen, bedarf es allerdings mehrerer Themen und nicht nur des Themas der „Umfüllaufgaben". Einen ersten Realisierungsvorschlag zu einem entsprechenden *Rigiditäts-Test* gibt es bereits, empirische Erfahrungen jedoch nur wenige (vgl. vorläufig Kubinger, 1994).

Zur Illustration:

Das 1., als „Umfüllaufgabe" gestaltete Item des *Rigiditäts-Tests* ist in Abbildung 45 wiedergegeben; es besteht aus 9 sog. „Subitems", wovon die ersten 5 alle, u.zw. ausschließlich nach der

A	B	C	→	Ziel
21	127	3	→	100
14	163	25	→	99
18	43	10	→	5
9	42	6	→	21
20	59	4	→	31
23	49	3	→	20
15	39	3	→	18
18	48	4	→	22
14	36	8	→	6

Abbildung 45: Item 1 („Umfüllaufgabe") des *Rigiditäts-Tests* (in Vorb.; s. vorläufig Kubinger, 1994); die Zahlen unter A,B und C müssen jeweils derart in eine rechnerische Beziehung gebracht werden, daß die Zahl unter „Ziel" resultiert.

selben Regel B-A-2C zu lösen sind, die letzten 4 außerdem nach jeweils einfacheren - die Tp muß den Rechengang formelmäßig angeben. Die weiteren, nach dem selben Schema konstruierten Themen/Items beziehen sich auf Zahlenreihen-Fortsetzen, Labyrinthe, Versteckte Sätze, Anagramme und Aufsummieren; um die Durchschaubarkeit des Meßprinzips zu verringern, werden jeweils zwischen diesen Items Füllitems aus herkömmlichen Leistungstests geboten.

4.2.4. Spezielle Persönlichkeitsfragebogen

Zur besseren Systematisierung der großen Anzahl von speziellen Persönlichkeitsfragebogen sei zunächst ein inhaltliches Modell postuliert, welches ziemlich allgemein das Zustandekommen einer „Leistung" zu beschreiben versucht. Es geht also um die modellhafte Erklärung des Leistungsverhaltens. Interessanterweise können nämlich mit einem solchen Modell (fast) alle speziellen Persönlichkeitskonstrukte, auch „neue", angesprochen und inhaltlich in Zusammenhang gebracht werden. Ohne daß dies eigentlich bezweckt ist, wird damit ein strategisches Konzept *psychologischen Diagnostizierens* vorgeschlagen, für Fragestellungen mit dem Thema „Leistungsversagen".

Einzuschränken ist dabei, daß es sich bei diesem Modell eben um eines aus der Sicht der *Psychologischen Diagnostik* handelt, d.h. daran orientiert ist, welche Tests oder wenigstens vorläufige Testkonzepte verfügbar sind. Andere, hier nicht berücksichtigte Modellvariablen wie sie vor allem die Sozialpsychologie und die Pädagogische Psychologie ergänzen könnten, seien jedem unbenommen, hinzuzufügen. Obwohl das Modell vielleicht am meisten im Zusammenhang mit schulischem Leistungsversagen überzeugt, sollte es doch unmittelbar auch auf andere Bereiche anwendbar sein.

Nehmen wir den „Intellekt" als logische Bedingungsgröße jedes Leistungsverhaltens von der weiteren Betrachtung aus; und verstehen wir für das folgende rein operational darunter intelligenztestmäßig erfaßbare Fähigkeiten wie *reasoning, verbal comprehension, number* und *space*. Bezeichnen wir dann, in vager Anlehnung an *Wechsler* (vgl. in Kap. 2.3.2.), andere intelligenztestmäßig erfaßbare Fähigkeiten wie *fluency, memory* und *speed* (insbesondere Konzentration) als „nicht-intellektuelle Fähigkeiten". So sind letztere unschwer durch folgende Fähigkeiten bzw. Eigenschaften zu ergänzen, um sie alle insgesamt als nicht-intellektuelle Determinanten des Leistungsverhaltens zu begreifen: *Lernfähigkeit, Leistungsmotivation, Leistungsangst, Belastbarkeit, Frustrationstoleranz, Kausalattribuierung* und *Interessen*.

Selbstverständlich spielt das soziale Umfeld eine entscheidende Rolle; dieses zu diagnostizieren steht an dieser Stelle außer Diskussion - nicht aber im Zusammenhang mit der weiter unten ausgeführten *Familiendiagnostik* (Genaueres dazu s. in Kap. 5.2.1.). Sodann spielen beim Leistungsverhalten „neurotische Persönlichkeitszüge" eine Rolle - was auch immer darunter genau zu verstehen ist (s. das gesamte hier vorgestellte „Erklärungsmodell des Leistungsverhaltens" in Abb. 46 veranschaulicht).

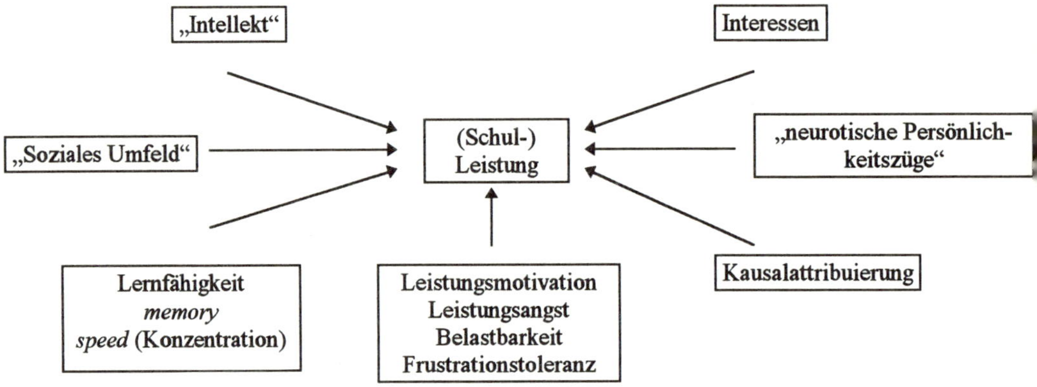

Abbildung 46: Ein Erklärungsmodell des Leistungsverhaltens („Intellekt", Soziales Umfeld, „neurotische Persönlichkeitszüge" und: „nicht-intellektuelle" Determinanten).

Bemerkung am Rand:

Etwas tiefgehender betrachtet, müßte das Modell zumindest dem, was hier als „Intellekt" kurzgefaßt wurde, das Konzept der „Teilleistungsfähigkeiten/-störungen" als ursächlich unterstellen; darauf soll hier der Einfachheit halber verzichtet werden (s. aber in Kap. 5.4. 2.).

Bemerkung am Rand:

Dem Leser wird es überlassen bleiben, für sich zu entscheiden, inwieweit die im Modell angeführte Bedingungsgröße „neurotische Persönlichkeitszüge" als Erklärung für Leistungsverhalten überhaupt (noch) notwendig bzw. haltbar ist, wenn die nicht-intellektuellen Deteminanten in der hier elaborierten Weise ins Kalkül gezogen werden.

Lernfähigkeit als ein besonderes Konstrukt wird genauer erst in Kapitel 5.3.2. behandelt, obwohl mit der Besprechung des LGT-3 diese Fähigkeit bereits angeklungen ist. Somit soll in diesem Kapitel näher eingegangen werden auf: Leistungsmotivations- und (Leistungs-) Angstfragebogen, auf Fragebogen zu den Konstrukten Belastbarkeit, Frustrationstoleranz und Kausalattribuierung sowie auf Interessensfragebogen.

Leistungsmotivationsfragebogen:

Durchaus aufbauend auf *Murray* ist es heute üblich, zu unterscheiden zwischen „Motiv", als (situationsüberdauernde) „Disposition" einer Person zu bestimmtem Handeln (d.i. also Motiv als *trait*), und „Motivation", als die momentane, (situationsbedingt) aktualisierte Tendenz zu bestimmtem Handeln (vgl. z.B. wieder Heckhausen, 1989). Interessant ist dann im Zusammenhang mit „Leistungsmotivation" - oft schlechthin als „Motivation" bezeichnet -, die verschiedenen *Motive*, die für ein bestimmtes, situationsüberdauerndes, d.h. für eine Person als „typisch" erachtetes Leistungsverhalten verantwortlich gemacht werden könnten, differentialdiagnostisch abzuklären: Schon auf Atkinson (1957) gehen zwei prägnante Motive zurück, nämlich

① „Hoffnung auf Erfolg“ und

② „Furcht vor Mißerfolg“.

Ersteres Motiv bewegt Personen dazu, Leistungssituationen zwecks Bewährung (extra und gezielt) aufzu-„suchen“, zweiteres, solche Situationen zu meiden (beachte den Zusammenhang mit „Angst“).

In Leistungssituation, die von außen gestellt werden und für eine Person als Faktum gegeben sind, wird dementsprechend – aber auch in Abhängigkeit von der Erfolgserwartung – zwischen den beiden Möglichkeiten entschieden: nämlich nach dem Erfolg zu streben oder die Aufgabe nicht bzw. nicht angemessen zu bearbeiten.

Ein unmittelbarer Versuch, dieses Konzept diagnostisch umzusetzen, ist das *LM-Gitter* von Schmalt (1976), ein semi-Projektives Verfahren, für das sich (aber) den faktorenanalytischen Auswertungen gemäß herausstellte, daß ein dritter Faktor eine Rolle spielt; u. zw. das „Konzept mangelnder eigener Fähigkeit“. In der Praxis findet es wohl kaum Anwendung. Grundlegende Einwände sowie spezielle Probleme des Verfahrens, zum Beispiel solche der Skalierung, brauchen daher hier nicht näher diskutiert zu werden (zu den grundlegenden Einwänden gegenüber Projektiven Verfahren s. aber die Ausführungen in Kap. 4.2.5.).

Erläuterung zu „semi-Projektiven Verfahren“:

Diese bedienen sich der grundsätzlich mehrdeutigen Stimuli von Projektiven Verfahren, ohne allerdings den Tpn eine freie Reaktion zu ermöglichen (vgl. die Definition von Projektiven Verfahren in Kap. 1.2. **Themen, Verfahren und Populationen**); vielmehr werden mehrere Beschreibungsvorschläge der Situation bzw. Statements der agierenden Personen zur Auswahl gestellt. Im gegebenen Fall sind die Stimuli schematisierte Zeichnungen, durchaus in Anlehnung an den TAT (vgl. nochmals die Abb. 41, in Kap. 3.2.2.; Genaueres zum TAT s. in Kap. 4.2.5.); zu 18 Zeichnungen werden jeweils *dieselben* Beschreibungsvorschläge gegeben (z.B.: „Er hat Angst, daß er dabei etwas falsch machen könnte“) - daher auch der Name „Gitter“ !

Auch der AVT paßt in diesen Rahmen. Damit soll das Konstrukt „Anstrengungsvermeidungsmotivation“ (besser: „-motiv“) erfaßt werden. Von der Gestaltung her handelt es sich um einen klassischen Persönlichkeitsfragebogen mit dichotomem Antwortformat. Sein praktischer Einsatz erfolgt ebenfalls relativ selten. - AVT und *LM-Gitter* finden sich beide nicht im *Anhang: Verfahrensbeschreibungen*, weil sie insbesondere hinsichtlich „heutiger Bedeutung“ (vgl. in Kap. 1.2. **Themen, Verfahren und Populationen**) für den Verfasser nicht zum Ausbildungsminimum zählen.

Genauer hinsichtlich ihrer „technischen“ Daten sowie Daten zu den Gütekriterien werden im *Anhang: Verfahrensbeschreibungen* die speziellen Persönlichkeitsfragebogen LMT (*Leistungsmotivationstest*; Hermans, Petermann & Zielinski, 1978) und LMT-J (*Leistungsmotivationstest für Jugendliche*; Undeutsch, 1976) beschrieben; während die ältere Form, für Jugendliche, d.i. also der LMT-J, *Leistungs- und Erfolgsstreben, positive (leistungsfördernde)* und *negative (leistungsmindernde) Erfolgsbesorgtheit* zu erfassen versucht (und zusätzlich eine Skala *Soziale Erwünschtheit* enthält), besteht die Form für Erwachsene, der LMT, aus den Skalen *Leistungsstreben, Ausdauer und Fleiß, leistungsfördernde* und *leistungshemmende Prüfungsangst*; die Items haben zumeist drei, teilweise zwei, teilweise vier Antwortmöglichkeiten – die Verrechnung erfolgt dichotom. Davon orientiert sich also der LMT-J noch eng an den Motiven „Hoffnung auf Erfolg" und „Furcht vor Mißerfolg", wohingegen der LMT mit seinen Skalen bereits (auch) auf das Konstrukt Leistungsangst abzielt.

(Leistungs-) Angstfragebogen:

Wenn analog zu „Motiv" und „Motivation" zwischen „Ängstlichkeit" als *trait* und „Angst" als momentaner Zustand unterschieden wird, dann interessiert innerhalb der *Psychologischen Diagnostik* vorrangig die Ängstlichkeit, also die (situationsüberdauernde) Disposition: „vergleichsweise leicht, oft und intensiv in Angstzustände zu geraten" (Amelang & Bartussek, 1990: S.395).

Bemerkung am Rand:

In der Literatur findet man die Begriffe: Furcht, Angst, (Erregung, Streß) und Ängstlichkeit, alle selten definiert und oft als Synonym verwendet. Um die verständliche Irritation eines Laien anzudeuten, seien nach Amelang und Bartussek (1990) nur zwei widersprechende Auffassungen von Furcht und Angst gegenübergestellt. Einerseits die Auffassung, daß sich „Furcht" auf eine bekannte, „Angst" auf eine dem Individuum unbekannte Gefahrenquelle bezieht, wobei beides als unangenehm, im Sinn einer physiologischen „Erregung" erlebt wird; andererseits vor allem *Spielbergers* Auffassung, daß „Furcht" etwas kognitives sei, nämlich das Erkennen einer physischen oder psychischen Gefahr, einer als „Streß" bezeichneten Reizkonstellation, während „Angst" die emotionale Reaktion auf das (vermeintliche) Erkennen einer Gefahr ist.

Explizit dieser Zweiteilung gerecht zu werden, versucht *Spielbergers* bereits zum „Klassiker" gewordener Fragebogen STAI (*State-Trait-Angstinventar*; Laux, Glanzmann, Schaffner & Spielberger, 1981 – die ursprüngliche amerikanische Fassung stammt aus dem Jahr 1970): Zwei Skalen differenzieren zwischen *trait* und Zustand (*state*).

Während der STAI ein allgemeiner Angst- bzw. Ängstlichkeitsfragebogen ist, widmet sich der AFS (*Angstfragebogen für Schüler*; Wieczerkowski, Nickel, Janowski, Fittkau & Rauer, 1974) spezifisch dem Leistungsverhalten. Auch er stellt in gewisser Weise Angst und Ängstlichkeit gegenüber, Angst, nämlich *Manifeste Angst*, wird aber nicht im aktuellen Zustand erhoben, sondern sich regelmäßig manifestierende Angstsymptome (z.B. Herzklopfen) werden retrospektiv erfragt; die *Prüfungsangst* (besser: -ängstlichkeit) bezieht sich auf die generalisierte „Hilflosigkeit" in Prüfungssituationen. Ergänzend beinhaltet der AFS die Skalen *Schulunlust* und *Soziale Erwünschtheit*, wobei letztere von den Autoren als Ängstlichkeit interpretiert wird, „von der erwünschten sozialen Norm abzuweichen" (S.20). Alle Items haben dichotomes Antwortformat.

Nur die Ängstlichkeit, u.zw. in Situationen konkreter Art, wie zum Beispiel mit einer von acht Skalen: in *Bewährungssituationen*, erfaßt der IAF (*Interaktions-Angstfragebogen*; Becker, 1982).

Alle genannten Fragebogen, STAI, AFS und IAF, finden sich hinsichtlich ihrer „technischen" Daten sowie Daten zu den Gütekriterien im *Anhang: Verfahrenbeschreibungen* genauer beschrieben.

Bereich	***Kategorie***	***Beispielitem***
Angstauslösung	*Repertoire-Unsicherheit*	**Zuhause weiß ich nicht, wie ich am besten lernen soll.**
	Wissensbezogene Angstauslösung	**Ich habe Angst... ... wenn ich etwas nicht kapiere.**
	Sozialbezogene Angst auslösung	**Ich habe Angst... ... bei der Gruppenarbeit, in der ich mich aktiv beteiligen muß.**
Angsterscheinungsweisen	*Physiologische Manifestation*	**Wenn ich Angst habe... ... bricht mir der Schweiß aus.**
	Kognitive Manifestation	**Wenn ich Angst habe... vergesse ich bereits Gelerntes.**
	Emotionale Manifestation	**Wenn ich Angst habe... ... komme ich mir überflüssig vor.**
Angstverarbeitung	*Gefahrenkontrolle durch produktives Arbeitsverhalten*	**Um meine Angst zu bewältigen... ... wiederhole ich den Stoff.**
	Situationskontrolle durch Vermeidung und Mogeln	**Um meine Angst zu bewältigen... ... melde ich mich krank.**
	Angstunterdrückung durch Ablenkung und Beruhigung	**Um meine Angst zu bewältigen... ... denke ich mir, daß es auch diesmal vorbei geht.**
Angststabilisierung	*Internale Verstärkung*	**Nach einem erlittenen Mißerfolg bin ich lange niedergeschlagen, ängstlich und bedrückt.**
	Externale Verstärkung	**Andere nehmen auf meine Angst starke Rücksicht.**

Abbildung 47: *Rost & Schermers* **Modell zur differentiellen Leistungsangstdiagnostik (zusammengestellt nach Rost & Schermer, 1987; von den dort gegebenen Beispielitems wurde hier pro Bereich und Kategorie nur eines ausgewählt).**

Bemerkung am Rand:

Rost und Schermer (1987) kritisieren in ihrem Grundsatzartikel die regelmäßige Konfundierung unterschiedlicher Angstaspekte in herkömmlichen Fragebogen. „Manche Fragen vermengen sogar *drei* Komponenten (Auslösung, Erscheinungsweisen und Konsequenzbedingungen), wie es z.B. das folgende Statement ... demonstriert: '*Nervosität* während eines *Tests* verhilft mir zu *besserer Leistung*'." (S.18).

Sie entwickeln daher ein Modell zur differentiellen Leistungsangstdiagnostik, welches vier Bereiche beinhaltet: *Angstauslösung*, *Angsterscheinungsweisen*, *Angstverarbeitung* sowie (wichtig und kaum beachtet:) *Angststabilisierung*. Die unterschiedlichen Kategorien der einzelnen Bereiche - zum Beispiel betreffs *Angsterscheinungsweisen* die physiologische, kognitive oder emotionale Manifestation - sowie Vorschläge von Items jeweils dazu sind in der Abbildung 47 angeführt.

Zur „förderungs"-orientierten Diagnostik (besser: interventionsorientierten Diagnostik) würde ein entsprechender Fragebogen sicher einen großen Beitrag leisten[29].

Fragebogen zum Konstrukt Belastbarkeit:

Fast schon ein „Klassiker" geworden ist der SVF (*Streßverarbeitungsfragebogen*; Janke, Erdmann & Kallus, 1985). Mit ihm werden 19 verschiedene Streßverarbeitungsstrategien in ebensovielen Skalen erhoben, wobei die individuelle Präferenz für bestimmte Streßverarbeitungsstrategien als Eigenschaft aufgefaßt wird: In psychischen und somatischen Zuständen einer längerdauernden und/oder stärkeren Abweichung vom normalerweise gegebenen (physiologischen) Erregnungsniveau werden sog. „*coping*-Strategien" mit dem Ziel eingesetzt werden, die psychosomatische Ausgangslage wieder herzustellen bzw. zumindest eine noch stärkere Abweichung von ihr zu verhindern; und diesbezüglich wird davon ausgegangen, daß jede Person in Belastungssituationen *habituell* zum Einsatz ganz bestimmter Strategien neigt.

Der SVF erfaßt also weder die Kapazität der Ressourcen zur Streßbewältigung noch die Effizienz der eingesetzten Streßverarbeitungsstrategien. Es geht nicht um die Feststellung und Quantifizierung des „Streß*habens*" bzw. sich „Streß*machens*", sondern um das *Wie* der Verarbeitung im gegebenen Fall.

Die 19 erhobenen Streßverarbeitungsstrategien reichen von *Bagatellisierung* und *Ersatzbefriedigung* über *Bedürfnis nach sozialer Unterstützung* bis zu *Aggression* und *Pharmakaeinnahme*; jeweils ein Item sei im folgenden dazu beispielhaft genannt (die vorgegebenen Antwortmöglichkeiten lauten auf „gar nicht" oder „kaum", „möglicherweise", „wahrscheinlich" bzw. „sehr wahrscheinlich":

„Wenn ich durch irgendetwas oder irgendjemanden beeinträchtigt, innerlich erregt oder aus dem Gleichgewicht gebracht worden bin ...

sage ich mir, alles ist halb so schlimm
esse ich etwas Gutes
sehe ich zu, daß jemand anderes mich bei der Lösung unterstützt
neige ich dazu, mit anderen leuten aneinanderzugeraten

[29] Nach persönlicher Mitteilung von Herrn Detlef H. Rost ist der Fragebogen DAI (*Differentielles-Leistungsangst-Inventar;* Rost & Schermer) in Druck.

nehme ich Beruhigungsmittel

Die wesentliche Kritik gilt der Normierung; die ihr zugrundeliegende Stichprobe ist mit 200 Personen nicht nur (im Vergleich zu anderen Fragebogen) absolut *zu* klein, sondern insbesondere gemessen am häufigen Einsatz des Verfahrens: Fast jeder Anwender verfügt mittlerweile über Daten einer so großen (!) Stichprobe. Genauere „technische" Daten sowie Daten zu den übrigen Gütekriterien finden sich im *Anhang: Verfahrensbeschreibungen*.

Der UBV (*Fragebogen zum Umgang mit Belastungen im Verlauf*; Reicherts & Perrez, 1992) ist der gestalterisch neue Versuch, nicht nur generelle oder spezifische Verhaltensstrategien in Belastungssituationen zu erfragen, sondern das Prozeßverhalten bei fortentwickelnder Belastung. So enthält er insgesamt 18 hypothetische Episoden, die in drei Phasen „ablaufen", d.h. die Tp muß mehrmals pro Episode Stellung nehmen: *Situationseinschätzung, Emotionale Reaktion, Bewältigungsintention, Bewältigungsverhalten* und (Kausal-) *Attribution*. Die Episoden unterscheiden sich nach der Art der Belastung (aversive Situation vs. Verlustsituation), nach dem Lebensbereich (sozial vs. beruflich) und nach dem Ausgang (positiv vs. negativ). So sehr das Konzept des UBV innovativ ist, so sehr birgt es ein grundsätzliches Problem: Es impliziert (ungeprüft), daß die Episoden für die Tp tatsächlich eine Belastung darstellen und daß die Situation überhaupt für sie relevant ist. In Anbetracht dessen sei auf eine genaue Betrachtung „technischer" Daten insbesondere zu den Gütekriterien hier wie im *Anhang: Verfahrensbeschreibungen* verzichtet.

Weder SVF noch UBV erfassen also „Belastbarkeit", sondern (bloß) den Umgang mit Belastung. Belastbarkeit im Sinn von „Streßresistenz", d.i. dasjenige Ausmaß an psychischer (und physischer) Belastung, welches eine Person (noch) unbeeindruckt oder wenig beeindruckt läßt - etwa hinsichtlich eines bestimmten interessierenden Leistungsverhaltens -, prüfen nur manche Konzentrationstests (vgl. in Kap. 4.1.2.), und das offensichtlich sehr spezifisch. So können hier genauso auch noch einige Fragebogen genannt werden, die zwar (ebenfalls) nicht Streßresistenz prüfen, möglicherweise (!) aber Zustände, die im Streß ihre Ursachen haben: Die *Beschwerden-Liste* (von Zerssen, 1976a) und die *Befindlichkeits-Skala* (von Zerssen, 1976b) sowie der FBS (*Fragebogentest zur Beurteilung der Suizidgefahr*; Stork, 1972). Sie zählen zu den klassischen klinisch-diagnostischen Fragebogen und werden deshalb auch im *Anhang: Verfahrensbeschreibungen* in bezug auf „technische" Daten sowie Daten zu den Gütekriterien beschrieben.

Bemerkung am Rand:

In Richtung der hier so definierten „Streßresistenz" gehen jüngste Bemühungen um die Erfassung, d.h. Früherkennung des „*burn-out*" Phänomens (s. z.B. Maslach & Jackson, 1986).

Fragebogen zum Konstrukt Frustrationstoleranz:

Frustrationstoleranz so verstanden, daß es nicht oder eben schon in enttäuschenden Situationen zu Aggressionen kommt, ist durch Verfahren der *Psychologischen Dia-*

gnostik leidlich gut abgedeckt: An Fragebogen gibt es den bekannten FAF (*Fragebogen zur Erfassung von Aggressivitätsfaktoren*; Hampel & Selg, 1975) und an Projektiven Verfahren den PFT (zu letzterem s. Genaueres weiter unten); an semi-Projektiven Verfahren gibt es wenigstens ein Konzept von Kornadt (1982).

Seit kurzem ist auch Frustrationstoleranz, so verstanden, daß es in entsprechenden Situationen nicht oder doch zu Ärger kommt, fragebogenmäßig erfaßbar: Mit dem STAXI (*State-Trait-Ärger-Ausdrucks-Inventar*; Schwenkmezger, Hodapp & Spielberger, 1992).

Besondere Aspekte der Frustrationstoleranz, wie sie entweder unmittelbar an diagnostischen Fragestellungen oder aus der Literatur abzuleiten sind, fehlen allerdings (noch): Frustrationstoleranz so definiert, daß es zu keinem (wesentlichen) Leistungsabfall kommt infolge von Leistungsversagen oder allgemeinen Enttäuschungen (s. aber dazu die beiden unter Leistungsmotivation genannten Motive „Hoffnung auf Erfolg und „Furcht vor Mißerfolg"); und Frustrationstoleranz im Sinn von *„delay of gratification"* („Befriedigunsaufschub").

Erläuterung zum Konstrukt *„delay of gratification"*:

Mischel (1974; zit. nach Amelang & Bartussek, 1990) beobachtete typische Unterschiede bei Personen, wenn sie zwischen sofortiger Verstärkung durch weniger wertvolle Dinge und mittel- bis langfristiger Verstärkung durch höherwertige Dinge wählen müssen. „... scheint es, als würden zahlreiche Schwierigkeiten des zwischenmenschlichen Lebens wie Aggressionen und sozial abweichendes Verhalten, Scheitern im Beruf und mangelnde Perspektive in der Lebensgestaltung mit der unzureichenden Selbstkontrolle Einzelner, ihrem Defizit an Befriedigungsaufschub oder, was gleichbedeutend ist, ihrem Unvermögen zu selbstauferlegtegten Frustrationen zusammenhängen oder daraus zu erklären sein. Von daher ist eine detaillierte Befassung mit diesem Konzept angezeigt." (Amelang & Bartussek, S.440).

Im wesentlichen auf Kornadt (1982) geht eine Aggressionstheorie zurück, die zwei Motive unterscheidet:

① „Aggressionsmotiv"

② „Aggressionshemmungsmotiv"

Seine theoretischen Überlegungen beginnen bei einem situativ ausgelösten „Ärger" infolge von Behinderung, Bedrohung oder zugefügtem Schmerz. Kognitive Bewertungen begleiten die resultierende Motivation zur Setzung aggressiver Akte, zum Beispiel die Antizipation möglicher Folgen. Ob es zur Ausübung, zur aggressiven Handlung, tatsächlich kommt, hängt letztlich davon ab, wie stark die beiden genannten widerstreitenden Motive individuell ausgeprägt sind. Vorläufige Ansätze, mittels eines semi-Projektiven Verfahrens, einem *Aggressions-Motiv-Gitter* (ziemlich analog zum *LM-Gitter*, vgl. oben), beide Motive differentialdiagnostisch zu erfassen, gibt es bereits (vgl. Burkhardt, Zumkley & Kornadt, 1987).

Auch der FAF enthält unter seinen fünf faktorenanalytisch gewonnenen Skalen eine, die sich auf Aggressionshemmung bezieht; neben: *Spontane Aggressivität, reaktive Aggressivität, Erregbarkeit (mit den Qualitäten Ärger und Wut)* und *Depressivität mit Selbstaggressionen* ist das die Skala *Gewissensstrenge mit Aggressionshemmungen*. Übrigens sind viele der Items des FAF im FPI (-R) enthalten - da wie dort mit dichotomen Antwortformat.

Bemerkung am Rand:

„Ursprünglich waren alle FAF-Items im FPI enthalten. Eigentümlichkeiten faktorenanalytischer Testkonstruktion führten jedoch zum Fortfall der 'Hemmungs-Items' aus dem FPI" (Hampel & Selg, 1975; S.8).

Der STAXI ist in strenger Analogie zum STAI konzipiert, allerdings bereichert um einen dritten Teil, nämlich das dispositionelle Ausdrucksverhalten im Fall des Ärgers; letzteres wird in bezug auf Reaktionen nach „außen" oder nach „innen" bzw. in bezug auf „Kontrollverhalten" abgefragt.

Beide, FAF und STAXI, sind im *Anhang: Verfahrensbeschreibung* hinsichtlich ihrer „technischen" Daten sowie ihrer Daten zu den Gütekriterien erfaßt.

Fragebogen zum Konstrukt Kausalattribuierung:

Der unmittelbaren Verständlichkeit wegen wurde bis jetzt der Begriff „Kausalattribution" verwendet - er sollte ausdrücken, daß es darum geht, welche Ursachen bestimmten Fakten seitens einer Person zugeschrieben werden; innerhalb der *Psychologischen Diagnostik* ist jedoch der Begriff „Kontrollüberzeugung" vorzuziehen. Dieses Konstrukt geht zurück auf *Rotter*s mittlerweile sehr bekannte Theorie des Sozialen Lernens: Es beschreibt die Einstellung einer Person darüber, wer oder was ihr Leben „kontrolliert".

Zur Erinnerung:

Stark vereinfacht betrachtet versteht *Rotter* Persönlichkeit als ein „Gefüge" von Reaktionsmöglichkeiten im Kontext sozialer Beziehungen (vgl. z.B. Amelang & Bartussek, 1990). In seiner Verhaltensgleichung setzt er die Wahrscheinlich, daß eine Person v in einer Situation s die Reaktion bzw. das Verhalten x zeigt, als (mathematisch nicht definierte) Funktion folgender Parameter an: Erstens der *Erwartung*, die diese Person darüber hat, daß das Verhalten x in Situation s zur Verstärkung (Belohnung) b führt, zweitens dem *Verstärkerwert*, den die Verstärkung b in Situation s für Person v hat. Demnach kann individuell unterschiedliches Verhalten (zum Teil) zurückgeführt werden auf unterschiedliche Erwartungshaltungen, d.s. generalisierte, aus der individuellen Lerngeschichte stammende Erwartungen. Zwei dieser (generalisierten) Erwartungshaltungen wurden innerhalb der Sozial- und Differentiellen Psychologie erforscht: „*locus of controll of reinforcement*" und „*interpersonal trust*", eben die „Kontrollüberzeugung" und das „Vertrauen in andere".

Deutschsprachig erstmals innerhalb der *Psychologischen Diagnostik* verwertet wurde dieses Konzept im IPC (*IPC-Fragebogen zu Kontrollüberzeugungen*; Krampen, 1981), d.i. ein nach einem amerikanischen Vorbild erstellter Fragebogen, der erfaßt, inwieweit eine Tp den „Ort der Kontrolle für erlebte Ereignisse“ in sich selbst verankert sieht (I: *internal*), bei „mächtigen“ anderen (P: *external: „powerful others“*) oder im Phänomen der Zufälligkeit (C: *external: „chance“*). Er hat sich allerdings seit dem Erscheinen des FKK (*Fragebogen zu Kompetenz- und Kontrollüberzeugungen*; Krampen, 1991) theoretisch überlebt. Letzterer beinhaltet die Skalen *Selbstkonzept eigener Fähigkeiten, Internalität, Soziale Externalität* und *Fatalistische Externalität*; sie werden mit Items der folgenden Art erfaßt, wobei das Antwortformat sechs Kategorien mit den Extremen „sehr falsch“ und „sehr richtig“ vorsieht (die Items der Reihe nach den Skalen entsprechend):

„Ich komme mir manchmal taten- und ideenlos vor.“
„Es hängt hauptsächlich von mir ab, ob sich andere Menschen nach meinen Wünschen richten oder nicht.“
„Ich habe das Gefühl, daß vieles von dem, was in meinem Leben passiert, von anderen Menschen abhängt.“
„Zufällige Geschehnisse bestimmen einen großen Teil meines Lebens und Alltags.“

Mit der Zeit werden auch Fragebogen entwickelt, die bereichsspezifische Kontrollüberzeugungen erfassen möchten: Davon paßt der FKL (*Fragebogen zur Kausalattribuierung in Leistungs-Situationen*; Keßler, 1988) auch zu den Leistungsmotivationsfragebogen - für alle drei, IPC, FKK und FKL, werden genaue „technische“ Daten sowie Daten zu den Gütekriterien im *Anhang: Verfahrensbeschreibungen* angegeben. Und es gibt, hier allerdings nur erwähnt, den KKG (*Fragebogen zur Erhebung von Kontrollüberzeugung zu Krankheit und Gesundheit*; Lohaus & Schmitt, 1989).

Indem der FKK (auch) eine Skala zum „Selbstkonzept“ enthält, ist gleich ein anderes Konstrukt angesprochen: Die Selbstwahrnehmung und Einstellung zur eigenen Person. Mit der Fragebogenbatterie FSKN (*Frankfurter Selbstkonzeptskalen*; Deusinger, 1986) werden 10 spezifische Handlungs- und Lebensbereiche der Selbstwahrnehmung erfaßt: U.a. *Selbstkonzept der allgemeinen Leistungsfähigkeit, der allgemeinen Verhaltens- und Entscheidungssicherheit* sowie *der eigenen Standfestigkeit gegenüber Gruppen und bedeutsamen anderen*. Und wenn wiederum damit „Entscheidungssicherheit“ erhoben wird, dann ist Bezug auch noch zum EQS gegeben (infolge der Q-Sort-Methode handelt es sich beim EQS allerdings nicht im wortwörtlichen Sinn um einen Frage*bogen*; vgl. in Kap. 3.2.2.): Das Verfahren prüft mit drei Skalen *Unentschlossenheit, Rationalität in Entscheidungssituationen* und *Risikoverhalten*. EQS wie FSKN finden sich im *Anhang: Verfahrensbeschreibungen* hinsichtlich „technischer“ Daten sowie Daten zu den Gütekriterien genauer beschrieben.

Interessensfragebogen:

Es steht außer Frage, daß die Feststellung der Interessen bei der (Schul- und Berufs-) Laufbahnberatung von zentraler Bedeutung ist; fraglich ist allerdings, inwieweit die Verfahren, über die die *Psychologische Diagnostik* in diesem Zusammenhang verfügt, dem implizierten Anspruch gerecht werden:

① Deckt irgendeiner der verfügbaren Interessens- (Erkundungs-) Fragebogen sämtliche heute relevanten (beruflich verwertbaren) Interessensbereiche ab ?

② Besteht die Sicherheit, daß die Tp im Fragebogen mit neuen Interessensgebieten konfrontiert wird und ihr Interesse daran in Relation zu anderen Interssensgebieten stellen kann, und ist es ihr vorstellbar zu machen, was bestimmte zu beurteilende Tätigkeiten eigentlich bedeuten ?

③ Genügt ein normorientiert festgestellt „hohes" Interesse in einem bestimmten Bereich überhaupt, um im entsprechenden Beruf oder in der entsprechenden Berufsausbildung Erfolg zu haben bzw. darin Befriedigung zu finden ?

④ Sind die mit solchen Fragebogen festgestellten Interessen stabil und werden bestimmte Interessen nicht bloß über die soziale Erwünschheit internalisiert ?

Bemerkung am Rand:

Dabei ist grundsätzlich zu bedenken, daß Interessen (auch erst) „*by doing*" geprägt werden, d.h. im Zuge der Ausführung einer bestimmten Tätigkeit. Genau das mag der Grund für die bereits mehrfach zitierte geringe Stabilität der Interessen sein (vgl. insbesondere in Kap. 2.3.3. den Verweis auf Hofstätter, 1971: Abb. 21).

Schließlich ist zu fragen: Kann sich die Beratung tatsächlich am bekundeten Interesse orientieren, wenn nicht gewährleistet ist, daß die Tp über die mit einem bestimmten Beruf verbundenen Gegebenheiten ausreichend informiert ist ?

Bemerkung am Rand:

Natürlich steht auch immer die fachliche, leistungsmäßige Eignung in Diskussion. Strategie könnte es demnach beim *psychologischen Diagnostizieren* sein, die Übereinstimmung von Fähigkeiten und Interessen in denjenigen Fällen abzuklären, in welchen die Tp aufgrund ihrer Interessen bereits zu einem bestimmten Beruf tendiert. Nur: bedeuten in diesen Fällen Interessensfragebogen einen Informationsgewinn ?

Es wird daher in solchen Beratungssituationen weniger um die Feststellung „irgendwelcher" Interessen gehen, als vielmehr um die Prüfung auf sog. „Berufswahlreife", verbunden mit der Feststellung des Informiertheitsgrads der Tp über den angestrebten Beruf.

Erläuterung zum Begriff „Berufswahlreife":

Seifert (1984, S.188f.) versteht darunter die „Fähigkeit und Bereitschaft zur Inangriffnahme und zur effektiven Bewältigung der mit der Berufswahl zusammenhängenden phasentypischen beruflichen Entwicklungsaufgaben". Als „effektiv" definiert er dasjenige Verhalten, „das zu erwünschten (subjektiv und objektiv befriedigenden) personalen Resultaten (Handlungskonsequenzen) führt, insbesondere zur *Zufriedenheit* mit dem gewählten Beruf beziehungsweise der gewählten Laufbahn, zur psychosozialen Angepaßtheit beziehungsweise Integration und zum beruflichen Erfolg entsprechend den eigenen Erwartungen".

Bemerkung am Rand:

Dem Psychologen werden dabei die einschlägigen Broschüren, zum Beispiel die *Blätter zur Berufskunde* bzw. das *Berufslexikon* der *Bundesanstalt für Arbeit* bzw. des *Arbeitsmarktservices,* dienlich sein.

Die Verwendung einschlägiger Interessensfragebogen im Zuge der Laufbahnberatung ist also kritisch zu sehen ! Wiewohl sie dafür häufig eingesetzt werden; zum Beispiel der BIT II: An grundsätzlicher Kritik, gar nicht inhaltlicher, sei hier nur vorgebracht, daß die *forced-choice*-Technik, d.i. die Wahl zwischen je vier Tätigkeiten (vgl. nochmals Abb. 40, in Kap. 3.2.2.), nur die relativen Interessensschwerpunkte einer Tp zu erfassen vermag, aber keine Aussage erlaubt, ob das für bestimmte Berufe nötige *Ausmaß* an Interesse bei der Tp existiert - genaue „technische" Daten sowie Daten zu den Gütekriterien sind im *Anhang: Verfahrensbeschreibungen* angeführt.

Immerhin eine Erweiterung und Aktualisierung des Interessenspektrums ist mit dem Fragebogen GIS (*Generelle Interessen-Skala*; Brickenkamp, 1990) gelungen; dabei wird auch zwischen drei Verhaltensmodalitäten pro Interessensbereich unterschieden, nämlich der rezeptiven, der reproduktiven und der kreativen Beschäftigung. Zum „neuen" Interessensgebiet *Kommunikationstechnologie* seien dazu die drei Items illustriert - die Tp kann 6kategoriell abgestuft zwischen den beiden Extremen „kein" und „hohes Interesse" wählen:

„Sich über neue Computer informieren"
„Mit Computern spielen oder arbeiten"
„Computerprogramm erstellen"

Neben Normen für 16 Interessensgebiete gibt es auch Normen für diese drei Verhaltensmodalitäten (genauere „technische Daten sowie Daten zu den Gütekriterien s. wieder im *Anhang: Verfahrensbeschreibungen*).

Im Zusammenhang mit dem oben, in Abbildung 46 gegebenen Erklärungsmodell des Leistungsverhaltens, in dem die Interessen zu den nicht-intellektuellen Determinanten gezählt wurden, mögen die meisten Interessensfragebogen wenig diagnostischen Beitrag leisten - sie sind eben an der Berufsberatung orientiert.

Bemerkung am Rand:

Bei itemweiser Interpretation der Antworten im Fragebogen GIS allerdings, könnte zum Beispiel erkannt werden, daß das einerseits offensichtliche Interesse an einem bestimmten Bereich sich andererseits (nur) auf eine bestimmte Art der Beschäftigung damit bezieht bzw. auf eine bestimmte andere Art eben nicht - dieser Umstand wäre eine mögliche Erklärung im Fall von Leistungsversagen.

Zu beachten ist übrigens der Hinweis im Manual dort: „... auch in anderen Bereichen, z.B. in der Ehe- und Familienberatungspraxis, sind sinnvolle Anwendungsmöglichkeiten ... denkbar." (Brickenkamp, 1990; S.19).

Die meisten Interessensfragebogen sind explizit theorielos: „Eine *Theorie der Berufs-Interessen* erscheint den Autoren (des BIT II; Anm d. Verf.) abwegig; sie existiert auch nicht." (Irle & Allehoff, 1984; S.6). Demgegenüber versucht der AIST (*Allgemeiner Interessen-Struktur-Test*; Bergmann & Eder, 1992), schulisch-berufliche Interessen gestützt auf ein „Person-Umwelt-Modell" zu erfassen. Ausgangspunkt ist folgende Definition (Bergmann & Eder, S.7):

☞ *Interessen:* „... relativ stabile, kognitiv, emotional und werthaft in der Persönlichkeit verankerte Handlungstendenzen, die sich nach Art, Richtung, Generalisiertheit und Intensität unterscheiden."

„Als *Arten* von Interessen können die verschiedenen Formen verstanden werden, wie sich Personen mit den Gegenständen ihrer Umwelt auseinandersetzen. Nach dem Konzept von Holland (1966, ...) lassen sich in dieser Hinsicht sechs grundlegende Haltungen von Menschen gegenüber ihrer Umwelt unterscheiden: realistic, investigate, artistic, social, enterprising, conventional." Bergmann & Eder, S.7). Diese, von *Holland* „Persönlichkeitsorientierungen" genannten Interessensarten machen den „Typ" des Menschen aus; sie finden sich im AIST entsprechend, als Skalen, realisiert: *Praktisch-technische, Intellektuell-forschende, Künstlerisch-sprachliche, Soziale, Unternehmerische* und *Konventionelle Interessen*. Als Beispiele sind im folgenden die ersten sechs Items angeführt, die der Reihe nach diese Skalen repräsentieren - die Tp kann zu den Items fünfkategoriell abgestuft Stellung nehmen, mit den beiden Extremen „Das interessiert mich sehr; das tue ich *sehr* gerne" und „Das interessiert mich gar nicht; das tue ich *nicht* gerne":

„mit Maschinen oder technischen Geräten arbeiten"
„in einem Laboratorium Experimente durchführen"
„etwas nach künstlerischen Gesichtspunkten gestalten"
„andere Menschen betreuen oder pflegen"
„eine Gruppe bei der Arbeit leiten"
„eine Buchhaltung führen"

Weil es nach *Holland* den sechs Persönlichkeitsorientierungen (Typen) sechs entsprechende Arten von Umwelten gibt, und Personen- mit Umwelttypen in Wechselwirkung stehen, wird der AIST im selben Manual vom UST (*Umwelt-Struktur-Test*) begleitet; mit ihm kann die Kongruenz zwischen Person und Umwelt bestimmt werden. Gedacht ist dieser analog gestaltete Fragebogen dafür, die Vorstellungen der Tp zu erheben, die sie hinsichtlich der Bedeutung verschiedener Tätigkeiten für den von ihr präferierten Beruf (bzw. die von ihr präferierte Berufsausbildung) hat. Damit ist nicht nur die oben angesprochene Feststellung des Informiertheitsgrads der Tp möglich, sondern vor allem die Bestimmung des Grads der „Passung" zwischen eigenen Interessen und erwarteten Anforderungen - der „förderungs"- (wieder besser: interventions-) orientierte Aspekt ist offensichtlich, wie auch die Erklärungsmöglichkeit für Leistungsversagen.

Zur Illustration:

Holland sieht vier Abstufungen der Kongruenz: „Wenn z.B. eine praktisch-technisch orientierte Person (R) einen praktisch-technischen Beruf (R) ergreift, dann liegt maximale Person-Umwelt-Kongruenz vor; ergreift dieselbe Person (R) einen intellektuell-forschenden (I) oder konventionellen Beruf (C), dann ergibt sich eine mittlere und bei einem künstlerisch-sprachlichen (A) oder unternehmerischen (E) Beruf niedrige Kongruenz. Ergreift ein R-Typ einen sozialen Beruf (S), so handelt es sich um eine inkongruente Wahl." (Bergmann & Eder, S.11).

Zu kritisieren ist, daß der theoriegeleite Ansatz des AIST gegenüber anderen, theorielosen Interessensfragebogen zu keinen grundsätzlich anderen Fragen führte - genauere „technische" Daten und Daten zu den Gütekriterien werden im *Anhang: Verfahrensbeschreibungen* wiedergegeben.

4.2.5. Projektive Verfahren

Die grundsätzliche, wissenschaftlich vertretbare Bedeutung Projektiver Verfahren für die heutige Praxis ist folgendem Zitat abzuleiten: „Während es in den dreißiger und vierziger Jahren noch möglich war, bei der Herausgabe von Lehrbüchern Psychodiagnostik mit projektiven Verfahren, ja gar nur mit dem RORSCHACH-Test, gleichzusetzen ..., hat das zunehmende Methodenbewußtsein besonders in den letzten zwei Jahrzehnten zu einem erheblichen Rückgang ihrer Anwendung ... geführt ... Projektive Verfahren werden heute vornehmlich als Hilfsmittel der Exploration und der Bildung diagnostischer Hypothesen empfohlen." (Aus dem Lehrbuch von Guthke, Böttcher & Sprung, 1991; S.138).

Der in Kapitel 1.2. **Themen, Verfahren und Populationen** gegebenen Definition muß an dieser Stelle keine weitere Begriffsklärung hinzugefügt werden. Trotzdem seien ergänzend die bezeichnenden Unterschiede Projektiver gegenüber anderen diagnostischen Verfahren angeführt, insbesondere gegenüber Tests (i.e.S) und Fragebogen:

① Bezüglich der Instruktion ist für Projektive Verfahren typisch, die Tp über das Meßprinzip im unklaren zu lassen; vielmehr wird sogar manchmal, zum Beispiel beim TAT, versucht, durch die Instruktion der Tp ein anderes als das gegebene Meßprinzip zu suggerieren (vgl. zum TAT weiter unten). Dieser Umstand gereicht zwar der anzustrebenden Unverfälschbarkeit zum Vorteil, wirft jedoch ethische Grundsatzprobleme auf.

② Projektive Verfahren zielen hauptsächlich auf *unbewußte*, der bewußten Reflexion jedenfalls nur schwer zugängliche Gegebenheiten ab. Die Anwendung solcher Verfahren impliziert daher ausreichende Kenntnisse tiefenpsychologischer Annahmen sowie insbesondere deren Akzeptanz seitens des Tl.

Bemerkung am Rand:

„Hier genügt u.E. nicht die Unterstellung, daß sich das Unbewußte 'irgendwie' im Tätigkeitsverlauf und im Tätigkeitsprodukt zeigt und daß der Diagnostiker dafür ein 'Gespür' haben müsse. Wenn projektive Verfahren etwas anzeigen, was nicht durch andere Methoden erkennbar ist, so muß dies auch methodisch sauber aufweisbar sein." (Guthke et al., S.142).

③ Das Testmaterial Projektiver Verfahren ist in hohem Maß mehrdeutig und bietet daher der Tp viel Freiheit im Testverhalten, was gerade die „Materialisierung" des Unbewußten ermöglichen soll. Andererseits reduziert genau das die Objektivität: Der Einfluß des Tl auf die Durchführung, Auswertung und Interpretation ist unbestritten (vgl. z.B. Hörmann, 1964).

Zur Illustration:

In Abbildung 5 des Kapitels 2.1.2. wurde explizit das Testverhalten in einem Projektiven Verfahren als Beispiel dafür demonstriert, wie wenig verrechnungssicher Tests sein können; schon *Freud* (vgl. z.B. wieder Guthke et al.) hatte das „Deuten" erhaltener Informationen als „Kunst" bezeichnet, die nicht in Regeln zu fassen wäre, sondern der Übung und Unvoreingenommenheit bedürfe. Und dem halten Guthke et al. (S.143) entgegen: „... kann man sich ... oftmals nicht des Eindruckes erwehren, daß ... aus den Testergebnissen mehr Informationen abgeleitet werden, als Fakten vorliegen."

④ Bezüglich ausgewählter anderer Gütekriterien muß global folgende Kritik gegeben werden: Reliabilität- bzw. Validitätsstudien gibt es kaum, eine Normierung nur in Ausnahmefällen (PFT) und die Skalierung ist, laut vorliegenden Analysen, eher unals angemessen (s. zum *Rohrschach*-Form-Deute-Verfahren Fischer & Spada, 1973; zum TAT Kempf, 1970; zum PFT Reiter, 1974). „Die unzureichende methodenkritische Bearbeitung projektiver Verfahren entspricht der wissenschaftstheoretischen Grundhaltung der Testautoren. Beweisführungen über Zuverlässigkeit und Gültigkeit der projektiven Methoden wurden in der Vergangenheit von ihnen als nicht relevant abgelehnt. Mit gleicher Argumentation wurde auch auf eine Quantifizierung der Ergebnisse verzichtet" - letztere ließe befürchten, „daß ... die 'Einmaligkeit der Persönlichkeit' zerstört wird." (Guthke et al., S.149f.).

Bemerkung am Rand:

Pawlik (1971, S.407) resümiert die Ergebnisse von Faktorenanalysen zu Projektiven Verfahren: „Ganz entgegen den Fürsprechern projektiver Verfahren erfassen diese in derselben Testzeit weniger unabhängige Komponenten als ein gut konstruierter Fragebogen."

Im folgenden näher eingegangen werden soll auf: *Rorschach*-Form-Deute-Verfahren, TAT und PFT.

Bemerkung am Rand:

Der Umstand, daß aus der großen Anzahl weiterer Projektiver Verfahren einige oft sogar dem Nicht-Psychologen vom Hörensagen bekannt sind, läßt es angebracht erscheinen, diese im folgenden wenigstens aufzulisten (s. die meisten davon bei Guthke et al.) - sie heben sich allerdings in bezug auf die gegebene Kritik durch nichts positiv von den hier näher behandelten ab: *Baum-Test (Koch), Lüscher-Test, Sceno-Test (von Staabs), Szondi-Test, Wartegg-Zeichentest, Welttest (Ch. Bühler).*

Rorschach-Form-Deute-Verfahren:

Das eigentliche Verfahren des Psychiaters *Rorschach* besteht infolge dessen frühen Todes im wesentlichen nur aus dem Testmaterial, d.s. zehn „Tafeln“ mit Tintenklecksen, die durch Verwischen schwarzer und anderer Farbe auf einem Blatt Papier und dessen nachträglicher Faltung entstanden sind (s. als Beispiel die Tafel VI in Abb. 48).

VI

Abbildung 48: Tafel VI des *Rorschach*-Form-Deute-Verfahrens (unter Entrichten der pauschalen Lizenzgebühr mit Genehmigung des *Verlags Hans Huber*).

„Das Verfahren wurde von RORSCHACH 1921 als Technik wahrnehmungspsychologischer Experimente publiziert. Seit dieser Zeit wurde der Indikationsanspruch dieser Methode zu einem mehrdimensionalen Persönlichkeitstest erweitert.“ (Guthke et al., S. 154). Er selbst sah die nach der Protokollierung vorzunehmende „Signierung“ der Antworten einer Tp vor allem hinsichtlich bestimmter formaler Aspekte als bedeutungsvoll an (vgl. Rorschach, 1992):

- *Erfassungsmodus,* d.i. insbesondere Ganz- vs. (Klein-) Detailantwort, und so zu verstehen, ob der Klecks als Ganzes oder nur ein (Klein-) Detail „gedeutet“ wird
- *Determination,* d.i. insbesondere scharfe vs. unscharfe Form, und so zu verstehen, ob die Deutung gut oder schlecht zum Klecks paßt
- *Inhalt,* d.i. insbesondere Mensch- vs. Tierdeutung
- *Originalität,* d.i. Original- vs. „Vulgär“-Antwort, und so zu verstehen, ob dieselbe Deutung von anderen Tpn sehr selten oder sehr häufig gegeben wird

An den Ergebnissen der formalen Analyse setzt schließlich die tiefenpsychologisch orientierte Interpretation an.

Anstatt einer detaillerten Darstellung des Verfahrens sei der bereits einmal herangezogene „Testknacker“ (vgl. in Kap. 4.2.2.) zitiert: Die in Präsentation 17 angeführten Passagen geben ein äußerst kritisches Bild. Dieses durch das oft genannte Argument der nötigen Erfahrung zu relativieren, scheint in Anbetracht der Tatsache schwierig, daß die Vielfalt der möglichen Antwortkonstellationen zu groß ist, um pro Tl über alle spezifischen Deutungsmuster hinreichende Erfahrung besitzen zu können - würde tatsächlich jeder denkbaren Konstellation von Ganz-, Detail- und Kleindetail-Antworten, die im Laufe des Verfahrens gegeben werden, eine besondere Indikation nachgesagt werden, bedeutete das zum Beispiel bei insgesamt 20 (!) bis 30 Antworten allein für den *Erfassungsmodus* bereits $\sum_{k=20}^{30}\binom{10+k-1}{k-1} = 3916$ zu „erfahrende“ Kombinationsmöglichkeiten ! Und auch die jüngst von Leichsenring und Hiller (1994) bemerkten „erheblichen Fortschritte“ in bezug auf die Objektivität, die mit Hilfe des *Comprehensive Systems*, einem Versuch der Vereinheitlichung verschiedener Signierungs-„Schulen“ samt Reduzierung auf wenige Signierungsvariablen, zu erreichen sind, vermögen das kritische Bild am *Rorschach*-Form-Deute-Verfahren nicht grundsätzlich zu ändern !

Präsentation 17: Kurzgefaßte Zusammenstellung von wörtlichen Zitaten zum *Rorschach*-Form-Deute-Verfahren aus einem „Testknacker“.

„Es kommt zunächst auf ruhige Gelassenheit an. Wenn der Testleiter die erste Tafel mit einem grauschwarzen Tintenklecks hervorzieht und fragt, was man auf der Tafel sehe, darf man weder Furcht noch Staunen zeigen. Wenn dann die nächste Tafel unvermittelt rote Flecken zeigt, wenn schließlich die letzten drei Bilder in sinnverwirrenden Pastelltönen schillern, sollte kein Zögern, keine hochgezogene Augenbraue andeuten, daß man etwa vom 'Farbschock' gepackt ist, der nämlich ein ungeordnetes Gefühlsleben verrät. Jede Regung des Unbehagens wird als innerer Konflikt verbucht: Die aufgeklärte Versuchsperson betrachtet also alle Tafeln mit Pokermiene, dreht sie gelassen in der Hand und gibt gleichmäßige Deutungen, nicht zu knapp und nicht zu weitschweifig. ... Um eine gewinnende Persönlichkeit darzustellen, gilt es vor allem, Bewegung in die Kleckse hineinzusehen und möglichst für jede Tafel eine Ganzdeutung zu finden, das heißt eine Erklärung, die sämtliche Kleckssteile einbezieht. Die Deutungen müssen ein 'hohes Formniveau' haben: Sie müssen dem Testleiter überzeugend erscheinen und nicht allzu banal sein. Die Farbe muß sinnvoll in die Erklärung einbezogen, aber keinesfalls beherrschend sein.“ (von Paczensky, 1976; S.46f.). „... werden etwa Tiere und Gegenstände geringer bewertet als menschliche Figuren, und doch sind sie notwendig, um primitivere Wesensschichten anzudeuten, die der Mensch schließlich auch braucht.“

„Es gilt auch nicht als liebenswert, statt der Kleckse die leeren Zwischenräume zu deuten, denn damit beweist man Aufsässigkeit und Eigensinn. Aber ein oder zwei von diesen Aufsässigkeiten wirken doch ganz positiv und deuten ein Quentchen Selbstbehauptung an. Sosehr man sich schließlich um großzügige Ganzdeutungen bemühen sollte, darf auch nicht das Detail zu kurz kommen, denn es beweist Gründlichkeit und Realitätsbezug.

Obendrein sind noch eine ganze Reihe inhaltlicher Vorsichtsmaßregeln zu beachten: Wolken dürfen nur auf Karte 7 wahrgenommen werden, andernfalls bedeuten sie Ängstlichkeit ...Geschlechtsteile dürfen insgesamt ein- oder zweimal wahrgenommen werden; im Übermaß wirken sie sich aber äußerst nachteilig aus, deuten auf sexuelle Unreife, verborgene Impotenz und ähnliche Unannehmlichkeiten. ...

Für jede Karte gibt es auch bestimmte Vulgärantworten, die von sehr vielen Menschen gebracht werden und in mäßiger Anzahl (etwa 5 für den ganzen Test) auch wünschenswert sind, denn sie zeigen gesunde Anpassung. Doch mehr als acht Vulgärantworten lassen den Probanden platt und konventionell erscheinen." (S.47).

„Karte 6 (Abb. 48; Anm. d. Verf.) erinnert gemeinhin an ein Tierfell; außerdem lauert die Versuchung, an jeder Ecke Geschlechtsteile zu entdecken. Diese werden am besten positiv und symbolisch verarbeitet, etwa als 'fruchtbares Tal' oder 'Leuchtturm'. Wer in den seitlichen Details Königsköpfe sieht, beweist hohe Ansprüche." (S.48).

„Phantasievolle Deutungen, in denen sich mehrere Teile zu einem sinnvollen Ganzen zusammenfügen, zeugen von kreativer Intelligenz und Organisationstalent. Aber Vorsicht: man darf nichts zusammen-'fabulieren', nicht fehlende Teile hinzuerfinden ! Die Rorschach-Fans sind stolz darauf, daß sie verdeckte Geisteskrankheiten und andere Schäden entdecken können. Man sollte ihnen keinen Anlaß zum Entdeckerstolz bieten. Es ist nicht leicht, den Rorschach-Test als rundum gewinnende Persönlichkeit zu bestehen". (S.49).

„So bleibt dem Bewerber, der trotz aller Vorsicht ein negatives Psychogramm erreicht, wenigstens ein Trost: Er braucht nicht daran zu glauben. Die meisten seriösen Psychologen tun es auch nicht.

'Die Frage, warum der Rorschach immer noch so viele Anhänger hat und nach wie vor weithin benutzt wird, ist nicht leicht zu lösen. Eine befriedigende Erklärung für dies verblüffende Phänomen wird wohl erst von künftigen Historikern der Psychologie gefunden werden und wahrscheinlich davon abhängig sein, daß wir mehr über die Psychologie der Leichtgläubigkeit wissen müßten, als es heute der Fall ist. Indessen kann man den Grund des wissenschaftlichen Fortschritts der klinischen Psychologie wohl daran messen, mit welcher Geschwindigkeit und Gründlichkeit sie den Rorschach hinter sich läßt.' (zit. aus Jensen, 'Rorschach-Test', *Sixth Mental Measurement Yearbook*, ohne Jahresangabe; Anm. d. Verf.)." (S.53).

Insbesondere weil die gelegentlich gegebenen, großteils negativen Befunde zu Gütekriterien keinen verbindlichen Quellen entstammen, d.h. keinem autorisierten Manual, braucht auf entsprechende Daten hier sowie im *Anhang: Verfahrensbeschreibungen* auch nicht weiter eingegangen zu werden.

TAT:

Seiner bereits im Zusammenhang mit der PRF in Erinnerung gebrachten Theorie zufolge versucht *Murray*, aus einer Menge von Verhaltensweisen in vielen Situationen, also aus vielen bekundeten Motivationen, das Individualtypische einer Person, also ihre Motive (Bedürfnisse; *needs*), abzuleiten. Zu diesem Zweck konfrontiert er seine Tpn mit mehrdeutigen Bildvorlagen, u.zw. Szenen alltäglicher Lebenssituationen (vgl. nochmals die Abb. 41, in Kap. 3.2.2.). Die insgesamt 20 Bilder des TAT, zu denen die Tp jeweils - weil es sich um einen Test zur Erkundung der Phantasietätigkeit handle (!) - eine (dramatische) Geschichte erzählen soll, wurden nach ihrer „Valenz" (d.i. Aufforderungscharakter) in bezug auf bestimmte Themen ausgewählt: Zum Beispiel die in Abbildung 41 gezeigte Szene hat Valenz zu den Themen Selbstverwirklichung und Zwang (Hoffnung und Entmutigung).

Zur Illustration:

Unterstützt wird die „Provokation" zum Geschichtenerzählen durch routinemäßig gestellte Fragen:

- *„Wie ist es zu der Situation gekommen?"*
- *„Was passiert gerade?"*
- *„Welche Gedanken und Gefühle haben die beteiligten Personen?"*
- *„Wie wird die Geschichte weitergehen?"*

Der TAT wurde erstmals publiziert 1943; „... MURRAY ... wollte ... sich ... damit ein Hilfsmittel zur Exploration im Rahmen der Psychological Clinic schaffen." (Revers & Taeuber, 1968; S.9). Insofern ist dieses diagnostische Verfahren auch nicht an den Ansprüchen eines Tests (i.e.S.) zu messen. Der zwischenzeitlich erschienene TGT-(S) (*Thematischer Gestaltungstest - Salzburg*; Revers & Allesch, 1985), der wohl auch der zeitgemäßeren Darstellung (neuer) Szenen dienen sollte, sieht dementsprechend explizit vor, die mittels beiliegendem Datenkatalog für die biographische Anamnese erhobenen Konfliktindikationen thematisch miteinzubeziehen. Allerdings: „Die mangelnden Testeigenschaften wären zu verschmerzen, wenn sich auf diese Weise Informationen gewinnen ließen, die sonst nicht zu erlangen sind. Da den Versuchspersonen (beim TGT-(S); Anm. des Verf.) aber offensichtlich die relevanten Inhalte bekannt sind, stellt sich die Frage, ob diese nicht durch direkte Befragung einfacher zu erheben sind." (Amelang & Zielinski, 1994; S.233).

Obwohl es zum TAT kaum Daten zu Gütekriterien gibt, findet er sich im *Anhang: Verfahrensbeschreibungen*, u.zw. im wesentlichen als Mittel zur Exploration, kommentiert.

PFT:

Rosenzweig setzt in sein 1948 erstmals veröffentlichtes Verfahren keine andere theoretische Annahme als die, daß sich die Tp mit der jeweils bildnerisch dargestellten, frustrierten Person identifiziert, so daß sie stellvertretend für diese reagiert - eben projiziert: Die Tp ist aufgefordert, die im Testheft pro Item leergelassene Sprechblase zweier *comic*-artig kommunizierender Personen dahingehend auszufühlen, „was die andere Person auf dem Bilde antworten würde" (Hörmann & Moog, 1957; s. nochmals Abb. 42, in Kap. 3.2.2.).

Erfaßt werden soll das Verhalten in Belastungssituationen: „Jede Antwort wird ausgewertet nach der Richtung der Aggression (die durch die Vereitelung hervorgerufen ist) und nach der Art der Reaktion. Die Richtungen umfassen Extrapunitivität – die Aggression richtet sich gegen die Umgebung –, Intropunitivität – die Aggression richtet sich gegen das eigene Ich – und Impunitivität – die Aggression wird überhaupt umgangen und der Versuch gemacht, die Frustration zu glossieren" (Hörmann & Moog, S.1). In Kombination dazu stehen die drei Varianten „*obstacle-dominance*" (das Hindernis dominiert in der Antwort), „*ego-defense*" (der Ich-Bezug überwiegt) und „*need-persistence*" (die Lösung der Situation ist betont).

Bemerkung am Rand:

Dabei ignoriert *Rosenzweig*, daß Aggression nur eine von vielen Reaktionsmöglichkeiten ist, über die der Mensch bei Frustration verfügt. Zum Beispiel finden sich allein bei Rohracher (1971) vier weitere: Ersatzbefriedigung, Ablenkung, Regression und Rationalisierung.

Für die Zuordnung einer Antwort zu den neun Kombinationsmöglichkeiten steht innerhalb des Manuals ein umfassender „Signierungskatalog" zur Verfügung. Die entsprechende individuelle Verteilung über alle 24 Items ist der Interpretation an Hand von Normen zugänglich (insbesondere dazu s. im *Anhang: Verfahrensbeschreibungen*).

4.3. Diagnostik hybrider Eigenschaften

Es mag genau darin begründet sein, daß die Eigenschaften „Kreativität" und „Soziale Intelligenz" weder dem Leistungs- noch dem Persönlichkeitsbereich eindeutig zuzuordnen sind: Beide sind innerhalb der *Psychologischen Diagnostik*, ursächlich auch in der Differentiellen Psychologie, wenig konkretisiert, schon gar nicht überzeugend operationalisiert.

Es bleibt allerdings die Frage, ob dies in Zukunft verbessert werden kann oder ob nicht doch die intendierten Ansätze grundsätzlich verfehlt sind: Theorien gibt es jedenfalls zu beiden Eigenschaften kaum, lediglich mehr oder (eher) weniger zielführende empirische Ergebnisse. Immerhin haben beide Konstrukte eine gemeinsame Quelle, nämlich *Guilfords* „Intelligenzstrukturmodell".

Zur Erinnerung:

Bekanntlich bezieht sich der in der Fachwelt oft salopp bezeichnete *Guilford*sche „Würfel" (wenn schon, besser: Quader) auf ein Modell der Informationsverarbeitung, mit *in-* und *output*-Variablen sowie dazwischen vermittelnden (modifizierenden, produzierenden) sog. „Operations"-Variablen (s. Abb. 49). An letzteren unterscheidet *Guilford*: Finden und Erkennen von Informationen („*cognition*"), Behalten von und Verfügen über Informationen („*memory*"), konventionell logische Informationsverarbeitung („*convergent production*"), nicht-konventionell logische Informationsverarbeitung („*divergent production*"), kritisches Vergleichen von Informationen („*evaluation*"). Diese vollziehen sich in bildhaften (figuralen), symbolischen, semantischen oder in „Verhalten betreffenden" („behavioralen") Denkinhalten bzw. Informationen, die dem *input* entsprechen, also vom dargebotenen Material abhängig sind. Hinsichtlich des *outputs*, d.s. die resultierenden Denkprodukte, unterscheidet er zwischen: Auffindung einheitlicher Bedingungen („*units*"), Bildung von Eigenschaftsklassen („*classes*"), Herstellung von Beziehungen („*relations*"), Aufbau systematischer Strukturen („*systems*"), Umformung („*transformations*") und Bestimmung von Zusammenhängen („*implications*").

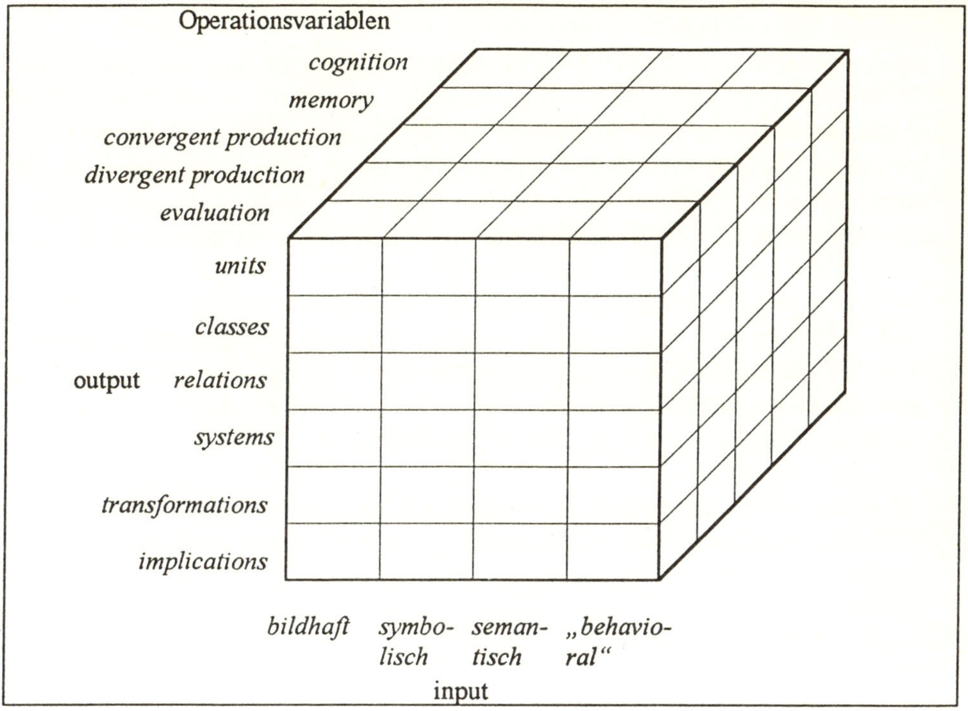

Abbildung 49: Das Intelligenzstrukturmodell von *Guilford* (frei nach Roth, Oswald & Daumenlang, 1980).

4.3.1. Kreativitätstests

„*Kreativität*, ... definitorisch noch nicht genügend scharf umgrenzter Begr. für ein Gefüge intellektueller und nichtintellektueller (motivationaler, einstellungs- und temperamentsmäßiger) Persönlichkeitszüge, die als Grundlage für produktive, originale, schöpferische Leistungen angesehen werden (im Sinne von Prozessen des Umordnens, Planens, Entwerfens, Erfindens, Entdeckens)." (Dorsch, 1994; S.411).

Bemerkung am Rand:

„Anstoß für den Aufbruch der Kreativitätsforschung war J.P. GUILFORDS Vortrag über *'Creativity'* vor der *American Psychological Association* (1950), Anlaß für den Durchbruch der entsprechenden Initiativen auf breiter Front der sog. Sputnik-Schock in den USA (1957)." (Dorsch, S.411).

Amelang und Bartussek (1990, S.248) zitieren folgende Definition:

☛ „Kreativität ist die Fähigkeit des Menschen, Denkergebnisse beliebiger Art hervorzubringen, die im wesentlichen neu sind und demjenigen, der sie hervorgebracht hat, vorher unbekannt waren. Es kann sich dabei um Imagination oder um eine Gedankensynthese, die mehr als eine bloße Zusammenfassung ist, handeln. Kreativität kann die Bildung neuer Systeme und neuer Kombinationen aus bekannten Informationen involvieren sowie die Übertragung bekannter Beziehungen auf neue Situationen ... Eine kreative Tätigkeit muß absichtlich und zielgerichtet sein, nicht nutzlos und phantastisch - obwohl das Produkt nicht unmittelbar praktisch anwendbar, nicht perfekt oder gänzlich vollendet sein muß. Es kann eine künstlerische, literarische oder wissenschaftliche Form annehmen oder durchführungstechnischer oder methodologischer Art sein."

Mit dieser Definition klingen die beiden vermutlich wesentlichen Kriterien an, nämlich Neuheit einerseits und Nutzen andererseits. Problematisch ist dabei jedoch,

① wer letztlich darüber entscheidet, ob die in der Regel bloß *relative* Neuheit bzw. „Originalität" gegeben ist oder nicht bzw.

② ob trotz statistischer Seltenheit, mit der das angeblich „kreative" Produkt realisiert wird, dieses tatsächlich in dem Sinn als „originell" zu werten ist, als es nicht von der Allgemeinheit logisch zu antizipieren war;

③ welche (gesellschaftlichen) Interessen entscheiden, ob ein Produkt Nutzen hat oder nicht.

Immerhin besitzt diese Definition die Attraktivität, daß sie sich in einer stichprobenmäßig kleinen Studie insofern „bewahrheitet" hat, als das Fremdurteil unter Bezug auf ein eigenes, laienhaftes Konzept der Kreativität zum selben Ergebnis führte wie unter Bezug auf sie (vgl. wieder Amelang & Bartussek).

Geht man von dieser oder ähnlichen Definitionen aus, dann scheint es vielversprechend, all diejenigen Fähigkeiten zu identifizieren, welche förderlich für die Bewerkstelligung eines kreativen Produkts sind. *Guilford* nennt dazu folgende (entnommen aus Guilford & Hoepfner, 1971 - die Übersetzungen vom Verf.):

- Problem*sensitivität*, d.i. die Fähigkeit, Probleme überhaupt als solche zu erkennen

- „*fluency*", d.i. im speziellen die Fähigkeit, (viele) Ideen und Assoziationen zu produzieren
- *Flexibilität* (im Denken)
- *Originalität*, d.i. die Neigung zu ungewöhnlichen Lösungsansätzen
- (Fähigkeit zum) *Analysieren*, d.i. ein Ganzes in seine elementaren Bestandteile zu zerlegen
- (Fähigkeit zum) *Synthetisieren*, d.i. Teile eines Ganzen zusammenzusetzen
- (Fähigkeit zum) *Umgestalten*, d.i. Bekanntes in neue Zusammenhänge zu bringen
- „*penetration*", d.i. die Fähigkeit, an der Problemlösung konsequent zu arbeiten

– offensichtlich können diese Fähigkeiten aber nicht für das angestrebte Produkt *garantieren*, selbst dann nicht, wenn bei einer Person jede einzelne in höchstem Maß ausgeprägt ist. Und abgesehen davon, gibt es praktisch für keine der aufgelisteten Fähigkeiten gängige Tests, zumindest ließe sich mit ihnen keine Testbatterie zusammenstellen, die eine Kreativitätsdiagnostik fachlich rechtfertigen würde.

Wohl aber gibt es im Zusammenhang mit *Guilfords* Bemühungen, jede der 120 möglichen Kombinationen seines Intelligenzstrukturmodells testmäßig zu realisieren, einige entsprechende Testkonzepte. Sie hängen primär mit den ***divergent productions*** zusammen (s. oben in Abb. 49, und hebe gedanklich die entsprechende Scheibe hervor), also mit der Fähigkeit zum „divergenten Denken": Diese Art zu denken, führt zu möglichst vielen verschiedenen Lösungen, die trotzdem alle die gestellten Anforderungen erfüllen. Würde eine Person über diese Fähigkeit im besonderen Maß verfügen, wäre für sie auch zu schließen, daß *fluency*, *Flexibilität* und die Fähigkeit zum *Umgestalten* bei ihr entsprechend ausgeprägt ist - *Originalität* dagegen, wäre nicht notwendigerweise zu erwarten. Die Varianten solcher, nie (in deutscher Fassung) verlagsmäßig vertriebener Tests sind mannigfach (s. z.B. wieder Amelang & Bartussek) und reichen von

① der Aufgabe, so viele Dinge mit bestimmter Eigenschaft aufzuzählen wie in der Zeiteinheit möglich (z.B. „alles, was hohl ist"); über

② die Aufgabe, so viele Anwendungsmöglichkeiten eines bestimmten Dings zu nennen, wie in der Zeiteinheit möglich (z.B. „alles, was man mit einem Bleistift tun kann"); und

③ die Aufgabe, so viele Sätze mit bestimmten Worten aufzuschreiben wie in der Zeiteinheit möglich (z.B.: „Stecker-Auto-Bild-Wegweiser"); bis zu

④ der Aufgabe, so viele Gleichungen aus vorgegebenen Zahlen zu konstruieren wie in der Zeiteinheit möglich (z.B.: „2-3-3-4-4-5-5-9-16-25").

Die hier gewählten Beispiele sind weitgehend repräsentativ und sollen dokumentieren, daß es sich dabei im wesentlichen um einen Ansatz handelt, der „Produktivität" (*fluency*) erfaßt; Originalität fließt kaum ein, zumindest kann sie nur durch besondere

Verrechnungsvorschriften goutiert werden. So verwundert auch folgende Kritik nicht: „Sei kreativ, aber in angemessener Weise ... sei originell, und zwar gefälligst innerhalb der nächsten zehn Minuten ... sei spontan, aber bitte nur nach Aufforderung“ (Flossdorf, 1978; S.94).

Trotzdem sind in der Tradition der Forschungen *Guilford*s einige wenige Tests, auch für den deutschsprachigen Raum, entstanden. Auf sie braucht hier nicht näher eingegangen zu werden.

Zur Illustration:

Wenigstens in der Weise sei ein Beispiel gegeben, als in grober Anlehnung an die oft zitierten *Minnessota Tests of Creative Thinking* von *Torrance* (zit. nach Amelang & Bartussek - s. aber auch den Test TDK 4-6, *Test zum divergenten Denken/Kreativität*; Mainberger, 1977; sowie Krampen, Freilinger & Wilmes, 1990) gezeigt werden soll, daß in denjenigen seltenen Fällen, in welchen keine *speed*-Komponente zum Tragen kommt und die Tpn Kinder sind, möglicherweise doch prognostisch relevante Informationen gewonnen werden können; u.zw. in bezug auf *Flexibilität*, *Originalität* und die Fähigkeit zum *Umgestalten*: Gäbe es unter standardisierter Testvorgabe gewonnene Normen, so wären vielleicht Testergebnisse wie das in Abbildung 50 wiedergegebene in Hinblick auf eine Hochbegabtendiagnostik verwertbar - die Aufgabenstellung lautet hier, die vorgegebenen Kreise nach Belieben, möglichst phantasievoll zu gestalten (die Zeichnung stammt von einem 8jährigen mit elternseits beklagter „intellektueller Unterforderung“ in der Schule, 2. Klasse). Ohne Validierungsstudie läuft dieses Beispiel selbstverständlich wegen der Affinität zu Projektiven Verfahren Gefahr, in bloßen Spekulationen zu enden !

Abbildung 50: Das Testergebnis eines 8jährigen bei einer Aufgabenstellung in Anlehnung an die *Minnessota Tests of Creative Thinking* von *Torrance* (die dem Tl nicht eindeutig scheinenden Objekte wurden vom Kind nachträglich beschriftet; die benötigte Testzeit war 11 Minuten).

Bemerkung am Rand:

Mit Items der (bekannten) Art: „Sie wollen zwei von der Decke herabhängende Seile miteinander verknüpfen. Diese sind aber so weit voneinander entfernt befestigt, daß sie auch mit ausgestreckten Armen nicht beide gleichzeitig fassen können. Was tun Sie ?“, versuchte Friedlmayer (1976) eine testtheoretische Analyse mit Aussagewert für die Differentielle Psychologie. Wenn die Antworten nach vier Kategorien verrechnet werden, nämlich danach, ob sie a) weder eine Lösung enthält noch „kreativ“ ist, b) zwar keine Lösung enthält, aber „kreativ“ ist (z.B.: „Masche ans Seil binden“), c) zwar nicht „kreativ“ ist, aber eine Lösung enthält (z.B. „Verlängerungsseil holen“) oder d) sowohl „kreativ“ ist als auch das Problem löst („Seil pendeln“), so zeigt sich, daß die Items zwar dem mehrkategoriellen mehrdimensionalen *Rasch*-Modell entsprechen, nicht aber ihre Kategorien graduelle Abstufungen irgendeiner Art abbilden: D.h., die Items messen zwar pro Kategorie fair, Problemlösefähigkeit und Kreativität bedeuten jedoch qualitative Unterschiede. - Leider findet sich unter den verwendeten Items kein zweites mit annähernd gleich überzeugender inhaltlichen Gültigkeit, so daß dieses Konzept der Kreativitätsdiagnostik, also ein Konzept mit Items dieser Art, ebenfalls nicht vielversprechend ist.

Keinen unmittelbaren Fortschritt für die Kreativitätsdiagnostik dürfte der jüngst erschienene TSD-Z (*Test zum Schöpferischen Denken - Zeichnerisch*; Urban & Jellen, 1995) bringen; jedoch steht dieser Test mit dem vom Erstautor erstellten “Komponentenmodell der Kreativität“ im Zusammenhang, welches - nicht unbeeinflußt von *Guilford* - wieder besonderes Augenmerk auf das Umfeld an förderlichen Fähigkeiten bzw. Eigenschaften legt. Als Anregung für die diagnostische Praxis sei dieses Modell in Abbildung 51 abrißartig wiedergegeben, obwohl die meisten dort angeführten Konstrukte (derzeit) ebenso wenig testbar sind wie das divergente Denken selbst.

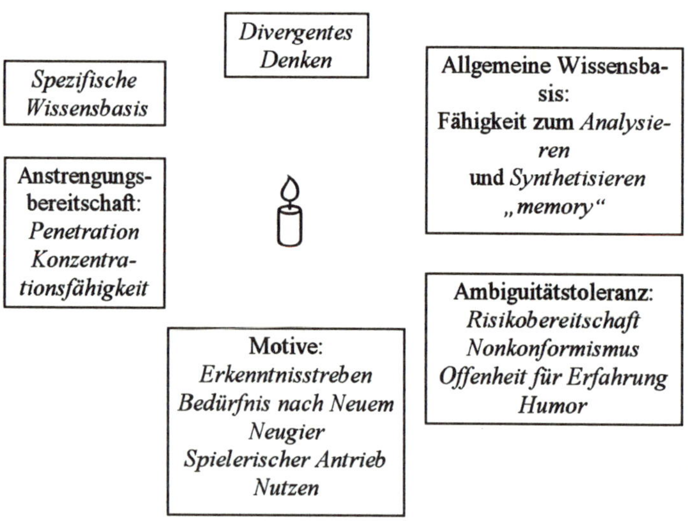

Abbildung 51: Das Komponentenmodell der Kreativität von Urban (nach Urban & Jellen, 1995 - hier stark simplifiziert sowie begrifflich in Anpassung an die Terminologie im Text modifiziert; das Symbol vom Verf.).

Einleitend in das Kapitel 4.3. **Diagnostik hybrider Eigenschaften** wurde in Frage gestellt, ob nicht doch die intendierten Ansätze grundsätzlich verfehlt sind. Für die Kreativitätsdiagnostik ergibt sich diese Skepsis daraus, daß der wohl unverzichtbare Auftakt jedes kreativen Prozesses ist: Die *eigenständige* Problemwahl.

4.3.2. Soziale Intelligenztests

Während Amelang, Schwarz und Wegemund (1989, S.37) unter Bezug auf *Thorndike* ihren Artikel quasi definitorisch einleiten: „Soziale Intelligenz als die Fähigkeit, andere zu verstehen und in zwischenmenschlichen Situationen klug zu agieren", um dann gleich weiter zu schreiben, daß „zahlreiche definitorische Eingrenzungen mit variierenden Akzenten" die Erforschung dieses Konstrukts begleiteten, findet sich in den einschlägigen Lexika zur Psychologie gar kein entsprechendes Stichwort bzw. nur der Verweis auf: „*interpersonale Kompetenz,* ... wird die Fähigkeit genannt, Aufgaben, die im Umgang mit Personen auftreten, zu bewältigen" (Dorsch, 1994; S.363). Es scheint, als würde die „Soziale Intelligenz", obwohl ihr „allgemein eine erhebliche Bedeutung für den Bestand und die Fortentwicklung der Gesellschaft und ihrer Subsysteme beigemssen wird" (Amelang et al., S.37), innerhalb der Differentiellen Psychologie nicht existieren. Tatsächlich gibt es mehr Testkonzepte, wieder seitens *Guilford*, als Theorien oder wegweisende empirische Ergebnisse.

Dessen ungeachtet sei hier auch eine konkrete(re) Definition gegeben, die insbesondere Wert darauf legt, das entsprechend „kluge Agieren" von dem „Verstehen anderer" zu separieren:

☞ *Soziale Intelligenz* ist die Fähigkeit, Gedanken, Gefühle und Intentionen anderer zu erkennen.

Damit soll das Konstrukt eingeschränkt werden auf das grundsätzliche Potential einer Person, sich überhaupt „sozial" verhalten zu *können*, ohne jede prognostische Spekulation, ob sie dies in konkreten Situationen auch tun würde.

Die nie verlagsmäßig vertriebenen Tests von *Guilford* hängen mit den „behavioralen" Denkinhalten zusammen, also mit „Verhalten betreffenden" Informationen (s. genauer oben, in Abb. 49, und hebe gedanklich die entsprechende Scheibe hervor). Zahlreiche Varianten solcher Tests reichen von

① der Aufgabe, eine verbal beschriebene Stimmungslage der gezeichneten Mimik entsprechend einem der zur Auswahl gestellten Bilder zuzuordnen (s. ein Itembeispiel in Abb. 52); über

② die Aufgabe, eine bildlich dargestellte Gestik einem der zur Auswahl gestellten Bilder mimischen Ausdrucks zuzuordnen; bis zu

③ der Aufgabe, eine bildlich dargestellte Interaktion mehrerer Personen einer zur Auswahl stehenden Beschreibungen des Interaktionsprozesses zuzordnen (s. ein Itembeispiel in Abb. 53) -

dabei verwendete *Guilford* ursprünglich als Items auch Fotos mit schauspielerisch dargestellten Stimmungen.

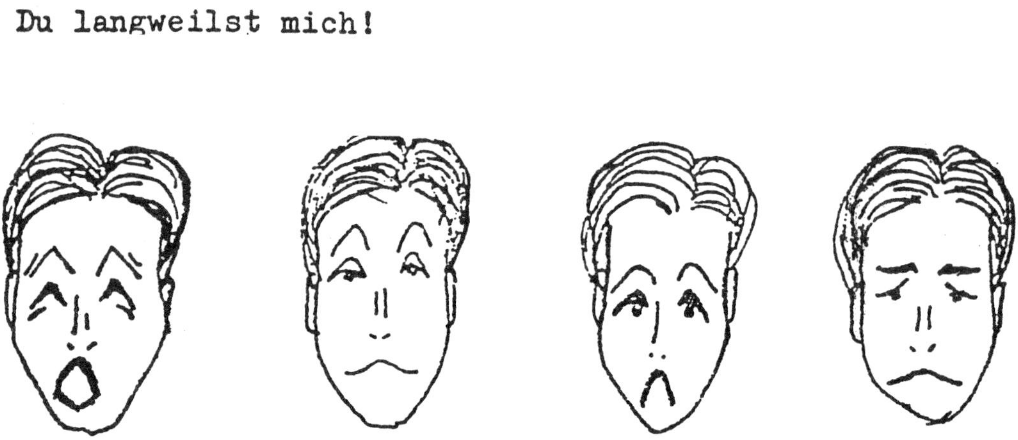

Abbildung 52: Ein Item zur Messung des Konstrukts „Soziale Intelligenz" - das Testmaterial in Anlehnung an *Guilford* (Guilford & Hoepfner, 1971), erstellt innerhalb einer Seminararbeit.

Abbildung 53: Ein Item zur Messung des Konstrukts „Soziale Intelligenz" - das Testmaterial in Anlehnung an *Guilford* (Guilford & Hoepfner), erstellt innerhalb einer Seminararbeit.

Die Kritik an solchen Tests liegt auf der Hand: Es „gehen die als 'richtig' geltenden Lösungen auf ... die Testautoren und ihre Mitarbeiter als mutmaßlich kompetente Beurteiler zurück. Da vom Wesen der Aufgaben her ein 'logisch richtig' gar nicht möglich ist, entbehrt ein derartiges Vorgehen nicht einer gewissen Problematik und ist möglicherweise einer der Gründe für die geringe Validität solcher Skalen." (Amelang & Bartussek, 1990; S.150).

Wie erinnerlich, beinhaltet andererseits sogar der AID zwei Untertests, die sowohl dem Titel als auch den Items nach Sozialbezug haben: *Soziale und Sachliche Folgerichtigkeit* und *Soziales Erfassen und Sachliches Reflektieren* (vgl. in Präsentation 12, in Kap. 4.1.1., die dort gegebenen Definitionen). Und mit ihnen ist (auf Grund der Analysen nach dem *Rasch*-Modell) das bemerkenswerte Ergebnis gegeben, daß (sachliche) Intelligenz und *Soziale Intelligenz* eine einzige, gemeinsame Fähigkeit abbilden.

Tatsächlich „Soziale Intelligenz" ausschließlich intellektuell, d.h. kognitiv aufgefaßt, und nicht verhaltensorientiert, macht dementsprechend die Kultivierung eines eigenen Genres an Tests überflüssig. Die einleitend in das Kapitel 4.3. **Diagnostik hybrider Eigenschaften** geäußerte Skepsis am intendierten Ansatz wäre damit begründet. Es bleibt die Frage, ob nicht andere Ansätze im Kontext von Sozialbezügen für die *Psychologische Diagnostik* relevanter wären ?

Woran vermutlich Bedarf besteht, ohne daß Tests in der Tradition *Guilford*s darauf abzielten, sind Tests zur Erfassung der Kooperationsfähigkeit bzw. kollektiven Leistungsfähigkeit einer Person; ersteres wird sicher *versucht*, mit Hilfe des Assessment-Centers zu erfassen, zweiteres wird wohl zumeist nicht einmal als relevante Eigenschaft erkannt: Der Alltag bestätigt aber, daß es Personen gibt, die erst oder vor allem im Kollektiv herausragende Leistungen zeigen bzw. ohne die dasselbe Kollektiv wesentlich weniger leistungsstark ist. Wenigstens einen Fragebogen (!) dazu gibt es, nämlich den FKW 4-8 (*Fragebogen Kooperation und Wettbewerb für 4. bis 8. Klassen*; Littig & von Saldern, 1989), der u.a. *Kompetitive* und *Kollektivistische Orientierung* zu erfassen versucht.

5. Neue Ansätze

In den bisherigen Abschnitten sind zwar gelegentlich auch „neue" Ansätze besprochen oder zumindest angedeutet worden; doch müßte die *Psychologische Diagnostik* in ihrer Bedeutung für die „Psychohygiene" bescheiden bewertet werden, wäre das bisher Ausgeführte alles, was sie zu bieten hätte. Wenigstens Entwicklungsperspektiven stehen noch zur Betrachtung an, wenn schon nicht neue Techniken, Merkmalsträger, Strategien und Inhalte (Konstrukte) gegenwärtig bereits im routinemäßigen Einsatz bzw. Thema *psychologischen Diagnostizierens* sind. Dabei ist für das folgende das Attribut „neu" nicht wortwörtlich gemeint: Eher gemeint ist, daß im Gegensatz dazu „altes" heute *geläufig* ist. Die Computerdiagnostik, zum Beispiel, ist derzeit sicher neu - die Frage bleibt, ob sie in 10 Jahren „geläufig" geworden ist ? Zum Beispiel ist das Konzept der Lerntests keinesfalls neu, nämlich jungen Datums, sondern geht bis in die 70er Jahre zurück - dennoch: „geläufig", im Sinn routinemäßiger praktischer Anwendung, ist dieses Konzept nicht.

So gemeint widmet sich der Abschnitt 5. *Neuem*. Zwei große, bereits behandelte Bereiche zählen auch hier her: Adaptives Testen und Objektive Persönlichkeits*tests* - beide heute nicht wirklich „geläufig" ! Sie werden im folgenden an gegebener Stelle nochmals kurz einzubringen sein.

5.1. Computerdiagnostik

Zwei Stimmungen sind innerhalb der *Psychologischen Diagnostik* zum Thema Computer zu vernehmen. Booth (1995; S.186) interpretiert die eine:

„... haben die Kritiker dieser Technik ihre Sorgen zum Ausdruck gebracht, ob Computertechnologie nicht eine Art Verarmung der Psychologischen Diagnostik mit sich bringe, indem sie Diagnosen weniger intuitv, unflexibel und weniger human mache. Die tiefer liegenden Gründe für solche Kritik mögen auf Seiten der meisten Diagnostiker ebenso in der fehlenden Vertrautheit mit dieser Technik liegen wie auch im latenten Unbehagen wurzeln, daß sie den Diagnostiker ersetzen oder zumindest dessen Bedeutung beim diagnostischen Entscheidungsprozeß vermindern können".

Scheint solche Skepsis im wesentlichen auf die Anfänge der Computerdiagnostik zurückzugehen (das gegebene Zitat stammt auch eigentlich aus 1988, d.i. die 1.Aufl. des betreffenden Buches), so ist doch zu kommentieren, daß Mitte der 90er Jahre die „Anfänge" gar nicht substantiell überwunden sind und daß vermutlich trotz zwischenzeitlicher „Vetrautheit mit dieser Technik" das angesprochene Unbehagen seitens der Psychologen (!) weiter besteht.

Die zweite Stimmung bezieht sich, ganz im Gegenteil, auf visionäre Aspekte der Computerdiagnostik:

„Trotz anfänglicher Stagnation in der Computerdiagnostik ist der Höhepunkt der Entwicklung von Software, teilweise auch von spezifischer Hardware, gegenwärtig nicht abzusehen: Kann man heute gerade noch alle (deutschsprachig) verfügbaren Produkte (mühsam) recherchieren, so scheint dies in absehbarer Zeit nicht mehr möglich. Zu viele Anbieter wird es dann geben; vor allem werden bestimmte Institutionen und Anbieter, mehr als schon bei Papier-Bleistift-Tests, gar nicht an einer (öffentlichen bzw. unentgeltlichen) Verbreitung bestimmten „*Know-how*'s" interessiert sein. Problematisch ist das, weil ... unter den Anbietern psychologisch- diagnostischer Software mit Fachfremden, d.h. (universitäts-) psychologisch nicht bzw. unzulänglich ausgebildeten Personen zu rechnen sein wird; schon jetzt finden sich vereinzelt (durchaus kreative) Entwicklungen von Wirtschaftswissenschaftern, die in keiner Weise nach den theoretischen Grundlagen der Testkonstruktion abgesichert sind." (Kubinger, 1993; S.130).

Was die (*psychologische*) Computerdiagnostik also von der übrigen *Psychologischen Diagnostik* unterscheidet, ist, daß wegen der in vielfacher Hinsicht mangelhaften „Transparenz" von Bedingungen und Konsequenzen neuer technischer Möglichkeiten die Frage des Konsumentenschutzes mehr denn je Bedeutung erlangt: So wird es nicht (nur) um die Angst vor dem Verlust von (Psychologen-) Arbeitsplätzen gehen, sondern um die Sorge, *wer* letztendlich *was* und *wodurch belegt* diagnostiziert.

Dieser Sorge gilt der eine Teil der folgenden Betrachtungen; den *psychologischen* Möglichkeiten des Computereinsatzes der andere.

Zunächst ist dazu eine Systematisierung der Computerdiagnostik nötig. Dann erst können technische Voraussetzungen, praktische Belange und inhaltliche Aspekte behandelt werden. Schließlich, gemäß dem angesprochenen Konsumentenschutz, steht die Diskussion der Computerdiagnostik hinsichtlich sämtlicher Gütekriterien an.

5.1.1. Varianten

Die Funktion des Computers innerhalb der *Psychologischen Diagnostik* kann dreierlei Art sein:

① der Computer zur Vereinfachung der Auswertung
② der Computer zur Steuerung sog. „peripherer Geräte"
③ die Verwendung des Computers zur Test*vorgabe*.

Im ersten Fall dient der Computer lediglich dazu, die oft umständliche Auswertung herkömmlicher Tests, vor allem das Benutzen von Schablonen und das Nachschlagen in Normtabellen zu übernehmen.

Im zweiten Fall verwendet man den Computer zur Steuerung von Geräten insbesondere zur Messung physiologischer bzw. neurophysiologischer/ -psychologischer Parameter.

Im dritten Fall wird der Computer unmittelbar zur Testvorgabe eingesetzt; dabei sind wiederum drei Varianten zu unterscheiden:

❶ die (bloß) computer*unterstützte* Vorgabe von Tests
❷ die Computervorgabe von *Papier-Bleistift-Tests*
❸ die Vorgabe *originärer* Computertests.

Mit (bloß) computerunterstützter Testvorgabe ist im Gegensatz zu den beiden anderen Varianten gemeint, daß der Computer nicht den Tl ersetzt, auch nicht phasenweise, sondern ihm nur bei der Vorgabe im Sinne eines Expertensystems hilft.

Unter Computervorgabe von „Papier-Bleistift"-Tests ist die Übertragung von solchen (alten und „bewährten") Verfahren auf den Bildschirm zu verstehen, die sowohl seitens des Tl als auch seitens der Tp eigentlich nur einfacher Schreibutensilien bedürfen.

Als originär sind logischerweise solche Computertests zu bezeichnen, die es ohne Computer noch nicht gegeben hat oder auch gar nicht geben könnte; letztlich sind auch sie in drei Kategorien zu untergliedern:

O die sog. „Computer-*Simulation*"
O die *mediumsgerechte* Nutzung des Computers
O der *„per Gelegenheit"* als Computer-Version erstellte Test.

Der Begriff „Computer-Simulation" bezieht sich auf eine neue Gattung diagnostischer Verfahren; soweit schon existent, erinnern sie einerseits an die frühen „Arbeitsproben" (vgl. z.B. Moede, 1930), andererseits an Computerspiele, und versuchen dabei, das Verhalten der Tp in möglichst (berufs-) realistischen Nachahmen komplexer Aufgabenstellungen. Unter *mediumsgerechter* Nutzung des Computers sind Vorgaben zu verstehen, für die der Computer dank seiner spezifischen Möglichkeiten zumindest günstig, wenn nicht sogar notwendig ist.

„Per Gelegenheit" als Computer-Version erstellte Tests hätten von ihrem Konzept her genauso gut als Papier-Bleistift-Test verfaßt werden können, sind es aber, dem Zug der Zeit folgend, nicht.

5.1.2. Hard- und Software, Praxis und Theorie

Auf die oben definierten Varianten sei im folgenden näher eingegangen.

Der Computer zur Vereinfachung der Auswertung:

Grundsätzlich gäbe es dabei sogar die Möglichkeit, mit Hilfe gewisser technischer Mittel völlig ohne physischen Auswertungsaufwand zu den Ergebnissen zu gelangen: Zum Beispiel beim IST 70 und beim MIT sind die Protokollbögen als Belegformulare konzipiert, sodaß sie mittels sog. „Belegleser" elektronisch verarbeitet werden könnten; die schon länger gegebene Möglichkeit, eine solche Auswertung (kostenpflichtig) vom

Testverlag durchführen zu lassen, hat sich allerdings nicht durchgesetzt. Fortschrittlicher und wesentlich billiger wäre es auch, sinngemäß gleiches mittels *Barcode*-Formularen und entsprechendem Lesestift zu versuchen, wobei der Benützer selbst die Auswertung übernehmen würde; diese Möglichkeit ist (für publizierte Tests noch) nicht realisiert. Wenigstens erste Ansätze gibt es dagegen, sogar die Original-Protokollbögen elektronisch aufzubereiten, u.zw. unter Benutzung eines *Scanner* (die *Dr.G.Schuhfried GmbH*, vgl. in Kap. 1.6., bietet dazu die - allerdings sehr teure - *Software* für ausgewählte Tests an).

Erläuterung zu Beleg- und *Barcode*-Formularen:

Als ein Beispiel eines Belegformulars ist in Abbildung 54 der Protokollbogen aus dem MIT wiedergegeben; die Tp hat pro Item das der gewählten Antwortmöglichkeit entsprechende (längsovale) Feld laut Anweisung ziemlich genau bzw. weitgehend voll anzustreichen. - Als „*Barcode*“ wird die zur Warenkennung heute allgemein übliche Strich-Kodierung bezeichnet; *Soft-* und *Hardware* dazu sind im Fachhandel allgemein zugänglich.

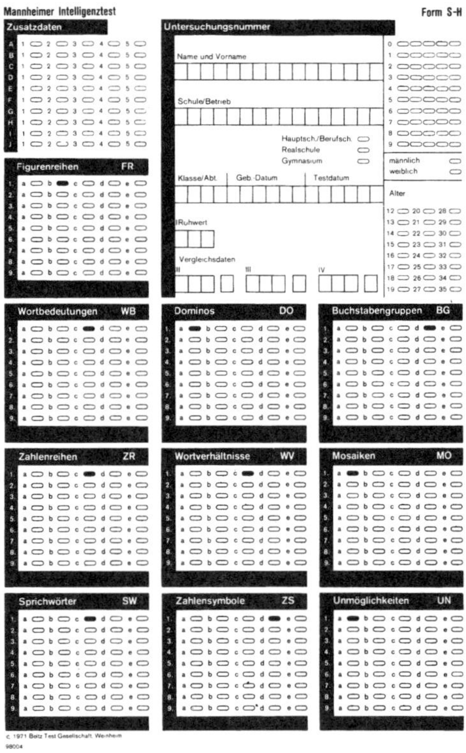

Abbildung 54: Der als Belegformular konzipierte Protokollbogen des MIT (mit freundlicher Genehmigung der *Beltz Test Gesellschaft*).

In jüngster Zeit scheint sich jedoch diejenige Variante zu etablieren, daß die Daten vom

Tl/Auswerter im Anschluß an die Testung itemweise einzutippen sind. Handelt es sich dabei um ein diagnostisches Verfahren mit freiem Antwortformat (z.B. alle *Wechsler*-Testbatterien; oder das *Rorschach*-Form-Deute-Verfahren), so müssen dafür natürlich die Antworten der Tp zuvor vom Tl vorschriftsmäßig bewertet werden - dies träfe aber auch auf die oben skizzierten, technisch ausgereifteren Varianten zu. Offizielle *Software*-Anbieter sind die *Testzentrale* (vgl. in Kap. 1.6.) sowie die *Dr.G.Schuhfried GmbH*; (nur) im Vergleich zu den oben genannten *Scanner*-Programmen ist diese Variante preislich wesentlich günstiger.

Bemerkung am Rand:

Laut aktueller Kataloge dieser beiden Quellen muten die Preise der Auswertungsprogramme ungebührlich hoch an; wenn man bedenkt, daß jeder (zum Beispiel) das Statistik-Programmpaket SPSS beherrschende Psychologe die relativ simplen Auswertungsschritte der betreffenden Tests leicht selbst „programmieren" kann - auch die dazu nötige Eingabe der Normtabellen ist nicht extrem aufwendig -, erscheint die *Ökonomie* dieser Test-Supplemente kritisch ! Es fragt sich, ob der Benützer (bzw. Käufer) von Tests nicht das Service erwarten kann, ohne viel Aufhebens über Auswertungshilfen des *„state-of-the-art"* verfügen zu können ? Zu Demonstrationszwecken sei jedenfalls dem Leser dieses Buches das Service zuteil, über das SPSS-Programmlisting zum TPF verfügen zu können, für den bis *dato* noch kein offiziell vertriebenes Auswertungsprogramm existiert (s. in Präsentation 18).

Präsentation 18: Das SPSS-Programmlisting zum TPF (ohne besondere Publikation für den vorliegenden Zweck verfaßt von *Maslo & Reimoser*); es läuft unter *SPSS for Windows Release 6.0* und ist nicht vom Testautor oder Verlag autorisiert !

```
RECODE      item28 item112 item80 item109 item19 item10 item118 item95
            (4=1)(3=2)(2=3)(1=4).
COMPUTE RWVK = item37 + item112 + item109 + item55 + item101 + item118+ item46 +item80 +
            item1 + item19 + item10 + item95 + item28+item64 + item87 + item107 + item72.
RECODE      item97 item119 item108 item20 item56 item103 item47 item115 item88
            (4=1)(3=2)(2=3)(1=4).
COMPUTE RWSG = item11 + item97 + item73 + item81 + item119 + item65 + item102 + item96 +
            item110 + item108 + item29 + item20 + item2 + item56 + item38 + item113 +
            item103 + item47 + item115 + item88.
RECODE      item3 item12 item21 item30 item39 item48 item57 item66 item74 item82 item89
            item104 (4=1)(3=2)(2=3)(1=4).
COMPUTE RWSE = item3 + item12 + item21 + item30 + item39 + item48 + item57 + item66 +
            item74 + item82 + item89 + item104.
RECODE      item8 item17 item26 item35 item53 item62 item116 (4=1)(3=2)(2=3)(1=4).
COMPUTE RWSV = item8 + item17 + item26 + item35 + item44 + item53 +item62 + item116.
RECODE      item4 item13 item22 item31 item40 item49 item58 item67 item75 item90 item98
            (4=1)(3=2)(2=3)(1=4).
COMPUTE RWBF = item49 + item67 + item98 + item58 + item31 + item40 + item13 + item75 +
            item4 + item22 + item90.
RECODE      item32 item83 (4=1)(3=2)(2=3)(1=4).
COMPUTE RWEX = item14 + item50 + item68 + item105 + item5 + item41 + item23 + item76 +
            item32 + item83 + item91 + item59.
RECODE      item25 item34 item43 item52 item61 item70 item85 item93 item99 item106 item111
```

```
         (4=1)(3=2)(2=3)(1=4).
COMPUTE RWAU = item34 + item43 + item70 + item61 + item16 + item52 + item78 + item93 +
         item120 + item99 + item85 + item106 + item111 + item25 + item7.
COMPUTE RWSW = item15 + item92 + item6 + item84 + item33 + item24 + item114 + item51 +
         item42 + item77 + item60 + item69.
RECODE   item18 item54 item71
         (4=1)(3=2)(2=3)(1=4).
COMPUTE RWLF = item45 + item36 +item86 + item27 + item94 + item100 + item63 + item9 +
         item18 + item54 + item71.
EXECUTE.

********* NORMEN MAENNER 18-40 JAHRE ****************.
DO IF (GESCHL = 0 AND ALTER <= 40) .
RECODE RWVK (8,9,10,11,12,13,14,15,16,17=0)
     (18=0)(19=1)(20=3)(21=4)(22=6)(23=8)(24=10)(25=12)(26=14)(27=16)(28=18) (29=20)
     (30=22)
     (31=23)(32=25)(33=27)(34=29)(35=31)(36=33)(37=35)(38=37)(39=39)(40=40)(41=42)(42=44)
     (43=46)(44=48)(45=50)(46=52)(47=54)(48=56)(49=58)(50=59)(51=61)(52=63)(53=65)(54=67)
     (55=69)(56=71)(57=73)(58=75) (59=76)(60=78)(61=80)(62=82)(63=84)(64=86)(65=88)(66=90)
INTO TWVK.
RECODE RWSG (8,9,10,11,12,13,14,15,16,17,18,19,20,21,22,23,24,25,26=0)
     (27=0)(28=1)(29=3)(30=4)(31=6)(32=7)(33=8)(34=10)(35=11)(36=13)(37=14)(38=15)(39=17)
     (40=18)(41=20)(42=21)(43=23)(44=24)(45=25)(46=27)(47=28)(48=30)(49=31)(50=32)(51=34)
     (52=35)(53=37)(54=38)(55=39)(56=41)(57=42)(58=44)(59=45)(59=45)(60=46)(61=48)(62=49)
     (63=51)(64=52)(65=53)(66=55)(66=55)(67=56)(68=58)(69=59)(70=60)(71=62)(72=63)(73=65)
     (74=66)(75=68)(76=69)(77=70)(78=72)(79=73)(80=75) INTO TWSG.
RECODE RWSE (8,9,10,11,12,13,14,15,16,17,18,19,20=0)
     (21=0)(22=3)(23=6)(24=8)(25=11)(26=14)(27=16)(28=19)(29=22) (30=24)(31=27)(32=30)
     (33=32)(34=35)(35=38)(36=40)(37=43)(38=4 6)(39=48)(40=51)(41=54)(42=56)(43=59)(44=62)
     (45=64)(46=67)(47=70)(48=72) INTO TWSE.
RECODE RWSV (1,2,3,4,5,6,7=17)
     (8=18)(9=21)(10=23)(11=26)(12=29)(13=31)(14=34)(15=37) (16=39)(17=42)(18=45)(19=47)
     (20=50)(21=53)(22=55)(23=58)(24=61)(25=64)(26=66)(27=69)(28=72)(29=74)(30=77)(31=80)
     (32=82)INTO TWSV.
RECODE RWBF (8,9,10,11,12,13,14,15,16,17,18,19,20=0)
     (21=0)(22=2)(23=5)(24=8)(25=11)(26=14)(27=17)(28=20)(29=23)(30=26)(31=29)(32=32)
     (33=35)(34=38)(35=41)(36=44)(37=47)(38=50)(39=53)(40=56)(41=59)(42=62)(43=64)(44=67)
     INTO TWBF.
RECODE RWEX (8,9,10,11=8)
     (12=9)(13=11)(14=13)(15=15)(16=17)(17=19)(18=21)(19=23)(20=25)(21=27)(22=29)(23=31)
     (24=33)(25=35)(26=37)(27=39)(28=41)(29=43)(30=45)(31=
     (36=57)(37=59)(38=61)(39=64)(40=66)(41=68)(42=70)(43=
     (48=82) INTO TWEX.
RECODE RWAU (8,9,10,11,12,13,14,15,16,17,18,19,20=0)
     (21=0)(22=1)(23=3)(24=5)(25=7)(26=9)(27=11)(28=14)(29=
     (34=26)(35=29)(36=31)(37=33)(38=35)(39=37)(40=39)(41=
     (46=52)(47=55)(48=57)(49=59)(50=61)(51=63)(52=65)(53=
     (58=78)(59=81)(60=83) INTO TWAU.
RECODE RWSW (8,9,10,11=7)
     (12=8)(13=10)(14=12)(15=14)(16=17)(17=19)(18=21)(19=2
     (24=34)(25=36)(26=38)(27=41)(28=43)(29=45)(30=47)(31=49)(32=51)(33=54)(34=56)(35=58)
     (36=60)(37=62)(38=64)(39=67)(40=69)(41=71)(42=73)(43=75)(44=77)(45=80)(46=82)(47=84)
     (48=86) INTO TWSW.
```

Aus urheberrechtlichen Gründen müssen an dieser Stelle die fehlenden Normwerte aus dem Manual erhoben und sinngemäß „recodiert" werden

```
RECODE RWLF (8,9,10,11,12,13=0)
      (27=34)(28=38)(29=40)(30=4 2)(31=45)(32=47)(33=50)(34=53)(35=55)(36=58)(37=61)(38=63)
      (39=66)(40=68)(41=71)(42=74)(43=76)(44=79) INTO TWLF.

 ******* NORMEN MAENNER 41 - 80 JAHRE **********************.
ELSE IF (GESCHL = 0 AND ALTER >= 41).
RECODE RWVK (8,9,10,11,12,13,14,15,16,17,18=0)
      (19=0)(20=2)(21=3)(22=5)(23=6)(24=8)(25=10)(26=11)(27=13)(28=14)(29=16)(30=17)
      (31=19)(32=21)(33=22)(34=24)(35=25)(36=27)(37=28)(38=30)(39=32)(40=33)(41=35)(42=36)
      (43=38)(44=39)(45=41)(46=43)(47=44)(48=46)(49=47)(50=49)(51=50)(52=52)(53=53)(54=55)
      (55=57)(56=58)(57=60)(58=61)(59=63)(60=64)(61=66)(62=68)(63=69)(64=71)(65=72)
      (66=74)(67=75)(69=77) INTO TWVK.
 RECODE RWSG (8,9,10,11,12,13,14,15,16,17,18,19,20,21,22,23,24,25=0)
      (26=0)(27=1)(28=2)(29=4)(30=5)(31=6)(32=8)(33=9)(34=10)(35=11)(36=13)(37=14)(38=15)
      (39=17)(40=18)(41=19)(42=2 0)(43=22)(44=23)(45=24)(46=26)(47=27)(48=22)(49=30)(50=31)
      (51=32)(52=33)(53=35)(54=36)(55=37)(56=39)(57=40)(58=41)(59=43)(60=44)(61=45)(62=46)
      (63=48)(64=49)(65=50)(66=52)(67=53)(68=54)(69=56)(70=57)(71=58)(72=59)(73=61)(74=62)
      (75=63)(76=65)(77=66)(78=67)(79=69)(80=70) INTO TWSG.
RECODE RWSE (8,9,10,11,12,13,14,15,16,17,18,19=0)
      (20=0)(21=2)(22=5)(23=7)(24=10)(25=12)(26=15)(27=17)(28=20)(29=22)(30=25)(31=27)
      (32=30)(33=32)(34=35)(35=37)(36=40)(37=42)(38=45)(39=47)(40=50)(41=52)(42=55)(43=57)
      (44=60)(45=62)(46=65)(47=67)(48=70) INTO TWSE.
RECODE RWSV (1,2,3,4,5,6,7=18)
      (8=19)(9=21)(10=24)(11=26)(12=29)(13=31)(14=34)(15=36)(16=39)(17=41)(18=44)(19=46)
      (20=49)(21=51)(22=53)(23=56)(24=58)(25=61)(26=63)(27=66)(28=68)(29=71)(30=73)(31=76)
      (32=78) INTO TWSV.
RECODE RWBF (8,9,10,11,12=0)
      (13=0)(14=1)(15=3)(16=5)(17=7)(18=9)(19=12)(20=14)(21=16)(22=18)(23=20)(24=23)(25=25)
      (26=27)(27=29)(28=32)(29=34)(30=36)(31=38)(32=40)(33=43)(34=45)(35=47)(36=49)(37=51)
      (38=54)(39=56)(40=58)(41=60)(42=63)(43=65)(44=67) INTO TWBF.
RECODE RWEX (8,9,10,11=9)
      (12=10)(13=12)(14=14)(15=16)(16=18)(17=20)(18=22)(19=24)(20=26)(21=27)(22=29)(23=31)
      (24=33)(25=35)(26=37)(27=39)(28=41)(29=43)(30=45)(31=47)(32=49)(33=51)(34=53)(35=55)
      (36=56)(37=58)(38=60)(39=62)(40=64)(41=66)(42=68)(43=70)(44=72)(45=74)(46=76)(47=78)
      (48=80) INTO TWEX.
RECODE RWAU (8,9,10,11,12,13,14,15,16,17,18,19,20,21=0)
    (22=0)(23=3)(24=5)(25=7)(26=9)(27=11)(28=13)(29=15)(30=17)
      (35=28)(36=30)(37=32)(38=34)(39=37)(40=39)(41=41)(42=43)
      (47=54)(48=56)(49=58)(50=60)(51=62)(52=64)(53=66)(54=68)
      (59=79)(60=81) INTO TWAU.
RECODE RWSW (8,9,10,11=12)
      (12=13)(13=15)(14=17)(15=19)(16=21)(17=22)(18=24)(19=26)
      (24=36)(25=38)(26=39)(27=41)(28=43)(29=45)(30=47)(31=49)
      (36=58)(37=60)(38=62)(39=64)(40=66)(41=68)(42=70)(43=72)
      (48=81) INTO TWSW.
```

Aus urheberrechtlichen Gründen müssen an dieser Stelle die fehlenden Normwerte aus dem Manual erhoben und sinngemäß „recodiert" werden

```
RECODE RWLF (8,9,10,11=0)
    (12=0)(13=1)(14=3)(15=6)(16=8)(17=10)(18=13)(19=15)(20=17)(21=20)(22=22)(23=24)(24=27)
      (25=29)(26=31)(27=33)(28=36)(29=38)(30=40)(31=43)(32=45)(33=47)(34=50)(35=52)(36=54)
      (37=56)(38=59)(39=61)(40=63)(41=66)(42=68)(43=70)(44=73) INTO TWLF.

 ********* NORMEN WEIBLICH 18 - 40 JAHRE **********************.
ELSE IF (GESCHL = 1 AND ALTER <= 40).
RECODE RWVK (8,9,10,11,12,13,14,15,16=3)
```

```
        (17=4)(18=5)(19=7)(20=9)(21=10)(22=12)(23=13)(24=15)(25=16)(26=18)(27=20)(28=21)(29=23)
          (30=24)(31=26)(32=28)(33=29)(34=31)(35=32)(36=34)(37=36)(38=37)(39=39)(40=40)(41=42)
          (42=44)(43=45)(44=47)(45=48)(46=50)(47=52)(48=53)(49=55)(50=56)(51=58)(52=59)(53=61)
          (54=63)(55=64)(56=66)(57=67)(58=69)(59=71)(60=72)(61=74)(62=75)(63=77)(64=79)(65=80)
          (66=82)(67=83)(68=85) INTO TWVK.
RECODE RWSG (8,9,10,11,12,13,14,15,16,17,18,19=5)
        (20=6)(21=7)(22=8)(23=9)(24=11)(25=12)(26=13)(27=14)(28=15)(29=16)(30=17)(31=19)(32=20)
          (33=21)(34=22)(35=23)(36=24)(37=25)(38=27)(39=28)(40=29)(41=30)(42=31)(43=32)(44=33)
          (45=35)(46=36)(47=37)(48=38)(49=39)(50=40)(51=41)(52=43)(53=44)(54=45)(55=46)(56=47)
          (57=48)(58=49)(59=51)(60=52)(61=53)(62=54)(63=55)(64=56)(65=57)(66=59)(67=60)(68=61)
          (69=62)(70=63)(71=64)(72=65)(73=67)(74=68)(75=69)(76=70)(77=71)(78=72)(79=73)(80=75)
          INTO TWSG.
RECODE RWSE (8,9,10,11,12,13,14,15=0)
        (16=0)(17=2)(18=4)(19=6)(20=8)(21=10)(22=13)(23=15)(24=17)(25=19)(26=22)(27=24)(28=26)
          (29=28)(30=31)(31=33)(32=35)(33=37)(34=40)(35=42)(36=44)(37=46)(38=49)(39=51)(40=53)
          (41=55)(42=57)(43=60)(44=62)(45=64)(46=66)(47=69)(48=71) INTO TWSE.
RECODE RWSV (0,1,2,3,4,5,6,7=21)
          (8=22)(9=25)(10=28)(11=30)(12=33)(13=35)(14=38)(15=40)(16=43)(17=46)(18=48)(19=51)
          (20=53)(21=56)(22=59)(23=61)(24=64)(25=66)(26=69)(27=72)(28=74)(29=77)(30=79)(31=82)
          (32=85) INTO TWSV.
RECODE RWBF (8,9,10,11,12,13,14,15=0)
        (16=0)(17=2)(18=5)(19=7)(20=10)(21=12)(22=15)(23=17)(24=
          (29=32)(30=35)(31=37)(32=40)(33=42)(34=45)(35=47)(36=5
          (41=62)(42=65)(43=67)(44=69) INTO TWBF.
RECODE RWEX (8,9,10,11=15)
          (12=16)(13=18)(14=20)(15=22)(16=23)(17=25)(18=27)(19=2
          (24=38)(25=40)(26=41)(27=43)(28=45)(29=47)(30=49)(31=5
          (36=60)(37=61)(38=63)(39=65)(40=67)(41=69)(42=70)(43=7
          (48=81) INTO TWEX.
RECODE RWAU (8,9,10,11,12,13,14,15=0)
        (16=0)(17=2)(18=4)(19=6)(20=8)(21=10)(22=12)(23=14)(24=16)(25=17)(26=19)(27=21)(28=23)
          (29=25)(30=27)(31=29)(32=31)(33=33)(34=35)(35=37)(36=39)(37=41)(38=42)(39=44)(40=46)
          (41=48)(42=50)(43=52)(44=54)(45=46)(46=58)(47=60)(48=62)(49=64)(50=66)(51=67)(52=69)
          (53=71)(54=73)(55=75)(56=77)(57=79)(58=81)(59=83)(60=85) INTO TWAU.
RECODE RWSW (8,9,10,11=12)
          (12=13)(13=15)(14=17)(15=19)(16=21)(17=24)(18=26)(19=28)(20=30)(21=32)(22=34)(23=36)
          (24=38)(25=40)(26=42)(27=44)(28=46)(29=48)(30=50)(31=52)(32=54)(33=56)(34=58)(35=60)
          (36=62)(37=65)(38=67)(39=69)(40=71)(41=73)(42=75)(43=77)(44=79)(45=81)(46=83)(47=85)
          (48=87)INTO TWSW.
RECODE RWLF (8,9,10,11,12,13,14=0)
        (15=0)(16=2)(17=4)(18=7)(19=10)(20=12)(21=15)(22=17)(23=20)(24=22)(25=25)(26=27)(27=30)
          (28=32)(29=35)(30=37)(31=40)(32=42)(33=45)(34=47)(35=50)(36=52)(37=55)(38=58)(39=60)
          (40=63)(41=65)(42=68)(43=70)(44=73) INTO TWLF.

********** NORMEN WEIBLICH 41 - 80 JAHRE ***********************.
ELSE.
RECODE RWVK (8,9,10,11,12,13,14,15,16,17,18,19,20,21,22=0)
          (23=0)(24=2)(25=4)(26=6)(27=7)(28=9)(29=11)(30=12)(31=
14)(32=16)(33=18)(34=19)(35=21)
          (36=23)(37=24)(38=26)(39=28)(40=30)(41=31)(42=33)(43=35)(44=36)(45=38)(46=40)(47=42)
          (48=43)(49=45)(50=47)(51=48)(52=50)(53=52)(54=54)(55=55)(56=57)(57=59)(58=60)(59=62)
          (60=64)(61=66)(62=67)(63=69)(64=71)(65=72)(66=74)(67=76)(68=78) INTO TWVK.
RECODE RWSG (8,9,10,11,12,13,14,15,16,17,19,19=0)
```

Aus urheberrechtlichen Gründen müssen an dieser Stelle die fehlenden Normwerte aus dem Manual erhoben und sinngemäß „recodiert“ werden

```
    (20=2)(21=3)(22=4)(23=6)(24=7)(25=8)(26=9)(27=10)(28=11)(29=12)(30=14)(31=15)(32=16)
    (33=17)(34=18)(35=19)(36=20)(37=21)(38=23)(39=24)(40=25)(41=26)(42=27)(43=28)(44=29)
    (45=31)(46=32)(47=33)(48=34)(49=35)(50=36)(51=37)(52=39)(53=40)(54=41)(55=42)(56=43)
    (57=44)(58=45)(59=47)(60=48)(61=49)(62=50)(63=51)(64=52)(65=53)(66=54)(67=56)(68=57)
    (69=58)(70=59)(71=60)(72=61)(73=62)(74=64)(75=65)(76=66)(77=67)(78=68)(79=69)(80=70)
    INTO TWSG.
RECODE RWSE (8,9,10,11,12,13,14,15,16=0)
  (17=0)(18=2)(19=4)(20=6)(21=8)(22=11)(23=13)(24=15)(25=17)(26=20)(27=22)(28=24)(29=27)
    (30=29)(31=31)(32=33)(33=36)(34=38)(35=40)(36=42)(37=45)(38=47)(39=49)(40=51)(41=54)
    (42=56)(43=58)(44=60)(45=63)(46=65)(47=67)(48=70) INTO TWSE.
RECODE RWSV (1,2,3,4,5,6,7=20)
    (8=21)(9=23)(10=26)(11=28)(12=31)(13=33)(14=35)(15=38)(16=40)(17=42)(18=45)(19=47)
    (20=50)(21=52)(22=54)(23=57)(24=59)(25=62)(26=64)(27=66)(28=69)(29=71)(30=74)(31=76)
    (32=78) INTO TWSV.
RECODE RWBF (8,9,10,11=0)
  (12=0)(13=2)(14=4)(15=7)(16                    )(21=20)(22=22)(23=24)(24=27)
    (25=29)(26=31)(27=33)(28=                    )(33=46)(34=49)(35=51)(36=53)
    (37=55)(38=58)(39=60)(40=                    ) INTO TWBF.
RECODE RWEX (8,9,10,11=15)
    (12=16)(13=17)(14=19)(15=                    )(20=31)(21=33)(22=34)(23=36)
    (24=38)(25=40)(26=42)(27=                    )(32=53)(33=55)(34=57)(35=59)
    (36=61)(37=63)(38=65)(39=                    )(44=76)(45=78)(46=80)(47=82)
    (48=84) INTO TWEX.
RECODE RWAU (8,9,10,11,12,13,14=2)
  (15=3)(16=5)(17=7)(18=9)(19=10)(20=12)(21=14)(22=15)(23=17)(24=19)(25=20)(26=22)(27=24)
    (28=26)(29=27)(30=29)(31=31)(32=32)(33=34)(34=36)(35=37)(36=39)(37=41)(38=43)(39=44)
    (40=46)(41=48)(42=49)(43=51)(44=53)(45=55)(46=56)(47=58)(48=60)(49=61)(50=63)(51=65)
    (52=66)(53=68)(54=70)(55=72)(56=73)(57=75)(58=77)(59=78)(60=80) INTO TWAU.
RECODE RWSW (8,9,10,11=13)
    (12=14)(13=16)(14=18)(15=20)(16=22)(17=23)(18=25)(19=27)(20=29)(21=31)(22=33)(23=35)
    (24=37)(25=39)(26=41)(27=43)(28=44)(29=46)(30=48)(31=50)(32=52)(33=54)(34=56)(35=58)
    (36=60)(37=62)(38=64)(39=66)(40=67)(41=69)(42=71)(43=73)(44=75)(45=77)(46=79)(47=81)
    (48=83) INTO TWSW.
RECODE RWLF (8,9,10,11,12,13,14=0)
  (15=0)(16=2)(17=4)(18=7)(19=9)(20=11)(21=14)(22=16)(23=18)(24=21)(25=23)(26=25)(27=27)
    (28=30)(29=32)(30=34)(31=37)(32=39)(33=41)(34=44)(35=46)(36=48)(37=51)(38=53)(39=55)
    (40=58)(41=60)(42=62)(43=65)(44=67) INTO TWLF.
END IF.
EXECUTE.
```

Aus urheberrechtlichen Gründen müssen an dieser Stelle die fehlenden Normwerte aus dem Manual erhoben und sinngemäß „recodiert" werden

Statt mittels Tastatur die Dateneingabe vorzunehmen, gibt es auch die Möglichkeit mittels sog. „Digitalisierungsbretts"; wieder unter Verwendung der Original-Protokollbögen muß hier der Tl (nur) die vorgenommenen Markierungen „durchschreiben", d.h. mechanisch übertragen (auch hier ist die *Dr.G.Schuhfried GmbH* ein *Software*-Anbieter, u.zw. zu preislich denselben Bedingungen wie bei Tastatureingabe; die *Hardware*-Kosten schlagen, gemessen an den übrigen PC-Kosten, nicht besonders zu Buche).

Bemerkung am Rand:

In Anbetracht dessen, daß die manuelle, nachträgliche Übertragung der Daten durch den Tl die

Ökonomie beider dieser Varianten (Tastatur oder Digitalisierungsbrett) stark in Frage stellt, läßt an die Möglichkeit denken, die Tp selbst, also *on-line* am Digitalisierungsbrett *via* Protokollbogen arbeiten zu lassen. In die Praxis umgesetzt findet sich diese Idee allerdings (noch) nicht.

Neben der Ökonomisierung der Zeit des Tl bietet diese erste Funktion des Computers in der *Psychologischen Diagnostik* den Vorteil, daß Auswertungs*fehler* vermieden werden - auf die Testleiterunabhängigkeit und die Verrechnungssicherheit bei der Computerdiagnostik wurde bereits hingewiesen (vgl. in den Kap. 2.1.1. und 2.1.2.).

Der Computer zur Steuerung sog. „peripherer Geräte“:

Denkt man dabei gleich an das EEG, als einem der aufwendigsten „Geräte“, so geht es allerdings weniger um die Steuerung als um die Auswertung mittels Computer - in diesem Zusammenhang wäre vielleicht die Bezeichnung treffender: „Diagnostik mit computergestützten Geräten“. Der Computersteuerung tatsächlich bedarf es zum Beispiel bei der Messung der „Flimmerverschmelzungsfrequenz“ - insbesondere wenn dies nach der „kybernetischen“ Methode geschieht, bei der die Lichtreizfrequenz individuell, u.zw. wahrnehmungsabhängig variiert wird. Hier, wie bei der „Pupillometrie“, kommt es bereits zur mediumsgerechten Nutzung des Computers, sodaß zumindest potentiell hohe Nützlichkeit gegeben ist. Die Befunde zur Validität sind in allen Fällen jedoch dürftig (vgl. zum EEG Bartussek, Diedrich & Naumann, 1994; zur Flimmerverschmelzungsfrequenz Bobon, Ott & Holmberg, 1982; zur Pupillometrie Grünberger & Linzmayer, 1991; sowie allgemein zu psychophysiologischen Daten Rösler, 1995) und ihre diagnostische Praktikabilität mehr als fraglich bzw. die routinemäßige Anwendung, durch jeden Praktiker, Utopie. Dagegen wenigstens im ausgewählten Anwendereinsatz, nämlich der Fahreignungsdiagnostik, befindet sich das ART 90 (*Art & React Test-System 90*; ohne Autor, 1983, *Dr.G.Schuhfried GmbH*; s. dazu Bukasa, Kisser & Wenninger, 1990), mit dem u.a. das periphere Gesichtsfeld erfaßt werden kann (vgl. Abb. 55).

Erläuterung zur „Flimmerverschmelzungsfrequenz“:

D.i. diejenige Frequenz, bei welcher periodisch wiederkehrende Lichtreize als lichtgleiche Helligkeit wahrgenommen werden. Im aufsteigenden Verfahren der Messung der Flimmerverschmelzungsfrequenz wird die Frequenz schrittweise so lange erhöht, bis die Tp statt eines „Flimmerlichts“ Gleichlicht wahrnimmt, im absteigenden Verfahren wird die Frequenz solange verringert, bis ein Gleichlicht subjektiv ins Flimmern übergeht. Bei der sog. „kybernetischen“ Meßmethode wird die Frequenz je nach dem, ob die Tp Flimmern oder Gleichlicht wahrnimmt, erhöht oder verringert; dadurch ist eine besonders präzise Messung der Flimmerverschmelzungsfrequenz möglich (vgl. den *Flimmerfrequenz-Analysator Kybernetische Methode*; ohne Autor, 1994, *Dr.G.Schuhfried GmbH*). Laut Physiologie ist die Funktionsbereitschaft des menschlichen Organismus zentral gesteuert, sodaß die Flimmerverschmelzungsfrequenz neben dem EEG (und anderen) die zentralnervöse Aktivierung („*arousal*“) erfassen dürfte.

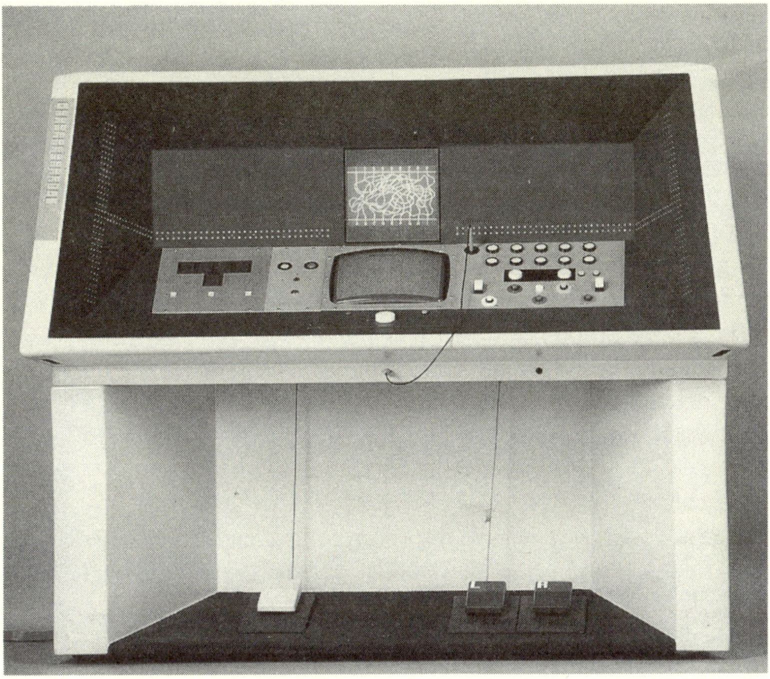

Abbildung 55: Das ART 90 (*Art & React Test-System 90*; ohne Autor, 1983, *Dr.G.Schuhfried GmbH*): Bildschirm und Tastatur, Lichtgriffel, Peripheriegeräte und Display für periphere optische Wahrnehmung (mit freundlicher Genehmigung nach einer Vorlage der *Dr.G.Schuhfried GmbH*).

Erläuterung zur „Pupillometrie":

Mit Pupillometrie ist die Messung der Pupille bzw. der Pupillenreaktion mit dem Zweck gemeint, psychische Korrelate, wie emotionale, kognitive oder einfach wieder: zentralnervöse Prozesse, erfassen zu können. Gemessen wird zum Beispiel der Durchmesser der Pupille sowie die Verengung und Erweiterung in der Reaktion auf einen Stimulus bzw. die dabei auftretende Latenzzeit.

Bemerkung am Rand:

Manch einer mag mit der diagnostischen Nutzung (neuro-) physiologischer Meßgeräte sofort die Messung der sog. „psychogalvanischen Reaktion" (PGR; heute: „elektrodermale Aktivität", EDA) und damit: „Lügendetektor" assoziieren; Vorbehalte gegen eine entsprechende Testung könnten demgemäß aufkommen, vermutlich nicht wissend, daß in bezug auf die *inhaltliche Qualität* einer allenfalls diagnostizierten Erregung für die EDA sowieso keinerlei Validitätsbeweis besteht (vgl. z.B. Boucsein, 1991). Gibt es also einmal irgendwelche als diagnostisch valide festgestellte elektrophysiologische Phänomene, dann müßten insbesondere hier die Tpn über Inhalt und Zielsetzung der diagnostischen Verfahren unterrichtet werden !

Zur Illustration:

Unter Verwendung eines computergesteuerten Tachistoskops wären auch Versuchsanordnungen klassischer Wahrnehmungsexperimente für diagnostische Zwecke einsetzbar - ein solchen Experimenten entstammendes Persönlichkeitskonstrukt wurde ja bereits in Kapitel 4.2.3. genannt: *repression* vs. *sensitization*. Für Testkennwerte entsprechend anderer Versuchsanordnungen mag zwar die Konstrukt- bzw. prognostische *Validität* fraglich sein; doch könnten gerade sie letztlich zu neuen Erkenntnissen der Differentiellen Psychologie führen.

Wenn die Abgrenzung dieser Variante der Computerdiagnostik gegenüber den anderen wenig deutlich ist, dann liegt das daran, daß entweder wieder die Vereinfachung der Auswertung im Vordergrund steht oder daß nur schwer zwischen faktischer Test*vorgabe* und bloßer Steuerung peripherer Geräte zu unterscheiden ist. Es geht hier auch gar nicht um eine verbindliche Einteilung; das Charakteristische für diese Variante sind jedenfalls die zusätzlichen „Geräte".

Die (bloß) computerunterstützte Vorgabe von Tests:

In Ermangelung besserer seien gleich drei, nicht eigentlich einschlägige Beispiele dazu genannt:

- Mit Hilfe des Programms DSM-III-X (Langner, 1987) zum DSM-III-R (*Diagnostisches und Statistisches Manual Psychischer Störungen - Revision*; Wittchen, Saß, Koehler & Zaudig, 1988) kann der behandelnde Arzt (!) die Symptomatik eines Patienten computergeleitet einschätzen.

- Das bis *dato* unveröffentlichte Programm DIASYS 1 (vgl. Hageböck, 1994), ein computerunterstütztes Diagnosesystem für Anwendungen im Bereich schulpsychologischer Beratungsstellen, führt den Psychologen durch die verschiedenen Phasen des diagnostischen Prozesses, u.zw. „entlang" allgemein akzeptierter und relevanter Wissensgrundlagen (z.B. über Bedingungszusammenhänge oder über informationserhebende Verfahren).

- Ein zwar konzipiertes, aber (noch) nicht erstelltes Programm zum AID könnte dem Tl die Administration des dort üblichen adaptiven Testens (vgl. in Kap. 2.6.1.) vereinfachen: Sowohl für die Vorgabe als auch für die Auswertung würde das Manual nicht mehr benötigt werden.

Bemerkung am Rand:

Zum Beispiel Jäger, Krieger und Dlugosch (1995) verwenden den Begriff „computerunterstützte Diagnostik" wesentlich allgemeiner und vermeiden den Begriff „Computerdiagnostik", um zu betonen, daß die Technologie den Psychologen helfen, niemals aber vollständig ersetzen kann. Heute bedeutet „Computerdiagnostik" zwar meistens die vollautomatisierte Testdurchführung inklusive Instruierung, für die übrigen „Stationen" im diagnostischen Prozeß sollte jedoch kein Psychologe glauben, ersetzbar zu sein. Auch das oben angeführte Expertensystem *hilft* ihm nur, (fach-) wissensbezogene Fehler zu vermeiden - entscheiden muß er selbst, kraft seiner psychologischen Kompetenz. Technisch möglich ist eine automatisierte Interpretation samt Gutachtenerstellung durchaus - nur: *psychologisch*, also im Einvernehmen mit der Lehre der *Psychologischen Diagnostik*, wird sie selten sein (vgl. dazu auch die Präsentation 9, in Kap. 2.1.3.) !

Die Computervorgabe von Papier-Bleistift-Tests:

Das ist die zur Zeit am häufigsten realisierte Variante der Computerdiagnostik. Die *Dr.G.Schuhfried GmbH* mit dem neuen *Hogrefe Testsystem* (vertrieben über die *Testzentrale*) zusammengenommen, werden fast alle in Präsentation 3, in Kap. 1.2. **Themen, Verfahren und Populationen**, angeführten und für eine Computerisierung infrage kommenden Verfahren angeboten - und darüber hinaus noch viele andere Papier-Bleistift-Tests.

Dabei sind, wie überhaupt bei der Verwendung des Computers zur Test*vorgabe* (im hier festgelegten Sinn), die Anforderungen an die *Hardware* grundsätzlich äußerst bescheiden. Jeder PC (mit MS-DOS Betriebssystem, d.s. dzt. sogar „386") genügt standardmäßig, allerdings mit mindestens 14„-(VGA-) Bildschirm; als Eingabemedium ist die Maus Standard. Je nach *Software*-Anbieter wird zusätzliche *Hardware* benötigt oder nicht.

Zur Illustration:

Im wesentlichen gibt es zur Zeit nur drei deutschsprachige *Software*-Anbieter mit offiziellem Vertrieb: Die *Dr.G.Schuhfried GmbH* mit annähernd gleich vielen computerisiereten Papier-Bleistift-Tests wie originären Computertests, das *Hogrefe Testsystem* mit fast ausschließlich computerisierten Papier-Bleistift-Tests und *Swets Test Services* mit überhaupt (noch) wenigen, aber ausschließlich originären Computertests.

① Die *Dr.G.Schuhfried GmbH* offeriert verschiedene Testsysteme bzw. -generationen mit unterschiedlicher *Hardware*. Mit ganz wenigen Ausnahmen kommt aber das daraus in Präsentation 3 enthaltene Angebot mit der jüngsten, der einfachsten und billigsten Generation aus; d.i. der oben genannte Standard (inklusive Tasttatur) plus sog. „*Dongle*" („*Hardlock*"), der als sehr preiswerter *Software*schutz an eine sog. „parallele Schnittstelle" anzustecken ist - er wird vom *Software*-Anbieter vertrieben und ist dahingehend programmiert, daß die Inbetriebnahme der *Software* exklusiv dem Benutzerberechtigten möglich ist (und das, bei einzelnen Tests, auch nur für eine bestimmte Anzahl von Durchführungen). Die übrigen Generationen ermöglichen zum einen besondere Tests, zum anderen die Verwendung eines sog. „Lichtgriffels", mit dessen Hilfe die jeweilige Antwort direkt am Bildschirm durch leichtes Andrücken desselben erfolgen kann, oder anderer Eingabemedien (nämlich Tp-Panel, d.i. ein eigens konstruiertes Bedienungsgerät mit zumeist leicht bedienbaren Tasten und (Dreh-) Schaltern, sowie *Joystick*, d.i. ein dem Steuerknüppel eines Flugzeuges vergleichbarer „kugelgelagerter Hebel" zur Bewegung eines Punktes am Bildschirm); diese Generationen erfordern aber umgekehrt besondere (in den PC einzubauende) sog. „Steckkarten" oder (an eine „serielle Schnittstelle" anzuschließende) sog. „Interfaces", d.s. vom *Software*-Anbieter selbst hergestellte Steuerprozessoren.

② Das *Hogrefe Testsystem* benötigt über den oben genannten Standard hinaus ebenfalls *Dongle* und Tp-Panel, beschränkt jedoch die Benutzerberechtigung pro Test obligat auf 100 Durchführungen - weitere Durchführungen belaufen sich preislich auf ein Niveau von herkömmlichen (Papier-Bleistift-) Protokollbögen. (Die Preisrelation zwischen Original und computerisierter Version beträgt z.Z. 1:15 bzw. 1:20 !).

③ *Swets-Test-Services* begnügt sich überhaupt mit dem oben genannten Standard, d.h. es erfolgt nicht einmal ein *hardware*-mäßiger *Software*schutz - trotzdem ist die Benutzerberechtigung auf 100 Durchführungen pro Test beschränkt, u.zw. *software*-mäßig; wieder kosten weitere Durchführungen in der Größenordnung soviel wie herkömmliche Protokollbögen.

Alle dort angebotenen Produkte sind, weil eher für den individuellen als für den großinstitutionellen Gebrauch gedacht, als sog. „*stand-alone*“-Lösung konzipiert. D.h. pro Test-PC benötigt man ein eigenes, selbständig zu verwaltendes *Software*-Paket. Im Gegensatz dazu existieren heute bereits bei größeren Institutionen, mit besonders großem (Routine-) Testauftrag, sog. „vernetzte Testplatz-Systeme“ mit spezieller *Soft*- und *Hardware*. Dabei werden bis zu 2 x 8 Terminals (Testplätze) durch eine sog. „*Workstation*“ bedient (daher auch „Server“ genannt) und zentral verwaltet; theoretisch möglich wäre es sogar, jeden Testplatz gleichzeitig mit verschiedener Test-*Software* zu beschicken. Das psychologische „Modell“ in diesem Zusammenhang sieht vor, daß je 8 Tpn von einer psychologisch geschulten Hilfsperson betreut, d.h. (*via* Tl-Computer) überwacht und im Problemfall individuell instruiert werden; allen übergeordnet ist ein (anwesender) Psychologe, der insbesondere die Anamneseerhebung durchführt, im Zweifelsfall über Änderungen der Testadministration entscheidet, das Abschlußgespräch führt und die Gutachtenerstellung vornimmt. Institutionen, die ungefähr nach diesem Prizip verfahren sind: Die Bundeswehr (BRD), die Bundesanstalt für Arbeit (BRD), die *Lufthansa*.

Bemerkung am Rand:

Alle möglichen Eingabemedien haben Vor- und Nachteile:

❶ Gegen die Tastatur („*Keyboard*“) spricht, daß im Umgang mit dem Computer (insbesondere in bezug auf Textverarbeitung) unroutinerte Tpn gehandicapt sind, sich zumindest gehandicapt fühlen und vielleicht verunsichert oder ängstlich agieren. Zudem besteht die Gefahr des Kopierens der Test-*Software* und, schwerwiegender, die Gefahr des Kopierens der Datenbanken seitens (unbeaufsichtigter) Tpn - die Gefahr des Implementierens sog. „Computer-Viren“ durch die Tp ist ebenfalls größer als sonst, nämlich grundsätzlich bei Test-PCs, die mit einem Laufwerk ausgerüstet ist. Umgekehrt ist mit der Tastatur die Eingabe von Texten möglich, was insbesondere das Verwenden freier Antwortformate erlaubt.

❷ Das gegen die Tastatur gebrachte Argument der mangelnden Routine als Handicap für manche Tpn gilt grundsätzlich erst recht für die Maus. Insbesondere wenn die Bearbeitungszeit von Items eine Rolle spielt und/oder feinmotorische Anforderungen an die Tp gestellt werden, scheinen Personen mit - differentialdiagnostisch gesprochen - „intermodalen“ Leistungsproblemen im optisch-kinästhethischen Bereich benachteiligt. Allerdings spricht ein empirischer Befund dagegen: Hergovich (1994) zeigt, daß selbst beim (Linien-) *Zeichnen* mit der Maus keine signifikanten Niveauunterschiede zwischen Tpn mit und ohne Mauserfahrung bestehen, sobald ein entsprechendes Lernprogramm dem eigentlichen Computertest vorausgeht.

❸ Der modernere „*track-ball*“, d.i. die dem *Joystick* „entnommene“, (zweidimensional) beliebig rotierbare Kugel - auch als „auf den Rücken gelegte Maus“ zu beschreiben -, läßt am meisten Skepsis angebracht erscheinen, was den Einfluß auf die Testergebnisse infolge mangelnder Routine betrifft. Weil aber keiner der heute verfügbaren Tests mit ihm erprobt, schon gar nicht entwickelt wurde, kommt er für die Praxis gegenwärtig ohnehin nicht in Frage.

❹ Der *Joystick* selbst dürfte sich angesichts des *track-ball* überlebt haben, soweit er überhaupt je eingesetzt wurde (vgl. weiter oben).

❺ Theoretisch möglich wäre es, insbesondere anstatt eines Lichtgriffels ein sog. „*touch-screen*“ zu verwenden, d.i. ein dem oben genannten Digitalisierungsbrett verwandtes Eingabegerät, auf dem die Tp direkt mit dem Finger oder Zeigestab ihre Antworten antippt. Der Vorteil wäre hier wie beim Lichtgriffel, daß die Arbeitssituation weitestgehend an die den Tpn (heute noch ?) geläufigeren Bearbeitungsweise mit Papier und Bleistift angelehnt ist - beim Lichtgriffel speziell dann, wenn der Bildschirm nach hinten, fast in die Waagrechte gekippt wird. Einen Nachteil stellt für beide Eingabemedien die gesondert erforderliche *Hardware* dar, mit der nicht nur zusätzliche Kosten verbunden sind, sondern auch eine zusätzliche, u.zw. mechanische Defektmöglichkeit.

Künftig wichtiger als computerisierte Papier-Bleistift-Tests sollten jedoch originäre Computertests sein.

Die sog. „Computer-Simulation“:
Verlagsmäßig vertrieben wird die *MAILBOX '90* (Roest, Scherzer, Urban, Gangl & Brandstätter, 1989), d.i. eine Computer-Simulation in Anlehnung an die Übung Postkorb innerhalb eines Assessment-Centers (vgl. in Kap. 3.2.1.). Eine gewisse Ähnlichkeit besteht auch zu den bereits als klassisch zu bezeichnenden komplexen Problemlösungssituationen *á la* „Lohhausen“ (Dörner, Kreuzig, Reither & Stäudel, 1983), nur daß hier weniger intellektuelle als vielmehr organisatorische Fähigkeiten abgeprüft werden. Im praktischen Einsatz steht sie kaum, wie auch nicht die zweite verlagsmäßig vertriebene Computer-Simulation namens *AIRPORT* (Obermann, 1990).

Die mediumsgerechte Nutzung des Computers:
Die spezifischen Möglichkeiten des Computers können genutzt werden durch die Verwendung besonderer Testmaterialien, durch die (begleitende) Erfassung der Item-Reaktionszeiten oder durch die erforderliche Rechenleistung.

① Besondere Anfoderungen an die Rechenleistung stellt das adaptive Testen (Kap. 2.6.1.); zur optimalen Auswahl des/der jeweils als nächstes vorzugebenden Items bedarf es der modellgemäßen Schätzung des gesuchten Personenparameters, was im Fall des *tailored-testing*, anders als beim *branched-testing*, nur *on-line* über den Computer gelingt - wohl versuchte Wild (1989b) für kleine Item*pool*s die fraglichen Parameterschätzungen pro Itemkombination und Testverhalten „voraus“-zurechnen, doch macht selbst dies zumindest das Speichern extrem großer Datenmatrizzen samt Zugriff in Sekundenbruchteilen nötig. Wie bereits in Kapitel 2.6.1. erwähnt, gibt es einen (deutschsprachig) ersten *tailored*-Test, der verlagsmäßig vertrieben wird, nämlich die *Syllogismen*. Ist der Computer für die *Syllogismen* notwendig, so ist er für den (deutschsprachig) zweiten adaptiven Computertest, dem nach dem *branched-testing* konstruierten BBT, „mindestens günstig“ - abgesehen von weiter unten noch näher zu erklärenden materialbedingten Gründen nutzt der BBT den Computer also insofern mediumsgerecht, als die individuelle, leistungsabhängige Itemauswahl und -vorgabe selbst bei fest vorgegebenen Verzweigungsregeln für einen physischen Tl außerordentlich aufwendig und fehleranfällig wäre.

② Individuell verzweigend und daher ebenfalls „mindestens günstig" für die Computervorgabe sind drei Lerntests aus der Arbeitsgruppe um *Guthke* (z.B. ADAFI, *Adaptiver Figurenfolgen-Lerntest*; Guthke & Räder, 1993).[31]

③ Rechenbedingt mediumsgerecht genutzt wird der Computer auch beim *Perseverationstest* nach *Mitteneckers* „Zeigeversuch" (ohne Autor, 1993; *Dr.G.Schuhfried GmbH*); dabei geht es um die Messung der von der Tp allenfalls rhythmisch gegebenen Signale mit Hilfe informationstheoretischer Maße („Redundanzen höherer Ordnung").

④ Viele mehr oder weniger komplexe Reizanordnungen, die über die Zeit variieren, sind mit dem Computer technisch möglich und auch in einzelnen Tests genutzt, um (materialbedingt mediumsgerecht) Aufmerksamkeit, Konzentration oder Reaktionsschnelligkeit zu prüfen; herausgehoben sei hier der Test *Signal-Detection*.

⑤ Materialbedingt mediumsgerecht genutzt wird der Computer beispielsweise auch beim *Zeichen-Diskriminationstest* von Hänsgen (1994), bei dem zwei zur Diskrimination vorgegebene Reize kurzzeitig dargeboten werden, wobei für jede Tp diejenige Dauer bestimmt wird, bei welcher sie sie als unterschiedlich erlebt.

⑥ Auf die materialbedingte Nutzung des Computers beim BBT wurde bereits hingewiesen; zur Prüfung der „Begriffsbildungs"-Fähigkeit *sensu Ach* wird den Tpn ein individuelles und wiederholtes Reflektieren bereits erstellter und eventuell verworfener Hypothesen ermöglicht - wobei die Begriffe selbst multi-modal gewählt, d.h. durch Formen, Bewegungen (!) und Geräusche (!) definiert sind.

⑦ Schließlich ist der BBT auch noch ein Beispiel für die mediumsgerechte Nutzung des Computers insofern, als bei ihm neben der eigentlich zu messen beabsichtigten Fähigkeit die Item-Reaktionszeiten unbedingt erfaßt werden müssen, um im Zweifelsfall über Lösung oder Nichtlösung eines Items entscheiden zu können: In diesem Test sind bei der Bearbeitung eines einzigen Items sehr viele Aktionen seitens der Tp zu setzen, wobei es trotz Lösungskompetenz (leicht) zum „Vertippen" infolge von Aufmerksamkeitsschwankungen kommen kann; nur vermittels der in Relation kurzen oder eben nicht-kurzen Reaktionszeiten ist diese Möglichkeit abzuklären und gegebe-

---

[31] Darauf, daß für diese Tests verwirrender Weise die Bezeichnung „adaptiv" gewählt wurde, obwohl weder die Verzweigungsregeln noch die Testwerte durch die *Probabilistische Testtheorie* fundiert sind, wurde bereits in Kapitel 2.6.1. kritisch hingewiesen.

nenfalls bei der Verrechnung der Testleistungen zu Testwerten zu berücksichtigen.

Zur Illustration:

Das Prinzip der Aufgabenstellung beim BBT sei anhand des Items 12 beschrieben: Es handelt sich um ein Item vom Inhalt sinnfreier Silben, mit der Verknüpfungsregel konjunktiv und *mit* Ton. Der zu entdeckende Begriff lautet „Buchstabe 'a' muß vorkommen *und* ein 'tiefer' Ton". Wie alle Items besteht es aus 20 „Bildern", die alle auf einer eigenen Bildschirmseite dargestellt und sukzessive zu bearbeiten sind (vgl. die Zusammenstellung in Abb. 56); für jedes, kommentarlos gebotene „Bild" muß die Tp urteilen (raten), ob es sich um ein (positives) Beispiel zum gesuchten Begriff handelt oder nicht, wonach sie über das Faktum (positives oder negatives Beispiel) informiert wird. Das Item gilt als gelöst, wenn die Tp die letzten fünf „Bilder" richtig beurteilt - bzw. wenn zwar nur vier der letzten fünf „Bilder" von ihr richtig beurteilt werden, die falsche Antwort aber (sowohl ohne jedes Zurück-„blättern" auf vorangegangene Bilder als auch) mit einer Reaktionszeit von höchstens fünf Sekunden erfolgt).

„Bild"-Nr.	**„Bild"-Charakteristik**		**Positives (+) bzw negatives (–) Beispiel zum Begriff**
1	sagos	tiefer Ton	+
2	marul	tiefer Ton	+
3	sixot	hoher Ton	–
4	beril	hoher Ton	–
5	axent	tiefer Ton	+
6	xaten	tiefer Ton	+
7	batix	tiefer Ton	+
8	neros	tiefer Ton	–
9	boges	hoher Ton	–
10	taxon	tiefer Ton	+
11	segum	hoher Ton	–
12	exosu	hoher Ton	–
13	miast	tiefer Ton	+
14	rigla	tiefer Ton	+
15	meral	tiefer Ton	+
16	irus	tiefer Ton	–
17	minur	hoher Ton	–
18	tiras	tiefer Ton	+
19	suri	tiefer Ton	–
20	xitom	hoher Ton	–

Abbildung 56: Die 20 „Bilder" des Items 12 aus dem BBT; die der Tp gegegebene Rückmeldung, ob es sich beim betreffenden „Bild" um ein positives oder um ein negatives Beispiel zum Begriff handelt, ist ebenfalls angeführt. (Nach Kubinger, Fischer & Schuhfried, 1993).

Den prinzipiellen Möglichkeiten einer mediumsgerechten Nutzung des Computers für die *Psychologische Diagnostik* werden die angeführten Beispiele allerdings nicht voll gerecht; so ist noch an folgendes zu denken:

❶ Mit Hilfe des Computers ist die Instruktion leicht nach dem Prinzip des

„Programmierten Unterrichts" gestaltbar, um zu gewährleisten, daß sie die Tp auch wirklich versteht - bei Papier-Bleistift-(*Gruppen-*) Tests muß man doch gewärtig sein, daß manche Tpn trotz fehlenden Instruktionsverständnisses mit dem Test beginnen, weil sie ihr Unverständnis nicht zuzugeben getrauen ! Zwar bieten die meisten verfügbaren Computertests die Möglichkeit, die Instruktion wiederholt zu konsumieren; zur systematischen Abprüfung des Instruktionsverständnisses bis ins Detail wird das Medium Computer derzeit jedoch selten genutzt.

Bemerkung am Rand:

Unsystematischen Beobachtungen zufolge lesen (computererfahrene) Tpn die Instruktion am Computer oft nur oberflächlich; neben kritischen Äußerungen betreffs der vermeintlich uneindeutigen Anweisung - verbunden mit reduzierter Anstrengungsbereitschaft - suchen sie dann Unterstützung seitens eines (physischen) Tl und sind, wenn sie diese nicht erhalten, unter Umständen mehr gehandicapt als es irgendjemand bei einer Papier-Bleistift-Vorgabe sein würde. Testautoren müssen daher in Zukunft sowohl diesem Umstand durch detailliertes Abprüfen durchführungsrelevanter Instruktionsinhalte mehr Rechnung tragen als auch dem Umstand, daß Tpn dem Computertest gelegentlich andere Erwartungshaltungen entgegenbringen als Papier-Bleistift-Tests.

❷ Der Erkenntnis gemäß, daß es verschiedene Wahrnehmungstypen, d.h. Präferenzen für Sinnesorgane gibt, sollten die häufig bloß optisch gegebenen Instruktionen auch auditiv (mittels sog. „*sound*-Karten", ev. *via* Kopfhörer) unterstützt werden. Solange dies nämlich nicht der Fall ist, sind Computertests Papier-Bleistift-Tests gegenüber eher im Nachteil. Bisher realisiert wurde eine solche bimodal gegebene Instruktion (samt Itemvorgabe) allerdings erst bei den nicht allgemein zugänglichen Tests der Deutschen Bundeswehr.

❸ Leicht nutzbar wäre der Computer zur Reduzierung der sonst sehr hohen Ratewahrscheinlichkeiten beim *multiple-choice*-Format, indem, wie in Kapitel 3.1.1. an Hand des Computertests *Syllogismen* bereits demonstriert, eine sequentielle Vorgabe der Antwortmöglichkeiten erfolgt anstatt der üblichen simultanen - ohne Computer wäre diese Vorgabe schlicht unpraktisch.

❹ Ein weiterer Vorteil der Computerdiagnostik besteht darin, Tests konzipieren zu können, die ausschließlich *power* erfassen und nicht, wie die meisten Papier-Bleistift-*Gruppen*tests, auch eine *speed*-Komponente - die testtheoretischen Probleme bei der Kontaminierung beider Komponenten sind bereits in Kapitel 3.1.2. ausgeführt worden. Beim Computertest *Rechnen in Symbolen* (Schmotzer, Kubinger & Maryschka, 1994) wurde dieser Vorteil auch bereits genutzt.

❺ Seit die Ergebnisse von Karner (1993) befürchten lassen, daß Tpn auf ein dichotomes Antwortformat bei herkömmlichen Persönlichkeitsfragebogen mit Reaktanz reagieren (vgl. in Kap. 3.1.1.), empfiehlt sich statt dessen ein kontinuierliches Antwortformat; und die Auswertung davon kann mittels Computer besonders ökonomisch erfolgen, egal ob die Antworten nachträglich ohnehin dichotomiert werden oder nicht.

❻ Insbesondere beim *tailored-testing* ist es günstig, über möglichst viele, am besten über (theoretisch) unendlich viele Items zu verfügen; in diesem Zusammenhang könnte nun, unter Bezug auf bestimmte „itemgenerierende" Regeln, der Computer selbst Items erstellen, wobei dann, wenn diese Regeln sog. „elementaren Operationen" im Sinne des *Linearen-Logistischen-Test-Modells* (LLTM) von *Fischer* (vgl. z.B. Kubinger, 1989) entsprechen, über die jeweiligen Schwierigkeitsparameter sogar genau diejenige Itemschwierigkeit konstruierbar wäre, welche aktuell gebraucht wird. Zwar gibt es dazu seit langem Vorarbeiten von der Arbeitsgruppe um *Hornke* (s. z.B. Hornke & Rettig, 1989), realisiert wurde diese Idee allerdings bis heute nicht.

❼ Abgesehen vom *tailored-testing* könnte diese Möglichkeit zumindest für die Erstellung sehr vieler Paralleltests genutzt werden, was zum Beispiel dann vorteilhaft ist, wenn bestimmte Institutionen Exklusiv-Testformen einsetzen möchten.

❽ Grundsätzlich einfacher scheint es, Tpn, im Bemühen um Objektive Persönlichkeits*tests* (vgl. in Kap. 4.2.3.), mittels Computer als mittels Papier-Bleistift experimentell zu manipulieren: Beispielsweise gibt es bei Kubinger (1995) und Ebenhöh (1994) erste Versuche, Tpn während der Bearbeitung eines Leistungstests durch gezielte Informationen („Rückmeldungen") systematisch zu frustrieren, um letztlich ihre Frustrationstoleranz zu messen.

❾ Vorstellbar sind schließlich auch den sog. „Animationen" angelehnte Testmaterialien, die etwa in Form dreidimensional sich im Raum bewegender Körper die Fähigkeit zur Raumvorstellung bzw. zur Raumlageorientierung auf besondere Art prüfen lassen würden.

❿ Dagegen wird es wohl immer Schwierigkeiten machen, Tests, die den praktischen Umgang der Tp mit bestimmten Materialien prüfen wollen (z.B. einzelne Untertests aus dem Handlungsteil irgendeiner *Wechsler*-Testbatterie), auf den Computer zu übertragen, ohne dann grundsätzlich andere Eigenschaften als bei der Original-Version zu erfassen. Lediglich bei Redtenbacher (1992) findet sich bisher ein Versuch, einen („Papier- Bleistift"-) Klötzchen-Lege-Test mit Hilfe zusätzlicher, eigens konstruierter *Hardware* zu adaptieren - mittlerweile blieb es allerdings bei der Erstellung eines Protyp-Testplatzes: Der Test ist trotz technischen Gelingens weder im Forschungs- noch im praktischen Einsatz.

Der „per Gelegenheit" als Computer-Version erstellte Test:

Um allen drei oben genannten *Software*-Anbietern gerecht zu werden, sei an dieser Stelle jeweils ein Test genannt: Der *Topologische Invarianztest* von Berg (1993), der *Symbol-Zahlen-Lerntest* wieder von Hänsgen (1994) und der Test *Erkennen von Meta-Regeln* von Gatternig und Kubinger (1994) - sie haben nichts Computerspezifisches.

5.1.3. Güte

Im folgenden soll die Computerdiagnostik noch detailliert hinsichtlich jedes einzelnen in Abschnitt 2. definierten Gütekriteriums beurteilt werden; dabei wird sich herausstellen, daß sie, je nach Variante, im Vergleich zu Papier- Bleistift-Tests sowohl Vor- als auch Nachteile hat - manchmal allerdings finden sich auch keine grundsätzlichen Unterschiede.

Objektivität:

Was die Testleiterunabhängigkeit betrifft, sind Computertests offensichtlich überlegen (vgl. bereits in Kap. 2.1.1.).

Was die Verrechnungssicherheit betrifft, so ist diese (wie ebenfalls schon früher, in Kap. 2.1.2., darauf hingewiesen wurde) bei Computertests logischerweise immer gegeben, und zwar auch bei freiem Antwortformat. Im letzten Fall würde die Tp ihre (Text-) Antwort zu einer Aufgabe, Frage oder einem Statement (mittels Tastatur) eintippen, wobei ein Fehlererkennungs-Programm allfällige Tipp- bzw. Rechtschreibfehler erkennen und korrigieren müßte - in Abhängigkeit von den taxativ gespeicherten richtigen und falschen Antworten sowie in Abhängigkeit von der Qualität des Fehlererkennungs- Programms kann die Verrechnung zu einem Testwert zwar un*fair* sein, (verrechnungs-) sicher ist sie allemal. Allerdings ist die Verwendung freier Antworteingaben bei Computertests rar; lediglich Goethals (1994) versuchte sich darin, mit ziemlich negativen praktischen Erfahrungen.

Was die Interpretationseindeutigkeit betrifft, so ist diese bei allen *normierten* Tests, egal ob Papier-Bleistift- oder Computertest, erfüllt: Ein bestimmter Prozentrang hat verbindliche Bedeutung.

Zur psychologisch äußerst problematischen Möglichkeit, mittels (Computer-) „Expertensystemen" bei gegebenen Testwerten zu automatisierten Entscheidungen zu kommen, sei nochmals Stellung bezogen (vgl. zum Thema Konsequenzverbindlichkeit bereits in Kap. 2.1.3.): Die Computerdiagnostik kann den Psychologen, der bei der Interpretation viele innerhalb des diagnostischen Prozesses zu sammelnde Erkenntnisse gegeneinander abwägen muß, niemals ersetzen - auch das weiter oben genannte computerunterstützte Diagnosesystem DIASYS 1 *hilft* ihm nur, (fach-) wissensbezogene Fehler zu vermeiden.

Reliabilität:

Es ist nicht grundsätzlich so, daß Computertests in bezug auf ihre Meßgenauigkeit Papier-Bleistift-Tests überlegen sind; aber im Zuge adaptiven Testens, das eben besser mit als ohne Computer geschieht, kommt es gegebenenfalls - derzeit selten - doch zu einem Pluspunkt für die Computerdiagnostik.

Validität:

Auch an der grundsätzlichen Schwierigkeit, Tests zu konstruieren, die valide sind, ändert die Verfügbarkeit eines Computers nichts - sieht man von trivial gültigen Aufmerksamkeits-, Konzentrations- und Reaktionstests ab sowie von den oben genannten, eigentlich: logisch gültigen, Computer-Simulationen.

Während es zu den publizierten Computer-Simulationen (vgl. in Kap. 5.1.2.) gar keine Validierungsstudie gibt, liegen für eine neue, noch nicht publizierte bereits erste (Kriteriums-) Validitätsnachweise vor, die tatsächlich dergestalt sind, daß das jeweils relevante Außenkriterium mit dem Simulationstest besser als mit herkömmlichen Persönlichkeitsfragebogen vorhersagbar ist: *ILICA* (ein Phantasie-Name; Möseneder & Ebenhöh, in Vorb. - s. vorl. Möseneder, 1992).

Zur Illustration:

Bei der Computer-Simulation *ILICA* wird zur Erfassung von Planungsstrategien bzw. zur Messung der Ablenkbarkeit beim Versuch, die Planung in die Realität umzusetzen („Selbstverwaltungsfähigkeit"), die individuelle Gestaltung eines „freien Tages" verfolgt: Der Tp werden einerseits viele Optionen zur Gestaltung geboten - z.B. verschiedene Freizeitaktivitäten-, andererseits erhält sie einige Vorgaben, die sie erfüllen sollte - z.B. den Besuch der kranken Mutter im Spital; außerdem ereilen sie diverse Überraschungen, die den Tagesablauf beeinflussen - z.B. bittet die Nachbarin um Aufsicht auf ihr Kind. Bei Möseneder (1992) diskriminierte der Test signifikant zwischen erfolgreichen und „wenig(er) erfolgreichen" Psychologiestudenten, bei Maslo (1994) abermals zwischen erfolgreichen und „wenig(er) erfolgreichen" Psychologiestudenten sowie zwischen erfolgreichen und „wenig(er) erfolgreichen" Berufstätigen verschiedenster Berufssparten.

Normierung:

Schließlich entsteht, auch was die Normierung betrifft, für Computertests keine grundsätzlich andere Situation als für Papier-Bleistift-Tests: Repräsentativität ist nur schwer zu erreichen. Weil allerdings Computertestungen realiter Individualtestungen sind, die Datenerhebung also nicht in (Groß)-Gruppen erfolgen kann, fallen die üblichen Schwierigkeiten besonders ins Gewicht.

Zum Beispiel verfügt der bereits genannte Test *Signal-Detection* sowie die anderen seit mehreren Jahren von der *Dr.G.Schuhfried GmbH* angebotenen Tests zur Messung der Aufmerksamkeit bzw. Konzentration (d.s. *Cognitrone*, *Vigilanz* und *Daueraufmerksamkeit*) erst seit kurzem über „Normen", welche allerdings bloß aus Anfallsstichproben stammen und daher sicher nicht repräsentativ sind.

Und zum Beispiel die bereits erwähnten, erst kürzlich publizierten Tests *Syllogismen* und *Erkennen von Meta-Regeln* geben überhaupt nur „vorläufige Normwerte" an, basierend auf relativ kleinen Stichproben.

Besonders problematisch ist die Übernahme der Normen von Papier-Bleistift-Tests für deren Computer-Version: Kubinger und Farkas (1991) beobachteten für die computerisierten SPM deutlich niedrigere Testwerte als für das Original, u.zw. durchschnittlich um fast 13 IQ-Punkte weniger; anzunehmen ist, daß allein der streßevozierende Charakter des Computers dieses Handicap bedingt, indem die Tpn zu vorschnellen und letztlich falschen Reaktionen verleitet werden. In Ermangelung anderer Äquivalenzprüfungen ist zur Zeit nicht zu klären, ob dieser Effekt vielleicht auf Leistungstests (oder gar auf Matrizentests) beschränkt ist - tatsächlich lassen die den *Gießen-Test* betreffenden Ergebnisse von Bader, Hofmann und Kubinger (1993) vermuten, daß bei Persönlichkeitsfragebogen die Computerisierung weniger Effekt zeigt. Dennoch läuft die Computervorgabe jedes ursprünglichen Papier-Bleistift-Tests solange Gefahr, völlig artifizielle Schlußfolgerungen zu provozieren, bis für die Computer-Version eine eigene Normierung durchgeführt oder der Nachweis der Normen-Äquivalenz erbracht wurde !

Erläuterung zur Äquivalenzprüfung:

Um die Computer-Version eines Papier-Bleistift-Tests als diesem „äquivalent" bezeichnen zu können, muß folgendes gelten:

❶ beide messen dieselbe Eigenschaftsdimension (z.B. Geltung des *Rasch*-Modells für beide Versionen getrennt sowie für beide Versionen insgesamt),

❷ der Mittelwert der Testwerte (in jeweils repräsentativen Stichproben) stimmt für beide Versionen überein,

❸ die Verteilung der Testwerte (in jeweils repräsentativen Stichproben) stimmt für beide Versionen überein - zumindest die Standardabweichung.

Zur Illustration:

Kubinger, Formann und Farkas (1991) beobachteten bei den SPM ergänzend zu den bereits berichteten Mittelwertsunterschieden zwischen Original und Computer-Version auch einen sog. „Item-*bias*", d.h., daß einzelne Items laut *Rasch* Modell (in Relation zu anderen) vorgabespezifische Schwierigkeiten haben, also einmal relativ leicht, das andere Mal relativ schwer fallen.

Eine besondere Attraktivität besitzen Computertests in bezug auf Normen aber zweifellos: Die für die eigene Population repräsentative Normierung kann laufend aktualisiert werden - sofern benutzereigene Normen, etwa für betriebs- bzw. institutions*spezifische* Maßnahmen, überhaupt sinnvoll sind.

Skalierung:

Da überhaupt nur wenigen Papier-Bleistift-Tests bei der Konstruktion die Probabilistische Testtheorie zugrundegelegt wurde (vgl. in Kap. 2.5.2.), muß fast allen ihren Computer-Versionen höchste Skepsis entgegengebracht werden, daß sie das Gütekriterium Skalierung erfüllen. Gegenüber dem jeweiligen Original bedeutet das zwar keinen Nachteil; verlorene Mühe scheint die Computerisierung dann aber doch. Demgegenüber finden sich unter den wenigen originären Computertests hauptsächlich solche, die tatsächlich nach dem *Rasch*-Modell konstruiert wurden (vgl. ebenfalls in Kap. 2.5.2.).

Es liegt also nicht prinzipiell am Medium Computer, wenn Tests unangemessen skaliert sind - mit Ausnahme von Computer-Simulationen. Hier fallen infolge der Testdynamik besonders viele Daten pro Tp an, die, wenn sie nicht überhaupt „nur" qualitativer Natur sind, derart komplex sind, daß es (zunächst) völlig unklar ist, in bezug auf welche Inhalte (Eigenschaften) die Testergebnisse irgendwelche empirischen Relationen zwischen Tpn abbilden. Und selbst dort, wo doch einfach Scores bestimmt werden, ist deren empirische Angemessenheit eben wegen des dynamischen Charakters solcher Tests (mit dem derzeit verfügbaren Methodeninventar) nicht eindeutig zu prüfen.

Erläuterung zur Skalierung bei Computer-Simulationen:

Bei herkömmlichen Leistungstests kann man voraussetzen, daß die Wahrscheinlichkeit für die Lösung eines Items *unabhängig* davon ist, ob und welche anderen Items die Tp bereits gelöst hat; auch hängen bei herkömmlichen Tests die Items nicht derart zusammen, daß für die Lösung eines bestimmten das Ergebnis der vorangegangenen Items Voraussetzung wäre - d.h. die Bedingung der lokalen stochastischen Unabhängigkeit (vgl. in Kap. 2.5.1.), wie sie fast alle Modelle der Probabilistischen Testtheorie fordern, ist üblicherweise erfüllt (inhaltlich plausibel). Daher hängt die Lösungswahrscheinlichkeit lediglich von der Personen-Fähigkeit und der Itemschwierigkeit ab (ggfs. auch noch von anderen Itemparametern; vgl. die *Birnbaum*-Modelle in Kap. 2.6.1.). Bei Computer-Simulationen mögen dagegen durchaus „Item-Interdependenzen" auftreten, d.h. die Wahrscheinlichkeit einer bestimmten Reaktion, zum Beispiel „die Lösung finden", wird wesentlich auch davon abhängen, welche Reaktionen bei vorausgehenden Items gesetzt wurden. So sind von der Tp immer wieder Entscheidungen innerhalb des Simulationsprozesses zu treffen, die bestimmte Reaktionen in der Folge unwahrscheinlich machen. Innerhalb der Probabilistischen Testheorie gibt es zwar auch ein Modell, das Reaktionsabhängigkeiten (z.B. *erfolgsabhängige* Lerneffekte) einkalkuliert (nämlich das dynamische Testmodell von *Kempf*; vgl. z.B. Kubinger, 1989), doch ist damit das angerissene Problem nicht gänzlich in den Griff zu bekommen.

Zur Illustration:

Aus der Zusammenstellung von Kubinger (1989) sind für einige exemplarisch angeführte Testkennwerte der Computer-Simulation *ILICA* Beziehungen zu bestimmten Modellen der Probabilistischen Testtheorie mit besonderen Konsequenzen abzuleiten:

❶ *Häufigkeit der Verwendung des Terminkalenders:* Das *Poisson*-Modell von *Rasch* rechtfertigt, daß derartige Häufigkeiten ohne weitere Modellkontrolle *fair* sind.

❷ *Anzahl der erfüllten Vorgaben*: Das *Rasch*-Modell muß gelten, um die entsprechende Anzahl als faires Maß zu qualifizieren (vgl. in Kap. 2.5.1.); weil nur 5 Vorgaben existieren, ist jedoch eine Modellprüfung nicht ergiebig.

❸ *Anzahl „flexibler" vs. „impulsiver" vs. „reflexiver" Entscheidungen*: Die Geltung des „mehrkategoriellen mehrdimensionalen *Rasch* Modells" ist Vorausetzung dafür, daß die Anzahl von Antworten pro Reaktionskategorie einen fairen Testwert ausmacht; die entsprechende Modellprüfung erfolgte allerdings (noch) nicht.

Andere exemplarisch anzuführende Testkennwerte von *ILICA* sind demgegenüber problematischer, weil für sie im derzeitigen Methodeninventar kein Modell existiert, das sie als unfair „entlarven" oder als *fair* qualifizieren könnte:

① *Häufigkeit, mit der in die Liste der anfangs geplanten Aktivitäten Einsicht genommen wird*: Diese hängt von der Anzahl der geplanten Aktivitäten ab; eine geringe Häufigkeit, folgt dann, wenn die Tp wenige Aktivitäten plant oder wenn sie sich diese und ihre Erledigung gut merkt!

② *Anzahl terminlich-falsch versuchter Aktivitäten*: Diese hängt von der Anzahl *und* der Art der geplanten Aktivitäten ab.

③ *Mittlere Reaktionszeit bis zur Betätigung irgendeiner Taste* (das entspricht der Anzahl der

Tastenbetätigungen pro Zeiteinheit): Da es unplausibel ist, daß alle Tasten dieselbe „Schwierigkeit" besitzen, ist das *Poisson*-Modell von *Rasch* nur vermeintlich zielführend; weil außerdem nicht alle Tpn dieselbe Tastenfolge wählen, ist auch nicht das *Latency*-Modell von *Scheiblechner* (s. z.B. wieder Kubinger, 1989) geeignet, die empirische Angemessenheit dieses Testwerts zu kontrollieren.

④ *Anzahl der geplanten Aktivitäten*: Vordergründig scheint das *Rasch*-Modell zum Tragen zu kommen; weil aber höchstens 15 der 40 angebotenen Aktivitäten gewählt werden dürfen, außerdem die Auswahl nicht der Reihe nach erfolgen muß und dabei beliebig korrigiert werden kann, ist die lokale stochastische Unabhängigkeit mit Sicherheit verletzt - wegen der Beschränkung auf 15 zu wählende Aktivitäten ist auch das dynamische Testmodell von *Kempf* nicht in der Lage, die Angemessenheit der Verrechnung hier zu prüfen.

Ein besonderes Problem der Skalierung stellt sich im Fall, daß ein Test mit freier Antwortform computerisiert werden soll (z.B. wird im Testkatalog 1994/95 der *Testzentrale* eine Computer-Version des HAWIE-R als „in Vorbereitung" angekündigt); dies scheint nämlich (programmtechnisch einfach, inhaltlich aufwendig) nur so zu bewerkstelligen, daß zum *multiple-choice*-Format übergegangen wird. Und auf die mit diesem Antwortformat verbundenen testtheoretischen Probleme wurde bereits in Kapitel 3.1.1. nachdrücklich hingewiesen.

Ökonomie:

Hier bestehen durchaus grundsätzliche Unterschiede zwischen Papier- Bleistift- und Computertests:

❶ Zunächst macht es die Computerdiagnostik nötig, zwischen den ökonomischen Interessen des Tl und denen der Tp zu unterscheiden, indem eine lange Durchführungszeit im Fall der Computertestung für den Tl nicht unbedingt unökonomisch ist und für die Tp unter das Problem der Zumutbarkeit fällt.

❷ Ähnlich verliert die herkömmlich als ökonomisch bezeichnete Gruppentestung für den Tl in der Computerdiagnostik viel an Attraktivität, weil seine permanente Anwesenheit dort nicht mehr notwendig ist. Und schließlich steht auch die Ökonomie der Auswertung bei Computertests nicht mehr zur Diskussion.

❸ Demgegenüber bedeutet Computerdiagnostik einen enormen finanziellen Aufwand (zumindest anfänglich bzw. gegenwärtig) - und ist insofern unökonomisch.

❹ Vom modernen Standpunkt der Test-Ökonomie aus ist, vollständigkeitshalber und zum wiederholten Mal, auf die beim Einsatz eines Computers gegebene Möglichkeit des adaptiven Testens hinzuweisen - allerdings mit der (bereits in Kap. 2.6.1. gegebenen) Einschränkung, daß die dabei zu erzielende Testverkürzung nicht notwendiger Weise mit einer Verkürzung der Durchführungsdauer einhergeht.

❺ Computerdiagnostik erlaubt aber auch noch einen ganz neuen Aspekt von Ökonomie zu verfolgen, nämlich den einer ökonomischen Itemkonstruktion: Weiter oben wurde ausgeführt, daß im Fall eines Testkonzepts, welches itemgenerierende Regeln impliziert, Items je nach gewünschter Schwierigkeit vom Computer selbst konstruierbar und unverzüglich darbietbar wären. Sofern die Erstellung einer (unendlich) großen Anzahl von Paralleltests notwendig ist, um der Verbreitung von Items bzw. ihrer Lösungen unter potentiellen Tpn entgegenzuwirken, fällt dieser Vorteil der Computerdiagnostik (auch) unter die Nützlichkeit.

Nützlichkeit:

Der Umstand, daß ein Testkonzept (nur) in einer Computer-Version vorliegt, kann sich niemals nachteilig auf seine Nützlichkeit auswirken. Zu bedenken ist allerdings, daß die Computerisierung eines Papier-Bleistift-Tests den Test als solches nicht „nützlicher" macht. Insbesondere ist es fraglich, ob die Umsetzung eines Papier-Bleistift-*Gruppen*tests in eine Computer-Version bei deren Benutzung in Einzeltestsituationen (noch) ökonomisch ist (vgl. gleich oben). Ganz und gar nicht nützlich ist es, ein und denselben Papier-Bleistift-Test mehrfach zu computerisieren.

Zur Illustration:

Daß zum Beispiel der IST 70 von mehr als einem *Software*-Anbieter vertrieben wird, nämlich sowohl von der *Dr.G.Schuhfried GmbH* als auch vom *Hogrefe Testsystem*, ist bestenfalls ein Service für diejenigen Kunden, welche exklusiv eines der beiden Systeme betreiben und gerade diesen Test als Bereicherung ihres Testinventars ansehen - sich die IST 70 Computer- Version des jeweils anderen Anbieters anzuschaffen, hieße: neuerliche Investitionen in eine *soft*- und *hardware*-mäßige Grundausstattung.

Natürlich ist die Nützlichkeit der bedeutendste Aspekt der Computerdiagnostik: Bei mediumsgerechter Nutzung des Computers ist die Nützlichkeit eines Tests definitionsgemäß gegeben; und Computer-Simulationen werden erst recht diesem Gütekriterium gerecht. Zum Beispiel scheint es unmöglich, das Konzept der „Selbstverwaltungsfähigkeit" anders als durch die Verhaltens- bzw. Entscheidungsbeobachtung in einer komplexen, standardisierten Situation zu erfassen, wie es in dem bereits mehrfach angesprochenen Test *ILICA* versucht wurde - herkömmliche Fragebogen, etwa die FSKN, prüfen natürlich kein *reales* Verhalten, sind aber in hohem Grad verfälschbar.

Schließlich birgt auch das adaptive Testen eine besondere Art von Nützlichkeit: Wenn, wie weiter oben (in Kap. 2.6.1.) näher ausgeführt, die Vermeidung von Demotivation und Frustration bei Leistungstests nur durch adaptives Testen möglich ist und dieses seinerseits am besten unter Benutzung von Computern realisiert werden kann, können entsprechende Tests, egal welchen Inhalts, durch keinen anderen ersetzt werden und sind insofern nützlich.

Zumutbarkeit:

Zunächst ist einmal der grundsätzliche Einwand gegen die Computerdiagnostik ins Treffen zu führen, daß durch den Computer ein zusätzlicher Stressor in die psychologische Testsituation miteinfließt (vgl. z.B. die oben gegebene Interpretation der Ergebnisse von Kubinger & Farkas, 1991).

Besondere Beachtung verdienen Personen ohne jede Computererfahrung: Sie fühlen sich vielleicht überfordert und gegenüber anderen Tpn benachteiligt - empirische Studien, die das Gefühl der Überforderung bestätigten, liegen allerdings nicht vor.

Immerhin ist zu fragen, ob der Computer den Tpn tatsächlich zugemutet werden muß, wenn er ausschließlich der Bequemlichkeit des Tl bzw. seinem Ökonomieanspruch dient und dabei der Computereinsatz ökologisch nicht zwingend ist; das betrifft in hohem Ausmaß die Anwendungen fast aller computerisierten Papier-Bleistift-Tests.

Andererseits kann gerade das Ambiente des Computers die Bereitschaft einer Person zur psychologischen Testung erhöhen - die Ergebnisse von Hornke (1993) sprechen dafür. Und es können Computertests eine hohe Augenscheinvaliidtät haben, was ebenfalls die Motivation zur Testung begünstigt; das gilt wieder insbesondere für (adäquat eingesetzte) Computer- Simulationen, aber zum Beispiel auch für Tests zur Messung von Aufmerksamkeit, Konzentration oder Reaktionsschnelligkeit.

Außerdem offenbarte schon die Besprechung der mediumsgerechten Nutzung des Computers (in Kap. 5.1.2.) die psychisch belastende Situation einer Tp, die sich bei Papier-Bleistift-(*Gruppen-*) Tests trotz Nachfragens seitens des Tl nicht getraut, ihr mangelndes Instruktionsverständnis zuzugeben: Während dann also die Zumutbarkeit als Gütekriterium grundsätzlich kritisch zu betrachten ist - der Verlust an Validität des Tests steht dabei gar nicht zur Diskussion -, wäre durch entsprechend programmierte Kontrollen das Instruktionsverständnis am Computer leichter zu sichern.

Fraglich zumutbar ist es schließlich auch, einer Tp Aufgaben vorzugeben, die dem individuellen Leistungsniveau nicht angepaßt sind - danach wäre das adaptive Testen (komfortabler Weise computerunterstützt) wieder die Methode der Wahl.

Eine berufsethisch essentielle Frage in Hinblick auf die Zumutbarkeit stellt sich umgekehrt immer dann, wenn - was computerunterstützt leicht gelingt und weiter oben als (mediumsgerechte) Möglichkeit bereits aufgezeigt wurde - Tpn experimentell manipuliert werden sollen.

Unverfälschbarkeit:

Betreffs der Verfälschbarkeit herkömmlicher Persönlichkeitsfragebogen wurde immer wieder seitens „überschwenglicher Befürworter" der Computerdiagnostik behauptet, Tpn seien eher bereit, dem Computer persönliche und intime Fragen offen und ehrlich zu beantworten als einem (physischen) Tl. Menghin (1994) konnte mit dieser „Legende" endlich aufräumen: Bei 12 besonderen Tabu-Themen, die in einen einschlägigen Persönlichkeitsfragebogen, dem MBTI, eingestreut wurden, stellten sich keine systematisch abweichenden Antworten bei der Computer-Version gegenüber der Papier-Bleistift-Version heraus.

Zur Illustration:

Die von Menghin (1994) verwendeten Items waren der Art wie folgende drei Beispiele:

- *„Wenn ich einen Körperbehinderten sehe, dann blicke ich beschämt weg"*
- *„Ich lutsche gerne an Körperteilen"*
- *„Ich verweile länger als zu meiner Notdurft nötig auf der Toilette"*

Fairneß:

Was die Fairneß betrifft, sind für die Computerdiagnostik eher Nach- als Vorteile zu vermuten: Auf die mögliche Benachteiligung akustischer Wahrnehmungstypen bei bloß optischer Vorgabe eines Tests am Computer gegenüber der üblichen bimodalen Vorgabe ohne Computer wurde bereits weiter oben hingewiesen.

Grundsätzlich problematisch ist die Computerdiagnostik wegen der häufig geäußerten Mutmaßung, daß Tpn ohne Computererfahrung vor allem bei Leistungstests benachteiligt sind; wiesehr dieses Problem infolge der zunehmenden Verbreitung von Computern auch in Zukunft belanglos sein wird: Derzeit steht dieser Mutmaßung kein empirisch anderslautender Befund gegenüber - bestenfalls spricht der in der Praxis gewonnene Eindruck dagegen!

Bemerkung am Rand:

Allerdings würden in letzter Konsequenz nicht einmal empirische Ergebnisse, die die genannten Mutmaßungen unterstützten, verbindlich gegen die Fairneß der Computerdiagnostik sprechen; nämlich deshalb nicht, weil auch grundsätzliche (leistungsmäßige) Unterschiede zwischen der Population mit Computererfahrung und der ohne bestehen könnten - vielleicht „drängen" (heute) ganz bestimmte „Leistungstypen" zum Computer ?

Dessen ungeachtet wird es erfahrungsabhängige Tests im oben definierten Sinn (vgl. in Kap. 2.10. **Fairneß**) da wie dort geben, also sowohl bei Papier-Bleistift- als auch bei Computertests.

5.2. Neue Merkmalsträger

Bis jetzt galt das diagnostische Interesse ausnahmslos Einzelpersonen. In Erweiterung der in Abschnitt 1. zitierten Definition von *Psychologischer Diagnostik* (lt. Dorsch, 1994) bzw. von *psychologischem Diagnostizieren* - nicht in Erweiterung der Definition laut Jäger und Petermann (1995) - soll es im folgenden um andere Merkmalsträger als Einzelpersonen gehen, über deren psychologische (psychische) Eigenschaften zielgerichtete Informationen zu sammeln sind.

Zwei besondere Merkmalsträger betrifft das: Einerseits ganze Gruppen von Personen, die als Einheit, versehen mit einer bestimmten Funktion, interessieren; andererseits Arbeitsplätze mit ihren Tätigkeitsanforderungen.

5.2.1. Gruppendiagnostik

Viele Ansätze dazu betreffen eine besondere Gruppe, nämlich: die Familie. Wohl gibt es vereinzelt auch Ansätze, die explizit und spezifisch für andere Gruppen (*Teams*) konzipiert sind - zum Beispiel der Fragebogen LASSO 4-13 (*Landauer Skalen zum Sozialklima für 4. bis 13. Klassen*; von Saldern & Littig, 1987); doch geht es in der Hauptsache um Verfahren, die entweder unmittelbar aus der *Familiendiagnostik* stammen oder wenigstens auch dort ihr Anwendungsgebiet haben. Dabei ist allerdings oft daran zu denken, die familiendiagnostischen Verfahren auf andere Gruppen zu übertragen - letzteres zum Beispiel im Zuge einer Unternehmensberatung !

Besonders wichtig ist in diesem Zusammenhang, *Psychologische Diagnostik* und Psychotherapie auseinanderzuhalten, weil nämlich auch die besonderen Interventionsformen der („Systemischen") Familientherapie - eingebettet in die schulmäßige Gesprächsführung - dem Therapeuten „diagnostische Einblicke" ermöglicht: Um diese kann es hier nicht gehen ! Auch die Beobachtung der Sitzordnung, das „Skulptur"-Stellen und die Analyse des sog. „Genogramms" (alles „Routine"-Techniken der Familientherapie; vgl. z.B. in dem Buch von Cierpka, 1988) sind hier nicht Thema, weil sie den Gütekriterien psychologisch-diagnostischer Verfahren, insbesondere der Objektivität, Reliabilität, Validität und Normierung, nicht entsprechen - da sie (auch) als Interventionen gedacht sind, erheben sie übrigens gar nicht den Anspruch, das zu tun.

Sowohl „klassisch", was die Methode betrifft, als auch bereits „klassisch", was die Anwendung, zumindest im Forschungsbereich betrifft, sind zwei der sog. „Systemtheorie" abgeleitete diagnostische Verfahren: Die Fragebogen FAM (*Family Assessment Measure*; Skinner, Steinhauer & Santa-Barbara, 1983) und FACES (*Familiy Adaptability and Cohesion Evaluation Scales*; Olson, Portner & Lavee, 1985).

> ***Erläuterung*** zur „Systemtheorie":
>
> Sie ist eine an die Kybernetik orientierte Metatheorie, die versucht, mittels Integration verschiedener Wissensgebiete die „inneren Zusammenhänge der Natur" zu beschreiben (von Bertalanffy, 1972). „Ohne Zweifel ist das hohe Interesse an der Familientherapie ganz wesentlich auf die neue systemtheoretische Betrachtungsweise zurückzuführen. Der Sprung vom linear-kausalen zum zirkulären Denken ist nirgendwo ... so konsequent vollzogen worden ... Das Untersuchungsfeld der Familie bietet sich für die kybernetische Theorie besonders an, weil die Familie als eine Organisationsebene unmittelbar mit den Ebenen der Individuen und der die Familie umgebenden Umwelt zusammenhängt und die wechselseitige Beeinflussung offensichtlich ist. Die ökologische Interdependenz beinhaltet, daß die Teile eines systemischen Ganzen nicht adäquat und genau verstanden werden können, wenn das Ganze in seine Teile zerlegt wird und diese für sich analysiert werden." (Cierpka, 1988; S.7). - Dem fachkundigen Leser ist die Affinität zur *Gestaltpsychologie sensu Wertheimer, Köhler, Koffka & Metzger* offensichtlich !

Bis vor kurzem wurden beide, FAM und FACES, weder überhaupt noch deutschsprachig verlagsmäßig vertrieben, und es gab für deutsche Verhältnisse nur nicht-autorisierte Versionen mit lediglich tradierten Bezugsquellen - heute gibt es mit den *Familienbögen* von Cierpka und Frevert (1994) endlich eine deutsche, allgemein zugängliche Fassung des FAM.

Allerdings überzeugen sie, so oder so, nicht wirklich von den Gütekriterien her; allem voran leiden sie, als Fragebogen fast definitionsgemäß, an Verfälschbarkeit. Was hier dennoch erwähnenswert scheint, ist ihr jeweiliges theoretisches Konzept bzw. ihre formale Gestaltung.

Der FAM bzw. die ***Familienbögen*** beruhen auf sieben für die „Familiendynamik" als relevant erachtete Dimensionen: ***Aufgabenerfüllung***, ***Rollenverhalten***, ***Kommunikation***, ***Emotionalität***, ***Affektive Beziehungsaufnahme***, ***Kontrolle*** und ***Werte und Normen***; neu ist dabei der Ansatz, die Tp nicht nur sich selbst, sondern (systematisch) auch andere Personen beurteilen zu lassen. So gliedert sich dieses diagnostische Verfahren in drei Teile; einen ersten, der sich dem Familiensystem als Ganzes widmet, einen zweiten, der alle Zweierbeziehungen erfaßt, und einen dritten, der die eigene Funktion innerhalb der Familie abfragt. Insbesondere wenn es von mehreren Familienmitgliedern beantwortet wird, sollten - laut Autoren - diese verschiedenen Perspektiven zur Aufklärung einer komplexen Familiendynamik beitragen.

Der Fragebogen FACES bezieht sich auf das sog. „*Circumplex*-Modell", welches hinsichtlich zweier unabhängiger Dimensionen, je vierfach abgestuft, differenziert: ***Kohäsion*** und ***Adaptabilität*** (s. Abb. 57). Bei ersterer geht es um die Nähe und Bindung der Familienmitglieder untereinander bzw. um deren individuelle Autonomie (mit den Extremen „verstricktes" vs. „losgelöstes" Familiensystem), bei letzterer um die Flexibilität der Familie gegenüber Veränderungen (mit den Extremen „rigides" vs. „chaotisches" Familiensystem). Laut Autoren sind die vier Familientypen mit extremen Ausprägungen in beiden Dimensionen (d.i. verstrickt/rigid, verstrickt/chaotisch, losgelöst/rigid und losgelöst/chaotisch) bezeichnend für dysfunktionale (symptombelastete) Familiensysteme, wohingegen die vier Familientypen mit moderaten Ausprägungen in beiden Dimensionen (d.i. weder verstrickt oder losgelöst noch rigid oder chaotisch) „funktionierende" Familiensysteme begründen; die übrigen acht Familientypen wären wegen ihres relativ seltenen Auftretens wenig bedeutend.

Erläuterung zum Fragebogen FACES:

Anders als beim FAM beziehen sich die Items (in der zitierten Version FACES III: 10 je Dimension) ausschließlich auf die Familie als Ganzes, wobei trotzdem jedes Familienmitglied den Fragebogen einzeln bearbeitet. Eingeschätzt wird sowohl die Real- als auch die Ideal-Situation (jeweils fünfkategoriell; z.B.: „In unserer Familie geht jeder seinen eigenen Weg"). Aus der Diskrepanz der *Ratings* sämtlicher Familienmitglieder kann zusätzlich zum „Familienmittelwert" der Grad an Übereinstimmung in der Familie bestimmt werden; aus dem Vergleich von Real- und Ideal-Situation wird ein Maß für die Zufriedenheit in der Familie abgeleitet.

Bemerkung am Rand:

Gemäß *Circumplex*-Modell muß das familientherapeutische Ziel sein, ein dysfunktionales Familiensystem bestimmten Typs in ein „funktionierendes" überzuführen. Interessant scheint dabei die Möglichkeit, die Familie selbst das Therapieziel festlegen zu lassen, indem sie sich für einen bestimmten erstrebenswerten Typ entscheidet - und sei es auch „nur" einer, der lediglich in bezug auf eine der beiden Dimensionen weniger extrem ausgeprägt ist.

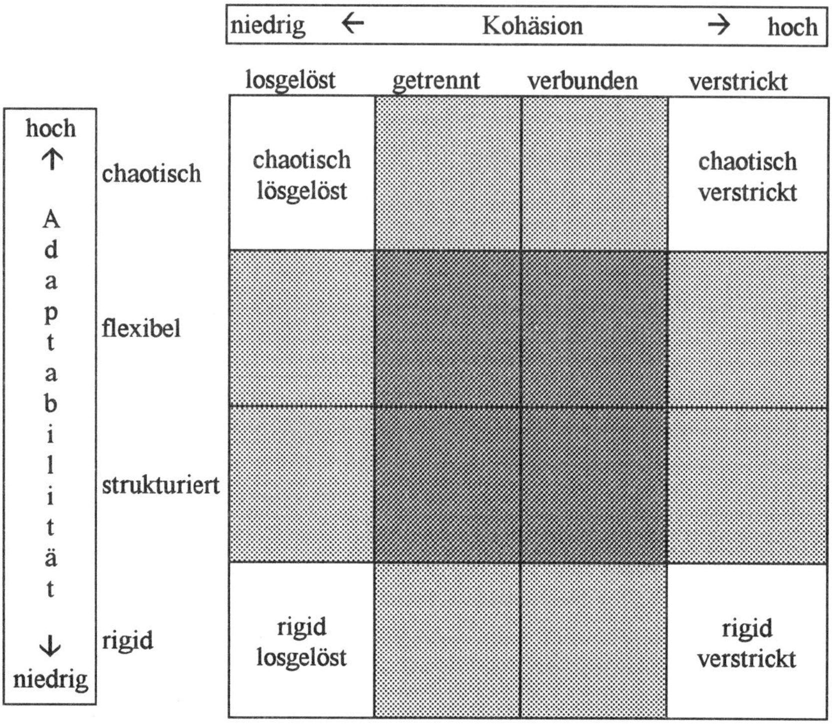

Abbildung 57: Das *Circumplex*-Modell laut FACES mit seinen 16 Familientypen (nach Olson et al., 1985).

Zur Illustration:

Schubert (1987) untersuchte mit Hilfe des Fragebogens FACES Familien mit einem geistig schwerbehinderten Kind im Pflichtschulalter. Geprüft werden sollte, inwieweit die Familienfunktionalität dieser Familien (n=75) gegenüber „Normal"-Familien (n=76) beeinträchtigt ist. Abgesehen davon, daß die Familien in beiden Gruppen mit überwiegender Zahl (gar nicht modellgemäß) denjenigen Familientyp als ideal einschätzten, in welcher sowohl extrem hohe *Kohäsion* als auch extrem hohe *Adaptabilität* besteht, zeigte sich: „Weit mehr Mitglieder aus Familien mit geistig behinderten Kindern sind ... in ihrer Einschätzung der realen Situation von der Idealvorstellung entfernt. Sie wünschen sich einen enormen Zuwachs an Kohäsion und Adaptabilität." (S.65). Allerdings: „Väter, Mütter und Geschwister geistig behinderter Kinder sind ... in ihren Einschätzungen des realen Zusammenhalts der eigenen Familie sehr uneinig, jedenfalls uneiniger als die Vergleichsgruppe ... Während ein Teil der Familien behinderter Kinder beispielsweise den Zusammenhalt für relativ hoch bzw. ausreichend ansieht, weicht die Meinung eines anderen Teils der Familie davon empfindlich ab." (S.67). -Gerade diese Diskrepanz zu diagnostizieren, scheint psychologisch, insbesondere im Hinblick auf den Erfolg etwaiger Interventionen, relevant.

Nicht ursprünglich zur Familiendiagnostik gedacht, erlangte dagegen in jüngster Zeit der *Gießen-Test* besondere Bedeutung, u.zw. konkret für die Paardiagnostik. Das Buch von Brähler & Brähler (1993) firmiert gar als „Handbuch" (einer *Paardiagnostik mit dem Gießen-Test*). Allerdings werden dazu nur die ersten fünf Skalen des Originals verwendet und das in leicht modifizierter (faktorenanalytisch fundierter) Form; dementsprechend gibt es ein eigenes Profilblatt, wobei sowohl Selbst- als auch Fremdbeurteilung für Mann *und* Frau vorgesehen ist. Aus den Daten zahlreicher klinischer Stichproben konnten die Autoren im wesentlichen mittels Clusteranalyse 16 Paartypen identifizieren, die weniger hinsichtlich der gewählten Bezeichnungen (vgl. in Präsentation 19) diagnostisch relevant sein werden als vielmehr - wieder interventionsbezogen - durch ihre Existenz allein: Es gibt also zwischen Partnern typische Konstellationen von selbst- und fremderlebten „Persönlichkeiten". - Im übrigen mag schon die Rückmeldung, wie einem der Partner sieht, gelegentlich Wirkung zeigen.

Präsentation 19: (Klinische) Paartypen laut *Gießen-Test* (nach Brähler & Brähler, 1993).

1 „Die aktive, verleugnende Harmoniebeziehung"
2 „Die mißtrauisch-resignative Paarbeziehung"
3 „Die sadomasochistische Paarbeziehung"
4 „Das aggressive, leidende Paar"
5 „Angstbewältigungskollusion"
6 „Verantwortung der Frau"
7 „Die paranoide Gemeinschaft"
8 „Traditionelle Rollenteilung"
9 „Verdeckte Kampfbeziehung"
10 „Angestrengte Frauen und selbstunsichere Männer"
11 „Verzweifelt-aggressive Männer"
12 „Konflikthafte traditionelle Rollenteilung"
13 „Anale Beziehungsmodi"
14 „Mißtrauisch-selbstunsichere Männer"
15 „Starke Frauen - selbstunsichere Männer"
16 „Scheinmaskulinität"

Erläuterung zu den (klinischen) Paartypen laut *Gießen-Test*:

Um näher zu beleuchten, inwiefern die gewählten Bezeichnungen der 16 Paartypen mißverständlich bzw. mehrdeutig sind, seien im folgenden die genauen Beschreibungen aus Brähler und Brähler (1993) für zwei Beispiele wiedergegeben:

① „Bei diesem Paartypus (13; Anm. d. Verf.) erscheinen die Frauen im Sozialverhalten sehr unauffällig; sowohl in ihrer Wirkung auf die Umwelt ... als auch im näheren zwischenmenschlichen Kontakt ... werden sie sehr ausgewogen beschrieben. Beide Partner charakterisieren die

Frauen als wenig gefügig ..., eher unterkontrolliert ... und depressiv ... Die Männer ... fallen durch ihr ausgeprägtes Dominanzverhalten auf, das von den Frauen noch extremer dargestellt wird, als es im Selbstbild der Männer erscheint ... Nur bezüglich ihres retentiven Kontaktverhaltens besteht eine genaue Übereinstimmung in der Selbst- und Fremdwahrnehmung der Männer ... Auf allen anderen Skalen gibt es Differenzen in der Beurteilung. So halten die Frauen ihre Männer für sozial anerkannt ... und wenig bedrückt ..., während die Männer sich eher unbeliebt ... und selbstkritisch ... beschreiben." (S.160).

② „Männer und Frauen dieses Paartyps (16; Anm. d. Verf.) fühlen sich im sozialen Umfeld anerkannt ... und halten sich für besonders offen und vertrauensselig ... Beide werden selbstkritisch-bedrückt beschrieben ..., die Frauen noch mehr als die Männer. Unterschiedliche Interpretationen der Partner gibt es bezüglich des Dominanz- und Kontrollverhaltens. Die Männer glauben, daß ihr Durchsetzungswille von den Frauen geduldet wird, die Frauen hingegen äußern in ihrem Selbstbild ebenfalls Dominanzansprüche und beschreiben ihre Männer als besonders eigensinnig und unkooperativ ..." (S.164f.). Schließlich „beschreiben die Männer für sich selbst eine leichte Tendenz zur Zwanghaftigkeit und halten ihre Frauen für wenig kontrolliert. Die Frauen verdeutlichen diese Tendenz in der Selbst- und Fremdbeurteilung ..." (S.165).

Quasi als Validitätsnachweis können die festgestellten Zusammenhänge zwischen Typzugehörigkeit von Paaren und dem Grund ihrer Kontaktaufnahme mit diversen klinischen Einrichtungen gelten. So sind Karzinom-Patienten im Typ 1 überrepräsentiert, im Typ 16 Paare mit Fruchtbarkeitsproblemen. - Abgesehen davon, daß die Stärke aller Zusammenhänge nicht quantifiziert wurde, bleibt natürlich die schon gegen das Original anzuführende Kritik an der Skalenkonstruktion des *Gießen-Tests* aufrecht.

Zur Illustration:

Abbildung 58 zeigt das ausgefüllte Profilblatt für das Ehepaar M., 27 und 36 Jahre alt, welches sich wegen permanenter Streits in Paartherapie begab; am ehesten ähnelt es dem Paartyp 11. Summarisch betrachtet scheint es, daß Herr M. seine Frau weit weniger depressiv, dafür „retentiver" erlebt als sie sich selbst. Übereinstimmend befinden sie sie sozial unauffällig, recht „gefügig" und durchschnittlich „kontrolliert". Er hingegen wird übereinstimmend als sozial unattraktiv und nicht depressiv beurteilt. Während aber Frau M. ihren Mann als extrem „unterkontrolliert" sieht, tendiert sein Urteil eher in Richtung zwanghaft; schließlich wird ihre Einschätzung von ihm als dominant und wenig „durchlässig" seinerseits noch extremisiert. „... zeichnen sich Beziehungs- und Selbstwertprobleme der Männer ab, die durch dominantes, unkontrolliertes Agieren noch verstärkt werden. Man gewinnt den Eindruck, als versuchten die Männer ihre innere Verletzlichkeit durch extreme Ungeduld und Unachtsamkeit abzureagieren, wobei die Frauen, die die Dominanz und Unterkontrolliertheit ihrer Männer so besonders betonen, besonders betroffen sind. Daß diese Paarstruktur sehr konfliktreich ist, zeigt sich ..." (Brähler & Brähler, S.157). - Zur Intervention wäre die differenzierte Interpretation auf Itemebene vorzuziehen, wobei das Paar mit den genauen wechselseitigen Antworten konfrontiert werden könnte.

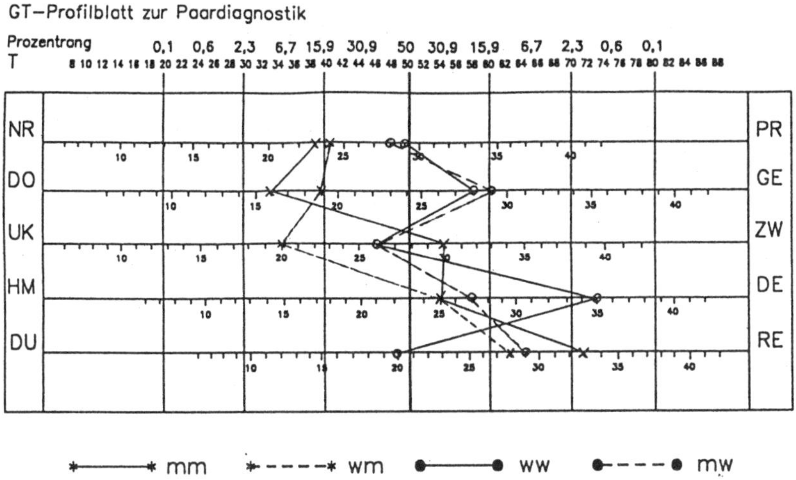

Abbildung 58: Selbst- und Fremdbeurteilung eines Ehepaars im *Gießen-Test* (die Verwendung des Profilblatts mit freundlicher Genehmigung des *Verlags Hans Huber*).

Bemerkung am Rand:

Schon seit längerem gibt es die Vorstellung, daß die Geschwisterkonstellation innerhalb der Ursprungsfamilie einer Person ihre Partnerwahl und ihr Partnerschaftsverhalten prägt (s. vor allem Toman, 1974). Danach bedeutete allein das Feststellen der Geschwisterposition *psychologisches Diagnostizieren* ? Aus einer extrem großen Zahl von Kasuistiken wurden tatsächlich auch „Verhaltens- und Einstellungsporträts" typischer Geschwisterpositionen abgeleitet (s. ein Beispiel in Präsentation 20), die jedoch für interpretative Zwecke mit größtem Vorbehalt zu genießen sind. Immerhin gibt es auch verbindlichere Belege zum Einfluß der Geschwisterkonstellation, zum Beispiel Untersuchungen, wonach Ehen häufiger als sonst geschieden werden, wenn zwischen den Partnern ein „Rangkonflikt" besteht, d.i. dieselbe oder eine sehr ähnliche Geschwisterposition innerhalb der jeweiligen Ursprungsfamilie, oder wenn ein „Geschlechtskonflikt" besteht, d.h. mindestens einer der beiden Partner hat Geschwister nur ihm gleichgeschlechtliche Geschwister. Ähnlich gilt für gleichgeschlechtliche Freundschaften, daß diese länger dauern, wenn weder ein „Rang-" noch ein „Geschlechtskonflikt" besteht. Schließlich gehen die empirischen Beobachtungen soweit, daß Toman berichtet (S.271): „Unter jenen Müttern, die 'wohlerzogene' Söhne hatten, waren älteste Schwestern von Brüdern überzufällig vertreten. Jene Mütter, die 'schwierige Kinder' hatten, waren häufiger jüngste Schwestern von Schwestern". Jedenfalls ist es daraus nicht verwunderlich, daß das Thema Geschwisterposition auch regelmäßig Aufnahme in Biographische Inventare findet (s. Näheres in Kap. 5.3.1.).

Präsentation 20: Das „Verhaltens- und Einstellungsporträt" des ältesten Bruder von Brüdern (aus Toman, 1974).

„Er behandelt Mädchen und Frauen gern wie Jungen, ... sucht aber unbewußt eigentlich jene Frau, die ... bereit ist, in vorbehaltlos, aber unauffällig zu bemuttern. ... Seine günstigste Partnerin wäre eine jüngste Schwester von Brüdern. Eine solche wäre allerdings bei einem ältesten Bruder von Schwester unter sonst vergleichbaren Umständen besser aufgehoben als bei ihm. Eine jüngere Schwester von Schwestern kann ihn ebenfalls verlocken, aber er findet nach einer

> Weile oft, ... daß sie kein besonderes Geschick in der Gestaltung ihres Zusammenlebens hat - er hat es übrigens auch nicht. Eine älteste Schwester von Brüdern könnte es ihm auch noch recht machen. Sie tendiert ja dazu, ihn zu betreuen, was sie aber zu seinem Mißfallen mitunter 'zu dick aufträgt'. Mit einer ältesten Schwester von Schwestern käme er relativ am schwersten zurecht. Beide machen einander die Führung streitig, es sei denn, sie leben eher parallel als miteinander ... Auch mit einem Einzelkind hätte er seine Mühe.“ (S.146f.).

Auf andere, weniger bekannte Fragebogen, die im Zusammenhang mit einer Familiendiagnostik stehen, soll hier eben wegen ihrer grundsätzlichen Verfälschbarkeit nicht eingegangen werden.

Bemerkung am Rand:

Gesteht man 8- bis 10jährigen zu, eher „wahr“ als „verfälschend“ zu antworten - zum Beispiel weil Kinder dieses Alters das, was sozial erwünscht ist, noch nicht antizipieren -, dann erlangt die Studie von Angerer (1991; vgl. auch im Manual zum AID, Kubinger & Wurst, 1991) bzw. der dabei verwendete (unpublizierte) *Fragebogen zum Elterlichen Anregungsmilieu* durchaus familiendiagnostische Bedeutung. Weil damit die Qualität der intellektuellen Umweltsituation des Kindes erfaßt werden kann, sind besondere Rückschlüsse zum Beispiel bei Lernschwierigkeiten und/oder Verhaltensauffälligkeiten möglich - wohlgemerkt geht es dabei nicht um das intellektuelle Niveau der Familie selbst, sondern um die Möglichkeiten, die die Familie dem Kind zur intellektuellen Entfaltung bietet (vgl. z.B. das Item: „Ich habe mir mit meinen Eltern schon *einige* Sehenswürdigkeiten in meinem Heimatort oder in der Umgebung angesehen / Ich habe mir mit meinen Eltern noch *kaum* Sehenswürdigkeiten in meinem Heimatort oder in der Umgebung angesehen“).

Wieder der Systemischen Familientherapie entstammend ist der FAST (*Familien-System-Test*; Gehring, 1993). Dabei handelt es sich nicht eigentlich um einen Test (i.e.S.), aber - obwohl das Verfahren vom Material her vordergründig diesen Anschein macht - auch nicht um ein Projektives Verfahren. Vielmehr ist es dem „Skulptur“-Stellen der Familientheorie angelehnt (vgl. bereits oben), vom Autor als eine „Figurentechnik“ bezeichnet. U.zw. erhält die Tp den instruktionsmäßig genau festgelegten Auftrag, die vorhandenen Figuren und Klötzchen auf dem gegebenen Brett als Vertreter der einzelnen Familienmitglieder so zu plazieren, daß deren Beziehungen untereinander dadurch repräsentiert werden. Neben der damit offensichtlich erfaßten *Kohäsion* soll auch noch die *Hierarchie* der Familienmitglieder als zweite (Beziehungs-) Dimension eruiert werden; letztere ist seitens der Tp durch ein Unterlegen der Figuren mit den verschieden hohen Klötzchen auszudrücken. Das Verfahren ist einsetzbar sowohl für eine Einzelvorgabe als auch für die Gruppenvorgabe.

Während die Skalierung deswegen, weil hauptsächlich metrische Distanzen gemessen werden, ausnahmsweise einmal unproblematisch ist und auch die Stabilität (über eine Woche) ab dem Jugendlichenalter hohen Ansprüchen genügt, muß die Validität (gemessen an Hand des Fragebogens FACES) als eher mäßig beurteilt werden. Indem für den FAST gar nicht der Anspruch eines „normativen“ Verfahrens erhoben wird, gibt es für ihn auch keine Normierung; d.h. die jeweils dreigestufte Kategorisierung hinsichtlich *Kohäsion* und *Hierarchie* ist seitens des Autors willkürlich und bestenfalls „erfahrungsgeleitet" abgesichert.

Zur Illustration:

Abbildung 59 zeigt die Repräsentation einer drei-köpfigen Familie mittels FAST aus der Sicht beider Kinder, u.zw. jeweils im Abstand von 4 Wochen zweimal erhoben; Anlaß der Testung war „belastend häufiges Streiten der Kinder". Für das interessierende Subsystem, d.i. die dreiköpfige Familie (also ohne den nicht mehr im gemeinsamen Haushalt lebenden Vater), ergibt sich in allen Repräsentationen *hohe* Kohäsion und in allen Repräsentationen *mittlere* Hierarchie; es handelt sich um eine *balancierte* Beziehung – beachtenswert ist die eindrucksmäßig feststellbare Stabilität der Repräsentationen !

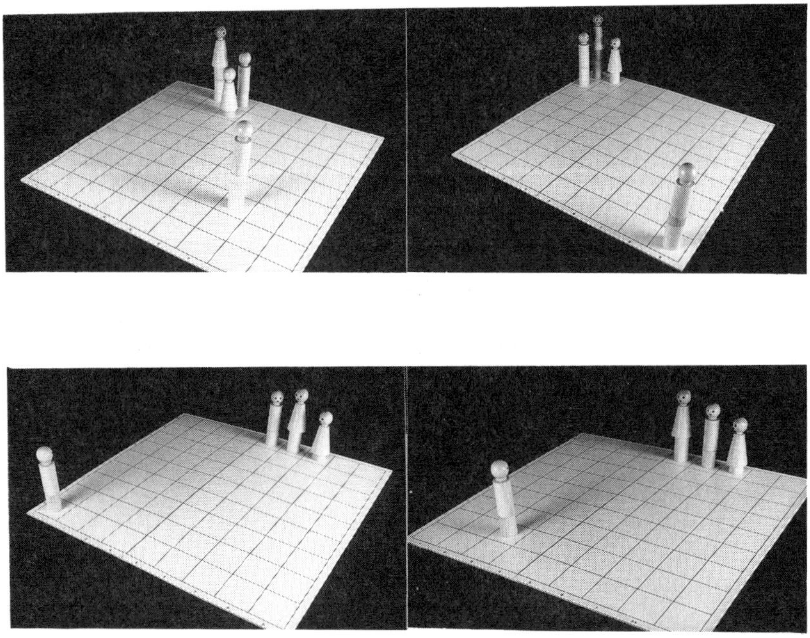

Abbildung 59: FAST-Repräsentation einer Familie mit Mutter, 8jährigem Sohn und 6jähriger Tochter; links oben bzw. rechts oben die Darstellung des Sohnes zum 1. bzw. 2. Zeitpunkt, links unten bzw. rechts unten die Darstellung der Tochter zum 1. bzw. 2. Zeitpunkt.

In gewisser Weise ähnliches wie der FAST will das Projektive Verfahren *Familie in Tieren* erfassen (s. nochmals Abb. 5, in Kap. 2.1.2.), und tut dies mit sämtlichen Vor- und Nachteilen, die Projektive Verfahren gegenüber anderen diagnostischen Verfahren haben. Immerhin: der Exploration förderlich ist dieses Projektive Verfahren allemal !

Erwachsen dem *psychologischen Diagnostizieren* mit Hilfe der *Familie in Tieren* wenigstens Gelegenheitsbeobachtungen (vgl. in Kap. 3.2.3.), so ist darüber hinaus bei der Gruppen- bzw. Familiendiagnostik immer auch an eine systematische Verhaltensbeobachtung (s. ebendort) zu denken.

Schließlich ist das auf *Moreno* zurückgehende Soziogramm die wohl älteste und bekannteste Methode der Gruppendiagnostik (vgl. z.B. Oswald, 1977). Es ist dies die graphische Veranschaulichung von Beziehungen innerhalb einer Gruppe von Personen, wobei zur Repräsentierung der (historisch) gelebten Beziehungen sozial-, emotions- oder leistungsbezogene Fragen gestellt werden: Diese Fragen verlangen seitens der jeweils befragten Person entweder die „Wahl“ oder die „Zurückweisung“ einer oder mehrerer Personen aus der Gruppe. Aus dem Soziogramm sind (direkt oder über einfache Indexe) personsspezifische und auch gruppenspezifische Eigenschaften zu „messen": Der leistungs- oder sympathiebezogene Wahlstatus einer Person und das Ausmaß an „Gruppenkohäsion“. Betreffs Wahlstatus scheinen die Rollen „Star“, „Außenseiter/Randfigur“ und „Abgelehnter/Aschenputtel“ besonders relevant. Die Gruppenkohäsion bestimmt sich im wesentlichen aus den wechselseitigen Wahlen. Abbildung 60 zeigt ein Beispiel; der Einfachheit halber sind dort nur positive Wahlen eingetragen und dies auch nur auf einen Aspekt gerichtet, z.B. Sympathie - jede Person hatte die Möglichkeit, zwei Personen zu wählen.

Wieder steht außer Frage, daß das Soziogramm oft unmittelbar Anlaß zu Hypothesen über das Bedingungsgefüge gibt, welches in Zusammenhang mit der gegebenen Fragestellung steht. Im Gegensatz zur systematischen Verhaltensbeobachachtung handelt es sich aber wiederum bloß um *verbal* Behauptetes, nicht *real* Gegebenes. Und für den Fall etwa, daß man aus dem Ergebnis des Soziogramms die soziale Kompetenz ableiten wollte (d.h. das Soziogramm erst recht wieder nur individuenbezogen interessiert), ist die Generalisierbarkeit des Ergebnisses äußerst fraglich.

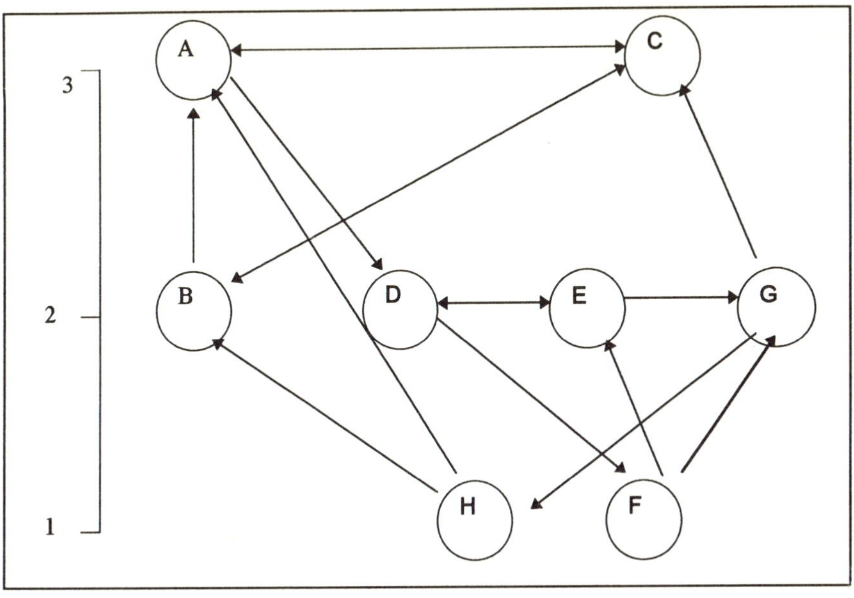

Abbildung 60: Beispiel eines Soziogramms. Die Anordnung der Personen entlang der Abszisse ist willkürlich, entlang der Ordinate gemäß der Anzahl erhaltener Wahlen.

5.2.2. Arbeitsplatzanalyse

„*Arbeitsanalyse,* (syn. Arbeitsplatzanalyse) ist in der Arbeitswissenschaft ein Oberbegriff für alle Methoden, die in systematischer Form die Arbeitsaufgaben ..., Arbeitsmittel und Arbeitstätigkeiten sowie Arbeitsbedingungen erfassen. Die A. kann speziell zur Analyse der Aufgaben ..., des Arbeitsablaufs ... oder zur Untersuchung und Bewertung von Kriterien der Arbeitsgestaltung (Tätigkeitsanalyse) verwendet werden, aber auch zur Ermittlung von Qualifikationsanforderungen“ (Dorsch, 1994; S.50).

Unmittelbares Ziel der Arbeitsplatzanalyse innerhalb der *Psychologischen Diagnostik* ist die Arbeitsplatzbeschreibung, um daraus ein Anforderungsprofil für die Personalauswahl zu erstellen. Mittelbar kann die Arbeitsplatzanalyse, wenn sie branchenmäßig und nicht unternehmensspezifisch erfolgt, der Berufsberatung dienen (vgl. die Überlegungen im Zusammenhang mit Interessensfragebogen in Kap. 4.2.4.).

Idealerweise sollte sie drei Informationsquellen berücksichtigen:

① Die (vorzugsweise: standardisierte) Befragung des Vorgesetzten

② die Befragung eines Kollegen mit vergleichbarem Arbeitsplatz

③ die Verhaltensbeobachtung der Tätigkeiten des betroffenen Arbeitsplatzinhabers während eines ganzen Arbeitstages, u.zw. durch einen Außenstehenden (Psychologen) -

letzteres ist u.U. zu ersetzen durch das Protokollführen des Arbeitsplatzinhabers selbst; in jedem Fall ist es jedoch mindestens einmal zu wiederholen.

Obligat eingesetzte Erhebungsinstrumente, d.s. Fragebogen, Gesprächsleitfäden oder Kategoriensysteme zur Verhaltensbeobachtung, gibt es (noch) nicht, obwohl solche Instrumente an sich bereits verlagsmäßig vertrieben werden (eine aktuelle Übersicht gibt das *Psychologische Wörterbuch* im Anhang: Verzeichnis ausgewählter Arbeitswissenschaftlicher Methoden; Dorsch, 1994). Zum Beispiel will das TBS-GA (*Tätigkeitsbewertungssystem - Geistige Arbeit*; Rudolph, Schönfelder & Hacker, 1987) Tätigkeiten hinsichtlich der „Beeinträchtigungsfreiheit“ bewerten; eines von 60 Items, nämlich zur *Vorhersehbarkeit der Ereignisse, die ein Handeln erfordern*, ist in Präsentation 21 wiedergegeben. Zum Beispiel will der FSD (*Fragebogen zur Sicherheitsdiagnose*; Graf Hoyos & Ruppert, 1993) Gefahren und Risikopotentiale erheben. - Beiden Verfahren ist der „förderungs“- (nämlich: interventions-) orientierte Ansatz immanent!

Präsentation 21: Das Item *Vorhersehbarkeit der Ereignisse, die ein Handeln erfordern* des TBS-GA (aus Rudolph, Schönfelder & Hacker, 1987; S.43 - gekürzt; in Klammer die zu verrechnenden Punktwerte).

(0) Keine Vorankündigung von erforderlichen Handlungen; Art und Zeitpunkt erforderlicher Reaktionen

sind unbekannt; der Werktätige hat völlig reaktiv zu reagieren. Beispiel: Telefonate

(1) Nur die mittlere Wahrscheinlichkeit des Auftretens von Ereignissen, die mit bestimmten Reaktionen beantwortet werden müssen, ist (aus der relativen Häufigkeit von Aufträgen) abschätzbar. Beispiel: Kundenstrom Fahrkartenschalter

(2) Vorankündigungen informieren darüber, daß zu einem bestimmten Zeitpunkt ein bestimmter Auftrag anliegen wird. Der Werktätige kann sich darauf einstellen, weiß aber noch nichts über den Umfang und über die spezielle Art der erforderlichen Handlungen.

(3) Vorankündigungen und/oder zyklische Wiederkehr von Aufträgen informieren darüber, zu welchem Zeitpunkt welche konkrete Handlung in welchem Zeitumfang erforderlich wird.

5.3. Neue Strategien

Zum wiederholten Male ist adaptives Testen (s. Kap. 2.6.1.) zu zitieren: Es stellt vielleicht das herausragende Beispiel für neue Strategien innerhalb der *Psychologischen Diagnostik* dar. Ergänzend interessieren im folgenden der biographische Zugang zur Feststellung typischer Eigenschaften einer Person sowie der prozeßorientierte Zugang zur Feststellung „intelligenter" Verhaltensmöglichkeiten. Die entsprechenden diagnostischen Verfahren dazu sind: Biographische Inventare und Lerntests.

5.3.1. Biographisches Inventar

Auf die formal große Ähnlichkeit Biographischer Inventare zu Persönlichkeitsfragebogen wurde bereits in Kapitel 3.2.2. hingewiesen; der wesentliche Unterschied besteht darin, daß es um (grundsätzlich) nachprüfbare Lebenslaufdaten, also um Fakten geht. Und diesen wird insbesondere prognostischer Wert unterstellt.

Die Erfahrung zeigt nämlich, daß Fragen der Art: „Wie viele Reden oder Vorträge haben Sie in Ihrem Leben schon gehalten ?" und „Wie oft waren Sie während Ihrer Schulzeit Klassensprecher ?", mit beruflichen Erfolgskriterien korrelieren (vgl. z.B. Schuler & Prochaska, 1992). Trotzdem ist zu kritisieren, daß dem *psychologischen Diagnostizieren*, nämlich dem Interpretieren auf der Basis Biographischer Inventare eine unbegründbare Annahme zugrundeliegt: Die „Parallelität" des Verhaltens zwischen Vergangenheit (und Gegenwart) und Zukunft. Davon abgesehen lauert täglich die Gefahr, daß derartige Zusammenhänge von heute auf morgen ungültig werden: Was, wenn aus dem Wissen zum Beispiel um die Bedeutung des Klassensprecherstatus für die spätere Karriere „alle" Kinder in Zukunft Klassensprecher werden möchten ?

Bemerkung am Rand:

Ein Beispiel von Schuler (1986, S.6f.) soll die Problematik solcher Fragen beleuchten: „Es möge sich bei der Validierung eines biographischen Fragebogens herausstellen, daß in einem bestimm-

> ten Tätigkeitsfeld Personen, die in ihrer Familie Erstgeborene oder Einzelkinder waren, im Durchschnitt mehr Erfolg in einer Position als, sagen wir: höhere Führungskräfte haben als Spätgeborene. Läßt man diese Information als einen der Prädiktoren in die Einstellungsentscheidung eingehen, so verringert man damit die Chancen derjenigen, die weniger glücklich in der Familienkonstellation waren. Man könnte womöglich sagen: Man verlängert das durchaus nicht selbstverschuldete 'Unglück', das jemand mit seiner Geschwisterreihenfolge hatte, in seine berufliche Zukunft."

An gängigen Inventaren gibt es auch kaum welche. Für (nur) Jugendliche existiert das MBI (*Mannheimer Biographische Inventar*; Jäger, Berbig, Geisel, Gosslar, Hagen, Liebich & Schafheutle, 1973). Das BIV (*Biographisches Inventar zur Diagnose von Verhaltensstörungen*; Jäger, Lischer, Münster & Ritz, 1976) ist (sogar) für den klinischen Bereich konzipiert. Beide verfallen jedoch teilweise mit ihren Fragen (erst recht wieder) in die Strategie herkömmlicher Persönlichkeitsfragebogen, indem sie nämlich von den Tpn Selbst*einschätzungen* verlangen (z.B.: „Wie beurteilst Du Deine Fähigkeiten, mit Fremden ins Gespräch zu kommen?", Item 42 der Form A des MBI - mit dichotomem Antwortformat) !

5.3.2. Lerntests

Im Gegensatz zu herkömmlichen Lern- und Gedächtnistests (vgl. in Kap. 4.1.2.), die „rasche Auffassungsgabe und Einprägungsfähigkeit" zu messen versuchen, geht es jetzt um ein besonderes Konstrukt, das der „intellektuellen Lernfähigkeit". Und dieses wiederum orientiert sich an der sog. „Prozeßdiagnostik" im Gegensatz zur herkömmlichen „Statusdiagnostik".

„Dem herkömmlichen Intelligenztest wird schon seit langem der Vorwurf gemacht (s. Wygotski, 1964; ...), daß er lediglich den durch die bisherige 'Lerngeschichte' des Individuums bedingten Intelligenzstatus erfaßt. Will man nicht bei dieser reinen Statuserfassung stehenbleiben, sondern Rückschlüsse auf die Intelligenzpotenz in zukünftigen Lern- und Leistungssituationen ziehen - einer Aufgabe, der sich der Psychologe oft stellen muß ... - dann sollte die Testprozedur so verändert werden, daß sie auch *Lernmöglichkeiten* für den Pb während der Testdurchführung eröffnet ... In den *Lerntests* wird dies durch den Einbau standardisierter Lernanregungen in den Testbearbeitungsprozeß versucht." (Guthke, 1995; S.408).

> ***Bemerkung am Rand:***
>
> Die so verstandene „Statusdiagnostik" muß, um es jetzt zu reflektieren, folgende Annahme treffen, will sie sich überhaupt Prognosen über künftiges Leistungsverhalten erlauben: Das bis zum Testzeitpunkt Gelernte ist nicht nur für das gegenwärtige Leistungsvermögen repräsentativ, sondern auch für die weitere Entwicklung. Zu begründen ist dies daraus, daß
>
> ① das gegenwärtige Wissen und Können Voraussetzung für künftiges „Aneignen" ist,
>
> ② das gegenwärtige Wissen und Können gerade Ausdruck der Lernfähigkeit ist.

Zur Illustration:

Um den Gewinn an diagnostischer Information durch die Prozeßdiagnostik gegenüber der Statusdiagnostik zu demonstrieren, sei ein Zitat von Wygotski (1964; zit. nach Guthke, 1977; S.96) gegeben: „Nehmen wir an, wir hätten das geistige Alter zweier Kinder bestimmt ('Intelligenzalter' ...), das acht Jahre beträgt. Wenn wir dabei nicht stehenbleiben (wie in der herkömmlichen Testmethode ...), sondern zu ermitteln versuchen, wie die beiden Kinder Aufgaben lösen, die für die folgenden Altersstufen bestimmt sind und die sie nicht selbständig lösen können, wenn wir ihnen durch Hilfsfragen den Beginn der Lösung usw. erleichtern, dann wird sich erweisen, daß eines der Kinder in der Zusammenarbeit Aufgaben bis zum 12. Jahr, das andere bis zum 9. Jahr löst. Diese Divergenz zwischen dem geistigen Alter oder dem aktuellen Niveau der Entwicklung, das mit Hilfe selbständig zu lösender Aufgaben bestimmt wird, und dem Niveau, das das Kind bei der nicht selbständigen, sondern gemeinschaftlichen Lösung von Aufgaben erreicht, bestimmt ... den Bereich der nächsten Entwicklung des Kindes." Und es „werden sich zwischen den beiden Kindern in der Schule viel mehr Unterschiede herausstellen, die durch die Abweichung in ihren Zonen der nächsten Entwicklung bedingt sind, als durch das gleiche gegenwärtige Entwicklungsniveau bedingt ... Übereinstimmungen."

Zusammengefaßt läßt sich für eine Prozeßdiagnostik, erfaßt mit „Lerntests", im Vergleich zur Statustdiagnostik erwarten: Eine bessere Verhaltensrepräsentation, d.h. die Erhebung vermutlich eher relevanter Verhaltensweisen - ansatzweise im Sinn der „ökologischen Validität" (vgl. in Kap. 2.3.1.); die Folge davon müßte eine eher valide Lernerfolgsprognose sein.

Zur Illustration:

So schreibt schon vor sehr langer Zeit Roth (1957, S. 144): „... brauchen wir nicht Tests, die immer wieder nur Anfangsleistungen provozieren, sondern Lerntests, die die Entfaltung einer solchen Anfangsleistung in komplexere Aufgabenstellungen und Aufgabenlösungen hinein verfolgen würden, wobei die Lösung der nächstfolgenden Aufgabe von der in der vorausgehenden Aufgabe gewonnenen Einsicht abhängig sein müßte".

Obwohl *Guthke* früher (z.B. Guthke, 1978) zusätzlich noch zwischen „punktuellem Lerntest" und „Re- bzw. Paralleltest als Lerntest" unterschied, unterteilt man heute klassischer Weise in „Kurz-" und „Langzeitlerntests" (auch die „Intervalltests" finden sich nicht mehr bei Guthke, 1995). Trotzdem sei an dieser Stelle auf den sog. „punktuellen Lerntest" näher eingegangen.

Ganz entgegen dem Bestreben innerhalb der Statusdiagnostik, während der Testung, also zwischen der Bearbeitung der einzelnen Items, Lernprozesse auszuschließen (vgl. nur die Betrachtungen dazu in Kap. 2.5.1. und vor allem in Kap. 2.6.1.), ist mit punktuellem Lerntest *sensu Guthke* gerade gemeint, ein „als Lerntest ausgewerteter Statustest": Nämlich die Feststellung, inwieweit die Tp aus unmittelbar vorher gemachten Erfahrungen Nutzen zieht ! Wie sehr dies auch testtheoretisch problematisch und eine *faire* Bestimmung von Testwerten (dzt.) unmöglich ist - es besteht kein Zweifel, daß solche Lerneffekte stattfinden: Analysen nach dem *Rasch*-Modell dokumentieren dies immer wieder.

Zur Illustration:

Kubinger, Formann und Farkas (1991) beobachteten für die SPM, daß einerseits Items, für deren Lösung erstmals innerhalb des Tests das Erkennen (und Beherrschen) ganz bestimmter Regeln notwendig ist, dem *Rasch*-Modell nicht entsprechen, wohingegen Items, die diese Regeln mindestens zum zweiten Mal beinhalten, das sehr wohl tun (vgl. zu solchen „Regeln" bei Matrizentest-Items nochmals Abb. 7, in Kap. 2.3.1.): Es dürfte zum „Aufholen" derjenigen Tpn kommen, welche anfangs über die erforderliche Regelbeherrschung noch nicht verfügen - was bedingt, daß zwischen den Itemparametern ersterer und letzterer Items nicht in allen Personen-Teilstichproben dieselben Relationen bestehen. Andererseits erweisen sich in der Folge, d.h. wenn immer mehr Items mit den bewußten Regeln vorgegeben werden, die Lösungshäufigkeiten dieser Items zunehmend größer.

Betrachtet man (Unter-) Tests, die zwar „herkömmlicher" Art sind, aber etwas Prozeßhaftes an sich haben, so funktioniert vielleicht die Idee des „als Lerntest ausgewerteten Statustest" doch. Kodiertests, wie sie schon in Kapitel 3.2.1. vorgestellt wurden (s. nochmals Abb. 32) und üblicherweise Teil einer Testbatterie sind, eignen sich zum Beispiel gut zur Prozeßdiagnostik: Den Beobachtungen aus der Praxis entsprechend, daß manche Kinder bei solchen Aufgabenstellungen fortwährend „transkribieren", d.h. auf der Vorlage die gegebene Figur samt zugehörigem Symbol suchen, um danach letzteres im Arbeitsblatt einzutragen, andere Kinder jedoch laufend Assoziationen zwischen Figur und Symbol ausbilden, so daß sie etliche Figuren vor allem gegen Ende des Tests auswendig kodieren, ließ die Autoren des AID versuchen, im Untertest *Kodieren und Assoziieren* die sog. „latente Lernfähigkeit" zu erfassen (vgl. die Definition in Präsentation 12, in Kap. 4.1.1.). Indem nicht explizit instruiert wird, die Objekt-Symbol-Zuordnungen zu lernen, soll also die Fähigkeit eines Kindes zum inzidentellen Lernen geprüft werden, d.i. quasi die Fähigkeit zum „Lernen nebenbei", zum „beiläufigen Lernen", im Gegensatz zur Fähigkeit des intentionalen Lernens. Tatsächlich ist es gelungen, unter generell leistungsschwachen Kindern zwei Typen zu differenzieren: Solche Kinder, die in der zweiten Halbzeit nur unwesentlich mehr Figuren kodieren als in der ersten Halbzeit, und solche, deren Kodierleistung sich von der ersten zur zweiten Halbzeit enorm steigert; weil letzteres gut dadurch zu erklären ist, daß diese Kinder die fraglichen Assoziationen im Laufe der Testzeit tatsächlich ausbilden, bezeichnen Kubinger und Wurst (1991) sie als „latente Lerner", während sie die anderen „Mechanisierer ohne jede latente Lernfähigkeit" nennen.

Bemerkung am Rand:

In Frage zu stellen ist allerdings, ob das angesprochene Verhältnis der Kodierleistung zwischen zweiter und erster Halbzeit wirklich Lernfähigkeit mißt; denkbar wäre immerhin, daß die beiden Typen eine inhaltlich andere Bedeutung haben, zum Beispiel: „Spät-" vs. „Schnellstarter", d.h. manche Kinder erst mit Verzögerung, nach einer Akklimatisierungsphase die Testbearbeitung beginnen - überzeugende Validierungsstudien stehen noch aus. In jedem Fall wäre aber, bei Gültigkeit, die differentialdiagnostische Aussage relevant.

Das Konzept der eigentlichen Lerntests (Kurzzeit- und Langzeitlerntests) sieht einen

Vor- (Prä-) und Nach- (Post-) Test vor, mit dazwischenliegender „Pädagogisierungsphase“. Kurzzeit- und Langzeitlerntest unterscheiden sich hinsichtlich des Zeitausmaßes zwischen Prä- und Posttest; ersterer wird regelmäßig innerhalb einer einzigen Sitzung durchgeführt, letzterer ist programmatisch über mehrere Tage verteilt - und daher praktisch genauso nicht realisiert wie der oben genannte Intervalltest, der sich über einen noch wesentlich längeren Zeitraum erstrecken würde. Die „Pädagogisierung“ besteht entweder bloß in der Rückmeldung der Leistungsgüte („richtig“ vs. „falsch“), was herkömmlich nicht üblich, aber doch oft implizit gegeben ist; oder sie enthält, wenn nötig, allgemeine Lösungshinweise bzw. spezifische, auf den jeweiligen Fehler abgestimmte Denkhilfen. Dieser allerletzte Fall ist wohl der interessanteste.

Dazu gibt es auch bereits einige verlagsmäßig vertriebene Tests. Aus dem LTS (*Lerntest Schlußfolgerndes Denken*; Guthke, Jäger & Schmidt, 1983), d.i. einer davon, haben sich die bereits in Kapitel 5.1.2. angeführten individuell verzweigenden Lerntests entwickelt; dazu gehört u.a. der (Computertest) ADAFI. Von Guthke, Räder, Caruso und Schmidt (1991) soll hier das Beispiel wiedergegeben werden, welcher Art die Hilfen sind (vgl. dazu Abb. 61). „Bei der Wahl von 4 wird der Proband aufgefordert, sich die Farbabfolge noch einmal genauer anzusehen, bei 3 die Abfolge der Formen und wenn 5 gewählt wurde, den Wechsel von einer und zwei Figuren. Entscheidet sich der Schüler für 1, also für eine Figur, die mit der Lösung kein gemeinsames Merkmal hat, werden alle 3 Hilfen nacheinander eingespielt.“ (Guthke et al., S.14f.). Die (weitere) Vorgabe der Items erfolgt je nach Fehler - es handelt sich daher nicht mehr um eine strenge Einteilung in Prä- und Posttest.

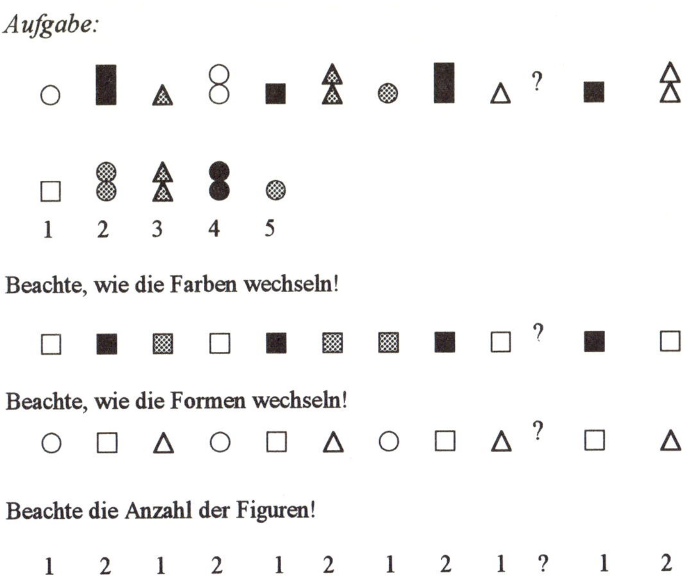

Abbildung 61: Demonstrationsitem des ADAFI samt drei fehlerspezifischen Hilfen; die Lösung ist „2“ (nach Guthke, Räder, Caruso & Schmidt, 1991).

Einhelliger Tenor aller Untersuchungen mit Lerntests zur Frage, ob sie in bezug auf lernbehinderte Kinder konstruktvalide sind, ist: Nicht vorhandenen oder geringen Unterschieden zwischen lernbehinderten und leistungsmäßig unauffälligen Kindern im Prätest stehen drastische Unterschiede im Posttest gegenüber. Demnach nützen die Lernbehinderten Lernhilfen und Rückmeldungen weniger aus als Kinder ohne besondere Lernprobleme - was letztlich das Konzept rechtfertigt.

Ein analoges Ergebnis haben übrigens Kliegl, Smith und Baltes (1986) in bezug auf altersbedingte Entwicklungsunterschiede festgestellt. Während im Prätest beim Erinnern sehr langer Wortreihen kaum Unterschiede zwischen jüngeren und älteren Erwachsenen bestehen, nimmt sich der Leistungszuwachs im Posttest für die älteren im Vergleich zu den jüngeren Personen recht bescheiden aus, so daß sich dort die Verteilungen der Testwerte beider Gruppen fast nicht mehr überlappen: die sog. „Kapazitätsreserve" ist bei Älteren geringer !

Bemerkung am Rand:

„So könnte man argumentieren, daß sich die genetische Regulierung der interindividuellen Unterschiede am besten an den Leistungsgrenzen untersuchen ließe („*testing the limits*"; Anm. d. Verf.). Ein weiteres Beispiel wäre das Aufspüren entwicklungsbedingter Funktionsstörungen. Ebenso wie die in der Medizin und Biologie eingesetzten Streßtests ... eignen sich möglicherweise Testing-the-limits-Verfahren dazu, beginnende Funktionsstörungen (wie z.B. Depression, Alzheimersche Krankheit oder Leseschwierigkeiten) nicht nur leichter aufzudecken, sondern auch das verbleibende Entwicklungspotential präziser zu erfassen." (Baltes, 1990; S.13f.).

ADAFI und die anderen individuell verzweigenden Lerntests werden deshalb im *Anhang: Verfahrensbeschreibungen* nicht berücksichtigt, weil für sie die Erstellung von Normen erst „in Arbeit" ist.

5.4. Neue Inhalte und Konstrukte

Vor allem im Zusammenhang mit Objektiven Persönlichkeits*tests* und der Computerdiagnostik konnten bereits einige neue Inhalte bzw. Konstrukte angedeutet werden, die für die *Psychologische Diagnostik* Relevanz haben; es sind dies: Reflexivität vs. Impulsivität, *repression* vs. *sensitization*, Rigidität im Denken und Selbstverwaltungsfähigkeit. Aber auch das Konstrukt *delay of gratification* wurde bereits erwähnt.

Einige andere Konstrukte sind jedoch, soweit es bereits Tests bzw. Fragebogen dazu gibt, noch extra anzuführen.

Schließlich ist den Tests zur Feststellung von Teilleistungsstörungen besonderes Interesse zu widmen, d.h. (zumindest) ausgewählten Aspekten der neuropsychologischen Diagnostik.

5.4.1. Varia

Schon in Kapitel 4.2.3. wurde in bezug auf das Konstrukt *repression* vs. *sensitization* auf herkömmliche Fragebogen verwiesen, die bislang im Einsatz waren; diesbezüglich ist an dieser Stelle lediglich anzumerken: „Seit einiger Zeit liegt auch eine deutsche Bearbeitung der R-S-Skala vor (Krohne, 1974 - nicht verlagsmäßig vertrieben; Anm. d. Verf.). Ihr liegt die revidierte R-S-Skala von Byrne, Barry & Nelson (1963) zugrunde und umfaßt 106 ... Items ... des MMPI-Saarbrücken" (Amelang & Bartussek, 1990; S.370).

Im Zusammenhang mit der ebenfalls schon in Kapitel 4.2.3. gebrachten Gegenüberstellung Reflexivität vs. Impulsivität wurde von „kognitivem Stil" gesprochen, womit die persönlichkeitsmäßig bedingte Eigenart einer Person gemeint ist, „wie" sie denkt bzw. wie sie an die Lösung von Problemen herangeht. Auch das Konstrukt „Feldab- vs. -unabhängigkeit" wird zumeist als kognitiver Stil bezeichnet. „Bei einem feldabhängigen Wahrnehmungsstil übt die Wahrnehmungsumgebung (Feld) einen starken Einfluß auf die wahrgenommene Figur aus, während bei einer feldunabhängigen Wahrnehmungsweise die Wahrnehmung auf das wahrzunehmende Objekt gerichtet ist." (Dorsch, 1994; S.248). Wichtig, wie für jedes Konzept kognitiven Stils, ist es dabei, beide Stilvarianten zunächst wertneutral zu sehen - nur je nach Anforderungen wird eine von beiden erfolgreicher sein.

Grundlegende Forschungsergebnisse zur Feldabhängigkeit wurden mit Aufgabenstellungen gewonnen, bei denen in einem bildlichen Wahrnehmungskomplex eine einfache Figur zu identifizieren ist (sog. *„embedded figures"*; vgl. in Abb. 62).

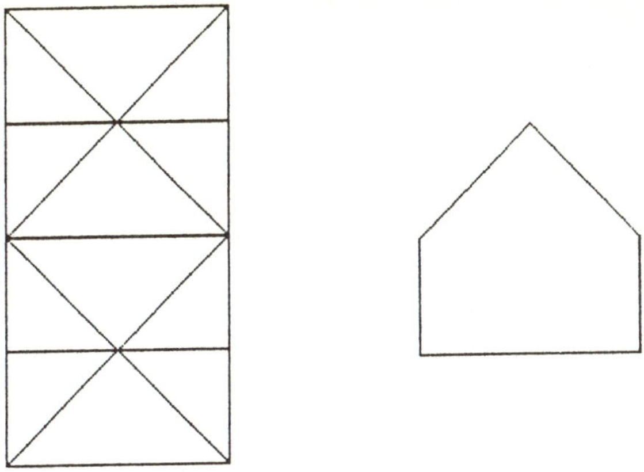

Abbildlung 62: Ein Beispiel der *embedded figures* zur Erfassung von Feldabhängigkeit (nach Item 7 des *Gestaltwahrnehmungstests*; Hergovich & Hörndler, 1994).

Der Beschreibung von Feldabhängigkeit zufolge, sollten Feldabhängige im sozialen Bereich über größere Fähigkeiten verfügen. Nach Witkin und Goodenough (1977) orientieren sich Feldabhängige tatsächlich generell mehr an Anderen bzw. interessieren sich stärker für Andere, lächeln öfter während eines Gesprächs und sind auch emotional offener als Feldunabhängige; in Konfliktsituationen streben Feldabhängige nach Konsens bzw. schließen sich der Meinung anderer Personen an. Danach wäre die laut Kapitel 4.3.2. schwer faßbare Soziale Intelligenz ansatzweise doch noch testdiagnostisch zu prüfen.

Allerdings: „Die größere soziale Kompetenz Feldabhängiger wurde in jüngster Zeit heftig bestritten ... Möglicherweise erscheinen Feldabhängige im Sozialkontakt deshalb als geschickter und umgänglicher, da sie einfach abhängiger von ihrer sozialen Umgebung sind. Aufgrund der eingeschränkten Autonomie beim Denken, Handeln und Fühlen ... vor allem in mehrdeutigen Situationen müssen Feldabhängige vielleicht auf soziale Hinweisreize zurückgreifen, ohne im Grunde sozial kompetenter zu sein." (Hergovich & Hörndler, 1994; S.8).

Jedenfalls liegt nunmehr mit dem *Gestaltwahrnehmungstest* (eben von Hergovich & Hörndler, 1994) ein verlagsmäßig vertriebener (sogar Computer-) Test vor; für ihn wurde immerhin schon gezeigt, daß die als feldabhängig klassifizierten Tpn in ihren (Wahrnehmungs-) Urteilen wesentlich (sozial) beeinflußbarer sind als feldunabhängige.

Bemerkung am Rand:

Beide Konstrukte, Reflexivität vs. Impulsivität und Feldabhängigkeit, passen übrigens gut in das im Kapitel 4.2.4. gegebene inhaltliche Modell, nämlich als zusätzliche nicht-intellektuelle Determinanten des Leistungsverhaltens.

Kann man eigentlich auch die „Rigidität im Denken" (vgl. in Kap. 4.2.3.) als kognitiven Stil bezeichnen, so geht das auch mit der im *Perserverationstest* erfaßten Tendenz einer Person, motorische Stereotypien in Handlungssequenzen zu zeigen oder nicht. Aufgabenstellung ist, in möglichst zufälliger Reihenfolge Kreise am Bildschirm im gegebenen Takt anzutippen. Erste Validierungsstudien zeigen, daß verschiedene klinische Gruppen sich untereinander unterscheiden.

Der (Computer-) Test *Erkennen von Meta-Regeln* wurde u.a. bereits in Kapitel 4.1.2. angesprochen als ein weiterer Repräsentant von *reasoning*; allerdings liegt dem Test ein eigenes, sehr eng gefaßtes Konstrukt zugrunde, nämlich die Fähigkeit zur Informationsverarbeitung mittels Bildung von Superzeichen (Informations-*Kreation*). Konkret geht es im Test darum, Regelsysteme so zu durchschauen, daß die nicht vorgegebene, „übergeordnete", sog. „Meta-Regel" erkannt wird, um während der vordergründigen Aufgabenstellung nicht bloß nach den offengelegten Regeln zu verfahren - die Tp hat pro Item die Aufgabe, zu prüfen, welche drei von sechs Buchstabenketten unter Anwendung bestimmter Transformationsregeln aus der Startkette *nicht* erzeugbar sind. Innerhalb des (heuristischen) Intelligenzmodells von Roth, Oswald und Daumenlang (1980) wurde der Test bereits konstruktvalidiert.

Alle drei jetzt genannten Computertests finden sich in bezug auf „technische" Daten sowie Daten zu den Gütekriterien im *Anhang: Verfahrensbeschreibung* genauer beschrieben.

5.4.2. Diagnostik von Teilleistungsstörungen

Wie schon in Kapitel 4.1. **Leistungsdiagnostik** einleitend erwähnt, ist die *Bezeichnung* „neuropsychologische Diagnostik“ für Erhebungen, die das individuelle Zusammenspiel neurologischer (zentralnervöser) Prozesse und psychischer Phänomene prüfen, noch relativ jung, (neuropsychologische) Ansätze zur Diagnostik von Teilleistungsstörungen sind es weniger; sie gehen vielmehr auf *Luria* und damit auf die späten 60er Jahre zurück.

Neuropsychologische Diagnostik ist also umfassender zu verstehen als es die Diagnostik von Teilleistungsstörungen ausmacht: „Bei der Erforschung von Lern- und Verhaltensstörungen finden neurowissenschaftliche Ansätze in neuerer Zeit - d.h. vor allem in den vergangenen 10-15 Jahren - verstärkte Beachtung. ... Aber nicht nur Lern- und Verhaltensstörungen wurden von Neuropsychologen ins Blickfeld genommen, sondern praktisch die ganze Spannweite der kinder- und jugendpsychiatrischen Störungen ..., angefangen von den Epilepsien ..., über funktionelle und organische Störungen ..., geschlossene Hirnverletzungen ... bis zu den geistigen Retardierungen“. (Deegener, Dietel, Kassel, Matthaei & Nödl, 1992; S.7f.).

Bemerkung am Rand:

„Keine noch so genaue neuroradiologische Diagnose gibt ... Auskunft darüber, welche Auswirkungen die strukturelle Hirnläsion auf die kognitive Leistungsfähigkeit, die emotionale Befindlichkeit und das Alltagsverhalten der betroffenen Patienten hat. Zwar lassen sich bei Kenntnis des Läsionsortes und -ausmaßes begründet Erwartungen über die wahrscheinlichen psychischen Beeinträchtigungen formulieren ...; von einer direkten Zuordnung zwischen Hirnschädigung und Leistungsdefizit kann aber aufgrund einer Vielzahl modifizierender Läsions-, Patienten- und Umgebungsfaktoren keineswegs ausgegangen werden.“ (Jünemann, 1994; S.288).

„Die mit Begriffen wie 'Basisprozesse', 'Teilfunktionen', 'Teilleistungen', 'Integrationsleistungen' u.ä. verbundenen neuropsychologischen und entwicklungspsychologischen Teilleistungsmodelle ... scheinen besonders geeignet für die differenzierte Analyse der elementaren Bausteine, die den komplexen psychischen Funktionen (wie z.B. Gedächtnis, Wahrnehmung, Lernen, Intelligenz, Motivation, Emotion, Sprache, Willkürbewegung sowie den Kulturtechniken Lesen, Schreiben, Rechnen) zugrunde liegen.“ (Deegener et al., S.8).

Orientiert an Luria (1970; s. aber insbesondere Graichen, 1979) begründet sich also jede „Teilleistungsfähigkeit“ auf eine *basale*, d.h. nicht besonders komplexe neurologische Funktionstüchtigkeit.

Bemerkung am Rand:

„Dabei wird von der heute wohl unbestrittenen Annahme ausgegangen, *daß jedes psychische Geschehen in der Konstruktion und der Funktionsweise des Gehirns seine Voraussetzung hat und dort auch seine Realisierung findet, was auf keinen Fall mit Ursache verwechselt werden darf,* wie es leider sehr häufig geschieht.“ (Deegener et al., S.8).

Obwohl es keine einheitliche, allgemein verbindliche Systematik aller Teilleistungsbereiche gibt, können im folgenden einige typische genannt werden. Die grobe Einteilung bezieht sich auf *Motorik, Wahrnehmung* und *Sprache*; fast jede dieser „Modalitäten" interessiert in bezug auf

① Differenzierungs- und Gliederungsfähigkeit (Raum-Lage-Orientierung)
② Speicherfähigkeit
③ Serialität
④ Intermodaler Transfer;

dabei sind Wahrnehmung und Sprache sowohl auf die visuelle als auch auf die akustische Informationsverarbeitung gerichtet, Motorik und Wahrnehmung sowohl auf die visuelle als auch auf die taktil-kinästhetische.

Zwei neuere Testbatterien, die das Konzept der Teilleistungsstörungen diagnostisch umzusetzen versuchen, seien hier genannt: BLN-K (*Berliner-Luria-Neuropsychologisches Verfahren für Kinder*; Neumärker & Bzufka, 1988) und TÜKI (*Tübinger Luria-Christensen Neuropsychologische Untersuchungsreihe für Kinder*; Deegener, Dietel, Hamster, Koch, Matthaei, Nödl, Rückert, Stephani & Wolf, 1993). Beide beinhalten weitgehend idente Untertests; zum Beispiel die TÜKI: *Motorische Funktionen, Akustisch-Motorische Koordination, Höhere hautkinästhetische Funktionen, Höhere visuelle Funktionen, Rezeptive Sprache, Expressive Sprache, Mnestische Prozesse* und *Denkprozesse* - typische Prüfmodalitäten pro Untertest sind in Präsentation 22 beschrieben. Die Skalierung beider, pro Untertest, ist dabei allerdings, gemessen an den Ausführungen im Kapitel 2.5.1., äußerst problematisch.

Präsentation 22: Typische Prüfmodalitäten der TÜKI.

- Items der Art „Fahre mit dem Bleistift entlang des Wegs" *(Motorische Funktionen)*
- Items der Art „Klopfe im Rhythmus mit 2 lauten Schlägen und 2 leisen Schlägen" *(Akustisch-Motorische Koordination)*
- Items der Art „Zeige den Gegenstand, den du eben gespürt hast" *(Höhere hautkinästhetische Funktionen)*
- Items wie in *Spiegelbilder* des WIT (s. nochmals Abb. 37, in Kap. 3.2.1. - *Höhere visuelle Funktionen)*
- Items der Art „Zeige die Bildkarte zu dem Wort 'Bart'" *(Rezeptive Sprache)*
- Items der Art „Sprich folgende Worte nach ..." *(Expressive Sprache)*
- Items der Art „Merke dir folgende Bilder ..." *(Mnestische Prozesse)*
- Items wie in *Funktionen Abstrahieren* des AID *(Denkprozesse)*

Die neuropsychologischen Testbatterien stehen übrigens in (engem) Zusammenhang - zumindest was die Aufgabenstellungen betrifft - mit den viel älteren Ansätzen der Entwicklungsdiagnostik: Im deutschsprachigen Raum vielleicht noch immer am bekanntesten sind die *Kleinkindertests* von *Bühler & Hetzer*, zurückgehend bis auf das Jahr 1932 (!).

Bemerkung am Rand:

Würden TÜKI und BLN-K wenigstens bis ins Alter von ungefähr 3 Jahren „hinunter" messen und nicht erst ab dem Vorschulalter oder gar noch darüber, wäre mit ihnen auch der offensichtliche Bedarf an Entwicklungstests zu befriedigen. Es scheint nämlich, daß "... der Bühler-Hetzer-Kleinkindertest in Ermangelung eines adäquaten Ersatzes zumindest in Österreich und der Schweiz (wie ... aus Gesprächen mit Entwicklungspsychologen in Kliniken und Erziehungsberatungsstellen erfahren ...) häufig Anwendung findet ..." (Deimann & Kastner-Koller, 1989). - Im Testkatalog der *Testzentrale* werden die *Kleinkindertests* allerdings nicht mehr angeboten.

6. Gutachtenerstellung

„Da die schriftliche Fixierung der testpsychologischen Befunde in irgendeiner Form wohl nach jeder Untersuchung erfolgt, sollte man annehmen, daß die damit zusammenhängenden Probleme in der diagnostischen Literatur ausführlich behandelt worden wären. Um so auffallender ist es, daß wir in den meisten Kompendien und Handbüchern keine oder nur rudimentäre Angaben zu diesem Thema finden" - so gesagt von Rauchfleisch (1980, S.184), mit dessem eigenen Buch, gemeinsam mit denjenigen von Boerner (1993) sowie von Westhoff und Kluck (1991), das Thema (endlich) recht gut abgehandelt ist. Allgemeinen Betrachtungen dazu sollen sich am Ende dieses Buches einige ausgewählte Beispiele psychologisch-diagnostischer Gutachten anschließen.

6.1. Allgemeines

Rauchfleisch (1980) beschäftigt sich mit dem Problem der „angemessenen Darstellung" einerseits und der Frage des „Umgangs mit dem Gutachten" andererseits. Seine wesentlichen Tips seien im folgenden zusammengestellt, und allenfalls ergänzt oder kommentiert:

① Zunächst ist der Adressat zu beachten: „Wird ein Bericht an psychologische Laien weitergegeben, so sollten darin Fachtermini vermieden werden. Besonders problematisch sind Begriffe, die aus der akademischen Psychologie stammen und Eingang in die Umgangssprache gefunden haben ... wie 'Hysterie' und 'Narzißmus' ... Sollten einzelne Termini unvermeidbar sein, so müssen sie im Bericht zumindest genau definiert werden." (Rauchfleisch, S.185). Hier scheint dem Verfasser die Beschränkung notwendig, als Adressat sowieso *nur psychologisch vorgebildete Personen* (!) vorzusehen; d.s. Absolventen anderer Studienrichtungen, in denen psychologische Teilbereiche abgedeckt werden (vor allem Pädagogen, Lehrer; u.U. auch Mediziner), oder Personen mit Berufsausbildungen, in denen gesetzlich vorgeschriebene Einführungen insbesondere in die *Psychologische Diagnostik* vorgesehen sind (d.s. vor allem Psychotherapeuten) - auf den Fall, daß die Tp selbst der Adressat sei (oder seine Angehörigen), wird weiter unten extra eingegangen.

② „Als grobe 'Faustregel' kann zunächst einmal gelten, daß man sich in Berichten strikt an die vom Auftraggeber gestellten Fragen halten sollte. Es gilt - in der Regel -, diese Fragen zu beantworten und nicht die ganze Fülle von Informationen weiterzuleiten, die dem Diagnostiker aus den durchgeführten Tests sichtbar geworden sind." (S.186).

Bemerkung am Rand:

Vor allem beim diagnostischen Anfänger ist demzuwiderlaufend oft zu beobachten, daß er Tests,

u.U. bestimmte Projektive Verfahren einsetzt, die letztlich nur *seine* „Neugier" befriedigen.

③ „Formal bestehen bei der Darstellung testpsychologischer Befunde zwei Möglichkeiten: Man kann entweder zunächst die anamnestischen Daten und die Resultate aus den einzelnen durchgeführten Tests referieren und in einem zweiten Schritt diese Einzelbefunde zusammenfassen. Oder man entwirft sofort ein Gesamtbild der betreffenden Persönlichkeit, ohne zuvor auf die Einzelbefunde einzugehen. In jedem Fall aber müssen die verwendeten Tests alle *namentlich* aufgeführt werden. ... Die zuerst erwähnte Art der Darstellung, die zunächst die Befunde aus den einzelnen Tests referiert, hat gegenüber dem zweiten Vorgehen den Vorteil, daß der Leser wesentlich präzisere Informationen erhält. ... In ... sofort zusammenfassenden Schilderungen verwischen sich häufig die Grenzen zwischen *Deskription* und *Interpretation*, diesen zwei Schritten der Diagnostik, die unbedingt - auch für den Leser deutlich sichtbar - voneinander getrennt werden sollten." (S.187ff.).

Zur Illustration:

Die letztgenannte Forderung, d.i. die strenge Trennung von Ergebnis*beschreibung* und Interpretation, soll offensichtlich den Zweck verfolgen, daß jeder (fachkundige) Leser des Gutachtens die Chance hat, noch ohne Kenntnis der später gegebenen Interpretation zu den gleichen (oder eben zu anderen) Schlußfolgerungen wie der Gutachter zu kommen.

④ „So wichtig einerseits die Darstellung der Einzelbefunde ist, so notwendig ist es andererseits aber auch, dem Leser nicht nur eine Fülle von Daten vorzulegen, sondern auch die gewonnenen Resultate zueinander in Beziehung zu setzen, zu gewichten und die an den Diagnostiker gestellten *Fragen zu beantworten.*" (S.190).

Bemerkung am Rand:

Nichts ist schlimmer an einem Gutachten als am Ende die sinngemäße Bemerkung, daß es zur Beantwortung der Fragestellung noch weiterer Befunde (insbesondere psychologischer) bedarf. Bevor diese, psychologischen, nicht vorliegen, ist kein Fall abzuschließen; und ist der betroffene Psychologe, aus welchen Gründen auch immer, nicht in der Lage, diese Befunde zu „besorgen", so ist ihm nicht der Vorwurf zu ersparen, diesen Umstand von Anbeginn gewußt haben zu müssen - um wenigstens die Tp entsprechend zu informieren. Sind die weiteren, notwendigen Befunde medizinischer Art, so hätte auch diese Möglichkeit der Psychologe von Anfang an berücksichtigen müssen. In jedem Fall dürfte kein Psychologe einen Fall zur diagnostischen Begutachtung übernehmen, wenn er nicht schon ohne Ergebnisse weiß, wie er am Ende, so oder so, raten wird können.

⑤ „Wichtig ist bei der Abfassung ..., daß der Gutachter wertende Aussagen vermeidet und bei aller notwendigen Einfühlung in seinen Probanden doch zugleich eine kritische Distanz ihm ... gegenüber wahrt." (S. 190).

Zur Illustration:

Haubl (1984, S.74) formuliert dies als Appell: „Begutachte deinen Klienten taktvoll und zeige

Achtung vor seinem Lebensentwurf, gleich wie sehr er dich auch erschüttern oder befremden mag; wähle deine Sprache so, daß sie Takt und Achtung zum Ausdruck bringt."

⑥ „Zu einem sachgemäßen Umgang mit testpsychologischen Befunden gehört auch das *Gespräch des Untersuchers mit dem Probanden* über die Testresultate. Der Proband sollte prinzipiell über die Ergebnisse seiner Untersuchung informiert werden." (Rauchfleisch, S.192).

Bemerkung am Rand:

„Dieses gilt auch - vielleicht sogar: insbesondere - für Kinder, bei denen man fälschlicherweise häufig meint, man könne Resultate aus Untersuchungen nicht mit ihnen direkt besprechen, sondern müsse quasi 'über ihren Kopf hinweg' mit den Eltern verhandeln." (S.192).

⑦ „Schriftliche Berichte über eine Untersuchung sollten dem Probanden selbst nicht gegeben werden" (S.193) - wiewohl „sich an eine Testuntersuchung stets ein *ausführliches Beratungsgespräch* anschließen sollte."

Bemerkung am Rand:

„Es besteht sonst die Gefahr, daß sie (die schriftlichen Berichte; Anm. d. Verf.) für Zwecke mißbraucht werden, mit denen sich der Diagnostiker aus ethischen Erwägungen u.U. nicht mehr einverstanden erklären kann. Ein solcher Bericht kann, da ein Adressat ja nicht von vornherein bekannt ist, einerseits niemals die Informationen enthalten, die für einen späteren Empfänger wichtig sein könnten. Andererseits enthält er vielleicht Details, die für den späteren Leser nicht geeignet sind. Die Weigerung, dem Probanden selbst einen schriftlichen Bericht über die Testuntersuchung auszuhändigen, darf nicht in dem Sinne mißverstanden werden, als wolle man dem betreffenden Informationen vorenthalten." (S.193f.). In der Praxis bewährt sich in diesem Zusammenhang, die Tp im abschließenden Beratungsgespräch zu ermuntern, sich selbst über dieses Gespräch und die Testergebnisse Notizen zu machen.

Zur Illustration:

„In Gesprächen über Intelligenzuntersuchungen kann sich mitunter ein Problem daraus ergeben, daß manche Probanden gerne den aus ihren Testresultaten errechneten Intelligenzquotienten erfahren möchten. Man kann einerseits der Ansicht sein, daß der betreffende ein Recht darauf habe, nicht nur allgemein über seine Testbefunde beraten zu werden, sondern auch die genaue Zahl seines Intelligenzquotienten zu erfahren. Andererseits sollte man aber bedenken, daß die Mitteilung eines Intelligenzquotienten im Grunde den Probanden wenig sagt und insbesondere zu einer verhängnisvollen 'Zahlenakrobatik' führen kann, beispielsweise zu einem gegenseitigen Vergleichen von Zahlenwerten, die im Grunde, ohne andere Informationen, wenig Aussagewert haben. Es ist deshalb zu empfehlen, genaue Zahlenangaben zu vermeiden" - beachte dabei gar nicht das inhaltliche Problem des IQ in bezug auf die mit ihm implizit vorausgesetzte kompensatorische Wirkung unterschiedlicher Fähigkeiten (vgl. nochmals in Kap. 2.5.1.), sondern allein das Problem der Meßungenauigkeit und insbesondere den statistisch begründeten nicht-linearen Zusammenhang zwischen konkretem *IQ* und dem entsprechenden Prozentrang in der Population !

„Hingegen sollte der Proband nach einer Intelligenzuntersuchung sorgfältig darüber beraten werden, wo seine Begabungsschwerpunkte liegen und in welchen Bereichen er weniger gute Resultate erbringt." (S.193).

Was schließlich den Aufbau eines Gutachtens betrifft, sei vor allem Bezug zu Boerner (1993) genommen - ein Beispiel eines der äußeren Form dienlichen Deckblatts s. in Abbildung 63. Reglementierung dieser Art sind zwar nach den gemachten Ausführungen überflüssig, helfen aber manchem Anfänger; in keinem Fall sind sie absolut verbindlich gemeint. Abgesehen davon, daß es von der Fragestellung bzw. der jeweiligen Institution abhängig sein wird, wie genau Gutachten formal zu gestalten sind, sollte damit keinesfalls der persönliche Stil des Gutachters bei der (schriftlichen) Aufbereitung des diagnostischen Prozesses beeinträchtigt werden. Die Unverbindlichkeit gilt übrigens noch mehr für die bereits angekündigten ausführlichen Gutachten, im Kapitel 6.1. **Beispiele**; auch sie sind *nicht* zum unreflektierten Nachahmen gedacht.

Dr. Karla Hofmann
Institut für Rehabilitationswissenschaften
HU zu Berlin
Albrechtsstraße 22
D-10117 Berlin Berlin, am 10. 3. 1995

An das eigene Archiv

Betrifft: Psychologische Begutachtung von Frau Christina Nagel, geb. am 7. Juli 1972 in Berlin-Charlottenburg.

Psychologisches Gutachten

Zur Frage, ob Frau Nagel ihr Astrologiestudium endgültig abbrechen und eine Ausbildung als Ergotherapeutin beginnen soll.

Abbildung 63: Beispiel für ein Deckblatt eines psychologischen Gutachtens.

Grundsätzlich kann sich der Aufbau eines Gutachtens nach dem Ablauf des diagnostischen Prozesses richten, wie er in Abschnitt 1. dargestellt wurde: Die *Fragestellung*, die *verwendeten diagnostischen Verfahren*, die damit *gewonnenen Ergebnisse*, die daraus abzuleitende *Interpretation* und der *Vorschlag von Maßnahmen*. Boerner differenziert bezüglich der *Fragestellung* genauer zwischen dem eigentlichen Problem, dem *bisherigen Sachverhalt* und der *Stellungnahme* der Tp zur Fragestellung; den Vorschlag von Maßnahmen bezeichnet er: *Stellungnahme zur Fragestellung* seitens des Tl. Am Ende führt er eine *Zusammenfassung* an.

Bemerkung am Rand:

Wie sehr eine solche Zusammenfassung wichtig ist, so sehr verlockt sie den Leser, sich gleich auf das Lesen dieser zu beschränken. Umgekehrt sollte dieses Problem nicht der Taktik Vorschub leisten, Gutachten von vornherein nur im Stil von „Zusammenfassungen" zu schreiben - die Nachvollziehbarkeit wäre verloren !

In Anbetracht der in Kapitel 1.5. **Grundsätze** gemachten Ausführungen zum Konsumentenschutz empfiehlt sich für Psychologen, die Seriosität des Gutachtens - sofern gegeben (!) - durch folgenden Zusatz zu bescheinigen:

„Ich versichere, dieses Gutachten nach sorgfältiger psychologischer Testung und nach genauer Erhebung der im Gutachten zu beurteilenden Tatsachen nach bestem Wissen und Gewissen im Sinne der berufsethisch festgeschriebenen *Richtlinien für die Erstellung Psychologischer Gutachten* abgefaßt zu haben."

6.2. Beispiele

Daß die im folgenden gegebenen Gutachten lediglich der Illustration dienen und nicht den Anspruch erheben, taxativ alle vertretbaren Gestaltungsvarianten aufzuzählen, wurde oben bereits vermerkt.

Obwohl sie praktischen Fällen entstammen[32], sind mit ihnen die negativen Auswirkungen von „Lehr"-Gutachten verbunden - das Ziel einer Einführung in die *Psychologische Diagnostik* macht nämlich manche Einschränkung notwendig:

1. Müssen die Fragestellungen alltägliche sein, d.h. diagnostisch standardmäßig zu lösen.

---

[32] Die ausgewählten Gutachten wurden unter Anleitung des Verfassers im Rahmen der im Vorwort genannten Lehrveranstaltung von Studierenden erstellt. Es waren dies: Sabine Liebl, Otto Pfeiffer, Christa Dörfler und Maria Koller.

Das im Text empfohlene Deckblatt entfällt hier aus Gründen der Redundanz, wie auch die im Text empfohlene Bescheinigung darüber entfällt, daß die Abfassung des Gutachtens im Sinne der berufsethisch festgeschriebenen *Richtlinien für die Erstellung Psychologischer Gutachten* erfolgte. Ohne es auszuhändigen ist der Adressat jedesmal die Tp selbst - Funktion des Gutachtens ist erstens: Grundlage für die abschließende Beratung, zweitens: Archivierung.

Zum Zweck des Datenschutzes wurden die Namen sowie personenbezogene Daten selbstverständlich aufs Unidentifizierbare geändert.

2. Muß es sich um Fragestellungen handeln, deren diagnostische Bearbeitung mit demjenigen Inventar psychologischer Verfahren auskommen kann, welches durch das vorliegende Buch im Sinn eines Ausbildungsminimums abgedeckt wird, d.i. im konkreten das Inventar der in Präsentation 3 (in Kap. 1.2. **Themen, Verfahren und Populationen**) angeführten Tests (i.w.S.).

Letzteres bedeutet, daß ähnliche Fragestellungen von routinierten Praktikern sachlich rechtzufertigend auch anders angegangen werden. Insbesondere könnten ergänzende diagnostische Betrachtungen miteinbezogen werden. So ist auch die mit den folgenden Gutachten implizit gegebene Trennung zwischen Leistungs- und Persönlichkeitsdiagnostik eher dem didaktischen Konzept des Lehrbuchs angelehnt als der routinemäßigen Praxis !

Die Beschränkung des Inventars diagnostischer Verfahren bringt es darüber hinaus mit sich, daß letztlich doch Tests eingesetzt werden, die zum Beispiel in bezug auf ihre Normierung und/oder Skalierung in den vorangegangenen Abschnitten des Buches kritisiert wurden. Dieser Umstand wird und *soll* den Leser „beunruhigen" ! Der „Not gehorchend" diene das der Provokation - aber *ganz und gar nicht soll die gegebene Kritik desavouiert werden.*

Um dem Beispielhaften befriedigend Rechnung zu tragen, wurden die Gutachten (auch) danach ausgewählt, daß sie dem Stil ihrer Abfassung nach möglichst variantenreich sind.

PSYCHOLOGISCHES GUTACHTEN

Betreffend Rosemarie Scherzer, geboren am 14.12.1981, in A-2340 Mödling,
zur Frage: ob sie angesichts ihrer derzeitigen Schulprobleme im Gymnasium für eine Ausbildung an einer Handelsakademie geeignet ist[33].

1. Bisheriger Sachverhalt

Die Informationen zu diesem Gutachten stammen aus den getrennt durchgeführten Explorationen von Rosemarie selbst und ihrer Mutter sowie aus der Eigenanamnese und drei psychologischen Tests.

Rosemarie besucht derzeit die 4. Klasse eines Gymnasiums. Während ihrer Volksschulzeit war sie immer eine sehr gute Schülerin, doch nach dem Übertritt in die AHS traten massive Schulprobleme auf, die bis zur jetzigen Klasse andauern. Da sie aber regelmäßig Nachhilfe in Englisch und Mathematik erhält, schaffte sie bis jetzt immer den Aufstieg in die nächsthöhere Klasse.

Im letzten Halbjahr hatte Rosemarie u.a. folgende Noten: Deutsch 4, Englisch 5, Mathematik 5, Geographie 4, Physik 2 und Geometrisch Zeichnen 3.

[33] Das österreichische Schulsystem sieht als Grundschule eine vierjährige *Volksschule* vor; aufbauend darauf gibt es neben der *Hauptschule* die *Allgemeinbildenden Höheren Schulen* (AHS), d.s. Gymnasien mit unterschiedlichen Schwerpunktausbildungen. Nach der 8. Schulstufe besteht u.a. die Übertrittsmöglichkeit in *Berufsbildende Höhere Schulen* (BHS), z.B. der Handelsakademie. Beide Schultypen, AHS und BHS, schließen mit der Matura (entspricht Abitur) ab.

Da Rosemarie nächstes Schuljahr eine Handelsakademie besuchen will, soll geprüft werden, ob dies empfohlen werden kann.

2. Psychologisch-diagnostische Erhebung

Rosemarie Scherzer unterzog sich am 21. Februar 1995 auf Wunsch ihrer Eltern einer mehrstündigen Anamneseerhebung, Exploration und Testung; zur Anwendung kamen folgende Tests: KFT 4-13+, LGT-3 und *Test d2*.

2.1. Anamnese und Exploration

Rosemarie Scherzer wurde in Wien geboren, aufgewachsen ist sie in Mödling. Sie ist das einzige Kind der Eheleute Sylvia und Friedrich Scherzer. Die Mutter ist 44 Jahre alt und Hausfrau. Der Vater ist 56 Jahre alt und von Beruf Unternehmer. Die Familie wohnt in einem Einfamilienhaus.

Mit der Beziehung zu den Eltern ist Rosemarie „im großen und ganzen zufrieden". Sie bemerkt aber, daß es sie sehr stört, wenn ihr Vater bei den Fehlern, die sie macht, „lauter wird". Sie fühlt sich teilweise überfordert, weil er zu viel von ihr verlangt. Bei Schulproblemen wendet sie sich daher lieber an ihre Mutter.

Das Verhältnis der Eltern zueinander bezeichnet sie als gut.

Die Mutter berichtet, daß Rosemarie bei ihrer Geburt ein Gewicht von 4.40 kg hatte und 54 cm groß war. Rosemarie war Zeit ihres Lebens unter Gleichaltrigen immer die Größte. Rosemarie war niemals ernsthaft krank. Sie besuchte vom 4. Lebensjahr an, bis zum Schuleintritt, den Kindergarten, in dem sie sich sehr wohl fühlte.

Rosemarie erzählt, daß sie sehr viele Freundinnen hat und daß sie sich mit allen gut versteht. Da sie sich nicht zu eng an jemanden binden will, begnügt sie sich mit einer einzigen „ganz engen" Freundin.

Rosemaries Schulzeit betreffend gibt ihre Mutter an, daß sie in der Volksschulzeit zu Hause recht oft zornig und schlimm gewesen ist, jedoch in der Schule immer zu den Bravsten zählte. Im übrigen fiel der Mutter auf, daß sie auch bereits im Kindergarten braver als zu Hause war.

Nach dem Übertritt in die AHS begannen die Probleme in der Schule, denen die Eltern jedoch zu Beginn keine große Bedeutung zumaßen, weil sie meinten, daß die Leistungen nach einer gewissen Eingewöhnungsphase wieder besser werden würden. Tatsächlich ist es aber so, daß Rosemarie jedes Schuljahr mindestens eine Entscheidungsprüfung hatte. In der ersten und zweiten Klasse hatte Rosemarie auch Nachprüfungen, die sie mit Hilfe intensiver Nachhilfe aber bestand. Die größten Probleme bereiteten ihr die Hauptgegenstände Deutsch, Englisch und Mathematik. Jedoch gab es auch zeitweise Probleme in Lerngegenständen, wie Physik und Geographie.

Die Mutter vermutet einen starken Zusammenhang zwischen Rosemaries Problemen und deren körperlicher Entwicklung. Auch jetzt ist sie mit einer Größe von 180 cm und einem Gewicht von 79 kg das größte Mädchen in ihrer Klasse. Rosemarie wirkt aber nicht übergewichtig. Sie selbst äußerte sich allerdings zu diesem Thema noch nie.
Weiters berichtet die Mutter, daß Rosemarie sehr gerne im Haushalt hilft und viele Aufgaben freiwillig

übernimmt. Ihr fällt auf, daß Rosemarie in praktischen Dingen sehr geschickt ist.

Was ihre Hobbys anbelangt, sagt Rosemarie, ist sie eine begeisterte Reiterin und liest gerne. Hingegen sei ihr Interesse an der Schule sehr gering. Auf die Frage, weshalb sie nicht gerne in die Schule geht, antwortet sie: „Wer geht schon gerne in die Schule?“.

Über ihre Zukunftspläne befragt, erklärt sie, daß sie heiraten und Kinder haben möchte.

2.2. Stellungnahme

Darauf angesprochen, welche Vorstellungen Rosemarie über ihre zukünftige Handelsakademie-Ausbildung hat, antwortet sie nur vage: „Es ist eben eine kaufmännische Ausbildung“. Konkrete Vorstellungen, was eine kaufmännische Ausbildung ist, hat sie jedoch kaum, sie antwortet: „Da lernt man Buchhaltung und das braucht man für den Büroberuf“. Auf die Frage, ob sie später im Büro arbeiten möchte, erklärt sie: „Eigentlich nicht“. Ihr Wunsch wäre es, eine Schwesternschule zu besuchen und später Säuglingsschwester zu werden. Befragt, weshalb sie dann die Handelsakademie besuchen will, antwortet sie, daß ihre Mutter meint, es wäre besser, zuerst eine Ausbildung mit Matura abzuschließen und eventuell anschließend die Schwesternschule zu besuchen. Da Rosemarie glaubt, daß ihre Eltern wissen, was das beste für sie sei, will sie in die Handelsakademie.

2.3. Testergebnisse

KFT 4-13+

Im KFT werden die Ergebnisse jeweils in bezug zu den Altersnormen (AN) und den Klassennormen (KN) gestellt. Die Ergebnisse der einzelnen Subtests sind in T-Werten angegeben; Werte zwischen 44 und 56 gelten als durchschnittlich.

Gesamtleistungsniveau T(AN)=50 T(KN)=44	Das Leistungsniveau von Rosemarie liegt, bezogen auf Alters- und Klassennorm, im (unteren) Durchschnittsbereich.
Sprachverständnis (*V-Test 1* und *2*) T(AN)=46 T(KN)=37	Bei Aufgaben, die das Sprachverständnis erfassen, erzielt sie im Vergleich zu Gleichaltrigen ein durchschnittliches Ergebnis. Bezieht man Rosemaries Leistung jedoch auf die Klassennorm, dann entspricht ihre Leistung einem Prozentrang von 10%, was einem unterdurchschnittlichen Ergebnis gleichkommt: Nämlich nur 10% der Schüler gleicher Schulausbildung erzielen ein (gleiches bzw.) schlechteres Ergebnis
Sprachgebundenes Denken (*V-Test 3* und *4*) T(AN)=55 T(KN)=50	Rosemarie zeigt im Vergleich zu Gleichaltrigen gut durchschnittliche Leistungen bei Aufgaben, die das sprachgebundene Denken erfassen. Bezogen auf die Klassennorm entspricht das Ergebnis einer durchschnittlichen Leistung.
Arithmetisches Denken (*Q-Test 1* und *2*) T(AN)=35 T(KN)=30	Weit unterdurchschnittliche Leistungen erbringt Rosemarie bei Aufgaben, die das arithmetische Denken erfassen, u.zw. sowohl bezüglich der Altersnorm als auch der Klassennorm: Mindestens 93% der Vergleichspopulation erzielen bessere Leistungen.

Rechenfähigkeiten (*Q-Test 3* und *4*) T(AN)=57 T(KN)=55	Sie zeigt gut durchschnittliche bzw. überdurchschnittliche Leistungen bei jenen Aufgaben, die die Rechenfähigkeit erfassen, u.zw. sowohl in bezug auf die Altersnorm als auch auf die Klassennorm. Unter Rechenfähigkeit wird hier vor allem die Fähigkeit des schlußfolgernden Denkens verstanden.
Anschauungsgebundenes Denken (*N-Test 1* und *2*) T(AN)=52 T(KN)=48	Die Leistungen im anschauungsgebundenen Denken sind bei Rosemarie durchschnittlich.
Konstruktive Fähigkeiten (*N-Test 3*) T(AN)=60 T(KN)=56	Gut durchschnittliche bzw. überdurchschnittliche Leistungen erbringt sie bei Aufgaben, die visuell-konstruktive Fähigkeiten benötigen, u.zw. sowohl bezüglich der Altersnorm als auch der Klassennorm.

Zusammenfassend kann man sagen, daß Rosemaries Begabungsschwerpunkte im Bereich des schlußfolgernden Denkens als auch in ihren visuell-konstruktiven Fähigkeiten liegen. Schwierigkeiten bereiten ihr Aufgaben, bei denen arithmetisches Denken verlangt wird.

LGT-3

Die Ergebnisse im LGT-3 werden ebenfalls in T-Werten angegeben.

Lern-und Gedächtnisstandard T=41	Die Gesamtleistung von Rosemarie ist unterdurchschnittlich: 82% der Vergleichspopulation erreichen ein besseres Ergebnis.
Figurales Gedächtnis T=50	Im figuralen Gedächtnis erbringt sie ein durchschnittliches Ergebnis.
Verbales Gedächtnis T=38	Rosemaries Leistung im verbalen Gedächtnis liegt unter dem Durchschnitt. Der T-Wert von 38 entspricht einem Prozentrang von 12%, d.h., daß 88% der Vergleichspopulation ein besseres Ergebnis erzielen.
Subtest *Stadtplan* T=44	Bei Aufgaben, die eine landkartenartige, zweidimensionale Raumerinnerung erfordern, erbringt sie nur knapp durchschnittliche Leistungen.
Subtest *Türkisch* T=56	Gut durchschnittliche Leistungen zeigt sie beim Lernen und Behalten von neuen verbalen Begriffen (Vokabeln).
Subtest *Gegenstände* T=48	Das Merken bildlich dargestellter Gegenstände gelingt ihr in durchschnittlich guter Weise.
Subtest *Telefon* T=27	Bei Aufgaben, die das Behalten von Zahlen erfordern, erbringt Rosemarie weit unter dem Durchschnitt liegende Leistungen: Nur etwas mehr als 1% der Vergleichspopulation erreichen hier Testleistungen, die (gleich schlecht oder) noch schlechter sind.

Subtest *Bau* T=42	Rosemaries Leistungen beim Zahlen- und Namenmerken sowie beim Merken gegenstandsnaher Abstrakta sind im Vergleich zu anderen ebenfalls schwach; nämlich nur ca. 20% der Vergleichspopulation schneiden (gleich gut oder) schlechter ab.
Subtest *Zeichen* T=50	Ihre Merkleistungen beim Zuordnen von Mustern ist bei ihr durchschnittlich.

Zusammenfassend ist zu sagen, daß Rosemaries Gedächtnis für Vokabeln sehr gut ausgebildet ist. Probleme treten dann auf, wenn räumliches Wiedererinnern, Behalten von Zahlen, Namen und Fakten verlangt wird.

Test d2

Im *Test d2* werden die Ergebnisse in Standardwerten (SW) bzw. in Prozenträngen (PR) angegeben; ein SW von 94-106 entspricht einer durchschnittlichen Leistung.

Leistungsmenge GZ SW=106	Die Leistungsmenge und das Arbeitstempo in intelligenzunabhängigen Leistungssituationen liegt bei Rosemarie im (oberen) Durchschnittsbereich.
Schwankungsbreite SB PR=6	Rosemarie zeigt über die Zeit hinweg sehr große Schwankungen in der Leistungsmenge.
Leistungsgüte F% PR=98	Die Leistungsgüte, die sich in einer geringen Anzahl von Fehlern ausdrückt, ist weit überdurchschnittlich: Lediglich 2% der Gleichaltrigen erzielen bessere Leistungen.
Gesamtwert GZ-F SW=108	Betrachtet man Rosemaries quantitative und qualitative Leistungen im Zusammenhang, so sind Tempo und Genauigkeit in dieser Hinsicht als überdurchschnittlich zu bezeichnen. In dieser Hinsicht wird sie nur von 21% der Gleichaltrigen übertroffen.
Fehlerverteilung	Da Rosemarie lediglich einen einzigen Fehler beging, sind keine Aussagen über die Fehlerverteilung in der Zeit möglich und nötig.

Insgesamt kann gesagt werden, daß Rosemarie ausgesprochen sorgfältig und durchschnittlich rasch arbeitet, jedoch die Leistungsmenge über die Zeit hinweg sehr schwankend ist.

3. Stellungnahme zur Fragestellung

Die psychologische Testung der Schülerin Rosemarie Scherzer ergab, daß sie im wesentlichen über *durchschnittlich gute intellektuelle Fähigkeiten* verfügt. Bezieht man Rosemaries Leistungen auf die Klassennormen, schneidet sie in den für eine Handelsakademie-Ausbildung relevanten Aufgabengebieten folgendermaßen ab:

Bei Aufgaben, die *Sprachverständnis* erfordern, erzielt sie unterdurchschnittliche Ergebnisse. Dieser Umstand dürfte beim Verfassen eigener Texte und auch beim Erlernen einer weiteren Fremdsprache Schwierigkeiten bereiten. Andererseits ist ihre Fähigkeit zum *sprachgebundenen Denken* durchschnittlich ausgeprägt.

Besonders schlechte Leistungen zeigt Rosemarie in den Aufgaben, die die Fähigkeit zum *arithmetischen Denken* prüfen. Diese Fähigkeit ist jedoch für ein erfolgreiches Vorwärtskommen in den Fächern Rechnungswesen und Buchhaltung unbedingt erforderlich.

Im Gegensatz dazu ist jedoch ihre *Rechenfähigkeit* gut durchschnittlich ausgeprägt.

Rosemarie verfügt auch über ein (gut) durchschnittliches Gedächtnis für Vokabeln, was für das Erlernen einer neuen Fremdsprache sicher von Vorteil ist.

Dagegen bereiten ihr Aufgaben, die ein Wiedererkennen von Zahlen, Namen und Fakten verlangen, große Probleme. Dies läßt den Schluß zu, daß sie beim Erlernen umfangreicher Stoffgebiete mit großen Schwierigkeiten zu rechnen hat.

Rosemarie arbeitet ausgesprochen sorgfältig, ausdauernd und durchschnittlich schnell, was z.B. günstig für das Erlernen der Textverarbeitung scheint.

Der Exploration zufolge wirkt Rosemarie nicht übermäßig motiviert für eine Ausbildung an einer Handelsakademie; mehr interessieren würde sie die Ausbildung zur Säuglingskrankenschwester. Unter Berücksichtigung der bereits jetzt bestehenden schulischen Leistungsschwierigkeiten muß wegen der äußerst geringen arithmetischen Fähigkeiten, ihren Problemen beim Erlernen von Zahlen, Namen und Fakten sowie auch wegen des schlecht ausgeprägten Sprachverständnisses vom Besuch einer Handelsakademie abgeraten werden. Vielmehr erscheint es sinnvoll, eine praktische Tätigkeit ins Auge zu fassen. Eine Möglichkeit stellt dabei sicher der Berufswunsch von Rosemarie dar, nämlich Säuglingskrankenschwester.

Ich empfehle daher Rosemarie und ihren Eltern, sich eingehend über verschiedene Berufsbilder zu informieren, aber von einer Ausbildung in der Handelsakademie abzusehen; vielleicht hat Rosemarie die Möglichkeit, sog. „Schnuppertage“ in Anspruch zu nehmen. Falls die Eltern dennoch auf einer Ausbildung mit Matura bestehen, wäre alternativ zur Handelsakademie an eine BHS für wirtschaftliche Frauenberufe zu denken, wo Rosemarie ihre vorhandenen hauswirtschaftlichen Interessen und Fertigkeiten vermutlich entfalten könnte.

4. Zusammenfassung

Das Gutachten war zur Klärung gedacht, ob die vierzehnjährige AHS-Schülerin Rosemarie Scherzer für den Besuch einer Handelsakademie geeignet ist.

Die verwendeten diagnostischen Verfahren zur Beantwortung der Frage waren neben Exploration und Anamnese: KFT 4-13+, LGT-3 und *Test d2*.

Aufgrund Rosemaries Schulprobleme, den Ergebnissen in den Leistungstests und der Tatsache, daß Rosemarie mit dem Besuch dieses Ausbildungsganges eigentlich nur den Wünschen ihrer Eltern gerecht werden würde, kann der Besuch einer Handelsakademie nicht empfohlen werden.

PSYCHOLOGISCHES GUTACHTEN

betreffend Juliane Walla, geboren am 2.6.1969, in A-3100 St. Pölten,
zur Abklärung: inwieweit Psychotherapie zur Behandlung ihrer körperlichen Beschwerden erfolgversprechend ist.

1. Bisheriger Sachverhalt

Juliane Walla ist im zweiten Lebensjahr an Kinderlähmung erkrankt und dadurch schwer gehbehindert. Darüberhinaus leidet sie seit etwa drei Jahren unter unterschiedlichen körperlichen Beschwerden, wie Übelkeit und Atemnot und Schlafstörungen, daneben auch über Freßanfälle, wobei es auch Tage gibt, an denen sie überhaupt nichts essen kann. Diese Beschwerden wurden allerdingss von ärztlicher Seite mehrmals als „psychosomatisch" bezeichnet.

2. Anamnese

Aufgewachsen ist Frau Walla bei ihren Eltern Werner und Valentina Walla, 53 und 49 Jahre alt, vom Beruf Kraftfahrer und Hausfrau, in deren Einfamilienhaus in Böheimkirchen bei St. Pölten. Sie hat einen um 2 Jahre älteren Bruder und eine um 3 Jahre jüngere Schwester, die ihrerseits bereits eine 1 1/2jährige Tochter hat. Alle Geschwister leben nicht mehr im Elternhaus; Juliane Walla wohnt allein, in einer 1-Zimmer-Wohnung.

Nach Volks- und Hauptschule besuchte und absolvierte sie mit Erfolg eine *Berufsbildende Mittlere Schule* für Behinderte (kaufmännische Fachrichtung), u.zw. in St. Pölten. Danach war sie in verschiedenen öffentlichen Einrichtungen, unterstützt vom *Arbeitsmarktservice*, als Sachbearbeiterin tätig. Derzeit arbeitet sie in der Niederösterreichischen Landesregierung, St. Pölten.

Frau Walla verbindet mit ihrer Kindheit zwar sehr negative Erinnerungen, beteuert aber, sie sei trotzdem immer ein fröhliches Kind gewesen. Mit ihren Eltern ist Frau Walla heute nicht mehr in Kontakt. Sie will, wie sie wörtlich sagt, mit ihrem Vater auch nichts mehr zu tun haben. Er sei mit ihrer Behinderung nie zurechtgekommen, und habe sich immer mehr von ihr distanziert. Sie ist auch mehrmals vom Vater geschlagen worden. Sie klagt über das Gefühl, immer nur geduldet worden zu sein. Auch gegenüber der übrigen Familie wäre ihr Vater sehr autoritär gewesen und habe, sogar von ihrer Mutter, „absoluten Gehorsam" verlangt. Die Mutter litt zwar unter dieser Situation, wagte es jedoch nicht, sich gegen ihn aufzulehnen. Der Bruder hatte noch die größten Freiheiten; die Schwester wurde wenigstens besser behandelt als sie selbst - sie wurde ihr immerhin als Vorbild vorgehalten.

Frau Walla erzählt, sie sei auch heute noch viel mit ihrer Schwester in Kontakt, obwohl diese in Gesprächen immer wieder das Verhalten des Vaters zu rechtfertigen versuche. Mit dem Bruder hat sie guten, aber seltenen Kontakt. Neben ihrer Schwester sei die Großmutter mütterlicherseits für sie nach wie vor eine der wichtigsten Bezugspersonen.

Der Wunsch, sich von der Familie unabhängig zu machen, war auch der Grund dafür, daß sie mit 14 Jahren „freiwillig" ins Internat ging.

Von der Ausbildung her hätte sie lieber einen Sozialberuf ergriffen; sie bedauert noch heute, daß ihr die

Möglichkeit, Kindergärtnerin oder Krankenschwester zu werden, wegen ihrer Gehbehinderung verwehrt blieb. Die Schul- und Internatszeit in der *Berufsbildenden Mittleren Schule* beschreibt Frau Walla als sehr belastend. Es ist ihr von den Lehrern und Erziehern immer wieder nahegelegt worden, etwas anderes zu machen, weil sie für die Ausbildung nicht geeignet sei. Dazu kamen finanzielle Probleme. Obwohl die Internatskosten durch die Förderungen komplett abgedeckt waren, behielt der Vater den vollen Betrag der doppelten Kinderbeihilfe für sich zurück. Es sei ihr sehr schwer gefallen, immer wieder zum Vater „betteln" gehen zu müssen, um wenigstens etwas Taschengeld zu haben.

Juliane Walla hat den Abschluß dann aber doch geschafft; wie sie sagt: „mit Tag und Nacht pauken und mit Hilfe von Klassenkameraden". Sie sieht den Schulabschluß aber doch auch als Geschenk der Lehrer an. Zwischendurch litt sie nämlich stark unter „Müdigkeit und Konzentrationsschwierigkeiten"; der zuständige Schulpsychologe, der deswegen eingeschalten wurde, überwies sie in psychiatrische Behandlung mit Verdacht auf „endogene Depression", was in der medizinischen Diagnose bestätigt wurde. Die Einnahme der ihr verschriebenen Antidepressiva hat sie jedoch bald, ohne Rücksprache mit dem Arzt, abgesetzt.

So ist Frau Walla sehr stolz, daß sie den Einstieg ins Berufsleben geschafft hat; den meisten ihrer Klassenkameraden ist das verwehrt geblieben. Mit ihrem beruflichen Tätigkeitsfeld ist sie jedoch nicht glücklich. Sie gibt an, sie würde von Kollegen und Vorgesetzten stark zu spüren bekommen, daß sie nur einen *geschützten Arbeitsplatz* hat.

Als die schönste Zeit ihres Lebens schildert Juliane Walla die Zeit, in der sie bei einer neusseländischen Familie im Rahmen eines Schüleraustausches zu Gast war. Sie erlebte dort erstmals ein Gefühl des Angenommenseins und der Geborgenheit.

Was sie belastet, sind die laienpsychologischen Tips eines Freundes aus ihrem kleinen Freundeskreis: dieser sieht ihre Schwierigkeiten in ihrer Einsamkeit begründet und rät ihr immer wieder, „bald zu heiraten, weil sich alle Probleme dann von selbst lösen".

Frau Walla sieht jedoch die Einsamkeit nicht als ihr Problem. Obwohl sie oft einfach Angst hat, ist sie sehr froh darüber, auch manchmal allein, für niemanden erreichbar zu sein und Zeit zum Ausspannen zu haben. Durch ihre sehr positive, jugendliche Ausstrahlung werde sie immer wieder von Menschen angesprochen und eingeladen, was ihr jedoch meist eher unangenehm ist, weil sie sich dadurch bedrängt fühlt. „Partnerschaft und Familie lassen sich nicht erzwingen, das muß sich ergeben".

3. Stellungnahme

Es geht ihr so, daß sie endlich einmal schreien möchte, wie ihr zumute ist: Sie fühlt sich vor allem von ihrem Vorgesetzten am Arbeitsplatz total unverstanden, kann aber ihrer Verzweiflung nicht Ausdruck verleihen. Andererseits möchte sie nicht, daß irgend jemand an ihrem Arbeitsplatz weiß, was in ihr vorgeht; sie hat sich mittlerweile selbst eine Wand aufgebaut, die ihr sehr wichtig geworden ist: Es würde ihr Leben sehr erleichtern, wenn alle in ihr nur den immer fröhlichen und unkomplizierten Menschen sehen.

Weil ihr ihre frühere Erzieherin, zu der sie immer noch freundschaftlichen Kontakt pflegt, empfiehlt, sich in Psychotherapie zu begeben, bittet sie um psychologischen Rat. Sie akzeptiert zwar, daß ihr Leiden psychisch begründet ist, sie steht aber einer Psychotherapie trotzdem sehr skeptisch gegenüber. Sie könne sich nicht vorstellen, wie einfach bloß dadurch, daß sie etwas von sich erzählt, etwas besser werden sollte. An einer Gruppentherapie will sie keinesfalls teilnehmen. In einer größeren Gruppe etwas zu sagen, sei ihr wegen großer sozialer Ängste unmöglich.

Der Testung sieht Frau Walla sehr interessiert entgegen.

4. Meine Gelegenheitsbeobachtungen

Frau Walla vermittelt nicht den Eindruch einer depressiven Persönlichkeit: Sie legt großen Wert auf modische Kleidung und wirkt im Auftreten sowie in der Sprache eher unbeschwert und jugendlich. Sie spricht über ihre Probleme mir gegenüber ohne Zögern und recht offen.

5. Testergebnisse

Die Testung fand am 18. und 19. Dezember 1994 statt, wobei folgende Tests zur Anwendung kamen: *Gießen-Test*, FAF und STAI

Alle Ergebnisse sind in Prozenträngen angegeben.

Gießen-Test
Soziale Resonanz: In dieser Skala, in der es um die Wirkung auf die Umgebung geht (Wertschätzung der eigenen Arbeit durch andere, Beliebtheit, Attraktivität), erreicht Frau Walla einen Prozentrang von 16%.
Juliane Walla sieht sich selbst als „negativ" sozial resonant.

Dominanz: In dieser Skala, die Aggressivität, Impulsivität und Herrschaftsansprüche gegenüberstellt Geduld und Anpassungswille, ergibt sich für Frau Walla ein Prozentrang von 58%.
Sie stuft sich als durchschnittlich dominant ein.

Kontrolle: Bezüglich der gegensätzlichen Eigenschaften Ordentlichkeit (z.B. auch im Umgang mit Geld) einerseits und Bequemlichkeit (z.B. auch Ausgelassensein) andereseits resultiert ein Prozentrang von 93%: D.h.
Frau Walla stuft sich selbst als extrem „zwanghaft" ein.
Grundstimmung: Auf dieser Skala, die zwischen depressiv und unbedrückt unterscheidet, erreicht Frau Walla einen Prozentrang von 99%:
Sie ist äußerst bedrückt und ängstlich.

Durchlässigkeit: In bezug auf ihr Kontaktverhalten, nämlich entweder aufgeschlossen, anderen nahe zu sein und viel von sich preiszugeben sowie vertrauensselig zu sein, oder das Gegenteil davon, resultiert ein Prozentrang von 99%: D.h.
Frau Walla gibt sich extrem verschlossen.

Soziale Potenz: Auch in dieser Skala, zur Messung der (Un-) Geselligkeit, erreicht Frau Walla einen Prozentrang von 99%
Sie nimmt sich als außerordentlich „sozial impotent" wahr.

FAF
Die Prozentränge in den Skalen *spontane, reaktive Aggressivität, Erregbarkeit, Selbstaggressivität* und *Aggressionshemmungen* lauten: 59, 35, 36, 91 und 28%.

Aus dem Durchschnittsbereich (Prozentrang 25-75%) fällt nur die Selbstaggressivität; sie ist auffallend hoch.

STAI
In der *Ängstlichkeit als Eigenschaft* erreicht Frau Walla einen Prozentrang von 99%.

Sie weist damit eine extrem hohe Neigung auf, Situationen als bedrohlich zu bewerten und darauf mit Angst zu reagieren.

6. Interpretation

Bei Frau Walla offenbaren sich starke depressive Tendenzen. Dazu gehört auch ihr hohes Maß an Selbstaggressivität. Die Aussage von Frau Walla, wonach Angst für sie ein großes Problem ist, findet ihren deutlichen Niederschlag in den Testergebnissen.

Frau Walla zeigt dabei auffällig oft Werte in einem derart extremen Ausmaß, wie es von nur 1% der Population überschritten wird. Das betrifft auch die Eigenschaften des sich Verschließens und aus Gesellschaften Zurückziehens; in Sozialbeziehungen scheint sie demnach besonders befangen und mißtrauisch. Schließlich stellt sie sich im Fragebogen als „über"-ordentlich, übereifrig und „unfähig zum Ausgelassensein" dar.

7. Beantwortung der Fragestellung

In Anbetracht des von Juliane Walla berichteten erheblichen Leidensdrucks ist auf Grund der hier festgestellten Persönlichkeitsstruktur Psychotherapie angeraten.

Eine Einzeltherapie bei einer Gesprächstherapeutin wäre wegen der klientenzentrierten, nicht-direktiven Technik für Juliane Walla sicherlich gut geeignet.

Sie wird von mir informiert, inwiefern eine solche Therapie für sie hilfreich sein kann.

PSYCHOLOGISCHES GUTACHTEN

betreffend Xaver Reinthaler, geboren am 2.10.1978, in A-8010 Graz,
zum Problem: Schulunlust.

1. Bisheriger Sachverhalt

Xaver Reinthaler besucht derzeit die 5. Klasse einer AHS in Graz. Er war bisher ein mittelmäßiger Schüler, wenig leistungsorientiert und -motiviert; seit dem Schuleintritt leidet er unter Prüfungsangst. Seine Entscheidung letztes Jahr, nach der Hauptschule ins Gymnasium überzutreten, war weniger von Interesse getragen als vom Nicht-Entscheiden-Können für eine bestimmte Berufsausbildung. Seine schulischen Mißerfolge in den letzten Monaten führten dazu, daß Xaver immer weniger motiviert ist und er jetzt einen Schulabbruch in Erwägung zieht.

Mit der psychologischen Beratung erhofft er sich eine Hilfestellung für sein Entscheidungsproblem.

2. Anamnestische Daten

Xaver Reinthaler ist das einzige Kind des Ehepaares Maria und Walter Reinthaler. Die Mutter ist jetzt 37 Jahre alt und arbeitet seit 3 Jahren ganztägig als Krankenschwester, zuvor halbtägig, u.zw. seit dem 3. Lebensjahr Xavers. Der Vater ist 36 Jahre alt und von Beruf kaufmännischer Angestellter. Die Familie wohnt in einer kleinen Wohnung, Xaver hat aber ein eigenes, geräumiges Zimmer.

Solange Xaver noch nicht im Kindergarten war, wurde er vormittags von seinen Großeltern väterlicherseits betreut; auch heute noch nimmt die Familie das Mittagessen vorwiegend bei ihnen ein.

Die Beziehung zu seinen Eltern bezeichnet Xaver als zufriedenstellend. Seine Auseinandersetzungen mit der Mutter, meint er, sind für sein Alter typisch. Mit seinem Vater verbindet ihn mehr eine freundschaftliche Beziehung, die sie besonders in der Freizeit erleben. Seine Mutter ist in allen wichtigen Familien- und Schulbelangen zuständig, weshalb er sie auch autoritärer empfindet als seinen Vater. Insgesamt erlebt er die Erziehung der Eltern „auf jeden Fall mehr von Verständnis und liebevoller Zuneigung geprägt als von Autorität".

An seine Kindergartenzeit erinnert er sich gerne. 1984 trat er in die Volksschule ein. Seinen Angaben nach bekam er eine sehr strenge Lehrerin mit hohen Leistungsansprüchen. Die Mutter engagierte sich von Anfang an sehr stark bei den Schulaufgaben und bei den Prüfungsvorbereitungen. Seine Noten waren zwar gut, er fühlte sich dennoch stets überfordert. Anfangs reagierte er mit Unlust, später mit psychosomatischen Beschwerden und Schlafstörungen.

Aus dem Gespräch mit Xavers Mutter geht hervor, daß diese Zeit für ihn und die ganze Familie sehr belastend war. Mit dem Übertritt in die Hauptschule besserte sich Xavers Schulunlust. Er war wieder besser motiviert und wurde in Englisch und Mathematik in die erste Leistungsgruppe eingestuft, in Deutsch in die zweite. Seine Interessen in der Schule lagen bei naturwissenschaftlichen Fächern. Die Schulleistungen waren durchschnittlich.

Im Gymnasium hatte Xaver schon im ersten Halbjahr schlechte Noten in allen Hauptfächern. Sein Interesse an der Schule und seine Leistungsmotivation nahmen immer stärker ab. Mit viel Engagement seiner Mutter und Nachhilfeunterricht wird er das laufende Schuljahr zwar positiv abschließen, trotzdem möchte er eigentlich damit seine Schullaufbahn beenden. Seine Lehrer, seine Eltern und Freunde bemühen sich allerdings im Moment sehr, ihn zum Weitermachen zu veranlassen. Er aber habe schon den Entschluß gefaßt und lasse sich davon nicht mehr abbringen. Eine andere Schule kommt für ihn nicht in Frage; er möchte lieber eine Lehrstelle finden und „endlich einmal Geld verdienen". Dann aber sagt er, daß er seine *endgültige* Entscheidung bis zum Sommer treffen will !

Was seine Interessen und Freizeitbeschäftigungen anbelangt, gibt Xaver an, gerne Sport zu treiben, vor allem Tennis und Schifahren. Seit einem Jahr lernt er Schlagzeug und er gründete auch vor einigen Monaten mit Freunden eine Band.

Xaver beschreibt sich selbst als kontaktfähig und im Umgang mit Menschen unkompliziert. Auf größere Belastungen, besonders schulischer Art, reagiere er mit Nervosität, Appetitlosigkeit und Schlafstörungen. Seit Monaten fühle er sich durch die Schule völlig überfordert und habe zu wenig Freizeit.

Aus dem Gespräch mit seiner Mutter geht hervor, daß sie Xaver als sensibel, introvertiert und verschlossen erlebt. Diese Eigenschaften hätten sich in der Pubertät sogar noch verstärkt. Erst in einem kürzlichen Gespräch stellte sie fest, daß Xaver sich schon seit Monaten mit dem Gedanken trage, die Schule zu verlassen, ohne jemals mit seinen Eltern oder Freunden darüber gesprochen zu haben. Nun versucht sie, ihren Sohn bei seiner Entscheidung konstruktiv zu unterstützen.

3. Die Testung

Xaver unterzog sich am 1. und 2. Juni 1994, in meinen Arbeitsräumen, freiwillig einer mehrstündigen Testung. Folgende Verfahren kamen zur Anwendung: *Problemfragebogen für Jugendliche*, LMT-J und AIST.

Problemfragebogen für Jugendliche

Untertest „Meine Schule“: Xaver erreicht hier einen Prozentrang von 90%; er übertrifft also mit seinen Sorgen und Problemen einen Großteil seiner Altersgefährten; nur 10% der Schüler seines Alters sind hinsichtlich der Schule noch mehr belastet. - Bei Betrachtung der einzelnen Fragen wird seine Überforderung deutlich: Er fühlt sich öfter ungerecht behandelt, kann wenig Bezug der Schulfächer zum täglichen Leben herstellen und übt viel Selbstkritik.

Untertest „Nach der Schulzeit (bzw. Lehre)“: Der Prozentrang von 78% bedeutet, daß seine Sorgen in bezug auf die Fortsetzung der schulischen Ausbildung und die Berufswahl überdurchschnittlich groß sind. - Das Herausfinden seiner wirklichen Interessen belastet ihn ebenso wie seine Zweifel, genügend Begabung zu haben. Ein Informationsdefizit bezüglich der Ausbildungswege und Möglichkeiten für einzelne Berufe ist bei ihm auffallend.

Untertest „Über mich selbst“: Hier erreicht Xaver einen Prozentrang von 80%. D.h., daß er sich in diesem Bereich überdurchschnittlich belastet fühlt. - In den Antworten stellt er sich als aufgeregt, nervös, leicht verletzt und wenig durchsetzungsfähig dar. Große Prüfungsangst und die Angst, Fehler zu machen, ist gegeben.

Untertest „Ich und die anderen“: Der Prozentrang von 50% zeigt, daß Xaver genau im Durchschnitt seiner Altersgruppe liegt, was etwaige Probleme in den Beziehungen zu anderen in seinem sozialen Umfeld betrifft.

Untertest „Zu Hause“: Mit einem Prozentrang von 65% ist er auch hier (nur) durchschnittlich belastet. - Obwohl er keine Extremantworten gibt, kritisiert er ein wenig die Strenge der Mutter und klagt über zuwenig Ruhe beim Lernen.

Untertest „Jungen und Mädchen“: Hier erreicht er einen knapp unterdurchschnittlichen Prozentrang von 24%. - Was das Verhältnis zum anderen Geschlecht anbelangt, dürfte Xaver also die geringsten Probleme haben.

Untertest „Gesundheit“: Im Bereich Gesundheit liegt er mit einem Prozentrang von 58% im Durchschnittsbereich. Er fühlt sich demnach nicht mehr oder weniger als seine Altersgefährten durch tatsächliche oder befürchtete Krankheiten behindert. - In seinen Antworten neigt er dazu, seine körperliche Haltung, seine Müdigkeit und seine Kurzsichtigkeit zu problematisieren.

Untertest „Allgemeines“: Der Prozentrang von 70% zeugt wieder von durchschnittlicher Belastung. - Was Fragen des gesellschaftlichen, sozialen und kulturellen Lebens anbelangt, beschäftigen sich immerhin 30% der Gleichaltrigen mehr als Xaver mit entsprechenden Problemen. Trotzdem grübelt auch er häufig über den Sinn des Lebens, zeigt eine gewisse Angst vor Kriegen.

Zusammengefaßt kann gesagt werden, daß Xavers Probleme sich „nur" auf ihn selbst beziehen und auf Schule und Beruf; mehr als andere äußert er hier Belastungen. Das zeigt sich insbesondere in zahlreichen Extremantworten. Seine Überforderung, seine Zweifel über seine Begabungen und sein mangelndes Interesse werden hier deutlich. In allen anderen Lebensbereichen unterscheidet er sich von anderen Jugendlichen nicht oder nicht so sehr.

LMT-J

LS (*Leistungs- und Erfolgsstreben*: Ehrgeiz, Strebsamkeit, Streben nach Anerkennung): Xaver erreicht einen Staninewert von 2, d.i. eindeutig unterdurchschnittlich.

E^+ *(positive, leistungsfördernde Erfolgsbesorgtheit)*: In dieser Skala erzielt Xaver einen Staninewert von 5, das bedeutet, verglichen mit seiner Altersgruppe liegt er im Durchschnittsbereich.

E^- *(negative, leistungsmindernde Erfolgsbesorgtheit)*: Hier beträgt Xavers Staninewert 8, d.i. weit überdurchschnittlich.

SE *(Soziale Erwünschtheit*: Erfüllen sozialer Erwartungen): Hier antwortet Xaver mit einem Staninewert von 5 altersentsprechend durchschnittlich.

Es läßt sich daraus schließen, daß Xaver ein geringes Leistungsstreben hat und ihn Erfolge wenig interessieren - aber vielleicht nur, weil er eben wenige hat. Darüber hinaus kann sich sein vorhandenes Leistungspotential wegen auftretender Schulängste nicht entfalten, d.h., daß er aus Furcht vor dem drohenden Mißerfolg von vornherein anstrengungsmäßig zurückschaltet.

AIST

In den fünf mit diesem Test erfaßten Interessensbereichen *Praktisch-technische, Intellektuell-forschende, Künstlerisch-sprachliche, Soziale, Unternehmerische* und *Konventionelle Interessen* erreicht Xaver folgende Prozentränge: 55, 18, 76, 65 und 42%. - D.h., lediglich seine Interessen im künstlerischen Bereich übertreffen wesentlich die der Gleichaltrigen; besonders wenig Interesse hat er laut diesem Fragebogen für „intellektuelle Angelegenheiten".

4. Stellungnahme zur Fragestellung

Nach der psychologischen Erhebung steht seine (derzeit) geringe Leistungsmotivation fest, seine schulisch erlebte Überforderung, verbunden mit der Furcht vor Mißerfolg. Gemeinsam mit seinem grundsätzlich niedrigen Leistungs- und Erfolgsstreben wird letzteres zu weniger befriedigenden (Schul-) Leistungen führen als ihm vermutlich möglich wäre.

Es bleibt die Frage, woher sein geringer Ehrgeiz im schulischen Bereich kommt. Möglich ist, daß er schlicht selten Erfolg hatte und daraus „gelernt" hat, ohnedies, ob mit oder ohne Anstrengung, zu versagen. Damit im Zusammenhang könnte auch sein äußerst geringes Interesse an intellektuell- forschenden Belangen stehen. Es muß diesbezüglich nicht unbedingt ein grundsätzliches Desinteresse vorliegen.

Seine Probleme mit sich selbst, vor allem in bezug auf „Leistung", ist jedenfalls nicht allein altersmäßig zu erklären: Hier übertrifft er die meisten Gleichaltrigen.

Was seine Soziale Orientierung anbelangt, hat Xaver keine Probleme. Auffällig ist schließlich sein besonderes, überdurchschnittliches Interesse für künstlerische Bereiche. Dies scheint sich auch bereits in seiner Freizeittätigkeit, mit der Gründung einer Band, niedergeschlagen zu haben.

Zum gegebenen Zeitpunkt stellt die AHS zweifelsohne eine Überforderung von Xaver dar. Es ist nicht anzunehmen, daß allein dadurch, daß er zum „Weitermachen" überredet wird, die Schulprobleme geringer werden. Es mangelt ihm derzeit zumindest am Interesse der in einer allgemeinbildenden höheren Schulausbildung gebotenen Inhalte - wobei gerade das mit seinen Erfahrungen des häufigen Leistungsversagens zusammenhängen könnte. Was Xaver jetzt braucht, ist zweierlei: Zunächst unmittelbar das Verständnis seiner Umwelt für seine gegenwärtige Situation, d.h. die Einsicht, daß es sich nicht um eine vorübergehende, „pubertäre", Auf- und Umbruchstimmung Xavers handelt, sondern eine langjährige Lerngeschichte dahintersteht, die, auch wenn grundsätzlich das Leistungspotential gegeben wäre, es Xaver äußerst schwer macht, in diesem „Fahrwasser" Erfolge zu erzielen. Sodann braucht Xaver tatsächlich und endlich lern- bzw. leistungsmäßige Erfolge; diese sind, weil die Überforderung wegfiele, innerhalb einer Lehrausbildung durchaus zu erwarten. Xaver tendiert ja zu einer Lehre. Unter diesem Gesichtspunkt scheint auch ein Wechseln in eine berufsbildende höhere oder mittlere Schule *derzeit* nicht angeraten.

Es wäre eine Lehre auszuwählen, die seinen Interessen, künstlerischer Art und aber auch sozialer Art, entgegenkommen. Eltern, Lehrer, Freunde sowie einschlägige Einrichtungen zur Berufsinformation sollten helfen, den richtigen Beruf und eine „gute" Lehrstelle zu finden. Zu erhoffen ist, daß allein durch die dementsprechende Beratung viel an Belastung für Xaver wegfällt.

5. Zusammenfassung

Zur Frage der Schulunlust bzw. des Wunsches nach Schulabbruch der AHS seitens Xaver Reinthaler, 15 Jahre, ist aufgrund der psychologisch-diagnostischen Erhebungen wie folgt Stellung zu nehmen: Empfohlen wird – in Übereinstimmeung mit seinen eigenen Vorstellungen – der Wechsel in eine Lehre, da dort Lern- und Leistungserfolge zu erwarten sind.

PSYCHOLOGISCHES GUTACHTEN

betreffend Anton Hütter, geboren am 3.8.1973, in A-1180 Wien,
zur Frage: ob er zum Studium der Technischen Mathematik geeignet ist.

1. Die Fragestellung

Der Wissenstoff, der Herrn Hütter bis jetzt im Rahmen seines Lehramtstudiums (Mathematik und Germanistik) im Fach Mathematik geboten wurde, hat ihn derart fasziniert, daß er seinen „Lerndurst" gerne durch einen Wechsel auf das Studium der „Technischen Mathematik" stillen möchte. Obwohl ihn auch sein zweites Fach interessiert und er in diesem Fach durchschnittlich erfolgreich ist, kommt er von seinem früheren Traumberuf eines Lehrers immer mehr ab. Unsicher ist er jedoch, ob er dem anderen Studium überhaupt intelligenzmäßig gewachsen ist.

2. Das Anforderungsprofil

Laut *Berufslexikon (der Akademischen Berufe)* des *Arbeitsmarktservice* sind im wesentlichen folgende Berufsanforderungen an den Technischen Mathematiker gestellt:

- Technisches Verständnis
- Organisationstalent (Projektleitung)
- Fähigkeit zur Zusammenarbeit (Kooperation mit verschiedenen Betriebsabteilungen)
- Sprachfertigkeit schriftlich (Verfassen von Projektberichten)
- Sprachfertigkeit mündlich (Lehrtätigkeit, Beratung von Geschäftsleitung und Kunden)
- logisch-analytisches Denken (Entwicklung und Anwendung mathematischer Verfahren)

3. Psychologisch-diagnostische Erhebung

Herr Hütter unterzog sich am 14.2.1994, am 15.2.1994 und am 17.2.1994 einer jeweils ca. ein- bis zweistündigen Exploration, Testung und Beratung. Bei der Testung fanden folgende Verfahren Anwendung: WIT, MTP und die APM.

3.1. Entwicklungsgang und derzeitige Lebensumstände

Anton Hütter ist das vierte von vier gemeinsamen Kindern der Eheleute Sabine und Heribert Hütter. Aufgewachsen ist er in Oberneukirchen, einem kleinen Ort in Oberösterreich. Die Mutter ist jetzt 52 Jahre alt und arbeitet als Verkäuferin, der Vater, früher Schneider, ist 1982 bei einem Autounfall tödlich verunglückt. Sein Bruder Heinz, der ältestes der Geschwister, ist Kunsttischler; mit ihm hat er wenig Kontakt. Mehr Kontakt hat er mit seiner älteren Schwester Dora (28 Jahre), verheiratet und selbst Mutter zweier Kindern, weil sie, wie er, in Wien wohnt; auch seine jüngere Schwester Evamaria, Kindergärtnerin, sieht er selten.

Die Beziehung zu seiner Mutter stellt Herr Hütter als eine sehr gute und tiefe Beziehung dar. Seit dem Tod seines Vaters, erzählt Herr Hütter, fühlt er sich irgendwie verpflichtet, „seiner Mutter etwas zurückgeben zu müssen“, da sie sich seit damals für ihn aufgeopfert hat. Er selbst hat beinahe keine Erinnerung mehr an den Vater. Er weiß nur mehr, daß er „die Mutter immer lieber als den Vater gehabt hat“. Der unmittelbare Tod des Vaters war zwar für den damals neunjährigen „ein großer Schock“, aber die ganze Familie wäre damals umso enger zusammengerückt. Das Verhältnis der Eltern untereinander schildert Herr Hütter als „gut“; „sie hatten sich für den Hausbau zusammengerafft, und als sie ihr Werk dann genießen hätten können, starb der Vater“. Seine Mutter hat ihn immer mit sehr viel Liebe und Milde erzogen; er war als jüngstes Kind das „Nesthäckchen“.

Herr Hütter schildert seine Kindergartenzeit als „sehr lustig“. Die Kindergartentante hat er sehr gerne gemocht. Am liebsten hat er mit Mädchen gespielt, diese waren seine „dicksten Freunde“. Sowohl in der Schulzeit als auch heute noch zählen zu Herrn Hütters engsten Freundeskreis beinahe ausschließlich Personen weiblichen Geschlechts. Er weist ausdrücklich darauf hin, daß es keine sexuellen Beziehungen sind, sondern „richtige“ Freundschaften. Eine Freundin als Partnerin hat Herr Hütter noch nie gehabt.

Seine Schulzeit betreffend gibt Herr Hütter an, daß er immer ein Vorzugsschüler gewesen sei. Nach der Matura hat er sofort mit dem Studium begonnen, weil er für den Wehrdienst aufgrund eines kleinen Herzfehlers ungeeignet ist.

Was seine Freizeitbeschäftigungen anbelangt, so führt Herr Hütter an, daß er viele Nachhilfestunden für Mathematik gibt, gerne und viel liest, sich oft mit seinem Computer beschäftigt und häufig ins Theater geht.

Sich selbst schildert Herr Hütter als sehr verläßlichen und umgänglichen Menschen.
Er sieht seine Zukunft optimistisch. Nach dem Grund gefragt, warum er eigentlich Lehrer werden wollte, meint er, daß er sich als sehr guter Schüler immer mit dem Beruf des Lehrers identifiziert hat. Erst durch seine praktischen Erfahrungen mit seinen Nachhilfeschülern, kann er sich nicht mehr vorstellen, bis an sein Lebensende soviel Geduld aufzubringen, wie es einem Lehrer abverlangt wird.

3.2. Testergebnisse

Bei der Durchführung der einzelnen Leistungstests ist anzuführen, daß Herr Hütter immer sehr selbstsicher an die Lösung der einzelnen Aufgaben herangegangen ist.

WIT

Dieser Test dient der differenzierten Erfassung der intellektuellen Leistungsfähigkeit.

Überdurchschnittlich schnitt Herr Hütter bei demjenigen Untertest ab, der die *Wortgewandtheit* erfaßt (Standardwert SW=126 - zwischen 94 und 106 gelten die Werte als durchschnittlich). - Herr Hütter bewies in diesem Subtest also ein im Vergleich zu Gleichaltrigen überdurchschnittliches Maß an Wortflüssigkeit und assoziativem Denken.

Ebenfalls überdurchschnittliche Ergebnisse erzielte er in den Untertests, die das *räumliche* Vorstellen bzw. *Denken* messen (SW=110).

Knapp überdurchschnittliche Werte ergaben sich im Untertest *Beobachtung* (SW=107). Hier bewies Herr Hütter eine gute Wahrnehmungsgeschwindigkeit und -genauigkeit.
Durchschnittliche Testergebnisse erbrachte Herr Hütter auch in den Untertests, die das *logische Denken* messen (SW=106).

Auf durchschnittliche Fähigkeiten ist im *rechnerischen Denken* zu schließen (SW=103).

Im unteren Durchschnittsbereich liegen die Testleistungen im *sprachlichen Denken* (SW=93).

Zusammenfassend läßt sich zu den Ergebnissen im WIT sagen, daß Herr Hütter zwar sehr rasch zu einem vorgegebenen Wort viele andere Wörter einfallen, er aber bei der Sinnerfassung sowohl von einzelnen Wörtern als auch von Wortgruppen einige Schwierigkeiten hat. - Diese Diskrepanz konnte ich auch seinen Erzählungen entnehmen, nämlich daß er zwar rhetorisch bis jetzt nie Schwierigkeiten gehabt habe, aber bei schriftlichen Arbeiten des öfteren Wortbedeutungs- und Sinnfehler begangen hat und auf die er auch schon im Germanistikstudium seitens der Professoren hingewiesen wurde. Bei Aufgaben, die räumliches Vorstellungsvermögen verlangen, zeigt Herr Hütter überdurchschnittliche Testergebnisse, bei Aufgaben, die rechnerisches und formallogisches Denken oder Wahrnehmungsgeschwindigkeit und Wahrnehmungsgenauigkeit erfassen, erzielt Herr Hütter im Vergleich zu anderen durchschnittliche Ergebnisse.

MTP

Dieser Test prüft die *technisch-physikalische Problemlöse*fähigkeit.

Herr Hütter löste von den 26 Aufgaben 17; vergleicht man dieses Ergebnis mit der Population von Studenten nicht-technischer Studienrichtungen, so liegt deren Mittelwert bei 13: Im Vergleich mit anderen nicht-technischen Studenten schneidet er recht gut ab; betrachtet man aber den Mittelwert von 19 bei Studenten technischer Studienrichtungen, so liegt Herr Hütter hier im Vergleich im unteren Durchschnittsbereich (73% erbringen eine bessere Leistung).

APM

Herr Hütter erreicht in diesem Verfahren, das die Fähigkeit zum *schlußfolgernden Denken* erfaßt, einen Testwert, dem ein Prozentrang von 100% entspricht, d.h., daß fast niemand bessere Leistungen in diesem Test vollbringt. - Die Vorgabe dieses Tests erfolgte mittels Computer, was für Herrn Hütter kein Problem bedeutete, im Gegenteil, er wirkte bei der Bearbeitung der Aufgaben äußerst konzentriert.

4. Beantwortung der Fragestellung

Bezugnehmend auf die eingangs genannten Berufsanforderungen des Technischen Mathematikers ist zu schließen: Das *Technisches Verständnis* ist durch das durchschnittliche Testergebnis im MTP gewährleistet; das *Organisationstalent* war im vorgesehenen Rahmen nicht überprüfbar; die *Fähigkeit zur Zusammenarbeit* ist zumindest aus den Eindrücken der Exploration nicht stichhaltig auszuschließen; die *Sprachfertigkeit schriftlich* sollte trotz der im (unteren) Durchschnittsbereich liegenden Testergebnisse ausreichen; die *Sprachfertigkeit mündlich* ist mit den überdurchschnittlichen Testleistungen im Untertest *Wortgewandtheit* des WIT gewährleistet; und über ausreichende Fähigkeiten im *logisch-analytischen Denken* besteht laut Ergebnis im APM kein Zweifel.

Umgekehrt zeigt sich, daß Herr Hütter Schwierigkeiten hat, den genauen Bedeutungs- und Sinngehalt von Wörtern und Sätzen zu verstehen. Indem dies tatsächlich auch schon im Germanistikstudium zum Problem geworden scheint, spricht das eher gegen dieses Studium.

Es ist ihm daher zum Studienwechsel zu raten.

5. Zusammenfassung

Die Frage, ob Herr Anton Hütter für das Studium der Technischen Mathematik geeignet ist, ist aufgrund der psychologisch-diagnostischen Erhebungen mit ja zu beantworten. Ein Wechsel der Studienrichtung vom Lehramt (Mathematik und Germanistik) zur Technischen Mathematik ist diagnostisch zu empfehlen. Herr Hütter hat dafür ausreichendes technisches Verständnis und ausgezeichnete Fähigkeiten zum logischen Denken. Dagegen scheint er Schwierigkeiten zu haben, den sprachlichen Sinngehalt von Aussagen zu fassen, was für das Gemanistikstudium auf jeden Fall ein Handicap darstellt.

Anhang: Verfahrensbeschreibungen

In Präsentation 3, in Kapitel 1.2. **Themen, Verfahren und Populationen**, wurde eine Liste psychologischer Tests (i.w.S.) gegeben, wie sie für den Verfasser „nach heutiger Bedeutung, psychologischer Vertretbarkeit und Aktualität ... ein Ausbildungsminimum" darstellen. Alle diese Tests sollen im folgenden genauer hinsichtlich ihrer „technischen" Daten sowie Daten zu den Gütekriterien beschrieben werden.

Die Darstellung erfolgt in alphabetischer Reihenfolge der *Test*namen; zusätzlich zu den Autoren und dem Erscheinungsjahr wird jeweils die Testart (Intelligenz-Testbatterie, Spezieller Leistungstest, Persönlichkeits-Fragebogenbatterie, Spezielle Persönlichkeitsfragebogen, Projektive Verfahren und Computertest), sein Typ (Individual- oder Gruppenverfahren) und sein Einsatzbereich (nach dem Alter) angeführt. Falls eine Testrezension in der *Diagnostica* oder in der *Zeitschrift für Differentielle und Diagnostische Psychologie* vorliegt, wird auch der entsprechende Jahrgang samt Heftnummer genannt.

Bei der Angabe des Erscheinungsjahres wurde zum Zweck größerer Transparenz immer für dasjenige Jahr (samt Auflagennummer) entschieden, ab dem sich - u.U. trotz neuerer (sog. „korrigierter" oder „erweiterter" oder „ergänzter" oder „überarbeiteter", gelegentlich auch „revidierter") Auflage - am Testmaterial nichts (mehr) sowie am Inhalt des Manuals nichts Essentielles geändert hat. Nachdrucke werdern überhaupt nicht berücksichtigt ! Beispiele sollen dies illustrieren:

- Der WIT ist erstmals 1983 erschienen; mit dieser Jahreszahl wird er im vorliegenden Buch geführt, insbesondere in diesem *Anhang der Verfahrensbeschreibungen*, weil die „2., revidierte Auflage 1994" keine substantiellen Änderungen mit sich brachte.

- Der AID ist erstmals 1985 erschienen; mit dieser Jahreszahl wird er in der Präsentation 3, in Kapitel 1.2 **Themen, Verfahren und Populationen**, genannt, weil sein Konzept, insbesondere das Testmaterial sowie seine Normierung von dieser 1. Auflage rührt. Im Text dieses Buches wird mehrmals aus dem Manual zitiert; weil sich dieses bis zur aktuellen, der „3., ergänzten Auflage 1991" substantiell (z.B. mit vielen neuen Ergebnissen zur Validität; z.B. mit einem zusätzlichen Kapitel: „Die Anwendungen ... außerhalb des ursprünglichen Geltungsbereichs") verändert hat, beziehen sich solche Zitate auf die 3. Auflage. Auch im Literaturverzeichnis wird diese 3. Auflage zitiert. Im vorliegenden Anhang finden sich schließlich beide Angaben: So ist das Alter des Konzepts (der Normierung) einerseits unmittelbar abzuleiten, die letzten aktuellen Forschungs- und Erfahrungsberichte andererseits.

- Der KFT 4-13+ ist erstmals 1976 erschienen; infolge der neu erstellten Normen wird dieser Test im Text, im Literaturverzeichnis, und auch im gegebenen Anhang gleich mit seiner „2., verbesserten und erweiterten Auflage 1985" zitiert.

Zur besseren Vergleichbarkeit wurden die Einsatzmöglichkeiten in wenige grobe Kategorien gefaßt, die des öfteren *so* nicht im Manual des jeweiligen Tests angeführt sind; es drückt sich darin eine subjektive Komponente des Verfassers aus, wie dies noch viel mehr bei der Evaluierung der Validierungsstudien der Fall ist. Was letzteres betrifft sollte allerdings der Leser beim selbständigen Studium des fraglichen Manuals, nach dem Durcharbeiten des vorliegenden Lehrbuches, zu sehr ähnlichen Bewertungen kommen. Schließlich mußte auch in bezug auf das zugrundeliegende theoretische Konzept stark simplifiziert werden, so daß manchem der betroffenen Testautoren (natürlich) nur dann vollauf gerecht wird, wenn dessen Ausführungen im Manual vom Leser selbst studiert werden.

Der Übersichtlichkeit wegen entfällt jedesmal die Angabe des Verlags samt Erscheinungsort sowie die Initialen der Autoren - fast alle Verfahren sind ohnehin im Literaturverzeichnis enthalten (zu den Bezugsquellen s. in Kap. 1.6. **Rahmenbedingungen**).

AFS
ANGSTFRAGEBOGEN FÜR SCHÜLER
(Wieczerkowski, Nickel, Janowski, Fittkau & Rauer, 1974)

Spezieller Persönlichkeitsfragebogen (Ängstlichkeit), Gruppenverfahren, für 9- bis 16/17jährige

Skalen	**Prüfungsangst, Manifeste Angst, Schulunlust, Soziale Erwünschtheit**
Einsatzmöglichkeiten	Schulpsychologie, Klinische Psychologie
Theoretisches Konzept	*state/trait*-Angstmodell von *Spielberger*, Erfolgs- vs. Mißerfolgsmotivation (z.B. nach *Atkinson*)
Besonderheiten	insgesamt 50 Items, zweikategorielle Verrechnung
Vorgabedauer	10 - 25 Minuten
Reliabilität	.67 - .77 *(split-half)*
Stabilität	.71 -.76 (1 Monat)
Validität	Konstruktvalidität zweifelhaft; Übereinstimmungsvalidität mit diversen Neurotizismusskalen niedrig
Normierung	N = 2374, repräsentativ

AID
ADAPTIVES INTELLIGENZ DIAGNOSTIKUM
(Kubinger & Wurst, 1991[3]; 1.Aufl.: 1985)

Intelligenz-Testbatterie, Individualverfahren, für 6- bis 16jährige
Diagnostica '87/1
Zeitschrift für Differentielle und Diagnostische Psychologie '87/2

Untertests	**Alltagswissen, Realitätssicherheit, Angewandtes Rechnen, Soziale und Sachliche Folgerichtigkeit, Unmittelbares Reproduzieren**-numerisch, **Synonyme Finden, Kodieren und Assoziieren, Antizipieren und Kombinieren**-figural, **Funktionen Abstrahieren, Analysieren und Synthetisieren**-abstrakt, **Soziales Erfassen und Sachliches Reflektieren**
Einsatzmöglichkeiten	Schulpsychologie, Klinische Psychologie

Theoretisches Konzept	Testkonzept von *Wechsler; Rasch*-Modell
Besonderheiten	*power*-Tests sowie *speed (-and-power)*-Tests, adaptives Testen mit insgesamt 421 Items, zweikategorielle sowie in 3 Untertests drei- und mehr als dreikategorielle Verrechnung; Kurz- und Parallelformen besondere Testkennwerte: (Untere Grenze der) „Intelligenz*quantität*", *Range* der „Intelligenz", „Lernquotient"; Beiblatt für Beobachtungen der „Arbeitshaltungen"
Vorgabedauer	ca. 75 Minuten
Reliabilität	(.70-.95 – *split-half*); innere Konsistenz aufgrund der Geltung des *Rasch*-Modells gegeben
Stabilität	.67 - .95 (1 Monat)
Validität	extremgruppenvalidiert, hohe diskriminante Validität in bezug auf WMT, MTP, 3DW, *Test d2* und AFS; Übereinstimmungsvalidität mäßig
Normierung	N = 2144, repräsentativ (auch für Österreich); geschlechtsspezifische Normen
Ökonomie	adaptive Testvorgabe (*branched-testing* bei allen Untertests mit 2 Ausnahmen)
Fairness	schichtspezifische Mittelwerte sind angegeben

AIST
ALLGEMEINER INTERESSENS STRUKTUR TEST
(Eder & Bergmann, 1992)

Spezieller Persönlichkeitsfragebogen (Interessen), Gruppenverfahren, ab 14 Jahren

Skalen	**Praktisch-technische Interessen, Intellektuell-forschende Interessen, Künstlerisch-sprachliche Interessen, Soziale Interessen, Unternehmerische Interessen, Konventionelle Interessen**
Einsatzmöglichkeiten	Berufs- und Bildungsberatung
Theoretisches Konzept	Person-Umwelt-Modell von *Holland*
Besonderheiten	insgesamt 60 Items, 5kategorielle Verrechnung; Anforderungs- und Interessensprofile
Vorgabedauer	10 - 15 Minuten
Reliabilität	.81 - .87 *(split-half)*
Stabilität	.61 - .83 (2 Tage bis 2 Jahre)
Validität	faktorenanalytische Konstruktvalidierung weitgehend gelungen; Kriteriumsvalidität und Übereinstimmungsvalidität mit anderen Interessensfragebogen mittelmäßig
Normierung	N = 4393, repräsentativ für Schüler; geschlechtsspezifische Normen

ALS
ARBEITSLEISTUNGSSERIE ***Computertest***
(ohne Autor, 1986)

Spezieller Leistungstest (Konzentration), Gruppenverfahren, für Erwachsene

Einsatzmöglichkeiten	Personalwesen, Berufs- und Bildungsberatung, Klinische Psychologie

Theoretisches Konzept	Konzentration *sensu Pauli*
Besonderheiten	*speed*-Test
Vorgabedauer	15 bis 25 Minuten
Reliabilität	.91 - .99 *(split-half)*
Stabilität	keine Angaben im Manual
Validität	keine Angaben im Manual
Normierung	N = 1258, Repräsentativität zweifelhaft

APM
ADVANCED PROGRESSIVE MATRICES
(Kratzmeier, 1976)

Spezieller Leistungstest (reasoning), Gruppenverfahren, für 11- bis 40jährige

Einsatzmöglichkeiten	Personalauslesen, Berufs- und Bildungsberatung
Theoretisches Konzept	Testkonzept von *Raven*
Besonderheiten	*speed-and-power*-Test, insgesamt 48 Items, zweikategorielle Verrechnung, *multiple-choice*-Format (8kategoriell)
Vorgabedauer	50 Minuten
Reliabilität	keine Angaben im Manual
Stabilität	.76 - .91 (6 bis 8 Wochen)
Validität	Kriteriumsvalidität niedrig
Normierung	N = 1015, Repräsentativität zweifelhaft

BBT
BEGRIFFS-BILDUNGS-TEST ***Computertest***
(Kubinger, Fischer & Schuhfried, 1993)

Spezieller Leistungstest *(reasoning)*, für Schüler und Erwachsene

Einsatzmöglichkeiten	Personalwesen, Berufs- und Bildungsberatung
Theoretisches Konzept	Intelligenzmodell von *Roth, Oswald & Daumenlang; Rasch*-Modell
Besonderheiten	*power*-Test, adaptives Testen mit 11 aus 66 Items, zweikategorielle Verrechnung
Vorgabedauer	ca. 45 Minuten
Reliabilität	innere Konsistenz aufgrund der Geltung des *Rasch*-Modells gegeben
Stabiltät	keine Angaben im Manual
Validität	diskriminant konstruktvalidiert
Normierung	N = 208, nicht repräsentativ („vorläufige Normwerte“)
Ökonomie	adaptive Testvorgabe *(branched-testing)*

BIT II
BERUFS-INTERESSEN-TEST II
(Irle & Allehoff, 1984)

Spezieller Persönlichkeitsfragebogen (Interessen), Gruppenverfahren, für 15- bis 19jährige
Diagnostica '85/2
Zeitschrift für Differentielle und Diagnostische Psychologie '85/4

Skalen	**Technisches Handwerk, Gestaltendes Handwerk, Technischne und Naturwissenschaftliche Berufe, Ernährungs-Handwerk, Land- und Forstwirtschaftliche Berufe, Kaufmännische Berufe, Verwaltende Berufe, Sozialpflege und Erziehung**
Einsatzmöglichkeiten	Personalwesen, Berufs- und Bildungsberatung
Theoretisches Konzept	keines
Besonderheiten	insgesamt 81 Items; Form mit freier Beantwortung, 5kategorielle Verrechnung oder Form mit Wahlentscheidung zwischen 4 Tätigkeiten
Vorgabedauer	30 - 40 Minuten
Reliabilität	keine Angaben im Manual
Stabilität	keine Angaben im Manual
Validität	keine Angaben im Manual
Normierung	N = 4400, repräsentativ

BESCHWERDEN-LISTE
(v. Zerssen, 1976)

Spezieller Persönlichkeitsfragebogen (Befindlichkeit), Gruppenverfahren, für 20- bis 64jährige

Einsatzmöglichkeiten	Klinische Psychologie
Theoretisches Konzept	*a-priori*
Besonderheiten	insgesamt 24 Items, vierkategorielle Verrechnung, 3 Parallelformen,
Vorgabedauer	5 bis 10 Minuten
Reliabilität	.90 - .96 (innere Konsistenz - ?), .85 - .88 (Paralleltest-Reliabilität)
Stabilität	.51 -.58 (mehrere Wochen)
Validität	Übereinstimmungsvalidität mit MMQ, MPI und FPI mittelmäßig
Normierung	N = 1761, repräsentativ; geschlechtsspezifische Normen

BEFINDLICHKEITS-SKALA
(v. Zerssen, 1976)

Spezieller Persönlichkeitsfragebogen (Befindlichkeit), Gruppenverfahren, für 20- bis 64jährige

Einsatzmöglichkeiten	Klinische Psychologie
Theoretisches Konzept	*a-priori*
Besonderheiten	insgesamt 28 Items, dreikategorielle Verrechnung, 2 Parallelformen
Vorgabedauer	ca. 5 Minuten

Reliabilität	.91 - .97 (innere Konsistenz - ?), .65 - .86 (Paralleltest-Reliabilität)
Stabilität	keine Angaben im Manual
Validität	Übereinstimmungsvalidität mit diversen Depressivitätsskalen mittelmäßig, extremgruppenvalidiert
Normierung	N=1761, repräsentativ; geschlechtsspezifische Normen

CFT 20
GRUNDINTELLIGENZTEST SKALA 2
(Weiß, 1987; 3., erweiterte Aufl.)

Spezieller Leistungstest (*reasoning*), Gruppenverfahren, für 8;7- bis 70jährige
Diagnostica '88/2
Zeitschrift für Differentielle und Diagnostische Psychologie '88/2

Untertests	**Series, Classifications, Matrices, Topologies,** (und zusätzlich: **Wortschatztest, Zahlenfolgentest**)
Einsatzmöglichkeiten	Schulpsychologie, Berufs- und Bildungsberatung
Theoretisches Konzept	Intelligenztheorie von *Cattell*
Besonderheiten	*speed-and-power*-Test, insgesamt 46 Items, zweikategorielle Verrechnung, *multiple-choice*-Format (5kategoriell); quasi-Parallelformen (unterschiedliche Reihenfolge der Items)
Vorgabedauer	ca. 60 Minuten
Reliabilität	.90 - .95 *(split-half)*
Stabilität	.77 (2 Wochen)
Validität	faktorenanalytisch weitgehend konstruktvalidiert
Normierung	N = 4000 Schüler, repräsentativ; altersspezifische Normen
Fairness	kein Unterschied zwischen deutschen und ausländischen Kindern

COGNITRONE ***Computertest***
(ohne Autor, 1986)

Spezieller Leistungstest (Konzentration), für Erwachsene

Einsatzmöglichkeiten	Klinische Psychologie, Personalwesen
Theoretisches Konzept	keines
Besonderheiten	*speed-and-power*-Test; Verrechnung: Gesamtanzahl richtig erkannter Symbole, Anzahl der Fehler, durchschnittliche Reaktionszeit
Vorgabedauer	ca. 15 Minuten
Reliabilität	.67-.98 *(split-half)*
Stabilität	keine Angaben im Manual
Validität	keine Angaben im Manual
Normierung	N = 115 bis 356, Repräsentativität zweifelhaft

DAUERAUFMERKSAMKEIT ***Computertest***
(ohne Autor, 1986)

Spezieller Leistungstest (Konzentration), für 20- bis 70jährige

Einsatzmöglichkeiten	Personalwesen
Theoretisches Konzept	vielfache Vorbilder
Besonderheiten	*speed*-Test, Verrechnung: Gesamtanzahl richtiger Reaktionen, Anzahl der Fehler, durchschnittliche Reaktionszeit
Dauer	ca. 35 Minuten
Reliabilität	.76 - .98 *(split-half)*
Stabilität	keine Angaben im Manual
Validität	inhaltliche Gültigkeit
Normierung	N = 298, Repräsentativität zweifelhaft

TEST d2
AUFMERKSAMKEITS-BELASTUNGS-TEST
(Brickenkamp, 1994[8]; 1. Aufl.: 1962)

Spezieller Leistungstest (Konzentration), Gruppenverfahren, für 9- bis 59jährige

Einsatzmöglichkeiten	Schulpsychologie, Klinische Psychologie, Personalwesen, Berufs- und Bildungsberatung
Theoretisches Konzept	Durchstreichtest *sensu Bourdon*
Besonderheiten	*speed*-Test, insgesamt 14 Durchgänge (Zeilen) mit je 47 Zeichen; Verrechnung: Gesamtanzahl bearbeiteter Zeichen, Anzahl der Fehler
Vorgabedauer	ca. 10 Minuten
Reliabilität	86 - .98 *(split-half)*
Stabilität	.89 - .94 (5 Stunden), .92 (12 Monate), .96 (23 Monate)
Validität	relativ hohe konvergente und diskriminante Validität
Normierung	N>6000, repräsentativ

3DW
DREIDIMENSIONALER WÜRFELTEST
(Gittler, 1990)

Spezieller Leistungstest (Raumvorstellung), Gruppenverfahren, ab 13 Jahren
Diagnostica '92/2

Einsatzmöglichkeiten	Personalwesen, Berufs- und Bildungsberatung
Theoretisches Konzept	vielfache Vorbilder, *Rasch*-Modell
Besonderheiten	wahlweise mit oder ohne *speed* Bedingung, insgesamt 18 Items, zweikategorielle Verrechnung, *multiple-choice*-Format (8kategoriell); verschiedene Kurzformen.
Vorgabedauer	15 - 30 Minuten
Reliabilität	(.83 - .88 – *split-half*, .82 - .91 – *Cronbach*-alpha); innere Konsistenz aufgrund der Geltung des *Rasch*-Modells gegeben

Stabilität	keine Angaben im Manual
Validität	gut kriteriumsvalidiert
Normierung	N = 5423, repräsentativ (auch für Österreich)

EQS
ENTSCHEIDUNGS-Q-SORT
(Wolfram, 1982)

Spezieller Persönlichkeitstest (Entscheidungsfähigkeit), Individualverfahren, für 18- bis 55jährige

Zeitschrift für Differentielle und Diagnostische Psychologie '85/2

Skalen	**Unentschlossenheit, Rationalität in Entscheidungssituationen, Risikoverhalten**
Einsatzmöglichkeiten	Personalwesen, Klinische Psychologie
Theoretisches Konzept	*a-priori*
Besonderheiten	*power*-Test, Q-Sort-Methode, insgesamt 54 Items; 9kategorielle Verrechnung
Vorgabedauer	15 - 20 Minuten
Reliabilität	.70 - .89 (besonderes Maß der inneren Konsistenz)
Stabilität	.75 - .83 (4 bis 6 Wochen)
Validität	faktorenanalytische Konstruktvalidierung weitgehend gelungen, Kriteriumsvalidität mäßig
Normierung	N = 302, Repräsentativität zweifelhaft

ERKENNEN VON METAREGELN *Computertest*
(Gatternig & Kubinger, 1994)

Spezieller Leistungstest *(reasoning)*, für Jugendliche und Erwachsene

Einsatzmöglichkeiten	Personalwesen, Berufs- und Bildungsberatung
Theoretisches Konzept	Intelligenzmodell von *Roth, Oswald & Daumenlang; Rasch*-Modell
Besonderheiten	*power*-Test insgesamt 11 Items, zweikategorielle Verrechung, *multiple-choice*-Format (3 aus 6 Antwortmöglichkeiten)
Vorgabedauer	max. 60 Minuten
Reliabilität	innere Konsistenz aufgrund der Geltung des *Rasch*-Modells gegeben
Stabilität	keine Angaben im Manual
Validität	diskriminant konstruktvalidiert; extremgruppenvalidiert
Normierung	N = 257, nicht repräsentativ („vorläufige Normwerte")
Zumutbarkeit	für Tpn im unteren Leistungsbereich ist der Test anstregend und zeitintensiv

FAF
FRAGEBOGEN ZUR ERFASSUNG VON AGGRESSIVITÄTSFAKTOREN
(Hampel & Selg, 1975)

Spezieller Persönlichkeitsfragebogen (Aggressivität), Gruppenverfahren, ab 15 Jahren

Skalen	**Spontane Aggressivität, Reaktive Aggressivität, Erregbarkeit (mit den Qualitäten Ärger und Wut), Depressivität mit Selbstaggressionen, Gewissensstrenge mit Aggressionshemmungen**
Einsatzmöglichkeiten	Klinische Psychologie
Theoretisches Konzept	lernpsychologischer Ansatz; tiefenpsychologischer Ansatz
Besonderheiten	insgesamt 77 Items, zweikategorielle Verrechnung.
Vorgabedauer	10 - 20 Minuten
Reliabilität	keine Angaben im Manual
Stabilität	keine Angaben im Manual
Validität	faktorenanalytische Konstruktvalidität nicht gegeben
Normierung	N = 630, repräsentativ; geschlechts- und altersspezifische Normen (!)

FBS
FRAGEBOGENTEST ZUR BEURTEILUNG DER SUIZIDGEFAHR
(Stork, 1972)

Spezieller Persönlichkeitsfragebogen (Suizidgefährdung), Gruppenverfahren, ab 14 Jahren

Einsatzmöglichkeiten	Klinische Psychologie
Theoretisches Konzept	*a-priori*
Besonderheiten	insgesamt 52 Items, zweikategorielle Verrechnung
Vorgabedauer	10 - 20 Minuten
Reliabilität	keine Angaben im Manual
Stabilität	keine Angaben im Manual
Validität	keine Angaben im Manual
Normierung	N = 837, Repräsentativität zweifelhaft

FKK
FRAGEBOGEN ZUR KOMPETENZ UND KONTROLLÜBERZEUGUNG
(Krampen, 1991)

Spezieller Persönlichkeitsfragebogen (Kausalattribuierung), Gruppenverfahren, ab 14 Jahren

Skalen	**Generalisiertes Selbstkonzepte eigener Fähigkeiten, Internalität in generalisierten Kontrollüberzeugungen, Sozial bedingte Externalität, Fatalistische Externalität.**
Einsatzmöglichkeiten	Personalwesen, Berufs- und Bildungsberatung, Klinische Psychologie
Theoretisches Konzept	*a-priori*
Besonderheiten	insgesamt 32 Items, 6kategorielle Verrechung.
Vorgabedauer	10 bis 20 Minuten

Reliabilität	.63 - .87 *(split-half)*
Stabilität	.58 - .93 (2 Wochen bis 6 Monate)
Validität	Konstruktvalidität zweifelhaft
Normierung	N = 248 Jugendliche (14-17 Jahre), N = 2028 Erwachsene, repräsentativ

FKL
FRAGEBOGEN ZUR KAUSALATTRIBUIERUNG IN LEISTUNGSSITUATIONEN
(Keßler, 1988)

Spezieller Persönlichkeitsfragebogen (Kausalattribuierung), Gruppenverfahren, für 13- bis 15jährige
Zeitschrift für Differentielle und Diagnostische Psychologie '89/2

Skalen	**Anstrengung bei Erfolg, Begabung bei Erfolg, Schwierigkeiten bei Erfolg, Zufall bei Erfolg, Anstengung bei Mißerfolg, Begabung bei Mißerfolg, Schwierigkeiten bei Mißerfolg, Zufall bei Mißerfolg**
Einsatzmöglichkeiten	Schulpsychologie
Theoretisches Konzept	Theorie des Sozialen Lernens von *Rotter*
Besonderheiten	insgesamt 24 Items, 5kategorielle Verrechung
Vorgabedauer	15 bis 25 Minuten
Reliabilität	.68 - .86 *(split-half)*
Stabilität	.54 - .68 (10 Wochen)
Validität	Kriteriumsvalidität mäßig; extremgruppenvalidiert
Normierung	N = 3926, repräsentativ

FPI-R
FREIBURGER PERSÖNLICHKEITS-INVENTAR Revidierte Fassung
(Fahrenberg, Hampel & Selg, 1984; 4., rev. Aufl.)

Persönlichkeits-Fragebogenbatterie, Gruppenverfahren, ab 16 Jahren
Diagnostica '85/3, '88/3
Zeitschrift für Differentielle und Diagnostische Psychologie '87/2

Skalen	**Lebenszufriedenheit, Soziale Orientierung, Leistungsorientierung, Gehemmtheit, Erregbarkeit, Aggressivität, Beanspruchung, Körperliche Beschwerden, Gesundheitssorgen, Offenheit, Extraversion, Emotionalität**
Einsatzmöglichkeiten	Klinische Psychologie
Theoretisches Konzept	Faktorenanalyse
Besonderheiten	insgesamt 138 Items, zweikategorielle Verrechnung; Anwendung des *Rasch*-Modells (!) ohne die Ergebnisse bei der Konstruktion verbindlich zu berücksichtigen
Vorgabedauer	10 - 30 Minuten
Reliabilität	.71 bis .84 (*Cronbach*-alpha)
Stabilität	keine Angaben im Manual
Validität	Kriteriumsvalidität äußerst niedrig
Normierung	N = 2035, repräsentativ; alters- und geschlechtsspezifische Normen

FSKN
FRANKFURTER SELBSTKONZEPTSKALEN
(Deusinger, 1986)

Spezieller Persönlichkeitsfragebogen (Selbstkonzept), Gruppenverfahren, für 13- bis 95jährige
Diagnostica '87/4
Zeitschrift für Differentielle und Diagnostische Psychologie '88/1

Skalen	**Selbstkonzept der allgemeinen Leistungsfähigkeit, der Problembewältigung, der Verhaltens- und Entscheidungssicherheit, des allgemeinen Selbstwertes, der eigenen Empfindlichkeit und Gestimmtheit, der Standfestigkeit gegenüber Gruppen und bedeutsamen anderen, Selbstkonzept zur eigenen Kontakt- und Umgangsfähigkeit, zur Wertschätzung durch andere, zur Irritierbarkeit durch andere, Selbstkonzept über Gefühle und Beziehungen zu anderen**
Einsatzmöglichkeiten	Klinische Psychologie
Theoretisches Konzept	*a-priori*
Besonderheiten	insgesamt 78 Items, 6kategorielle Verrechnung
Vorgabedauer	15 - 25 Minuten
Reliabilität	.93 -.97 *(split-half)*
Stabilität	.82 (4 bis 5 Monate)
Validität	relativ hohe konvergente, wenig gesicherte diskriminante Validität
Normierung	N = 568 Schüler (13 - 20 Jahre), N = 540 Erwachsene, Repräsentativität zweifelhaft

GESTALTWAHRNEHMUNGSTEST ***Computertest***
(Hergovich & Hörndler, 1994)

Spezieller Leistungstest (Feldabhängigkeit), für Kinder und Erwachsene

Einsatzmöglichkeiten	Klinische Psychologie, Berufs- und Bildungsberatung
Theoretisches Konzept	Theorie der Feldunabhängigkeit *sensu Witkin*; *Rasch*-Modell
Besonderheiten	*power*-Test, insgesamt 30 Items, zweikategorielle Verrechung
Vorgabedauer	ca. 30 Minuten
Reliabilität	(.87. – *split-half*; .89 - .90 – *Cronbach*-alpha); innere Konsistenz aufgrund der Geltung des *Rasch*-Modells gegeben
Stabilität	keine Angaben im Manual
Validität	Kriteriumsvalidität in bezug auf „soziale Beeinflußbarkeit" hoch
Normierung	N = 351, nicht repräsentativ („vorläufige Normwerte")

GIS
GENERELLE INTERESSEN-SKALA
(Brickenkamp, 1990)

Spezieller Persönlichkeitsfragebogen (Interessen), Gruppenverfahren, für 13- bis 18jährige

Skalen	**Musik, Kunst, Architektur, Literatur, Politik, Handel, Erziehung, Medizin, Kommunikationstechnologie, Naturwissenschaft, Biologie, Natur/Landwirtschaft, Ernährung, Mode, Sport, Unterhaltung**
Einsatzmöglichkeiten	Schulpsychologie, Berufs- und Bildungsberatung
Theoretisches Konzept	*a-priori*
Besonderheiten	insgesamt 48 Items, 5kategorielle Verrechnung; Formen männlich/weiblich, dazu je eine Parallelform.
Vorgabedauer	5 - 10 Minuten
Reliabilität	.46 - .92 (*Cronbach*-alpha)
Stabilität	.64 - .94 (2 Monate)
Validität	Konstruktvalidität nicht gegeben
Normierung	N = 9424, repräsentativ; geschlechts- und schulsspezifische Normen

GT
GIESSEN-TEST
(Beckmann, Brähler & Richter, 1991[4]; 1.Aufl.: 1972)

Persönlichkeits-Fragebogenbatterie, Gruppenverfahren, für 18- bis 60jährige

Skalen	**Soziale Resonanz, Dominanz, Kontrolle, Grundstimmung, Durchlässigkeit, Soziale Potenz**
Einsatzmöglichkeiten	Klinische Psychologie
Theoretisches Konzept	Faktorenanalyse; psychoanalytischer Ansatz
Besonderheiten	insgesamt 40 Items, 7kategorielle Verrechnung; Formen für die Selbst- und Fremdbeurteilung
Vorgabedauer	10 bis 15 Minuten
Reliabilität	keine Angaben im Manual
Stabilität	.72 (6 Wochen)
Validität	Kriteriumsvalidität mittelmäßig
Normierung	N = 1575, repräsentative Neustandardisierung 1990

HAWIE-R
HAMBURG-WECHSLER INTELLIGENZTEST FÜR ERWACHSENE - REVISION 1991
(Tewes, 1991)

Intelligenz-Testbatterie, Individualverfahren, 16- bis 74jährige
Diagnostica '93/3
Zeitschrift für Differentielle und Diagnostische Psychologie '93/4

Untertests	**Allgemeines Wissen, Bilderergänzen, Zahlennachsprechen, Bilderordnen, Wortschatz-Test, Mosaik-Test, Rechnerisches Denken, Figurenlegen, Allgemeines Verständnis, Zahlen-Symbol-Test, Gemeinsamkeitenfinden**
Einsatzmöglichkeiten	Klinische Psychologie, Schulpsychologie
Theoretisches Konzept	Deutsche Version der *Wechsler Adult Intelligence Scale - Revised* (WAIS-R) von *Wechsler*

Besonderheiten	*power*-Tests sowie *speed (-and-power)*-Tests, insgesamt 249 Items, zwei oder dreikategorielle Verrechung, gelegentlich mehr als dreikategoriell
Vorgabedauer	60 - 70 Minuten
Reliabilität	.57 - .97 (*Cronbach*-alpha)
Stabilität	keine Angaben im Manual
Validität	faktorenanalytisch konstruktvalidiert
Normierung	N = 2000, repräsentativ

HAWIK-R
HAMBURG-WECHSLER INTELLIGENZTEST FÜR KINDER - REVISION 1983
(Tewes, 1983)

Intelligenz-Testbatterie, Individualverfahren, 6- bis 16jährige
Diagnostica '84/1, '94/2
Zeitschrift für Differentielle und Diagnostische Psychologie '84/3

Untertests	**Bilderergänzen, Allgemeines Wissen, Zahlennachsprechen, Wortschatz-Test, Mosaik-Test, Rechnerisches Denken, Allgemeines Verständnis, Figurenlegen, Bilderordnen, Gemeinsamkeitenfinden, Zahlen-Symbol-Test**
Einsatzmöglichkeiten	Schulpsychologie, Klinische Psychologie
Theoretisches Konzept	Deutsche Version der *Wechsler Intelligence Scale for Children - Revised* (WISC-R) von *Wechsler*
Besonderheiten	*power*-Tests sowie *speed (-and-power)*-Tests, insgesamt 312 Items, zwei oder dreikategorielle Verrechnung, gelegentlich mehr als dreikategoriell
Vorgabedauer	ca. 90 Minuten
Reliabilität	.55 - .96 (KR 20)
Stabilität	.06 - .74 (7 bis 9 Monate)
Validität	keine Angaben im Manual
Normierung	N = 2000 Kinder, repräsentativ

IAF
INTERAKTIONS-ANGST-FRAGEBOGEN
(Becker, 1982)

Spezieller Persönlichkeitsfragebogen (Ängstlichkeit), Gruppenverfahren, für 18- bis 65jährige

Skalen	**Angst vor physischer Verletzung, vor Auftritten, vor Normüberschreitung, vor Erkrankungen und ärztlichen Behandlungen, vor Selbstbehauptung, vor Abwertung und Unterlegenheit, vor physischen und psychischen Angriffen, vor Bewährungssituationen.**
Einsatzmöglichkeiten	Klinische Psychologie
Theoretisches Konzept	Faktorenanalyse; verschiedene Angsttheorien.
Besonderheiten	insgesamt 53 Items, 6kategorielle Verrechung
Vorgabedauer	ca. 15 Minuten
Reliabilität	.64 - .88 (*Cronbach*-alpha)
Stabilität	.74 - .79 (5 Tage bis 12 Monate)

Validität	Konstruktvalidität nicht gegeben; Übereinstimmungsvalidität mit anderen Angstskalen mittelmäßig; extremgruppenvalidiert
Normierung	N = 449, Repräsentativität zweifelhaft

IPC
IPC-FRAGEBOGEN ZU KONTROLLÜBERZEUGUNGEN
(Krampen, 1981)

Spezieller Persönlichkeitsfragebogen (Kausalattribuierung), Gruppenverfahren, ab 18 Jahren

Skalen	**Internal, External - „powerful others", Externalität - „chance"**
Einsatzmöglichkeiten	Personalwesen, Berufs- und Bildungsberatung, Klinische Psychologie
Theoretisches Konzept	Theorie des Sozialen Lernens von *Rotter*
Besonderheiten	insgesamt 24 Items, 6kategorielle Verrechnung.
Vorgabedauer	10 - 15 Minuten
Reliabilität	.91 - .98 *(Kuder-Richardson)* .55 - .80 *(split-half)*
Stabilität	.81 - .90 (2 Wochen), .78 - .84 (6 Wochen)
Validität	faktorenanalytische Konstruktvalidierung weitgehend gelungen
Normierung	N = 869, repräsentativ

IST 70
INTELLIGENZ-STRUKTUR-TEST
(Amthauer, 1970)

Intelligenz-Testbatterie, Gruppenverfahren, für 12- bis 60jährige.

Untertests	**Satzergänzung, Wortauswahl, Analogien, Gemeinsamkeiten, Rechenaufgaben, Zahlenreihen, Figurenauswahl, Würfelaufgaben, Merkaufgaben**
Einsatzmöglichkeiten	Schulpsychologie, Personalwesen, Berufs- und Bildungsberatung
Theoretisches Konzept	Intelligenztheorie von *Thurstone*
Besonderheiten	*speed-and-power*-Test, insgesamt 180 Items, zweikategorielle Verrechnung, *multiple-choice*-Format (5kategoriell mit Ausnahmen); Berufsgruppenprofile
Vorgabedauer	ca. 90 Minuten
Reliabilität	.84 - .96 *(split-half)*
Stabilität	keine Angaben im Manual
Validität	bezogen auf Schulnoten mittelmäßig kriteriumsvalidiert
Normierung	N > 10 000, Repräsentativität zweifelhaft

K-ABC
KAUFMAN ASSESSMENT BATTERY FOR CHILDREN
(Melchers & Preuß, 1991)

Intelligenz-Testbatterie, Individualverfahren, für 2;5- bis 12jährige

Untertests	**Zauberfenster, Wiedererkennen von Gesichtern, Handbewegungen, Gestaltschließen, Zahlennachsprechen, Dreiecke, Wortreihe, Bildhaftes Ergänzen, Räumliches Gedächtnis, Fotoserie, Wortschatz, Gesichter und Orte, Rechnen, Rätsel, Lesen/Buchstabieren, Lesen/Verstehen**
Einsatzmöglichkeiten	Schulpsychologie, Klinische Psychologie
Theoretisches Konzept	Deutsche Version des K-ABC von *Kaufman & Kaufman*; Testkonzept von *Wechsler*
Besonderheiten	*power*-Tests sowie *speed(-and-power)*-Tests, zweikategorielle Verrechnung
Vorgabedauer	30 - 85 Minuten
Reliabilität	.69 - .93 *(split-half)*
Stabilität	.84 - .97 (19 Tage)
Validität	faktorenanalytische Konstruktvalidierung weitgehend gelungen; Übereinstimmungsvalidität, u.a. mit HAWIK-R, AID, mittelmäßig
Normierung	N = 3098, repräsentativ (auch für Österreich)

KFT 4-13+
KOGNITIVER FÄHIGKEITS-TEST
(Heller, Gaedike & Weinläder, 1985; 2.verb. u. erw. Auflage)

Intelligenz-Testbatterie, Gruppenverfahren, für die 4. bis 13. Schulstufe und darüber
Zeitschrift für Differentielle und Diagnostische Psychologie '86/1

Untertests	**Wortschatz, Satzergänzen, Wortklassifikation, Wortanalogien, Textrechenaufgaben, Mengenvergleichen, Zahlenreihen, Gleichungenbilden, Figurenklassifikation, Figurenanalogien, Figurensynthese**
Einsatzmöglichkeiten	Schulpsychologie, Berufs- und Bildungsberatung
Theoretisches Konzept	in Anlehnung an den *Cognitive Abilities Test* basierend auf *Thorndike*
Besonderheiten	*speed-and-power*-Test, insgesamt 245 Items pro Schulstufe, zweikategorielle Verrechung, *multiple-choice*-Format (3- bis 5kategoriell)
Vorgabedauer	ca. 140 Minuten
Reliabilität	bis .96 (KR20)
Stabilität	Re- bzw. Paralleltest-Reliabilität .34 - .89 (3 Wochen)
Validität	faktorenanalytisch konstruktvalidiert; Kriteriumsvalidität mittelmäßig
Normierung	N = 1137, repräsentativ, aber großteils aus 1974
Nützlichkeit	differenziert vor allem im oberen Bereich

LGT-3
LERN- UND GEDÄCHTNISTEST
(Bäumler, 1974)

Spezieller Leistungstest (Lernen; *memory*), Gruppenverfahren, ab 16 Jahren

Untertests	**Stadtplan, Türkisch, Gegenstände, Telefonnummern, Bau, Firmenzeichen**
Einsatzmöglichkeiten	Personalwesen, Berufs- und Bildungsberatung
Theoretisches Konzept	*a-priori*
Besonderheiten	*speed-and-power*-Test, insgesamt 135 Items, zweikategorielle Verrechnung (teilweise 4- bis 5kategoriell) 2 Paralleltests.
Vorgabedauer	ca. 40 Minuten
Reliabilität	.79 - .94 *(splt-half)*,.51 - 69 (Paralleltest)
Stabilität	.48 - .89 (1 bis 4 Wochen)
Validität	Konstruktvalidität zweifelhaft, Übereinstimmungsvalidität mit *Merkaufgaben* des IST 70 mittelmäßig
Normierung	N = 1150, Repräsentativität zweifelhaft

LMT
LEISTUNGSMOTIVATIONSTEST
(Hermans, Petermann & Zielinski, 1978)

Spezieller Persönlichkeitsfragebogen (Leistungsmotivation), Gruppenverfahren, für 15- bis 20jährige

Skalen	**Leistungsstreben, Ausdauer und Fleiß, leistungsfördernde Prüfungsangst, leistungshemmende Prüfungsangst**
Einsatzmöglichkeiten	Schulpsychologie
Theoretisches Konzept	Erfolgs- vs. Mißerfolgsmotivation (z.B. nach *Atkinson*)
Besonderheiten	insgesamt 56 Items, zweikategorielle Verrechnung, trotz zumeist dreikategoriellem Antwortformat; Anwendung des *Rasch*-Modells (!), ohne die Ergebnisse bei der Konstruktion verbindlich zu berücksichtigen
Vorgabedauer	15 - 20 Minuten
Reliabilität	.67 - .84 *(split-half)*
Stabilität	.74 - .84 (6 Wochen)
Validität	Konstruktvalidierung nicht gegeben; Kriteriumsvalidität (sehr) niedrig
Normierung	N = 587, Repräsentativität zweifelhaft

LMT-J
LEISTUNGSMOTIVATIONSTEST FÜR JUGENDLICHE
(Undeutsch, 1976)

Spezieller Persönlichkeitsfragebogen (Leistungsmotivation), Gruppenverfahren, für 12- bis 16jährige

Skalen	**Leistungs- und Erfolgsstreben, positive (leistungsfördernde) Erfolgsbesorgtheit, negative (leistungsmindernde) Erfolgsbesorgtheit, Soziale Erwünschtheit**
Einsatzmöglichkeiten	Schulpsychologie
Theoretisches Konzept	übersetzt und neu normiert aus dem Niederländischen: Erfolgs- vs. Mißerfolgsmotivation (z.B. nach *Atkinson*), Faktorenanalyse
Besonderheiten	insgesamt 81 Items, zweikategorielle Verrechung, trotz zumeist dreikategoriellem Antwortformat
Vorgabedauer	20 - 50 Minuten
Reliabilität	.79 - .88 *(split-half)*
Stabilität	keine Angaben im Manual
Validität	Kriteriumsvalidität mittelmäßig
Normierung	N = 2838, repräsentativ

MTP
MANNHEIMER TEST ZUR ERFASSUNG PHYSIKALISCH-TECHNISCHEN PROBLEMLÖSENS
(Conrad, Baumann & Mohr, 1980)

Spezieller Leistungstest (technisches Verständnis), Gruppenverfahren, ab 16 Jahren

Einsatzmöglichkeiten	Berufs- und Bildungsberatung
Theoretisches Konzept	vielfache Vorbilder; *Rasch*-Modell
Besonderheiten	*speed-and-power*-Test, insgesamt 26 Items, zweikategorielle Verrechung, *multiple-choice*-Format (4- bis 5kategoriell); 2 Parallelformen
Vorgabedauer	ca. 30 Minuten
Reliabilität	(.84 – *split-half*), innere Konsistenz aufgrund der Geltung des *Rasch*-Modells gegeben
Stabilität	.91 (2 Wochen), .79 (15 Monate)
Validität	Übereinstimmungsvalidität mit einschlägigen Tests im üblichen Ausmaß, Kriteriumsvalidität (sehr) niedrig
Normierung	N = 10256, repräsentativ

NVLT ***Computertest***
NONVERBALER LERNTEST
(Sturm & Willmes, 1994)

Spezieller Leistungstest *(memory)*, für 20- bis 66jährige

Einsatzmöglichkeiten	Klinische Psychologie, Personalwesen
Theoretisches Konzept	neuropsychologische Amnesieforschung
Besonderheiten	*speed-and-power*-Test, 160 Figuren, *multiple-choice*-Format (zweikategoriell); Kurzform
Vorgabedauer	10 bis 15 Minuten
Reliabilität	.84 - .91 *(split-half)*
Stabilität	keine Angaben im Manual
Validität	inhaltliche Gültigkeit

Normierung	N = 911, Repräsentativität zweifelhaft

PERSEVERATIONSTEST ***Computertest***
(ohne Autor, 1993)

Spezieller Leistungstest (Perseverationstendenz), für 18- bis 77jährige

Einsatzmöglichkeiten	Klinische Psychologie
Theoretisches Konzept	*Mitterneckerscher* Zeigeversuch
Besonderheiten	„*speed*"-Test, 210 Eingaben
Vorgabedauer	ca. 5 Minuten
Reliabilität	.81-.91 *(split-half)*
Stabilität	keine Angaben im Manual
Validität	keine Angaben im Manual
Normierung	N = 104, Repräsentativität zweifelhaft

PFT
ROSENZWEIG PICTURE FRUSTRATION TEST
(Hörmann & Moog, 1957)

Projektives Verfahren, Gruppenverfahren, für Erwachsene

Einsatzmöglichkeiten	Klinische Psychologie
Theoretisches Konzept	keines
Besonderheiten	insgesamt 24 Items, Verrechnung erfolgt nach Signierungskatalog
Vorgabedauer	ca. 20 Minuten
Reliabilität	keine Angaben im Manual
Stabilität	keine Angaben im Manual
Validität	fragwürdig
Normierung	N = 1040, Neunormierung 1979 (in Rauchfleisch, 1993), Repräsentativität zweifelhaft; alters- und geschlechtsspezifische Normen

PRF
DEUTSCHE PERSONALITY RESEARCH FORM
(Stumpf, Angleitner, Wieck, Jackson & Beloch-Till, 1985)

Persönlichkeits-Fragebogenbatterie, Gruppenverfahren, ab 17 Jahren
Diagnostica '87/1
Zeitschrift für Differentielle und Diagnostische Psychologie '86/4

Skalen	**Selbsterniedrigung, Leistungsstreben, Geselligkeit, Aggressivität, Autonomiestreben, Bedürfnis nach Abwechslung, Sorgfalt, Mißtrauen, Dominanzstreben, Ausdauer, Bedürfnis nach Beachtung, Risikomeidung, Impulsivität, Hilfsbereitschaft, Ordnungsstreben, Spielerische Grundhaltung, Beachtung von Sinnesqualitäten, Soziales Anerkennungsbedürfnis, Anlehnungsbedürfnis, Allgemeine Interessiertheit**

Einsatzmöglichkeiten	Personalwesen, Berufs- und Bildungsberatung
Theoretisches Konzept	Deutsche Version der PRF von *Jackson*, (Personologie von *Murray*)
Besonderheiten	insgesamt 234 Items, zweikategorielle Verrechung; 2 Parallelformen
Vorgabedauer	25 - 50 Minuten
Reliabilität	.53 - .85 (*split-half*), .66 - .87 (*Cronbach*-alpha)
Stabilität	.71 - .78 (1 Jahr)
Validität	Konstruktvalidität zweifelhaft
Normierung	N = 2209, repräsentativ; altersspezifische Normen

PROBLEMFRAGEBOGEN FÜR JUGENDLICHE
(Süllwold & Berg, 1967)

Persönlichkeits-Fragebogenbatterie, Gruppenverfahren, für 14- bis 19jährige

Themenbereiche	**Meine Schule, Nach der Schule, Über mich selbst, Ich und die anderen, Zu Hause, Jungen und Mädchen, Gesundheit, Allgemeines**
Einsatzmöglichkeiten	Berufs- und Bildungsberatung, Klinische Psychologie
Theoretisches Konzept	keines
Besonderheiten	insgesamt 306 Items, vierkategorielle Verrechung
Vorgabedauer	ca. 90 Minuten
Reliabilität	.83 - .94 (KR 20)
Stabilität	keine Angaben im Manual
Validität	keine Angaben im Manual
Normierung	N = 3695, Repräsentativität zweifelhaft

PROBLEMFRAGEBOGEN FÜR 11- BIS 14JÄHRIGE
(Westhoff, Geusen-Asenbaum, Leutner & Schmidt, 1981)

Spezieller Persönlichkeitsfragebogenbatterie, Gruppenverfahren

Themenbereiche	**Über mich, Meine Familie, Ich und die anderen, Meine Schule, Allgemeines**
Einsatzmöglichkeiten	Schulpsychologie, Berufs- und Bildungsberatung, Klinische Psychologie
Theoretisches Konzept	keines
Besonderheiten	insgesamt 236 Items, zweikategorielle Verrechung; Formen männlich/weiblich.
Vorgabedauer	45 - 90 Minuten
Reliabilität	keine Angaben im Manual
Stabilität	.87 (2 Tage)
Validität	keine Angaben im Manual
Normierung	N = 768, Repräsentativität zweifelhaft

RECHNEN IN SYMBOLEN ***Computertest***
(Schmotzer, Kubinger & Maryschka, 1994)

Spezieller Leistungstest *(reasoning)*, für Jugendliche und Erwachsene

Einsatzmöglichkeiten	Personalwesen, Berufs- und Bildungsberatung
Theoretisches Konzept	vielfache Vorbilder; *Rasch*-Modell
Besonderheiten	*power*-Test, 19 Items (davon werden nur 17 verrechenet), zweikategorielle Verrechnung, *multiple-choice*-Format (11kategoriell)
Vorgabedauer	20 bis 50 Minuten
Reliabilität	innere Konsistenz aufgrund der Geltung des *Rasch*-Modells gegeben
Stabilität	keine Angaben im Manual
Validität	keine Angaben im Manual
Normierung	N = 165, nicht repräsentativ („vorläufige Normwerte“)

SCHLAUCHFIGUREN
(Stumpf & Fay, 1983)

Spezieller Leistungstest (Raumvorstellung), Gruppenverfahren, 15- bis 20jährig (männlich)
Diagnostica 84/1
Zeitschrift für Differentielle und Diagnostische Psychologie '84/1

Einsatzmöglichkeiten	Personalwesen, Berufs- und Bildungsberatung
Theoretisches Konzept	Neuartiger Aufgabentyp
Besonderheiten	*speed-and-power*-Test, insgesamt 21 Items, zweikategorielle Verrechnung, *multiple-choice*-Format (5kategoriell); 2 Parallelformen
Vorgabedauer	12 Minuten
Reliabilität	.78 *(split-half)*
Stabilität	keine Angaben im Manual
Validität	Übereinstimmungsvalidität mittelmäßig
Normierung	N = 727 (männlich), nicht repräsentativ

16 - PF
16-PERSÖNLICHKEITS-FAKTOREN-TEST
(Schneewind, Schröder & Cattell, 1986²; 1.Aufl. 1983)

Persönlichkeits-Fragebogenbatterie, Gruppenverfahren, ab 18 Jahren
Diagnostica '84/1, '87/1, '88/4
Zeitschrift für Differentielle und Diagnostische Psychologie '84/2

Skalen	**Sach- vs. Kontaktorientierung, Konkretes vs. Abstraktes Denken, Emotionale Störbarkeit vs. Emotionale Widerstandsfähigkeit, Soziale Anpassung vs. Selbstbehauptung, Besonnenheit vs. Begeisterungsfähigkeit, Flexibilität vs. Pflichtbewußtsein, Zurückhaltung vs. Selbstsicherheit, Robustheit vs. Sensibilität, Vertrauensbereitschaft vs. Skeptische Haltung, Pragmatismus vs. Unkonventionalität, Unbefangenheit vs. Überlegenheit, Selbstvertrauen vs. Besorgtheit, Sicherheitsinteresse vs. Veränderungsbereitschaft, Gruppenverbundenheit vs. Eigenständigkeit, Spontanität vs. Selbstkontrolle, Innere Ruhe vs. Innere Gespanntheit**
Einsatzmöglichkeiten	Personalwesen, Berufs- und Bildungsberatung
Theoretisches Konzept	Deutsche Version des 16 PF von *Cattell:* Faktorenanalyse
Besonderheiten	insgesamt 191 Items, dreikategorielle Verrechnung
Vorgabedauer	30 bis 45 Minuten
Reliabilität	.82 - .95 *(Kuder-Richardson)*
Stabilität	.50 - .79 (1 Jahr)
Validität	Kriteriumsvalidität niedrig, Konstruktvalidität zweifelhaft
Normierung	N = 3250, repräsentativ; alters- und geschlechtsspezifische Normen

SIGNAL
SIGNAL-DETECTION

Computertest

(ohne Autor, 1986)

Spezieller Leistungstest (Konzentration), für Kinder und Erwachsene

Einsatzmöglichkeiten	Personalwesen, Berufs- und Bildungsberatung
Theoretisches Konzept	keines
Besonderheiten	*speed*-Test, Verrechnung: Gesamtanzahl richtiger Reaktionen, Anzahl der Fehler, durchschnittliche Reaktionszeit
Vorgabedauer	ca. 15 Minuten
Reliabilität	.74 - .85 *(split-half)*
Stabilität	keine Angaben im Manual
Validität	inhaltliche Gültigkeit
Normierung	N = 738, Repräsentativität zweifelhaft

SPM
STANDARD PROGRESSIVE MATRICES

(Kratzmaier & Horn, 1979)

Spezieller Leistungstest *(reasoning)*, Gruppenverfahren, für 6- bis 65jährige

Einsatzmöglichkeiten	Schulpsychologie, Berufs- und Bildungsberatung, Personalwesen
Theoretisches Konzept	Testkonzept von *Raven*
Besonderheiten	*speed-and-power*-Test, insgesamt 60 Items, zweikategorielle Verrechung, *multiple-choice*-Format (8kategoriell)
Vorgabedauer	45 bis 60 Minuten
Reliabilität	keine Angaben im Manual
Stabilität	.87 - .93 (bis zu 1 Jahr)

Validität	gut konvergent und diskriminant konstruktvalidiert
Normierung	N = 2333, repräsentativ

STAI
STATE-TRAIT-ANGST INVENTAR
(Laux, Glatzmann, Schaffner & Spielberger, 1981)

Spezieller Persönlichkeitsfragebogen (Ängstlichkeit), Gruppenverfahren, für 15- bis 70jährige

Skalen	**state, trait**
Einsatzmöglichkeiten	Klinische Psychologie
Theoretisches Konzept	*state/trait*-Angstmodell von *Spielberger*
Besonderheiten	insgesamt 40 Items, vierkategorielle Verrechnung
Vorgabedauer	10 Minuten
Reliabilität	.92 und .83 (*Cronbach*-alpha)
Stabilität	.34 und .84 (1 Stunde!)
Validität	Übereinstimmungsvalidität mit verschiedenen Angstskalen mittelmäßig bis gut
Normierung	N = 2385, repräsentativ

STAXI
STATE-TRAIT-ÄRGER-AUSDRUCKS-INVENTAR
(Schwenkmezger, Hodapp & Spielberger, 1992)

Spezieller Persönlichkeitstest (Ärger). Gruppenverfahren, ab 14 Jahren
Zeitschrift für Differentielle und Diagnostische Psychologie '94/4

Skalen	**Situationsbezogener Ärger (Zustandsärger), Eigenschaftsärger, nach innen gerichteter Ärger, nach außen gerichteter Ärger, Ärgerkontrolle**
Einsatzmöglichkeiten	Klinische Psychologie
Theoretisches Konzept	*state/trait*-Ansatz von *Spielberger*
Besonderheiten	insgsamt 44 Items, vierkategorielle Verrechnung
Vorgabedauer	ca. 10 Minuten
Reliabilität	.71 - .95 (*Cronbach*-alpha)
Stabilität	.75 - .90 (8 Wochen)
Validität	faktorenanalytisch konstruktvalidiert
Normierung	N = 990, repräsentativ

SVF
STRESSVERARBEITUNGSFRAGEBOGEN
(Janke, Erdmann & Kallus, 1985)

Spezieller Persönlichkeitsfragebogen (Streß), Gruppenverfahren, für 20- bis 64jährige
Diagnostica '86/2
Zeitschrift für Differentielle und Diagnostische Psychologie '87/3

Skalen	**Bagatellisierung, Herunterspielen durch Vergleich mit anderen, Schuldabwehr, Ablenkung von Situationen, Ersatzbefriedigung, Suche nach Selbstbestätigung, Situationskontrollversuche, Reaktionskontrollversuche, positive Selbstinstruktion, Bedürfnis nach sozialer Unterstützung, Vermeidungstendenz, Fluchttendenz, Soziale Abkapselung, Gedankliche Weiterbeschäftigung, Resignation, Selbstbemitleidung, Selbstbeschuldigung, Aggression, Pharmakaeinnahme**
Einsatzmöglichkeiten	Klinische Psychologie, Personalwesen, Berufs- und Bildungsberatung
Theoretisches Konzept	*a-priori* Skalen
Besonderheiten	insgesamt 114 Items, 5kategorielle Verrechung.
Vorgabedauer	ca. 15 Minuten
Reliabilität	.39 - .91 *(split-half)*, .66 - .93 (*Cronbach*-alpha)
Stabilität	.69 - .86 (4 Wochen)
Validität	Kriteriumsvalidität niedrig, Konstruktvalidität nicht gegeben
Normierung	N = 200, nicht repräsentativ

SYLLOGISMEN

Computertest

(Srp, 1994)

Spezieller Leistungstest *(reasoning)*, für Erwachsene

Einsatzmöglichkeiten	Personalwesen, Berufs- und Bildungsberatung
Theoretisches Konzept	*Rasch*-Modell
Besonderheiten	*power*-Test, adaptives Testen mit 75 Items, zweikategorielle Verrechnung, sequentielle Vorgabe von vier Antwortmöglichkeiten
Vorgabedauer	ca. 30 Minuten
Reliabilität	innere Konsistenz aufgrund der Geltung des *Rasch*-Modells gegeben
Stabilität	keine Angaben im Manual
Validität	keine Angaben im Manual
Normierung	N = 290, nicht repräsentativ („vorläufige Normwerte“)
Ökonomie	adaptive Testvorgabe *(tailored-testing)*

TAT
THEMATISCHER APPERZEPTIONSTEST

(Murray, 1943)

Projektives Verfahren, Individualverfahren, ab 4 Jahren

Einsatzmöglichkeiten	Klinische Psychologie
Theoretisches Konzept	Personologie von *Murray*
Besonderheiten	insgesamt 31 Tafeln (Items), Verrechung erfolgt nach Signierungkatalog
Vorgabedauer	ca. 5 Minuten pro Tafel
Reliabilität	keine Angaben im Manual
Stabilität	keine Angaben im Manual
Validität	keine Angaben im Manual
Normierung	keine

TOPOLOGISCHER INVARIANZTEST ***Computertest***
(Berg, 1993)

Spezieller Leistungstest *(reasoning)*, für Erwachsene

Einsatzmöglichkeiten	Berufs- und Bildungsberatung, Personalwesen
Theoretisches Konzept	Topologie der Mathematik
Besonderheiten	*power*-Test, 18 Items, zweikategorielle Verrechnung, *multiple-choice*-Format (4kategoriell)
Vorgabedauer	5 bis 20 Minuten
Reliabilität	.91-.99 *(split-half)*
Stabilität	keine Angaben im Manual
Validität	extremgruppenvalidiert
Normierung	N = 260, Repräsentativität zweifelhaft

TPF
TRIERER PERSÖNLICHKEITSFRAGEBOGEN
(Becker, 1989)

Persönlichkeits-Fragebogenbatterie, Gruppenverfahren, für 18- bis 80jährige
Diagnostica '92/2
Zeitschrift für Differentielle und Diagnostische Psychologie '91/2

Skalen	**Verhaltenskontrolle, Seelische Gesundheit, Sinnerfülltheit vs. Depressivität, Selbstvergessenheit vs. Selbstzentrierung, Beschwerdefreiheit vs. Nervosität, Expansivität, Autonomie, Selbstwertgefühl, Liebesfähigkeit**
Einsatzmöglichkeiten	Klinische Psychologie, Personalwesen, Berufs- und Bildungsberatung
Theoretisches Konzept	Faktorenanalyse
Besonderheiten	insgesamt 120 Items, vierkategorielle Verrrechnung
Vorgabedauer	10 bis 20 Minuten
Reliabilität	.68 - .91 (*Cronbach*-alpha)
Stabiltät	.69 - .78 (11 Monate)
Validität	Konstruktvalidität nicht gegeben
Normierung	N = 560, Repräsentativität zweifelhaft

VIGILANZ ***Computertest***
(ohne Autor, 1986)

Spezieller Leistungstest (Konzentration), für Kinder und Erwachsene

Einsatzmöglichkeiten	Klinische Psychologie, Personalwesen
Theoretisches Konzept	keines
Besonderheiten	*speed*-Test; Verrechnung: Gesamtanzahl richtiger Reaktionen, durchschnittliche Reaktionszeit
Vorgabedauer	30 Minuten
Reliabilität	.77 - .84 *(split-half)*

Stabilität	keine Angaben im Manual
Validität	inhaltliche Gültigkeit
Normierung	N = 200, repräsentativ
Zumutbarkeit	aufgrund der langen Vorgabezeit fraglich

VLT
VERBALER LERNTEST

Computertest

(Sturm & Willmes, 1994)

Spezieller Leistungstest *(memory)*, ab 18 Jahren

Einsatzmöglichkeiten	Klinische Psychologie, Personalwesen
Theoretisches Konzept	neuropsychologische Amnesieforschung
Besonderheiten	*speed-and-power*-Test, 160 Items, *multiple-choice*-Format (zweikategoriell); Kurzform
Vorgabedauer	10 bis 15 Minuten
Reliabilität	.76 - .91 *(split-half)*
Stabilität	keine Angaben im Manual
Validität	inhaltliche Gültigkeit
Normierung	N = 410, Repräsentativität zweifelhaft

WIT
WILDE-INTELLIGENZ-TEST

(Jäger & Althoff, 1983)

Intelligenz-Testbatterie, Gruppenverfahren, für 14- bis 38jährige

Diagnostica '90/3

Zeitschrift für Differentielle und Diagnostische Psychologie '84/4

Untertests	**Grundrechnen, Gleiche Wortbedeutung, Analogien, Schätzen, Sprichwörter, Zahlenreihen, Spiegelbilder, Zahlen-Merken, Eingekleidete Rechenaufgaben, Buchstabenreihen, Gedächtnis, Beobachtung, Wortgewandtheit, Abwicklungen**
Einsatzmöglichkeiten	Personalwesen, Berufs- und Bildungsberatung
Theoretisches Konzept	Intelligenztheorie von *Thurstone*
Besonderheiten	*speed-and-power*-Test, insgesamt 297 Items, zweikategorielle Verrechnung, *multiple-choice*-Format (3- bis 5kategoriell); 2 Parallelformen, verschiedene Kurzformen
Vorgabedauer	ca. 4 Stunden
Reliabilität	.97 - .98 *(split-half)*
Stabilität	.55 - .80 (1 Jahr)
Validität	Kriteriumsvalidität mittelmäßig, Konstruktvalidität zweifelhaft
Normierung	N = 3236 (Repräsentativität zweifelhaft), auf Daten bis aus 1962 zurückgehend

WMT
WIENER MATRIZEN-TEST
(Formann & Piswanger, 1979)

Spezieller Leistungstest *(reasoning)*, Gruppenverfahren, für 14- bis 18jährige

Einsatzmöglichkeiten	Berufs- und Bildungsberatung
Theoretisches Konzept	Testkonzept von *Raven*, *Rasch*-Modell
Besonderheiten	*speed-and-power*-Test, insgesamt 24 Items, zweikategorielle Verrechung, *multiple-choice*-Format (8kategoriell)
Vorgabedauer	ca. 25 Minuten
Reliabilität	(.83 – *split-half)*, innere Konsistenz aufgrund der Geltung des *Rasch*-Modells gegeben
Stabilität	keine Angaben im Manual
Validität	Übereinstimmungsvalidität mit dem SPM sehr hoch
Normierung	N = 2248, Repräsentativität fraglich

WST
WORTSCHATZTEST
(Schmidt & Metzler, 1992)

Spezieller Leistungstest *(verbal comprehension)*, Gruppenverfahren, für 20- bis 90jährige
Diagnostica '94/3
Zeitschrift für Differentielle und Diagnostische Psychologie '94/1

Einsatzmöglichkeiten	Klinische Psychologie
Theoretisches Konzept	vielfache Vorbilder, *Rasch*-Modell
Besonderheiten	*power*-Test; insgesamt 42 Items, zweikategorielle Verrechung, *multiple-choice*-Format (6kategoriell)
Vorgabedauer	10 bis 15 Minuten
Reliabilität	.95 *(split-half)*
Stabiltät	keine Angaben im Manual
Validität	Kriteriumsvalidität mittelmäßig
Normierung	N = 537, Repräsentativität zweifelhaft

ZVT
ZAHLEN-VERBINDUNGS-TEST
(Oswald & Roth, 1987[2]; 1. Aufl.: 1978)

Spezieller Leistungstest *(speed)*, Gruppentest, für 8- bis 60jährige
Zeitschrift für Differentielle und Diagnostische Psychologie '88/4

Einsatzmöglichkeiten	Schulpsychologie, Berufs- und Bildungsberatung, Klinische Psychologie
Theoretisches Konzept	Intelligenzmodell von *Roth, Oswald & Daumenlang*
Besonderheiten	*speed*-Test, insgesamt 4 Matrizen (Items), Verrechnung ist (indirekt) eine Messung der (Bearbeitungs-) Zeit

Vorgabedauer	5 bis 10 Minuten
Reliabilität	89 - .97 (innere Konsistenz – ?)
Stabilität	85 - .97 (6 Monate)
Validität	gut konvergent und diskriminant konstruktvalidiert; extremgruppenvalidiert
Normierung	N = 2109, repräsentativ

Anhang: Diagnostik-Info-Check '95

Wie in Lehrbüchern üblich, soll auch hier dem Leser die Möglichkeit gegeben werden, sich den Stoff durch entsprechende Aufgaben und Fragen grundlegender als durch bloßes Lesen erarbeiten zu können.

Auflösungen werden allerdings nicht gegeben: Alle nötigen Informationen lassen sich im Buch recherchieren. Wenn dem Leser manche der Fragen so scheinen, als würden sie am Zweck, nämlich das diagnostische Wissen zu prüfen und zu fördern, vorbeigehen (z.B. wird öfter danach gefragt, für welchen Namen die Abkürzung eines Tests steht, oder wann eine bestimmter Test erschienen ist), dann muß erklärt werden, daß damit lediglich beabsichtigt wird, ihn zum *systematischen* Suchen anzuleiten und vor allem ihn zu animieren, sich mit den einzelnen diagnostischen Verfahren bekannt und vertraut zu machen - natürlich ist es eine leichtes, diese Information nachzuschlagen. In der diesem *Diagnostik-Info-Check '95* zugrundeliegenden Untersuchung an praktisch tätigen Psychologen (vorl. nur in Österreich; Floquet, in Vorb. - ohne Zitierung) stellte sich heraus, daß gerade diese, zur geplanten Skala *„up-dating"* zählenden Items die Informationslücken „älterer" im Vergleich zu „jüngeren" Diagnostikern deutlich dokumentieren.

Als Instruktion zum *Diagnostik-Info-Check '95* ist lediglich anzumerken, daß das gelegentlich gewählte *multiple-choice*-Format hier anders als sonst zu verstehen ist: **Es können auch mehr als nur eine einzige der gegebenen Antwortmöglichkeiten *richtig* sein !**

1. Der IQ gilt als durchschnittlich, wenn er
   - zwischen 70 und 90
   - zwischen 80 und 120
   - zwischen 90 und 110
   - zwischen 85 und 115
   - zwischen 95 und 105 liegt.

2. Beim *Rorschach*-Form-Deute-Verfahren gibt es 4 Signierungsvariablen. Bitte markieren Sie die im folgenden zusätzlich angeführte Variable :
   - Erfassungsmodus
   - Determination
   - Quelle
   - Inhalt
   - Häufigkeit

3. Zur Messung von Leistungsmotivation gibt es unter anderem folgende(n) Test(s):
   - LMT
   - LMT-J
   - AVT
   - LTS
   - BKT

4. Eine repräsentative Normierungsstichprobe ist mit hoher Wahrscheinlichkeit gewährleistet, wenn
   - die Anzahl der Testpersonen 2000 nicht unterschreitet
   - sich die Testwerte normalverteilen
   - das *Rasch*-Modell gilt
   - die Stichprobe mehr als 5% der interessierenden Population ausmacht
   - die Stichprobe zufällig der interessierenden Population entnommen wurde.

5. Für welchen Test steht die Abkürzung ZVT?..

6. Nennen Sie bitte mindestens einen Lerntest:..

7. Im folgenden sind einige Namen von Lehrbuchautoren genannt; welche betreffen Diagnostik-Lehrbücher:
   - Guthke, Böttcher & Sprung
   - Heckhausen
   - Oerter & Montada
   - Jäger & Petermann
   - Amelang & Zielinsky
   - Bortz
   - Tent & Stelzl
   - von Rosenstiel
   - Wottawa & Hossiep
   - Zimbardo

8. Die Abkürzung IPC bedeutet:..

9. Wenn ein Test mit homogenen Items verlängert wird, erhöht sich regelmäßig die
   - Reliabilität
   - Objektivität
   - Validität
   - Nützlichkeit
   - Fairneß.

10. Wann wurde der BIT II publiziert?..

11. Bei welchem diagnostischen Verfahren könnte die Testperson folgendes zeichnen:

12. Der TAT wurde nach *Murrays* Personologie konstruiert; welcher Persönlichkeitsfragebogen basiert ebenfalls auf diesem Konzept?

....

13. Neben IQ und qualitativer Beurteilung der „Arbeitshaltungen" können beim AID noch zusätzliche Testkennwerte bestimmt werden. Nennen Sie bitte mindestens einen davon.

....

14. Nennen Sie bitte mindestens einen Test, der Extraversion erfassen soll:

....

15. Unter dem Testgütekriterium Fairneß versteht man
    - die ausreichende Reliabilität des Tests
    - die gewichtete Bewertung der Testergebnisse
    - inwieweit es zu einer systematischen Diskriminierung bestimmter Testpersonen kommt
    - die diagnostische Zielsetzung des eingesetzten Tests wird dem Probanden mitgeteilt
    - die maximale Informationsausschöpfung des Testinstruments.

16. Nennen Sie bitte einen publizierten Test, dessen Vorgabe adaptiv erfolgt.

....

17. Wie ist der in einem Leistungstest erreichte Prozentrang von 85 % zu interpretieren?

....

18. „Schuhfried" ist der Name
    - einer Computer-Simulation
    - eines Diagnostik-Lehrbuch-Autors
    - eines neuen Projektiven Verfahrens
    - eines Computertest-Software-Herstellers
    - eines kommentierten Gesetzbuches zur Ausübung psychologischer Berufe.

19. Wieviele unabhängige Dimensionen liegen laut Faktorenanalyse dem 16 PF in der deutschen Fassung zugrunde?...

20. Ab welchem IQ gilt lt. WHO die Diagnose „leichte Intelligenzminderung"?....................................

21. Für welches Alter ist der HAWIK-R einsetzbar?...

22. Wie hängen Centil- und Stanine-Werte zusammen?
    - gar nicht
    - die Centil-Werte -1 bis +1 bzw. 9 bis 11 werden zusammengefaßt zu Stanine-Werten 1 bzw. 9
    - S = C + 2
    - die z-Werte werden bei Leistungstests Centil-Werte, bei Persönlichkeitsfragebogen Stanine-Werte genannt
    - die Standardabweichung der Centil-Werte wird bei den Stanine-Werten auf 1 gesetzt

23. Wofür ist WIT die Abkürzung?...

24. Was mißt der FBS ?...

25. Die theoretische Konzeption des STAI unterscheidet zwischen „*state*-Angst" und...........................

26. Was versteht man unter „Konkurrente Validiät" ?
    - die Konstrukt-Validität
    - die Wiederholungs-Reliabilität
    - die Übereinstimmung der Testleistungen mit einem Experten-*Rating*
    - die Übereinstimmung der Testleistungen bei verschiedenen Testleitern
    - die Übereinstimmung mit einem anderen Test, der dasselbe Konstrukt erfaßt

27. Wann wurde die Revision zum HAWIK veröffentlicht?..

28. Wie wird üblicherweise die Stabilität eines Tests erfaßt?
    - durch Testwiederholung
    - durch Paralleltests
    - durch ein Experten-*Rating*
    - durch Korrelation mit einem Außenkriterium
    - durch spezifisch objektive Vergleiche

29. Was versteht man unter „*reasoning*" ?..

30. Das *Rorschach*-Form-Deute-Verfahren ist ein bekanntes Projektives Verfahren (für Erwachsene); nennen Sie bitte mindestens ein zweites:

    ....

31. Welcher Test enthält einen Subtest *Sprichwörter* ?
    - KFT 4-13+
    - IST 70
    - HAWIE-R
    - MIT
    - GIS

32. Nennen Sie einen Test, in dem die Methode des „Q-Sort" Anwendung findet.

    ....

33. Welchen Wert hat die Standardabweichung des IQ?..

34. Welche Fähigkeit soll durch den Test *Schlauchfiguren* gemessen werden?

    ....

35. Nennen Sie bitte neben Normierung und Nützlichkeit ein weiteres Nebengütekriterium nach *Lienert*:
    - Fairneß
    - Akzeptanz
    - Ökonomie
    - Zumutbarkeit
    - Verfälschbarkeit

36. Nennen Sie bitte mindestens einen Intelligenztest, dessen Konzept sich an *Thurstones* Strukturmodell der Intelligenz orientiert:

    ....

37. Wann erfolgte die Publikation der Neunormierung des *Tests d2* ?..

38. Wann erfolgte die Publikation der Neunormierung des *Gießen-Tests*?..

39. Aus welchem Test könnte folgende Graphik stammen?

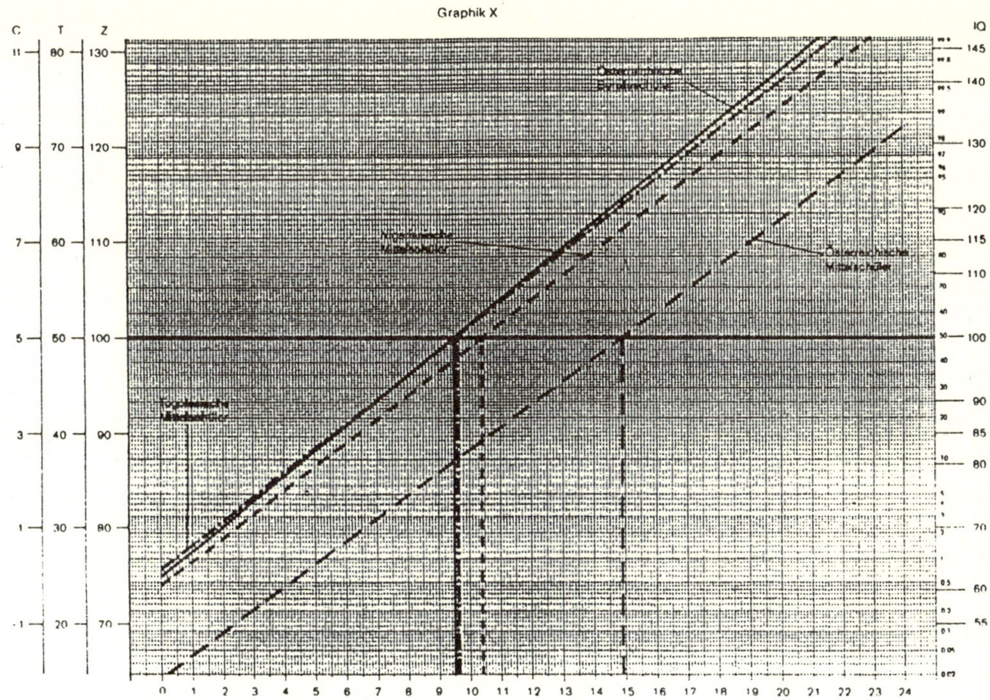

40. In welchem Jahr wurde der 16 PF in deutscher Fassung publiziert?..

41. Das EPI beruht auf der Persönlichkeitstheorie von..

42. Unter einem „Objektiven Persönlichkeits*test*" versteht man
   - einen besonders reliablen und validen Test
   - einen besonders validen Fragebogen
   - einen Test, der der Testperson ausreichend Einsicht in die Testabsicht gewährt
   - einen Test, der absichtliche Verfälschungen seitens der Testperson reduziert
   - einen Test mit einer Lügenskala.

43. Ein in einem Leistungstest erreichter Standardwert (Z-Wert) von 90 entspricht einem
   - T-Wert von 40
   - IQ von 95
   - Prozentrang von 45
   - Stanine-Wert von 7
   - Centil-Wert von 2.

44. Wann wurde die Revision des HAWIE veröffentlicht?..

45. Welche(r) der angeführten Tests zähl(t)en zu den sog. *„culture-fair"* - Tests?
   - SPM
   - WST
   - VKT
   - FAF
   - FSKN

46. Bei welchem Persönlichkeitsfragebogen ist sowohl Selbst - als auch Fremdeinschätzung standardmäßig vorgesehen?

   ....

47. Aus welchem Persönlichkeitsfragebogen stammt folgender Auswertungsbogen:

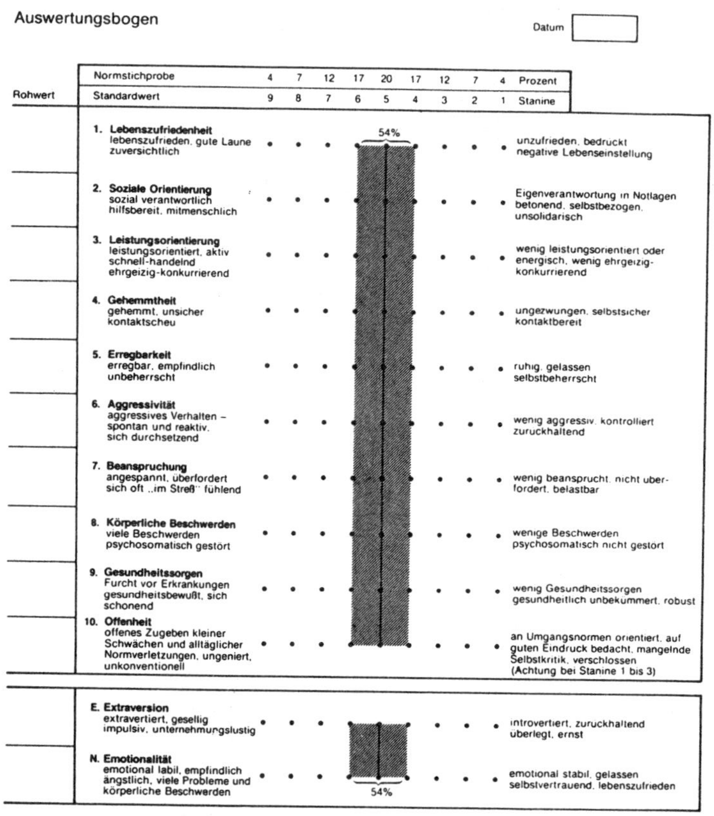

48. Der Angstfragebogen für Schüler (AFS) besteht aus vier Skalen:
   - *Prüfungsangst*
   - *Manifeste Angst*
   - *Soziale Erwünschtheit*

   .... (Bitte geben Sie die fehlende Skala an.)

49. In welche(r)n der folgenden Zeitschriften finden sich regelmäßig Testbeschreibungen:
   - Zeitschrift für Experimentelle und Angewandte Psychologie

- Tests - kritisch
- Zeitschrift für Differentielle und Diagnostische Psychologie
- Diagnostica
- Psychologische Rundschau

50. Reliabilität und Validität sind zwei der drei von *Lienert* definierten Hauptgütekriterien. Nennen Sie bitte das dritte:

    ....

51. Welche Persönlichkeitstheorie liegt dem Myers-Briggs Typenindikator (MBTI) zugrunde?

    ....

52. Was mißt der MTP?..

53. Von „*face-validity*" eines Tests spricht man
    - wenn die Validität des Tests unmittelbar einsichtig ist
    - wenn der Test nicht validiert wurde
    - wenn das, was der Test messen soll, für die Testpersonen offensichtlich ist
    - wenn die Validität durch ein Experten-*Rating* bestätigt ist
    - wenn die Items eines Tests homogen sind

54. Für welche(s) Verfahren ist BBT die Abkürzung:
    - Begriffs-Bildungs-Test
    - Berliner Breitbandtest
    - Belastungsbilanz-Test
    - Berner Begabungs-Test
    - Bender Bilder-Test

55. Worauf ist bei faktorenanalytisch konstruierten Tests zu achten:
    - ob die Rotation rechtwinklig oder schiefwinklig erfolgte
    - ob die Testwerte pro Faktor nach den Faktor-*Scores* verrechnet werden
    - auf die Größe der Eigenwerte
    - auf das Antwortformat der Items
    - auf die Varianz der Variablen

56. Der SVF dient der Erfassung von ....

57. Den Standardmeßfehler benötigt man, um..

58. *Wechsler* untergliedert seine Testbatterie in zwei Testteile:

    ....

59. Wofür ist die Geltung des sog. *Rasch*-Modells notwendig?
    - um mit hoher Wahrscheinlichkeit Normalverteilung der Testwerte zu erhalten
    - um sicherzustellen, daß die Anzahl gelöster Aufgaben einen fairen Testwert liefert
    - um einen *culture-fair*-Test zu erhalten
    - um den Rateeffekt im *multiple-choice*-Format abschätzen zu können
    - um den Standard-Meßfehler exakt bestimmen zu können

60. In welchem Test wird der Testperson folgendes Testmaterial vorgelegt?

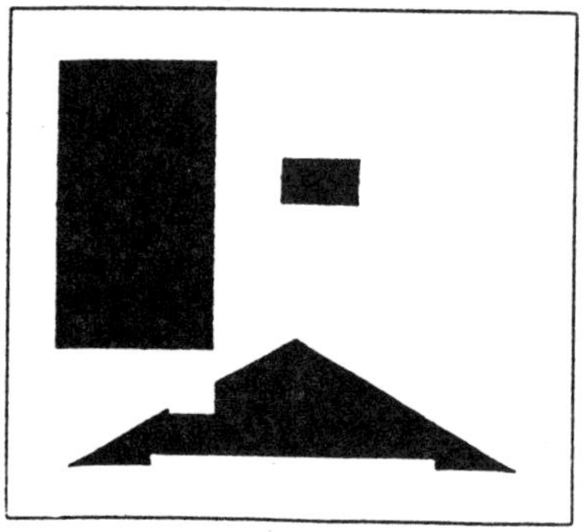

61. Welches Intelligenzkonzept liegt dem CFT 20 zugrunde?..

62. Von einem *speed*-Test spricht man, wenn
- bei bestimmten Testpersonen sämtliche Items mit verkürzter Bearbeitungszeit vorgegeben wer den
- die Testleistung ausschließlich nach der Schnelligkeit beurteilt wird
- die Testleistung zusätzlich zur Leistungsgüte auch nach der Schnelligkeit beurteilt wird
- ein Test mit besonders großen Itemsschwierigkeiten nach einer fixen Vorgabezeit abgebrochen wird
- ein Test eine sehr kurze Durchführungsdauer hat.

63. Was versteht man unter „diskriminanter Validität"?
- die unterschiedlichen Meinungen der Experten im Zuge eines Experten-*Ratings*
- daß konstruktferne Tests mit dem interessierenden Test nicht korrelieren
- daß der Test in keinem Faktor hoch lädt
- die Gültigkeit des Tests bei manchen, nicht aber bei allen Personengruppen
- daß konstruktnahe Tests mit dem interessierenden Test hoch korrelieren

64. Der Untertest *Türkisch* ist aus dem Test..

65. Ordnen Sie bitte das folgende Item dem richtigen Test zu:

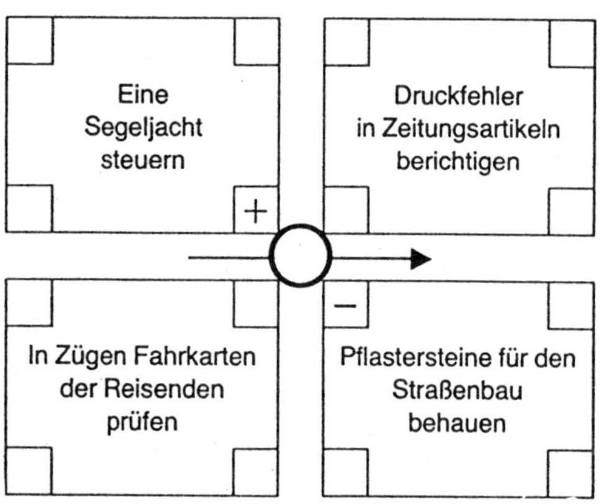

- APM
- TPF
- AIST
- 3DW
- BIT II

66. Was ist der Hauptvorteil der OA-TB 75 ?
    - beinhaltet kurze Items
    - alle seine Items sind nach definitorisch festgelegten Regeln konstruiert
    - hat aktuelle Normen
    - ist ein Objektiver Persönlichkeits*test*
    - ist besonders für Kinder geeignet

Literaturverzeichnis

Althoff, K. (1984). Zur prognostischen Validität von Intelligenz -und Leistungstests im Rahmen der Eignungsdiagnostik. *Psychologie und Praxis, Zeitschrift für Arbeits- und Organisationspsychologie, 28*, 144-148.

Amelang, M. & Bartussek, D.(1990). *Differentielle Psychologie und Persönlichkeitsforschung*. Stuttgart: Kohlhammer.

Amelang, M., Schwarz, G. & Wegemund, A. (1989). Soziale Intelligenz als Trait-Konstrukt und Test-Konzept bei der Analyse von Verhaltensauffälligkeiten. *Zeitschrift für Differentielle und Diagnostische Psychologie, 10*, 37-57.

Amelang, M. & Zielinski, W. (1994). *Psychologische Diagnostik und Intervention*. Berlin: Springer.

Amthauer, R. (1970). *Intelligenz-Struktur-Test (IST 70)*. Göttingen: Hogrefe.

Amthauer, R. (1972). *Test zur Untersuchung des praktisch-technischen Verständnisses (PTV)*. Göttingen: Hogrefe.

Angerer, C. (1991). Elterliches Anregungsmilieu und Intelligenzprofil im AID. Dipl.Arb.Univ.Wien, Wien.

Arnold, W. (Hrsg.). *Psychologisches Praktikum, 2, Diagnostisches Praktikum*. Stuttgart: G. Fischer.

Arnold, W., Eysenck, H.J. & Meili, R. (Hrsg.)(1980). *Lexikon der Psychologie*. Freiburg: Herder.

Atkinson, J.W. (1957). Motivational determinants of risk-tasking behavior. *Psychological Review, 64*, 359-372.

Bader, P., Hofmann, K. & Kubinger, K.D. (1993). Zur Brauchbarkeit der Normen von Papier-Bleistift-Tests für die Computer-Vorgabe: Ein Experiment am Beispiel des Gießen-Tests. *Zeitschrift für Differentielle und Diagnostische Psychologie, 14*, 129-135.

Bäumler, G. (1974). *Lern- und Gedächtnistest (LGT-3)*. Göttingen: Hogrefe.

Bäumler, G. (1985). *Farbe-Wort-Interferenztest (FWIT) nach J.R.Stroop*. Göttingen: Hogrefe.

Bales, R.F. & Cohen, S.P. (1982). *SYMLOG - Ein System für die mehrstufige Beobachtung von Gruppen*. Stuttgart: Klett-Cotta.

Baltes, P.B. (1990). Entwicklungspsychologie der Lebensspanne: Theoretische Leitsätze. *Psychologische Rundschau, 41*, 1-24.

Bartussek, D. (1991). Sechzig Jahre faktorenanalytische Persönlichkeitsforschung: Ein Überblick über die vier Gesamtsysteme der Persönlichkeit. *Trierer Psychologische Berichte, 18* (5); Univ.Trier, Trier.

Bartussek, D., Diedrich, O. & Naumann, E. (1984). Ereigniskorrelierte EEG- Potentiale, Extraversion und Neurotizismus. In D. Bartussek & M. Amelang (Hrsg.), *Fortschritte der Differentiellen Psychologie und Psychologischen Diagnostik*. Göttingen: Hogrefe, 93-113.

Becker, P. (1982). *Interaktions-Angstfragebogen (IAF)*. Weinheim: Beltz.

Becker, P. (1989). *Der Trierer Persönlichkeitsfragebogen (TPF)*. Göttingen: Hogrefe.

Beckmann, D., Brähler, E. & Richter, H.E. (1991). *Der Gießen-Test (GT)*. Bern: Huber.

Bents, R. & Blank, R. (1991). *Myers-Briggs Typenindikator (MBTI)*. Weinheim: Beltz.

Berg, M. (1993). *Topologischer Invarianztest*. Software und Manual. Mödling: Dr.G.Schuhfried GmbH.

Bergmann, C. & Eder, F. (1992). *Allgemeiner Interessen-Struktur-Test/ Umwelt-Struktur-Test (AIST/UST)*. Weinheim: Beltz.

Berlach, G. (1983). Die Faktorenstruktur des HAWIK. In K.D. Kubinger (Hrsg.), *Der HAWIK - Möglichkeiten und Grenzen seiner Anwendung*. Weinheim: Beltz, 61-77.

Bernstein, B. (1959). Soziokulturelle Determinanten des Lernens. In P. Heintz (Hrsg.), *Soziologie der Schule. Kölner Zeitschrift für Soziologie und Sozialpsychologie*, Sonderheft *4*, 52-79.

Bertalanffy, v.L. (1972). Zu einer allgemeinen Systemlehre. In K. Bleicher (Hrsg.), *Organisation als System*. Wiesbaden: Gabler.

Berufsverband Deutscher Psychologen (1988). *Richtlinien für die Erstellung Psychologischer Gutachten*. Bonn: Deutscher Psychologen Verlag.

Bobon, D.P., Ott, H. & Holmberg, H. (1982)(Eds.). *Critical flicker-fusion frequency in man. Pharmacopsychiatria, 15* (special issue).

Boerner, K. (1993). *Das psychologische Gutachten.* Weinheim: PVU.

Booth, J. (1995). Computerdiagnostik. In R.S. Jäger & F. Petermann (Hrsg.), *Psychologische Diagnostik.* Weinheim: PVU, 186-197.

Borkenau, P. & Ostendorf, F. (1993). *NEO-Fünf-Faktoren Inventar (NEO-FFI).* Göttingen: Hogrefe.

Bortz, J. (1993). *Statistik.* Berlin: Springer.

Boucsein, W. (1991). Arbeitspsychologische Beanspruchungsforschung heute - eine Herausforderung an die Psychophysiologie. *Psychologische Rundschau, 42,* 129-144.

Brähler, E. & Brähler, C. (1993). *Paardiagnostik mit dem Gießen-Test.* Bern: Huber.

Brem-Gräser, L. (1992). *Familie in Tieren.* München: Reinhardt.

Brickenkamp, R. (1990). *Die Generelle Interessen-Skala (GIS).* Göttingen: Hogrefe.

Brickenkamp, R. (1994). *Test d2. Aufmerksamkeits-Belastungs-Test.* Göttingen: Hogrefe.

Bruner, J.S. & Postman, L.(1947). Emotional selectivity in perception and reaction. *Journal of Personality, 16,* 69-77.

Bukasa, B., Kisser, R. & Wenninger, U. (1990). Computergestützte Leistungsdiagnostik bei verkehrspsychologischen Eignungsuntersuchungen. *Diagnostica, 36,* 148-165.

Burkhardt, K., Zumkley, H. & Kornadt, H.J. (1987). *Das Aggressions-Motiv-Gitter: Konstruktion und erste Ergebnisse. Diagnostica, 33,* 339-353.

Campbell, D.T. & Fiske, D.W. (1959). Convergent and discriminant validation by the Multitrait-Multimethod Matrix. *Psychological Bulletin, 56,* 81-105.

Cattell, R.B. (1966). The scree test for the number of factors. *Multivariate Behavioral Research, 1,* 245-276.

Cattell, R.B. (1973). *Die wissenschaftliche Erforschung der Persönlichkeit.* Weinheim: Beltz.

Christiansen, E. (1983). *Die Arbeitskurve - Mainzer Revision.* Weinheim: Beltz.

Cierpka, M. (Hrsg.)(1988). *Familiendiagnostik.* Berlin: Springer.

Cierpka, M. & Frevert, G. (1994). *Die Familienbögen.* Göttingen: Hogrefe.

Conrad, W., Baumann, E. & Mohr, V. (1980). *Mannheimer Test zur Erfassung des physikalisch-technischen Problemlösens (MTP).* Göttingen: Hogrefe.

Conrad, W., Büscher, P., Hornke, L., Jäger, R., Schweizer, H., Stünzner, v.W. & Wiencke, W. (1971). *Mannheimer Intelligenztest (MIT).* Weinheim: Beltz.

Deegener, G. (1984). *Anamnese und Biographie im Kindes- und Jugendalter.* Weinheim: Beltz.

Deegener, G., Dietel, B., Hamster, W., Koch, C., Matthaei, R., Nödl, H., Rückert, N., Stephani, U. & Wolf, E. (1993). *Tübinger Luria-Christensen Neuropsychologische Untersuchungsreihe für Kinder (TÜKI).* Weinheim: Beltz.

Deegener, G., Dietel, B., Kassel, H., Matthaei, R. & Nödl, H. (1992). *Neuropsychologische Diagnostik bei Kindern und Jugendlichen.* Weinheim: Beltz.

Dehmelt, P., Kuhnert, W. & Zinn, A. (1993). *Diagnostischer Elternfragebogen (DEF).* Weinheim: Beltz.

Deimann, P. & Kastner-Koller, U. (1989). Die testtheoretischen Grundlagen des Bühler-Hetzer-Kleinkindertests. *Zeitschrift für Entwicklungspsychologie und Pädagogische Psychologie, 21,* 262-276.

Deusinger, I.M. (1986). *Die Frankfurter Selbstkonzeptskalen (FSKN).* Göttingen: Hogrefe.

Dieterich, R. (1977). *Psychodiagnostik.* München: UTB.

Dilling, H., Mombour, W. & Schmidt, M.H. (Hrsg.)(1993). *Internationale Klassifikation psychischer Störungen - ICD-10.* Bern: Huber.

Dörner, D., Kreuzig, H.W., Reither, F. & Stäudel, Th. (Hrsg.)(1983). *Lohhausen. Vom Umgang mit Unbestimmtheit und Komplexität.* Bern: Huber.

Dorsch, F. (Hrsg.)(1994). *Psychologisches Wörterbuch.* Bern: Huber.

Ebenhöh, J. (1994). Eine computerunterstützte objektive Testbatterie zur Erfassung von Serviceeigenschaften. Dipl.Arb.Univ.Wien, Wien.

Eggert, D. (1974). *Eysenck-Persönlichkeits-Inventar (EPI).* Göttingen: Hogrefe.

Ehlers, B., Ehlers, T. & Makus, H. (1978). *Marburger Verhaltensliste (MVL).* Göttingen:Hogrefe.

Elliott, C.D., Murray, D.J. & Pearson, L.S. (1983). *British Ability Scales.* Windsor: NFER-Nelson.

Eysenck, H.J. (1953). *Maudsley Persönlichkeitsfragebogen (MMQ)*. Göttingen: Hogrefe.

Eysenck, H.J. (1959). *Das „Maudsley-Personality-Inventory" (MPI)*. Göttingen: Hogrefe.

Fahrenberg, J., Hampel, R. & Selg, H. (1984). *Das Freiburger Persönlichkeitsinventar - Revidierte Fassung (FPI-R)*. Göttingen: Hogrefe.

Fay, E. (1993). HAWIE-R Hamburg-Wechsler Intelligenztest für Erwachsene, Revision 1991. *Diagnostica, 39*, 271-279.

Fay, E. & Meyer, M. (1993). *Bonner Konzentrationstest (BKT)*. Test: Software und Manual. Göttingen: Hogrefe.

Fay, E. & Stumpf, H. (1995). Leistungsdaten. In R.S. Jäger & F. Petermann (Hrsg.), *Psychologische Diagnostik*. Weinheim: PVU, 380-396.

Fehnemann, U. (1995). Recht. In R.S. Jäger & F. Petermann (Hrsg.), *Psychologische Diagnostik*. Weinheim: PVU, 129-138.

Fischer, G.H. (1974). *Einführung in die Theorie psychologischer Tests*. Bern: Huber.

Fischer, G.H. (1977). Linear logistic models for the description of attitudinal and behavioral changes under the influence of mass communication. In W.H. Kempf & B.H. Repp (Eds.), *Some mathematical models for social psychology*, Bern: Huber, 102-151.

Fischer, G.H. & Spada, H. (1973). *Die psychometrischen Grundlagen des Rorschachtests und der Holtzman Inkblot Technique*. Huber: Bern.

Flossdorf, B. (1978). Kreativität und die Grenzen der Psychometrie. *Psychologie und Gesellschaft, 2*, 73-98.

Flynn, J.R. (1987). Massive IQ gains in 14 nations - What IQ tests really measure; *Psychological Bulletin, 101*, 171-191.

Formann, A. (1973). Die Konstruktion eines neuen Matrizentests und die Untersuchung des Lösungsverhaltens mit Hilfe des linearen logistischen Testmodells. Diss.Univ.Wien, Wien.

Formann, A.K. & Piswanger, K. (1979). *Wiener Matrizen-Test (WMT)*. Weinheim: Beltz.

Fraberger, S. (1986). Der Beitrag des AID zur Diagnose von Schulleistungsschwächen im Vergleich zum HAWIK. Dipl.Arb.Univ.Wien, Wien.

Friedlmayer, S. (1976). Die Abhängigkeit der Kreativität von der Intelligenz und der Persönlichkeit. Diss.Univ.Wien, Wien.

Gatternig, J. & Kubinger, K.D. (1994). *Erkennen von Meta-Regeln*. Test: Software und Manual. Frankfurt/M.: Swets.

Gehring, T.M. (1993). *Familien-System-Test (FAST)*. Weinheim: Beltz.

Gittler, G. (1990). *Dreidimensionaler Würfeltest (3DW)*. Weinheim: Beltz.

Gniech, G. (1976). *Störeffekte in psychologischen Experimenten*. Stuttgart: Kohlhammer.

Gniech, G. & Grabitz, H.J. (1978). Freiheitsentzug und psychologische Reaktanz. In D. Frey (Hrsg.), *Kognitive Theorien der Sozialpsychologie*. Bern: Huber.

Goethals, R. (1989). Stichproben- und Populationsunabhängigkeit im Rasch- Modell. Am Beispiel einer Übersetzung eines Rasch-homogenen deutschsprachigen Tests ins Niederländische. Dipl.Arb.Univ. Wien, Wien.

Goethals, R. (1994). Die praktische Erprobung von Alternativen zur multiple-choice-Vorgabe bei Computertests. Diss.Univ.Wien, Wien.

Graichen, J. (1979). Zum Begriff der Teilleistungsstörungen. In R. Lempp (Hrsg.), *Teilleistungsstörungen im Kindesalter*. Bern: Huber, 43-62.

Grillmayr, H. (1981). Lassen sich kriminelle Neigungen aus der Schrift erkennen ? Diss.Univ.Wien.

Grössenbrunner, P. (1994). *Pilot's Spatial Test (PST)*. Software und Manual. Mödling: Dr.G.Schuhfried GmbH.

Grubitzsch, S. (1991a). Psychologische Testverfahren in der Meinung von Psychologen. In S. Grubitzsch (Hrsg.), *Testtheorie - Testpraxis*. Reinbek/Hamburg: Rowohlt, 373-385.

Grubitzsch, S. (1991b). Wissenschaftshistorische Herausbildung psychologischer Testverfahren. In S. Grubitzsch (Hrsg.), *Testtheorie - Testpraxis*. Reinbek/Hamburg: Rowohlt, 65-97.

Grünberger, J. & Linzmayer, L. (1991). Computergesteuerte klinisch- psychodiagnostische Methoden in der Psychiatrie. *Neuropsychiatrie, 4*, 89-98.

Guilford, J.P. (1970). *Persönlichkeit.* Weinheim: Beltz.
Guilford, J.P. & Hoepfner, R. (1971). *The analysis of intelligence.* New York: McGraw-Hill.
Gulliksen, H. (1950). *Theory of mental tests.* New York: Wiley.
Guthke, J. (1977). *Zur Diagnostik der intellektuellen Lernfähigkeit.* Berlin: Deutscher Verlag der Wissenschaften.
Guthke, J. (1978). *Ist Intelligenz meßbar ?* Berlin: Deutscher Verlag der Wissenschaften.
Guthke, J. (1995). Intelligenzdaten. In R.S. Jäger & F. Petermann (Hrsg.), *Psychologische Diagnostik.* Weinheim: PVU, 402-412.
Guthke, J., Böttcher, H.R. & Sprung, L. (1991)(Hrsg.). *Psychodiagnostik, 2.* Berlin: Deutscher Verlag der Wissenschaften.
Guthke, J., Jäger, C. & Schmidt, J. (1983). *Lerntest Schlußfolgerndes Denken (LTS).* Berlin: Psychodiagnostisches Zentrum der Humboldt-Universität zu Berlin.
Guthke, J. & Räder, E. (1993). *Adaptiver Figurenfolgen-Lerntest (ADAFI).* Software und Manual. Mödling: Dr.G.Schuhfried GmbH.
Guthke, J., Räder, E., Caruso, M. & Schmidt, K.D. (1991). Entwicklung eines adaptiven computergestützten Lerntests auf der Basis der strukturellen Informationstheorie. *Diagnostica, 37,* 1-28.
Guttman, L.A. (1955). A generalized simplex for factor analysis. *Psychometrika, 20,* 173-192.
Häcker, H., Schmidt, L.R., Schwenkmezger, P. & Utz, H.E. (1975). *Objektive Testbatterie, OA-TB 75.* Weinheim: Beltz.
Häcker, H., Schwenkmezger, P. & Utz, H.E. (1979). Über die Verfälschbarkeit von Persönlichkeitsfragebögen und objektiven Persönlichkeitstests unter SD-Instruktion und in einer Auslesesituation. *Diagnostica, 25,* 7-23.
Hänsgen, K.D. (1994). *Zeichen-Diskriminationstest (ZDT).* Software und Manual. Göttingen: Hogrefe.
Hänsgen, K.D. (1994). *Symbol-Zahlen-Lerntest (SZT).* Software und Manual. Göttingen: Hogrefe.
Hageböck, J. (1994). *Computerunterstützte Diagnostik in der Psychologie.* Göttingen: Hogrefe.
Hampel, R. & Selg, H. (1975). *Fragebogen zur Erfassung von Aggressivitätsfaktoren (FAF).* Göttingen: Hogrefe.
Hardesty, F.P. & Priester, H.J. (1956). *HAWIK-Handbuch, Hamburg-Wechsler Intelligenztest für Kinder.* Bern: Huber.
Haubl, R. (1984). Praxeologische und epistemologische Aspekte psychologischer Begutachtung. In H.A. Hartmann & R. Haubl (Hrsg.), *Psychologische Begutachtung.* München: Urban & Schwarzenberg, 33-74.
Hawel, W. (1979). Geschlechtsunterschiede bei HAWIE und HAWIK. *Der Kinderarzt, 10,* 1049-1051.
Heckhausen, H. (1989). *Motivation und Handeln.* Berlin: Springer.
Heller, K., Gaedike, A.K. & Weinläder, H. (1985). *Kognitiver Fähigkeits- Test (KFT 4-13).* Weinheim: Beltz.
Herbig, M. (1976). *Praxis lehrzielorientierter Tests.* Düsseldorf: Schwann.
Hergovich, A. (1994). *Feldabhängigkeit.* Frankfurt/M.: Lange.
Hergovich, A. & Hörndler, H. (1994). *Gestaltwahrnehmungstest.* Software und Manual. Frankfurt/M.: Swets.
Hermans, H.J.M., Petermann, F. & Zielinski, W. (1978). *Leistungsmotivationstest (LMT).* Amsterdam: Swets & Zeitlinger.
Hesse, J. & Schrader, H.C. (1988). *Das neue Testprogramm.* Frankfurt/M.: Goldmann.
Hörmann, H. (1964). Theoretische Grundlagen projektiver Tests. In R. Heiss (Hrsg.), *Handbuch der Psychologie, Psychologische Diagnostik.* Göttingen: Hogrefe, 71-112.
Hörmann, H. & Moog, W. (1957). *Der Rosenzweig P-F Test (PFT).* Göttingen: Hogrefe.
Hofstätter, P.R. (1971). *Differentielle Psychologie.* Stuttgart: Kröner.
Horn, J.L. (1965). A rationale and test for the number of factors in factor analysis. *Psychometrika, 30,* 179-185.
Horn, R. (1990). *Alle wichtigen Tests zur Auswahl von Bewerbern.* München: Heyne.
Horn, W. (1962). *Leistungs-Prüf-System (LPS).* Göttingen: Hogrefe.

Hornke, L.F. (1982). Testdiagnostische Untersuchungsstrategien. In K.J. Groffmann & L. Michel (Hrsg.), *Enzyklopädie der Psychologie, Grundlagen psychologischer Diagnostik.* Göttingen: Hogrefe, 130-172.

Hornke, L.F. (1993). Mögliche Einspareffekte beim computergestützten Testen. *Diagnostica, 39,* 109-119.

Hornke, L.F. & Rettig, K. (1989). Regelgeleitete Itemkonstruktion unter Zuhilfenahme kognitionspsychologischer Überlegungen. In K.D. Kubinger (Hrsg.), *Moderne Testtheorie - Ein Abriß samt neuesten Beiträgen.* Weinheim: Beltz, 140-162.

Hossiep, R. (1994). Aus der Arbeit des Testkuratoriums. Das Assessment- Center. *Diagnostica, 40,* 89-104.

Hoyos, Graf C. & Ruppert, F. (1993). *Fragebogen zur Sicherheitsdiagnose (FSD).* Bern: Huber.

Institut für Test- und Begabungsforschung (Hrsg.)(1990). *Test für medizinische Studiengänge.* Göttingen: Hogrefe.

Irle, M. & Allehoff, W. (1984). *Berufs-Interessen-Test II (BIT II).* Göttingen: Hogrefe.

Jackson, D.N. (1970). A sequential system for personality scale development. In C.D. Spielberger (Ed.), *Current topics in clinical and community psychology, 2.* New York: Academic Press.

Jackson, D.N. & Messick, S. (1963). Individual differences in social perception. *British Journal of Social and Clinical Psychology, 2,* 1-10.

Jäger, A.O. (1984). Intelligenzstrukturforschung: Konkurrierende Modelle, neue Entwicklungen, Perspektiven. *Psychologische Rundschau, 35,* 21-35.

Jäger, A.O. & Althoff, K. (1983). *Der WILDE-Intelligenz-Test (WIT).* Göttingen: Hogrefe.

Jäger, R.S. (1984). Der 16-Persönlichkeits-Faktoren-Test (16 PF). *Zeitschrift für Differentielle und Diagnostische Psychologie, 5,* 167-168.

Jäger, R.S. (Hrsg.)(1988). *Psychologische Diagnostik.* München: PVU.

Jäger, R., Berbig, E., Geisel, B., Gosslar, H., Hagen, J., Liebich, W. & Schafheutle, R. (1973). *Mannheimer Biographische Inventar (MBI).* Göttingen: Hogrefe.

Jäger, R.S., Lischer, S., Münster, B. & Ritz, B. (1976). *Biographisches Inventar zur Diagnose von Verhaltensstörungen (BIV).* Göttingen: Hogrefe.

Jäger, R.S. & Petermann, F. (Hrsg.)(1995). *Psychologische Diagnostik.* Weinheim: PVU.

Jäger, R.S., Krieger, W. & Dlugosch, G.E. (1995). Applied computer diagnostics - Theoretical foundations and future perspectives. *International journal of selection and assessment, 3,* 115-131.

Janke, W., Erdmann, G. & Kallus, W. (1985). *Streßverarbeitungsfragebogen (SVF).* Göttingen: Hogrefe.

Jeserich, W. (1990). Assessment Center (AC). In W. Sarges (Hrsg.), *Management-Diagnostik.* Göttingen: Hogrefe, 580-587.

Jünemann, P. (1994). Neuropsychologische Diagnostik: Entwicklungsstand und -perspektiven am Beispiel der klinischen Gedächtnisdiagnostik. In D. Bartussek & M. Amelang (Hrsg.), *Fortschritte der Differentiellen Psychologie und Psychologischen Diagnostik.* Bern: Huber, 287-305.

Kaminski, G. (1988). Ökologische Perspektiven in psychologischer Diagnostik ? *Zeitschrift für Differentielle und Diagnostische Psychologie, 9,* 155-168.

Karner, T. (1993). Eine empirische Anwendung des Modells von Müller für kontinuierliche Antwortskalen (mittels des computerisierten Myers-Briggs- Typenindikator). Dipl.Arb.Univ.Wien, Wien.

Kaufman, A.S. & Kaufman, N.L. (1983). *Kaufman Assessment Battery for Children (K-ABC). Interpretive Manual.* Circle Pines, Minn.: American Guidance Service.

Kempf, W.F. (1970). Grundlagenuntersuchungen zum Thematischen Apperzeptionstest. Diss.Univ.Wien, Wien.

Keßler, M. (1988). *Fragebogen zur Kausalattribuierung in Leistungs-Situationen (FKL).* Weinheim: Beltz.

Klauer, K.J. (1994). Neuere Entwicklungen in der pädagogisch-psychologischen Diagnostik. *Diagnostica, 40,* 244-261.

Kleber, E.W. (1978). Konzentration. In K.J. Klauer (Hrsg.), *Handbuch der Pädagogischen Diagnostik, 2.* Düsseldorf: Schwann.

Kliegl, R., Smith, J. & Baltes, P.B. (1986). Testing-the-limits, expertise, and memory in adulthood and old age. In F. Klix & H. Hagendorf (Eds.), *Human memory and cognitive capabilities: Mechanisms and performances*. Amsterdam: North-Holland, 395-407.

Kornadt, H.J. (1982). *Aggressions-Motiv und Aggressions-Hemmung, 1-2*. Bern: Huber.

Krampen, G. (1981). *IPC-Fragebogen zu Kontrollüberzeugungen (IPC)*. Göttingen: Hogrefe.

Krampen, G., Freilinger, J. & Wilmes, L. (1990). Mehrdimensionale Kreativitätsdiagnostik bei Kindern. *Zeitschrift für Differentielle und Diagnostische Psychologie, 11*, 1-15.

Krampen, G. (1991). *Fragebogen zu Kompetenz- und Kontrollüberzeugungen (FKK)*. Göttingen: Hogrefe.

Kratzmeier, H. (1976). *Advanced Progressive Matrices (APM)*. Weinheim: Beltz.

Kratzmeier, H. & Horn, R. (1979). *Standard Progressive Matrices (SPM)*. Weinheim: Beltz.

Kubinger, K.D. (1982). *Probleme der kognitiven Frühförderung und die Abhängigkeit ihrer Effektivität vom Verbalverhalten der Kindergärtnerin*. Wien: Ketterl.

Kubinger, K.D. (1983). Konstruktive Kritik am HAWIK - Ausgangspunkt für das Konzept eines neuen Tests. *Zeitschrift für Differentielle und Diagnostische Psychologie, 4*, 203-221.

Kubinger, K.D. (1984a). Nutzentheoretische Beurteilung differential- diagnostischer Entscheidungen. *Diagnostica, 30*, 249-266.

Kubinger, K.D. (1984b). Der WILDE-Intelligenz-Test (WIT). *Zeitschrift für Differentielle und Diagnostische Psychologie, 5*, 323-325.

Kubinger, K.D. (1989). Aktueller Stand und kritische Würdigung der Probabilistischen Testtheorie. In K.D. Kubinger (Hrsg.), *Moderne Testtheorie - Ein Abriß samt neuesten Beiträgen*. Weinheim: Beltz, 19-83.

Kubinger, K.D. (1993). Testtheoretische Probleme der Computerdiagnostik. *Zeitschrift für Arbeits- und Organisationspsychologie, 37*, 130-137.

Kubinger, K.D. (1994). Objektive Persönlichkeitstests: Ein Versuch Rigidität zu messen. In K. Pawlik (Hrsg.), *39. Kongreß der Deutschen Gesellschaft für Psychologie in Hamburg 1994, Abstracts, I*. Hamburg: Psychol.Inst.I, 404.

Kubinger, K.D. (1995). Objektive Diagnostik. In K. Pawlik (Hrsg.), *Enzyklopädie, Differentielle Psychologie: Grundlagen und Methoden*. Göttingen: Hogrefe, 463-497.

Kubinger, K.D. & Farkas, M.G.(1991). Die Brauchbarkeit der Normen von Papier-Bleistift-Tests für die Computer-Vorgabe: Ein Experiment am Beispiel der SPM von Raven als kritischer Beitrag. *Zeitschrift für Differentielle und Diagnostische Psychologie, 12*, 257-266.

Kubinger, K.D., Formann, A.K. & Farkas, M.G. (1991). Psychometric shortcomings of Raven's Standard Progressive Matrices, in particular for computerized testing. *European Review of Applied Psychology, 41*, 295-300.

Kubinger, K.D., Fischer, D. & Schuhfried, G. (1993). *Begriffs-Bildungs-Test (BBT)*. Software und Manual. Mödling: Dr.G.Schuhfried GmbH.

Kubinger, K.D. & Goethals, R. (1988). Kritik am IQ aus testtheoretischer Sicht. In W. Schönpflug (Hrsg.), *Bericht über den 36. Kongreß der Deutschen Gesellschaft für Psychologie in Berlin 1988, 1*. Göttingen: Hogrefe, 108-109.

Kubinger, K.D., Rop, I., Wurst, E. & Knoll, E. (1983). Ergebnisse der testtheoretischen Analyse des HAWIK. In K.D. Kubinger (Hrsg.), *Der HAWIK - Möglichkeiten und Grenzen seiner Anwendung*. Weinheim: Beltz, 115-186.

Kubinger, K.D. & Wild, B. (1989). Die Optimierung der Meßgenauigkeit beim „branched"-adaptiven Testen. In K.D. Kubinger (Hrsg.), *Moderne Testtheorie - Ein Abriß samt neuesten Beiträgen*. Weinheim: Beltz, 187-218.

Kubinger, K.D. & Wurst, E. (1991). *Adaptives Intelligenz Diagnostikum (AID)*. Weinheim: Beltz.

Lang, A. (1978). Diagnostik und Autonomie der Person. In U. Pulver, A. Lang & F.W. Schmid (Hrsg.), *Ist Psychodiagnostik verantwortbar ?* Bern: Huber, 17-29.

Langner, R. (1987). *DSM-III-X: Expertensystem zur psychiatrischen Diagnostik auf der Grundlage des DSM-III-R*. Software und Manual. Weinheim: Beltz.

Laux, L., Glanzmann, P., Schaffner, P. & Spielberger, C.D. (1981). *State-Trait-Angstinventar (STAI)*. Weinheim: Beltz.

Leichsenring, F. & Hiller, W. (1994). Projektive Verfahren. In R.D. Stieglitz & U. Baumann (Hrsg.), *Psychodiagnostik psychischer Störungen*. Stuttgart: Enke, 162-173.

Lienert, G.A. & Raatz, U. (1994). *Testaufbau und Testpraxis*. Weinheim: Beltz.

Littig, K.E. & Saldern, v.M. (1989). *Fragebogen Kooperation und Wettbewerb für 4. bis 8. Klassen (FKW 4-8)*.Weimheim: Beltz.

Lohaus, A. & Schmitt, .M. (1989). *Fragebogen zur Erhebung von Kontrollüberzeugung zu Krankheit und Gesundheit (KKG)*. Göttingen: Hogrefe.

Lückert, H.R. (1965). *Stanford-Binet-Intelligenztest (SIT)*. Göttingen: Hogrefe.

Luria, A.R. (1970). *Die höheren kortikalen Funktionen des Menschen und ihre Störungen bei örtlichen Hirnschädigungen*. Berlin: Deutscher Verlag der Wissenschaften.

Mainberger, U. (1977). *Test zum divergenten Denken (Kreativität) (TDK 4-6)*. Weinheim: Beltz.

McGee, M.G. (1982). Spatial abilities: The influence of genetic factors. In M. Potegal (Ed.), *Spatial abilities*. New York: Academic Press, 199-222.

Maslach, C. & Jackson, S.E. (1986). *Maslach Burnout Inventory*. Palo Alto: Consulting Psychologists.

Maslo, R. (1994). Validierung von ILICA. Eine Computersimulation zur Erfassung des Konzepts „Selbstverwaltung". Dipl.Arb.Univ.Wien, Wien.

Melchers, P. & Preuß, U. (1991). *Kaufman-Assessment Battery for Children (K-ABC)*. Lisse: Swets & Zeitlinger.

Mellenbergh, G.J. & Linden, van der W.J. (1981). The linear utility model for optimal selection. *Psychometrika*, *46*, 283-293.

Menghin, S. (1994). Der Einfluß der Computeradministration auf die Offenheit der Beantwortung von Persönlichkeitsfragebögen - Am Beispiel des MBTI. Dipl.Arb.Univ.Wien, Wien.

Messer, S.B. (1976). Reflection - impulsivity: A review. *Psychological Bulletin, 83,* 1026-1052.

Metzler, P., Voshage, J. & Rösler, P. (1992). *Berliner Amnesietest (BAT)*. Göttingen: Hogrefe.

Mischel, W. (1973). Toward a cognitive social learning reconceptualization of personality. *Psychological Review*, *80*, 252-283. Mittenecker, E. (1982). Subjektive Tests zur Messung der Persönlichkeit. In K.J. Groffmann & L. Michel (Hrsg.), *Enzyklopädie der Psychologie, Psychologische Diagnostik: Persönlichkeitsdiagnostik*. Göttingen: Hogrefe, 57-131.

Moede, W. (1930). *Lehrbuch der Psychotechnik, I*. Berlin: Springer.

Möseneder, D. (1992). Entwicklung eines Tests zur Erfassung der Selbstverwaltungsfähigkeit. Dipl.Arb.Univ.Wien, Wien.

Murray, H.A. (1938). *Explorations in Personality*. New York: Oxford University Press.

Muthén, B. & Christoffersson, A. (1981). Simultaneous factor analysis of dichotomous variables in several groups. *Psychometrika*, *46*, 407-419.

Nepita, B. (1991). Dimensionalitätsanalyse aller Rasch-homogenen Intelligenztests - Zur Frage der Dimensionalität der Intelligenz. Dipl.Arb.Univ.Wien, Wien.

Neumärker, K.J. & Bzufka, M.W. (1988). *Berliner-Luria-Neuropsychologisches Verfahren für Kinder (BLN-K)*. Berlin: Psychodiagnostisches Zentrum der Humboldt-Universität zu Berlin.

Obermann, C. (1990). *Airport - Diagnostik des komplexen Problemlösens*. Test: Software und Manual. Gummersbach: Kienbaum Personalberatung.

Olson, D.H., Portner, J. & Lavee, Y. (1985). *FACES III - Familiy Adaptability and Cohesion Evaluation Scales*. St.Paul: Univ. Minnesota.

Orth, B. (1995). Meßtheoretische Grundlagen der Diagnostik. In R.S. Jäger & F. Petermann (Hrsg.), *Psychologische Diagnostik*. Weinheim: PVU, 286-295.

Oswald, W.D. (1977). *Grundkurs Soziogramm*. Paderborn: Schöningh.

Oswald, W.D. & Roth, E. (1987). *Der Zahlen-Verbindungs-Test (ZVT)*. Göttingen: Hogrefe.

Ostendorf, F., Angleitner, A. & Ruch, W. (1986). *Die Multitrait-Multimethod Analyse*. Göttingen: Hogrefe.

Paczensky, v.S. (1976). *Der Testknacker*. Reinbek/Hamburg: Rohwohlt.

Pawlik, K. (1971). *Dimensionen des Verhaltens*. Bern: Huber.

Pitschmann, M. (in Vorb.). Validierungsstudie zum AID: Evaluation der diagnosespezifischen Förderung von Teilleistungsschwächen. Dipl.Arb.Univ.Wien, Wien.

Popper, K.R. (1976). *Logik der Forschung.* Tübingen: Mohr.

Puchhammer, M. (1989). Simulationsstudien zur Schätzbarkeit der Parameter des Birnbaum-Modells. In K.D. Kubinger (Hrsg.), *Moderne Testtheorie - Ein Abriß samt neuesten Beiträgen.* Weinheim: Beltz, 259-270.

Pulver, U., Lang, A. & Schmid, F.W. (Hrsg.)(1978). *Ist Psychodiagnostik verantwortbar ?* Bern: Huber.

Rauchfleisch, U. (1980). *Testpsychologie.* Göttingen: UTB.

Rauchfleisch, U. (1993). *Handbuch zum Rosenzweig Picture-Frustration Test (PFT), 2.* Bern: Huber.

Redtenbacher, H. (1992). Eine PC-Version des DNPT von G.Spiel et al. Ein Differentialdiagnostikum zur Überprüfung grundlegender Wahrnehmungsfunktionen. Dipl.Arb.Univ.Wien, Wien.

Reicherts, M. & Perrez, M. (1992). *Fragebogen zum Umgang mit Belastungen im Verlauf (UBV).* Bern: Huber.

Reiter, A. (1974). Der Bilder-Frustrationstest von Rosenzweig aus psychometrischer Sicht. Diss.Univ.Wien, Wien.

Revers, W.J. & Taeuber, K. (1968). *Der Thematische Apperzeptionstest (TAT).* Bern: Huber.

Revers, W.J. & Allesch C.G. (1985). *Thematischer Gestaltungstest - Salzburg (TGT-(S)).* Weinheim: Beltz.

Rexilius, (1978). Grenzen der Testerei. In S. Grubitzsch & G. Rexilius (Hrsg.), *Testtheorie - Testpraxis.* Reinbek/Hamburg: Rohwohlt, 112-167.

Rösler, F. (1995). Psychophysilogische Daten. In R.S. Jäger & F. Petermann (Hrsg.), *Psychologische Diagnostik.* Weinheim: PVU, 412-429.

Roest, F., Scherzer, A., Urban, E., Gangl, H. & Brandstätter, Ch. (1989). *MAILBOX '90.* Test: Software und Manual. Wien/Weinheim: SciCon/Beltz.

Rohracher, H. (1971). *Einführung in die Psychologie.* Wien: Urban & Schwarzenberg.

Rollett, B. & Bartram, M. (1977). *Anstrengungsvermeidungstest (AVT).* Braunschweig: Westermann.

Rorschach, H. (1992). *Psychodiagnostik.* Bern: Huber.

Roßmann, G. (1992). Motivationale Effekte beim adaptiven Testen. Dipl.Arb.Univ.Wien, Wien.

Rost, D.H. & Schermer, F.J. (1987). Auf dem Weg zu einer differentiellen Diagnostik der Leistungsangst. *Psychologische Rundschau, 38,* 14-36.

Roth, E., Oswald, W.D. & Daumenlang, K.(1980). *Intelligenz.* Stuttgart: Kohlhammer.

Roth, H. (1957). *Pädagogische Psychologie des Lehrens und Lernens.* Honnover: Schrödel.

Rudolph, E., Schönfelder, E. & Hacker, W. (1987). *Tätigkeitsbewertungssystem - Geistige Arbeit (TBS-GA).* Berlin: Psychodiagnostisches Zentrum der Humboldt-Universität zu Berlin.

Saldern, v.M. & Littig, K.E.(1987). *Landauer Skalen zum Sozialklima für 4. bis 13. Klassen (LASSO 4-13).* Weinheim: Beltz.

Scheer, J.W. (1993). Planung und Durchführung von Repertory Grid- Untersuchungen. In J.W. Scheer & A. Catina (Hrsg.), *Einführung in die Repertory Grid-Technik, 1.* Bern: Huber, 24-40.

Schmalt, H.D. (1976). *Das LM-Gitter.* Göttingen: Hogrefe.

Schmidt, K.H. & Metzler, P. (1992). *Wortschatztest (WST).* Weinheim: Beltz.

Schmidt, L.R. (1975). *Objektive Persönlichkeitsmessung in diagnostischer und klinischer Psychologie.* Weinheim: Beltz.

Schmidt, L.R. & Schwenkmezger, P. (1994). Differentialdiagnostische Untersuchungen mit Objektiven Persönlichkeitstests und Fragebogen im psychiatrischen Bereich: Neue empirische Ergebnisse. *Diagnostica, 40,* 27-41.

Schmotzer, C., Kubinger, K.D. & Maryschka, C. (1994). *Rechnen in Symbolen.* Test: Software und Manual. Frankfurt/M.: Swets.

Schneewind, K.A., Schröder, G. & Cattell, R.B. (1983). *Der 16- Persönlichkeits-Faktoren-Test (16 PF).* Göttingen: Hogrefe.

Schoppe, K.J. (1975). *Verbaler Kreativitätstest (VKT).* Göttingen: Hogrefe.

Schorr, A. (1991). Diagnostische Praxis in der Arbeits- und Organisationspsychologie. Teilergebnisse aus einer repräsentativen Umfrage zur diagnostischen Praxis. In H. Schuler & U. Funke (Hrsg.), *Eignungsdiagnostik in Forschung und Praxis.* Göttingen: Verlag für Angewandte Psychologie, 6-14.

Schraml, W.J. (1975). Das klinische Gespräch in der Diagnostik. In W.J. Schraml & U. Baumann (Hrsg.), *Klinische Psychologie, 1*. Bern: Huber, 267- 296.

Schubert, M.T. (1987). *System Familie und geistige Behinderung*. Wien: Springer.

Schubert, M.T. & Berlach, G. (1982). Neue Richtlinien zur Interpretation des Hamburg-Wechsler-Intelligenztests für Kinder (HAWIK). *Zeitschrift für Klinische Psychologie, 11*, 253-279.

Schuler, H. (1986). Der Einsatz biographischer Fragebogen zur Prognose des Berufserfolgs: Einleitende Überlegungen und Überblick. In H. Schuler & W. Stehle (Hrsg.), *Biographische Fragebogen als Methode der Personalauswahl*. Stuttgart: Verlag für Angewandte Psychologie, 1-16.

Schuler, H. (1987). Assessment Center als Auswahl- und Entwicklungsinstrument: Einleitung und Überblick. In H. Schuler & W. Stehle (Hrsg.), *Assessment Center als Methode der Personalentwicklung*. Stuttgart: Verlag für Angewandte Psychologie, 1-35.

Schuler, H. & Prochaska, M. (1992). Ermittlung personaler Merkmale: Leistungs- und Potentialbeurteilung von Mitarbeitern. In K.H. Sonntag (Hrsg.), *Personalentwicklungen in Organisationen*. Göttingen: Hogerefe, 157- 186.

Schuri, U., Keller, I. & Matthes-v.Cramon, G. (1994). Leistungsdiagnostik aus neuropsychologischer Sicht. In R.D. Stieglitz & U. Baumann (Hrsg.), *Psychodiagnostik psychischer Störungen*. Stuttgart: Enke, 138-148.

Schwarz, M. (1986). Versuchsleitereffekte beim HAWIK. Diss.Univ.Wien, Wien.

Schwenkmezger, P., Hodapp, V. & Spielberger, C.D. (1992). *Das State-Trait-Ärgerausdrucks-Inventar (STAXI)*. Bern: Huber.

Schwenkmezger, P., Schmidt, L.R. & Stephan-Hembach, G. (1994). Angst, Ärger und Ärgerausdruck bei psychiatrischen und psychosomatischen Patientengruppen: Objektive Persönlichkeitstests und Fragebogenverfahren. *Zeitschrift für Klinische Psychologie, 23*, 163-177.

Seifert, K.H. (1984). Berufswahlreife. In Bundesanstalt für Arbeit (Hrsg.), *Handbuch der Berufswahlvorbereitung*. Mannheim: TransMedia, 186-197.

Skinner, H.A., Steinhauer, P.D. & Santa-Barbara, J. (1983). The family assessment measure. *Canadian Journal Community Mental Health, 2*, 91-105.

Spitznagel, A. (1982). Grundlagen, Ergebnisse und Probleme der Formdeuteverfahren. In K.J. Groffmann & L. Michel (Hrsg.), *Enzyklopädie der Psychologie, Psychologische Diagnostik: Persönlichkeitsdiagnostik*. Göttingen: Hogrefe, 186-257.

Spreen, O. (1963). *MMPI Saarbrücken*. Bern: Huber.

Srp, G. (1994). *Syllogismen*. Test: Software und Manual. Frankfurt/M.: Swets.

Stehle, W. & Brunöhler, A. (1987). Assessment Center als Instrument der Ausbildungsbedarfsermittlung und Ausbildungsberatung bei Führungskräften. In H. Schuler & W. Stehle (Hrsg.), *Assessment Center als Methode der Personalentwicklung*. Stuttgart: Verlag für Angewandte Psychologie, 126-137.

Steuer, O. (1988). HAWIK und HAWIK-R: Testtheoretische Analysen des HAWIK und seiner revidierten Form als Wiederholungsstudie und Weiterführung der Arbeit von Kubinger (1983), „Der HAWIK - Möglichkeiten und Grenzen seiner Anwendung“. Diss.Univ.Wien, Wien.

Stork, J. (1972). *Fragebogentest zur Beurteilung der Suizidgefahr (FBS)*. Salzburg: Müller.

Stratemann, I. (1991). Eignungsdiagnostische Besonderheiten in den „fünf neuen Bundesländern“. In H. Schuler & U. Funke (Hrsg.), *Eignungsdiagnostik in Forschung und Praxis*. Göttingen: Verlag für Angewandte Psychologie, 200- 204.

Stumpf, H., Angleitner, A., Wieck, T., Jackson, D.N. & Beloch-Till, H. (1985). *Deutsche Personality Research Form (PRF)*. Göttingen: Hogrefe.

Stumpf, H. & Fay, E. (1983). *Schlauchfiguren. Ein Test zur Beurteilung des räumlichen Vorstellungsvermögens*. Göttingen: Hogrefe.

Stumpf, H. & Fay, E. (1987). Neue Befunde zu Reliabilität, Validität und Normierung der „Schlauchfiguren“. *Diagnostica, 33*, 156-163.

Sturm, W. & Willmes, K. (1994a). *Nonverbaler Lerntest (NVLT)*. Software und Manual. Mödling: Dr.G.Schuhfried GmbH.

Sturm, W. & Willmes, K. (1994a). *Verbaler Lerntest (VLT).* Software und Manual. Mödling: Dr.G.Schuhfried GmbH.

Sturm, W., Willmes, K. & Horn, W. (1993). *Leistungsprüfsystem für 50- 90jährige (LPS 50).* Göttingen: Hogrefe.

Teichmann, H. & Meyer-Probst, B. (1991). Individuelle Langzeitentwicklungsverläufe und Individualprognose der individuellen Entwicklung. In H. Teichmann, B. Meyer-Probst und D. Roether (Hrsg.), *Risikobewältigung in der lebenslangen psychischen Entwicklung.* Berlin: Gesundheit, 45-69.

Tent, L. & Stelzl, I. (1993). *Pädagogisch-psychologische Diagnostik, 1.* Göttingen: Hogrefe.

Tewes, U. & Wildgrube, K. (Hrsg.)(1992). *Psychologie-Lexikon.* München: Oldenbourg.

Testkuratorium (der Föderation deutscher Psychologenverbände) (1986a). Mitteilung. *Diagnostica, 32,* 358-360.

Testkuratorium (der Föderation deutscher Psychologenverbände) (1986b). Testkuratorium. *Psychologische Rundschau, 37,* 162-165.

Tewes, U. (1983). *HAWIK-R. Hamburg-Wechsler Intelligenztest für Kinder Revision 1983.* Bern: Huber.

Tewes, U. (1991). *HAWIE-R. Hamburg-Wechsler Intelligenztest für Erwachsene Revision 1991.* Bern: Huber.

Toman, W. (1974). *Familienkonstellationen.* München: Beck.

Undeutsch, U. (1976). *Leistungsmotivationstest für Jugendliche (LMT-J).* Amsterdam: Swets & Zeitlinger.

Urban, K.K. & Jellen, H.G. (1995). *Test zum Schöpferischen Denken - Zeichnerisch (TSD-Z).* Frankfurt/M.: Swets.

Wechsler, D. (1944). *The measurement of adult intelligence.* Baltimore: Williams & Wilkins.

Wallbott, H.G. (1994). Verhaltensbeobachtung. In R.D. Stieglitz & U. Baumann (Hrsg.), *Psychodiagnostik psychischer Störungen.* Stuttgart: Enke, 95-106.

Wechsler, D. (1956). *Die Messung der Intelligenz Erwachsener.* Bern: Huber.

Weinert, A.B. (Hrsg.)(1982). *Deutscher CPI.* Bern: Huber.

Weiß, R.H. (1971). *Grundintelligenztest Skala 3 (CFT 3).* Braunschweig: Westermann.

Weiß, R.H. (1987). *Grundintelligenztest Skala 2 (CFT 20).* Göttingen: Hogrefe.

Wellek, A. (1959). Der phänomenologische und der experimentelle Zugang zur Psychologie und Charakterologie. In von H. Bracken & H.P. David (Hrsg.), *Perspektiven der Persönlichkeitstheorie.* Bern: Huber, 219-233.

Westhoff, K. & Kluck, M.L. (1991). *Psychologische Gutachten schreiben und beurteilen.* Berlin: Springer.

Wieczerkowski, W., Nickel, H., Janowski, A., Fittkau, B. & Rauer, W. (1974). *Angstfragebogen für Schüler (AFS).* Braunschweig: Westermann.

Wild, B. (1986). Der Einsatz adaptiver Teststrategien in der Fähigkeitsmessung. Diss.Univ.Wien, Wien.

Wild, B. (1989a). Neue Erkenntnisse zur Effizienz des „tailored"-adaptiven Testens. In K.D. Kubinger (Hrsg.), *Moderne Testtheorie - Ein Abriß samt neuesten Beiträgen.* Weinheim: Beltz, 179-186.

Wild, B. (1989b). Neue Simulationsstudien zur Effizienz verschiedener Parameterschätz- und Itemauswahl-Strategien beim „tailored-testing". In K.D. Kubinger (Hrsg.), *Moderne Testtheorie - Ein Abriß samt neuesten Beiträgen.* Weinheim: Beltz, 163-178.

Witkin, H.A. & Goodenough, D.R. (1977). Field dependence an interpersonal behaviour. *Psychological Bulletin, 84,* 661-689.

Wittchen, H.U., Unland, H. & Knäuper, B. (1994). Interview. In R.D. Stieglitz & U. Baumann (Hrsg.), *Psychodiagnostik psychischer Störungen.* Stuttgart: Enke, 107-125.

Wittchen, H.U., Saß, H., Koehler, K. & Zaudig, M. (1988). *DSM-III-R - Diagnostisches und Statistisches Manual Psychischer Störungen - Revision.* Weinheim: Beltz.

Wolfram, H. (1982). *Entscheidungs-Q-Sort (EQS).* Berlin: Psychodiagnostisches Zentrum der Humboldt-Universität zu Berlin.

Wottawa, H. (1990). Sachgerechter Schutz psychologischer Testverfahren für Eignungsuntersuchungen - ein Diskussionsbeitrag. *Zeitschrift für Arbeits- und Organisationspsychologie, 34,* 159-164.

Wottawa, H. & Hossiep, R. (1987). *Grundlagen der psychologischen Diagnostik.* Göttingen: Hogrefe.

Wurst, E. & Schubert, M.T. (1975). Statistischer Beitrag zur Interpretation des Hamburg-Wechsler-Intelligenztest für Kinder (II). In F. Poustka & W. Spiel (Hrsg.), *Therapien in der Kinder- und Jugendpsychiatrie, 2.* Wien: Egermann, 899-902.

Zerssen, v.D. (1976a). *Die Beschwerde-Liste.* Weinheim: Beltz.

Zerssen, v.D. (1976b). *Die Befindlichkeits-Skala.* Weinheim: Beltz.

Zimbardo, P.G. (1992). *Psychologie.* Berlin: Springer.

Zimmer, A.C. (1984). Risikoverhalten bei der Beantwortung von Mehrfach- Wahl-Aufgaben. Eine Untersuchung zur Anwendung von Item-Formaten. *Diagnostica, 30,* 267-281.

Verzeichnis der Testabkürzungen

ADAFI	Adaptiver Figurenfolgen-Lerntest
AFS	Angstfragebogen für Schüler
AID	Adaptives Intelligenz Diagnostikum
AIST/UST	Allgemeiner Interessen-Struktur-Test/ Umwelt-Struktur-Test
APM	Advanced Progressive Matrices
AVT	Anstrengungsvermeidungstest
BAT	Berliner Amnesietest
BBT	Begriffs-Bildungs-Test
BIT II	Berufs-Interessen-Test II
BIV	Biographisches Inventar zur Diagnose von Verhaltensstörungen
BKT	Bonner Konzentrationstest
BLN-K	Berliner-Luria-Neuropsychologisches Verfahren für Kinder
CFT 20	Grundintelligenztest Skala 2
CPI	(Deutscher) California Psychological Inventory
DEF	Diagnostischer Elternfragebogen
3DW	Dreidimensionaler Würfeltest
EPI	Eysenck-Persönlichkeits-Inventar
EQS	Entscheidungs-Q-Sort
FACES III	Familiy Adaptability and Cohesion Evaluation Scales
FAF	Fragebogen zur Erfassung von Aggressivitätsfaktoren
FAST	Familien-System-Test
FKK	Fragebogen zu Kompetenz- und Kontrollüberzeugungen
FKL	Fragebogen zur Kausalattribuierung in Leistungs-Sitiuationen
FKW 4-8	Fragebogen Kooperation und Wettbewerb für 4. bis 8. Klassen
FPI-R	Freiburger Persönlichkeitsinventar - Revidierte Fassung
FBS	Fragebogentest zur Beurteilung der Suizidgefahr
FSD	Fragebogen zur Sicherheitsdiagnose
FSKN	Frankfurter Selbstkonzeptskalen
FWIT	Farbe-Wort-Interferenztest nach J.R.Stroop
GIS	Generelle Interessen-Skala
GT	Gießen-Test
HAWIE-R	Hamburg-Wechsler Intelligenztest für Erwachsene Revision 1991.
HAWIK-R	Hamburg-Wechsler Intelligenztest für Kinder Revision 1983.
IAF	Interaktions-Angstfragebogen
IPC	IPC-Fragebogen zu Kontrollüberzeugungen
IST 70	Intelligenz-Struktur-Test
K-ABC	Kaufman Assessment Battery for Children
KFT 4-13+	Kognitiver Fähigkeits-Test
KKG	Fragebogen zur Erhebung von Kontrollüberzeugung zu Krankheit und Gesundheit
LASSO 4-13	Landauer Skalen zum Sozialklima für 4. bis 13. Klassen

LGT-3	Lern- und Gedächtnistest
LMT-J	Leistungsmotivationstest für Jugendliche
LMT	Leistungsmotivationstest
LPS 50+	Leistungsprüfsystem für 50-90jährige
LPS	Leistungs-Prüf-System
LTS	Lerntest Schlußfolgerndes Denken
MBI	Mannheimer Biographische Inventar
MBTI	Myers-Briggs Typenindikator
MIT	Mannheimer Intelligenztest
MMPI	Minnesota Multiphasic Personality Inventory
MMQ	Maudsley Persönlichkeitsfragebogen
MPI	Maudsley-Personality-Inventory
MTP	Mannheimer Test zur Erfassung des physikalisch-technischen Problemlösens.
MVL	Marburger Verhaltensliste
NEO-FFI	NEO-Fünf-Faktoren Inventar
NVLT	Nonverbaler Lerntest
OA-TB 75	Objektive Testbatterie
PFT	Rosenzweig P-F Test
PRF	Deutsche Personality Research Form
PST	Pilot's Spatial Test
PTV	Test zur Untersuchung des praktisch-technischen Verständnisses
SIT	Stanford-Binet-Intelligenztest
16 PF	16-Persönlichkeits-Faktoren-Test
SPM	Standard Progressive Matrices
STAI	State-Trait-Angstinventar
STAXI	State-Trait-Ärgerausdrucks-Inventar
SVF	Streßverarbeitungsfragebogen
TAT	Thematischer Apperzeptionstest
TBS-GA	Tätigkeitsbewertungssystem - Geistige Arbeit
TDK 4-6	Test zum divergenten Denken (Kreativität)
TGT-(S)	Thematischer Gestaltungstest - Salzburg
TPF	Trierer Persönlichkeitsfragebogen
TSD-Z	Test zum Schöpferischen Denken - Zechnerisch
TÜKI	Tübinger Luria-Christensen Neuropsychologische Untersuchungsreihe für Kinder
UBV	Fragebogen zum Umgang mit Belastungen im Verlauf
VKT	Verbaler Kreativitätstest
VLT	Verbaler Lerntest
WIT	WILDE-Intelligenz-Test
WMT	Wiener Matrizen-Test
WST	Wortschatztest
ZVT	Zahlen-Verbindungs-Test

Namensverzeichnis

—A—

—B—

—C—

—D—

—E—

—F—

—G—

—H—

—I—

—J—

—K—

—L—

—M—

—N—

—O—

—P—

—R—

—S—

Sachverzeichnis

—A—

—B—

—C—

—D—

—E—

—F—

—G—

—H—

—I—

—K—

—L—

—M—

—N—

—O—

—P—

—R—

—S—

—T—

—U—